Patrick Fogli • Ferruccio Pinotti

# Bleiernes Schweigen

aufbau

Patrick Fogli • Ferruccio Pinotti

# Bleiernes Schweigen

Roman

Aus dem Italienischen
von Verena von Koskull

Mit einem Nachwort
von Jürgen Roth

aufbau

Die Originalausgabe mit dem Titel
*Non voglio il silenzio*
erschien 2011 bei Edizioni Piemme, Mailand.

FSC
www.fsc.org
MIX
Papier aus verantwortungsvollen Quellen
FSC® C083411

ISBN 978-3-351-03387-3

Aufbau ist eine Marke der Aufbau Verlag GmbH & Co. KG

1. Auflage 2012

Einbandgestaltung hißmann, heilmann, hamburg
Satz LVD GmbH, Berlin
Druck und Binden CPI – Clausen & Bosse, Leck
Printed in Germany

www.aufbau-verlag.de

## »DIE VERHANDLUNG«

Der vorliegende Roman basiert auf Tatsachen, die sich seit 1992 in Italien zugetragen haben. Tatsachen, denen Untersuchungen und Prozesse folgten. Tatsachen, die bis heute Gegenstand von Ermittlungen sind, welche wiederum zur Wiederaufnahme weiterer Untersuchungen und zur Revision wichtiger Urteile führten. Tatsachen, die die Beziehungen zwischen Staat, Mafia, Finanz und Politik betreffen und die die jüngste italienische Geschichte entscheidend geprägt haben.

Im Februar 1986 werden die führenden Köpfe der sizilianischen Cosa Nostra vor Gericht gestellt. Ein historischer Prozess sowohl hinsichtlich seiner Ausmaße (über 400 Angeklagte in einem eigens errichteten, anschlagsicheren Bunker) als auch hinsichtlich des Zeichens, das der Staat damit setzen will: ein Frontalangriff gegen die Cosa Nostra, aus dem die Entschlossenheit spricht, den Kampf gegen das nicht nur in Sizilien, sondern in ganz Italien verwurzelte organisierte Verbrechen aufzunehmen und dessen finanzielle Macht und den Einfluss auf die legale Wirtschaft des Landes zu brechen.

Es ist ein fataler Irrtum, anzunehmen, die Cosa Nostra beträfe nur Sizilien. Da es der Mafia um Geld und Macht geht, agiert sie dort, wo Geld und Macht zu haben sind. Wie jedes erfolgreiche wirtschaftliche Unternehmen hat sie einen Hauptsitz, ein gewisses Herkunftsbewusstsein und ein Gespür für lukrative Investitionen.

Entscheidender Auslöser für den sogenannten Maxi-Prozess waren die Enthüllungen des Kronzeugen Tommaso Buscetta gegenüber dem Richter Giovanni Falcone. Seine Aussage legte erstmalig die interne Organisation, Kommandostruktur, Machtverteilung und Ökonomie der Mafia offen. Zwar gibt Buscetta deren politische Kontakte nicht preis, doch das von ihm entworfene Bild reicht aus, um Dutzende lebenslängliche Freiheitsstrafen und mehrere tausend Jahre Haft zu verhängen. Zum ersten Mal wird mit diesem gerichtlich gefällten Urteil, welches fortan in sämtlichen Mafiaverfahren Gültigkeit hat, das Bestehen der Cosa Nostra und damit der Mafia als kriminelle Organisation anerkannt. Ein Meilenstein für die italienische Rechtsprechung: Die Mafia *existiert*, so steht es schwarz auf weiß geschrieben, und ihr anzugehören ist ein Vergehen.

Das endgültige Urteil nach drei Instanzen erfolgt am 30. Januar 1992. Die Protektion, die zahlreiche Cosa-Nostra-Leute bis dato genossen haben, scheint ihre Wirksamkeit verloren zu haben.

Und die Cosa Nostra reagiert.

Das Kommando hat der Clan der Corleonesi unter Totò Riina, der Ende der siebziger, Anfang der achtziger Jahre einen blutigen Mafiakrieg gegen die alten palermischen Mafiafamilien gewonnen hatte. Die Botschaft an die Politik ist unmissverständlich. Im März 1992 wird Salvo Lima in Palermo ermordet. In Sizilien ist Lima gleichbedeutend mit Giulio Andreotti. Er ist dessen Mann, die Speerspitze der Democrazia Cristiana, die seit Kriegsende ununterbrochen an der Regierung ist. Der Mord an Lima spricht deutliche Worte: *Ihr habt uns nicht geschützt, und dafür werdet ihr büßen.* Es ist der erste in einer langen Reihe von Morden, die von den führenden Köpfen der Mafia am grünen Tisch beschlossen werden. Im Visier stehen christdemokratische Politiker ersten Ranges, der Justizminister, Polizisten, Journalisten und Richter, insbesondere zwei, die Inbilder für den Kampf gegen die Mafia: Giovanni Falcone und Paolo Borsellino. Vorbereitungen werden getroffen, Beschattungen veranlasst, geeignete Orte ermittelt und Einsatzkommandos zusammengestellt.

Während die Cosa Nostra ihren Racheakt plant, kommt es in der italienischen Politik zum Eklat. Die Korruption, seit Jahren in aller Munde, ohne dass etwas Nennenswertes unternommen worden wäre, dringt mit einemmal an die Oberfläche. Im Februar 1992, einen Monat vor Limas Tod, wird Mario Chiesa, der Präsident eines großen Mailänder Altersheims, auf frischer Tat ertappt, als er Schmiergelder für eine Auftragsvergabe einstreicht. Zuerst streitet er alles ab, doch dann packt er aus und löst einen unaufhaltsamen Dominoeffekt aus. Die Sekretäre und Verwaltungsspitzen sämtlicher Regierungsparteien sowie deren Sekretäre geraten ins Fadenkreuz der »Tangentopoli«-Ermittlungen. Es geht um Schmiergelder in gigantischen Höhen, mit denen sich die Politik finanziert, gezahlt von Unternehmern und Geschäftsleuten als Gegenleistung für abgekartete Auftragsvergaben, Gefälligkeiten und Freundschaftsdienste. Ein riesiger Sumpf aus Korruption und Kriminalität, in den bedeutende Vertreter der italienischen Politik, Wirtschaft und Finanz verwickelt sind. Vornan, um nur ein Beispiel zu nennen, die Ferruzzi-Gruppe aus Ravenna und Raul Gardini*, der Reeder des Seglers *Moro di Venezia*, der in jenen Tagen im America's Cup antritt. Sie stehen im Zentrum dessen, was später als »Mutter aller Schmiergeldaffären« bezeichnet werden wird. Im Juli 1993 begeht Gardini durch einen Schuss in die Schläfe Selbstmord. Allerdings wird die Pistole, aus der zwei Kugeln abgefeuert wurden, zwei Meter von ihm entfernt gefunden, und seine Hände weisen keinerlei Spuren vom Gebrauch der Waffe auf.

* Zu allen mit einem Sternchen versehenen Namen oder Begriffen finden sich im Anhang ab Seite 596 kurze Erklärungen.

Obwohl Tangentopoli am 23. Mai 1992 noch ganz am Anfang steht, ist klar, dass die Flut bald über die Ufer treten wird. An jenem Tag ermordet die Cosa Nostra Giovanni Falcone. Der Richter hatte einen bedeutenden Posten im Justizministerium in Rom angenommen. Um ihn in Capaci unweit von Palermo zu töten, sprengt die Cosa Nostra ein Stück Autobahn in die Luft. Eine für die Mafia ungewöhnliche Methode, ein Strategiewechsel und eine kaum zu ignorierende Allmachtsbekundung.

Am 19. Juli 1992 ist Paolo Borsellino an der Reihe, der nach Falcones Tod zur Symbolfigur im Kampf gegen die Mafia geworden ist. Die Methode ist ähnlich, eine Autobombe vor dem Haus seiner Mutter in der Via d'Amelio in Palermo. Die Explosion zieht die gesamte Straße in Mitleidenschaft und verwandelt Palermo in einen Vorort von Beirut. Die Schuldigen sind bald gefasst.

Jahre später besteht allerdings kein Zweifel mehr, dass die vermeintlichen Täter nur das Bauernopfer eines geschickten Manövers sind, das allzu deutlich nach Staat riecht.

1993 kommt es zum Zusammenbruch. Die Verhaftungen von Tangentopoli bringen das politische System zum Einsturz. Die Democrazia Cristiana und die Sozialisten gehen unter, und die aus der ehemaligen Kommunistischen Partei hervorgegangenen Linksdemokraten (PDS) betreten die Bühne. Die Politik weicht einer fast ausschließlich technischen Regierung unter der Führung des italienischen Zentralbank-Chefs Ciampi. Giulio Andreotti wird der Mafia-Begünstigung beschuldigt, die Justiz ersucht das Parlament um Erlaubnis, gegen den Generalsekretär der Sozialisten Craxi vorgehen zu dürfen. Als sich das Parlament verweigert, geht die Öffentlichkeit auf die Barrikaden. Eine ganze politische Klasse bricht unter der Last der Skandale, Kriminalität und Korruption zusammen.

Die Cosa Nostra verliert ihre Gewährsleute und sucht sich neue. Schon seit der Landung der Alliierten im Zweiten

Weltkrieg wurde sie als Bollwerk gegen den italienischen Kommunismus benutzt.

Und die Bomben kehren zurück. Diesmal treffen sie Baudenkmäler: die Uffizien, zwei Kirchen in Rom, den Padiglione d'Arte Moderna in Mailand. Jahre später stellt sich heraus, dass eine weitere Bombe unmittelbar nach einem Fußballspiel im Olympiastadion hochgehen sollte. Einem Defekt oder einem Sinneswandel ist es zu verdanken, dass es zu keinem weiteren Blutbad kam.

Zu den Bomben bekennt sich eine Gruppe, die sich Falange Armata nennt. Der Name erweist sich als leere Hülle, von der man nicht weiß, wer sich dahinter verbirgt. Es kommt recht schnell ans Licht, dass die Cosa Nostra die Bomben gelegt hat. Doch hat sich die Cosa Nostra noch nie zu etwas bekannt, sie hat stets klare Ziele getroffen, erklärte Feinde, Politiker, Richter, Polizisten. Die Cosa Nostra sprengt keine Denkmäler und Kirchen in die Luft, sie zerstört keine Kunstwerke, sie zerstört nicht blind.

Die Bomben von 1993 haben nur ein Ziel: die Bevölkerung in Angst und Schrecken zu versetzen.

Anfang des Jahres geht der Boss der Corleonesi Totò Riina den Carabinieri während einer Razzia ins Netz. Doch der Unterschlupf, in dem er gefasst wird, wird nie durchsucht. Sein Nachfolger wird Bernardo Provenzano. Er ist seit Jahrzehnten flüchtig und nur wenige kennen sein Gesicht.

In diesem vom allgemeinen Chaos verängstigten und zutiefst verunsicherten Italien betritt Silvio Berlusconi die politische Bühne. In einer an sämtliche Fernsehsender übermittelten Videobotschaft verkündet er seine Kandidatur bei den Parlamentswahlen. Es ist der 26. Januar 1994, doch sein Vorhaben ist seit mindestens einem halben Jahr bekannt. Seine neu gegründete Partei Forza Italia gewinnt die Wahlen, und Insider behaupten, der Plan dazu sei bereits 1992, zu Beginn von Tangentopoli, gefasst worden.

Silvio Berlusconi wird zum Mittelpunkt der italienischen Politik. Im Schatten des alten politischen Systems hat er es zum größten Medienunternehmer Italiens gebracht. Den Ursprung seines Erfolges umgibt ein seltsamer Nebel aus Off-Shore-Finanzgesellschaften und anonymen Holdings. Über seine rechte Hand, Marcello Dell'Utri hält sich hartnäckig das Gerücht, er sei mit der Mafia verbandelt. Doch den Italienern ist das egal. Er ist ihr neuer Mann. Sie wählen ihn, und er gewinnt. Bei seinem Eintritt in die Politik unterstehen seine Unternehmen dem Insolvenzverwalter, doch wundersamerweise kommen die Geschäfte wieder ins Rollen.

Berlusconi ist Regierungschef, die Bomben enden. Die Mafia verschwindet.

Es wird keine Bomben, keine Attentate, kein Aufsehen mehr geben. Bernardo Provenzanos Mafia schweigt. Die Menschen sollen vergessen, dass es sie gibt.

Es ist bewiesen, dass der italienische Staat zwischen 1992 und 1993 Kontakt zur Cosa Nostra aufgenommen hat. Prozesse werden geführt, Anklagen gegen Carabinieri-Offiziere erhoben. Diese behaupten, sie hätten versucht, die großen Flüchtigen Riina und Provenzano aufzuspüren und an Informationen zu gelangen.

Diese bis heute nicht aufgeklärten Kontakte zwischen Staat und Mafia nennt man in Italien »Die Verhandlung«.

Von der Verhandlung und dem, was davor und danach geschah, erzählt dieses Buch. Es erzählt von der Ermordung Paolo Borsellinos und von den Gründen, die zu seiner Isolierung und zu seinem Tod geführt haben. Es erzählt vom Italien jener Jahre und vom Italien unserer Tage. Von den allzu engen Banden zwischen Politik, Mafia, Finanzmarkt und Macht.

Es erzählt eine Geschichte, die derart romanhaft klingt, dass sie wahr sein könnte.

*Für F.*
*Meine Zuflucht und mein Leben*

*Und für Beatrice*
*Dass sie stets lächeln möge*
PF

*Für P.*
*Der mir neue Wege gewiesen hat*

*Für Oliviero*
*Damit er weiß, wo er geboren wurde*
FP

*Da heißt es immer: Dieser oder jener Politiker hatte etwas mit einem Mafioso zu tun, dieser oder jener Politiker wurde beschuldigt, mit mafiösen Organisationen gemeinsame Sache zu machen, doch da er nicht rechtskräftig verurteilt ist, ist er ein ehrlicher Mann. Diese Argumentation gilt nicht, kann doch die Justiz lediglich ein richterliches Urteil fällen und sagen, es gibt zwar einen Verdacht, sogar einen schweren Verdacht, aber uns fehlt die rechtliche, die richterliche Sicherheit, die es erlaubt, diesen Mann als Mafioso zu bezeichnen (…) Allein der Verdacht sollte die Parteien dazu bewegen, in ihren Reihen zumindest gründlich aufzuräumen und sich nicht nur ehrlich zu geben, sondern ehrlich zu sein, indem sie sich von all jenen trennen, die in irgendeiner Weise mit verdächtigen Machenschaften in Zusammenhang gebracht werden, selbst wenn sie keine Straftaten darstellen.*

Paolo Borsellino, *Bassano del Grappa*,
26. Januar 1989

*Es braucht Lügen. Der Staat muss lügen. Es gibt keine Lüge im Krieg oder in der Kriegsvorbereitung, die sich nicht verteidigen ließe.*

Don DeLillo, *Der Omega-Punkt*

Alles begann mit einem Anruf.

Bis heute weiß ich nicht, wer mich angerufen hat. Es war nur eine Stimme am anderen Ende der Leitung. Sie hatte kein Gesicht, keinen Blick, keinen Körper.

Bei den wenigen Worten, die ich mit ihr gewechselt habe – Worte, die mein ganzes Leben verändern sollten –, sah ich schmale, nervöse Hände und flattrige Gesten vor mir, die das Gesagte begleiten, unterstreichen, ihm Nachdruck verleihen. Ich habe nie erfahren, ob meine Vermutung stimmte.

Über manches lässt einen das Leben im Dunkeln.

Nur eines habe ich herausbekommen. Ihr Blick ging nach vorn, und das ohne Furcht.

Es ärgert mich, das zuzugeben, aber diese Definition stammt nicht von mir, sondern von meiner Tochter, die eher impulsiv und gefühlsbetont ist und über besagte Stimme noch weniger weiß als ich. Sie hat weder diese nervösen Hände noch die von ihr so treffend beschriebenen Augen vor sich gesehen.

Ich bin in einem Haus voller Frauen aufgewachsen, und der Weg, der mich bis hierher und zu diesen Worten geführt hat, ist ebenfalls drei Frauen geschuldet. Meiner Frau, meiner Tochter. Und der Stimme dieses Anrufes.

Ihretwegen habe ich meine Entscheidung getroffen, und als mir klargeworden ist, dass es für mich kein Zurück mehr gibt, als ich begriffen habe, was zu tun ist, war ich stolz auf mich wie nie zuvor in meinem Leben.

Ich werde eine Geschichte erzählen. Teils habe ich sie erlebt, teils rekonstruiert. Ich werde sie erzählen, weil manche Leute meinen, sie dürfe nicht erzählt werden. Ich werde sie erzählen, weil ich keine andere Wahl mehr habe. Ich werde sie erzählen, um vielleicht meine Haut zu retten.

Ich werde sie erzählen, weil das Land der vergessenen Geschichten meiner Geschichte die Staatsbürgerschaft verweigert.

»Die Zukunft lag hinter ihnen. Vor ihnen lag nur noch die Erinnerung.«

Jean Claude Izzo, *Total Cheops*

Der Mann hat keine Eile.

Er hat die Hände in den Taschen und blickt sich um. Ein junges Mädchen auf zu hohen Absätzen wartet auf den Bus. Ein Typ quatscht in sein Handy und redet mit einem gewissen Guga. Ein Auto fährt über Rot.

Der Mann schenkt jedem von ihnen einen Funken seiner Aufmerksamkeit. Dann bleibt er vor dem Schaufenster eines Kleiderladens stehen und kontrolliert, ob alles sitzt. Er hat seine Garderobe mit Bedacht gewählt. Ein frisch gewaschenes weißes Hemd. Helle Jeans, dunkler Pulli, schwarze Jacke. Er hat kurz überlegt, ob er die Augen hinter einer Sonnenbrille verstecken soll. Mit den riesigen dunklen Gläsern sieht er aus wie eine Fliege, perfekt, um aufzufallen. Keine gute Idee.

Er hat sie aufs Bett geworfen. Eine nachlässige Geste, die letzte. Dann ist er gegangen, ohne die Tür ins Schloss zu ziehen. Wenn sie kommen, müssen sie sie nicht eintreten.

Er sieht auf die Uhr. Er ist sogar zu früh. Er geht um die Ecke und trinkt einen Kaffee, vertieft sich in einen Artikel über das Spiel vom Vorabend. Als er fertig ist, fragt er sich, weshalb ihn das so sehr interessiert, und findet keine schlüssige Antwort. Angewohnheiten wird man nicht los.

Auch wenn sie überflüssig geworden sind. Auch wenn die letzten Lebensminuten gezählt sind.

Erst, als er den Justizpalast betritt, wird ihm klar, was gerade geschieht. Als er in der Eingangshalle steht, um Mut für den nächsten Schritt zu fassen, begreift er, dass die Zeit der

Entscheidungen abgelaufen ist. Es bleibt zu tun, was zu tun ist, ohne Wenn und Aber. Er macht einen Schritt nach rechts, sein Körper bekommt die Last der Wirklichkeit zu spüren, er lehnt sich an die Wand, sucht eine Bank, setzt sich.

Ich breche zusammen, denkt er. Das packe ich nie.

Er schließt die Augen und legt das Gesicht in die Hände.

»Alles in Ordnung?«

Er hört die Frage nicht. Nicht einmal, als sie wiederholt wird. Jemand berührt ihn an der Schulter, er sieht auf. Ein Carabiniere.

»Alles in Ordnung?«

Antworte. Atme. Denk nach. Antworte. Atme.

Ich sterbe. Klar ist alles in Ordnung.

Er lächelt.

»Ich bin nur ein bisschen nervös. Ich lasse mich gleich scheiden.«

Der Carabiniere lächelt zurück, nickt grüßend und geht davon.

Der Mann sieht ihn am Ende der Halle verschwinden, steht auf, geht zum Klo, spritzt sich, ohne in den Spiegel zu sehen, Wasser ins Gesicht, geht wieder hinaus. Die Welt hat ihre Schärfe zurück. Wieder vergräbt er die Hände in den Taschen und setzt sich in Bewegung.

Noch ein paar Minuten, und alles ist vorbei.

Noch ein paar Minuten, und er wird das Richtige getan haben.

Noch ein paar Minuten, und nichts braucht ihn mehr zu kümmern.

Auch nicht, dass die Angst ihm fast die Luft abschnürt.

»Ich muss mit Ihnen sprechen.«

Das Telefon hatte am Dienstag, den 30. September 2003 geklingelt und mich aus einem unruhigen Schlaf gerissen, in den ich, ohne es zu merken, gefallen war. Mit geschlossenen Augen hatte ich nach dem Hörer getastet, um das Klingeln zu beenden.

»Wer ist da?«

»Bitte hören Sie mir zu. Ich heiße Michela Santini. Sie kennen mich nicht. Aber ich muss Sie treffen.«

Ich hatte mich aufgesetzt. Eine Frauenstimme. Jung. Ein Name, der mir nichts sagte.

»Hören Sie, wenn das ein Scherz sein soll …«

Ihre Stimme war gedämpft.

»Ich kann mir keine Scherze erlauben.«

Es klang wie herausgerutscht. Ein paar Sekunden herrschte Schweigen. Vielleicht bereute sie ihren Entschluss.

»Ich habe ein Problem, und Sie können mir dabei helfen. Ich bitte Sie nur, sich mit mir zu treffen. An einem öffentlichen, belebten Ort.« Pause. »Bitte.«

»Wo?«

Die Frage hatte mich selbst überrascht. Instinktive Reaktionen hatte es bei mir schon seit Ewigkeiten nicht mehr gegeben.

»Im Justizpalast, dritter Stock. Dort gibt es einen Flur mit einer großen Fensterfront. Ich bin Anwältin. Um zwölf habe ich eine Verhandlung. Doch vorher würde ich gerne mit Ihnen reden. Es wird nur wenige Minuten dauern. Sie können dann entscheiden, ob Sie bis zum Ende der Verhandlung warten möchten, um auch noch den Rest zu hören. Morgen früh um Viertel vor zwölf.«

Sie hatte noch nicht einmal die Antwort abgewartet. Ich hockte da, den Hörer in der Hand, auf dem Display ein Telefonat von sechsundfünfzig Sekunden mit einem unbekannten Teilnehmer.

Normalerweise hätte ich sie gleich zum Teufel geschickt und einfach aufgelegt. Eine Unbekannte, die mich mit anonymer Nummer anruft und ungeheuer dringend mit mir reden muss, aber nicht rausrückt, worüber. Zum Hinlegen und Weiterpennen.

Stattdessen hatte ich mir einen Kaffee gemacht. Und beim Befüllen der Kaffeemaschine hatte ich beschlossen, zu dem

Treffen zu gehen. Beim zweiten Kaffeelöffel grübelte ich bereits darüber nach, wie mein Leben mit dem der jungen Frau in Berührung gekommen sein mochte. Und vor allem, was ihr so große Angst machte.

Man hatte es gespürt. Im Tonfall, im Zögern, das jedem Satz voranging. In den Sätzen selbst.

*Ich kann mir keine Scherze erlauben.*

Diese Worte hatten mich davon abgehalten, das Gespräch zu beenden. Sie hat sie gewispert, zwingend wie ein Atemzug. Seit dem Moment habe ich sie im Kopf, selbst jetzt, wo es fast soweit ist und ich anfange, mich umzublicken und zu raten, welche der Unbekannten um mich herum die Person sein könnte, auf die ich warte.

Ich bin nervös. Ich gehe auf und ab, werfe einen Blick aus dem Fenster. Der Verkehr, die Menschen, die ein bestimmtes Ziel zu haben scheinen. Von hier aus betrachtet könnte man fast glauben, die Welt hätte noch einen Sinn.

Ich weiß nur zu gut, dass das nicht stimmt. Ich weiß es seit langer Zeit.

Es ist fünf vor zwölf. Ich gehe bis zum Ende des Flurs, und mich beschleicht der Gedanke, dass ich die Möglichkeit, es könne sich um einen Scherz handeln, vielleicht doch etwas leichtfertig verworfen habe. Ich habe auch nicht daran gedacht, jemanden anzurufen, um festzustellen, ob es wirklich eine Anwältin namens Michela Santini gibt.

Als ich abermals auf die Uhr sehe, rempelt mich ein Typ an. Er hat die Hände in den Taschen vergraben und murmelt im Vorbeigehen eine Entschuldigung.

Und dann, rund zehn Meter von mir entfernt, sehe ich sie.

Sie blickt mich an, nur ganz kurz. Es reicht, um zu verstehen, dass sie auf mich wartet.

Eine junge Frau, blass wie die Herbstsonne.

Im dritten Stock ist es zu hell und alle starren ihn an.

Der Mann weiß, dass das nicht stimmt, aber er wird das

Gefühl nicht los. Sie sind seinetwegen hier. Alle. Sie sind hier, um ihn an dem zu hindern, was er tun muss. Sie sind hier, um ihm das Leben zu ruinieren, um sein Vorhaben zu vereiteln, alles zunichtezumachen.

Er schluckt. Denkt nach. Atmet. Denkt nach.

Das Bild in seinem Kopf ist glasklar. Sie lächeln alle beide. Ein Lächeln, das er nur zu gut kennt. Ein Lächeln, das er nicht zerstören will.

»Sie werden weiterlächeln«, flüstert er.

Ein Typ dreht sich um und fragt ihn etwas. Er hört nicht zu. Der andere zischt etwas, das auch eine Beleidigung sein könnte.

Details, für die er keine Zeit hat.

Er bewegt die Hand in der Tasche. Eine instinktive Regung, um die Angst zu verjagen und den Moment einzuleiten. Er blickt stur geradeaus, entdeckt sein Ziel, denkt, dass er genau dort schon einmal hineingegangen ist, vor vielen Jahren, und dass man absolut machtlos ist, wenn das Leben einen verarschen will.

Er beschleunigt den Schritt, rempelt einen an, der mitten im Flur steht, entschuldigt sich, witscht vorbei. Er fängt an zu zählen.

Früher hatte das geholfen, um nicht aus dem Takt zu geraten.

Früher konnte er sich damit bei der Stange halten, wenn die Spannung ins Unermessliche stieg.

Eins. Zwei. Drei. Vier. Fünf.

Er muss nur tun, was er am besten kann.

Der letzte Gedanke, bevor er den Saal betritt, ist, dass dies der Raum ist, in dem sein Leben enden wird.

Der Angeklagte ist ein gedrungener Kerl mit rasiertem Schädel. Er heißt Nicola Reale, ist Mitte zwanzig, hat einen Brilli im rechten Ohr und trägt eine rotzige Miene zur Schau, um seinen Schiss zu überspielen.

Die junge Frau sieht ihn hereinkommen, macht mir ein

Zeichen, auf sie zu warten, und lässt ihn näher treten. Wir haben noch nicht miteinander gesprochen. Doch inzwischen spielt das keine Rolle mehr. Ich werde bis zum Ende der Verhandlung bleiben und mir anhören, was sie zu sagen hat.

Ein Blick aus der Nähe hat genügt, um zu begreifen, dass ihr Anliegen wirklich wichtig sein muss. Man sieht, dass sie seit Ewigkeiten nicht mehr geschlafen hat. Die Art, wie sie jeden Anwesenden im Saal mustert, zeigt, dass sie überall eine Gefahr vermutet.

Ich suche mir einen Platz in der ersten Reihe, hinter den Tischen der Verteidigung. Sie steht zwei Meter vor mir. Ihr Mandant grüßt sie kaum und blickt sich ebenfalls nervös um.

»Keine Sorge, es wird alles gutgehen«, sagt sie ihm.

Ich drehe mich um und will mich setzen.

Da sehe ich den Mann.

Es ist der, der mich angerempelt hat. Ich bin beim Hereinkommen an ihm vorbeigegangen. Er hat draußen gewartet, und ich hatte ihn für einen Journalisten gehalten.

Wie ich ihn jetzt eintreten sehe, den Blick stier geradeaus gerichtet, weiß ich, dass ich mich geirrt habe.

Der ist nicht beruflich hier.

Auch nicht aus Neugier.

Er hat es auf jemanden abgesehen.

Er schießt.

Schießt, ohne zu zögern. Er schießt, als wäre er jemand anders. Er schießt, als wäre die Vergangenheit zurückgekehrt, um die Gegenwart zu verschlingen. Er schießt mit der gleichen Präzision und Kaltblütigkeit wie sonst. Er schießt, ohne die Schreie zu hören, die Gesichter zu sehen.

Er schießt, um zu töten. Zuerst die beiden Bullen. Dann die junge Frau. Zuletzt den Glatzkopf.

Er zielt noch immer, zuerst auf einen Mann, dann auf eine Frau, dann auf den Trottel, der mitten im Flur stand und jetzt neben der jungen Frau kniet.

Du wirst sie nicht retten, du Idiot. Keiner von uns wird sich retten.

Er richtet den Lauf auf einen Bullen, der den Saal von hinten betreten hat, auf ihn zielt und brüllt, er solle die Waffe fallen lassen, er habe keine Chance zu entkommen.

Ich habe keine Chance, denkt der Mann. Da wäre ich ohne diesen Scheißbullen ja nie drauf gekommen.

Er grinst. Das hungrige Feixen einer Hyäne.

»Ich heiße Angelo Mazza!«, schreit er, und Stille erfüllt den Saal.

»Ich heiße Angelo Mazza! Seht ihr mich? Könnt ihr mich alle sehen?«

»Ich heiße Angelo Mazza«, wiederholt er zum letzten Mal. »Und ich habe einen Verräter bestraft.«

Ohne zu begreifen, was los ist, bricht Michela zusammen, geht neben den beiden Beamten zu Boden, Blut mischt sich mit Blut.

Rein zufällig lande ich neben ihr. Kaum hat der Mann auf den ersten Polizisten geschossen, werfe ich mich auf die Knie. Er trifft ihn im Genick, ein einziger Schuss. Ein weiterer Schuss für den Kollegen, noch ehe der sich umdrehen kann.

Michela wird zweimal in die Brust getroffen. Die nächste Kugel ist für ihren Mandanten, der zu fliehen versucht, aber keine zwei Meter weit kommt. Ein einziger Schuss, knapp unterm Hals.

Er richtet die Pistole auf mich, und die Welt verschwindet in einer gläsernen Blase.

Die Atemluft brennt in meinen Lungen, etwas Eisiges schießt mir durchs Rückenmark wie ein Nagel, der über eine Tafel kreischt. Es dauert nur wenige Sekunden. Als die Polizei eintrifft, zerbirst die Blase in zahllose Splitter. Alle brüllen, einer lauter als der andere.

Dann dieser Name, sein Name. Er wiederholt ihn dreimal, immer lauter, zerreißt die Stille und blendet alles andere aus.

Selbst den Tod.

Die letzte Kugel hat er für sich aufgespart, und als ich ihn zusammenbrechen sehe, verschlagen mir Grauen und Erleichterung den Atem. Meine Augen sind weit aufgerissen, mein Atem geht hektisch. Meine Hände sind eiskalt und voller Blut.

Michelas Blut.

Michela, die die Augen aufreißt und mich ansieht.

Michela, die mich ansieht und den Mund öffnet.

Michela, die den Mund öffnet und etwas sagt.

Ein Wort.

Ein Wort, das alles verändert.

Venedig hat das verlebte Aussehen einer Stadt, die sich aufgegeben hat. Ich fühle mich unwohl dort. Ich kriege es noch nicht einmal hin, an einem Herbsttag irgendwo zwischen San Rocco und Santa Croce zu sitzen und ein belegtes Brötchen zu essen.

Als ich Giulia das sage, kontert sie wie immer, wenn sie es für unnötig hält, das Gespräch aufrechtzuerhalten.

»Weil du ein Möchtegernsnob bist.«

Ich sehe sie an, das erhobene Kinn, das zusammengebundene Haar, die dunklen, schmalen Augen, die präzise, geschmeidige Bewegung, mit der sie die Spaghetti auf die Gabel rollt. Vor zwei Jahren ist sie von zu Hause ausgezogen, und manchmal habe ich den Eindruck, sie vergessen zu haben. Wenn ich sie dann besuche, mache ich eine kuriose Bestandsaufnahme und stelle fest, dass mir nicht das winzigste Detail verlorengegangen ist.

»Hörst du mir überhaupt zu?«

»Klar«, sage ich. Eine unverschämte Lüge.

»Dass alles so scheiße ist, haben wir auch Leuten wie dir zu verdanken, weißt du?«

»Leuten wie mir?«

Sie gießt sich Wasser nach, eine Geste, die all ihre Aufmerksamkeit zu erfordern scheint.

»Ganz genau, Leuten wie dir. Leuten, die sich einen Dreck um die Welt scheren. Wann hast du das letzte Mal eine Zeitung aufgeschlagen, Papa? Wann hast du dich das letzte Mal gefragt, was eigentlich los ist?«

Ich weiß keine Antwort. Auch nicht auf ihre Wut. Ich weiß keine Antwort, die mein schlechtes Gewissen lindern oder ihre Meinung von mir ändern könnte. Also sage ich nichts. Wie immer warte ich ab, dass die Flut steigt und alles überspült.

»Du schreibst Kinderbücher, Papa. Das ist alles, was du willst. Aber die Welt dreht sich weiter. Du bist nicht besser als meine Kommilitonen. Hauptsache, man hat ein Mädel, genug Kleingeld, um samstags Pasta essen zu gehen, ein Auto, das fährt, und ein Fotohandy mit mindestens dreißig Megapixeln, wozu auch immer. Oder man kann sich Schuhe mit möglichst hohen Absätzen leisten, auf denen man sich fast den Hals bricht.«

»Ach komm, so seid ihr doch gar nicht alle ...«

Sie stützt die Ellbogen auf den Tisch und lässt ein messerscharfes Lächeln aufblitzen.

»Klar sind wir nicht alle so. Natürlich nicht. Aber was zählt das schon, wenn die Mehrheit mindestens so schlimm ist? Ein Typ, der mit einer Bekannten von mir zusammen ist, kauft Prüfungsergebnisse. *Immer.* Er hat rausgekriegt, wie's geht, hat genügend Kohle und macht's einfach. Ich hab ihn mal gefragt, warum, und er hat gemeint, so sei es doch einfacher, er habe keinen Bock, sich über die Bücher zu hängen, er wolle nur den Abschluss kriegen, damit sein Vater die Klappe hält, und dann würde er weitersehen. Das Ergebnis zählt. Gewinnen, als wäre alles ein Fußballspiel. Er meint, nur Idioten schlagen sich die Nacht mit Lernen um die Ohren.«

Sie schweigt. Mustert mich abwartend.

»Echt tiefsinnig, was?« Sie macht eine Pause. »Ich hab mal geglaubt, früher oder später fallen solche Ärsche auf die Schnauze. Man müsse nur abwarten, irgendwann wären sie dran. Heute glaube ich das nicht mehr. Dieses Land geht gerade vor die Hunde, Papa. Und du erzählst noch immer vom bösen Wolf.«

Ich trinke einen Schluck Bier.

»Früher haben dir meine Geschichten gefallen.«

»Ja. Als ich noch geglaubt habe, die Welt sei ein Märchen.«

Sie verstummt, isst eine Gabel Nudeln. Dann sieht sie mich an, mit einem routinierten, vermeintlich beiläufigen Blick. Ihre Mutter machte es genauso, wenn sie mich auf die Palme bringen wollte.

»Aber, na ja, wie heißt es so schön bei Manzoni: Wer keinen Mut hat, kann sich auch keinen verleihen.«

Ich lächele. Eine Reverenz vor ihrer klassischen Bildung und der messerscharfen Raffinesse, mit der sie mich zum Feigling abgestempelt hat.

Ich antworte nicht, es wäre zwecklos. Diese Diskussion haben wir schon viel zu lang und zu oft geführt. Vielleicht sollte ich ihr einfach recht geben, doch dann würde ich sie noch mehr enttäuschen.

Ich kann ihr nun mal keinen Vorwurf daraus machen, dass ihre Mutter ihr fehlt.

Mir fehlt sie auch.

Könnte ich die Toten auferwecken, hätte ich das Problem schon längst gelöst.

»Ich habe einen Menschen sterben sehen.«

Ich weiß auch nicht, warum ich das sage. Es rutscht mir einfach so raus. Giulia ist die Erste, der ich es erzähle. Sie legt die Gabel hin. Sofort ist ihr Gesicht ein anderes.

»Wann?«

»Vor einer Woche. Ein Typ hat sie erschossen. Sie und noch drei andere.«

»Die aus dem Gericht … Was hast du denn da zu suchen gehabt?«

»Willst du mich noch nicht einmal fragen, ob ich Angst hatte?

»Klar hattest du Angst. Los, erzähl.«

Und ich erzähle. Ich fange damit an, wie der Typ die Schießerei eröffnet, und gehe dann zurück zum Telefonat.

»Ich habe keine Ahnung, was sie mir sagen wollte.«

Sie bemerkt die Lüge nicht.

»Das lässt sich doch bestimmt herausbekommen. Du bist Journalist, find's heraus.«

Ich bin Journalist.

Sie sagt das mit einer solchen Begeisterung, dass ich einen Moment lang selbst daran glaube. In Wahrheit konnte ich es noch nie leiden, wenn sich jemand so präsentiert: Ich bin Journalist, ich bin Schriftsteller, ich bin Arzt.

Außerdem ist das Verb falsch konjugiert. Ich war Journalist, und das nur sehr kurz. Und es war nicht meine Entscheidung, es nicht mehr zu sein. Mit dem Tod ihrer Mutter war ich plötzlich allein, mit dem unsichersten Job der Welt, einer achtjährigen Tochter und dem brennenden Wunsch, mich nicht von meinem Vater aushalten lassen zu müssen.

Die Kindergeschichten, wie sie sie nennt, waren das einzig Gute in einer sehr unglücklichen Verkettung von Umständen. Sechs Monate ehe ich Witwer wurde, war eines meiner Manuskripte verlegt worden. Plötzlich und auf jene wundersame Weise, die kein Verleger willentlich erzeugen kann, fing es an, sich zu verkaufen.

Das Geld war da. Genug, um mich zu Hause einzuschließen, meine Tochter großzuziehen und der beruflichen und finanziellen Unsicherheit zu entfliehen. Ein Buch pro Jahr reichte.

Doch Giulia hat mir das nie verziehen. Du hast deine Träume aufgegeben, sagt sie jedes Mal, wenn das Thema darauf kommt. Und es ist schwer, ihr zu widersprechen.

Ich trinke den Rest meines Bieres aus.

»Du solltest darüber mit Großvater reden«, sagt sie und scheint fieberhaft zu überlegen, wie sie mich dazu bringen kann, meinen früheren Job wieder aufzunehmen. Die Mission ihres Lebens.

»Ja, vielleicht.«

»Weißt du, welches die entscheidende Frage ist, Papa? Ob du diese Geschichte erzählen willst.«

Eine Geschichte erzählen. Ihre Obsession.

Früher oder später wird sie ihr nachgeben, das weiß ich. Sie wird ihre bescheißenden Kommilitonen mitsamt der Fakultät und der Architekturkarriere in den Wind schießen und in irgendeiner Redaktion landen, unterbezahlt, lebenslänglich und unter dem gütigen Schutzschild des Familiennamens, um eine Geschichte zu erzählen, die es wert ist, sich den Arsch dafür aufzureißen.

Ihre Mutter war genauso, als ich sie kennenlernte. Auf der unbedingten Suche nach der Wahrheit. Auch deshalb habe ich mich in sie verliebt. Wenn man mit ihr zusammen war, hatte man das Gefühl, es müsse irgendeine Form der ausgleichenden Gerechtigkeit geben. Man hörte ihr zu, und es leuchtete ein, für eine Sache zu kämpfen, man glaubte sogar, man könnte gewinnen. Sie war das Gute in der Welt, das ein frustrierter Einzelgänger wie ich nie zu Gesicht bekommen hat.

Genau das sehe ich in unserer Tochter. Die gleiche verzweifelte Glut.

»Sagst du mir noch mal was dazu, Papa?«

Ich nicke. Streichle Giulias Hand, die sie mir hinstreckt. Versuche, mir einen Fluchtweg zu bahnen.

»Ich weiß noch nicht einmal, ob es eine Geschichte gibt.«

Kaum hat sie verstanden, was ich vorhabe, zieht sie die Hand zurück.

»Dann find es heraus«, sagt sie. »Das bist du ihr schuldig. Diese Frau ist gestorben, weil sie mit dir reden wollte.«

Das blaue Auto biegt links ab und fährt auf die Landstraße. Die Sonne scheint, es ist Nachmittag, der Frühling fühlt sich wie Sommer an, im Radio dudelt ein Lied, dem keiner zuhört, die Straße führt an Feldern vorbei, über eine Brücke, verengt sich und zieht sich den Hügel hinauf.

Im Auto sitzen drei Leute. Zwei Männer und eine Frau. Ich weiß nicht, wohin sie fahren oder wieso. Ich könnte versuchen, mich beim Blick aus dem Fenster an etwas zu erinnern, aber sofort verlässt mich die Lust.

Doch dass Samstag ist, weiß ich sicher. Ein Samstag im Mai.

Der Mann am Steuer blickt auf die Straße, sagt etwas, will sich an ein wichtiges Detail erinnern, doch die Zeit bleibt ihm nicht. Nicht einmal jetzt, im Traum.

Als passiert, was passieren muss, ist plötzlich überall Stille. Sie erfüllt den Wagen, frisst Luft und Worte mit der gleichen Gier wie ein Gewitter den Sommerhimmel.

In dem Moment kommt das rote Auto.

Es taucht in der Kurve auf, weder schnell noch langsam. Nur eines von vielen, denen wir seit Beginn der Reise begegnet sind. Dahinter ein BMW. Grau metallic, ich werde es nie vergessen. Die gleiche Farbe wie der Fluss, der zehn Meter unter uns fließt. Als er beschleunigt, ist der Abstand zwischen dem blauen und dem roten Wagen zu gering für alles.

Der BMW schwenkt aus. Beschleunigt.

Der Mann am Steuer blickt uns entgegen.

Besetzt die Spur.

Und ich bin mir sicher, dass er lächelt.

Als ich aufwache, ist es vier Uhr morgens, im Fernseher flimmert ein alter James-Stewart-Film. Ich habe diesen Alptraum seit Jahren.

Ich setze mich auf, fahre mir mit den Händen übers Gesicht, hole tief Luft. Einen Moment lang nimmt das Bild der zerberstenden Windschutzscheibe das gesamte Blickfeld ein. Ich nehme die Hände herunter und reiße die Augen auf.

Die Wand, das Telefon, das Bücherregal, die Zeitung auf dem Boden, aufgeschlagen beim Kinoprogramm, ein LKW, der die Kreuzung vor dem Haus überquert. Die Welt ist auch diesmal in den Angeln geblieben.

Ich stehe auf. Mir ist kalt, aber ich merke es nicht. Noch so ein Nebeneffekt, neben dem Geruch nach Fäulnis und Blut, mit dem mein Hirn mich an der Nase herumführt. Der Sog der Vergangenheit ruft die Truppen zurück, doch eine Kapitulation ist das nicht.

Ich trinke einen Schluck Milch aus der Packung, sehe einem Tropfen nach, der auf den Küchenfußboden fällt, wische ihn weg und kehre aufs Sofa zurück. Der Film hat einer Werbung für eine Sex-Hotline Platz gemacht. Ich drücke auf der Fernbedienung herum, nur um dem raschen Wechsel der Bilder zuzusehen, schalte aus.

Mein Kopf scheint zu platzen, und als ich mich ins Bett lege, bin ich sicher, dass mich der Rest jenes Frühlingstages auch noch heimsuchen wird, sobald ich die Augen schließe. Doch es passiert nicht.

Ich brauche keine Alpträume, um mich an die entscheidenden Dinge zu erinnern. Der blaue Wagen war ein Golf. Fast neu, nicht einmal ein Jahr alt. Zum Mittagessen hatte ich ein paar Gläser Wein getrunken. Rotwein. Aber die Farbe spielt keine Rolle. Der Mann im Auto ist mein Vater.

Die Frau im Auto hieß Elena und war meine Frau. Sie starb am Samstag, den 7. Mai 1994. An jenem Samstag, an jenem Nachmittag, auf jener Reise, die ich träume, als wäre ich ein Beobachter.

Ich habe sie getötet, weil ich nach rechts ausgewichen bin, um dem BMW zu entgehen.

Wir sind die Böschung hinuntergeflogen und im Fluss gelandet. Mein Vater ist seither von der Hüfte abwärts gelähmt und kann sich an nichts erinnern. Ich habe zwei Monate im Koma gelegen und bin unversehrt daraus erwacht, sofern Elenas Tod, die Schuldgefühle, die Wut und die Trümmer, die mein Verhältnis zu meiner Tochter unter sich begraben haben, nicht als physische Einschränkung zählen.

Wer auch immer die Insassen des roten Wagens gewesen sein mögen, sie haben entweder nichts mitbekommen oder wollten sich nicht einmischen. Stundenlang haben wir in dem Fluss gelegen, ehe ein Spaziergängerpaar uns bemerkt hat. Soweit ich weiß, hätte man Elena so oder so nicht retten können.

Der BMW wurde bis heute nicht gefunden. Ich glaube, nach dem Ergebnis meines Alkoholtests hat man von einer ernsthaften Suche abgesehen, doch ich weiß, dass es ihn gibt, irgendwo da draußen ist er. Und genauso weiß ich, dass ich nicht betrunken war und am Tod meiner Frau keine Schuld habe.

Ich weiß es, weil es in all den Erinnerungen an diesen Moment eine Sache gibt, die weder Reue, Angst, Trauer, Schmerz noch alle Alpträume der Welt haben ändern können.

Jedes Mal, wenn ich daran denke, jedes Mal, wenn ich diesen Augenblick träume und daraus erwache, schnürt mir etwas die Kehle zu.

Ein Bild.

Ein Bild, mit dem ich leben muss. Über das ich mir den Mund fusselig geredet habe. Von dem nur ich erzählen kann, weil niemand mehr da ist, der es gesehen hat, der davon weiß, der sich daran erinnern kann.

Die Schnauze des BMW. Ein neues Auto. Aufgetaucht aus dem Nichts. Ein Auto ohne Nummernschild.

Die Dinge ändern sich schnell. Es genügt eine Kleinigkeit, ein Standpunkt, den man nicht in Betracht gezogen hat. Eine Erinnerung. Ein Wort. Seit dem Tag, an dem ich zu der Verabredung im Gericht gegangen bin, denke ich daran.

Wenn Elena sich etwas in den Kopf gesetzt hatte, pflegte sie zu sagen, der Gedanke, der sie nicht loslasse, sei wie ein zweites Herz. Man merkt nicht, dass man es hat, und dennoch kann man ohne es nicht leben.

Kurz bevor Michela Santini starb, hat mein zweites Herz angefangen zu schlagen. Es ist ein seltsames Herz, eines, das ich kenne, sein Puls ist fast vertraut. Es macht mir Angst und es macht mich neugierig.

Seit jenem Tag ist ein Monat vergangen. Ich habe meine Tochter nicht mehr angerufen. Wenn ich es täte, würde sie fragen, ob ich mit ihrem Großvater geredet habe, ob ich versucht habe herauszufinden, was diese junge Frau mir sagen wollte. Ob ich die Flinte ins Korn geschmissen habe. Bis zu diesem Morgen hatte ich keine Antwort.

Die Entscheidung ist ganz plötzlich gekommen, und nicht aus Lust aufs Geschichtenerzählen, aus Langeweile oder aus einer blöden Wette mit mir selbst. Sondern aus Angst. Aus Grauen.

Diese junge Frau ist gestorben, weil sie mit dir sprechen wollte, hat Giulia gesagt. Ich würde lügen, wenn ich behauptete, ich hätte nicht das Gleiche gedacht.

Ich habe der Polizei nicht alles gesagt.

Niemand würde mir wirklich glauben, genauso, wie niemand wirklich an das Auto ohne Nummernschild geglaubt hat. Genau genommen ist das eine Falschaussage. Ich habe eine plausible Geschichte erzählt und ein Detail verschwiegen, das ich niemals vergessen werde, dessen Existenz jedoch niemand sehen will.

Ein Wort.

Sechs Buchstaben, drei Silben, deren Klang mir allein beim Gedanken daran Angst einjagen. Drei Konsonanten und drei Vokale, von deren Bedeutung ich nicht den leisesten Schimmer habe, und dennoch sind sie genau jenes Detail, das alles verändert und das Domino des Grauens in Gang gesetzt hat, dem ich nur entrinnen kann, wenn ich mich ihm stelle.

Also habe ich heute Morgen den Computer angeschaltet und sämtliche Nachrichten zu Michelas Tod zusammengesucht.

Angelo Mazza, der Mann, der sie erschossen hat, war flüchtig. Angeklagt des Mordes an zwei Drogendealern, die ein bisschen zu übermütig geworden waren. Drogen. Dieselbe Branche wie Nicola Reale, Michelas Mandant, jüngerer Bruder von Giuseppe Reale, Mazzas ehemaligem Geschäftspartner, der dann mit der Justiz zusammengearbeitet hat. Er hat Mazza die beiden Toten angehängt. Nicola hingegen war verpfiffen worden. Angeblich hatte er mehrere Kilo Stoff in seiner Wohnung. Er sollte ihn für einen Freund aufbewahren, hatte er erzählt, doch jetzt ist es zu spät, der Sache auf den Grund zu gehen.

Ich heiße Angelo Mazza, und ich habe einen Verräter bestraft.

Ich werde diesen Satz nicht los. Der letzte, den ein verzweifelter Mann sagt, ehe er sich die Birne wegballert. Die Worte eines Mörders, der beschließt, in einen Gerichtssaal zu spazieren und sich das Leben zu nehmen, um den Bruder des Mannes umzubringen, der ihn ans Messer geliefert hat.

Ich habe einen Verräter bestraft.

Die Worte sind wichtig und schwer zu greifen. Sie schlüpfen einem durch die Finger und ändern ihre Bedeutung. Sie verschleiern, wenn sie zu enthüllen scheinen, und führen den Verstand in die Irre.

Angelo Mazza tötet Giuseppe Reales Bruder und bringt sich um. Doch zunächst kriegt jeder der beiden Polizisten, die ihn in den Verhandlungssaal bringen, eine Kugel ab. Michela zwei.

Ich habe einen Verräter bestraft.

Und wenn der Verräter nicht Giuseppe, sondern Nicola wäre? Wenn die Strafe nicht der Schmerz des überlebenden Bruders, sondern der Tod des Ermordeten wäre? Scheinbar sinnlose Fragen. Eine lächerliche, verstiegene Verschwörungstheorie. Ein Spiel, mit dem man sich beim Abendessen mit Freunden die Zeit vertreiben oder aus dem man einen Roman machen kann.

Doch dies hier ist kein Spiel. Seit jenem Tag denke ich darüber nach, ständig, bei jedem Atemzug. Dies ist mein zweites Herz.

Als Angelo Mazza zum letzten Mal abgedrückt hat, war Michela noch am Leben. Sie war gekommen, um mich zu treffen, sie hatte etwas zu sagen und musste es loswerden. Und wenn es nur eine Andeutung wäre. Ein Wort. Drei Silben. Sechs Buchstaben.

Solara.

Solara, hat sie gewispert.

Solara, hat sie versucht meinen Augen zu sagen, die sie anstarrten, ohne zu begreifen.

Solara, hat sie wiederholt. Und beim letzten Mal habe ich sie verstanden.

Dann ist sie gestorben, mit diesem Wort auf den Lippen, und ich habe der Polizei nicht gesagt, was sie mir zugeflüstert hat. Ich habe ihnen nur erzählt, dass sie mir etwas sagen wollte, es aber nicht geschafft oder ich es nicht verstanden hätte.

An die Tage vor dem Tod meiner Frau kann ich mich sehr genau erinnern. Jäh endendes Glück hinterlässt der Erinnerung die kleinsten Details.

Es war ein regnerischer Abend. Ein plötzliches, heftiges Gewitter. Wir waren zu Hause. Ich las *Amerikanisches Idyll* und sie sah ihre Notizen durch. Sie wirkte abwesend, als würde sie vergeblich um etwas kreisen. Sie fing an, auf einen Notizblock zu kritzeln. Das machte sie oft, um ihre Gedanken zu sortieren. Dann hat sie aufgehört. Sie ist aufgestanden, und der Block ist zu Boden gefallen.

Sie hat ihn liegenlassen, ist mit zwei Bieren in der Hand aus der Küche zurückgekommen und hat mich geküsst. Ich habe das Buch zugeschlagen, mit ihr angestoßen, und dann haben wir auf dem Sofa miteinander geschlafen, während dem Regen Hagel und schließlich Stille folgte.

Es war das letzte Mal.

Als wir aufgestanden sind, um ins Bett zu gehen, habe ich den Block aufgehoben und zu ihren Sachen auf den Tisch gelegt.

Dort stand nur ein einziger Satz, ein Dutzend Mal hintereinander. Die beharrliche Wiederholung einer Obsession. Eine Frage, der ich damals keine Bedeutung beimaß und die jetzt sämtlichen Raum zwischen meinen Gedanken einnimmt. Die einzige, auf die ich eine Antwort finden will, egal, was es kostet.

*Wer ist Solara?*

Der Mann verlässt das Zimmer, grüßt jemanden, geht die Treppe vier Stockwerke hinunter und tritt in die frische Morgenluft hinaus. Er nimmt sich eine Zigarette, zieht sie aus einem Päckchen, das den Tag nicht überleben wird. Er macht ein paar Schritte, genießt die ersten Züge und blickt sich um.

Der Sonnenschein und die Ruhe sind genau das, was er braucht, um zu tun, was er tun muss.

Er wählt die Nummer, hört eine Stimme vom Band, folgt den Anweisungen und drückt die erforderlichen Tasten. Schließlich ist jemand dran. Er bemerkt es nur, weil Stille das Warteschleifengedudel der letzten vierzig Sekunden ablöst.

»Es wird zu den Akten gelegt. Heute oder morgen«, sagt er. Dann ist die Leitung tot. Die Nachricht folgt unmittelbar.

Jeder Ahnungslose würde sie für das Angebot einer Telefongesellschaft halten. Doch einen solchen Tarif kann sich kein Anbieter der Welt leisten.

Er raucht zu Ende. Denkt an die Strecke, die der Anruf zurückgelegt hat, an die Etappen seiner Stimme bis zu ihrem Bestimmungsort. Und an den Mann, der die Information erhalten hat. Ein Mann, den er noch nie gesehen hat und nie sehen wird. Und der für jemanden arbeitet, der nie erfahren wird, was geschehen ist.

Ab einem gewissen Punkt zählen die Ergebnisse. Bei den Mitteln muss man häufig ein Auge zudrücken.

»Eine interessante Sache.«

Auf den Knien meines Vaters liegt ein Buch von Norman

Mailer. Er spielt mit dem Umschlag, fährt mit den Fingern über den Titel, prüft die Dicke der Seiten, schlägt das Buch weit vor dem Lesezeichen auf und tut so, als läse er. In diesem Moment ist meine Gegenwart in diesem Raum vollkommen überflüssig.

Er lebt in einer mit Büchern und Jazz vollgestopften Wohnung, in der nichts höher ist als einen Meter fünfzig. So kann er alles vom Rollstuhl aus erreichen.

Er hat nie zu mir ziehen wollen, selbst als er ganz unvermutet Witwer geworden ist. Ich brauche meine Stille, pflegte er zu sagen. Und es war offensichtlich, dass er sich nach dem Tod meiner Mutter lebendig und nicht behindert fühlen wollte. Ich war dagegen, doch die Meinung zu ändern gehört nicht zu seinen Gewohnheiten. Mit der Zeit wurde mir klar, dass er recht hatte.

Er rückt die Brille zurecht, klappt das Buch zu und legt es auf den Tisch.

»Ich habe gehört, der Fall soll zu den Akten gelegt werden«, sagt er.

»Papa, ich hab keine Lust auf Spielchen. Tu mir den Gefallen und sag mir, woran du wirklich denkst.«

Er lächelt unmerklich.

Wir streiten, seit ich zehn bin, und das um jeden Mist. Ein Klassiker zwischen Eltern und Kindern. Doch von den Wortgefechten von einst ist nur noch die Gewohnheit der Widerrede geblieben und der Drang, stets das letzte Wort zu haben.

»Eine Vendetta wie viele. Vielleicht ein bisschen zu offensichtlich. Das sieht nach einer Inszenierung aus, findest du nicht?«

Er rollt in die Küche. Winzige Bewegungen aus dem Handgelenk, die ihn geräuschlos von A nach B befördern. Ich bleibe im Wohnzimmer und warte. Das Klappen der Kühlschranktür, dann ein Schrank, etwas wird in ein Glas gegossen, er trinkt und kommt mit einer Wasserflasche auf den Knien in den Flur zurück.

»Aber das ist nicht das, was du wissen willst, richtig?«

»Du bist doch der brillante Journalist.«

»In diesem Stuhl bin ich alles andere als ein Journalist, und brillant war noch nie besonders zutreffend. Aber ich bin dein Vater. Und ich kenne dich.«

Ich setze mich auf dem Sofa zurecht.

»Wenn ich wüsste, was ich wissen will, wäre ich nicht hier.«

»Schmeichler.« Er fährt sich mit den Fingern durch das weiße, einen Tick zu lange Haar und nimmt einen Schluck aus der Flasche.

»Sag mir, wie deine Geschichte endet.«

Er sagt es wie nebenbei, als sei es ein x-beliebiger Satz, mit dem er das Gespräch wieder aufnimmt. Also erzähle ich ihm, was er nicht weiß.

Und von Solara.

Er wartet, bis ich fertig bin, ohne eine Miene zu verziehen.

»Daran erinnere ich mich nicht«, sagt er. Und die Pause, ehe er antwortet, ist eine Spur zu lang.

Er fixiert mich mit seinen blitzblauen Augen. Sie wirken abwesend, als suchten sie nach einem Moment, der ihm nicht ins Bewusstsein kommen will. Ein Zögern, das er mit einem langen Seufzer beendet. Er versucht zu lächeln, tut so, als sei nichts.

»Hast du ihre Notizen noch?«

Elenas Notizbücher, die enge Handschrift, die Kritzeleien an den Rändern, die Fragen, die auf den Seiten schwebten, die großen Fragezeichen, auf die sich ihre gesamte Arbeit stützte. Stell die richtigen Fragen, pflegte sie zu sagen. Es ist unwichtig, ob du die Antworten findest.

»Die sind im Keller.«

»Wenn es Solara gibt, musst du dort anfangen zu suchen.«

Du weißt, dass es Solara gibt, würde ich am liebsten antworten. Ich höre es in deiner Stimme, lese es in deinem Blick. Du bist mein Vater, ich kenne dich.

»Deshalb bist du hier, stimmt's?«

»Ich bin hier, weil du vor dem Unfall mit ihr zusammengearbeitet hast. Und ich hab nie erfahren, worum es ging.«

Er sieht weg, greift nach dem Buch und legt es sich in den Schoß.

»Das ist lange her.«

Ich stehe auf. Das Gespräch ist beendet, gehet hin in Frieden.

Er bringt mich zur Tür, und diesmal ist es an mir, beiläufig zu klingen. Seit Jahren habe ich ihn das nicht gefragt, aber er ist nicht überrascht.

»Was erinnerst du von dem Unfall?«

Er lässt die Fingerknöchel knacken.

»Nichts«, erwidert er. Ich will lächeln, doch es gelingt mir nicht.

Du musst einen ziemlich großen Teppich haben, um so viel drunterzukehren.

Ich hole den Aufzug. Wir verabschieden uns nicht, das tun wir nie.

»Manche Fragen sollte man nicht stellen«, sagt er.

Die Kabine setzt sich in Bewegung, und während ich Richtung Erdgeschoss gleite, habe ich zum ersten Mal im Leben das Gefühl, er ist zu Tode erschreckt.

Die Straße ist klein und eng. Die junge Frau hat Angst.

Angst vor der Stille und vor den Geräuschen. Angst vor den Autos, die vorüberfahren, vor den Scheinwerfern, die sie aus der schützenden Dunkelheit reißen. Angst vor dem Klappern der Schritte, die über den regennassen Asphalt hasten.

Angst, zu sterben.

Sie weiß, dass es passieren wird, und es hilft nichts, die Tabletten in der Tasche zu haben, das Röhrchen zu berühren, das Plastik unter den Fingern zu spüren und sich zu sagen, dass ein paar davon reichen würden, um alles zu beenden. Nachdenken ist keine Hilfe, die Stimme in ihrem Kopf ist ein hungriges, verschlagenes Tier, das nicht daran denkt, sie in Ruhe zu lassen. Statt sie zu beruhigen, lässt sie das Grauen wachsen, bis es in Panik umschlägt.

Nachdenken ist eine Pein. Sie weiß es, hat es immer gewusst.

Sie atmet ein.

Schließt die Augen.

Als sie sie wieder öffnet, steht der Mann auf der anderen Straßenseite. Er blickt sich um, sucht jemanden. Er trägt eine blaue Jacke, hat die Kapuze hochgezogen und kein Gesicht. Ein schwarzes Loch, in dem sie sich dunkle, pupillenlose Augen vorstellt.

Sie hofft, dass er sich nicht zu ihr umdreht, sie nicht sieht, nicht mit einem Blick kapiert, was zu tun ist, weshalb sie dort ist, was sie denkt, wie viel Angst sie hat.

Sie ballt die Fäuste, die Nägel graben sich ins Fleisch, der Atem stockt, wehrt sich gegen die Luft und die Welt. Dann geht der Mann an sein Handy, lacht, setzt sich in Bewegung, schlendert davon. Sie löst die Fäuste.

Ein Blutstropfen rinnt über die Handfläche, fällt auf den Asphalt und vermischt sich mit dem Regen.

Wenn ich es jetzt nicht tue, tue ich es nie, denkt sie. Sie steckt die Hand in die Tasche und tastet nach der kalten Pistole. Dann überquert sie so schnell es geht die Straße.

Ich war seit Monaten nicht mehr im Keller. Hier verstecke ich die Vergangenheit und die Dinge, von denen ich mich nicht trennen kann. Alte Computer, ein plattes Fahrrad, ein Lexikon von anno dazumal, ramponierte Koffer, mit denen ich keine Reisen mehr machen werde.

Der Karton mit Elenas Notizen steht gleich hinter der Metalltür. Unmöglich, ihn zu übersehen.

Er ist mit zwei Streifen verstaubtem Paketklebeband verschlossen. Auf einer Seite ist eine bunte Margerite. Elena hat sie gemalt, an einem Tag, der zu einem anderen Leben zu gehören scheint.

Früher stand er in einer Ecke des Wohnzimmers und enthielt dasselbe undurchschaubare Chaos, das ich jetzt vorzufinden glaube, sobald ich das Klebeband durchschneide. Als wären das Leben und der Tod nur durch ein Stück morsch gewordenes Klebeband getrennt.

Ich schließe den Keller ab, hebe den Karton hoch, rufe den Aufzug und fahre bis zu meiner Wohnung. Auf meinem Stockwerk bleibe ich stehen, den Karton in den Händen, den Blick starr auf meine Wohnungstür gerichtet.

Da steht ein junges Mädchen.

Sie hat tropfnasses Haar und einen verstörten Blick. Sie scheint erleichtert, mich zu sehen, will etwas sagen, schafft es nicht. Also muss ich den ersten Schritt tun. Ich frage sie, ob sie jemanden sucht, sie sagt, sie habe auf mich gewartet. Sie glaubte schon, ich sei nicht da, sie müsse mit mir reden.

»Ich kannte Michela«, erklärt sie. »Wir waren befreundet.«

Mehr braucht es nicht. Ich öffne die Tür, bitte sie mit einer Geste herein. Erst, als ich ihr in den Flur folge, sehe ich den Pistolenknauf aus ihrer Regenmanteltasche ragen.

Sie heißt Arianna und sagt, sie sei mir seit einer Weile gefolgt. Zwei Abende habe sie auf der anderen Straßenseite gewartet, bis sie den Mut hatte, hierherzukommen. Sie sagt, wenn sie es nicht heute Abend getan hätte, hätte sie es nie mehr getan.

Ich höre ihr zu. Sitze auf der Sofakante und warte. Schließlich verstummt sie. Sie bittet mich um etwas zu trinken, ich entschuldige mich, ihr nichts angeboten zu haben, sie will nur Wasser. Mit entwaffnender Langsamkeit und gesenktem Kopf trinkt sie zwei Gläser. Dann holt sie tief Luft und sieht mich plötzlich erleichtert an.

»Ich kenne Michela seit unserer Kindheit«, sagt sie. »Es hat keinen Zweck, Ihnen die ganze Geschichte zu erzählen, es fängt in der Grundschule an und …«

Ich unterbreche sie. Deute auf ihre Jackentasche.

»Und … die da?«

Erst jetzt scheint ihr wieder einzufallen, dass sie eine Pistole bei sich hat. Sie geht zum Du über.

»Das hat nichts mit dir zu tun«, sagt sie. Sie wiederholt es dreimal, immer leiser, ohne mich anzusehen. Dann sieht sie mir wieder in die Augen.

»Ich habe Angst.«

»Wovor?«

Sie erstickt die Antwort in einem flüchtigen Lächeln und legt den Mantel ans andere Sofaende.

»Ich habe Michela drei Tage vor ihrem Tod gesehen. Eigentlich wollte sie mich sehen. Wir sind zusammen mittagessen gegangen, unsere Jobs liegen nur ein paar Kilometer auseinander. Irgendetwas stimmte nicht. Sie war genau wie immer, aber … es war, als würde sie mir etwas vorspielen. Sie bemühte sich, normal zu sein. Schließlich hat sie mich gebeten, sie zurück ins Büro zu begleiten. Irgendwann hat sie mich am Arm gefasst und ist zusammengebrochen. Sie meinte, sie habe Angst. Und du seiest der einzige Mensch, der ihr helfen könne. Sie meinte, sie wolle dich anrufen, um mit dir zu reden.«

»Das hat sie getan.«

»Ich weiß. Am Tag vor ihrem Tod hat sie mir eine Nachricht geschickt. *Treffe ihn morgen,* stand da. Dann … nichts mehr.«

»Hat sie dir nicht gesagt, was sie wollte?«

»Dir?«

»Wir sind nicht dazu gekommen …«

Sie fällt mir ins Wort.

»Ich habe versucht, sie zu fragen, was los ist. Damals, beim Mittagessen. Ihre Antwort war seltsam, aber das passierte bei Michela oft. *Curiosity killed the cat.* Das hat sie mir gesagt.«

»Ich habe keine Ahnung, weshalb sie mich sehen wollte.«

Eine halbe Lüge. Doch Arianna hört mir nicht zu. Sie hängt einem quälenden Gedanken nach. Sie sieht mich an, als könnte ich ihr helfen, ihn zu entziffern. Dann stellt sie plötzlich die falsche Frage, und all meine Gewissheiten gehen in Rauch auf.

»Du warst doch da. Kam dir das alles nicht übertrieben vor? Hattest du nicht den Eindruck, dass … dass da was nicht stimmte?«

Plötzlich habe ich die Worte meines Vaters im Kopf: *Das sieht nach einer Inszenierung aus, findest du nicht?*

Ich könnte ihr antworten, doch ich weiche lieber aus.

»Glaub mir, ich wollte nur heil da rauskommen.«

»Klar, das ist ganz natürlich. Aber hast du das später nicht gedacht? Bist du danach nicht tausendmal in diesen Saal zurückgekehrt, hast die Schüsse gehört, darüber nachgedacht, was passiert ist? Hast du dich nicht gefragt, warum? Und warum so?« Sie hält inne. »Vier Menschen sind gestorben, vor deinen Augen.«

»Fünf.«

»Fünf, ja. Fünf. Ich vergesse den Mörder immer. Im Grunde hat er seine Strafe im Augenblick der Tat vollstreckt.«

Sie trinkt. Diesmal weniger langsam. Beim zweiten Glas nimmt sie ein Beruhigungsmittel. Sie spült es mit einem Schluck hinunter und steckt das Röhrchen in die Tasche zurück.

»Und, hast du darüber nachgedacht?«

»Nein«, lüge ich.

»Das solltest du.«

»Wieso?«

»Sie ist auch deinetwegen tot.«

Ich werde laut.

»Meinetwegen? Meinetwegen?? Du tauchst hier auf, nachdem ich beinahe hops gegangen wäre, und sagst mir, dass eine, die ich noch nicht einmal kannte, bei einem Vergeltungsschlag irgendeines Mafioso meinetwegen getötet wurde? Weißt du, wer der Mandant deiner Freundin war?«

Sie schüttelt den Kopf. Dann bricht sie in ein kurzes, hysterisches Lachen aus.

»Du fragst mich, ob ich weiß, wer Michelas Mandant war. Weißt du es denn? Du behauptest, du hast dir keine einzige Frage gestellt, und schleppst einen Karton aus dem Keller, der kilometerweit nach Vergangenheit stinkt. Ist es nicht so?«

Sie streift sich die Jacke über und steht auf. Kritzelt eine Nummer auf den Block neben dem Telefon. Hält sie mir hin. Ihre Stimme ist fast nur ein Flüstern.

»Wenn du die Antworten findest, die du suchst, ruf mich an.«

Ich greife nach ihrem Arm.

»Und wieso sagst du mir nicht, was du weißt?«

Sie presst die Lider zusammen. Als sie sie wieder öffnet, gleicht ihr Blick verwittertem Marmor. Ich lasse sie los.

»Weil es so nicht läuft«, antwortet sie. »Du musst dahinterkommen, ob du wirklich dahinterkommen willst. Ob du meinst, das ist es wert.«

Sie öffnet die Tür. Auf der Schwelle dreht sie sich um.

»Ich will am Leben bleiben. Wenn das noch möglich ist.«

Ich habe nie an Zufälle geglaubt.

Zumindest nicht an die, die andauernd passieren. Zweimal hat Arianna genau das Gleiche ausgesprochen wie mein Vater und meine Tochter: einen Zweifel an dem, was ich im Gerichtssaal gesehen habe, und eine Ahnung – oder mehr als das –, was Michelas Todesursache betrifft.

Ich würde lügen, wenn ich behauptete, ich hätte ihr innerlich nicht zugestimmt. Und genauso gelogen wäre es, abzustreiten, dass ich es erst in dem Moment begriffen habe, als sie unten auf der Treppe verschwand und ich die Sicherheitstür hinter mir zudrückte.

Diese einfache, alltägliche, alles andere als symbolische oder erhellende Geste genügte.

In der Wohnung bleiben, während der Regen gegen die Scheiben prasselt, das Bedürfnis nach einem Pulli oder einer heißen Dusche, um die Kälte zu vertreiben. Der Drang, den Fernseher, die Stereoanlage, den Computer oder sonst irgendetwas anzustellen, das die beklemmende Stille in diesen vier Wänden vertreibt.

Und die hartnäckige Vorstellung, dass gerade etwas passierte. Oder besser, dass es bereits passiert war und mir nichts weiter übrigbleibt, als mich ihm auf die bestmögliche Weise zu stellen. Diesmal ohne so zu tun, als wäre nichts. Das war ich mir schuldig. Zumindest glaubte ich das.

Wenn ich heute zu jenem Abend zurückkehre, kommt es mir wie ein anderes Leben vor. Und vielleicht war das Schließen der Tür der Startschuss, mit dem eine blinde, arglose Unschuld anfing, aus meinen Tagen zu weichen. Doch obgleich ich inzwischen sehr viele Dinge weiß und Zeit und Reue für mich auf derselben Achse verlaufen, weiß ich ums Verrecken nicht, was ich hätte tun sollen, um der Zukunft eine andere Wendung zu geben.

Man entscheidet jedes Mal blind. Man wählt willkürlich aus einer endlichen Zahl von Möglichkeiten, wohl wissend, dass in dieser Liste fast immer das fehlt, was tatsächlich eintreten wird. Vielleicht sage ich das aus Erfahrung oder aus Erschöpfung. Oder weil einem am Ende einer Reise der Aufbruch immer nebelhaft erscheint. Man entscheidet sich für das, was geht, und hofft. Alles andere, vom Willen Gottes abwärts, dient lediglich dazu, einem die Verantwortung für einen möglichen Fehler zu nehmen.

Das denke ich heute; keine Ahnung, was ich an jenem Abend gedacht habe. Ich weiß allerdings, dass ich im Glauben, das Richtige zu tun, das einzig Mögliche getan habe.

Zwei Anrufe.

Der erste, um einen Freund nach zwei Adressen zu fragen, die ich brauchte.

Der zweite ging an meine Tochter. Um einen Fehler einzugestehen.

»Hast du dich entschieden, Papa?«

Sie kommt sofort zur Sache, wie immer. Wenigstens einer.

»Was meinst du?«

»Sag du's mir. Normalerweise liegt was an, wenn du um diese Uhrzeit anrufst.«

»Aha.«

»Also?«

»Du hattest recht.«

Schweigen. Ein kurzer Augenblick, genug, um die Geräusche im Hintergrund zu dämpfen.

»Was meinst du?«

»Das brauche ich dir nicht zu sagen.«

»Verstehe.«

Mehr Antwort kann ich nicht erwarten. Drei Silben, in denen ein unterdrücktes Lächeln liegt.

»Ich hab mich so lange darum gesorgt, dass es dir gut geht, und jetzt, wo du nicht mehr da bist …«

»Hast du's Opa gesagt?«

»Hätte ich sollen?«

Sie überlegt.

»Vielleicht nicht.«

Wieder Schweigen.

»Wie geht es dir?«

Sie lacht.

»Hör auf, dir um mich Sorgen zu machen, Papa. Glaubst du, du schaffst das?«

»Vielleicht.«

»Gut.« Pause. »Halt mich auf dem Laufenden, okay?«

»Giulia?«

»Ja?«

»Danke.«

»Wofür?«

»Stimmt, wofür eigentlich.«

Ich bin nicht in der Trauer um meine Frau versunken. Giulia hat es mir nicht erlaubt. Sie war zu klein, als dass ich ihr Leben in den Müllhäcksler meines Egos hätte werfen können.

Das war ein Glück, so konnte ich überleben. Ich habe versucht weiterzumachen, mich nach anderen Frauen umgesehen, kein Keuschheitsgelübde abgelegt und dem Sozialleben nicht den Rücken gekehrt.

Doch das heißt nicht, dass ich Elena vergessen hätte. Oder dass ich mich nicht auch heute noch nach einem Lachen, einer Stimme, einer Silhouette umdrehe, die für einen allzu kurzen Augenblick ihr zu gehören scheint.

Den Karton mit der Margerite zu öffnen ist, als würde ich diesen Eindrücken nachgehen. Allerdings nicht nur für einen kurzen, harmlosen Moment.

Den ganzen Morgen bringe ich damit zu, ihn zu leeren. Beschriebene Blätter, farbige Hefter, Dutzende Moleskines voller Notizen, Zeichnungen, Schemata. Pfeile hinter Pfeilen hinter Namen. Zwei Adressbücher mit Telefonnummern von Menschen, die ich seit einer Ewigkeit nicht gesehen habe. Urteile, Verfügungen, Zeitungsartikel. Ihre, die meines Vaters. Eine alte Rezension von mir, zu einem Kubrick-Film, für eine Kinozeitschrift, die es seit zwanzig Jahren nicht mehr gibt.

Und der Notizblock.

Er ist es, ich weiß es sofort, und ihn durchzublättern macht fast Angst.

*Wer ist Solara?*

Der Satz auf dem letzten Blatt scheint einem Traum entsprungen zu sein. Halb lächelnd fahre ich mit dem Finger über die drei Worte. Sie ziehen sich über das ganze Blatt, wie ein Teppichmuster. Dann gehe ich die vorigen Seiten durch, ohne Erfolg. Ich nehme mir den nächsten vor und dann noch einen und noch einen. Nichts.

Ich fange von vorn an. Räume den Karton wieder ein und beginne bei den Sachen, die ich als Erstes ausgeräumt habe. Mit akribischer Sorgfalt sehe ich sämtliche Seiten, Randnotizen und hingekritzelten Anmerkungen durch, die nicht immer leicht zu entziffern sind. Am Ende brennen mir die Augen, es ist inzwischen Abend geworden, der Fußboden ist leer, und ich fühle mich wie am Ende eines Slaloms, bei dem ich aus unerfindlichen Gründen ein paar Tore ausgelassen habe.

Es fehlt etwas. Und nicht nur wegen der Abseitigkeit dieser Frage und dieses Namens, der nirgendwo sonst auftaucht: Elena datierte alles. Ehe sie irgendetwas aufschrieb, vermerkte, verfasste, hinkritzelte, schrieb sie das Datum darüber. Dem Inhalt des Kartons nach zu urteilen, hat sie vor ihrem Tod rund ein Jahr lang nichts mehr notiert.

Bis auf diese Seite, dicht beschrieben mit der immer gleichen Frage.

*Wenn es Solara gibt, musst du dort anfangen zu suchen,* hat mein Vater gesagt.

Vorausgesetzt, jemand anderes ist nicht lange Zeit vor mir fündig geworden.

Das Quartiere Palazzo sieht aus wie ein wild zusammengewürfelter Haufen von Bausünden. Früher stand es auf der Liste der No-Go-Areas ganz oben. Heute ist es nur eine Wohnburg am Stadtrand mit trostloser Vergangenheit.

Hier lebt die Mutter von Michelas Mandanten. Claudia Villafane ist seit vielen Jahren verwitwet. Jemand hat ihrem Mann vor dem Haus aufgelauert und ihm ein Magazin auf den Pelz gebrannt. Alle haben die Schüsse gehört, aber keiner hat gesehen, wer geschossen hat.

Damals war ihr Sohn Nicola sechs Jahre alt. Sechs Jahre darauf wurde er das erste Mal wegen Drogen geschnappt, und ein weiteres Dutzend Jährchen später starb er keinen Meter von mir entfernt. Ironischerweise ist die Wohnung seines Mörders Angelo Mazza kaum zwei Kilometer weit entfernt.

Claudia wohnt im dritten Stock eines smoggeschwärzten Hochhauses. Klingeln ist überflüssig, die Eingangstür steht offen. Der Aufzug ist defekt, ich nehme die Treppe. Drinnen ist es sauberer, als es von außen den Anschein hat. Nach endlos vielen Sicherheitstüren und Treppenabsätzen erreiche ich endlich mein Ziel.

Ich sehe auf die Uhr. Klingele. Die Frau öffnet einen Spaltbreit, ohne die Sicherheitskette zu lösen. Ich sage meinen Namen. Erinnere sie daran, dass ich vorher angerufen hatte.

»Ich bin Journalist, Sie meinten, ich solle vorbeikommen.«

Sie schließt die Tür, löst die Kette, öffnet, bleibt auf der Schwelle stehen. Ihre Augen sind rot.

»Entschuldigen Sie, aber ... ich habe es mir anders überlegt.«

Ich sehe sie wortlos an. Bleibe stehen. Sie schließt die Tür nicht.

»Was wollen Sie?«

Die Frage klingt wie ein Windhauch.

»Reden. Über Ihren Sohn.«

Sie hört mich nicht. Hebt die Stimme.

»Was wollen Sie?«

Die Worte hallen im Treppenhaus wider, zweimal, dreimal. Verlieren sich in der Stille. Es rührt sich etwas hinter den Nachbartüren. Sie kommen nicht heraus, lauschen. Ich weiß es. Hier können wir nicht bleiben.

»Lassen Sie mich doch bitte herein. Wir reden drinnen weiter.«

Sie schreit.

»Ihr sollt mich in Ruhe lassen, verstanden? Ihr sollt mich in Ruhe lassen!«

Wie um gegenzusteuern senke ich die Stimme.

»Ihr? Wer? Wer lässt Sie nicht in Ruhe?«

Sie gibt mir eine Ohrfeige.

Zischt.

»Die haben meinen Sohn ermordet. Was wissen Sie denn schon, wie das ist, wenn einem der Sohn ermordet wird? Na? Was?«

Ich sage nichts. Der Gedanke an Giulia durchzuckt mich. Allein die Vorstellung ist kaum zu ertragen.

Sie hört nicht auf, macht einen Schritt auf mich zu, ihre Füße rutschen in den Lederpantoffeln hin und her, eine Strähne löst sich aus einer Haarspange und fällt ihr ins Gesicht.

Wütend streicht sie sie zurück.

»Wissen Sie, was das bedeutet? Nein, natürlich nicht. Und wie es ist, ein Kind im Knast zu haben? Jetzt habe ich nur noch einen Sohn. Nur noch einen. Und den will ich behalten.« Ihr Gesicht ist meinem ganz nah.

Ein Tier, das sein Revier verteidigt.

»Sie müssen gehen«, sagt sie. Ein verängstigtes Tier.

Ich sehe zu Boden, sie weicht zurück. Es braucht keine Fragen mehr. Ich warte, während sich die Wohnungstür schließt. Hinter den Nachbartüren und im Stockwerk darüber sind Schritte zu hören. Ich gehe die Treppe hinunter. Ich brauche Luft. Hätte ich eine Zigarette, würde ich sie jetzt rauchen. Keine drei Stufen würde sie vorhalten.

Draußen ist es windig und es riecht nach Regen. Ich schlage den Jackenkragen hoch, halte ihn mit beiden Händen fest und gehe zum Parkplatz.

Ein Typ schaut mich an.

Hände in den Jeanstaschen, dunkles Haar, Lederjacke, den Kopf leicht nach links geneigt. Er steht ein paar Meter entfernt vor einer Hecke. Er folgt mir mit dem Blick, und als ich an ihm vorbei bin, macht er ein paar Schritte in meine Richtung, wie jemand, der einen ungebetenen Gast zur Tür bringt. Ich tue so, als würde ich ihn nicht bemerken, und versuche ihn im Augenwinkel zu behalten.

Ich erreiche den Parkplatz. Bleibe stehen. Er bleibt stehen. Als ich an meiner Autotür bin, werfen wir einander einen letzten Blick zu. Er steht ein Stück weit weg auf dem Rasen. Wartet.

Ich steige ein. Einen Moment lang bin ich mir sicher, dass er kommt und mich wieder aus dem Auto zerrt. Oder dass sich jemand auf dem Rücksitz versteckt hat, um mir einen unvergesslichen Abschied zu bereiten.

Doch es passiert nichts. Ich starte den Wagen, parke aus, fahre an ihm vorbei und versuche ihn zu ignorieren.

Ohne Eile rolle ich von dannen und weiß, er will sichergehen, dass ich wirklich verschwinde.

Adriano unterbricht das Telefonat und legt das Handy auf den Tisch.

Angelo Mazzas Familie ist vor einem Monat weggezogen, und niemand weiß wohin. Es braucht kein Genie um zu wissen, dass man sie nie wiedersehen wird.

Er schließt die Augen. Die Geschehnisse im Gerichtssaal sind eine rasche Folge verschwommener Bilder. Ein Fahndungsfoto von Mazza und eines von Michela Santinis Mandanten. Die beiden Polizisten mit ihren Familien. Die Fassade des Justizpalastes. Michelas Lächeln während einer Bergwanderung. Die Schlagzeile des *Corriere della Sera*: *Ich habe einen Verräter bestraft.*

Er öffnet die Augen. Das Zimmer, der Fernseher, das Sofa. Die Bücher. Die Erinnerungen. Gedanken, die sich zu schnell und geräuschvoll drehen. Sie reiben sich aneinander wie Zahnräder, die nicht ineinandergreifen. Er holt tief Luft, ein leiser Schauder läuft ihm über den Nacken. Zuerst eiskalt, dann sengend heiß.

Es gibt Geister, die man nicht rufen, Fragen, die man nicht wiederholen, Schweigen, das man nicht brechen sollte. Ungeschriebene Regeln, die er auswendig kennt. Schweig, ehe es zu spät ist. Schweig, aber behalte die Erinnerung. Schweig und warte auf den richtigen Moment.

Als sein Leben sich änderte, hasste er das Schweigen. Heute ist es sein treuester Freund. Im Schweigen vor vielen Jahren hat er eine Entscheidung getroffen, die ihm unmöglich erschien. Im Schweigen vor wenigen Tagen hat er begriffen, dass etwas passieren würde. Im Schweigen dieses Augenblicks denkt er an Solara.

Ein Name, den es nicht geben dürfte, den niemand kennt. Den er selbst vergessen zu haben hoffte.

»Du bist ein Träumer«, sagt er in das leere Zimmer hinein.

»Du bist ein Träumer«, flüstert er noch einmal. Er weiß, was geschehen wird, und trotz seiner Angst hat er keinen Zweifel. Es gibt nur eine mögliche Entscheidung, und die hätte er vielleicht vor vielen Jahren treffen sollen. Er greift wieder nach dem Telefon. Fängt an, eine Nummer zu wählen, hält inne.

Noch ist genug Zeit.

Er legt die Hände auf die Rollstuhlreifen und rollt langsam in die Küche. Ein Schokoladentäfelchen, der einzige Trost.

Ich fahre das Auto in die Garage. Annie Lennox hört auf zu singen, die Scheinwerfer erlöschen, plötzlich ist es finster. Ich friere und habe Hunger. Brauche eine heiße Dusche, die mir die Haut verbrennt und die Müdigkeit fortspült. Brauche einen Film, der mich auf andere Gedanken bringt, während die Spaghetti kochen. Brauche Durchblick.

Ich steige aus dem Auto. Versuche vergeblich, die Garage zuzumachen.

Der Schlag nimmt mir den Atem, ich gehe auf die Knie. Ein zweiter Schlag, und ich kippe nach vorn, strecke die Hände vor, um nicht aufs Gesicht zu fallen, und versuche zu atmen.

Hinter mir Schritte. Ich will aufstehen, es trifft mich am Arm, diesmal pralle ich mit dem Kopf auf. Ich höre, wie die Garagentür sich schließt, das Neonlicht flackert auf.

Eine Stimme. Ein Mann. Jung.

»Steh auf.«

Ich stütze die Hände auf den Asphalt. Mein eines Bein zittert, mein Rücken schmerzt, Blut läuft mir übers Gesicht. Salzig, schmutzig.

»Steh auf«, wiederholt er. Ich blicke hoch. Als wüsste ich nicht, wer es ist.

Im Quartiere Palazzo wirkte er älter. Er hält einen Baseballschläger. Brandneu, als hätte er ihn extra gekauft, um mir die Knochen zu brechen.

»Was willst du?«

Sinnlos, jemanden das zu fragen, der einen soeben in der eigenen Garage überwältigt hat.

»Was willst *du*, verdammt?«, gibt er zurück.

Ich rappele mich hoch. Mein Rücken und mein Bein sagen mir, dass das keine gute Idee ist. Ich taumele zur Wand, um nicht umzukippen. Ich fange an zu sprechen, und der Atem zerfetzt mir die Lungen.

»Mit deiner Mutter reden.«

Er hebt den Schläger und ich weiche einen Schritt zurück. Unschlüssig hält er inne.

»Meine Mutter darfst du noch nicht mal angucken, verstanden?« Er senkt die Stimme und den Schläger. »Nicht mal angucken.«

»Dann reden wir beide eben. Von Mann zu Mann.«

»Es gibt nichts zu reden.«

Mit einer Hand wische ich mir das Blut aus dem Gesicht.

»Dein Bruder, zum Beispiel.«

Diesmal schlägt er kräftiger zu. Ich kann gerade noch ausweichen, um mir ein paar zertrümmerte Rippen zu ersparen. Er trifft mich in die Seite, ich stürze zu Boden, er ist über mir und rammt mir einen Fuß in den Magen, den Baseballschläger dicht vor meinem Gesicht.

»Es gibt nichts zu reden, klar?«

Ich kriege keine Luft. Er tritt noch fester zu, nimmt mir den Atem. Ich versuche, seine Beine zu fassen zu kriegen, und er bohrt mir den Schuh noch tiefer in den Bauch.

»Nichts, klar? Mach mir ein Zeichen, ob du's kapiert hast.«

Ich nicke.

Er geht davon. Ich reiße den Mund auf. Blut und Sauerstoff, damit ich weiß, ob ich am Leben bin. Ich setze mich auf. Er ist am Garagentor.

»Wir haben uns nie gesehen. Denk dran.«

Ich antworte nicht. Sehe ihn an. Seine Beine zittern. Ich denke an dieses Zögern vorhin und frage mich, wieso er mich nicht fertiggemacht hat, wieso er nicht überzeugender war. Er schiebt das Garagentor hoch. Ein Schweißtropfen rinnt von seiner Hand und tropft zu Boden. Er wischt sich die Handfläche trocken.

»Du warst schlau.«

Er hält inne. Wartet. Wendet mir den Rücken zu. Ich stehe auf.

»Du hast heute Abend drei Leben gerettet.«

Ich gehe auf ihn zu.

»Meines, deines und das deiner Mutter.«

Er dreht sich um. Der Baseballschläger hängt herab. Er beißt die Zähne zusammen. Ich trete noch näher.

»Du bist der letzte Mann in der Familie, schon klar. Aber du bist nicht so.«

»Lass uns in Ruhe«, sagt er. »Bitte.«

Ich deute ein Lächeln an.

»Du weißt, dass wir früher oder später reden müssen. Und nicht, weil ich darauf scharf bin.« Ich drücke ihm einen Finger auf die Brust. Schwarz vor Dreck, rot vor Blut. »Sondern weil du es nötig hast.«

»Du weißt verdammt viel für einen, der nur reden will.«

»Nein. Du bist derjenige, der verdammt viel weiß.«

Er schiebt meine Hand weg. Stemmt das Tor hoch.

Ehe ich zusammenbreche, sehe ich ihn im dunklen Flur Richtung Ausgang verschwinden.

Die Krankenschwester geht durch die verlassene Station. Es ist tief in der Nacht, draußen regnet es in Strömen und die Schicht will nicht enden. All die Dinge, die sie unter normalen Umständen denken würde. Doch nicht heute Nacht. Heute Nacht ist selbst das Echo ihrer Holzsandalen in den Fluren schwer zu ertragen.

Sie hat etwas zu erledigen, und sie muss es gut machen. Sie will die versprochene Belohnung haben, aber vor allem will sie der Strafe entgehen, die ihr blühen würde, wenn sie ihre

Aufgabe nicht erfüllte. Ein Klacks, wenn man genau drüber nachdenkt.

Er ist sehr viel älter als sie, und sie hat ihn in ihrer Stammkneipe kennengelernt. Zwei Tage später sind sie miteinander im Bett gelandet. Nach einer Woche ist er das erste Mal verschwunden. Als er wieder aufgetaucht ist, hat er sofort klargestellt, dass sie weder Fragen noch Ansprüche stellen dürfe.

Um es noch einmal ganz deutlich zu machen, ist er handgreiflich geworden. Dann hat er ihr das Koks gegeben und sie haben gefickt. Die ganze Palette. Zehn Tage später ist er wieder verschwunden. Doch als er dann wiederkam, hat sie die Klappe gehalten.

»Du bist pünktlich.«

Die Stimme kommt aus dem Dunkel. Er lehnt an der Mauer unter dem Vordach und raucht.

»Überrascht dich das?«

Er tritt aus dem Schatten. Grinst. Drecksack, denkt sie. Dann geht sie auf ihn zu, umarmt und küsst ihn.

»Schieß los.«

»Es kommt keiner. Nur ein Typ im Rollstuhl, ich glaub, es ist der V…«

Er unterbricht sie.

»Nicht mal die Tochter?«

»Ich wusste gar nicht, dass er eine hat.«

Er nickt. Zieht an der Zigarette. Der Saphirring glitzert im Licht der Straßenlaterne.

»Worüber reden sie?«

»Über nichts Besonderes. Das Übliche …«

Er macht einen Schritt nach vorn.

»Worüber reden sie?«

»Ehrlich … über nichts. Dasselbe Zeug, das alle reden: das Wetter, Fußball, ein bisschen Politik …« Er grinst. »… den Krankenhausaufenthalt.«

»Weißt du, wer ihn so zugerichtet hat?«

»Das haben sie ihn gefragt.«

»Die Polizei?«

»Ja, so ein Typ, ich weiß nicht mehr …«

»Der Name ist mir wurscht. Red weiter.«

»Er meint, er wisse es nicht: Die sind wohl von hinten gekommen. Er hat niemanden gesehen. Die haben ihm Zeug aus der Garage geklaut, aber er hat davon nichts mitgekriegt.«

Er nickt. Raucht zu Ende. Denkt nach.

»Wie lange ist er noch da?«

»Zwei, drei Tage vielleicht. Dann wird er nach Hause geschickt.«

»Dann sehen wir uns übermorgen. Um die gleiche Zeit.«

»Ich weiß nicht, ob die Schicht …«

Er kommt näher. Auf Kussnähe. Steckt ihr das Erhoffte in die Tasche. Sie berührt seine Hand und das Briefchen.

»Dann tausch sie«, raunt er. Seine Lippen streifen ihre.

Er dreht sich um, öffnet den Regenschirm und verschwindet in der Dunkelheit.

Sie schlüpft rasch wieder hinein und schließt die Tür. Lehnt sich mit dem Rücken gegen das Glas. Schlägt die Hände vors Gesicht. Einen Moment lang glaubt sie, in Tränen ausbrechen zu müssen. Dann lacht sie.

»Ganz ruhig«, flüstert sie. »Bleib ganz ruhig.«

Sie steckt die Hand in die Tasche, spürt das Plastik und dessen Inhalt unter den Fingern. Weich, unberührt. Sie atmet tief durch und schaut hinaus. Der Regen fällt.

Du kannst es schaffen, denkt sie und kehrt auf ihre Station zurück. Weshalb ihn der Patient aus der Zwölf so brennend interessiert, geht sie nichts an. Er wird wiederkommen, das ist das Einzige, was zählt.

Ich fliehe.

Ich fliehe vor der Dunkelheit, die mich verfolgt und Gestalt annimmt. Vor dem Nichts, das die Dinge hinter mir in einen Abgrund des Schweigens zieht. Sie auslöscht, erstickt, verbirgt. Sie frisst.

Ich fliehe vor dem Trommeln in meinem Ohr. Vielleicht ist es das Blut. Die Angst. Die Furcht, dass etwas passieren muss. Oder passiert ist.

Ich fliehe in einer Geisterstadt, die nicht die meine ist, die keiner Stadt gleicht, in der ich je gelebt habe oder gewesen bin. Eine Stadt ohne Menschen. Eine Stadt ohne Dinge. Eine Stadt aus Häusern und Geräuschen, in der niemand lebt, der sie hervorbringt. Eine Stadt ohne Wahrheit.

Ich fliehe, ohne mich umzudrehen, und als ich mich umdrehe, ist das Schwarz nah und kalt und dicht und tot.

Ich fliehe ohne ein Ziel, allein mit dem Wunsch, mich lebendig zu fühlen, zu spüren, dass etwas am Leben geblieben ist. Zu glauben, dass ein Überleben möglich ist.

*Wie geht es dir?*

Die Stimme kommt von weit her. Eine Frau.

*Wie geht es dir?*

Sie ist ganz nah, neben mir, leicht wie der Morgen und zart wie der Frühling.

*Wie geht es dir?*

Ich öffne die Augen. Mein Herz setzt aus, mein Atem stockt. Sie wirkt besorgt.

Ich lächle. Ich hatte vergessen, dass sie mich duzt.

»Mir geht's gut.«

Arianna trägt eine rote Bluse und Jeans. Ihr Haar ist zum Pferdeschwanz gebunden, die Brille ist nicht dunkel genug, um ihren Blick zu verbergen. Sie versucht zurückzulächeln und setzt sich auf die Bettkante.

»Ich war bei dir zu Hause. Deine Nachbarin hat mir gesagt, dass du hier bist.«

Hier ist das Zimmer Nummer zwölf in der Neuen Poliklinik, eine Mischung aus Ferienanlage und Stanley Kubricks *Discovery*.

»Ich wollte dich um Verzeihung bitten.«

In ihrer Stimme liegt nichts von der Sanftheit, mit der man einen Kranken zu beruhigen versucht.

»Das brauchst du nicht.«

»Ich war … total arschig.«

Ich setzte mich auf. Bei mir ist nichts kaputt und nichts heil, so dass mir jede Bewegung wehtut.

»Du hattest recht.«

Sie sieht mich lange an. Dann blickt sie zu meinem Zimmernachbarn hinüber, ein Junge, der vom Moped gefallen ist und sich ein Bein gebrochen hat.

»Kannst du gehen?«

Ich stehe auf. Es ist weniger mühsam als vor zwei Tagen. Wir gehen ins Besuchszimmer am Ende des Flurs und setzen uns in eine Ecke. Wir reden leise, wie ein Liebespaar. Die Krankenschwester kommt vorbei und lächelt mir zu.

»Erzähl mir von Michela.«

Sofort wird Arianna starr.

»Das hab ich doch schon.«

»Nein, das hast du nicht. Erzähl mir, was du weißt.«

Sie blickt sich um, als müsste sie Zeit gewinnen. Sie nimmt die Brille ab, hält sie in der Hand und spielt mit den Bügeln.

»Im Grunde weiß ich so gut wie nichts. Und das, was ich weiß, ist mir erst hinterher aufgegangen. Als Michela mir von dir erzählt hat, habe ich nichts begriffen. Ich lese viel, bin oft in der Bibliothek. Ich weiß, dass du Kinderbücher schreibst. Ich fand das …« Sie hält inne, deutet ein Lächeln an. Ich helfe ihr aus der Verlegenheit.

»Seltsam?«

Sie nickt.

»Dann haben wir uns wiedergesehen«, fährt sie fort. »Ich hab's dir nicht erzählt, ich weiß. Am Tag, bevor sie starb, hat sie mich gebeten, zu ihr zu kommen. Sie hat mir einen alten Zeitungsartikel gezeigt. Und da habe ich ernsthaft Schiss gekriegt. Bis dahin hatte ich mir tausend Sachen überlegt und alles wieder verworfen. Alles, was mir in den Sinn kam, hatte nicht im Entferntesten mit Michela zu tun. Mit ihrer Zähigkeit und Ausdauer. Mit ihrer Fähigkeit, hart zu bleiben und nicht lockerzulassen, ohne dass irgendjemand mitkriegte, wie es ihr wirklich ging. Es hat diesen Zeitungsartikel gebraucht. Verfasst von deinem Vater und deiner Frau.«

Sie verstummt. Ich starre sie an, unfähig, zu begreifen, was sie gerade gesagt hat.

Ich weiß genau, wovon sie redet.

Mein Vater und Elena haben nur eine Handvoll Artikel gemeinsam verfasst.

Und das zu einem bestimmten Thema.

»*Sie haben ihn umgebracht.* Das war die Überschrift.«

Ich erinnere mich noch gut. Und ich erinnere mich auch, dass mein Vater die Überschrift zum Kotzen fand. Rhetorisch, banal, sinnlos, meinte er. Es steckt so viel mehr hinter dieser Bombe.

»Sie waren zufällig dort«, erkläre ich.

»Ja, das steht in dem Artikel.«

Ich versuche klar zu denken. Ein fast unmögliches Unterfangen. Als ich spreche, bleibt mir der Atem zwischen den Zähnen hängen.

»Sie suchte meinen Vater.«

»Nein, sie hat nicht von deinem Vater gesprochen. Nur von deiner Frau.«

Ich begreife nicht. Warte darauf, dass sie weiterredet, vielleicht hat sie ja eine Erklärung. Sie rutscht auf dem Sessel herum. Sitzen zu bleiben scheint sie sehr viel Mühe zu kosten.

»Michela hat etwas von ihrem Mandanten erfahren. Vielleicht hat das Dreckschwein auf Strafmilderung spekuliert. Oder er war nicht der kleine Fisch, der er zu sein vorgab. Aber ich bin mir fast sicher, dass es so gewesen sein muss. Vielleicht hatten sie Angst, dass er gesungen hat, und haben sie zur Sicherheit alle beide umgebracht.«

Ich antworte nicht, frage mich nach dem Sinn des Ganzen und was ein aus dem Nichts aufgetauchter Artikel mit fünf Pistolenschüssen in einem Verhandlungssaal zu tun hat.

»Hat sie dir keine Namen genannt?«

»Nein.«

Sie blickt aus dem Fenster.

Ich denke an einen Julinachmittag vor Ewigkeiten. An Elenas Stimme, abends am Telefon. An den leeren Blick meines Vaters nach ihrer Rückkehr. An den Wortlaut des Artikels, an meine Frau, die ihn liest, an die Stille in unserem Haus, während der stumme Fernseher jeden Satz mit den unbegreiflichen, absurden Bildern aus jenem Hof in Palermo untermauert.

Ich denke an den Karton mit der Margerite. An Elenas letztes Lebensjahr, das zerplatzt ist und sich in Nichts aufgelöst hat wie eine Seifenblase. Zusammen mit den Notizen, aus denen die gemeinsam mit meinem Vater verfassten Artikel entstanden sind.

»Das ergibt keinen Sinn. Das reicht nicht«, sage ich schließlich.

»Nein, das ergibt keinen Sinn«, wiederholt Arianna.

Ich hole Luft. Nicola Reale spricht mit seiner Anwältin. Er sagt ihr etwas Wichtiges oder zumindest etwas, das sie für überprüfungswürdig hält. Und als sie dahinterkommt, wovon ihr Mandant redet, kriegt sie einen Schreck. Während sie der Sache nachgeht, kommt ihr jemand auf die Schliche und beschließt, dass es besser ist, sie auszuschalten. Zusammen mit Reale.

Alles perfekt, wenn da nicht Solara wäre. Kinderleicht, wenn es nicht Elena und ihre Notizen gäbe. Und wenn es eine Erklärung dafür gäbe, wieso ein Mafia-Killer beschließt, seine Mission auf so absurde Weise auszuführen.

»Was hat Michela dir gesagt?«

Die Frage überrascht sie. Sie tut so, als würde sie nicht verstehen, worauf ich hinaus will.

Ich flüstere.

»Du trägst eine Waffe, Arianna …«

»Nichts, sie hat mir nichts gesagt.«

»Du bist zu mir gekommen.«

Sie starrt mich zornig an. Dann sieht sie weg. Sie rückt ihren Zopf zurecht und blickt mir direkt in die Augen.

»Es ist nicht das, was sie mir gesagt hat …« Sie atmet tief durch. »Als sie gestorben ist, konnte ich an nichts anderes als an diesen Artikel denken. Daran, was ich an ihrer Stelle getan hätte.«

»Und …«

Sie greift nach meiner Hand. Ihre ist eiskalt.

»Ich hätte in der Kanzlei darüber geredet. Schließlich war es doch deren Mandant, oder nicht?«

Lange Zeit habe ich geglaubt, dass man vergessen, dass man ohne Vergangenheit leben kann. Dass es nicht wichtig ist, was einem widerfahren ist, sondern dass man überlebt hat. Jedes Mal, wenn ich darüber gesprochen habe, habe ich mich selbst als lebendes Beispiel für die Richtigkeit dieser These angeführt. Mit einem Schlag stand ich plötzlich ohne Frau, mit einem gelähmten Vater und einer kleinen Tochter da. Abgesehen davon, dass ich der direkte oder indirekte Grund für alles war.

Wenn ich es geschafft hatte, ohne vollkommen durchzudrehen, ohne mich in ein Gemüse oder ein Wrack zu verwandeln oder manisch depressiv zu werden, war ein Neuanfang möglich. Wenn ich es geschafft hatte, wieder in ein Auto zu steigen, mit einer Frau ins Bett zu gehen, meinem Vater ins Gesicht zu sehen und stolz auf Giulia zu sein, dann gab es Hoffnung.

Das Gestern ist nicht wichtig. Genau genommen war mir auch das Morgen nicht wichtig.

Ein Zahnarzt behandelt einen Wurzelkanal nach dem anderen, hatte ich einmal irgendwo gelesen. Und die Vorstellung, einen Schmerz zu lindern, und dann den nächsten und noch einen, mit der Aussicht auf Heilung, erschien mir eine perfekte Metapher.

Ich hatte mich geirrt.

Das weiß ich jetzt, während ich diese Geschichte erzähle. Und eigentlich wusste ich es schon an dem Tag, an dem ich aus dem Krankenhaus kam. Nach Ariannas Besuch gab es keine weiteren. Abgesehen natürlich von meinem Vater. Ich habe ihn gebeten, Giulia nichts zu sagen, und er hat sich daran gehalten.

Und so bin ich vier Tage nach besagter Unterredung wieder nach Hause zurückgekehrt. Vier Tage, die ich mit Nachdenken zugebracht habe. Damit, einen Ausweg oder eine Lösung zu finden. Bruchstücke der Vergangenheit zusammenzufügen und alte Geister zu wecken. Vier Tage mit Ariannas Satz in den Ohren, der mir zum zweiten Mal einen bis dahin unbeachteten Blickwinkel aufgezeigt hatte.

Schweigen tut der Stimme nicht gut, und meine innere Stimme schien schon allzu lange ganz woanders zu sein, um zwei scheinbar banale Fakten zusammenzukriegen.

In diesen vier Tagen hatte ich mir vorgenommen, zu vergessen und den Blick scharf zu stellen. Und in jener scheinbaren Stille meines Krankenhauszimmers wurde mir vollends klar, was sich gerade abspielte und dass das Spiel, in das ich zwangsläufig oder zufällig hineingeraten war, keinen Ausweg bot.

Ich war ganz plötzlich darauf gekommen, während ich ohne zu lesen durch eine Zeitung blätterte. Das Gefühl war das gleiche wie damals, als ich nach dem Unfall aus dem Koma erwacht war. Die Gewissheit, keine Wahl zu haben.

Ab da habe ich angefangen, mir Fragen zu stellen. Zu Michela, zu Reale, zu allem, was ich tatsächlich gesehen hatte, ehe Michela starb, zur Bedeutung jeder Geste an jenem Morgen. Und alles, was mir in den Sinn kam, führte zu derselben Frage.

Zu der, die mich in Grauen versetzte: Wenn Michela und ihr Mandant wegen dem gestorben waren, was sie wussten, wieso war ich dann noch am Leben? Wenn alles wegen Solara passierte, wieso waren sie noch nicht hinter mir her?

Ich fing an, die Frage mit derselben Zähigkeit zu umkreisen, mit der man versucht, einen physischen Schmerz wieder wachzurufen. Sie erschreckte mich, aber sie gab mir das Gefühl, lebendig zu sein. Dann, am Tag meiner Entlassung, hatte ich beschlossen, eine Antwort zu finden.

Daniele war ein alter Freund. Er war Staatsanwalt in Florenz. Früher hatten wir ein paar Mal im Monat zusammen Fußball gespielt. Kaum war ich wieder zu Hause, hatte ich ihm eine Mail geschrieben. Dann hatte ich mich darangemacht, meinen Kram und die unversehens verlassene Wohnung in Ordnung zu bringen.

Plötzlich wurde ich unterbrochen.

Die Wohnungsklingel. Das penetrante Geräusch eines Menschen, der vor der Tür steht und wartet. Ich hatte durch den Spion gespäht. Und tief durchgeatmet, die Hand auf der Klinke. Dann hatte ich mich entschlossen.

Dem Mann die Tür zu öffnen, der einen gerade ins Krankenhaus verfrachtet hat, ist ziemlich dämlich. Doch der Grund, weshalb ich Nicola Reales Bruder hereinließ, war ganz einfach: Jenseits des Spions stand ein Mann, der sehr viel verängstigter war als ich.

Marcello Reale wirkt noch jünger, als ich ihn in Erinnerung hatte. Ohne den Baseballschläger, in Anzug und Krawatte und mit frisch gewaschenen Haaren sieht er aus wie ein Uni-Absolvent, der bei seinem ersten Bewerbungsgespräch einen guten Eindruck machen will. Er sitzt da, wo Arianna gesessen hat. Wenn er eine Pistole hat, ist sie besser versteckt als Ariannas.

»Meine Familie ist grundanständig«, sagt er, und das ist nicht der beste Auftakt.

Ich grinse. Er hat mich schon einmal zusammengeschlagen und scheint unbewaffnet zu sein. Da darf ich mir ein Quäntchen Ironie erlauben.

»Meine Mutter und ich sind meine Familie«, stellt er klar. »Mit diesen Leuten habe ich nichts zu tun.«

»Ich könnte dir sogar glauben, Marcello. Aber das ist nicht der Punkt.«

»Der Punkt ist, dass mein Bruder tot ist und es nur noch mich gibt. Und du weißt einen Scheißdreck darüber, was das bedeutet.«

»Dann erklär's mir.«

»Wenn ich dir sage, was ich weiß, musst du danach verschwinden. Und sag nie, von wem du's hast.«

Ich bleibe stumm, und er scheint noch mehr Angst zu bekommen. Er blickt sich um, als könnte plötzlich die Polizei hervorspringen und ihn festnehmen. Oder Schlimmeres. Schließlich helfe ich ihm aus der Klemme: Ich strecke ihm die Hand hin.

»Abgemacht.«

Er drückt sie und lässt sich gegen die Sofalehne fallen, und einen Moment lang wirkt er nur wie ein Grünschnabel auf der Flucht vor einem Leben, das ein paar Nummern zu groß für ihn ist.

»Weißt du, wer Pierangelo Graffeo ist?«

Ich lüge.

»Nein, sag du's mir.«

»Die Graffeos sind eine Familie aus Palermo, dicke Fische. Einer von denen ist vor Ewigkeiten mal auf Lebenszeit hierher verbannt worden. Die haben Verwandte hier. Ein Neffe von Pierangelo Graffeo hat einen Unfall gehabt. Ein totaler Depp, der nix auf die Reihe kriegt. Er schmeißt mit seinem Geld um sich, hat dicke Autos und schöne Frauen. Hin und wieder pfeifen sie ihn nach Palermo zurück und waschen ihm ordentlich den Kopf, damit er 'ne Zeitlang die Füße stillhält. Aber nach einer Weile baut er wieder Scheiße. Irgendwann machen sie ihn kalt, damit er endlich die Klappe hält.«

»Na schön, verstehe. Aber was geht mich das an?«

»Mein Bruder hat ihm das Leben gerettet. Dieses Arschloch ist um fünf Uhr morgens am Steuer eingeschlafen. Er war mit seiner Freundin und deren Schwester unterwegs, die haben auch geschlafen und nix mitgekriegt. Er ist durch eine Leitplanke und ab in den Fluss. Mein Bruder hat alles gesehen, er war auf dem Weg nach Hause. Er hat sie gerade noch rechtzeitig rausgezogen. Sie sind Freunde geworden.«

»Wie erbaulich. Und was geht's mich an?«

»Sie haben angefangen, Geschäfte zu machen. Graffeos Neffe musste zu Hause beweisen, dass er zu was gut war. Nach dem Unfall haben sie ihm gesagt, entweder er ändert sein Leben, oder sie ändern es ihm. Er hat gebeten, ihn auf die Probe zu stellen. Und das haben sie getan. Er kümmert sich um einen Teil des Tablettenhandels, den seine Familie betreibt. Aber verlang nicht, dass ich das vor einem Staatsanwalt wiederhole, das werde ich nämlich nicht, verstanden?«

»Red weiter.«

»Sie werden also Freunde. Unser Nachname zählt auch etwas. Die Schwester von Graffeos Schnalle wird die Schnalle meines Bruders, und zu viert machen sie sich's nett. Sie saufen, ficken, dröhnen sich zu, arbeiten. Arbeiten … ich weiß nicht, wie ich's sonst nennen soll. Meine Mutter weiß Bescheid, sagt aber nichts. Ich gehe zur Uni, bin fast nie zu Hause, versuche, mein eigenes Ding zu machen, halte mich raus, so gut ich kann. Die Zeit vergeht. Mein Bruder kauft sich einen schwarzen Cayenne, der aussieht wie ein Panzer. Eines Abends holt er mich ab, um mit mir rumzucruisen. Großen Bock hab ich nicht, aber ich fahre mit. Er ist betrunken, und ich sehe, dass er versucht, Haltung zu bewahren, aber er hat die Hosen gestrichen voll. Er sagt, Graffeos Neffe hat ihm Sachen erzählt, die er gar nicht hören wollte, weil es Dinge gibt, die man besser nicht weiß. Ihm reichen Tabletten, Autos, Geld und Mösen. Aber wenn Graffeo drauf ist, kommt er ins Labern. Und eines Abends sitzen sie ziemlich breit vor der Glotze, wo gerade ein Film über Borsellino* läuft. Graffeo steht auf, versucht, nicht umzufallen, und spuckt auf die Mattscheibe. Auf den Schauspieler, der den Staatsanwalt spielt. Er spuckt und fängt an zu fluchen. Dann schmeißt er sich aufs Sofa und sagt, er wisse, was an jenem Julisonntag in Palermo passiert ist. Sein Onkel hätte es ihm erzählt. Und wenn diese bescheuerten Bullen die Wahrheit wissen wollten, müssten sie jemanden finden, von dem sie noch nicht einmal wissen, wer es ist. Er sagt ihm auch den Namen. Als mir klar wird, dass mein Bruder ihn mir sagen will, halte ich ihm den Mund zu. Er kommt ins Schleudern und wir landen im Graben. Plötzlich packt er mich bei den Haaren und hält mir ein Messer an die Kehle. Er fragt mich, ob ich die Eier habe, sein Bruder zu sein, oder ob ich ein Waschlappen bin. Denn wenn ich nicht die Eier habe, könnte ich genausogut als Hühnerfutter enden. Ich sage nichts. Ich halte still und versuche zu atmen, und das war schon schwer. Er lässt das Messer sinken, kneift die Augen zusammen, und kurz wirkt er wieder nüchtern. Dann sagt er diesen Namen. Solara. Er meint, einer, der einen Haufen über diesen Solara weiß, sei Pierangelo Graffeo. Und wenn man wirklich wissen will, was mit Paolo Borsellino passiert ist, müsse man Ignazio Solara fragen.«

»Und hast du ihm geglaubt?«

Er hebt die Hände.

»Was weiß ich? Spontan würde ich sagen, ja, aber er war dermaßen dicht, dass ich nicht weiß, ob er von einem Trip oder von einer wahren Begebenheit geredet hat. Auf jeden Fall habe ich mich gefragt, wieso einer so eine Sache erzählt, die man unter Jahrhunderten von Schweigen begraben müsste.«

»Um dich an ihn zu binden.«

»Aber klar doch! Um mich an ihn zu binden. Du vertraust mir ein fettes Geheimnis an, einfach so, ohne Erklärung, und schon bin ich dein Komplize. Ich kann nicht mehr so tun, als hätte ich von nix eine Ahnung.« Er flüstert. »Deshalb hat er es mir erzählt.«

Ich sehe ihn an. Seine Augen weichen meinem Blick aus.

»Glaubst du, er ist deshalb gestorben?«

Verwirrt blickt er mich an, als erwachte er aus einem

schlimmen Traum. Dann nickt er heftig. Zweimal. Er versucht, sicher zu klingen, doch er macht sich in die Hosen vor Angst.

»Am Abend des Tages, an dem mein Bruder umgebracht wurde, sagte meine Mutter zu mir, *dein Bruder ist wegen diesem Arschloch Solara gestorben.* Vielleicht hatte er ihr auch davon erzählt, keine Ahnung. Vielleicht wusste sie schon viel mehr als ich. Aber das hat sie gesagt. Und ich glaube es. Denn Mazza hatte überhaupt keinen Grund, es zu tun, verstehst du? Nicht einen.«

Er fährt sich mit der Zunge über die Lippen und deutet ein herausforderndes Lächeln an, wie ein Zocker, der sein bestes Blatt aufdeckt.

»Angelo Mazza arbeitete für Pierangelo Graffeo. Graffeo hat sich eingeschaltet, um zwischen unseren Familien zu schlichten. *Wir bringen einander nicht um, nicht außerhalb Siziliens,* hatte mein Bruder gesagt. Das waren nicht seine Worte. Doch dann hat Graffeo Mazza aufgetragen, meinen Bruder zu töten. Und mein Bruder war ein Verräter, weil er den Mund nicht halten konnte, als er verhaftet wurde. Rein zufällig ist am selben Tag auch Graffeos Neffe verschwunden. Wenn sie diesen Vollidioten nicht kaltgemacht haben, muss er jetzt irgendwo den Hühnern den Hintern wischen, damit er lernt, den Mund zu halten, wenn er besoffen ist.«

»Wer kennt diese Geschichte noch?«

Die Frage rutscht mir wie ein Fluch über die Lippen.

»Die von Mazza und meinem Bruder? Die Bullen vielleicht. Man muss nur ein bisschen rumfragen.«

Ich nicke, um Zeit zu gewinnen. Ich denke an den zu den Akten gelegten Fall. An die Pistolenschüsse an jenem Morgen. An den Blick, mit dem Mazza mich angeschaut hat, ehe alles zu Ende war.

»Du weißt, dass dein Bruder dir das alles nur aus einem Grund gesagt hat.«

»Na klar, der Grund. Leute wie du suchen immer nach

einem Grund.« Er macht eine Pause. »Er hat's mir erzählt, weil man nicht so leicht drangekriegt wird, wenn man so ein großes Geheimnis mit jemandem teilt. Und auch wenn's nicht stimmt, wenn Graffeos Neffe ihm einen Scheiß verzapft hat, musst du die Klappe halten. Wenn das rauskommt, haben sie dich als Nächstes am Arsch. Vielleicht dachte er, wenn er es mir erzählt, komme ich der Familie wieder ein bisschen näher. Stattdessen bin ich zwei Monate abgehauen. Als sie ihn umgebracht haben, war ich gerade wieder zurück.«

»Erzählst du mir das deshalb jetzt alles?«

»Ich erzähl's dir, weil du's wissen willst. Weil ich in Ruhe gelassen werden will. Und weil jetzt eh alles gelaufen ist. Ist mir scheißegal, ich hau ab. Heute Abend noch, sobald ich hier raus bin. Ich will keinen mehr sehen. Ich schnappe mir meine Mutter, und du wirst nix mehr von mir hören. Nie wieder.«

Ich mache ein ehrfürchtiges Gesicht. Dann schüttele ich den Kopf und schleudere ihm ins Gesicht, was ich von seiner Vorstellung halte.

»Schwachsinn.«

Er antwortet nicht. Wartet. Ich helfe ihm aus seiner Verlegenheit.

»Wenn du beschlossen hast, abzuhauen, und alles vorbereitet hast, gibt es keinen Grund für dich, hier zu sein.«

Er antwortet nicht.

»Also?«

Er sieht mich immer noch an. Mit zusammengepressten Lippen, die Hände zwischen den Schenkeln.

Ich beuge mich vor.

»Und?«

Er sieht mich an. Ich packe ihn bei den Schultern. Meine Wut ist einfach zu groß, als dass ich mich beherrschen könnte.

»Was zum Teufel hast du hier zu suchen?«

Die Antwort lässt mir das Blut gefrieren.

»Ich hatte keine andere Wahl.«

Ich halte inne. Die Hände auf seinem Shirt, ein Schauder läuft mir mit schneidend scharfen Krallen über den Rücken. Die Finger öffnen sich, langsam, im Takt der Angst, die kommt und geht, schnell und unaufhaltsam wie die Flut.

»Wer?«, frage ich.

»Glaubst du, ich will sterben?«

»Das, was du mir erzählt hast …«

Er fällt mir ins Wort.

»Es ist alles wahr. Sie wollen, dass du es weißt, und …«

»Raus. Verschwinde.«

Er steht auf. Bleibt vor mir stehen, als wollte er etwas tun. Dann dreht er sich um, öffnet die Tür und zieht sie hinter sich zu.

Ich breche auf dem Sofa zusammen. Ich schließe nicht ab, ziehe die Vorhänge nicht zu, werfe keinen Blick aus dem Fenster, um zu sehen, ob auf der anderen Straßenseite jemand steht. Ich sitze da, endlos zähe Minuten lang, und frage mich, ob das alles ein Alptraum, ein übler Scherz oder etwas vollkommen Absurdes ist, von dem ich nicht weiß, ob ich es ergründen will. Irgendwann schlafe ich ein.

Einige Zeit später wache ich auf, mit einem Geräusch im Ohr, das ich nicht einordnen kann. Ich brauche eine Weile, bis ich wieder klar im Kopf bin. Der Benachrichtigungston für neue Mails.

Daniele. *Bin im Ausland, in zwei Tagen wieder zurück. Komm mich Ende der Woche besuchen.*

Ich mache das Programm, den Computer, den Monitor, das Licht aus, schließe die Jalousie, den Vorhang und sämtliche Schlösser der Wohnungstür.

Ich überlege kurz, ob Marcello Reale noch da draußen steht und darauf wartet, dass ich meine Meinung ändere und ihn wieder hereinlasse. Wieso auch immer.

»Fick dich«, sage ich zur geschlossenen Tür. »Fickt euch alle.«

Zehn Minuten später bin ich im Bett, mit geschlossenen Augen, brennendem Licht und einem nie geöffneten Buch von Foster Wallace auf dem Nachttisch. Endlich klare Gedanken.

Es gibt einen Menschen, der Bescheid weiß und mir etwas verheimlicht. Der einzige, an den ich mich wenden kann.

»Jetzt reden wir mal Tacheles.«

Mein Vater steht in der weit geöffneten Tür und sieht mich an. Lächelnd schüttelt er den Kopf, mit dem gleichen Gesichtsausdruck wie früher, wenn ich etwas tat, was ihn verblüffte. Aber ich bin nicht zu Scherzen aufgelegt. Als er es begreift, wird er sehr ernst. Er lässt mich herein und schließt die Tür. Dann verschränkt er die Arme und wartet, dass ich mich setze.

»Schieß los.«

»Pierangelo Graffeo«, sage ich.

»Mafia aus Brancaccio, einer der Bosse. Bezirkschef, als die Ferraras eingebuchtet waren.«

»Genau. Und wenn ich dir sagte, dass er Michela von Solara erzählt hat?«, lüge ich, um ihn zu testen.

Er zeigt keinerlei Regung.

»Unmöglich.«

»Das reicht mir nicht.«

Er wendet sich ab und sieht aus dem Fenster. Es fängt an zu regnen.

»Ich weiß nicht, ob das eine gute Idee ist.«

Ich stehe auf und lege die Hände auf die Rückenlehne des Rollstuhls.

»Vor einer Weile habe ich Giulia besucht. Weißt du, was sie mir gesagt hat? Dass ich aufhören soll, mir um sie Sorgen zu machen. Und vielleicht solltest du bei mir auch endlich damit aufhören.«

Er nickt.

»Sie ist wie Elena. Eine außergewöhnliche Frau. Da haben

wir wirklich Glück gehabt. Sehr viel Glück.« Er macht eine Pause. Eine Frau hastet über die Straße auf der Flucht vor dem Regen. »Ich mache mir nicht nur um dich Sorgen. Diese Geschichte betrifft nicht nur dich.«

Er legt die Hände auf die Reifen und dreht den Rollstuhl um. Seine Augen sind feucht.

»Ich muss dich um einen Gefallen bitten.«

Ich hocke mich vor ihn hin, die Hände auf seinen Schenkeln.

»Ich höre.«

»Lass mich diese Angelegenheit auf meine Art regeln. Ich wusste, dass dieser Moment einmal kommen würde. Vielleicht hatte ich geglaubt, zu sterben, ehe du etwas begreifst oder etwas geschieht, das mich dazu zwingt, es dir zu erklären. Doch das ist nicht passiert. Also gut, aber lass es mich so tun, wie es mir möglich ist. Wie ich es schaffe.«

Ich lächele. Nicke. Setze mich.

»Es gibt keine richtige oder falsche Art, die Dinge zu sagen«, fährt er fort. »Seit Tagen überlege ich, wo ich anfangen soll. Mir ist nichts eingefallen, also komme ich gleich zum Punkt.«

Er holt tief Luft und lässt mir das Blut mit wenigen Worten gefrieren.

»Solara gibt es nicht. Ich habe ihn erfunden.«

Dann beginnt er zu erzählen.

»Geschichten ohne Ende können nur immer weiter und weiter gehen, und in einer gefangen zu sein bedeutet, dass man sterben muss, bevor man seine Rolle darin zu Ende gespielt hat. Meine einzige Hoffnung ist, dass das, was ich zu sagen im Begriff bin, ein Ende hat, dass ich irgendwo eine Lücke in der Dunkelheit finden werde. Diese Hoffnung bezeichne ich als Mut, aber ob es Grund zur Hoffnung gibt, ist eine ganz andere Frage.«

Paul Auster, *New York Trilogie*

Diese Geschichte betrifft zwei Männer und eine Frau.

Einer der beiden Männer heißt Adriano und ist mein Vater. Die Frau heißt Elena und ist meine Frau. Den Namen des zweiten Mannes kenne ich nicht, ich kann mir allenfalls denken, welcher Arbeit er an dem Tag des Jahres 1992 nachging, als mein Vater ihm in einer Bar unweit des Mailänder Gerichts gegenübersitzt.

Der Mann, dessen Namen ich nicht kenne, ist genauso alt wie mein Vater, er bekommt schütteres Haar und redet zwischen langen Zügen an seiner Zigarette.

»An deiner Stelle würde ich nach Sizilien fahren.«

Er sagt es ganz obenhin, als wäre es ihm herausgerutscht. Mein Vater stützt die Ellenbogen auf den Tisch.

»Nach Sizilien?«

Sein Gegenüber sieht ihn an. Deutet ein Lächeln an. Nickt.

»Genau, nach Sizilien.«

Der Mann, dessen Namen ich nicht kenne, drückt seine Zigarette aus und zündet sich eine neue an. Er tut es schweigend und ohne Hast und lässt Adriano schmoren. Er nimmt ein paar Züge, nippt an seinem Kaffee und tut so, als sei das Gespräch beendet.

»Ich dachte, ich sollte nach Ravenna fahren«, sagt mein Vater und deutet mit dem Kinn auf die *Gazzetta dello Sport*, die aufgeschlagen und ungelesen auf dem Tisch liegt. In wenigen Stunden wird der *Leone di San Marco* zur entscheidenden Qualifikationsregatta für den America's Cup antreten.

Doch das Segeln interessiert nicht. Sondern das Geld.

Zweieinhalb Monate zuvor ist der Leiter eines Altersheims festgenommen worden, mit sieben Millionen Lire* eines Unternehmers in der Tasche, der sich einen Auftrag für seine Reinigungsfirma sichern wollte. Als er spitzkriegt, was los ist, schließt er sich ins Bad ein und versucht, weitere siebenunddreißig Millionen das Klo hinunterzuspülen. Doch er schafft es nicht.

Der Unternehmer selbst lässt ihn auffliegen: Als er es leid ist zu zahlen, beschließt er, ihn anzuzeigen. Und so landet der Leiter des Altersheims hinter Gittern. Und schweigt, gut einen Monat lang. Doch er hat die Rechung ohne seine Exfrau gemacht, die ihre Unterhaltszahlung für zu mickerig befindet und weiß, dass noch ein paar Milliarden auf Konten schlummern, die auf seine Sekretärin laufen.

Schließlich macht auch er den Mund auf. Er wurde von der Stadtverwaltung auf diesen Posten berufen. In Mailand sind bekanntlich die Sozialisten am Ruder, und seit er angefangen hat zu reden, schlafen viele Leute schlecht. Auch wenn sie so tun, als wäre nichts.

Einen Tag vor dem Treffen in der Bar wurde gewählt. Die Democrazia Cristiana* liegt unter dreißig Prozent. Das hat es noch nie gegeben. Als wäre es ein Omen, wurde der Politiker Salvo Lima* im März in Palermo von zwei Motorradfahrern ermordet.

Ein Name und ein Nachname, die in Sizilien gleichbedeutend sind mit Giulio Andreotti*.

Man glaubt, die Welt werde ganz plötzlich enden, doch niemand weiß genau, wie und ob überhaupt.

An jenem letzten Apriltag weiß Adriano nicht, wovon der Mann redet, der ihm gegenübersitzt. Er stellt ihm ein paar Fragen, wechselt das Thema, kommt wieder darauf zurück, der andere hört ihm nicht mehr zu. Nach einer Weile steht er wie immer ganz plötzlich auf und geht.

Ehe er in die Redaktion zurückkehrt, bleibt mein Vater

noch geschlagene zwei Stunden am Bartischchen sitzen. Tags darauf ist wieder von Schmiergeldern die Rede, die ersten Ermittlungsbescheide gehen raus. Gegen den Mailänder Bürgermeister und seinen Vorgänger. Zwei Wochen später ist der Verwaltungssekretär der Democrazia Cristiana an der Reihe.

Die Lawine kommt ins Rollen, und der dahingesagte Satz des Mannes mit der Zigarette gerät zwangsläufig in den Hintergrund. Zumindest bis zur letzten Juniwoche, als alles schon wieder anders ist und der Freund meines Vaters sich wieder blicken lässt.

Diesmal sind sie in Rom, in einer Bar unweit der Galleria Colonna. Seit einer Woche muss Giuliano Amato* eine Regierung bilden, die es noch nicht gibt, die Bombe von Capaci* hat Andreotti daran gehindert, Staatspräsident zu werden, die Lega* wettert gegen das diebische Rom und sammelt Stimmen, und alles, was bis vor sechs Monaten Bestand hatte, scheint enden zu müssen wie der letzte Sommertag, hinweggefegt von einem plötzlichen Gewitterregen.

»Du bist nicht nach Sizilien gefahren, stimmt's?«

Der Frage geht kein Gruß voraus.

Er hat meinen Vater am Abend zuvor im Hotel angerufen. Er wusste, dass er in Rom war, wusste, wo er untergebracht war und dass er ihn in dem Moment auf seinem Zimmer antreffen würde. Es hat weniger als zwanzig Sekunden gebraucht, um ein Treffen zu vereinbaren, und noch weniger, um dort anzuknüpfen, wo das Gespräch vor Monaten geendet hatte.

Adriano will etwas sagen, irgendetwas. Der zaghafte Versuch, sich nicht wie der unvorbereitete Schüler zu fühlen, den der Lehrer mit dem Buch unterm Tisch erwischt. Doch sein Gegenüber lässt ihn gar nicht erst zu Wort kommen. Eine Handbewegung genügt, die unangezündete Zigarette zwischen den Fingern.

»Nicht nötig«, sagt er. Er macht sich die Zigarette an, überlegt. Nach einer Ewigkeit fängt er wieder zu reden an.

»Bei Carrara in der Toskana gibt es eine Menge Marmorsteinbrüche. Da lässt sich gut Geld verdienen, hab ich zumindest gehört. Es gibt da eine Gesellschaft, die einige davon betreibt. Sie heißt Smar, hast du mal von ihr gehört?«

»Hätte ich sollen?«

»Sagen wir mal, es könnte deiner … persönlichen Bildung dienen. Außerdem könnte es gegenwärtig von Interesse sein.«

Adriano zieht sein Notizbuch aus der Tasche und schreibt.

Sein Gegenüber drückt die Zigarette aus und steht auf.

»Es tut mir leid, dass ich nicht mehr Zeit habe«, sagt er.

Adriano versucht, den Köder auszuwerfen.

»Irgendwann reden wir dann auch über Sizilien.«

Der Mann, dessen Namen ich nicht kenne, bleibt neben meinem Vater stehen. Er setzt seine Sonnenbrille auf.

»Was glaubst du, worüber wir heute geredet haben?«, raunt er.

»Nimm die Smar unter die Lupe.«

Wenn Elena sich auf etwas verstand, dann war es Recherche. Fakten kombinieren, die auf den ersten Blick nichts miteinander zu tun haben, und die darunter verborgenen Muster freilegen. Ihre Notizbücher bersten vor Pfeilen, Fragen, Fragezeichen, Diagrammen, die einen Namen mit einem anderen, eine Gesellschaft mit einem Vorfall, einen Ort mit einer Person verbinden. Wenn Adriano alles über jemanden wissen musste, fragte er Elena.

Im Sommer 1992 befasste sich meine Frau mit Rechtsgeschichten. Theoretisch eine Praktikantin. In Wirklichkeit die rechte Hand meines Vaters, Hauptberichterstatter einer der größten Zeitungen Italiens.

Meine wahre Leidenschaft galt der Literatur, dem Roman, den ich nie schreiben würde, und den politischen Schlagzeilen, und in jenen Tagen der Schmiergelder und Ermittlungsbescheide war eine Zusammenarbeit unvermeidbar.

Die Smar allerdings blieb unter ihnen, als hätte Adriano

von Anfang an geahnt, dass man alles luftdicht, verborgen und im Dunkeln halten müsste. Eine Pflanze, die den Mangel braucht, um nicht zu früh einzugehen.

Und ein paar Tage später hatte Elena, der beste Spürhund, den ich je kannte, ihr Ergebnis parat.

»Die Gesellschaft gehört einem gewissen Angelo Di Costa«, sagt Elena und setzt sich eine Flasche Mineralwasser an die Lippen. Die Jalousien im Büro meines Vaters sind herabgelassen, draußen herrscht glühende Hitze. Giulia ist gerade sieben geworden, sie liegt im Nebenzimmer und schläft. Und Adriano hört zu, mit im Schoß gefalteten Händen und unruhigem Blick.

Elena hockt auf einem Sessel, der meinem Großvater gehörte. Barfuss, die Beine unterm Po, das aufgeschlagene Notizbuch in den Händen.

»Die Smar wurde 1988 gegründet, um eine Reihe von Marmorsteinbrüchen zu verwalten. Die Steinbrüche gehören der Semprini-Gruppe von der Anonima Cementi.«

Mein Vater sieht sie an. Er denkt an die Mailänder Bar, wo er seinen Freund getroffen hat. An das Finale des America's Cup, den die *Leone di San Marco* verloren hat. Sie gehörte ebenfalls der Semprini-Gruppe.

*An deiner Stelle würde ich nach Sizilien fahren.*

»Hörst du mir zu?«

»Na klar. Semprini. Da scheint mir nichts dran zu sein.«

Elena stellt die Füße auf den Boden und schlägt das Notizbuch zu.

»Nein. Das dachte ich auch. Aber ich gebe mich nun mal nie mit dem Schein zufrieden. Di Costa ist verheiratet und hat drei Kinder. Seine Frau ist die Schwester von Salvatore Rubbino. Vielleicht sagt dir der Name was.«

Mein Vater steht auf, geht zum Fenster, blickt hinaus, verlässt das Zimmer, sieht nach seiner Enkelin und kehrt mit einem verhaltenen Lächeln zurück.

»Sie schläft noch«, flüstert er, doch Elena antwortet nicht. Sie wartet. Adriano wischt sich mit einem Taschentuch über die Stirn.

»Weißt du, wer Salvatore Rubbino ist?«, fragt er, doch der Moment für die Antwort ist noch nicht gekommen.

»Warte, zunächst noch was anderes. Ich habe noch ein paar Fakten zur Anonima Cementi gesucht, also bin ich weiter zurückgegangen. Und irgendwann gibt es zwei Gesellschaften dieses Namens. Die erste, die der Semprini-Gruppe, kauft 1984 neunundneunzig Prozent der zweiten. Die nennt sich Anonima Cementi Palermo und gehört Salvatore Rubbino. Zwei Jahre nach dem Verkauf der Gesellschaft gibt's gegen Rubbino einen Haftbefehl. Diese Ermittlungen führen zum Maxi-Prozess*. Man denkt, die Semprinis müssten jetzt aus ihrem Tiefschlaf erwachen und endlich begreifen, wen sie sich da ins Haus geholt haben. Aber es passiert nichts. Im Grunde haben sie ja nur eine Gesellschaft erworben. Und als sie es taten, wusste niemand, dass sie direkt von der Cosa Nostra kauften.«

Adriano schließt die Augen. Sein Kopf dreht sich, die Hitze ist unerträglich, die Gedanken zu schnell, um sie alle zu verfolgen. Er atmet tief durch. Öffnet die Augen. Elena spielt mit der Kappe eines Kugelschreibers. Zieht sie ab, steckt sie auf, trommelt sich mit dem Plastikstift auf den Vorderarm. Schließlich kann sie nicht mehr an sich halten.

»Und?«

Mein Vater zieht die Schultern hoch.

»Ausgezeichnete Arbeit, aber das weißt du ja.«

»Es ist mir scheißegal, ob das gute Arbeit ist oder nicht. Und du hast recht, ich weiß, dass das gute Arbeit ist. Ich will wissen, was wir jetzt machen.«

Adriano steht auf. Trinkt aus einer Wasserflasche. Steht im Zimmer, das feuchte Glas zwischen den Fingern.

»Gib mir zwei Tage.«

Elena nickt, steckt das Notizbuch weg und verschwindet

im Nebenzimmer. Nach einer Ewigkeit kehrt sie zurück. Sie hat Giulia an der Hand. Meine Tochter sieht aus, als würde sie noch schlafen.

Adriano beugt sich hinunter, sieht sie an und streichelt ihr über die Wange.

»Seid vorsichtig, ihr beiden«, flüstert er kaum hörbar. »Seid vorsichtig, bitte.«

Mein Vater ist nie ein Großvater gewesen. Zumindest nicht im herkömmlichen Sinn. Er war nicht der Typ für Spielplätze, Kinderwagen, Eiscreme und Zeichentrickstimme. Er behandelt alle menschlichen Wesen mit der gleichen Aufmerksamkeit und dem gleichen Ernst. Im Grunde unterscheidet sich ein Kind nicht sonderlich von einem Erwachsenen.

Ich habe nur wenige Erinnerungen an gemeinsame Spiele mit ihm. Besser kann ich mich an die Streitereien, die Kontroversen, die heftigen Diskussionen erinnern, die meist nur dazu dienten, einander unterschiedliche Meinungen vorzugaukeln. Ich glaube nicht, ihn jemals besorgt oder verängstigt oder übermäßig traurig oder glücklich gesehen zu haben.

Doch die Geschichte jenes Sommers 1992 erzählt von einem anderen Mann, den ich nicht kenne und nicht kennenlernen wollte.

Als Elena geht, tätigt Adriano einen Anruf. Der Mann am anderen Ende der Leitung heißt Simone, er ist Polizist und kennt ihn seit einer Ewigkeit. Sie waren zusammen beim Militär in Piemont.

Nach dem zweiten Klingeln geht er ran. Er bleibt einsilbig, macht lange Pausen, verspricht, später zurückzurufen, legt hastig auf.

Es ist fast Abend, als er sich wieder meldet. Adriano reckt sich aus dem Sessel und hebt ab.

»Ich dachte, du wärst verlorengegangen«, sagt er.

Die Stimme am anderen Ende klingt nach Nikotin und

Erschöpfung. Sie dehnt die Vokale, redet in den Rauch eines Zigarettenzuges. Im Hintergrund hört man die Sirene eines Krankenwagens, die einfach nicht leiser werden will.

»Scheiße, bist du völlig irre geworden, Adriano. Ist dir eigentlich klar, was du mich da gefragt hast?«

»Natürlich, Simone. Ob du eine Person kennst.«

Die Sirene verstummt.

»Eine Person, sagt er. Eine Person! Ihr auf dem Festland habt wirklich keinen Schimmer, was hier abgeht.«

»O bitte. Es ist wirklich zu heiß zum Philosophieren.«

Der Mann am anderen Ende schweigt. Man hört das Geräusch von Flüssigkeit, die in ein Glas gegossen wird, ein weinendes Kind, eine Frauenstimme.

»Wie geht's deiner Frau?«

»Gut, Adriano. Gut. Und auch dem Kleinen. Wenn er uns nur nachts mal schlafen lassen würde.« Das Weinen steigert sich zu einem verzweifelten Brüllen. »Bleib 'ne Sekunde dran.«

Eine Tür schließt sich, Stille senkt sich über die Welt, Simone kehrt zum Telefon zurück.

»Gewisse Namen kannst du am Telefon nicht nennen, weißt du.«

»Wenn ich dir nicht gesagt hätte, wieso, hättest du mich erst in einer Woche zurückgerufen.«

Ein Lachen.

»Oder noch später. Was willst du über diesen elenden Rubbino wissen?«

»Was weißt du denn?«

»Ach, so viel darf's also sein? Was hast du am Wickel, Adriano? Gibt es in Mailand nicht genug Wespennester, die man ausheben kann? Ich lese alles, was du über Mani Pulite* schreibst, weißt du?«

»Und was hältst du davon?«

Ein Zug an der Zigarette.

»Es nervt dich, dass der Name nicht auf deinem Mist gewachsen ist. Tangentopoli*. Klingt super!«

»Du bist ein Aas.«

Noch ein Zug, vermischt mit einem Lachen.

»Klar bin ich das.« Er macht eine Pause. »Also, Salvatore Rubbino. Und ich hoffe, es gibt einen triftigen Grund ...«

»Sagen wir mal, ich bin über etwas gestolpert und möchte wissen, worüber.«

»Salvatore Rubbino ist Cosa Nostra, Adriano. Da gibt es gar keinen Zweifel. Offiziell ein Bauunternehmer. Bauwesen, Steinbrüche, dieser ganze Scheiß. Aber jeder hier in Sizilien weiß, dass er im Uditore-Viertel das Sagen hat.«

Noch eine Pause. Noch mehr Flüssigkeit, die in ein Glas plätschert, noch ein Schluck.

»Hast du irgendeinen Mailänder gefunden, der Ärger mit der Mafia hat?«

»Nicht Mailand, Simone. Ravenna. Sagt dir die Anonima Cementi was?«

Die Stimme des Sizilianers senkt sich jäh.

»Verdammt, willst du mich umbringen? Weißt du eigentlich, was hier passiert?«

»Sag du's mir, Simone. Deshalb habe ich dich schließlich angerufen.«

Stille. Dicht, heiß, fern, bleiern. Lang. Zu lang.

»Nein, das will ich nicht.«

»Kann ich verstehen.«

»Nein, kannst du nicht, Adriano. Kannst du nicht. Du hast mit dieser Sache nichts zu schaffen, und das ist gut so. Das sind dicke Fische, zu dick.«

»Redest du von deinen Landsleuten oder von denen aus Ravenna? Und seit wann machst du dir ins Hemd?«

Simone brüllt. Er brüllt, ohne die Stimme zu heben. Er brüllt lautlos.

»Ich mach mir nicht ins Hemd, verdammt! Aber wenn diese Sache gemacht werden muss, dann nicht so.«

»Dann sag mir, wie.«

»Tu nicht so blöd, Adriano. Ich will in die Ferien fahren,

weißt du. Ich bin müde, dem Kleinen würde es guttun. Und meiner Frau und mir auch. Aber ich kann mich nicht entscheiden. Verstehst du das Problem? Vielleicht hättest du auch Lust auf ein bisschen Urlaub, oder? Weg von all den Verbrechern, denen du auf den Fersen sein musst. Ich sag dir jetzt mal, wo ich gerne hinfahren würde, und wenn dich das interessiert, kannst du mich ja in zwei Tagen hier zurückrufen, und dann sehen wir, ob wir was organisieren können. Verstanden?«

»Verstanden, Simone.«

»Schön. Dann machen wir's so. Wenn es mir gelingt, im August eine Woche Urlaub zu nehmen, würde ich gern in ein Haus am Meer fahren. Vielleicht auf einem Hügel. Weißt du, wo kürzlich gebaut worden ist? Bei Mondello, am Pizzo Sella. Da würde man gern ein paar Tage verbringen, findest du nicht? Wenn ich ein bisschen Kohle hätte, könnte ich mir da ein hübsches Häuschen hinbauen lassen. Vielleicht von der … wie heißt doch gleich diese Firma, von der man so viel Gutes hört … von der Italcostruzioni. Die sind gut, weißt du?«

»Ich denk drüber nach.«

»Ja, genau. Denk drüber nach. Dann sprechen wir vielleicht noch mal?«

»Schlaf gut, Simone.«

Er lacht.

»Schlafen, ja. Darüber sollte man wirklich schlafen.«

Mitten in der Nacht steht Adriano auf.

Draußen donnert es, aber nicht das Gewitter hat ihn geweckt. Möglicherweise hat er gar nicht geschlafen und die Zeit, seit er das Licht gelöscht hat, in einer unbewussten Wachphase verbracht, in der die Gedanken sich vermischten.

Er öffnet weit das Fenster. Ozongeruch, ein Auto fährt vorbei, das Platschen des ersten Tropfens, der auf die Fensterbank fällt. Er streckt die Hand aus, der Regen zerbirst zwischen den Fingern, er zieht sie zurück, trocknet sie am

T-Shirt ab. Reglos und stumm steht er da und sieht den Blitzen zu, die die Nacht verschlucken und den grauen Himmel dieses seltsamen Sommers zerreißen.

Er fragt sich, ob es auch in Ravenna regnet. Und ob Davide Mirri, einer der einflussreichsten Männer Italiens, der bei der Semprini-Gruppe die Hand am Ruder hatte, dort oder in seinem schönen Haus in Mailand ist. Ob er wach ist oder schläft.

Ob er trotz allem schlafen kann.

*Darüber sollte man wirklich schlafen.*

Simones abschließende Worte unterstreichen das Offensichtliche. Vielleicht schlafen wir schon allzu lange, denkt er, während der Regen sich in Hagel verwandelt, dessen Prasseln das Haus und die Nacht erfüllt.

»Vielleicht sollten wir aufwachen«, sagt er. Und seine Worte werden vom Rauschen verschluckt. Er schließt das Fenster, knipst die Nachttischlampe an, das gelbe Licht fällt auf den papierüberhäuften Schreibtisch. Zwei Blätterstapel, auf jedem ein anderer Name.

Auf dem ersten Pizzo Sella. Auf dem zweiten Italcostruzioni.

Die haben sich noch nicht einmal versteckt, denkt er. Die haben noch nicht einmal versucht, die Spuren zu verwischen. Es existiert alles schwarz auf weiß, für jeden, der Lust hat, seine Nase reinzustecken. Während das Bild von der Mafia mit *lupara** und *coppola** in der allgemeinen Vorstellung dankbar hochgehalten wird, damit es bloß niemandem in den Sinn kommt, woanders hinzusehen.

Er setzt sich an den Schreibtisch, lehnt den Kopf gegen die Rückenlehne und liest. Pizzo Sella ist ein Hügel hinter Mondello. Palermo, Sizilien, Italien. Anfang der Achtziger fängt dort jemand an zu bauen. Obwohl die Gegend unter Naturschutz steht, erteilt die Gemeinde über dreihundert Baugenehmigungen, und der Hügel füllt sich mit Häusern. Sie sind kaum zu übersehen, der Berg erhebt sich direkt hinter *dem*

Strand Palermos. Abends, wenn alle Lichter brennen, gleicht der Hügel den riesigen geschmückten Weihnachtsbäumen, die man im Trentino an den Berghängen sieht.

Adriano sieht von den Papieren auf. Als er die Geschichte vom Pizzo Sella das erste Mal gehört hat, hielt er sie für einen ganz gewöhnlichen Fall organisierter Kriminalität. Doch dann hat sich der Blickwinkel schwindelerregend verändert, wie bei einer Achterbahnfahrt.

1985 will jemand den ganzen Immobilienkomplex kaufen. Die Häuser sind noch nicht einmal fertig, das Unternehmen, das mit dem Bau begonnen hat, scheint nicht in der Lage zu sein, sie fertigzustellen. Oder vielleicht will es nicht.

Da tritt der Gigant ins Bild. Semprinis Anonima Cementi. Ein Jahr zuvor hat sie ihre sizilianische Namensvetterin geschluckt und jetzt kauft sie den ganzen Pizzo Sella, geht zu einer Bank, erhält einen Kredit von rund dreißig Milliarden und macht die Sache fix.

Auch daran könnte man nichts Besonderes finden. Nur, dass der Eigentümer, der die Baugenehmigungen erhalten hat, nicht irgendjemand ist. Blutsbande sind wichtig und in Sizilien zählen sie doppelt. Und bei einem Geschäft dieser Größenordnung muss man genau hinschauen, wer kauft und wer verkauft.

Der Verkäufer ist der Schwager von Michele Greco*, genannt der Papst und in jenen Jahren der Chef der Cosa Nostra.

Alles am helllichten Tag. Unternehmen, die kaufen, Strohmänner, die verkaufen. Wenn überhaupt jemand wirklich kauft und verkauft.

Seufzend steht Adriano auf.

Der Regen lässt plötzlich nach, die Feuchtigkeit hat die Luft geschluckt und nimmt einem den Atem. Im Bad spritzt er sich kaltes Wasser ins Gesicht. Er steht da, blickt in den Spiegel, die Augen geschwollen, das Haar, das plötzlich weiß werden will. Die Zeit läuft dir nach, verfolgt dich, schnappt dich und lässt dich zurück. Und hinterlässt Spuren. Auch wenn man sie nicht wahrhaben will.

Er kehrt zum Schreibtisch zurück, zieht einen farbigen Hefter aus einer Schublade, legt die Unterlagen über Pizzo Sella darin ab und wendet sich dem zweiten Stapel zu.

Die Italcostruzioni. Wieder geht es zehn Jahre zurück. 1982 haben sie Steinbrüche in ganz Sizilien. Sie beschließen, ihr Geld mit dem eines äußerst einflussreichen Freundes zu mischen. Einer, der für gute Geschäfte sorgen kann und in der italienischen Finanz, Wirtschaft und Politik einiges zu sagen hat. Also verkaufen sie vierzig Prozent ihrer Anteile an die Anonima Cementi.

Das ist der erste Knoten. Hier fängt alles an. Ein sizilianisches Unternehmen, das lokal tätig ist und als Minderheitsgesellschafter einen Giganten vom Festland ins Boot holt. Ein sizilianisches Unternehmen, das Salvatore Rubbino gehört.

Cosa Nostra, Sizilien, Italien.

Noch ein Hefter, noch eine Ablage. Die Kaffeemaschine grummelt auf dem Herd, die Nacht ringt sich zum Tag durch. Wie jeden Sommer zieht der Juli unbeschwert vorbei.

Dennoch ist dieser Sommer nicht wie jeder andere. Adriano weiß das gut. Und als er frisch geduscht in seinem roten Bademantel aus dem Bad tritt, wundert er sich nicht, dass jemand ihn im Wohnzimmer begrüßt.

»Wir müssen reden«, sagt der Mann mit der Zigarette. Und Adriano macht ihm ein Zeichen, ihm in die Küche zu folgen. Wenn ihre Unterredungen stets bei einem Kaffee stattfinden müssen, dann soll der Brauch auch diesmal beibehalten werden.

»Beschattest du mich etwa?«

Der Mann mit der Zigarette bleibt die Antwort schuldig. Er steckt eine Hand in die Tasche und holt ein Bonbon aus einer Schachtel. Er hält sie meinem Vater hin. Lachend lehnt Adriano ab.

»Und die Zigaretten?«

»Der Arzt sagt, ich muss aufhören. Ich kann mir keinen Herzinfarkt leisten.«

»Du hast meine Frage nicht beantwortet.«

»Ob ich dich beschatte? Das ist nicht nötig. Ich kenne dich.« Er macht eine Pause. »Es war klug von dir, deiner Schwiegertochter nichts zu sagen.«

»Du irrst dich.«

Sein Gast lacht.

»Nein, das tue ich nicht. Du hast alles allein gemacht. Zumindest, was den Pizzo Sella und die Italcostruzioni betrifft. Wie gesagt, eine weise Entscheidung.«

»Wieso bist du hier?«

»Um zu hören, ob du vorhast, weiterzumachen.«

»Und wenn ja?«

»Ich kenne jemanden, mit dem du dich unterhalten könntest. In Palermo.«

»Nämlich?«

»Ein Bekannter. Der Name ist unwichtig. Noch zumindest.«

Mein Vater fährt sich mit den Händen übers Gesicht.

»Was bringt es dir, wenn diese Geschichte ans Tageslicht kommt?«

»Du hast immer eine sehr beschränkte Sicht auf die Dinge gehabt, Adriano. Nicht, dass du deine Perspektive nicht erweitern könntest. Aber es geht nicht. Noch nicht. Gib dich zufrieden.«

»Mich zufriedengeben …« Er steht auf und lehnt sich gegen die Spüle. »Einer der größten Konzerne Italiens macht seit gut zehn Jahren Geschäfte mit der Mafia, und ich soll mich zufriedengeben.«

»Nein, ich sagte, du sollst dich *vorerst* zufriedengeben.«

Adriano schweigt. Blickt seinen stets distanzierten, stets ungerührten Gast an. Eine furchteinflößende Maske.

»Mit wem muss ich sprechen?«

Der Mann mit der Zigarette holt ein Handy hervor, klappt es auf und wählt eine Nummer. Wartet.

»Morgen?«, fragt er. Er lauscht, klappt das Handy zu und lässt es in die Tasche gleiten.

»Morgen früh um elf geht ein Flieger nach Palermo. Du könntest abends mit dem Acht-Uhr-Flug wieder zurückkommen. An der Kreuzung Via della Libertà und Largo dell'Esedra steht ein Zeitungskiosk. Die Person, mit der du sprechen musst, wartet dort um drei Uhr nachmittags auf dich. Du kannst dir also Zeit lassen, guten Fisch essen, ein wenig Ordnung in deine Gedanken bringen und dann ...«

»Und dann?«

»Kannst du aufhören, dich zufriedenzugeben.« Er macht eine Pause. »Zumindest eine Zeitlang.«

Am Sonntag, den 19. Juli 1992 um elf Uhr morgens hebt das Flugzeug meines Vaters Richtung Palermo ab. Auf dem Platz neben ihm schläft Elena. Ein unruhiger Schlaf, in den sie gleich nach dem Abflug gefallen ist und aus dem sie am Ende der Reise müde und missmutig erwacht.

Sie hat keine Ahnung, was sie in Sizilien vorhaben, sie weiß nicht das kleinste bisschen von dem, was mein Vater in ihrer Abwesenheit herausbekommen hat. Bei ihrer Entscheidung, ihn zu begleiten, hat ihr das Reiseziel genügt. Jetzt braucht sie mehr.

»Du hast mir nicht vertraut.«

Es ist das erste gesprochene Wort, seit Adriano sie vor Stunden von zu Hause abgeholt hat.

Mein Vater legt die Zeitung auf die Knie und sieht sie an. Er weiß, dass sie nicht lockerlassen wird. Wenn sie sich in den Kopf gesetzt hat, die Dinge jetzt klären zu wollen, kann nichts sie davon abbringen.

»Wenn ich dir nicht vertrauen würde, wärst du jetzt nicht hier. Ich komme auch allein zurecht. Das weißt du. Und diesmal musste ich es auf meine Art angehen.«

Meine Frau sagt nichts. Ich sehe sie vor mir, zurückgelehnt, mit verschränkten Armen und zusammengepressten Lippen, den Blick auf Adriano geheftet, die unterdrückte Wut in ihrem Atem. Vielleicht beißt sie sich auf die Unterlippe, das tat sie immer, wenn sie nach den richtigen Worten suchte.

Doch jetzt braucht es keinen Satz, um die Spannung zu lösen und die Kapitulation zu besiegeln. Mein Vater wendet das Blatt, und das ebenso mühelos wie er ihr klargemacht hat, auf welcher Seite des Schreibtisches sie sitzt.

»Nicht hier, Elena. Nicht jetzt.« Er sieht auf die Uhr. »Gedulde dich bis Palermo.«

Sie landen pünktlich in Punta Raisi. Wolkenloser Himmel und kochender Asphalt. Adriano krempelt sich die Ärmel auf und steigt mit resignierter Entschlossenheit die Treppe hinab.

Sie nehmen ein Taxi, der Fahrer versucht, eine Unterhaltung anzufangen, doch niemand hat Lust zu reden. Die Fahrt verläuft schweigend. Überall blitzt das Meer, Villagrazia di Carini und dann Capaci und Isola delle Femmine und plötzlich liegt das Meer hinter einem und Palermo taucht auf, eine Bar unweit des Largo dell'Esedra, Tische im Freien, Autos fahren vorbei, und es muss noch etwas gesagt werden, dies ist der letzte Moment, die letzte Gelegenheit.

»Also?«

Elena trinkt einen Schluck Cola und wartet. Mein Vater beißt in ein Brötchen. Ein winziger Biss, um die Gedanken zu ordnen. Dann erzählt er ihr alles. Als er fertig ist, erscheint es ihm absurd, so wenige Worte gebraucht zu haben, als hätte er die Wirklichkeit in eine Schuhschachtel gepresst. Doch das war die ganze Geschichte, aufgeschrieben, fertig, durchgesehen. Man musste sie nur aus dem Schweigen reißen.

Einen Moment lang sagen beide nichts. Das Geräusch der Autos in der Via della Libertà. Ein Kind, das sich weigert, mit der Mutter mitzugehen. Zwei junge Leute, die sich küssen, ein Mann und eine Frau, die streiten. Ein Alter, der die Straße überqueren will und sich nicht traut, den Gehsteig zu verlassen. Eine Autohupe in der Ferne. Eine zweite, die antwortet.

Und Elenas Stimme, die das Schweigen bricht und die Welt wieder in Bewegung setzt.

»Die haben die Semprini gekauft«, sagt sie.

Nach diesem Satz ist das Einzige, was mein Vater vor sich sieht, das lächelnde Gesicht von Davide Mirri.

Man nennt ihn »der Pirat«. Der Mann ohne Furcht. Der Mann, der es mit dem Staat, dem Schicksal, den eigenen Wurzeln, der Zeit, dem Meer, der Wirtschaft, der Politik aufgenommen hat. Der gewonnen und verloren und wieder gewonnen hat.

Er hat ihn interviewt, an einem Mailänder Nachmittag voller Abgas und Regen. Wenn er an jene zwei Stunden des Jahres 1990 zurückdenkt, ist das Einzige, was ihm dazu einfällt, dass alles Wesentliche bereits passiert war.

»Das war nicht die Abmachung«, sagt die Frau. Doch sie geht nicht. Sie ist zwanzig Minuten zu spät. Adriano hat sie aus dem Nichts neben sich auftauchen sehen, mit diesen Worten auf den Lippen.

Sie ist um die vierzig, kastanienbraunes, schulterlanges Haar, Jeans, weißes Hemd, Turnschuhe, schwarze Ledertasche, Sonnenbrille, die ihre Augen verdeckt. Sie sieht Elena an, die nicht hier sein sollte.

»Es gab keine Abmachung« erwidert mein Vater, und die Frau bleibt ein paar Sekunden stumm. Dann streicht sie sich hektisch eine Strähne aus der Stirn, blickt sich um und sieht auf die Uhr.

»Gehen wir«, sagt sie. Sie überquert die Kreuzung bei der Via Scrofani.

Mein Vater versucht die Spannung mit Höflichkeit zu lösen. »Wir haben uns noch nicht einmal vorgestellt«, sagt er.

Am Zaun des Salesianer-Internats bleibt sie stehen. »Sie sind Adriano, Ihre junge Begleiterin heißt Elena und ist die

Frau Ihres Sohnes. Er sitzt gerade in Mailand an einem wichtigen Interview, aber womöglich wäre er so oder so nicht mitgekommen.« Sie deutet ein Lächeln an. »Was mich betrifft, können Sie mich Clara nennen, aber glauben Sie nicht, dass das mein richtiger Name ist.«

Clara zündet sich eine Zigarette an und kurbelt das Fenster herunter. Sie hat einen schwarzen, völlig verdreckten Fiat Uno. Sie nimmt einen Zug und bläst den Rauch hinaus Richtung Stadion, das sich hinter dem Restaurantparkplatz erhebt, auf dem sie stehen.

Noch hat sie kein Wort gesagt. Vom Largo dell'Esedra aus hat sie ein paar Schritte bis zum Auto gemacht, ist gemächlich losgefahren und jetzt sitzt sie da und raucht, im Schatten der Bäume, der sie vor der glühenden Nachmittagshitze zu schützen versucht.

»Es laufen Ermittlungen«, sagt sie. Und Elena begrüßt das Ende des Schweigens mit einem Räuspern. »Oder besser, es *liefen*. Vor einem Jahr wurden sie unterbrochen, und jetzt sollen sie wieder aufgenommen werden.«

Adriano setzt sich zurecht. Er sitzt vorn, auf dem Beifahrersitz, meine Frau hinten. Sie hat sich nach vorn gebeugt, den Block auf den Schenkeln, den Kuli so fest umklammert, dass die Fingerknöchel weiß hervortreten.

»Was für Ermittlungen?«

Clara übergeht die Frage. Einen Moment lang scheint sie mit sich selbst zu reden.

»Es wird ihnen nicht gelingen, sie wieder aufzunehmen«, fährt sie fort, dann wendet sie sich an meinen Vater: »Sind Sie sicher, dass Sie das wissen wollen?«

»Ja.«

Clara lächelt.

»Natürlich. Ein Journalist. Was für eine blöde Frage von mir.« Sie raucht auf. Zündet sich eine neue Zigarette an. »Na, schön.« Sie seufzt. »Im Juli letzten Jahres hat es fünf Festnahmen gegeben. Die Zeitungen haben darüber berichtet, die Razzien wegen manipulierter Auftragsvergaben. Doch ihr wisst nicht, dass das nicht alles ist. Einer der Verhafteten heißt Roberto Silvia, aber hier in Palermo wird er nur Pacino genannt. Er ist Bauunternehmer, ohne Vorstrafen, bis zu seiner Festnahme. Pacino ist nicht irgendwer und das nicht, weil er einem amerikanischen Schauspieler ähnelt, sondern weil er die Aufträge regelt. Und er ist nicht der Einzige. In diesem Ermittlungsbericht steckt viel mehr als das, was an die Öffentlichkeit gekommen ist, sehr viel mehr. Unter anderem auch eure Freunde von der Semprini.«

Elena sieht von ihrem Block auf, den Stift auf dem Papier, ein Schweißtropfen rinnt ihr über die Schläfe.

»Inwiefern?«

Clara sieht Adriano an und lacht.

»Habt ihr's wirklich noch nicht begriffen, oder wollt ihr es noch mal von mir hören?« Sie drückt die Zigarette aus und wirft den Stummel aus dem Fenster. Ihr Blick wandert zwischen Elena und meinem Vater hin und her, und plötzlich wird sie sehr ernst.

»Ich versuche mal zusammenzufassen, vielleicht wird es dann einfacher. 1978 erhält Michele Grecos Schwester die Baugenehmigung am Pizzo Sella. Die Geschichte kennt ihr ja bereits. Ein paar Jahre später gehen sämtliche Baugrundstücke an die Anonima Cementi. Und die baut. Von der Cosa Nostra an die Semprini-Gruppe.

1982 kauft die Anonima Cementi einen Minderheitenanteil der Italcostruzioni von Rubbino, und als Rubbino wegen Mafia hinter Gitter wandert, kauft sie auch noch ihre sizilianische Namensvetterin. Manche behaupten, der Kauf sei eine Finte, um die Justiz an der Beschlagnahmung von Rubbinos Besitz zu hindern. Alles geht nach Ravenna, und die Gefahr ist gebannt. Von der Cosa Nostra an die Semprini-Gruppe.

Vor vier Jahren reißt sich die Anonima Cementi Steinbrüche bei Massa unter den Nagel. Um sie zu leiten, gründet sie die Smar, die Geschichte ist euch ebenfalls bekannt. Diesmal geht's von der Semprini-Gruppe an die Cosa Nostra. Aber es kommt noch mehr. Vor zwei Jahren geht es in der Nähe von Caltanissetta hoch her. Die Anonima Cementi eurer romagnolischen Freunde kauft eine Inertstoff-Deponie. Das wird in der Gegend nicht gern gesehen, es gibt schon jemanden, der für Baumaterialien zuständig ist, und die sind zu groß, um sie zu übersehen. Doch da nehmen sich die Corleonesi* der Sache an und erklären, wie der Hase läuft. Alles ist wieder friedlich, der Semprini-Konzern macht seine Arbeit, und manch ein Vögelchen zwitschert von den Dächern, dass er noch nicht einmal Schutzgelder abdrücken muss.

Klar soweit? Jetzt stelle ich euch eine Frage. Wie nennt ihr zwei Unternehmen, die seit zehn Jahren Geschäfte miteinander machen?«

Clara grinst. Sie greift nach dem Zigarettenpäckchen, spielt damit herum, steckt es wieder ein.

»In Caltanissetta ist kürzlich auch jemand verhaftet worden. Er heißt Michelangelo Lamantia und ist ein Mann von Piddu Madonia, der auf der Leiter ziemlich weit oben sitzt. Aber jetzt hat er beschlossen, mit der Justiz zusammenzuarbeiten. Und wie es der Zufall will, hat er ausgerechnet bei der Auftragsvergabe angefangen, bei den Verbindungen zwischen Mafia, Freimaurerei und Politik. Einer der ersten Namen, die gefallen sind, ist Semprini.«

Adriano atmet tief durch.

»Interessante Geschichte.«

Clara nickt und fängt wieder an zu rauchen. Elena geht zum Du über.

»Du hast gesagt, es hat Ermittlungen gegeben.«

Clara nimmt einen langen Zug.

»Sagen wir mal, dem obersten Staatsanwalt schmeckt das nicht.«

»Es schmeckt ihm nicht, oder er glaubt nicht daran?«

Clara sieht meiner Frau direkt in die Augen.

»Das macht keinen Unterschied.«

»Lass mich mal ziehen.«

Clara reicht Elena die Zigarette, wartet, nimmt sie zurück.

»Wieso erzählst du uns das alles?«

Sie lächelt.

»Hast du's nicht begriffen? Hast du's nicht bemerkt? Hier bricht alles zusammen. Und wenn ich sage alles, meine ich das gesamte Gebäude, bis zu den Grundmauern. Es gibt ein Machtgefüge, das bestens funktioniert hat, sowohl in Italien als auch in Sizilien. Auf dem Festland hat es so gut funktioniert, weil die Regeln klar und seit Jahrhunderten festgeschrieben waren, und zwar hier. Cosa Nostra hat dem Staat stets in die Augen gesehen. Doch dann hat einer die Regeln nicht eingehalten. Und das Spiel ist nicht mehr aufgegangen. Tangentopoli ist nicht in Mailand. Tangentopoli ist hier. Hier. Hier.«

Sie setzt sich zurecht. Schließt die Augen. Adriano und meine Frau sehen sich schweigend an. Clara hat recht, das wissen sie. Es ist allzu offensichtlich.

Elena klappt den Block zu. Das war's, es braucht keine Erklärungen mehr. Doch da ist noch eine Frage. Die einfachste, banalste.

»Wer bist du?«

Die Frau sieht Elena direkt in die Augen. Sie sieht sie an, als würde sie sie seit einer Ewigkeit kennen, als hätte meine Frau sie vergessen und diese Frage klänge nach Verrat. Sie öffnet die Lippen, will etwas sagen.

Der Knall erstickt den Satz, lässt die Erde beben, die Fensterscheiben klirren und die Alarmanlagen der parkenden Autos losheulen wie verängstigte Neugeborene.

Clara bewegt sich rasch, noch ehe Adriano und Elena begreifen, was los ist, noch ehe meinem Vater die Bilder in den Sinn kommen, die er tausendmal im Fernsehen gesehen hat, noch ehe auf der Straße alles wieder zur Normalität zurückkehrt. Sie startet den Wagen, legt den Gang ein.

»Nicht heute, verdammt«, sagt sie. Und es klingt wie das

Zischen einer Schlange, die ihr Opfer erschrecken will. »Nicht heute«, sagt sie noch einmal, während mein Vater sie etwas fragt, das sie nicht hört, und Elena sich aus dem Fenster beugt, um etwas zu sehen und mitzukriegen.

Der Rauch hinter den Häusern. Der Rauch, fern und doch nah. Der Rauch und die Leute, die auf dem Gehweg stehen und schauen, woher er kommt.

Der Rauch, der sich nähert, während Clara aufs Gas tritt, vom Parkplatz fährt und über die Kreuzung rast. Sie weiß genau, wo sie hin muss.

Clara hatte recht.

Am 19. Juli 1992 war ich in Mailand und wartete auf ein Interview. Ich hatte beschlossen, nicht bei derselben Zeitung zu arbeiten wie mein Vater und meine Frau, und fühlte mich wie der unbescholtenste Mensch der Welt. In Wirklichkeit hatte ich es nur getan, um mir die ständigen Kabbeleien mit Adriano zu ersparen, dem ich als Untergebener, als Lehrling und nicht als Sohn gegenübergestanden hätte.

In jenen Tagen war mein Vater das Inbild des italienischen Journalismus. Oder zumindest ein hochangesehener Teil davon. Zu allem Überfluss besaß meine Frau sehr viel mehr Talent als ich, und ich wollte Adriano nicht vor die unangenehme Wahl zwischen der vielversprechenden Schwiegertochter und dem eigenen Sohn stellen, dem er eine Chance geben zu müssen glaubte.

Schließlich hatten wir eine Lösung gefunden. Ich schrieb über Kino und Bücher, doch meine eigentliche Leidenschaft galt der Justiz, wo ich mithilfe meines Nachnamens auf einen grünen Zweig zu kommen versuchte. Adriano ist Justizreporter. Ich benutze das Präsens und das ist nicht falsch.

An jenem Julisonntag wäre ich auch dann nicht in Palermo gewesen, wenn es das Interview nicht gegeben hätte. Der Schwerpunkt lag auf Mailand, dort, so glaubten wir, würde der Weltuntergang seinen Anfang nehmen.

Heute muss ich lächeln bei dem Gedanken, dass diese Überzeugung stimmte, wenn auch anders, als wir glaubten.

Ich konnte das Interview nicht machen, weder an jenem Sonntag noch an den folgenden Tagen. Als die Nachricht von der Bombe eintraf, war ich in der Redaktion, und ich kann mich noch an die Stille erinnern. Sie dauerte nur wenige Sekunden, aber es schien, als hätte die Wirklichkeit eine Grenze überschritten, und wir hätten es erst jetzt bemerkt.

In dem Moment dachte ich nicht an Elena oder Adriano. Nur an Giulia, die bei einer Freundin meiner Frau war. Es war ein flüchtiger, schmerzlicher Gedanke, der mich beschämte: Ich hoffte, sie wäre noch zu klein, um sich an jenen Todessommer zu erinnern. Heute würde ich, wenn auch weniger beschämt, genauso denken.

»Woher?«

Die Frage ist banal wie ein Atemzug. Man muss sich nur umblicken. Begreifen. Beobachten. Sehen.

»Woher?«, wiederholt Adriano. Er bewegt den Kopf, die Augen, den Körper. Er geht, läuft, sucht.

Woher?

Ein Metronom. Der stumpfe, monotone Rhythmus des Verkehrs, der eine Brücke passiert.

Woher?

Elena hört nichts. Sie kriegt kaum Luft, als hätte sich der Atem in ihrer Brust verschanzt, der Sauerstoff sich an einem sicheren Ort verkrochen. Der Parkplatz ist ein Friedhof aus Blech, Staub, Schutt und Menschen, die wie aufgescheuchte Gespenster oder verstörende Gedanken zwischen den Trümmern herumhuschen.

Die Erde kocht, glüht, qualmt.

Ein Körper oder Körperteil oder vielleicht etwas, das weder Körper noch Körperteil ist. An der Hauswand. Oben, ganz oben. Zu weit oben.

Ein Laken auf dem Boden. Noch eines, weiter vorn. Ein

Mann mit einer Tasche in der Hand geht vorbei, rempelt sie an, sie sehen sich an. Kurz. Ganz kurz. Elena dreht sich um.

»Woher?«

Adrianos Stimme. Eine Frage. Die Frage.

*Aufwachen. Du musst aufwachen.*

In einem Gewirr aus Stimmen und Händen stürzt die Welt in die Wirklichkeit. Eine Autosirene, die keiner abstellen kann. Der Schatten, der den Nachmittag erlöschen lässt. Der triefnasse Asphalt, von den farbigen Schläuchen der Feuerwehr überzogen. Bis zum dritten Stock zerstörte Balkons und Mauern. Ein Polizist, der kommt und sie zurückdrängt.

Die Mauer am Ende der Straße. Die Bäume. Der Himmel.

Das Mietshaus.

Via d'Amelio, Palermo, Italien. Die Familie Borsellino wohnt da.

Elena nickt dem Polizisten zu, setzt sich in Bewegung, geht zum Ende der Straße, überquert sie, überholt eine alte Frau, die sich bei einem astdürren Mädchen unterhakt.

Sie dreht sich um, auf demselben Gehweg, auf dem offenbar die Bombe explodiert ist. Das Mietshaus ist noch da, riesig, inmitten eines Stücks Himmel, das – da ist sie sich sicher – von sämtlichen Zeitungen und Nachrichtensendungen der Welt fotografiert und gefilmt wird.

Sie macht Adriano ein Zeichen. Ein kurzes Kopfnicken. Er sieht sie an, folgt ihrer Geste mit den Augen, sieht sie wieder an.

»Lass uns gehen«, sagt er dann.

Eilig verlassen sie den Ort, an dem eine Bombe Paolo Borsellino und seine Eskorte getötet hat.

Während sie an den Bahngleisen entlanglaufen, verschwindet das Mietshaus hinter anderen Häusern. Kurz taucht es noch einmal auf, eingekeilt zwischen einem niedrigen Gebäude, das wie eine Schule aussieht, und einem zugeparkten Parkplatz, der sie von der Straße weg auf einen Feldweg führt, auf dem sie bald umkehren müssen.

Sie beschleunigen den Schritt, passieren zwei milchweiße

zehnstöckige Ungetüme und biegen nach links ab. Vor dem Eingang blicken sie sich um.

Die Fenster sind alle verschlossen. Das Haus sieht neu aus. Unbewohnt.

Zwei Eingangstüren. Eine steht weit offen. Die Schließfeder ist eingerastet.

Drinnen ist es fast kühl. Es riecht nach Putzmittel und Farbe. Hinten im Eingangsflur ein noch nicht fahrbereiter Aufzug. Links die Treppe. Zwei Stockwerke, drei, fünf. Verschlossene Türen, keine Namensschilder, kein Laut. Auch im siebten nicht.

Dann ein Krachen.

Eine Tür, die zufällt. Zweimal, dreimal.

Lauschend verharren Elena und Adriano auf halber Treppe.

Die Tür schlägt heftiger, über ihnen, ganz oben.

Dann herrscht wieder Stille.

»Der Wind«, flüstert Elena, und mein Vater geht weiter. Noch zwei Stockwerke, wenn sie sich nicht verzählt haben. Mit schnellen Schritten nimmt er das erste, beim zweiten verlangsamt er.

Auf den letzten Stufen lehnt er sich über das Geländer.

Die Tür, die auf die Dachterrasse führt, ist nur angelehnt. Sie schlägt leise gegen den Rahmen. Elena sieht meinen Vater an, einen Fuß auf der obersten Stufe, den Oberkörper wachsam vorgebeugt, die Ohren gespitzt. Nichts ist zu hören außer dem Wind.

Adriano macht zwei letzte Schritte bis zur Tür und stößt sie auf.

Draußen hat die Sonne alles verschluckt. Den Himmel. Das Meer in der Ferne. Palermo, das unter ihnen liegt. Die Verkehrsgeräusche, die Autos, die Stimmen.

»Komm mal her.«

Elena, zwei Meter vor der Kante. Sie hat sich hingehockt und blickt auf den Boden. Ein Dutzend Zigarettenkippen liegen da. In einer Ecke aufgehäuft, recht und schlecht ausgedrückt. Man sieht sofort, dass sie noch nicht lange hier liegen. Elena steckt eine Hand in die Tasche, holt ein Taschentuch hervor und stupst eine an.

»Marlboro«, flüstert sie, aber Adriano hört nicht zu. Er steht am Gesims, den Blick in die Ferne gerichtet, etwas Eisiges lässt seinen Atem flattern.

Via d'Amelio vor den Augen.

Luftlinie sind es weniger als zweihundert Meter, und zwischen seinem Standpunkt und dort, wo die Bombe explodiert ist, gibt es keinerlei Hindernisse.

Hier ist das Woher, will er gerade sagen. Aber der Satz bleibt ihm im Hals stecken.

Eine Stimme. Ganz nah. Vielleicht zu nah, um ihr entgehen zu können.

Elena springt auf. Ein Blick genügt, um zu sehen, dass es nur einen Ausweg gibt.

Der Mann hat kurzes Haar und breite Schultern. Er geht am Rand der Dachterrasse entlang und blickt sich nicht um. Im Schutz einer der quadratischen Treppenhälse versuchen Elena und Adriano ihn im Auge zu behalten.

Sie pressen sich gegen die Mauer, die Tür, die zur Treppe führt, ist verriegelt, das Herz rast ihnen in der Brust. Die Stille, durch die noch immer die Sirenen heulen.

Der Mann mit dem kurzen Haar hat keine Eile. Jetzt steht er mitten auf der Terrasse, die Hände in den Jeanstaschen vergraben. Er blickt zum Ort der Explosion hinüber. Dann wendet er sich plötzlich nach rechts. Genau dort, wo Adriano und meine Frau standen, kniet er sich hin. Sofort steht er wieder auf.

Er wirkt erschreckt. Hastig geht er zur Treppe und verschwindet aus ihrem Blickfeld.

Die Tür schlägt. Mein Vater wischt sich die Stirn und macht Elena ein Zeichen.

Eine zweite Gelegenheit wird es nicht geben.

Jetzt sind es vier Männer. Zwei in Uniform, der Mann mit dem kurzen Haar und ein weiterer Typ in Zivil. Auf dem Parkplatz, direkt vor dem Hauseingang. Vor ihnen zwei Autos. Ein Streifenwagen und ein schwarzer Golf.

Von der zweiten Eingangstür aus, hinter der sie stehen, können Elena und Adriano nicht hören, was sie sagen. Doch sie diskutieren, soviel ist sicher. Und es dauert nur ein paar Minuten. Dann steigen die beiden Beamten in den Streifenwagen und fahren davon.

Die Männer in Zivil bleiben noch ein paar Minuten. Argwöhnisch blicken sie dem verschwundenen Wagen nach. Dann nicken sie einander zu, steigen in den Golf und machen sich auf den Weg.

Elena wirft einen Blick auf das Nummernschild. »Polizei«, murmelt sie.

Das Telefon klingelt um zwei Uhr nachts. Ich knipse das Licht an, taste nach dem Hörer und gehe ran.

»Schläfst du?«

Ich setze mich im Bett auf, lehne mich gegen das Kissen und lächle dem leeren Zimmer zu. Es ist die Stimme meiner Frau.

»Ja, aber das macht nichts. Wie geht es dir?«

Elena geht über die Frage hinweg.

»Giulia?«

»Sie ist nebenan und schläft. Angeblich war sie den ganzen Tag lieb.«

»Das Interview?«

Fünf Worte, drei Fragen. Flache Stimme. Ich sehe sie vor mir, das Telefon zwischen Schulter und Ohr geklemmt, der stumme Fernseher, der das Zimmer erhellt.

»Abgesagt. Mal sehen, ob wir's nachholen können, aber ich bezweifle es.«

Schweigen. Wir sind nicht gut im Telefonieren. Aber einen Versuch starte ich trotzdem noch.

»Adriano?«

»Ein Stockwerk tiefer. Morgen erscheint unser Artikel auf der Titelseite.« Sie kommt mir zuvor. »Keine Komplimente, bitte.«

Ich lüge.

»Wollte ich auch gar nicht machen. Aus purem Neid, vielleicht.«

Sie raucht, ich höre es an ihrem Atem.

»Entschuldige.«

»Komm schon, Elena, wofür denn? Ich hab's im Fernsehen gesehen.«

»Ja, du hast recht. Du bist noch nicht mal sauer, dass ich rauche.«

»Du bist ja nicht hier und paffst mich zu …«

Sie lächelt. Ich sehe sie vor mir, zerzaust, das Haar, dass sich aus dem Gummi löst, ein T-Shirt von mir als Schlafanzug. Es reicht gerade bis zum Schenkel.

»Da gibt es etwas …«, hebt sie an. Wieder ein Zug von der Zigarette. Schweigend warte ich auf das Ende des Satzes, das niemals kommen wird. Ich gebe auf.

»Wann kommt ihr zurück?«, frage ich.

»Wir warten die Beerdigung ab, und dann sehen wir mal.«

»Okay.«

»Okay.«

»Wir hören uns morgen.«

»Okay.«

Sie legt auf.

Ich habe sie nicht zurückgerufen, auch die zweite Hälfte des Satzes habe ich nicht herauszufinden versucht. Weder an jenem Abend noch ein paar Tage darauf, als sie nach Hause gekommen ist. Und auch nicht später. Über jenen Nachmittag in Palermo wurde nicht gesprochen.

Alles, was ich bis zu jenem Tag, an dem Michela mich angerufen hat, wusste, habe ich aus den Zeitungen erfahren, aus einem Halbsatz, den sie am Telefon, in der Küche oder im Bett vor dem Einschlafen hat fallenlassen. Aus einem Notizzettel, der auf dem Boden, dem Tisch, der Waschmaschine, dem Nachttisch herumlag. Details, aus denen sich unmöglich ein komplettes Bild zusammensetzen ließ. Bruchstücke, die nur Wut, Neugier und Ohnmacht verrieten.

Paolo Borsellinos Tod war ein schwarzes Loch, das sich plötzlich in unserem Alltag auftat. Eine Nachrichtenmeldung, eine Schlagzeile, ein scheinbar bedeutungsloses Detail reichte, um Elena in eine andere Welt voller Wut, Groll, Trauer und Einsamkeit zu stürzen. Ein Paralleluniversum, in dem ich nicht zugelassen war und das ich nur von weitem betrachten durfte, ohne es je verstehen zu können.

Zum Glück dauerte es jedes Mal nur kurz, doch wenn es endete, kehrte sie mit einem veränderten, von Mal zu Mal traurigeren, zerbrechlicheren und verzweifelteren Lächeln zurück. Eines Abends, lange Zeit danach, habe ich versucht, das Thema anzusprechen.

»Ich bin nie ganz zurückgekommen«, war ihre Antwort. Dann hat sie mich lang und voller Zärtlichkeit geküsst und meine Hände gestreichelt.

So ist sie eingeschlafen, und ich habe nie mehr den Mut gehabt, weiter zu fragen.

Adriano löscht das Licht und lässt sich aufs Bett fallen. Er schließt die Augen, zwingt sich, sie geschlossen zu halten, in der Hoffnung, dass die Müdigkeit sich endlich seiner annimmt. Doch dem ist nicht so. Es passiert nicht, nicht diese Nacht, in der keine Zeit zu schlafen ist. Die Gedanken, die Angst haben keine Zeit.

Er dreht sich zur Seite. Das Knacken eines Möbels lässt ihn hochfahren. Er verharrt mit angehaltenem Atem. Lauscht in die trügerische Stille des palermischen Hotels, sein Herzschlag pocht in den Schläfen. Der Geruch nach Qualm und verbranntem Blech. Ein Geruch, der nicht da ist und der nie mehr weggehen wird.

Alles ist anders geworden, denkt er. Dort, direkt vor meinen Augen. Alles ist anders geworden und ich habe nichts begriffen. Und wenn ich erzählen sollte, was ich gesehen habe, was geschehen ist, könnte ich es nicht erklären. Ein Journalist berichtet nicht von der Angst, von Gefühlen, von Hoffnung, Freude oder Schmerz.

Ein Journalist berichtet die Fakten. Zumindest die Art Journalist, die er sein möchte und die er dieses Mal nicht gewesen ist. Das Stück, das er der Zeitung gegeben hat, das morgen auf der Titelseite erscheinen wird und das er zusammen mit Elena verfasst hat, enthält keine Fakten.

Er kann nicht erzählen, was der Mann, der ihn nach Palermo geschickt hat, hat durchblicken lassen. Er kann den Halbsatz nicht erläutern, der Clara herausgerutscht ist, ehe sie Gas gegeben und sie zweihundert Meter von der Via d'Amelio entfernt abgesetzt hat. Er kennt keine Worte, mit denen sich beschreiben ließe, was er dort auf der Terrasse gesehen hat. Und später auf dem Parkplatz.

Gefühle sind kein Beweis. Falsche Namen sind kein Indiz. Verdächtige ergeben keine Wahrheit. Also bleibt der Sprengstoff. Der Nachhall von Claras Worten – *Nicht heute, verdammt. Nicht heute* – und die Verstörung, die einem über Schiefer kratzenden Nagel gleicht und die er mit sich herumschleppt, seit er die Zigarettenstummel und die beiden Polizeiwagen gesehen hat.

Er öffnet die Augen, schaltet die Lampe an.

Auf dem Lampenschirm sitzt eine Spinne, nicht größer als ein Fingernagel. Er stützt sich mit dem Ellenbogen auf und sieht sie an.

Da stand ein Auto in der Via d'Amelio.

Ein Klumpen geschmolzenes Metall, aus dem die erstarrten Reste der Antriebswellen, der Kurbelwelle und sonstiger Elemente hervorstaken, die vorher eine andere Form gehabt hatten und nun für immer entstellt und ihrer Funktion entrissen waren. Auch das eine Spinne. Aus totem, farblosem, leblosem Blech. Reglos und grauenvoll.

Wir stehen vor der Entstellung der Welt, denkt er. Und das Erschütternde daran ist, dass es uns ganz normal erscheint.

Er steht auf. Die Dusche ist kühl, doch es hilft nichts. Er verlässt das Zimmer und setzt sich ein Stockwerk tiefer auf die dunkle Hotelterrasse. In den hintersten Winkel, damit ja niemand auf die Idee kommt, sich zu ihm zu setzen, ein Gespräch anzufangen, Gesellschaft zu suchen.

»Hätte ich nicht Angst gehabt, Giulia zu wecken, hätte ich dich angerufen«, wird er mir später sagen, als er mir von jener Nacht erzählt. »Vielleicht hätte ich es nur getan, um deine Stimme zu hören oder über Fußball oder Kino oder Bücher zu reden, als wäre nichts passiert. Vielleicht hätte ich dich gebeten, mir von deinem Tag zu erzählen, in der Hoffnung, mich noch lebendig zu fühlen und mir einzureden, dass alles beim Alten ist. Stattdessen habe ich die ganze Nacht im Dunkeln gesessen. Und nach einer Weile habe ich sogar aufgehört, die Gedanken zu vertreiben.«

Der Morgen des 20. Juli 1992 findet meinen Vater schlafend, eingehüllt in eine Decke, die ein ebenso schlafloser Mensch ihm übergelegt hat.

Während Adriano sich die Nacht um die Ohren schlug, wurden die Bosse der Cosa Nostra aus dem Gefängnis von Palermo geholt, in Kampfhubschrauber gesetzt und nach Pianosa geflogen. Eine Insel, eine Festung, um den Kopf vom Rumpf zu trennen. Eine Insel, eine Festung, um die Bestie in Ketten zu legen und zur Aufgabe zu zwingen.

Dies war das erste Signal, dass sich die, die diese Bombe gebaut und gezündet hatten, offenbar keinen großen Gefallen damit getan hatten.

Mafia raus aus dem Staat.

Die Beisetzung von Paolo Borsellinos Eskorte ist keine Beisetzung, sie ist eine Revolution.

Tausende von Carabinieri sind dort, um die Kirche vor dem Ansturm der Menschen zu schützen. Doch sie reichen nicht aus. Sie reichen nicht aus, um die Politik vor der Wut, den Schmähungen und Stößen zu schützen.

Elena und Adriano gehen kurz vor Schluss, beide mit demselben unausgesprochenen Gefühl. Hätte die Familie Borsellino nicht beschlossen, den Staatsanwalt im kleinen Kreis beizusetzen, wäre es in ein paar Tagen noch heftiger geworden.

Sie steigen ins Auto, ein gemieteter roter Polo, der zu weit weg von der Kathedrale geparkt ist. Mein Vater fährt ohne Hast, unbeirrt von den Hupen, dem Verkehr, der Sonne, dem Meer, das von der Via Francesco Crispi aus noch mehr funkelt als sonst. An einer Ampel kurz vor dem Fährkai blickt er auf und sieht es.

Es war dort, es war immer dort.

Als die Ampel auf Grün springt, macht der Wagen einen ungewollten Satz nach vorn und lässt Elena hochfahren. Meine Frau sieht ihn verständnislos an, dann erkennt sie die Straße. Via Montepellegrino, Via dell'Autonomia Siciliana. Er fährt an die Seite, schaltet den Warnblinker ein und steigt aus.

»Was hast du denn?«

Es ist das dritte Mal, dass sie ihn das fragt, und erst jetzt bekommt sie eine Antwort. Wäre er früher darauf eingegangen, hätte sie nichts verstanden.

»Sieh nach vorn«, sagt er.

Elena schüttelt den Kopf, mein Vater lächelt. Manchmal spielt der Verstand einem seltsame Streiche. Er erinnert sich, wenn er nicht sollte, er verdrängt, wandelt ab. Verknüpft Fakten und Orte, die auf den ersten Blick nichts miteinander zu tun haben. Oder erinnert einen daran, dass einem etwas hätte auffallen müssen.

Er nimmt den Kopf meiner Frau in beide Hände und dreht ihn leicht nach rechts. »Fällt dir nichts auf?«

Elenas Blick geht über den Parkplatz mit den Autos zu den beiden weißen Hochhäusern, zur Terrasse mit den Marlboro-Kippen, zum Monte Pellegrino.

»Es war da«, sagt Adriano. »Man musste nur hinsehen.«

Adriano stoppt den Wagen und lässt den Motor laufen. Auf dem Parkplatz steht kein anderes Auto. Die Kastellburg rund zwanzig Meter weiter links nimmt den ganzen Horizont ein.

»Was willst du hier finden?«

Adriano grinst ein kleines, wütendes Grinsen.

»Komm.«

Er schaltet den Motor ab, steigt aus und geht auf das Kastell zu. Elena folgt ihm mit einigem Abstand. Sie wirkt ängstlich. Mein Vater hingegen bewegt sich mit der Gelassenheit eines Touristen, der eine Sehenswürdigkeit besucht. Er überquert den lichtüberfluteten Parkplatz, erreicht den Eingang, liest das Schild neben der geschlossenen Tür, geht weiter und bleibt auf der Aussichtsterrasse hoch über der Stadt stehen, die Ellenbogen auf die Brüstung gestützt.

»Siehst du es?«

Elena steht neben ihm und antwortet nicht. Unter ihnen liegt ganz Palermo. Die Terrasse mit den Marlboro-Kippen. Und Via d'Amelio, ein dunkler Streifen aus Asphalt und Häusern.

»Mit bloßem Auge.«

Adriano versucht einen Scherz zu machen.

»Weil du jünger bist als ich.«

Elena geht darüber hinweg. Sie steckt die Hände in die Taschen, dreht sich um, lehnt sich gegen die Brüstung und betrachtet das Kastell.

»Was zum Teufel ist das hier?«

»Eine Berufsschule, du hast doch das Schild gelesen.«

»CERISDI*«, murmelt sie. Sie macht eine Pause, dann wiederholt sie ihre Frage.

»Was willst du hier finden?«

Mein Vater dreht sich nicht um. Er blickt weiter nach unten. Das Meer, Palermo, das weiße Hochhaus, die Terrasse, der Parkplatz in der Via d'Amelio. Wenn ich die Hand ausstrecke, könnte ich ihn berühren, denkt er.

»In einer Schule?«, sagt er. »Nichts. Allenfalls jemanden, der vielleicht etwas gesehen hat.«

»Es war Sonntag.«

»Du glaubst doch nicht etwa, dass die nur am Sonntag auf dieser Terrasse waren? Du glaubst doch nicht etwa, dass die, die hier arbeiten, nie aus dem Fenster gucken? Oder sich nie hierhinstellen und eine Zigarette rauchen?«

Jetzt ist es an meiner Frau, grimmig zu lächeln. Ihr Blick wandert vom Kastell zum Meer und wieder zurück. Riesig, als würde es leben. Reglos, als wäre es tot.

»Heute ist nicht Sonntag. Der Ort hier ist total verwaist.«

Adriano dreht sich um.

»Genau. Und wieso sollte eine Berufsschule verwaist sein?«

Er setzt sich in Bewegung und geht an ihr vorbei.

»Was machst du?«

Er antwortet, ohne stehenzubleiben.

»Es gibt ein Schild und eine Klingel. Ich bin ein wohlerzogener Mensch. Ich frage mal, ob jemand zu Hause ist.«

Unter den Arkaden, die zum Eingang führen, erscheint der Sommermorgen weniger erbarmungslos. Sie haben dreimal geklingelt. Dreimal hat die Klingel das gleiche tonlose, unangenehme Geräusch von sich gegeben. Dreimal hat niemand reagiert. Kein Laut, keine Stimme.

Nur der Wind.

»Was zum Teufel ist das hier?«

Elenas Frage, die gleiche wie eben, bohrt sich wie ein Dorn in die Gedanken meines Vaters. Eine Frage, für die er eine mögliche Antwort hat. Eine allzu offensichtliche Antwort. Eine Antwort, die aus der Vergangenheit kommt, von anderen Messingschildern, die mehrere Monatslöhne eines Arbeiters wert sind. Studienzentren auch diese. Er kann sich nur zu gut daran erinnern. Die Welt hat keine Phantasie.

»Komm, wir gehen«, sagt er.

Und der Satz bleibt ihm im Hals stecken.

Das Erste, was sie hören, ist das Motorenbrummen. Weit weg, fast wie ein Störgeräusch im Rauschen des Windes. Dann sehen sie es.

Ein Auto. Es fährt schnell.
Biegt auf den Parkplatz ein.
Und kommt direkt auf sie zu.

»Suchen Sie jemanden?«

Der Mann steht neben seinem Auto. Helles Hemd, dunkle Brille, die Wagentür steht offen. Ein Lancia. Blau, frisch gewaschen.

»Nein, niemanden.«

Der Mann verschränkt die Arme vor der Brust.

»Seltsam. Normalerweise kommt man hierher, weil man jemanden sucht.«

Elena wartet. Sie fragt sich, ob sich hinter der Sonnenbrille tatsächlich zwei Augen verbergen. Adriano geht auf ihn zu. Der Mann steckt eine Hand in die Tasche.

»Und Sie? Auf wen warten Sie?«

Der Mann blickt sich um. Das Eingangstor, der Parkplatz, die leere Straße.

Elena. Adriano.

Das Kastell.

Er spricht, ohne sich einen Millimeter zu bewegen.

»Wissen Sie, dass das gar keine richtige Burg ist? Sie als Journalist sollten das wissen. Sie brauchen sich nicht zu wundern. Ich habe Ihren Artikel am Montag in der Zeitung gelesen. Und ich würde Sie auch kennen, wenn ich ihn nicht gelesen hätte.«

Er macht eine Pause. Offenbar denkt er über etwas sehr Wichtiges nach. Etwas, das er sofort wieder verwirft.

»Dieses *Castello* ist gar keine echte Burg«, fängt er wieder an. »Es wurde Anfang der dreißiger Jahre fertig gebaut. Sollte ein Hotel werden. War es auch für kurze Zeit. Dann kam der Krieg, da waren die Faschisten drin, danach die Alliierten und am Ende stand es leer. Unbewohnt. Rund vierzig Jahre lang.«

Er sieht Adriano an, Elena, den Parkplatz mit den beiden Autos. Wieder das Kastell. Er lächelt.

»Können Sie sich diesen Ort unbewohnt vorstellen? Verlassen? Schwierig, nicht wahr? Anfang der Achtziger wurde es dann von der Region gekauft und an eine Privatgesellschaft vermietet, die dieses Studienzentrum unterhält. CERISDI. Lernen ist wichtig, nicht wahr?«

Adriano hört nicht zu. Er fängt von vorn an.

»Sie haben mir nicht geantwortet.«

Der Mann scheint nicht zu verstehen.

»Worauf?«

»Sie haben gesagt, man kommt nur hierher, wenn man jemanden sucht. Ich habe Sie gefragt, wen Sie suchen.«

»Jetzt warte ich auf niemanden mehr.« Er holt die Hand aus der Tasche. Macht einen Schritt auf sie zu. Zeigt eine Polizeimarke.

»Giuseppe«, sagt er.

Er drückt meinem Vater und dann Elena die Hand.

»Das ist ein Unterschied.«

Die Stimme meiner Frau, das erste Mal während dieser Unterhaltung.

»Ein Unterschied?«

»Zwischen warten und suchen.«

Giuseppe nickt.

»Sie haben recht, das ist ein Unterschied.« Er geht zum Auto. »Kommen Sie, lassen Sie uns was trinken gehen, ich lade Sie ein. Hier können wir eh nichts tun.«

Die Bar unweit der Passeggiata delle Cattive ist fast leer. Nur ein alter Mann sitzt an einem Ecktischchen und schläft, die Sonnenbrille auf der Nase.

Adriano trinkt seinen Espresso in einem Schluck.

»Also, worüber müssen wir reden?«

Giuseppe verschränkt die Arme und lehnt sich auf seinem Stuhl zurück.

»Über vieles. Oder über nichts.«

»Zum Beispiel darüber, was ein Polizist beim Castello zu suchen hat.«

»Zum Beispiel, Signora. Oder zwei Journalisten.«

Elena trinkt einen Schluck aus ihrer Coladose.

»Wenn Sie denn wirklich ein Polizist sind.«

Der Mann nickt und deutet ein Lächeln an. Er lässt sich nicht aus der Reserve locken.

»Genau, wenn.«

Meine Frau seufzt.

»Also, entweder Sie trauen uns oder Sie trauen uns nicht. Und wenn Sie uns nicht trauen, dann können wir genausogut übers Wetter reden.«

Giuseppe sieht meinen Vater an.

»Soweit ich weiß, sind wir mit der gleichen Vermutung zum Castello gefahren.«

Adriano bleibt stumm. Elena muss das Gespräch am Leben halten.

»Könnte man dieser Vermutung nicht nachgehen?«

»Wenn Sie mich dort oben getroffen haben … Das ist eine mögliche Vermutung, ja.«

»Und die anderen?«

Giuseppe senkt den Blick.

»Die anderen haben nichts mit einem Beobachtungspunkt zu tun.«

»Worüber reden wir?«

Der Mann überlegt. Nach einer gefühlten halben Ewigkeit fängt er wieder an zu sprechen.

»Sagen wir so. Mit unserem Ausflug haben wir versucht, auf eine Frage bezüglich dieser Bombe eine Antwort zu finden. Doch es gibt noch eine andere.«

Er bricht ab, bestellt noch einen Espresso, nippt daran und redet mit dem Tässchen in der Hand weiter.

»Sie haben die Telefone abgehört. In Borsellinos Wohnung, meine ich. Dadurch haben sie gewusst, wann er kommen würde.«

Meine Frau klingt wie ein enttäuschter Lehrer, der keine Zeit zu verlieren hat.

»Morgen erscheint ein Artikel, in dem es heißt, einige der Hausbewohner hätten seit einiger Zeit seltsame Leute in der Gegend gesehen.«

»Haben sie euch das gesagt?«

Elena denkt an einen der Männer, die sie getroffen hat. Übernächtigt, mit verquollenen Augen, aufgebracht, weil er auf unbestimmte Zeit keine Wohnung mehr hat. Weil er Menschen sterben sehen und um sein eigenes Leben gebangt hat. Er hat kein einziges Mal die Stimme gesenkt und das, was er ihr gesagt hat, auch vor den Kameras der Nachrichtensender wiederholt. Sie hofft, dass sie es heute Abend oder morgen ausstrahlen. Noch ehe die Forderungen nach Rache und Gerechtigkeit laut werden.

»Sie haben es auch der Polizei gesagt«, entgegnet sie. »Und nicht nur einmal.«

Giuseppe nickt und trinkt seinen Kaffee aus.

»Wie ihr wisst, haben wir Sonntagabend rund achtzig Inhaftierte aus dem Ucciardone-Gefängnis verlegt. Nach Pianosa. Was ihr womöglich noch nicht wisst, ist, dass sich damit alles für sie ändert. Die werden die Außenwelt nicht wiedersehen. Wenn alles gut läuft, wird das Leben von dieser Woche an sehr hart für sie. Ob im Knast oder draußen. Es ist die Rede davon, dass das Militär anrückt.«

»Und Sie glauben das?«

Adrianos Frage entringt ihm ein Lächeln.

»Ob ich das glaube … ehrlich gesagt, glaube ich an das, was ich sehe. Und diesmal ist es anders, wie gesagt. Haben Sie sich gefragt, ob das, was passiert ist, einen Sinn hat? Und wenn es einen hat, für wen? Wem nützt das? Und macht nicht den Fehler zu denken, die von der Cosa Nostra seien dämliche Schafhirten, die nicht über den Rand ihrer Coppola hinaussehen. Giovanni Falcone* ist vor zwei Monaten gestorben. Und es ist nichts passiert. Niemand hat reagiert. Die konnten nicht davon ausgehen, dass es genauso werden würde.«

Mein Vater stützt die Ellenbogen auf den Tisch.

»Wieso sagen Sie uns das alles?«

»Glauben Sie mir, Adriano, es gibt viele Dinge, die ich euch nicht sage.«

»Zum Beispiel, dass dieses Kastell nicht das ist, was es zu sein vorgibt?«

»Ich bitte Sie, enttäuschen Sie mich nicht. Brauchen Sie mich, um auf so etwas Läppisches zu kommen? Wie viele Studienzentren haben Sie in Ihrem Leben gesehen? Und wie viele davon waren tatsächlich welche?«

Mein Vater fährt mit dem Finger über die Tischkante.

»Was erwarten Sie von uns?«

»Dass Sie nachdenken. Eins und eins zusammenzählen. Fragen stellen. Versuchen, diese Geschichte aus einem anderen Blickwinkel zu sehen.«

»Und der wäre?«

»Darüber werden wir bald reden.«

Er will aufstehen, doch Adrianos Satz lässt ihn innehalten.

»Und wenn ich Ihnen sagen würde, dass ich weiß, von wo die Fernzündung betätigt wurde, und dass es nicht vom Castello aus war?«

Giuseppe verschränkt die Arme vor der Brust.

»Dann würde ich Sie bitten, mir mehr zu verraten.«

Adriano sieht Elena an. Dann erzählt er von der Terrasse.

»Es muss einen Polizeibericht geben«, schließt er. »Man muss es nur nachprüfen.«

»Ihr denkt nicht, dass es Polizisten ...«

»Ich weiß nicht, was wir gedacht haben. Aber getraut haben wir der Sache bestimmt nicht. Und niemand hat das Gebäude untersucht. Jetzt können Sie denken, was Sie wollen.«

Giuseppe nickt.

»Genau das meinte ich. Die Dinge aus einem anderen Blickwinkel sehen.«

»Und Sie?«

»Ich, Signora?«

»Ja, Sie. Was haben Sie jetzt vor?«

»So einiges. Als allererstes werde ich die Telefonanlage auseinandernehmen und rauskriegen, wer sie manipuliert hat.«

»Und als zweites?«

Giuseppe lächelt.

»Das werde ich Ihnen sagen, wenn's getan ist.« Er steht auf. »Jetzt muss ich los. Und ihr auch, nehme ich an.«

»Nur noch eine Frage.«

Der Mann hält inne, legt die Hände auf die Stuhllehne und sieht meinen Vater an.

»Bitte.«

»Und wenn ich Sie nach Ermittlungen zur Bauauftragsvergabe frage?«

Giuseppe verzieht keine Miene.

»Denken Sie dabei an etwas Bestimmtes?«

»Ich denke dabei an etwas ganz Großes.«

Er lächelt.

»Sie meinen *die Ermittlung*, ich verstehe. Nun, ich könnte Ihnen sagen, das sie nicht sonderlich beliebt ist. Sie wird zu den Akten gelegt. Wenn das nicht schon längst passiert ist.«

Er drückt meiner Frau die Hand, dann meinem Vater.

»Wir hören bald voneinander«, sagt er. Gleich darauf fährt sein Wagen davon.

»Traust du ihm?«

Elenas Frage bricht ein langes Schweigen.

»Nein. Natürlich nicht.«

»Und wieso …«

»… wieso ich es ihm gesagt habe? Nun, wenn er ehrlich ist, wird er uns helfen. Und sollte er es nicht sein, weiß ich, wie ich's rauskriege.«

Als Elena nach Hause kommt, liege ich schlafend auf dem Sofa. Ohne mich zu wecken legt sie sich neben mich und starrt mit weit geöffneten Augen an die Decke. Ich weiß nicht, wie lange wir so daliegen. Als ich aufwache, weint sie, ich weiß es noch wie heute. Ich nehme sie in den Arm, und ohne sich die Tränen wegzuwischen oder sie zu unterdrücken legt sie den Kopf auf meine Brust. Sie liegt nur reglos da und wartet.

Diese Nacht schläft keiner von uns.

Weder ich, der ich nicht weiß, was ich tun oder sagen soll. Noch sie, die mir erst sehr viel später gestehen wird, schlaflose Stunden verbracht zu haben, voller Furcht vor den Schatten im Zimmer, vor den Schemen der Kleider auf dem Sessel, den im nächtlichen Schein kaum wahrnehmbaren Umrissen der Tür. Vor den Geräuschen, die allzu nah und nicht zu benennen sind.

Auch Adriano schläft nicht. Er erzählt mir, wieder einmal dem Morgengrauen entgegengewartet zu haben, umgetrieben von zu vielen Fragen und Antworten. Dann, am nächsten Tag, versuchen wir uns alle einzureden, alles sei wieder wie vorher.

Abermals ruft mein Vater seinen Freund in Palermo an. Simone bestätigt, dass das Ermittlungsverfahren zur Bauauftragsvergabe vom Generalstaatsanwalt zu den Akten gelegt wurde. Von demselben Generalstaatsanwalt, der zuerst mit Rücktritt droht, es sich dann anders überlegt und sich beurlauben lässt. Acht der ihm unterstellten Staatsanwälte treten zurück, fordern eine ernstzunehmende Führung der Staatsanwaltschaft. Schließlich beantragt der Generalstaatsanwalt seine Versetzung. Nach Rom, zum Obersten Gerichtsrat.

Adriano und Elena versuchen etwas über das Mietshaus herauszufinden. Das Unternehmen, das es hat bauen lassen, gehört einer Familie Rivalta, palermische Mafia, einer der Brüder ist vor fast dreißig Jahren der *lupara bianca**, dem perfekten Mord, zum Opfer gefallen. Seit sie auf den Namen gestoßen sind, rechnen sie fast jeden Tag mit einer Festnahme oder wenigstens mit Ermittlungen. Doch es geschieht nichts.

Adriano ruft wieder bei Simone an. Dem Unternehmen lässt sich nichts nachweisen. Was den Ort angeht, von dem aus die Bombe gezündet wurde, wird in drei Richtungen ermittelt: Die Grünfläche, die die Via d'Amelio teilt. Das Dach des Mietshauses. Das Castello Utveggio.

Über das CERISDI erfährt man schnell das, was sowieso bekannt ist. Ein Studienzentrum eben, offenbar selten genutzt und mit bedeutenden Namen in der Führungsriege. Der ehemalige Hochkommissar im Kampf gegen die Mafia. Der Kabinettschef eines Ex-Präsidenten der Region Sizilien, Professor für mittelalterliche Geschichte und Freimaurer.

Ende des Monats bringt sich ein achtzehnjähriges Mädchen um, sie gehört zu einer Mafia-Familie und hat beschlossen, mit der Justiz zusammenzuarbeiten. Sie hatte mit Paolo Borsellino gesprochen. Ohne ihn, so schreibt sie vor ihrem Tod, gibt es niemanden, der sie beschützt.

Es stellt sich heraus, dass die Bombe in einem zwanzig Tage zuvor gestohlenen Fiat 126 versteckt war. Der Dieb wird rein zufällig Anfang September geschnappt.

Auf dem Rücksitz von Borsellinos Auto wird seine völlig unbeschädigte Ledertasche gefunden. Allerdings ohne den roten Taschenkalender, den er immer bei sich trug. Jemand behauptet, unmittelbar nach der Explosion sei ein Moped durch die Via d'Amelio gefahren. Vielleicht eine Kontrolle, für den Fall, dass die Bombe versagt hat.

Das Parlament verabschiedet den Artikel 41*, strengste Haftbedingungen für Mafiosi, und manch einer meint, auf diese Weise würde der Staat die Bosse genauso behandeln wie die Nazis die Juden.

Kurz nach Mariä Himmelfahrt erhält der Innenminister eine Drohung von einer Gruppe, die sich Falange Armata* nennt. Der Anruf geht bei einer nationalen Tageszeitung ein. Die Stimme spricht mit sizilianischem Akzent:

*Auch er hat ausloten wollen, wie groß der Wille und die Entschlossenheit des Gegners tatsächlich ist. Schleichend hat er sie herausgefordert und die Provokation hochgeschraubt, bis der Gegner reagiert, reagieren muss, wütend wird und zum Gegenschlag ausholt.*

Man fragt sich, wer diese Falange Armata ist, die sich ein Jahr lang zu sämtlichen Mafiaverbrechen bekennt. Lima, Falcone, Borsellino. Die 1991 für die Toten des weißen Fiat Uno* und ein Jahr zuvor für den Mord an einem Gefängnispädagogen im Mailänder Gefängnis Opera verantwortlich zeichnet. Die Politiker, Staatsanwälte und Journalisten bedroht.

Es wird bekannt, neben Paolo Borsellino stehe auch Antonio di Pietro* auf der Abschussliste. Denn auch über Mailand führt ein Weg zur Cosa Nostra. Kaum vorstellbar, dass mein Vater nicht an die Anonima Cementi gedacht hat. Aus dem Justizpalast wird ihm zugetragen, sämtliche große Parteien verfügten über Schwarzgeld, die Sozialisten steckten bis zum Hals in der Scheiße, es gebe da große norditalienische Unternehmen und Geldkanäle, die von besagten Unternehmen direkt in die Politik und nur allzu häufig in irgendjemandes Taschen führten.

Am 17. September dringt ein Killerkommando in die Villa Ignazio Salvos* ein. Der Geldeintreiber der Cosa Nostra, der Kriegsveteran, der den Clan der Corleonesi an die Macht gebracht hat, der Mann, der die Mafia an der politischen Leine hielt, wird mit Pistolen- und Gewehrschüssen ermordet. Salvo Lima und Ignazio Salvo. Giovanni Falcone und Paolo Borsellino.

Irgendjemand macht Tabula rasa, löscht die Vergangenheit aus, vollstreckt Urteile, vernichtet Feinde.

So vergeht der Sommer.

Noch zwei Mal haben Adriano und Elena von jenem Nachmittag in Palermo geschrieben. Offiziell verfolgen sie die Angelegenheit nicht. Inoffiziell haben sie nie damit aufgehört, ohne auch nur einen Schritt weiterzukommen.

Dann, Ende September, als niemand mehr damit rechnet, klingelt das Telefon.

»Der Bericht ist verschwunden, das wollte ich dir sagen«, sind Giuseppes erste Worte, als mein Vater abhebt.

»Wie schön, von dir zu hören …«

»Lass das dumme Gerede. Ich hab gesagt, der Bericht ist verschwunden.«

Adriano setzt sich. Draußen ist Herbst, grau wie Katzenaugen.

»Welcher Bericht?«

Giuseppe schnaubt.

»Die beiden Polizisten, die du auf der Terrasse gesehen hast …«

Adriano fällt ihm ins Wort.

»Der Polizist.«

»Ja, okay, okay. Du hast einen dort oben gesehen und einen unten. Die hatten einen Bericht über die Kippen geschrieben. Erinnerst du dich daran wenigstens noch?«

»Red weiter.«

»Der Bericht ist unauffindbar, futsch, verschwunden.«

»Und woher weißt du, dass sie ihn wirklich geschrieben haben?«

Giuseppe denkt kurz nach.

»Weil ich ihn in der Hand hatte.«

»Das ist noch nicht alles, stimmt's?«

Giuseppe lacht.

»Verdammte Journaille … Ja, das ist noch nicht alles. Die beiden Kollegen von der Kripo, die mit dem Streifenwagen weggefahren sind, sind versetzt worden. Einer nach Venedig und einer nach Macerata. Wie würdest du das nennen?«

»Keine Ahnung, sag du's mir.«

Der Polizist wird ernst.

»Wir müssen uns sehen. Bald.«

»Das hast du in Palermo auch gesagt. Seitdem sind zwei Monate vergangen.«

»Diesmal ist es anders. Morgen Abend bin ich dort. Ich rufe dich an und sage dir, wo wir uns treffen.«

Das Gespräch ist beendet.

Die Schilderung meines Vaters gab mir zum ersten Mal das Gefühl, ich hätte nicht das Leben geführt, das ich zu führen glaubte. Zumindest was den Sommer 1992 angeht.

Elena und ich saßen in zwei verschiedenen Redaktionen. Manchmal trafen wir uns in einem Gerichtssaal oder bei einer Pressekonferenz im Justizpalast oder im Krankenhaus. Später besuchten wir auch Leichenschauhäuser und Parteisitze und waren noch mehr unterwegs, ständig darum bemüht, Giulia nicht zu kurz kommen zu lassen. Es gab genaue Zeitpläne, die eingehalten werden mussten, sonst wäre uns alles um die Ohren geflogen. Einer davon sah vor, dass man nach einem langen Arbeitstag auf dem Sofa zusammenbrechen durfte. Und man musste für die Probleme unserer Tochter ein offenes Ohr haben.

Ich hatte keine Zeit zum Nachdenken. Das ist meine häufigste Entschuldigung, wenn ich versuche, mir die Tatsache, nichts begriffen zu haben, zu verzeihen. In Wirklichkeit ist das nur eine Ausrede, um nicht zugeben zu müssen, was ich nur allzu gut weiß. Ich war zu müde, zu abgelenkt, zu eingenommen von der Welt, die vor meinen Augen vor die Hunde ging, um den wahren Grund für das Verhalten meiner Frau zu erfassen. Um zu verstehen, dass ihr Wunsch nach Nähe, nach Worten, die Dringlichkeit ihrer nächtlichen Liebkosungen, und sei es nur ein Kuss auf die Schulter, das verzweifelte, himmelschreiende Bedürfnis waren, sich weniger einsam zu fühlen.

Heute schäme ich mich für meine Unachtsamkeit und weiß, dass es müßig ist, ein an Vergangenheit und Tod verendetes Verhalten wiedergutmachen zu wollen, aber was bleibt mir übrig? Außer schreiben.

Kann man dem, der eine Geschichte erlebt hat, zu Würde verhelfen, indem man sie dem Schweigen entreißt? Kann man Liebe, die man nicht gegeben hat, vergelten, indem man schwarz auf weiß niederschreibt, was geschehen ist? Kann man sich dann einreden, dass man nichts unternehmen konnte und dass, selbst wenn man etwas unternommen hätte, doch alles genauso gekommen wäre? Kann man sich selbst durch eine Erzählung verzeihen?

Ich habe darauf keine Antworten, ich kenne sie nicht, so sehr ich mich auch bemühe. Auch nach der letzten Zeile werden sie nicht auf mich warten, das weiß ich.

Verzeihen kann nur der, der noch am Leben ist.

Und ich lebe in einer Totenstadt.

Der Treffpunkt ist eine Bar an der Ecke eines großen Platzes. Es gibt einen Gastraum rechts des Eingangs und einen kleineren in der ersten Etage. Dort wartet der Mann auf sie.

Elena und Adriano kommen zu früh, bleiben unter den Arkaden stehen und tun so, als betrachteten sie ein Schaufenster. Sie warten. Kurz vor fünf Uhr nachmittags betritt Giuseppe die Bar. Es regnet seit einer Viertelstunde, der Platz und die Straßen sind menschenleer, vor ihm ist nur eine alte Dame eingetreten. Sie hat ihren Cockerspaniel vor der Tür festgebunden und ist zehn Minuten später wieder herausgekommen.

Dann nichts mehr, zumindest bis jetzt.

Hastig überqueren mein Vater und meine Frau die Straße.

»Du bist nicht von der Polizei.«

Elena lässt jegliche Begrüßungsfloskeln außen vor und fällt mit der Tür ins Haus.

Giuseppe lächelt. Ein distanzierter Gesichtsausdruck, als hätte ein Tankstellenwart ihm einen platten Witz erzählt.

»Wie schön, euch wiederzusehen.«

Nicht einmal Adriano ist zu Nettigkeiten aufgelegt.

»Antworte.«

Giuseppe will aufstehen, doch mein Vater hält ihn am Handgelenk fest.

»Wir sind nicht zum Spaß hier. Und in Palermo waren wir es ebenfalls nicht. Das sollte wohl auf Gegenseitigkeit beruhen.«

Der Mann lässt den Blick zwischen Elena und meinem Vater hin- und herwandern und setzt sich.

»Ich glaube nicht, dass ich euch verraten kann, für wen ich arbeite. Aber das wird wohl auch nicht nötig sein. Aber nein, ich bin nicht von der Polizei, ich war es mal. Ich heiße auch nicht Giuseppe, falls es euch interessiert. Doch den Namen deines Freundes mit der Zigarette kennst du bestimmt auch nicht.«

Adriano zögert eine Sekunde, ehe er antwortet.

»Nein, den kenne ich nicht. Kennst du ihn?«

»Sagen wir, ich spiele in einer anderen Mannschaft als er. In einer, die mit weniger zweifelhaften Methoden arbeitet. Doch diesmal verfolgen wir womöglich dasselbe Ziel. Das passiert nur äußerst selten.« Er sieht Elena an. »Zufrieden?«

»Ich will mich damit begnügen.«

»Ein Glück. Es ist trotzdem schön, euch wiederzusehen.«

»Erzähl mir von diesem Bericht.«

»Ich hab's dir schon gesagt, Adriano. Er ist verschwunden. Zwei Tage nach unserem Treffen habe ich einen Blick hineinwerfen können. Die Rekonstruktion entspricht exakt euren Schilderungen. Die Zigarettenstummel, die Terrasse, die Sichtung, der Name der Baufirma, der euch bekannt sein dürfte, das Eintreffen der anderen beiden. Die Hypothese, es könnte sich um einen perfekten Beobachtungsposten handeln, um die Straße im Blick zu haben und den verschissenen Auslöser zu drücken. Alles passt zusammen. Und dann verschwindet der Bericht. Es ist, als hätte es ihn nie gegeben. Doch glaubt mir, das ist nicht das Seltsamste. Und es ist auch nicht der Grund, weshalb ich hier bin.«

Giuseppe winkt die Kellnerin heran und bestellt einen Cappuccino, zwei Espressi und ein paar Schokoladenkekse. Kaum hat das Mädchen den Teller abgestellt, angelt er sich einen herunter, nippt am Cappuccinoschaum und lächelt leise. Genauso nebenbei, wie er die Rechnung zahlt, nimmt er das Gespräch wieder auf.

»Es wird eine Verhaftung geben. Spätestens in ein paar Tagen. Die Anklage wird mehrfacher Mord lauten.«

Elena spielt mit der Kappe ihres Kulis.

»Wer?«

»Er heißt Rosario Curatolo, doch der Name ist völlig unwichtig. Er wird sowieso bald kein Geheimnis mehr sein. Ihr könnt ihn genausogut ausspielen. Nun, wie ihr bereits wisst, war das Auto, in dem sich der Sprengstoff befand, ein Fiat 126. Einem ersten Gutachten zufolge befanden sich darin rund hundert Kilo Semtex. T4, TNT, Nitropenta, ganz schön wilde Mischung. Das Auto wurde nicht gefunden. Nur ein Motor und ein Nummernschild. Sie sind drauf gekommen, weil der Motor zu keinem anderen Auto gehörte. Und das Nummernschild auch nicht. Der Wagen war am 10. Juli gestohlen worden, das Nummernschild ebenfalls, allerdings aus einer Werkstatt. Die hat den Diebstahl am 20. gemeldet. Einen Tag nach der Bombe. Um mögliche Kontrollen zu vermeiden, die zu dem mit Sprengstoff bepackten Auto hätten führen können. Der Autodieb ist ein unfähiger Kleinkrimineller. Er wurde vor drei Wochen zusammen mit zwei anderen verhaftet. Er ist abgehört worden, als er von der Vergewaltigung einer Frau sprach. Eine Weile hat er keinen Mucks getan. Dann hat er eine Kehrtwendung gemacht, angefangen vom Attentat zu reden, den Autodiebstahl gestanden und Curatolos Namen genannt. Er sagt, er hätte den 126er auf dessen Anweisung gestohlen. Und jetzt kommt das Schönste.«

Giuseppe isst einen Keks. Er kostet die Spannung aus, wischt sich mit einer Papierserviette über die Lippen und redet weiter.

»Curatolo ist kein Mafioso. Er hat kleinere Vorstrafen wegen bewaffneter Raubüberfälle. Mitte der Achtziger ist er wegen Hehlerei und Waffenbesitzes eingewandert. Dann ist er zu Drogen übergewechselt. Er ist Dealer. In seinem Viertel weiß das jeder.«

Elena sieht von ihrem Notizbuch auf.

»Und glauben die wirklich, so einer ist es gewesen?«

Giuseppe unterdrückt mühsam ein Lachen, den Mund voller Cappuccino.

»Warte, lass mich fertig erzählen. Rosario Curatolo ist mit der Schwester eines Mannes von Giovanni Romanos Leuten verheiratet, nämlich des Bezirkschefs von Santa Maria del Gesù. Könnt ihr euch denken, in welche Richtung die Ermittlungen gehen?«

»Alles Schwachsinn«, wiederholt Elena, und Adriano sieht sie wortlos an. Bedächtig knabbert er an einem Keks, trinkt einen Schluck Kaffee.

»Es gibt zwei Möglichkeiten«, hebt er an. »Entweder ist tatsächlich alles Schwachsinn, wie Elena behauptet, oder man ist ihnen draufgekommen, weil sie mit einer derart heiklen Aufgabe drei Volltrottel betraut haben, die sich nach dem Diebstahl des Wagens, mit dem Borsellino in die Luft gejagt wurde, wegen Vergewaltigung haben schnappen lassen. Und kaum waren sie hinter Gittern, haben sie auch schon ausgepackt.«

Meine Frau grinst spöttisch.

»Und dann behaupten sie, den Befehl von einem Cosa-Nostra-Schwager erhalten zu haben, der aber trotzdem nicht mehr ist als ein kleiner Drogendealer.« Er macht eine Pause. »Klingt nach höchsten Mafiakreisen, hm?«

Elena lässt den Stift sinken. Giuseppe leert seinen Cappuccino.

»Wartet eine Sekunde«, sagt er. »Die Telefone der Familie Borsellino wurden abgehört. Das bestätigt ein Gutachten. Offenbar brauchte es dazu nur eine externe Abzweigung. Eine Schaltung, die man nur nach Bedarf einsetzt, damit sie nicht bemerkt wird. Nur muss man dann, wenn man sie aktiviert, sicher sein, dass jemand zu Hause ist. Die Borsellino-Familie behauptet, seit Anfang Juli zahlreiche stumme Anrufe erhalten zu haben, zur Mittagszeit, zur Abendbrotszeit, am Nachmittag. Und hin und wieder habe das Telefon einfach so geklingelt, als hätte es einen Fehlkontakt gegeben. Oder es war besetzt, wenn man anrief, obwohl niemand telefonierte. Die Nichte erinnert sich, am Morgen des 14. Juli ein paar Techniker der Telefongesellschaft ELTE im Haus gesehen zu haben. Sie meinten, sie müssten einen neuen Anschluss freischalten. So oder so, nach dem Attentat hatten die Störungen ein Ende.«

»Und was sagt die Telefongesellschaft?«

»Die ELTE arbeitet für alle. Auch für den Geheimdienst. Freiwillig würden die nie etwas sagen …«

Er bestellt einen halben Liter Mineralwasser und trinkt direkt aus der Flasche.

»Aber sie haben eine Liste der Angestellten«, redet er weiter. »Und der Schichten. Man muss sich ein bisschen den Arsch aufreißen, aber am Ende kriegt man, was man will. Ich erspare euch die Details. Der Typ, der für den Job in Frage kommen könnte, ist der Bruder eines Mafioso der Acquasante-Familie, nämlich Salvatore Principato. Er hat sogar gewisse Ähnlichkeit mit einem der Techniker, die Borsellinos Nichte getroffen hat. Also werden die Telefone der Principatos unter die Lupe genommen. Und jetzt kommt's.«

Er trinkt einen Schluck.

»Salvatore Principato telefoniert viel und unter seltsamen Umständen. Er ruft einen Arzt an, der zum Dunstkreis einiger Cosa-Nostra-Bosse gehört, und zwar wenige Minuten nach einem am 18. Juli geführten Telefonat, in dem Borsellino seiner Mutter sagt, er werde sie am nächsten Tag besuchen. Ein Zufall, sicher. Gut möglich. Nur, dass Principato auch oft beim CERISDI anruft.«

»Im Castello sitzt der Geheimdienst, stimmt's?«

Giuseppe breitet die Arme aus.

»Ich sagte doch schon. Ihr braucht mich nicht, um …«

Elena unterbricht seine Show. Sie betont jede Silbe.

»Sitzt da der Geheimdienst oder nicht?«

Giuseppe wird wieder ernst.

»Vor allem dem SISDE*«, antwortet er. »Aber hiermit nehme ich's gleich wieder zurück. Und nur, um es gesagt zu haben, ich gehöre nicht dazu. Klar?«

»Woher weißt du das?«

»Dass der Verfassungsschutz da sitzt? Wie gesagt, ich weiß es nicht. Sagen wir, ich kenne die Telefonnummern und kann zwei und zwei zusammenzählen. Man muss kein Genie sein, um zu kapieren, was Sache ist. Außerdem kenne ich jemanden, der bei einem Cappuccino gern ein wenig plaudert.« Er macht eine Pause. »Das ist ein merkwürdiger Haufen im Castello. Da sind Leute, die früher bei den Carabinieri und dann beim Hochkommissariat zur Mafiabekämpfung waren und dann abgeordnet wurden. Die werden sich wohl alle weiterbilden müssen. Oder vielleicht haben sie sich aufs Unterrichten verlegt.«

Mein Vater nickt. Er greift nach einem Keks. Giuseppe lächelt breit.

»Die sind gut, nicht?«

»Ja, köstlich. Wir waren bei Principatos Telefonaten.«

»Ja. Vor allem eine Nummer beim CERISDI. Von einem, der noch nicht einmal dort angestellt ist. Ein freier Mitarbeiter, Giulio Occhipinti. Wenn man dort nachfragt, wissen sie, wer das ist, und antworten höflich, dass sie seine Dienste in Anspruch nehmen. Aber mehr sagen sie nicht.«

»Man muss es ja nicht glauben.«

»Genau, Adriano, die sind nicht glaubwürdig. Principato kontaktiert Occhipinti lange vor der Bombe in der Via d'Amelio, nämlich Anfang Februar. Er tut es nur dieses eine Mal und er hat sich nicht verwählt, denn ehe er ihn auf der Arbeit anruft, probiert er es zu Hause. Weil er Occhipintis Durchwahl nicht hat, geht er über die Zentrale. Und obwohl das Zentrum verpflichtet ist, sämtliche Anrufe aufzuzeichnen, haben sie den vergessen. Wer weiß, wie viele sie noch unter den Tisch haben fallen lassen. Den Milchmann, den Schreibwarenhändler, den Putzmann. Doch ein merkwürdiger Zufall ist das schon. Wenn man sich Occhipinti näher anschaut, wird es noch wilder. Dafür, dass er nur freier Mitarbeiter ist, ist er ziemlich gefragt. Einige Wagen des CERISDI sind mit Autotelefonen ausgestattet, und von einem dieser Telefone wird er häufig angerufen. Das Zentrum behauptet, nicht zu wissen, wer den Apparat benutzt. Wenn man auf die Antwort pfeift und sich auf die von dem geheimnisvollen Anrufer gewählten Nummern konzentriert, findet man heraus, dass er mit einer in Rom ansässigen Tarnfirma des Verfassungsschutzes namens Gus in Kontakt steht. Und auch das weiß ich aus persönlicher Erfahrung.«

Ganz plötzlich herrscht Schweigen. Elena sieht von ihrem Block auf. Eine Folge von Namen, Daten, Personen, zwischen denen kein ersichtlicher Zusammenhang besteht. Meine Frau sieht den Mann an, der soeben verstummt ist. Sie fragt sich, wer er ist, wieso er diese Geschichte erzählt, welche Rolle er ihnen zuweisen möchte.

Sie bricht einen Keks durch und isst nur die Schokoladenhälfte.

»Hübsche Story«, fängt sie an. »Mafiosi, die in einem Zentrum voller Geheimdienstler anrufen, von dem aus man in aller Seelenruhe das ganze Geschehen beobachten konnte. Ein Mietshaus, in das man lächerlich einfach hineinkommt und das über eine Terrasse mit Blick auf die Via d'Amelio verfügt, von der aus man die Bombe perfekt hätte zünden können. Da liegen Kippen herum. Ganz frische. Das Gebäude ist von einem Unternehmen gebaut worden, das nach Mafia stinkt. Und du glaubst, das sei der richtige Ort. Du glaubst es auch noch, als zwei Polizisten auftauchen. Dann erfährst du, dass sie einen Bericht geschrieben haben, dass der Bericht verschwunden ist und dass sie die beiden Beamten sonstwohin versetzt haben. Und dass man einen Drogendealer verhaftet hat, der drei Kleinkriminelle, die wegen Vergewaltigung geschnappt wurden, mit dem Autoklau beauftragt hat.«

Sie sieht Adriano an.

»’ne wirklich tolle Story«, wiederholt sie.

Giuseppe isst den letzten Keks. Die Kalorien, die er für den letzten Aufstieg braucht.

»Und du hast das Ende noch nicht gehört«, fährt er fort. »Es gibt zwei Punkte, mit denen wir uns auseinandersetzen müssen. Und beide betreffen dieselbe Person. Die Nummer drei des Verfassungsschutzes, die dort außerdem Antimafia-Beauftragter ist. Michele Giordano.«

Der Rest der Unterhaltung findet im Auto meines Vaters statt. Giuseppe wollte gehen. Doch vorher hat er noch ein Tütchen dieser Kekse gekauft. Jetzt liegt sie auf der Armstütze zwischen den Vordersitzen und wird reihum von den Wageninsassen heimgesucht. Mein Vater auf dem Fahrersitz. Giuseppe neben ihm. Elena hinten in der Mitte.

»Von dem, was ich euch jetzt sagen werde, gibt es kein Zurück mehr. Das solltet ihr wissen, ehe ihr zuhört. Wenn einer von euch will, dass ich gehe, kann er mich jederzeit unterbrechen. Ich werde aus diesem Auto steigen und ihr seht mich nie wieder. Und wenn einer von euch nicht zuhören will, kann er die Tür aufmachen und weggehen, und ich würde ihn nicht für feige halten.«

Er starrt durch die Windschutzscheibe. Es wird Abend, der Regen setzt wieder ein, fast lautlos.

Als er wieder zu sprechen anfängt, ist seine Stimme fest. Er betont die Silben, sein Blick wandert zwischen Elena und Adriano hin und her. Bis zum Ende wird er keinen Keks mehr anrühren.

»Von Michele Giordano wird schon eine ganze Weile geredet. Und das wird in den nächsten Monaten noch mehr. Es gibt Ermittlungen, die ihn schwer belasten, und es wird einen Rieseneklat geben. Glaubt mir, ich habe persönlich dazu beigetragen.«

Er verstummt, sucht nach den richtigen Worten. Deutet ein kleines Lächeln an, das sofort wieder verschwindet.

»Manche behaupten, allein Michele Giordanos Namen in den Mund zu nehmen kann einen das Leben kosten. Ich selbst habe mit zwei *Pentiti** der Cosa Nostra geredet, und die haben mir erzählt, es sei nur dem rechtzeitigen Fingerzeig Michele Giordanos zu verdanken, dass Totò Riina* nicht schon 1981 festgenommen wurde. Es gibt eine Wohnung in Palermo, die von den Eigentümern des Mietshauses gebaut wurde, auf dessen Terrasse ihr wart, und die Michele Giordano zur Verfügung steht. Buscetta* erzählt, Giordano habe das schon mehrmals getan, für andere Bosse, und im Grunde sei er einer, der Informationen weitergibt, einer, mit dem man rechnen kann.«

Er schließt die Augen. Hebt leicht den Kopf, als würde er beten.

»An dem Sonntag, als Borsellino stirbt, ist Giordano auf einem Boot vor Palermo. Zwei Personen sind mit ihm an Bord. Sein Vize Francesco Ceccarelli und der Bootsbesitzer, ein Geschäftsmann, der sich in Cosa-Nostra-Kreisen gut auskennt. Sie sind also auf dem Boot. Und dieser Geschäftsmann erhält einen Anruf. Fragt mich nicht, woher ich das weiß. Ich weiß es und basta. Er sagt, er sei von seiner Tochter gewesen, die ihm berichten wollte, in der Stadt habe es einen Anschlag gegeben, eine Bombe sei explodiert. Der Anruf wird von einem Festnetzanschluss oder von einer Zelle aus getätigt und lässt sich nicht zurückverfolgen. Kaum ist das Telefonat beendet, ruft Giordano beim Sitz des SISDE in Palermo an – nicht beim Castello, wohlgemerkt, sondern beim offiziellen Büro des SISDE. Klar, das könnte auch ganz normal sein, womöglich will er Näheres über das Attentat erfahren. Schade nur, dass der Sitz, in dem sogar jemand ans Telefon geht, an diesem Sonntag geschlossen ist, so wie an allen verdammten Sonntagen zuvor und danach. Giordanos Anruf bleibt der einzige.«

»Zufall.«

»Zufall, Elena. Sage ich doch. Was sollte daran merkwürdig sein. Wenn da nicht die Uhrzeiten wären.«

Er dreht sich um und vergewissert sich, dass Elena noch mitschreibt.

»Paolo Borsellino stirbt um sechzehn Uhr achtundfünfzig und ein paar Sekunden. Die ersten Polizeistreifen – ihr habt's gesehen – treffen rund eine Viertelstunde später in der Via d'Amelio ein. Michele Giordanos Anruf erfolgt um Punkt siebzehn Uhr. Dazwischen erhält der Bootsbesitzer den Anruf der Tochter. Weniger als zwei Minuten nach der Explosion wissen die Leute auf diesem Boot bereits, was passiert ist.«

Er fährt sich mit der Hand übers Gesicht. Plötzlich wirkt er sehr müde.

»Zwei Minuten«, wiederholt er. »Zwei Minuten. Wenn man nicht dort war und es mit eigenen Augen gesehen hat oder es selbst getan oder es von jemandem erfahren hat, der es getan hat, kann man es nicht wissen. Das kann man nicht. Das kann man nicht.«

Seine Stimme wird wieder lauter.

»Und wie dem auch sei – wenn man dort war, es gesehen hat, es selbst getan hat oder es von jemandem erfahren hat, der es getan hat – dann ist man schuldig.«

Stille.

Das leise Prasseln der Tropfen gegen die Fenster.

Die Schatten der Passanten, die an den beschlagenen Scheiben vorbeihuschen.

Ein Auto, das die Kreuzung vor dem Vorstadtparkplatz überquert, auf dem sie stehen.

Elena spielt mit dem Knopf ihres Kulis, die Augen auf ihre Notizen geheftet. Zeichen, die ihren Blick kreuzen, ohne wahrgenommen zu werden.

Stille.

Dann Adrianos Worte. Er überspringt die Gegenwart und fängt von vorn an.

»Principatos Telefon«, sagt er. »Vielleicht hat gar nicht er es benutzt.«

Giuseppe braucht einen Moment, bis er begreift.

»Ja, das habe ich auch gedacht. Das wäre eine Möglichkeit.«

Stille.

Elena klappt die Notizen zu, die Kulispange ist zwischen die Seiten geklemmt.

»Was du uns also gerade sagen …«

Giuseppe hebt die Hand.

»Ich will euch gar nichts sagen. Klar?«

»Ist klar, ist klar. Ich will's anders ausdrücken. Aus dieser Geschichte geht ziemlich deutlich hervor, dass in Paolo Borsellinos Tod irgendwelche Staatsorgane verwickelt sind. Und dass es Staatsorgane gibt – denn das bist du doch, stimmt's? Ein Staatsorgan –, die versuchen, Abhilfe zu schaffen. Doch es geht nicht daraus hervor, was gerade passiert. Bevor wir in diesen Alptraum hineingezogen wurden, haben wir uns um Bestechung, manipulierte Aufträge und Schmiergelder gekümmert, die in Parteikassen oder auf Privatkonten geflossen sind. Um die Verflechtung von Politik und organisierter Kriminalität. Aber auf einer anderen Ebene. Ich weiß nicht, ob ich mich verständlich ausdrücke.« Sie fährt sich mit der Hand durchs Haar. »Alles war sonnenklar. A zahlt B, um einen Auftrag, einen Gefallen, eine Unterstützung oder sonst was zu bekommen. B steckt das Geld ein, zweigt einen Teil davon an seine Partei ab und behält den Rest.«

»Oder das Unternehmen der Corleonesi sackt das Geld der öffentlichen Aufträge ein«, erklärt Giuseppe. »Entweder es wird gebaut oder nicht, und wenn gebaut wird, nimmt man weniger Zement als nötig oder lässt die Arbeiten eine Ewigkeit dauern, um noch mehr Geld zu bekommen.«

»Wie das läuft, wissen wir, aber …«

Adriano unterbricht sie.

»Da ist dieser Bericht, richtig?«

Giuseppe antwortet nicht. Wartet ab. Fährt sich mit der Zunge über die Lippen. Schluckt.

»Da ist dieser Bericht über die Auftragsvergabe«, fährt mein Vater fort. Und diesmal ist es keine Frage.

»Sagen wir, unsere Gleichung hat zwei Unbekannte. Und um sie zu lösen, gibt es noch andere.«

»Welche?«

Giuseppe antwortet nicht auf Elenas Frage. Er lässt sich gegen die Rückenlehne fallen. Denkt nach, schüttelt den Kopf, lächelt. Dann dreht er sich um.

»Dies ist kein Spiel. Das waren eure Worte, okay? Schön. Aber ich bin auch keine Jukebox. Geldstück rein, und ich fange an zu singen. Nicht, dass ich nicht wollte, aber das ist nicht der Grund, weshalb ich mit euch rede. Verstanden?«

»Und was ist der Grund?«

»Der Grund ist, Adriano, dass ich nicht weiß, ob ich meiner Welt trauen kann. Oder besser, ich weiß nicht, wem von den Leuten in meiner Welt ich trauen kann.«

»Und uns traust du …«

Er lacht.

»Bei allem Respekt, Adriano, ihr seid Vampire. Sobald ihr Blut riecht, stürzt ihr euch drauf und saugt alles in euch hinein. Es ist euer Hunger, dem ich traue.«

»Und du willst herausfinden, welche Unbekannten dir entgehen.«

Giuseppes Augen suchen die meiner Frau. Sein Blick sagt alles. Doch mein Vater ist derjenige, der die Entscheidungen trifft.

»Du musst mir sagen, wo ich dich erreichen kann.«

Die Antwort kommt brüsk und unmittelbar.

»Das kommt gar nicht in Frage. Ich weiß, wo ich euch finde, wenn es nötig ist. Und damit das klar ist, ich hab euch das alles erzählt, damit ihr versteht, nicht damit ihr darüber schreibt. Damit ihr den Geschehnissen einen Schritt voraus seid und sie euch nicht überrumpeln. Und selbst wenn ihr einen Artikel schreiben wolltet, glaube ich nicht, dass sie den veröffentlichen würden. Nicht jetzt. Nicht alles. Vielleicht in ein paar Monaten. Das Bild ist noch zu groß, auch wenn sie versuchen, es auf ein Blatt Papier zu pressen.«

Adriano wechselt einen Blick mit Elena. Meine Frau blinzelt.

»Wir müssen uns wiedertreffen.«

Giuseppe nickt. Sie drücken einander die Hand.

»Es ist nicht nur wegen des Blutes, oder?«

»Nein, Adriano, nicht nur deswegen.« Er hält inne, ordnet die Gedanken. »Da gibt es einen Mann, den ich vor einer ganzen Weile kennengelernt habe. Einmal habe ich ihm sogar das Leben gerettet. Na ja, der meinte, um das System zu verstehen, muss man dem Geld folgen. Inzwischen gibt es außer euch noch einige, die dem Geld auf der Spur sind. Aber nicht alle schauen dabei nach links und rechts.«

Er öffnet die Wagentür.

»Deinen Freund mit der Zigarette siehst du nicht mehr, stimmt's?«

»Schon seit einer Weile nicht.«

»Das dachte ich mir.«

Er steigt aus. Ehe er die Tür zuwirft, schiebt er noch einmal den Kopf in den Wagen.

»Da ist noch etwas, das ich euch nie gefragt habe. Wieso wart ihr eigentlich ausgerechnet an dem Tag in Palermo? Das war vielleicht ein Zufall, findet ihr nicht?«

Adriano und Elena sehen einander an. Sie haben im Laufe der Monate oft darüber gesprochen, darüber, dass die Reise kein Zufall gewesen sein könnte. Dass der Mann mit der Zigarette sie absichtlich an dem Tag dorthin geschickt und das Treffen an dem Ort und zu dieser Uhrzeit arrangiert hat, um sie in der Nähe zu wissen, wenn es passiert.

Sie würden es gern von ihm erfahren. Fragen stellen. Wenn er nur wieder auftauchen würde.

»Es gibt solche und solche Wahrheiten. Obgleich die Welt voller Menschen ist, die glauben, alles über ihren Nachbarn oder dessen Nachbarn zu wissen, ist das, was man nicht weiß, in Wirklichkeit unendlich, die Wahrheit über uns ist unendlich. Ebenso wie die Lügen.«

Philip Roth, *Der menschliche Makel*

Es hat aufgehört zu regnen und es ist fast Abend. Ich fühle mich komisch. Mein Kopf tut mir weh, ein dumpfes Wummern hinter dem linken Auge, von der Schläfe bis zum Wangenknochen. Wenn die Worte sich nicht zu helfen wissen, muss der Körper eine Antwort finden.

Adriano hört auf zu erzählen und gießt sich ein Glas kalten Tee ein.

»Hat die gleiche Farbe wie Whiskey«, sagt er. Und ich muss daran denken, dass es eine Zeit gab, in der mein Vater Alkoholprobleme hatte. Noch so etwas, das ich nicht bemerkt habe und dem ich nicht auf den Grund gehen will. Es gibt noch zu viele offene Fragen.

Als meine Mutter gestorben ist, haben wir monatelang nicht miteinander geredet. Ich ging jeden Tag zu ihm, machte ihm etwas zu essen und blieb nach dem Abendbrot bei ihm sitzen. Ich lauschte den ständigen Anrufen, die er von Kollegen, Freunden und Menschen erhielt, von denen ich noch nie etwas gehört hatte.

Ich hielt ein Buch in den Händen und las. Hin und wieder tat ich nur so und wühlte in blinder, paradoxer Angst, er könnte mich etwas fragen, in meinen Gedanken. Wäre ich nicht bewusstlos geworden, als Elena gestorben ist, wäre dasselbe passiert. Wir gleichen einander; der Schmerz taucht irgendwo ab, tief in uns drin. Er findet einen Winkel, nistet sich darin ein und fault langsam vor sich hin. Bis er sich eines Tages alles einverleibt, wie eine Hand, die aus dem Wasser schießt und einen unterduckt. Man sieht sie nicht kommen, sie macht kein Geräusch und ist einem unbemerkt gefolgt. Sie drückt einem die Luft ab und womöglich weiß man noch nicht einmal warum.

Als wir die ersten Worte miteinander gewechselt haben, saßen wir genauso da wie jetzt. Einer neben dem anderen, in diesem Zimmer. Ich weiß nicht mehr, was wir einander gesagt haben, aber ich bin mir sicher, dass er damals auch getrunken hat. Eine Flüssigkeit derselben Farbe. Tee war es nicht.

»In deiner Schilderung fehlt Solara.«

Adriano scheint aus einem langen Traum zu erwachen. Er sieht mich überrascht an. Nickt kaum merklich. Stellt das Glas ab.

»In meiner Schilderung fehlt vieles. Und daran wird sich auch nichts ändern.« Er reibt sich die Augen. »Du musst mir verzeihen und Geduld haben. Diese Geschichte … Es ist, als würde ich sie mir selbst erzählen. Und vielleicht habe ich das all diese Jahre auch getan.«

Er macht eine Pause, fährt sich mit der Hand übers Gesicht.

»All das, was uns Giuseppe berichtet hat, ist wirklich passiert. Ende des Monats verhaften sie Curatolo und hängen ihm das Attentat an. Der Leitende Oberstaatsanwalt von Caltanissetta sagt, es gibt objektive Beweise. Am Tag vor Weihnachten ist Giordano dran, Beteiligung an einer mafiösen Vereinigung. Einen knappen Monat zuvor hatten wir Giuseppe wiedergesehen. Ich erinnere mich, dass kurz davor der Verwaltungssekretär der Sozialisten an einem Herzinfarkt gestorben war. Ende Oktober wird er der Korruption beschuldigt, und Anfang November, gleich am zweiten vielleicht, stirbt er. Ich hatte die ganze Sache genau verfolgt und war noch immer an dem dran, was mir von Mirri berichtet worden war. Elena hingegen war mit Giuseppes Schilderungen beschäftigt. Die Angestellten des CERISDI, eine mögliche

Auswertung der Telefonlisten der Borsellino-Familie, Salvatore Principato. Die ganze Palette. Einige Dinge ließen sich ums Verrecken nicht überprüfen, aber sie hatte doch genug zusammengetragen, um davon auszugehen, dass die Geschichte stimmte. Zumindest in wesentlichen Teilen. Als wir ihn Anfang November wiedertreffen, sagt er uns, dass sich etwas geändert hat.«

»Hattet ihr etwas geschrieben?«

»Nein, nichts. Ich hatte mit dem Chefredakteur darüber geredet, ohne konkret zu werden. Und tatsächlich gab es so gut wie nichts Hieb- und Stichfestes. Außerdem fiel die Geschichte nicht in mein Ressort. Wären wir an jenem Sonntag nicht in Palermo gewesen, hätten wir nicht einmal die ersten beiden Stücke geschrieben. Darum kümmerte sich ein Kollege, der jeden Furz über die Bosse wusste und Curatolo genauso fragwürdig fand wie wir. Aber gegen den Strom zu schwimmen war offenbar gar nicht so ohne. Sie hatten ihn geschnappt, die Staatsanwaltschaft behauptete, es lägen erdrückende Beweise gegen ihn vor, und die Tatsache, dass er brav im Knast saß und die Klappe hielt, machte aus ihm keinen Heiligen.«

»Also trefft ihr euch wieder mit Giuseppe.«

»Ganz genau. Er erzählt uns von weiteren Telefonnummern. Ein Boss aus Trapani habe am Tag von Borsellinos Tod in ein paar Häusern angerufen, die auf Borsellinos Weg zur Via d'Amelio liegen. Und der Verfassungsschutz habe ebenfalls dort angerufen. Die Sache liefe genauso wie das Mal davor. Nur die Telefonnummern hätten sich geändert. Dann zieht er den Kreis noch größer. Er erzählt, die Beziehungen zwischen Mafia und Freimaurern in Trapani seien seit Ewigkeiten sehr eng und Falcone habe vor seinem Tod ausgerechnet zu den Freimaurern, zu Gladio* und zu möglichen Zusammenhängen mit politischen Verbrechen ermittelt. Er sagt, als Falcone nach Rom gegangen sei, habe er die Ermittlungen fortgesetzt, obwohl ihm das eigentlich nicht mehr möglich gewesen sei. Er habe dieselben Spuren verfolgt wie vor seiner Versetzung ins Ministerium. Vielleicht sei er sogar fortgegangen, weil der Staatsanwalt von Palermo nicht mit ihm einverstanden gewesen sei. Drei Wochen vor seinem Tod sei er auch nach New York gefahren, um sich mit Buscetta zu unterhalten.«

Er sieht mich an. Ich will keine Fragen stellen, nur wissen, worauf er hinaus will.

»Es sah so aus, als wollte Giuseppe uns auf eine bestimmte Spur bringen. Und so kommt er auf einen Cosa-Nostra-Mann, der mit der Justiz zusammenarbeitet, Bartolomeo Ferro. Falcone trifft ihn Ende Dezember 1991. Ferro sitzt im Knast, hat zwanzig Jahre auf dem Buckel und beschließt auszupacken. Er nennt ihm die Namen zweier hochgestellter Politiker. Einer ist Michele Giordano, der andere ein Staatsanwalt aus Palermo. Weil Falcone nicht ermitteln kann, kann er auch nichts zu Protokoll geben oder sich um Ferro kümmern. Der Cosa-Nostra-Mann will aber jemanden, dem er trauen kann, damit er den Mund aufmacht. Drei Tage vor dem Attentat in der Via d'Amelio erzählt er Paolo Borsellino das Ganze noch mal. Zu dem Zeitpunkt redet der Pentito Lamantia von Davide Mirri, von den Freimaurern, von Riinas Geld, das in der Anonima Cementi steckt, von den Semprinis.«

Er macht eine Pause, rollt zum Tisch und trinkt noch ein Glas Tee.

»Ehe Giuseppe geht, sagte er uns, dass es gerade sehr, sehr schwierig werde. Er sei immer fester überzeugt, dass die Curatolo-Spur ein Bluff sei. Von vorne bis hinten. Dass man einen Sündenbock suche, um einen Haken hinter die Sache zu machen und die Aufmerksamkeit zu zerstreuen. Seit sie an Ferros Aussage und die Telefonate des Geheimdienstes gekommen seien, sei die Luft dick geworden. ›Ich weiß nicht, ob wir uns so bald wiedersehen‹, sagt er.«

»Und wann hat er sich wieder gemeldet?«

Adriano lächelt flüchtig.

»Was mich angeht, so habe ich ihn nicht mehr gesehen.«

»Was dich angeht?«

»Ja.«

Ich warte, dass er mit seiner Antwort rausrückt, aber er sieht mich nur an. Zu lange.

»Diesmal verstanden wir ihn nicht. Wir hatten den Eindruck, er wollte uns von der Hauptsache abbringen, nämlich zu verstehen, was in der Via d'Amelio geschehen war, wer der Mittelsmann zwischen dem Geheimdienst und der Cosa Nostra war, was für eine Verbindung es dort gab und weshalb. Ein schwerer Fehler, wie uns Anfang Dezember klar wird, als der palermische Staatsanwalt, von dem Ferro geredet hatte, sich umbringt. Der Grund dafür hätten die Gerüchte um Ferros Protokolle sein können, doch dem ist nicht so, wie sich herausstellt.«

»Und noch immer fehlt Solara.«

Adriano nickt und lächelt.

»Wir haben damals das Gleiche gedacht. Wir haben uns nur auf die Farben konzentriert, während Giuseppe ein Bild gemalt hat.«

Er leert das Glas in einem Schluck und sieht mich an, als müsste er sich für etwas entschuldigen.

»Solara gibt es nicht«, fährt er fort. »Ich hab's dir gesagt. Er ist eine Erfindung. Ich glaube, meine, aber sie könnte genauso gut von Elena stammen. Wir hatten es auf die Anrufe abgesehen. Wer hat Giordanos Freund auf dem Boot angerufen? Wieso ruft Giordano sofort beim Sitz des Verfassungsschutzes in Palermo an? Wer hebt ab? Wir waren überzeugt, man müsse ganz unten anfangen, Stufe für Stufe, um zu verstehen, was dahintersteckt. Und diese Leute waren in Palermo, arbeiteten fürs CERISDI oder den SISDE, sie waren dort. Ein Ort, eine Zeit, ein Raum. Das war fassbarer. Dachten wir zumindest. Mit der Zeit haben wir den beiden geheimnisvollen Anrufern einen Namen gegeben. Eine Weile haben wir geglaubt, es wäre derselbe, also gab es nur einen

Namen. Ich weiß nicht genau wieso, aber wir haben ihn Ignazio Solara genannt.«

»Und ihr habt nicht …«

Er antwortet, ehe ich ausreden kann. Sein Ton lässt keine Widerrede zu.

»Nein. Wir haben nie eine Ahnung gehabt, wer es sein könnte. Nicht die leiseste.«

Wir verfallen in ein unerträglich langes Schweigen.

Ich lasse den Blick durchs Zimmer wandern. Der Fernseher, der Boden, die Decke, ein Foto meiner Mutter auf dem Bücherregal, alles ist recht, damit ich meinem Vater nicht ins Gesicht sehen muss, nicht daran denken muss, was gerade passiert, der langen, gewundenen Erzählung nicht folgen muss, die mir wie eine Pauschalreise in den innersten Höllenkreis vorkommt.

Resigniert breche ich das Schweigen.

»Ich hatte nie gewusst, dass …«

»Das war Teil der Abmachung.«

Ich setze mich auf und sehe ihn an.

»Der Abmachung?«

»Wir durften niemandem etwas sagen. Das haben wir sofort nach unserem ersten Treffen mit Giuseppe beschlossen.«

»Niemandem, na klar.«

Adriano wird laut.

»Niemandem, ganz genau. Niemandem. Und sag mir jetzt nicht, du seiest kein Niemand, denn du bist längst kein kleiner Junge mehr und blöd bist du auch nicht. Wir mussten schweigen, bis wir die Sache durchschaut hatten. Es gab keine andere Möglichkeit.« Er sieht weg, senkt die Stimme. »Und wir hatten Angst.«

Ich stehe auf. Ich will ihn etwas fragen, irgendeine der zahllosen Fragen herausfeuern, die ich zu diesem Wort im Bauch habe. Angst. Fragen, die sich um mein Leben drehen, die mein Leben belagern, die Teil meines Lebens sind und die ich auch dieses Mal nicht über die Lippen bringe.

Es klingelt an der Tür. Nachdrücklich. Zwei Mal.

»Erwartest du jemanden?«

Adriano schüttelt den Kopf.

»Gehst du bitte mal nachschauen?«

Ich nicke, schnaube die Wut heraus und gehe zur Tür.

Der Mann ist weder jung noch alt. Er trägt eine schwarze Baseballkappe, eine Expressbotenuniform, eine Brille mit rotem Rahmen, hat schmale Hände und ist außer Atem. Er hält ein Päckchen in der Hand und fragt nach meinem Vater.

»Ich habe hier eine Lieferung«, erklärt er.

Das Päckchen ist rechteckig und so groß wie eine Zeitung.

»Sie können es mir geben.«

»Ist er nicht zu Hause?« Die Schroffheit seiner Frage scheint ihm sofort unangenehm zu sein. »Ich muss es persönlich übergeben, entschuldigen Sie. Das sind die Vorschriften.«

»Da bin ich.«

Adrianos Stimme hinter mir. Ich habe ihn nicht kommen hören, ihn und seinen verdammten Rollstuhl. Ihn und dieses Botenarschloch, das uns ratlos anglotzt.

Er nimmt das Päckchen, unterschreibt, ich kehre ins Wohnzimmer zurück und setze mich.

Ich höre, wie die Tür sich schließt. Als mein Vater wieder hereinkommt, sieht er sehr müde aus. Ich sehe den Inhalt des Päckchens nicht. Er hat es aufgemacht, will es auf den Tisch legen und überlegt es sich anders. Er lächelt kurz und platziert seinen Rollstuhl neben mir.

Ich suche nach einer Möglichkeit, das Gespräch nicht versiegen zu lassen.

»Gestern Abend ist Marcello Reale bei mir gewesen.«

»Und du hast ihn hereingelassen?«

Ich tue so, als ginge die Ironie an mir vorbei, und erzähle alles.

»Glaubst du ihm?«

»Bis heute hätte ich noch nicht einmal geglaubt, dass du Leute vom Geheimdienst kennst …«

Er sieht weg und fährt sich mit den Händen übers Gesicht. Seufzt. Ehe er etwas sagt, schließt er kurz die Augen.

»Vergiss es.«

»Was redest du da für 'ne Scheiße?«

Ich habe ihm noch nie so geantwortet, aber er kümmert sich nicht drum.

»Vergiss es«, wiederholt er. »Niemand ist hinter dir her. Und ich habe dir gerade gesagt, dass Reale dir Bockmist erzählt hat.«

»Und genau das ist das Problem. Wieso?«

Er reibt sich die Augen. Sie sind rot.

»Wir reden darüber, okay?«

Ich nicke automatisch. Ich bin total am Ende.

»Ich geh nach Hause, ich bin totmüde.«

Ich stehe auf. Seine Frage lässt jegliche meiner Bewegungen gefrieren.

»Hat Giulia dir gesagt, dass sie wegzieht?«

»Was tut sie?«

Adriano lacht.

»Dieses Mädchen ist ein verdammtes … Sie geht nach New York. Auf die Journalistenschule der Columbia.«

Jetzt bin ich dran mit Lachen. Eine hysterische Überreaktion.

»Wo geht sie hin?«

Er legt mir eine Hand auf den Unterarm.

Vor einer halben Ewigkeit war die Columbia mein Traum. Alles war bereit. Doch im letzen Moment habe ich einen Rückzieher gemacht. Die Feigheit, die Giulia mir vorwirft, könnte uralte Wurzeln haben.

»Du hast richtig gehört. Und du solltest stolz auf sie sein.«

Das bin ich, würde ich gerne sagen. Und ihm dann den Schädel einschlagen. Stattdessen beschränke ich mich auf eine Frage. Sinnlos. Überflüssig.

»Du hast damit natürlich nichts zu tun, stimmt's?«

Er zieht seine Hand von meinem Arm.

»Ruf sie an, na los. Dann erfährst du auch, dass sie mit einem Typen namens Michael zusammen ist. Ein netter Junge, du brauchst dir keine Sorgen zu machen.«

Das Auto bremst ab und parkt.

Am Steuer sitzt ein kurzhaariger Mann. Er trägt dunkle Jeans, einen Rundhalspulli, eine schwarze Jacke und eine teure Uhr am linken Handgelenk. Er könnte um die fünfzig sein und ist bestimmt öfter im Solarium als es seiner Haut lieb ist.

In der Raststättenbar bestellt er einen Espresso. Beim Trinken blättert er lustlos in den Zeitungen. Er sieht dreimal auf die Uhr und versucht, dabei nicht ungeduldig zu wirken. Teilnahmslos spaziert er zwischen den Regalen herum, liest die Zutaten auf einer Kekspackung, besieht sich die Wurstwaren, das Kinderspielzeug, die Nudeln. Greift nach einem Sachbuch über Immigration. Er hält es fest wie ein Tier, das nicht stillhalten will.

»Schund.«

Eine Stimme hinter ihm. Der Mann dreht sich um.

»Bücher sind Zeitverschwendung«, entgegnet er und lässt das Buch zwischen den Pornozeitschriften stehen.

»Rauchst du?«

»Seit über fünfzehn Jahren nicht mehr, schätze ich.«

Der andere Mann ist jünger und grinst.

»Ein guter Grund, wieder anzufangen.«

Der Mann grinst zurück. Er macht eine knappe Handbewegung Richtung Ausgang. Sie setzen sich in Bewegung. Draußen erwartet sie das übliche Herbstgrau. Wenige Menschen schlendern zwischen dem riesigen Parkplatz und der Glastür der Raststätte hin und her. Wenige Meter entfernt der stete Autobahnverkehr.

Der Jüngere holt ein Päckchen Zigaretten hervor und bietet ihm eine an. Der Mann lehnt ab, schlägt den Jackenkragen hoch und vergräbt die Hände in den Taschen. Der Jüngere zündet sich die Zigarette an und zieht daran.

»Kalt heute«, sagt er.

Den anderen Mann scheint das Herumgeplänkel zu nerven.

»Er stirbt.«

Der Junge sieht einem LKW nach, der zu schnell auf eine Zapfsäule zufährt.

»Wann?«

»Bald. Und unser Freund kehrt auf seine alten Pfade zurück.«

»Wann?«

»Sobald sie ihn wieder fragen. In ein paar Tagen.«

»Habt ihr ihm erklärt …«

»… dass das Tauziehen ein Ende haben muss, na klar. Das ist das letzte Mal.«

»Wie kannst du dir da so sicher sein?«

Der Mann holt die Hände aus den Taschen und reibt sie aneinander. Er trägt einen sehr alten Goldring mit rotem Saphir.

»Vertrau mir«, sagt er. Er starrt geradeaus.

Ein Kind stürmt Hand in Hand mit der Mutter die Treppen hinauf.

Der junge Mann wirft die Zigarette weg.

»Erzähl mir von Ignazio Solara.«

Der Mann mit dem Saphir kommt ganz nah an ihn heran.

»Die Angelegenheit Ignazio Solara ist unter Kontrolle.«

Er sieht auf die Uhr, nimmt die erste Stufe, dreht sich um, knufft dem Jüngeren gegen die Wange.

»War nett, dich kennenzulernen«, sagte er. »Aber du kannst deinem Chef sagen, das nächste Mal soll er mir keinen Laufburschen schicken.«

Ich lege den Kopf auf das Kissen und rücke die Ohrstöpsel des Telefons zurecht. Am anderen Ende der Leitung redet Giulia seit über zehn Minuten von ihrer Abreise. Sie ist glücklich, das höre ich.

Sie hat die gleiche Stimme wie ihre Mutter. Als sie mir von Michael erzählte, habe ich mich gefragt, ob Elena auch so weich und heiter klang, wenn sie von mir erzählt hat.

Mit Gefühlsdingen war ich noch nie besonders gut. Entweder zu weit weg oder zu nah dran. Zu distanziert oder zu betroffen. Das war bei meiner Frau so und ist bei meiner Tochter so. Ich finde einfach den richtigen Abstand nicht, und im entscheidenden Moment bin ich dann in der falschen Verfassung.

»Hörst du mir zu?«

»Klar höre ich dir zu. Ihr zieht zusammen, hältst du mich für total vertrottelt?«

Sie schweigt. Ein plötzliches, verblüfftes Schweigen.

»Und du bist nicht …«

Ich falle ihr lachend ins Wort.

»Stinksauer, doch. Selbstverständlich. Ich bin dein Vater, und du ziehst nicht nur ans andere Ende der Welt, du willst auch noch den gleichen Job wie deine Mutter und dein Großvater lernen, an der bedeutendsten Schule, die es gibt, und mit deinem Freund zusammenziehen, den ich noch nie gesehen habe. Ach, ich vergaß. Ich hab's von deinem Großvater erfahren, der bestimmt mit dir unter einer Decke steckt. Findest du nicht, dass ich toben müsste?«

»Und auch deinen.«

»Bitte?«

»Und auch deinen Job, Papa. Nicht nur ihren.«

Jetzt muss ich lächeln.

»Danke, dass du mich daran erinnert hast.«

Ich höre sie schlucken. Befangenheiten überwinden ist nicht gerade unsere Stärke.

»Es tut mir leid, okay? Aber wenn ich dir gesagt hätte, dass ich …«

»Hätte ich dich nicht unterstützt, nein. Ich bin ein beschissener Egoist.«

»Ja, so ist es. Kommst du mich besuchen?«

»Wenn du mir versprichst, dass ich nicht bei dir wohnen muss. Ich würde mich steinalt fühlen.«

»Wenn die Wohnung so ist, wie ich sie mir vorstelle, hat noch nicht mal ein Hamster bei uns Platz.«

»Umso besser.«

»Und deine Geschichte?«

»Geht voran. Wenn mir wieder einfällt, wie dieser Job überhaupt funktioniert. Vielleicht sollte ich aufhören, mit dir zu reden, immerhin wirst du bald eine Kollegin sein. Womöglich schnappst du sie mir weg.«

»Weißt du, was ich mir wünsche, Papa? Dass du ein bisschen mehr Vertrauen in das hast, was du kannst. Früher musstest du an mich denken, an das Geld und wie wir über die Runde kommen – glaubst du, das weiß ich nicht? –, aber jetzt ist alles anders. Dass du Kinderbücher schreibst, ist eine Verschwendung.«

Ich lächele. Verschwendung ist ein schönes Wort. Genau das, was ich aus meinem Wortschatz zu verbannen versuche.

»Versprich mir, dass du es versuchst.«

»Ich versuche es ja. Wirklich. Wenn ich dich besuchen komme, erzähle ich dir, wie es weitergeht, okay?«

»Okay.«

»Giulia? Deine Mutter wäre sehr glücklich.«

Jetzt sehe ich sie vor mir. Sie beißt sich auf die Unterlippe. Knetet den Pulli mit der freien Hand.

»Papa …«

»Sag jetzt nichts. Ich könnte es gegen dich verwenden. Wann fährst du?«

»In drei Tagen.«

Drei Tage. Adriano, dieser Mistkerl.

»Du weißt, was du tun sollst, stimmt's?«

»Dich anrufen.«

»Eine Mail tut's auch. Und am Ende muss ich mir noch eine Webcam zulegen, dann sehe ich dich wenigstens.« Ich seufze tief.

Ich werde nicht rührselig, nicht jetzt, nicht vor ihr.

»Giulia?«

»Ja.«

»Ich bin sehr stolz auf dich.«

»Heute Abend gehen wir zu Bubi. Geburtstage müssen gefeiert werden.«

Der Satz meines Vaters lässt mich mit dem Hörer in der Hand und einem verblödeten Gesichtsausdruck zurück. Wir gehen seit Jahren nicht mehr zusammen essen. Und es ist noch länger her, seit ich das letzte Mal meinen Geburtstag gefeiert habe – abgesehen von Giulias Geschenk und ihrem Anruf. Bei Bubi habe ich zuletzt vor Elenas Tod gegessen.

Dort ist meine Familie immer essen gegangen und dann mein Vater. Allein oder mit mir oder wenn er ungestört über die Arbeit reden wollte. Dort bin ich mit Elena und dann mit ihr und Giulia hingegangen, und damals wurden tatsächlich Geburtstage und Jubiläen gefeiert.

Heute ist das alles nur noch Erinnerung, und dorthin zu gehen erscheint mir keine tolle Idee. Aber Adriano überrumpelt mich. Er ruft mich an und haut diesen Satz raus, ohne die Antwort abzuwarten. Er stellt mich vor vollendete Tatsachen, und in den Stunden darauf bringe ich es nicht fertig, ihm nein zu sagen.

Also sitze ich jetzt hier.

Erfreulicherweise ist der Gastraum nicht mit Tischen zugepflastert, und so kann man sich unterhalten, ohne das Gespräch am Nebentisch mit anhören zu müssen. Außerdem isst man hier noch immer sehr gut.

Bubi sehe ich erst zum Schluss. Er verschanzt sich in der Küche, schreit und brüllt und staucht ein paar Kellner zusammen, die der Küchenhölle mit verstörten Blicken entfliehen, als wären sie dem sicheren Tod entronnen.

Dann, als der Gastraum fast leer ist, kommt er heraus und setzt sich zu uns. Er bringt eine Schokoladentorte, die gleiche, die er früher immer gebacken hat. Unwillkürlich muss ich lächeln. Statt mit der Zahl hat er sie mit zwei Fragezeichen dekoriert.

»Scheiß doch auf die Jahre, die vergehen«, dröhnt er mit seiner Feuerfresser-Stimme. Ich lächle. In all der Zeit hat er sich kaum verändert. Er hat ein paar Kilo mehr drauf und sein Haar ist fast völlig weiß geworden. Er trägt es stoppelkurz und sieht eher aus wie ein Marinegeneral denn wie der Besitzer eines der besten Restaurants, in denen ich je gegessen habe.

Fast eine Stunde bleibt er bei uns sitzen. Er isst Torte, plaudert von diesem und jenem, lässt ein paar Bemerkungen fallen, wie widerlich ihm diese Stadt sei und dass er es doch nicht packe, sie zu verlassen. Er erzählt uns, sein alter Labrador sei gestorben und jetzt habe er einen neuen, der Angst vor seinem Spiegelbild habe.

Dann, als wir ganz alleine sind, steckt er eine Hand in die Tasche und hält mir ein Päckchen hin. Ohne Schleife und Kärtchen. Nur Packpapier, braun und rau, mit einer Kordel darum.

»Ist nicht von mir«, sagt er. »Ich bin nur der Bote.«

Er steht auf, zwinkert uns zu und geht.

Ich sehe meinen Vater an. Plötzlich erscheint die Luft zu dick zum Atmen. Es dauert nur einen Wimpernschlag, dann füllen sich meine Augen mit Tränen, die ich nicht weine. Es ist wie eine allergische Reaktion, als wäre Reizgas freigesetzt worden.

Adriano lächelt leise. Er gießt mir einen Schluck Wasser ein. Ich trinke. Lächle ebenfalls, öffne das Päckchen. Darin ist eine Schachtel, in der normalerweise Visitenkarten stecken. Weiß, makellos, wie frisch gekauft.

Ein USB-Stick liegt darin.

Rot, glänzend, mit einer Art Schiebeknopf an der Seite, mit dem man das Metallteil zum Schutz verschwinden lassen kann. Ich lege den Finger auf den Knopf und wage ihn nicht zu bewegen, als würde ich damit eine Atomkatastrophe auslösen. Oder, schlimmer noch, erfahren, was auf dem Stick drauf ist.

»Wenn du die Wahrheit wissen willst, hier ist sie.«

Adrianos Worte überraschen mich. Ich sehe ihn abwartend an. Er trinkt einen Tropfen Wein, atmet durch.

»Schon seit deiner Kindheit benutze ich Bubi als eine Art Safe. Es gibt ein System, nach dem wir uns Sachen zukommen lassen, ohne dass es jemand merkt. Er legt sie beiseite, und wenn ich sie brauche, frage ich ihn. Auch dafür gibt es ein System.«

Er deutet mit dem Kinn auf den Stick.

»Das ist eine Kopie von Elenas Aufzeichnungen über unseren sizilianischen Job. So hab ich's genannt, *unser sizilianischer Job*. Frag mich nicht nach dem Original. Die Abmachung sieht vor, dass er das Zeug aufhebt, mir aber nicht verrät, wie und wo. Es könnte in einer Cannelloniform stecken oder sonstwo.«

Ohne den Blick von meinem Vater abzuwenden lege ich den Stick in die Schachtel zurück.

»Warum?«

Er breitet die Arme aus.

»Weil es einfacher ist, als dir alles zu erzählen? Weil ich, wenn ich dir alles erzähle, möchte, dass du weißt, worüber wir eigentlich reden? Weil es Teil meines und auch deines Lebens ist und wir früher oder später damit fertig werden müssen? Es gibt zahlreiche Gründe und noch mehr Fragen. Es ist alles da drauf. Oder fast alles.«

Ich weiß nicht, was ich sagen soll. Das passiert mir nicht oft, und auch befangen bin ich nur selten, aber hier, vor dieser elenden winzigen Schachtel im verwaisten Gastraum, vor meinem Vater, der so ernst wirkt und zugleich eine teuflische Lust daran zu haben scheint, mich zu verarschen, gibt es keine Wortkombination, die meine Gefühle zum Ausdruck bringen könnte. Ein Gedanke wäre vielleicht besser. Oder ein

Bild, die Erinnerung an ein Lächeln oder an den Geruch von Desinfektionsmittel, Medizin und Hoffnung, der letzte Lebensfunke, der vor dem Koma, das dem Unfall folgte, zu mir durchgedrungen ist.

»Danke«, murmele ich schließlich. »Wir reden weiter, wenn ich's gelesen habe«, sage ich vor dem Restaurant, Bubis ansteckendes Lachen noch im Ohr. Mit seinem sturen Einzelkämpfer-Gesicht steht mein Vater am Taxi: Ich bin nicht behindert, ich kann das allein.

Er nickt. Das Taxi fährt davon und in der Straße wird es still.

Wie ferngesteuert gehe ich zum Auto, die Hände in den Taschen vergraben, und streiche mit dem Finger über das Päckchen. Die Worte noch taub und abwesend. Unfähig, die Neugier, die Spannung, die Angst, die Trauer auszudrücken.

Ich biege um die Straßenecke, ohne die geringste Ahnung, was mich dahinter erwartet.

Ich wache auf mit wummerndem Schädel, einem dumpfen Schmerz im Nacken, zerrüttetem Magen und brennender Kehle. Ich presse die Lider zusammen, mein Kopf dreht sich, die Übelkeit nimmt mir den Atem. Ich schaffe es gerade noch rechtzeitig ins Bad. Auf Knien hocke ich da, mit geschlossenen Augen und heftig pochendem Herzen.

*Alles ist gut.*

Ich stehe auf und ziehe mich aus, ohne in den Spiegel zu sehen. Ich habe seit drei Tagen nicht geschlafen. Glaube ich.

*Alles ist gut.*

Ich drehe die Dusche auf, das Wasser ist fast kochend heiß, genau das, was ich brauche.

*Alles ist gut.*

Ich weiß nicht, wie lange ich unter dem Wasserstrahl stehe. Doch als ich herauskomme, sieht die Welt plötzlich anders aus. Klar ist alles gut. So gut wie nie. Und vom Zahnpastageschmack wird mir wieder schlecht. Doch diesmal nur kurz.

Ich gehe durch die Wohnung und ziehe die Rollläden hoch. Überrascht stelle ich fest, dass die Sonne scheint, dass es zehn Uhr morgens ist und ich nicht den blassesten Schimmer habe, welcher Tag heute ist. In der Küche trinke ich aus einer Orangensafttüte. Nach der knappen Hälfte stelle ich sie in den Kühlschrank zurück. Mein Atem geht schwer, als wäre ich vor einem gefährlichen Raubtier geflohen. Und vielleicht stimmt das ja auch.

Im Schlafzimmer starre ich einen Moment lang auf das Bett, auf die unberührten Decken und das Kissen, auf dem ich seit dem Abend meines Geburtstages nicht mehr gelegen habe. Der letzte Tag eines anderen Lebens.

Ich schlüpfe in einen Trainingsanzug, den ich blindlings aus dem Schrank ziehe, und kehre ins Wohnzimmer zurück.

Das Morgenlicht macht es zu einem besseren Ort. Der offene Laptop ist an die Steckdose angeschlossen. Zwei fast leere Coladosen, ein Saftkarton, ein paar Stückchen Schokolade in Stanniol.

Und Papier. Überall. Notizen, Grafiken, Linien, ausgestrichene Namen, zwei mit Tesa zusammengeklebte A4-Blätter, auf denen ich versucht habe, ein Beziehungsnetz zu konstruieren, das auf einmal absurd und gespenstisch wirkt.

Ein Notizblock voller Anmerkungen, Seitenzahlen, nachzuprüfender Details, Dokumente, die ich lesen muss.

Die Vergangenheit reicht nicht. Ganz rasch und lautlos ist die Zeit verstrichen und hat mich abgehängt.

Ich fahre mit dem Finger über den Stick, den mir Adriano geschenkt hat. Die Tage, die ich nicht gelebt habe, stecken in einem kaum fingergroßen Plastikstift. Ich schlucke Trauer, Wut und Reue hinunter. Dann hole ich tief Luft und fange an aufzuräumen. Als ich fertig bin, fühle ich mich nicht besser, aber zumindest habe ich den Eindruck, an einem zivilen Ort zu leben.

Ich gehe aus dem Haus, kaufe die Zeitung, widerstehe der Versuchung, beim Tabakladen vorbeizugehen und die erste

Zigarette seit einer Ewigkeit zu rauchen. Auf dem Rückweg drehe ich eine große Runde um den Block, in der Hoffnung, der Höllenkreis, in den sich meine Gedanken verwandelt haben, könnte plötzlich einen Sinn ergeben.

Als ich wieder zu Hause bin, esse ich ein paar Spaghetti, räume die Küche auf, höre schließlich auf so zu tun, als sei es ein stinknormaler Tag, und mache da weiter, wo ich aufgehört habe.

Der Großteil der Unterlagen meiner Frau betrifft vier Themen.

Rosario Curatolo. Die Rolle des Staates bei den Attentaten. Die Suche nach der Identität von Ignazio Solara. Das Material, das Ende März 1993 bei der Verhaftung eines weiteren Top-Mafioso, Donato Patti, gefunden wurde.

Zumeist sind es lose Zettel, Zeitungsartikel, Notizen, sich häufig wiederholende Fragen, auf die sich nur schwer eine Antwort finden lässt, wenn man nicht weiß, worauf sie sich beziehen. Fast ein Jahr ihres Lebens haben meine Frau und mein Vater mit Ermittlungen verbracht. Ich wüsste nicht, wie ich es sonst nennen soll.

Es ist keine journalistische Recherche, eher eine polizeiliche Untersuchung. Und jetzt, wo ich Nächte damit zugebracht habe, mir einen Reim darauf zu machen, merke ich, dass die Geheimhaltung dessen, woran sie arbeiteten, unumgänglich war.

Ich sehe vom Bildschirm hoch. Auf dem Regal hinten im Wohnzimmer steht ein Foto von uns dreien. Giulia ist noch sehr klein, Elena hat wahnsinnig lange Haare, fast bis zum Po, und meine hatten noch nicht angefangen, dünn zu werden. Oder ich hab's nicht bemerkt.

Ich weiß nicht mehr, an welchem Tag es entstanden ist, und auch nicht wo, auf dem Foto kann man es nicht erkennen. Es gibt nur wenige Bilder von uns dreien zusammen, die Zeit war zu kurz.

Und jetzt muss ich mich fragen, ob das, was ich gerade gelesen habe, sie uns gestohlen hat. Und ob die Entscheidung meines Vaters, nicht mehr für die Zeitung zu schreiben und sich stattdessen der Lehrtätigkeit und dem Verfassen gut bezahlter politischer Hintergrundberichte zu widmen, nicht unmittelbar mit diesen Papieren zu tun hat, diesen Fragmenten eines Lebens, von dem ich nicht ahnte, es gelebt zu haben.

Der Gedanke lässt mich nicht los, ich kann und will ihn nicht loswerden und kann ihm nur beikommen, wenn ich mir darüber klarwerde, was in jenem Sommer sowie dem darauffolgenden Winter und Frühjahr passiert ist.

Ich stehe auf, setze einen Kaffee auf und warte stumm, bis er in der Maschine hochsteigt. Ich schalte den Fernseher an. Von den Nachrichten bekomme ich nur einen Bruchteil mit. Dann kehre ich zum Computer zurück, stelle den Kaffee ab und suche im Netz. Ich finde sie sofort. Lese zweimal, um sicherzugehen, dass der Wahnsinn, in den ich hineingeraten bin, mir nicht das Hirn weichgekocht hat.

Ich trinke aus, gehe wieder in die Küche, wasche die Tasse und die Espressomaschine ab.

Kehre zu Elenas Notizen zurück.

Rosario Curatolo wird am 26. September 1992 verhaftet. Die Anschuldigung lautet mehrfacher Mord. *Unpassend*, schreibt Elena neben seinen Namen. Dann zitiert sie den Satz des Leitenden Oberstaatsanwalts von Caltanissetta: *Wir haben objektive Beweise, es interessiert uns nicht, ob es sich scheinbar um einen Kleinkriminellen handelt.* Sie unterstreicht ihn und versieht ihn mit einem riesigen Fragezeichen. Daneben schreibt sie knapp: *Die Staatsanwälte glauben ihm nicht.*

Auch die Frau glaubt nicht an Curatolos Schuld und protestiert zusammen mit dem ganzen Viertel. Sie behauptet, er würde im Gefängnis von Pianosa geschlagen, damit er den Mund aufmacht, er würde gefoltert, mit eiskaltem Wasser begossen, er müsse Würmer essen und bekomme Spritzen mit infiziertem Blut unter die Nase gehalten, sie würden ihn zwingen, die Aussageprotokolle auswendig zu lernen und bläuten ihm ein, was er im Gerichtssaal zu sagen habe. Man tut sich schwer, ihm zu glauben, als er ein Jahr nach seiner Verhaftung gesteht. Zuerst einem Zellengenossen und dann, noch ein Jahr später, den Richtern.

Sie stellen ihn anderen Pentiti gegenüber, die am Attentat von Capaci beteiligt waren. Einer von ihnen fragt den Richter, wer der Typ sei, weshalb er dieses Zeug verzapfte, wer ihm das erzählt habe. Ich war beim Vorbereitungstreffen für den Anschlag, fügt er hinzu, und die Leute, von denen der redet, habe ich da nicht gesehen.

Ich kenne den nicht, erklärt er.

Niemand kennt Rosario Curatolo.

Niemand glaubt Rosario Curatolo.

Bis auf den Leitenden Oberstaatsanwalt von Caltanissetta, der ihm aufgrund des Geständnisses und der Ermittlungen, die ihn hinter Gitter gebracht haben, den Prozess machen will.

Elena gelingt es nicht, ihn zu treffen.

Anfang 1996 bekommen sein Schwager Salvatore Principato, Giovanni Romano sowie der Besitzer der Autowerkstatt, die den Diebstahl des Nummernschildes gemeldet hat und in der der Fiat 126 präpariert wurde, lebenslänglich. Der Handlanger Curatolo kommt mit achtzehn Jahren weg.

Die Verteidigung geht nicht in Berufung.

Das Urteil, das ihn festnagelt, wird rechtskräftig und kann in anderen Verfahren verwendet werden.

*Unpassend.*

Ich lese die Bemerkung noch einmal und frage mich, was sie wohl nach der Urteilsverkündung geschrieben hätte. Und was sie danach gedacht hätte, in den Jahren darauf, als Curatolo seine Aussage widerruft und sagt, er habe sich alles nur ausgedacht, die Polizisten –Vincenzo Pellegrino, der ihn verhaftet und später Polizeipräsident von Palermo wird – hätten ihm gesagt, was er erzählten sollte. Er sagt es im Gerichtssaal, er sagt es seiner Frau, er schreibt es auf seine Zellenwände.

Ich habe Unschuldige beschuldigt, sagt er. Und so fordert die Anklage im Berufungsverfahren Freispruch für alle. Außer für Curatolo, der nicht freigesprochen werden kann und vor dem Gesetz schuldig bleibt.

Lebenslänglich, in zwei getrennten Prozessen, auch für sämtliche Cosa-Nostra-Bosse.

Alles klar. Klar wie eine mondlose Nacht.

Ich stelle die Espressomaschine weg und trinke einen großen Schluck Wasser aus der Flasche. Dann kehre ich vor den Bildschirm zurück.

Die Nachricht ist noch da.

Curatolo hat eine Anhörung vor Gericht beantragt. Es gibt einen neuen Prozess, er wollte reden.

Und es gibt wieder eine neue Version.

Die Wahrheit ist das, was ich in erster Instanz gesagt habe, erklärt er. Ich habe nur widerrufen, weil die Cosa Nostra es so wollte.

»Schwachsinn«, murmele ich und schließe die Seite.

Ich starre auf Elenas Unterlagen. Denke darüber nach, was ich gelesen habe, frage mich, wie viel ich davon begriffen habe und bis wohin ich allein kommen würde. Wie tief das Meer ist, das ich vor mir habe, und was sich unter der Wasseroberfläche verbirgt.

Die Antwort ist mehr als einfach.

Ich kopiere die Unterlagen dreimal. Eine Kopie verstecke ich in der Küche, den USB-Stick hänge ich an meinen Schlüsselbund. Dann verlasse ich das Haus.

Als ich zurückkomme, sind drei Stunden vergangen. Der richtige Moment für den Anruf, den ich tätigen muss.

Ich habe Angst, als ich die Nummer wähle. Doch ich versuche, darüber hinwegzugehen.

»Hätte nicht gedacht, dass ich dich noch mal treffe.«

Daniele sieht komisch aus im dunklen Anzug. Ich kenne ihn nur in kurzen Hosen, höchstens im Trainingsanzug, und mit umgedrehtem Basecap. Der beste Torwart, den ich mir denken kann.

Nach fünf Jahren sehen wir uns wieder in einer Bar gegenüber der Staatsanwaltschaft von Florenz. Die Betreiberin begrüßt ihn höflich und ehrerbietig und führt uns nach hinten in einen separaten, mit einer Falt-Tür abgetrennten Raum. Die Eskorte bleibt draußen. Er muss nichts sagen, ein Blick genügt.

»Wann war das letzte Mal?«

Er antwortet sofort.

»Bei Coccos Hochzeit.«

»Der mieseste Außenverteidiger der Menschheitsgeschichte«, sage ich. Wir lachen. Er wirkt sehr müde.

Wir bestellen Kaffee. Die Besitzerin bringt uns gleich noch zwei Scheiben Kranzkuchen dazu. Er bedankt sich lächelnd.

»Da siehst du mal, wohin die Angst vor den Richtern führt«, sagt er und tunkt ein Stück Kuchen in seinen Kaffee. Er isst es langsam, ohne ein bisschen zu krümeln.

»Entschuldige, dass ich dich belästige. Ich weiß, dass du …«

Er winkt ab, ohne mich anzusehen. Trinkt seinen Kaffee.

»Wir sind schließlich Freunde. Und für Freunde hat man fünf Minuten. Vor allem für die, die in Schwierigkeiten stecken.«

»Ich habe nie fünf Minuten.«

Keine Ahnung, warum ich das sage. Es rutscht mir so arglos heraus, dass er lachen muss. Sein Lachen ist ansteckend.

»Macht nichts«, sagt er. »Immerhin schreiben wir uns häufig, nicht wahr?«

Er zündet sich eine Zigarette an.

»Hast du nicht wieder angefangen?«

Ich schüttele den Kopf.

»Sehr gut. Also rauche ich eine und du erzählst. Und tu so, als wüsste ich nichts.«

Ich sehe ihn an, überlege, wo ich anfangen soll, und entscheide mich mal wieder für den Gerichtssaal. Am Ende erwähne ich noch die Begegnung mit Marcello Reale. Und seine Version dessen, was an jenem Morgen passiert ist.

Als ich fertig bin, ist Daniele beim letzten Zug und wirkt weder überrascht noch besorgt.

Er räuspert sich.

»Soweit die Fakten«, fängt er an und hält sofort wieder inne.

Er drückt die Zigarette aus, steckt sich ein Pfefferminzbonbon in den Mund und macht sich die nächste an. Er hält sie zwischen den Lippen, ohne daran zu ziehen. Sein Blick wandert gedankenverloren von mir zu den verwaisten Tischen. Dann atmet er ein, nickt leise, horcht in sich hinein und beginnt mit einer Frage.

»Hast du dich gefragt, ob das eine Botschaft sein könnte?«

»Redest du von Mazza?«

»Ja, Mazza. Denk nach. Er war fünfzig. Der gehörte schon dazu, ehe er auf der Welt war. Erst Dealer, dann Drogenhändler. Ein paar rechtskräftige Urteile wegen Mordes, wer weiß, wie viele Morde unentdeckt geblieben sind. Ganz plötzlich beschließt er, dass es nun vorbei ist. Er erfüllt seinen letzten Auftrag, und statt in den Knast zu wandern, jagt er sich in einem Gerichtssaal vor aller Augen eine Kugel in den Kopf. Entweder Tod oder Lebenslänglich, eine andere Wahl gibt es nicht. Doch ich will mich nicht über die Art und Weise auslassen. Nur damit das klar ist, soweit ich weiß, hat Marcello Reale dir die Wahrheit gesagt. Sein Bruder und Mazza arbeiteten zusammen. Ich weiß nicht, ob es tatsächlich Graffeo war, der vermittelt hat, um den Frieden wiederherzustellen, aber möglich ist es.«

»Und wieso ihn dann umbringen?«

»Eins nach dem anderen. Für solch einen Mord gibt es nur zwei Gründe. Entweder ist etwas Unvorhergesehenes passiert und Mazza hat den Kopf verloren …«

»… oder sie haben ihn gezwungen.«

»Ganz genau. Und wieso nehmen sie ausgerechnet ihn?

Weil es dann wie eine Vendetta aussieht. Sein Puppenspieler übernimmt die Fäden, führt ihn in den Justizpalast und lässt ihn Nicola Reale erschießen. Hereinzukommen ist einfach, man wird nicht durchsucht, es gibt keine Kontrollen. Herauszukommen ist unmöglich. Man ist geliefert. Womit, glaubst du, haben sie ihn überredet?«

»Mit seiner Familie.«

Lächelnd breitet Daniele die Arme aus.

»Richtig, mit seiner Familie. Von der niemand weiß, wo sie steckt, und die auch niemals wiederkommen wird. Willst du, dass es deiner Frau und deinen Kindern gutgeht? Wir haben sie auf eine kleine Reise geschickt, da kann schon mal ein Unfall passieren … Also tauscht Angelo Mazza seine Freiheit gegen das Wohl seiner Familie ein. Doch noch ergibt das keinen Sinn.« Er macht eine Pause. »Angesichts des Verrats zwischen Mazza und Reale in der Vergangenheit wäre ein Motiv für den Mord sofort bei der Hand gewesen. Doch er beschließt, es noch einmal beim Namen zu nennen. Das ist natürlich wirkungsvoll und ein bisschen theatralisch. Dazu bringt er sich um, damit ihm nicht irgendwann einfällt, auszupacken. Lebenslänglich ist lang und die Versuchungen sind zahlreich. Man weiß nie.«

»Vielleicht war das Teil der Abmachung. Du stirbst und sie leben.«

»Hätte er sich nicht an die Absprachen gehalten, wäre es bestimmt ein Leichtes gewesen, ihn im Knast kaltzumachen. Als Richter sollte ich so etwas nicht sagen, aber es hat keinen Sinn, sich dumm zu stellen. Also, nehmen wir an, so ist es gelaufen. Die Message ist klar. Dies ist eine Vendetta, ihr müsst sie noch nicht mal verstehen, ich erkläre sie euch. Glaubt mir, ich habe einen abgeknallt, der geredet hat. Und auch ich bringe mich vor aller Augen um.« Er macht eine Pause. »Allerdings …«

»Allerdings?«

»Wieso nicht warten? Reale wäre wieder freigekommen.

Die Anklage war läppisch. Und selbst wenn sie ihn eingelocht hätten, es hätte sich schon jemand gefunden, der ihm im Knast den Garaus gemacht hätte. In dem Milieu stehen die sogar im Telefonbuch. Nein, es musste getan werden und zwar sofort. Und das ist der Punkt. Der einzige, der zählt. Wieso haben sie nicht gewartet?«

Ich sehe ihn an. Die Antwort ist so naheliegend, dass ich sie noch nicht einmal zu denken wage. Ich kann nur den Namen flüstern.

»Michela.«

»Michela«, wiederholt er. Er drückt die Zigarette aus und macht sich eine neue an. »Wenn der Anwalt das Problem ist, gibt es keine Wahl. Wenn Michela keine Schwierigkeiten mehr machen soll, dann muss man sie umbringen. Und zwar bevor sie redet.« Er blickt mich an. »Mit wem auch immer.«

»Aber wieso im Gericht? Warum so?«

Er nimmt einen hastigen Zug.

»Du enttäuschst mich. Hätten sie sie draußen auf der Straße getötet, sie vielleicht überfahren oder einen Überfall vorgetäuscht, nachdem ein paar Tage zuvor ihr Mandant hopsgegangen ist, hätte bestimmt jemand Verdacht geschöpft. Aber so. *Puff.* Ich habe einen Verräter getötet. Und wer ihm noch vor den Lauf gekommen ist. Alles ergibt ein perfektes Bild. *Das arme Mädchen* und das ganze Floskelrepertoire über die Grausamkeit der Mafia.«

Ich atme tief durch. Die Frage ist in meinem Kopf, seit er angefangen hat zu reden.

»Wieso haben sie mich nicht auch umgebracht?«

Danieles Lachen geht in einen Hustenanfall über.

»Was das angeht, können wir nur im Kaffeesatz lesen, mein Freund. Nein, keine Sorge, war nur ein Witz. Wenn du das Ziel gewesen wärst, wärst du jetzt nicht hier. Doch die Frage ist berechtigt. Mir fallen zwei Erklärungen ein. Sie wussten nicht, dass sie mit dir reden wollte, und somit stelltest du keine Gefahr dar. Dich umzubringen hätte außerdem den

Plan verwässert. Du hattest nichts mit diesen Toten zu tun, deshalb musstest du am Leben bleiben.«

»Und die zweite?«

»Du bist lebendig nützlicher als tot. Aber, wie gesagt, das sind reine Vermutungen.«

»Kaffeesatzleserei.«

Er nickt.

»So etwas in der Art, ja.« Er senkt die Stimme. »Keine Sorge. Wirklich. Wenn diese Leute dich hätten umbringen wollen, wärst du schon längst tot.«

Ich lächele mühsam. Dann stehe ich auf und hole eine Flasche Wasser und zwei Gläser. Ich trinke zwei Gläser hintereinander aus und behalte die Flasche gleich in der Hand.

»Früher konnte ich die mal singen lassen«, sagt Daniele. Er fährt mit der Fingerspitze über den Rand seines Glases. Das Geräusch ist klagend, kaum hörbar. Er hört sofort auf, trinkt und fängt wieder an zu reden.

»Michela ist die eigentliche Tote dieses Morgens. Bisher haben wir alles aus der Perspektive von Reale und Mazza betrachtet. Die gibt es auch, keine Frage. Das Szenario sieht vor, dass Reale seiner Anwältin etwas gesagt hat. Etwas ganz Heißes, das mit diesem Solara zu tun hat und Grund genug war, ihn zum Schweigen zu bringen. Und sie mit ihm. In diesem Fall ließe sich die Eile durch die Verhandlung erklären. Wer weiß, was Reale gesagt hätte und ob seine Worte an seiner Position etwas geändert hätten. So lösen sie das Problem. Wenn sie es hingegen auf Michela abgesehen haben, wenn sie aus irgendeinem obskuren Grund etwas weiß, das sie nicht wissen sollte, sieht die Sache anders aus. Manchmal reicht ein Zufall. Das zufällige Mithören eines Telefonats, das versehentliche Öffnen eines Briefes, der nicht für dich bestimmt ist. Die Unfähigkeit, sich um seinen eigenen Kram zu kümmern. Solche Fälle sind mir oft untergekommen. Und hier kommen wir zum zweiten Punkt. Dem wichtigeren, für dich zumindest.«

»Der da wäre?«

»Woher haben sie es gewusst? Wie sind sie draufgekommen, dass Michela etwas gegen sie in der Hand hatte?«

Ich sehe ihn an. Der Gedanke trifft mich wie ein Schlag. Eine Pistole in der Jackentasche. Ich habe Angst, hat sie gesagt. Und ich möchte am Leben bleiben, wenn das noch möglich ist.

Ich schüttele den Kopf.

Die Angst hat viele Gesichter. Genau wie die Wahrheit.

Oder der Betrug.

»Du hast mich gefragt, ob ich irgendwas über Michelas Arbeitsplatz wüsste. Und ich hab mich schlaugemacht. Der Kanzleichef ist in Ordnung. Anwaltsdynastie, er ist der Letzte der Familie. Normalerweise verteidigt er keine Mafia-Handlanger, aber diesmal scheint er eine Ausnahme gemacht zu haben.«

Ich lasse mich gegen die Rückenlehne fallen.

Mit großer Sorgfalt drückt Daniele die Zigarette aus.

»Du sollst nicht mit leeren Händen gehen. Die Frau des Anwalts ist die Tochter eines Typen, von dem ich schon gehört habe. Er heißt Antonio Larinzetti, ist um die sechzig. Vor zwei Jahren haben wir gegen ihn ermittelt, weil wir den Verdacht hatten, er sei Graffeos Strohmann. Seltsam, nicht wahr?« Er zögert, ob er sich noch eine Zigarette anmachen soll. Dann steckt er das Päckchen weg. »Larinzetti hat mehrere Finanzierungsgesellschaften in ganz Norditalien. Und eine Investmentberatungsgesellschaft. Sie heißt Fin Art. Es gibt zwei Sitze. Einer ist hier in Florenz. Und einer bei dir. Nur ein paar hundert Meter von Michelas Kanzlei entfernt.«

»Arianna«, murmele ich.

»Arianna Lo Giudice«, vervollständigt er. »Bist du sicher, dass die Geschichte, die sie dir erzählt haben, nicht eines anderen Blickwinkels bedarf?

Ich antworte nicht. Greife nach dem Handy. Wähle Ariannas Nummer, das Telefon ist abgeschaltet, ich hinterlasse eine

Nachricht auf der Mailbox mit der Bitte, mich möglichst bald zurückzurufen.

»Da ist noch etwas, Daniele.«

Ich muss einen anderen Ton angeschlagen haben, denn sein Gesichtsausdruck ändert sich abrupt.

»Deswegen bist du eigentlich hier, stimmt's?«

Diesmal entscheide ich mich für die Wahrheit.

»Ja. Aber als ich dich angerufen habe, wusste ich es noch nicht.«

Er nickt und wartet. Kurz darauf hält er die CD-Rom mit Elenas Unterlagen in der Hand.

»Vor ihrem Tod war sie an einer Sache dran. Ich hab's erst vor wenigen Tagen erfahren.«

»Allein?«

»Nicht mit mir.«

Er nickt. Steckt die CD in die Tasche und stützt die Ellenbogen auf den Tisch.

»Worum geht's?«

»Genau das würde ich gern wissen. Sagen wir mal, es ist dein Gebiet.«

»Red nicht um den heißen Brei.«

»Borsellino. Patti. Curatolo. Die Attentate.«

Das einzige Zeichen von Unruhe ist ein etwas tieferer Atemzug.

»Ich schau's mir an.« Er scheint damit zu rechnen, dass es noch etwas hinzuzufügen gibt. Schließlich steht er auf. Er lächelt nicht.

»Diesmal sehen wir uns bald wieder«, sagt er und legt mir eine Hand auf die Schulter.

Grußlos geht er davon. Ich bleibe sitzen. Greife wieder zum Telefon.

Arianna hat weder zurückgerufen noch geschrieben. Ich versuche es noch einmal. Zweimal. Dreimal. Hinterlasse eine weitere Nachricht. Ich komme mir lächerlich vor.

Mit dem Telefon in der Hand gehe ich zum Tresen.

»Der Dottore hat alles gezahlt«, sagt der Barmann. Ich suche nach einer Replik, lächle kurz.

Ohne ein Wort verlasse ich die Bar.

Als ich die Augen öffne, ist es nach drei Uhr und draußen regnet es. Ich weiß nicht, wann es angefangen hat, aber mir ist, als wäre ich vorher schon einmal aufgewacht, durch das hektische Prasseln der Tropfen gegen das Fenster.

Vielleicht habe ich geträumt. Vielleicht habe ich nie wirklich geschlafen und nur die Zeit vorbeiziehen lassen, zusammen mit dem wirren, fernen Echo von Danieles Worten. Ich muss mit Arianna sprechen. Während der Zugfahrt zurück habe ich noch viermal versucht, sie zu erreichen. Und jeder Versuch ist an der Stimme ihrer Mailbox gescheitert.

*Hier ist Arianna, Sie können mir eine Nachricht hinterlassen.*

»Sag mir, wo du bist«, flüstere ich.

In die Decken gehüllt drehe ich mich zur Seite. Meine Stimme erschreckt mich. Die Nacht erschreckt mich. Der Regen, die Vergangenheit, Ariannas Abwesenheit erschrecken mich. Das halbe Schweigen meines Vaters, der selbst beim Erzählen etwas verbirgt. Der Dinge auslässt, auch wenn er beschließt, sich zu erinnern. Ich frage mich, was er von mir erwartet, wie ich dieses Spiel, dessen Regeln ich nicht kenne, seiner Meinung nach spielen soll.

Ich schließe die Augen.

Eine ganze Weile lang versuche ich nachzurechnen, wie viel Uhr es gerade in New York ist. Ich versuche mir vorzustellen, was Giulia in diesem Moment tut, ob sie gerade nach Hause gekommen ist, ob es warm oder kalt ist, ob ihre Küchenwände weiß oder farbig sind. Dann, in einer merkwürdigen Verkettung von Bildern, sehe ich Michela vor mir.

Sie ist in einem Raum, den ich noch nie zuvor gesehen habe, und sitzt auf einem Sofa, das ich niemals sehen werde. Sie redet mit einer Person, die mir den Rücken zuwendet, und wirkt nervös. Zwischen den Sätzen beißt sie sich auf die

Unterlippe. Wenn sie zuhört, knibbelt sie an der Nagelhaut eines Fingers herum.

Ich sehe sie an wie durch eine Glasscheibe, als säße sie in einem Goldfischglas, das die Geräusche dämpft und mich nicht hören lässt, was gesprochen wird. Sie sieht aus, als würde sie jeden Moment zu weinen anfangen. Oder als würde sich die Nervosität in Angst und dann in Grauen verwandeln. Ohne mich um die andere Person zu kümmern, beobachte ich sie und mustere eindringlich ihr Gesicht. Warte.

Irgendetwas stimmt nicht.

*Die Sache sieht ganz anders aus.*

Danieles Worte brechen die Stille meines Tagtraumes.

Doch es ist nicht er, der sie sagt. Es ist nicht seine Stimme, die ich im Ohr habe.

Die Sache sieht ganz anders aus, wiederholt die Person, die Michela gegenübersitzt, und bricht in Tränen aus. Die junge Frau nimmt sie in den Arm, streichelt ihr übers Haar, unterdrückt die Tränen. Sie klammert sich an ihren Schultern fest, der letzte Halt vor dem Abgrund. Entschuldige, wispern ihre Lippen. Eine kraftlose, tonlose Stimme, die niemand hört.

Die Sache sieht ganz anders aus, sagt meine Frau.

Wir sind im Auto und es ist niemand da. Die Straße ist dieselbe, der Tag ist derselbe, der Anlass ist derselbe. Ich und Adriano streiten. Ein Streit, an den ich mich noch nicht einmal jetzt erinnere, wo ich ihn wieder vor mir sehe. Wir müssen noch einmal nach Palermo, sagt Elena. Und auch ihre Stimme bricht sich in der Stille.

Das Geräusch kommt ganz plötzlich. Wasser, ein Bach, ein Fluss. Der klamme, salzige Geruch der Furcht, die einem in die geborstenen Knochen fährt. Ich kann die Augen nicht offenhalten. Ich kann mich nicht gegen den Schlaf wehren. Ich kann nicht sprechen. Ich kann nicht.

Als ich aufwache, sind nur zehn Minuten vergangen.

Es regnet nicht, hat es vielleicht nie.

Ich friere wie im Winter. Ich strecke kurz die Beine aus,

überzeugt, Elenas Körper zu berühren. Ziehe sie ruckartig zurück, aus Furcht, es könnte wirklich so sein.

Daniele. Michela. Arianna. Elena. Mein Vater.

Die Sache sieht ganz anders aus.

Binnen eines Herzschlages wird mir klar, was geschehen ist. Und ich komme mir blöd vor, dass ich es nicht schon eher begriffen habe.

Wenn es so gelaufen ist, war Michelas Tod Zufall. Genauso unvorhersehbar und absurd wie eine tödliche Krankheit oder ein Betrunkener, der nicht mehr geradeaus fahren kann.

Man kriegt etwas mit, das sich nicht überhören lässt. Es macht einen neugierig und nachdenklich. Man fängt an, es zu umkreisen, die Nase in Dinge zu stecken, in die man sie nicht stecken sollte, Fragen zu stellen und sich nach jemandem umzusehen, der einem helfen könnte.

Und schon ist man tot, noch ehe man überhaupt Angst davor bekommen kann.

Ich hole tief Luft. Strecke die Hand nach der Lampe aus.

Das durchdringende, unablässige Klingeln des Telefons katapultiert mich in die Wirklichkeit zurück.

Arianna wartet ein paar Kilometer von meiner Wohnung entfernt auf mich, auf dem Parkplatz einer Diskothek. Als ich sie sehe, ist es halb vier Uhr morgens, und ich erkenne sie nicht. Sie trägt einen grauen Trainingsanzug, Tennisschuhe und eine schwarze Jacke, deren Kapuze ihr Gesicht verbirgt.

Ihre Hände verraten mir, dass sie es ist. Und ihre zunächst unsicheren und dann allzu hastigen Schritte, mit denen sie wie aus dem Nichts auf mein Auto zukommt und mir ein Zeichen macht, ihr zu folgen. In einem schummrigen Winkel bleiben wir stehen, eines der zig Pärchen, die sich erst einmal beschnuppern, ehe sie den Abend gemeinsam beschließen.

»Ich bin keine Lügnerin«, sagt sie. Es sind die ersten Worte, seit sie aufgelegt hat. Sie wollte nicht zu mir kommen.

»Es ist besser so«, hat sie gemeint. Und unwillkürlich habe ich mich gefragt, ob sich das auf sie oder auf mich bezog.

»Nein, du bist keine Lügnerin. Du hast dich für eine andere ausgegeben.«

Sie sieht mich ausdruckslos an. Nicht der kleinste Funke Überraschung. Dann, plötzlich, packt sie mein Handgelenk. Ihre Hand zittert.

»Ich muss verschwinden«, sagt sie. Es ist nur ein Wispern.

»Wie viele von diesen Tabletten hast du genommen?«

Sie zieht die Hand zurück.

»Nicht eine. Und das schon eine ganze Weile nicht mehr.«

Plötzlich blickt sie sich um. Voller Misstrauen, das auch nicht verschwindet, als sie mich wieder ansieht.

»Ich habe versehentlich ein Telefonat mit angehört«, fängt sie wieder an. »Ich bin zur gewohnten Zeit aus dem Büro, war kurz im Fitnessstudio und nach der Dusche habe ich bemerkt, dass ich mein Telefon auf dem Schreibtisch hab liegenlassen. Also bin ich wieder zurück. Ich hab die Schlüssel, weil ich morgens oft die Erste bin. Ich bin rauf, die Tür war nur angelehnt. Es war fast neun Uhr, ich dachte, der Dottore hätte vergessen, sie zuzumachen. Normalerweise bleibt er nie so lange. Dann habe ich gesehen, dass Licht brannte, und da wurde mir klar, dass irgendwas nicht stimmte. Ich bin rein, keine Ahnung wieso. Ich hab versucht, kein Geräusch zu machen, ich dachte, vielleicht ein Dieb, vielleicht … weiß der Geier was. Auf der Hälfte des Flurs habe ich kapiert, dass es mein Chef war, der Dottore, und beruhigte mich. Ich wollte mich gerade bemerkbar machen, als ich noch eine Stimme gehört habe. Ich konnte sie nicht zuordnen, obwohl sie mir bekannt vorkam. Sie redeten über jemanden, der sich nicht an die Abmachung halten wollte. Von dort, wo ich stand, konnte ich nicht alles verstehen, aber sie wirkten ziemlich wütend. Vielleicht auch ängstlich. Die andere Stimme meinte, sie sollten etwas von Solara sagen. Dass man das wissen sollte, sonst würde es für sie sehr gefährlich werden. Der

Dottore hat etwas von einem gewissen Montale gesagt, wenn Montales Freund das erfahren würde, wären sie am Arsch. Die andere Stimme war einen Moment lang still, dann hat sie geantwortet: ›Diese Solara-Sache hängt einem echt zum Hals raus.‹ Dann hat irgendjemand eine Nummer gewählt – ich hab das Piepen der Tasten gehört –, und der andere Mann hat eine Nachricht auf einer Mailbox hinterlassen. Dabei hat er seinen Namen gesagt: Es war Larinzetti, der Chef der Fin Art. Ich hatte ihn ein paar Mal gesehen. ›Jetzt ist es seine Sache‹, hat er gemeint. ›Und wenn dieses Arschloch von Montales Freund es zu weit treibt …‹ Er hat den Satz nicht vervollständigt. Und ich hab begriffen, dass ich dort nicht länger bleiben konnte.

Ich bin zurück zur Tür geschlichen und habe mich bemerkbar gemacht. Sie sind rausgekommen, haben ein Lächeln aufgesetzt, was Larinzetti nicht sonderlich gelungen ist. Ich habe ihnen erklärt, ich hätte mein Handy vergessen. Wir haben es zusammen geholt, und sie haben mich gefragt, ob sie mich nach Hause begleiten dürften, aber ich habe abgelehnt. Sie haben mich zur Tür gebracht, und ich bin gegangen. Am nächsten Tag wirkte alles wie immer. Nur, dass ich das, was ich gehört hatte, einfach nicht losgeworden bin.«

Sie macht eine Pause.

»Eine ganze Weile lang ist nichts passiert. Natürlich hab ich noch immer daran gedacht, aber ich hab versucht, mir die Sache schönzureden. Im Grunde konnte dieser Satz sonst was heißen.«

Sie bricht ab. Ein Auto fährt an uns vorbei. Arianna beißt sich auf die Unterlippe.

»Eines Morgens komme ich ins Büro und hole die Post. Die Telefonrechnung ist auch dabei. Eigentlich kümmert sich eine Kollegin um den Papierkram, aber die ist im Mutterschaftsurlaub. Also mache ich das. Ich hole die Rechnung hervor, trage sie ein und lege sie dem Dottore hin wie immer. Da kommt mir ein Gedanke. Ich kehre zurück und nehme mir die Liste der getätigten Anrufe vor. Ich brauche einen Moment, bis ich finde, was ich suche. Es ist eine Festnetznummer, die letzten drei Ziffern fehlen, aber um das herauszufinden, was ich herausfinden will, brauche ich die nicht. Nach einer Weile kommt der Dottore. Er ist nett wie immer und der Tag vergeht ganz normal. Zumindest will ich ihn das glauben machen, aber eigentlich muss ich die ganze Zeit an diese Telefonnummer denken, die ich eingesteckt habe. Ich warte, bis er weg ist, um der Sache nachzugehen. Es könnte irgendeine Nummer sein, aber ich fange bei der nächstliegenden Möglichkeit an. In unserem Adressbuch gibt es zwei Kontakte, die in Frage kommen könnten. Einer ist ein Restaurant und der andere eine Immobilienagentur. In dem Restaurant bin ich oft gewesen, vor ein paar Jahren hat es geschlossen. Bleibt also nur die Immobilienagentur.«

Sie streift die Kapuze ab. Ihr Haar ist streichholzkurz, sie trägt keinen Schmuck, weder Ketten noch Ohrringe. Mit einer Sonnenbrille könnte sie glatt für einen Jungen durchgehen.

»Am nächsten Tag wähle ich die Nummer von meinem Handy aus. Ich unterdrücke den Anrufer. Niemand geht ran, nur ein Anrufbeantworter ohne jegliche Ansage. Das Tuten hört auf und es folgt der Pfeifton. Immer, egal zu welcher Tageszeit.«

Sie seufzt.

»Weißt du noch an dem Abend in deiner Wohnung? Als ich dir gesagt habe, du müsstest dir klarwerden, ob du weitermachen willst oder nicht? Ob du die Wahrheit herausfinden willst? Tja, durch diese Anrufe habe ich begriffen, dass ich sie herausfinden will. Eine fixe Idee vielleicht, aber ist die Wahrheit nicht eine fixe Idee? Ich weiß es nicht. Ein Zeitvertreib? Um mir das Studium zu finanzieren, hab ich in einer Detektei gejobbt, vielleicht liegt's daran. Ich habe also beim einzigen Punkt angesetzt, den ich hatte. Ich bin Finanzberaterin bei der Fin Art, quasi die rechte Hand des Dottore. Ich bin schon eine Ewigkeit dort, er vertraut mir. Abgesehen von ein paar ganz großen Kunden, die nur er betreut, kenne ich jeden. Mit Montale war ich nie befasst, also musste ich bei Null anfangen. Zwei Monate nach jenem Abend habe ich den gesamten Ordner kopiert und mit nach Hause genommen. Es war ganz leicht, ich war immer als Erste im Büro und hatte eine gute halbe Stunde für mich allein. Ich habe eine Woche gebraucht, um alle Unterlagen zusammenzutragen, und ein Wochenende, um sie durchzulesen. Montagmorgen habe ich aufgemacht, als wäre alles wie immer. Eine Stunde später habe ich mir die Seele aus dem Leib gekotzt und bin nach Hause gegangen. Ich hatte Fieber. Und das war kein Virus, das kannst du mir glauben.«

»Was stand in den Unterlagen?«

»Die Fin Art ist eine Geldwaschanlage für Montale. Ein Unternehmen Montales überweist uns eine Summe, die wir am selben Tag einem weiteren Unternehmen Montales überweisen, das es wiederum dem ersten Unternehmen gutschreibt. Das ist nur ein Beispiel, ich kann das jetzt nicht näher ausführen. Herein kommt schmutziges, gezinktes, zurückverfolgbares Geld. Und das Geld, das herauskommt, ist blitzsauber.«

»Geldwäsche.«

»Geldwäsche.«

»Montale ist ein Strohmann eines Cosa-Nostra-Bosses.«

»Pierangelo Graffeo. Und …«

Sie hält abrupt inne. Es ist derselbe Wagen von vorhin. Diesmal ist er langsamer und weiter weg, auf der Landstraße, genau auf unserer Höhe.

Arianna setzt die Kapuze auf.

»Ich muss gehen.«

Ich greife nach ihrem Arm. Einen Moment lang bin ich sicher, dass sie mir gleich die Augen auskratzt.

»Wo sind diese Unterlagen?«

Sie grinst.

»Meine Kopie ist mir geklaut worden. Ansonsten haben sie nur noch meinen Rechner und meinen Laptop mitgenommen.« Sie schüttelt den Kopf. »Und die Unterwäsche … Michela hatte auch eine Kopie. Sie sind am selben Abend bei uns eingebrochen. Wir waren zusammen weg.«

»Hast du mit ihr gesprochen, nachdem du die Unterlagen gelesen hast?«

»Bitte …«

Ich lausche der Stille. Ein Hund bellt. Dann wieder nichts.

»Wenn ich dir helfen soll, muss ich alles wissen, Arianna.«

Sie spricht sehr hastig.

»Nachdem ich die Unterlagen gelesen habe, habe ich mit Michela geredet. Und sie hat mir von Graffeo erzählt. Dann bin ich zu dieser Immobilienagentur gegangen. Sie heißt Prontocasa und ist in der Via Garibaldi. Ich hab so getan, als wollte ich mich nach was erkundigen. Zwei Tage später hat mein Chef mich gefragt, ob ich eine Wohnung kaufen wolle. Das war's. Sie haben mir die Autoreifen aufgestochen und mich eine Woche lang mit anonymen Anrufen traktiert. Nachts musste ich das Telefon aus der Wand ziehen. Eines Morgens haben sie mich unter einem Vorwand zu einem Kunden geschickt und meinen Schreibtisch durchwühlt. Da hab ich gesagt, jetzt reicht's, ich hör auf. Michela aber nicht. Dickköpfig wie ein Esel. Und als ihre Kanzlei ihr Reale zur Verteidigung gegeben und er ihr erzählt hat, für wen er arbeitet, hat sie begriffen, dass sie uns gelinkt haben.«

»Hat Reale ihr von Solara erzählt?«

»Ja. Aber sie hat mir weder sagen wollen, wer das ist, noch, was er ihr gesagt hat. Sie hat mich rausgehalten. Was ich dir von ihren letzten Tagen erzählt habe, ist alles wahr. Wort für Wort.«

Ich nicke.

Sie blickt sich noch immer um.

»Ich melde mich.«

Ohne die Antwort abzuwarten verlässt sie den Parkplatz

und geht davon. Ich sehe ihr nach, hole tief Luft, öffne die Autotür. Arianna ist rund hundert Meter von mir entfernt auf der Zufahrt zur Landstraße.

Das Auto kommt von ganz hinten. Es überholt sie, schaltet die Scheinwerfer aus und stellt sich mitten auf der Fahrbahn quer vor sie hin.

Ich steige aus. Mache einen Schritt. Bleibe stehen.

Arianna rennt, ein Mann steigt aus, folgt ihr, kriegt sie an der Kapuze zu fassen, sie fällt, versucht zu schreien, er schlägt ihr ins Gesicht und knebelt sie. Ein Junge bemerkt es, steht neben mir. Unsere Blicke streifen sich. Wortlos geht er weiter.

Arianna dreht sich zu mir um, während sie sie auf den Rücksitz stoßen.

Egoistisch und feige steige ich in meinen Wagen. Ducke mich in den Schatten.

Die Wagentür schließt sich. Das Auto fährt ohne Licht los. Als es das Parkplatzschild passiert, wird mir übel vor Angst. Kein Zweifel, auch dieses Auto hat kein Nummernschild.

Die Ampel springt auf Grün, doch der Wagen rührt sich nicht. Schwer atmend starrt der Mann am Steuer auf die Straße, auf das Licht, das seltsame, rötlichgraue Flecken auf den Asphalt malt.

Ganz langsam lässt er die Kupplung kommen. Das Auto macht einen Satz nach vorn, der rechte Fuß hält es am Laufen, die jähe Beschleunigung lässt den Motor aufheulen. Der Mann wechselt den Gang. Er macht es so schnell wie möglich und versucht, die Augen offenzuhalten.

Er überquert die Kreuzung. Die Straße ist ihm fremd, dann sieht er das Schild eines Restaurants. Er versucht, sich rechts zu halten. Einer der Reifen will nicht auf der Straße bleiben, krächzend und eiernd zieht er den Wagen in die falsche Richtung.

Das Glück hilft ihm, es hat sich vor einer Weile neben ihn gesetzt, und das Einzige, was er sich noch fragen kann, ist, wann es ihn wieder verlässt. Ob es lang genug bleibt. Ob das, was er gerade erlebt, ein Scherz ist, der letzte. Oder ein Geschenk. Das x-te.

Er schließt die Augen. Sie wollen sich nicht wieder öffnen. Der Mann versucht es mit der Kraft seines gesamten Körpers, die verdammten Lider öffnen sich kaum, er liest das Schild. Rot. Groß. Stopp.

Er bremst. Ganz plötzlich. Das Auto säuft ab.

Er atmet. Damit das Leben ihn nicht allzu schnell verlässt.

Er streckt die Hand aus, dreht den Schlüssel, tritt aufs Gas, legt den Gang ein.

Einmal. Zweimal.

Dann kommt die Nacht und verschluckt alles.

»Ein ganz beschissener Spielerkauf«, sagt der Sanitäter.

Der Satz bleibt ihm im Halse stecken. Das Auto kommt aus einer Seitenstraße

»Wo glotzt du denn hin?«

Der Sanitäter sagt nichts. Der Pfleger hat gerade Feierabend gemacht, er raucht eine, und statt einer Antwort erhält er nur ein Kopfnicken. Es deutet auf die andere Straßenseite jenseits der Kreuzung, kurz hinter der Ampel.

Ein schwarzer Mercedes.

Die Windschutzscheibe ist zerborsten.

Die Beifahrertür steht offen und baumelt ins Leere wie ein gebrochener Flügel. Als das Auto beschleunigt, schleudert es nach links. Mindestens ein Reifen ist platt und die Seite völlig eingedrückt, als wäre etwas mit Wucht hineingedonnert.

»Was …«

Mehr als diese drei Buchstaben bringt der Pfleger nicht heraus.

Der Mercedes korrigiert die Fahrtrichtung, die verzogenen Felgen kratzen funkensprühend über den Asphalt. Er beschleunigt ganz plötzlich, überquert die Kreuzung, ein Moped kann ihm um ein Haar ausweichen, doch er fährt weiter.

Und weiter.

»Weg!«, brüllt der Sanitäter.

Dann trifft das Auto den Rettungswagen und landet in der Mauer der Notaufnahme. Ohne die winzigste Bremsspur.

Auf dem Treppenabsatz vor dem Eingang zur HNO-Station ist es leer und still. Sie zu finden war einfach, im Kliniklabyrinth aus Schildern, Abkürzungen und Gebäuden hat alles seine Farbe. Wenn man weiß, was man sucht, muss man nur den Strichen auf dem Boden folgen.

Daniele lässt mich fast eine Stunde warten. Ich blättere durch eine Zeitung, ohne sie wirklich zu lesen. Ich schicke Giulia eine SMS und lese ihre hastige Antwort. Ich blicke durch die Treppenhausscheiben in den dichten, steten Regen, der eingesetzt hat, als ich hier angekommen bin. Drei Tage soll es regnen, habe ich im Autoradio gehört. Danach kamen die üblichen Nachrichten über die Schäden, die die zigste Schlechtwetterfront in der Landwirtschaft anrichtet.

Es passiert nichts in der Welt. Es passiert nichts hier.

Nichts, das sich erzählen ließe.

»Entschuldige die Verspätung.«

Überrascht drehe ich mich um. Er steht wenige Meter vor mir, zwei Leute vom Begleitschutz neben sich, ein dritter auf der Treppe. Ich nicke ihnen grüßend zu und drücke Daniele die Hand.

»Wo sollen wir …«

Er sieht auf die Uhr.

»Komm mit.«

Wir betreten die Station. Am Ende des Flurs ist ein Notausgang, der zu einer Treppe führt. Ein Beamter der Eskorte öffnet ihn, eine Krankenschwester wirft ihm einen fragenden Blick zu. Einen Augenblick später steigen wir die Treppe hinunter. Und er beginnt zu reden.

»Offenbar will irgendjemand einen Schlussstrich ziehen. Zwar leite ich die Ermittlungen nicht, bin aber mit einer Untersuchung zu Graffeos Drogengeschäften befasst. Vor fast einem Jahr habe ich ihn verhört und jetzt nochmal um seine Vernehmung gebeten. Mehr kann ich dir im Moment nicht sagen.«

»Dann ist dieser Spaziergang durch den Krankenhauskeller ein Höflichkeitsbesuch.«

»Nicht ganz.« Er bleibt in einem schlecht beleuchteten Tunnel stehen. »Auf Domenico Graffeo ist sechsmal geschossen worden. Zuerst sind sie ihm mit einer ziemlich fetten Kiste, einem SUV womöglich, in seinen Mercedes gefahren. Dann sind sie mit gezückten Pistolen aus einem anderen Auto gesprungen. Graffeo hat zurückgeschossen, und das hat ihm vermutlich das Leben gerettet. Das und die Tatsache, dass sein Auto nicht abgesoffen ist und seine Angreifer es nicht für nötig befunden haben, ihn zu verfolgen und die Sache zu Ende zu bringen. Er hat ein übel zugerichtetes Bein, wäre um ein Haar verblutet und eine Kugel hat ihm fast die Lunge zerfetzt. Ein Wahnsinnsdusel, wenn man bedenkt, dass eine Kugel nur einen knappen Zentimeter neben seiner Schläfe durch die Kopfstütze gesaust ist. Er sollte nicht sterben.«

»Sieht ganz so aus. Hast du mit ihm gesprochen?«

»Ein sinnloser Versuch. Er ist bis obenhin mit Medikamenten vollgestopft, damit er wieder auf die Beine kommt. Es braucht noch eine Woche. Aber eines hat er gesagt.« Er macht eine Pause. »Solara.«

Ich lächele schmal. »Machst du Witze?«

»Sehe ich so aus? Sie haben versucht, ihn vor der OP zu befragen. Immerhin hätte er hopsgehen können, und einen Versuch war es wert. Er kennt seine Angreifer nicht. Angeblich. Aber als ich heute bei ihm war, hatte er die Augen offen, er hat mich angesehen, eine Art Lächeln gezeigt und versucht zu sprechen. Ich musste mich zu ihm hinunterbeugen, nur vier Worte habe ich verstanden: ›Rette Leben sage Solara.‹ Was das heißen soll, muss ich dir nicht erklären, oder?«

»Reale hat also keinen Scheiß erzählt.«

»Offenbar nicht. Jetzt muss man nur noch herausfinden, ob sie unserem Patienten Scheiß erzählt haben. Oder dir.«

Ich warte. Sehe ihn an. Und sage das Einzige, das mir sinnvoll erscheint.

»Lass mich mit ihm sprechen.«

Daniele lacht mir ins Gesicht.

»Mit Graffeo? Nicht im Traum.«

Ich mache einen Schritt auf ihn zu. Irgendwo am Ende des Kellergangs fängt eine Lampe zu flackern an. Ich senke die Stimme.

»Vor ein paar Tagen hat Arianna mich angerufen. Ich habe sie getroffen.«

Daniele legt mir die Hand auf die Schulter.

»Was für ein verdammtes Spiel spielst du eigentlich? Na?«

Eine gefühlte Ewigkeit steht er so da. Dann lässt er mich los und dreht mit den Rücken zu.

»Was hat sie dir gesagt?«

Während ich rede, hält er den Kopf gesenkt.

»Hast du Anzeige erstattet?«

»Am nächsten Morgen. Ohne das fehlende Nummernschild zu erwähnen.«

Er nickt.

»Wenn es denn hilft«, murmelt er.

Ich schweige. Nicke in die Richtung, aus der wir gekommen sind.

»Lass mich mit ihm sprechen.«

Er hört mir nicht zu. Er verschränkt die Arme vor der Brust und sieht mich endlich an.

»Apropos Solara, ist dir mal der Gedanke gekommen, dass dein Vater lügen könnte?«

Die Schnelligkeit meiner Antwort überrascht mich. Sie war immer da und hat nur darauf gewartet, bemerkt zu werden.

»Ja.«

Wir schweigen. Die Männer der Eskorte an beiden Enden

des Tunnels. Das Prasseln des Regens irgendwo. Daniele versucht zu lächeln.

»Graffeo ist jetzt erstmal eine Woche lang total weggetreten. Lass uns die Woche abwarten. Rede mit deinem Vater.«

Ich nicke.

»Und du?«

Er setzt sich wieder in Bewegung.

»Die Geschichte dieser Arianna interessiert mich. Sehr sogar. Ich gehe der Sache nach.«

»Ich meine die Unterlagen von El…«

»Ich weiß, was du meintest. Wie gesagt, warten wir diese Woche ab, okay?«

Stumm gehe ich neben ihm her. Draußen hat der Regen aufgehört.

»Ich weiß, was du denkst. Und ich tue nicht so, als hätte ich es vergessen.«

Als wir neben dem gepanzerten Auto stehen, suche ich nach einer Antwort. Dann drücke ich ihm die Hand.

»In einer Woche, Daniele«, sage ich. »Und dann sagst du mir auch, was du denkst.«

Es vergehen elf Tage, und ausnahmsweise hat der Wetterbericht ins Schwarze getroffen. Sechsunddreißig Stunden Dauerregen. Grauer Himmel, Frühnebel und das Gefühl, die Wirklichkeit durch das Fenster einer Sauna zu sehen.

Eine Dunstblase, in der ich mich fast wohlfühle, stets auf der Kippe zwischen umkehren und alles sein lassen und mich von hoch oben in die Suche nach etwas stürzen, von dem ich nicht weiß, ob es stark genug ist, mich aufzufangen.

In jenen Tagen schaffe ich es sogar, mit so etwas wie einem neuen Jugendroman anzufangen. Mein Verleger will Fantasy, aber ich habe nicht die geringste Absicht, seinem Wunsch nachzukommen. Drachen kotzen mich an, und meiner talibanischen Weltsicht nach hat Tolkien bereits alles gesagt, was dazu zu sagen ist. Doch die kleine Geschichte, an die ich denke, könnte sich ebenso gut verkaufen. Also mache ich mir sehr nebenbei ein paar Notizen.

Doch die meiste Zeit verbringe ich damit, Elenas Unterlagen zu ordnen. Ich mache mir Stichpunkte zu dem, was ich nicht verstehe, lese Urteile, wühle in Zeitungsarchiven nach Artikeln über bestimmte Personen und erstelle eine riesige Zeittafel, in der je nach Blickwinkel alles miteinander zusammenhängen oder völlig wirr sein könnte.

Die Erde dreht sich nicht, wenn man in ihr steckt. Ein echter Bezugspunkt zu den Ereignissen lässt sich nur aus der Ferne ausmachen, und in jenen Tagen verbringe ich Stunden damit, mich zu fragen, ob ich überhaupt genügend Distanz zu den Fakten habe, um sie erfassen zu können. Ob sich angesichts der Zeit und der Gefühle, die sich mit dem Gelesenen mischen, eine Spur ergibt oder ich im Abseits lande.

Ich kann mich einfach nicht entscheiden und wie so oft entscheidet jemand anders für mich.

Der Anschlag auf Domenico Graffeo ist nur einen Tag in den Zeitungen, und das auch nur auf den hinteren Seiten, wo der flüchtige Leser gar nicht hinkommt.

Als die Woche um ist, beschließe ich, Daniele nicht anzurufen. Ein feiger Zug, um das Problem zu umgehen und seinen Absichten auf den Zahn zu fühlen.

Zwei Tage später ruft er an. Er fragt mich, ob ich mit Adriano geredet habe. Ich lüge, ohne nachzudenken. Er will nicht wissen, was wir einander gesagt haben, und schlägt mir ein Treffen vor.

»Darüber reden wir direkt«, sagt er.

Gleich darauf legt er auf. Und an diesem Punkt gibt es kein Alibi mehr.

»Ich muss aus dem Haus, komm mit.«

Mein Vater lässt mich noch nicht einmal anfangen. Kaum habe ich ihm gesagt, dass ich ihn sprechen muss, unterbricht er mich und verschwindet im Nebenzimmer. Als wir fünf

Minuten später den Aufzug verlassen, hat noch immer keiner von uns beiden ein Wort gesagt. Erst im kleinen Park hinter dem Kiosk fangen wir an zu reden.

»In der Wohnung wird nicht mehr gesprochen, verstanden?«

Der Ton ist derselbe, mit dem er mich als Kind zurechtgewiesen hat. Allerdings kann ich ihn nicht mehr hinnehmen wie früher.

»Darf man fragen, was mit dir los ist?«

Er deutet ein flüchtiges Lächeln an, das mich kein bisschen beschwichtigt. Er sitzt da, keinen Meter von mir entfernt, mit seinem schlohweißen Haar, und scheint sich zu fragen, wie man so blöd sein kann, noch eine Erklärung zu brauchen.

Also beschließe ich, dass ich nicht länger warten will.

»Du hast Solara nicht erfunden.«

Sofort wird er mehr als ernst.

»Nein, das habe ich nicht. Aber das ist es nicht, worüber du mit mir reden willst.«

»Du hast recht, im Grunde bin ich gar nicht zum Reden gekommen. Ich will nur kapieren, ob du noch genügend Mumm hast, wieder deinen Job zu machen, statt mir Schwachsinn zu erzählen. Und zwar mit mir.«

Er wirkt verblüfft.

»Offenbar hat dir das Geschenk gefallen.«

Ich gehe darüber hinweg und erzähle ihm von Arianna, Daniele und Graffeo.

Er hört mir zu, nickt hin und wieder. Schließlich blickt er sich um und trommelt sich mit den Fingern aufs Bein, als würde er Klavier spielen. Dann sieht er mich jäh an.

»Elena hat Solara erfunden«, fängt er an. »Und ich bin noch nicht mal sicher, ob sie ihn wirklich erfunden hat.«

»Glaubst du, sie wusste, wer er ist?«

Er zuckt die Achseln.

»Bis vor ein paar Tagen wusste ich noch nicht einmal, ob es sinnvoll ist, im Präsens zu sprechen. Dann bist du zu mir gekommen, hast mir erzählt, was du mir erzählt hast, und dann sind wir unterbrochen worden.«

»Ich verstehe nicht.«

»Ich habe kein Päckchen erwartet, weder ein Buch noch sonst was. Ist es jetzt klarer?«

Ich versuche, die Spannung mit einem Lächeln zu lösen. »Was war drin?«

»Ein paar Fotos. Du beim Betreten meines Hauses. Ich auf dem Weg zum Zeitungskiosk.« Er macht eine Pause. »Und eine Karte mit einem Satz. *Wir durften niemandem etwas sagen. Das haben wir sofort nach unserem ersten Treffen mit Giuseppe beschlossen.*«

»Hast du die Wohnung abgesucht?«

»Wanzen? Und wieso sollte ich? Wenn sie mich überraschen wollen, bitte sehr. Ich kann es nicht verhindern. Aber ich will ein paar Vorkehrungen treffen und ihnen das Leben schwermachen. Deshalb sind wir hier.«

Er schlägt die Zeitung zu. Lächelt.

»Vielleicht fragst du dich, wieso ich dir nach dieser Art Warnung Elenas Unterlagen gegeben habe. Was hätte ich sonst tun sollen? Du hättest nicht lockergelassen. Seit du das Gericht betreten hast, steckst du bis zum Hals drin. Vielleicht auch schon länger. Sie haben dich reingezogen. Oder besser uns: Das ist eher meine Geschichte als deine. Ich musste nur abwarten, wie du reagieren würdest, und dir dann die Möglichkeit geben, nicht allein zu bleiben.« Er macht eine Pause. »Im Grunde wolltest du das doch dein ganzes Leben lang, in einen Ameisenhaufen stechen und gucken, was passiert. Und ich stehe sowieso schon zu lange auf dem Abstellgleis.«

Er streckt die Hand aus, berührt mit dem Finger das Rad seines Rollstuhls. Er scheint etwas sagen zu wollen. Und es hastig wieder zu verwerfen.

»Du fragst mich immer wieder, was ich von dem Unfall noch erinnere«, hebt er an. »Und das Märchen, das ich mir ausgedacht habe, lautet, ich erinnere mich an nichts, ich weiß nichts. Wenn dieser verdammte Rollstuhl nicht wäre, würde ich vielleicht sogar behaupten, ich sei nicht dabei gewesen. Doch in Wahrheit erinnere ich mich an alles. Bis zur Anästhesie habe ich nie das Bewusstsein verloren.«

Sein Blick wandert zu den anderen Parkbesuchern. Ein Alter mit einem Hund, ein Jogger, ein Zeitung lesender Mann auf der letzten Bank neben dem Weidenbaum.

»Dieses Auto war nicht zufällig dort.«

Er sagt es im gleichen nüchternen Ton, mit dem er die Zeitung am Kiosk gekauft hat. Wenige Worte, auf die ich seit Jahren warte und die auf mich nicht den erhofften Effekt haben.

»Dieses Auto war wegen uns dort. Für uns alle drei.«

»Kein perfekter Job.«

»Findest du? Und das sagst ausgerechnet du, nachdem du ewig auf diesem Nummernschild herumgeritten bist? Jetzt frage ich dich: Was erinnerst du von dem Unfall?«

»Das weißt du doch, Papa. Wir haben tausendmal darüber gesprochen.«

»Nein, das weiß ich nicht. Fangen wir anders an. Wo war Elena?«

»Sie saß neben mir, wie immer.

»Genau. Und ich hinten.«

»Wie immer, Papa.«

»Ja, ja, wie immer. Weißt du noch, wer angeschnallt war?«

Ich schweige. Er hat recht. Ich habe nur an das Nummernschild gedacht und den Rest vergessen.

Elena war nicht angeschallt, sie schnallte sich nie an.

»Wann ist dir das aufgegangen?«

Adriano spielt mit dem Rand der Zeitung. Er reißt einen Streifen Papier ab, faltet ihn zusammen, streicht ihn wieder glatt.

»Ich habe echt keine Ahnung. Mit der Zeit, nach und nach. Was von vornherein klar war, ist, dass das keine Warnung mehr war.«

»Und deshalb hast du aufgehört.«

»Ja. Das war die einzige Möglichkeit, die Dinge klarzustellen und … zu überleben? Sagen wir es ruhig. Du warst am Leben und ich auch. Und da war Giulia. Aber ich habe nie aufgehört, darüber nachzudenken, genau wie du. Nur aus einem anderen Blickwinkel.«

Ich nicke.

»Wieso sagst du mir das jetzt?«

»Weil wir uns erst einmal vertrauen müssen, wenn wir gemeinsam aus diesem Schlamassel herauskommen wollen. Mit Elena war das einfacher, es gab keine Bindungen. Ich weiß nicht, ob ich mich klar ausdrücke. Sie war der reine Instinkt, wie ein Tier. Sie konnte stundenlang den Mund halten und dann kam man drauf, dass sie ein Detail bemerkt hatte, das einem selbst entgangen war und durch das sie alles durchschaut hatte. Und so wird sie auch auf Solara gekommen sein.«

»Wann hast du begriffen, dass sie ihn nicht erfunden hatte?«

»Die Wahrheit? Als sie gestorben ist. Mit dem Unfall. Ich hatte schon so einen Verdacht, aber es waren seltsame Tage. Zu viel, an das man denken musste. Die ENIMONT*-Schmiergelder, der Zusammenbruch des alten politischen Systems, die Wahlen. Die Zeitung, die mir im Nacken saß. Und dabei wollte ich nur an der Sache mit der Semprini-Gruppe und Mirri dranbleiben. Ich hab abermals versucht, ihn zu interviewen, aber er hat mich hingehalten. Eines Nachmittags hab ich versucht, ihn abzufangen. Ich wusste, wo er anzutreffen war. Ich bin gerade noch davongekommen. Als er sich erschossen hat, habe ich begriffen, dass ich recht hatte, dass Clara, Giuseppe und der Typ, mit dem ich immer Kaffee getrunken habe, im Grunde ein und dieselbe Geschichte erzählen. Und die wollte ich mir vornehmen. Ich habe mit Elena darüber gesprochen. Sie schien auf einer ganz anderen Ebene zu sein. Heute kann ich es mir nur damit erklären, dass Giuseppe erkannt hat, mit wem es sich weiterzumachen lohnte. Wer seine Arbeit zur Obsession gemacht hätte.«

»Glaubst du, sie hat ihn wiedergetroffen?«

»Da bin ich mir sicher. Aber frag mich nicht warum, ich könnte es dir nicht sagen.«

Ich lehne mich gegen die Parkbank.

»Weißt du, was sie mir eines Nachts gesagt hat? Dass sie nie aus der Via d'Amelio zurückgekehrt sei.«

»Niemand von uns ist je aus der Via d'Amelio zurückgekehrt, merk dir das. Niemand. Tangentopoli hat damit nichts zu tun. Das, was wir heute sind, haben wir dieser Bombe und denen im Jahr darauf zu verdanken. Nur, dass wir es erst nach langer Zeit begriffen haben. Sie ist vielleicht schon damals draufgekommen. Wir liefen hinter der Gegenwart her, uns genügten die Fakten. Elena schaltete schneller, sie wollte wissen, was passierte. Und sie hatte recht. Sie hat immer recht gehabt. Erzählen reicht nicht. Eine Weile hat sie mich im Schlepptau gehabt. Dann hat sie irgendwann beschlossen, alleine weiterzumachen.«

Ich atme tief durch. Schließe die Augen. Versuche mir vorzustellen, was meine Frau sagen würde, wenn sie sähe, wie wir die Zeit mit der Vergangenheit verplempern, statt uns richtig um die Gegenwart zu kümmern.

Ich öffne die Augen.

Da ist ein Labrador, rund zehn Meter von uns entfernt. Er rennt neben einem zwanzigjährigen Jungen her. Er überholt ihn, wartet auf ihn, wird langsamer, läuft ihm nach. Adriano sieht ihnen gebannt zu, wie ein Kind vor einem Zeichentrickfilm.

»Was weißt du von diesen Aufzeichnungen?«

»Wenig. Vielleicht nichts. Ich weiß so ungefähr, woran sie gerade arbeitete, aber das nützt wohl nichts, wenn man nicht dahinterkommt, was sie bedeuten. Das Wichtigste ist, dass sie nicht vollständig sind.«

»Du hast ihn nicht gesehen, stimmt's?«

»Was hätte ich sehen sollen?«

Mit den Zähnen reißt er sich ein Hautfetzchen vom Finger. Er spricht mit gesenktem Blick. Das, was er sagt, scheint ihm Angst zu machen.

»Auch ich habe einen Alptraum von diesem Tag. Wir sitzen im Auto, der Unfall ist passiert, mir ist kalt und ich kann kaum atmen. Ich bin sicher, dass wir alle sterben werden. Dann höre ich ein Geräusch. Ein Auto, zumindest glaube ich das. Eine Stimme. Ich verstehe nicht, was sie sagt, und auch nicht, ob sie von einem Menschen, einem Radio oder einem Lied stammt. Ich weiß es nicht. Ich weiß, dass sich Schritte nähern, aber nicht, aus welcher Richtung.«

Er schweigt. Atmet. Als er wieder zu reden anhebt, klingt seine Stimme wie ein vom Wind zerbrochener Ast.

»Zuerst sehe ich die Hände. Ich weiß nicht, woher sie kommen und wie sie in den zertrümmerten Wagen gelangt sind. Aber sie sind da. Und nehmen den Rucksack. Dann, ohne ein Wort zu sagen, haut der Typ ab.«

»Bist du sicher, dass Elena schon …«

»Du hast sie nicht … Im Auto, meine ich.«

»Nein.«

»Dann glaub mir.«

Ich versuche zu lächeln. Greife nach der Hand meines Vaters. Ich frage mich, seit wie vielen Jahren ich das nicht mehr getan habe und wie lange Giulia es nicht mehr bei mir getan hat.

»Ich wünschte, ich hätte den Mut gehabt, diesen Mann zu suchen.«

Ich sehe Adriano an und fürchte mich fast vor der Frage, die mir herausrutscht.

»Kannst du dich an ihn erinnern?«

»Und wie. Vorausgesetzt, es ist kein Alptraum.«

Ich sehe ihn verständnislos an. Er versucht ein Lächeln.

»Ein Alptraum, genau. Es kann nichts anderes sein. Wenn du so ein Gesicht siehst, kannst du nur hoffen, dass es nicht real ist.«

Domenico Graffeos Zimmer ist ein Dom des Schweigens.

Befangen bleibt Daniele auf der Schwelle stehen und wartet. Der Arzt überprüft die Krankenakte, mustert den Monitor, wechselt ein paar gedämpfte Worte mit seinem Patienten und geht. Der Richter tritt ein, stellt einen Stuhl neben das Bett, zieht einen Stift und einen Notizblock aus der Tasche und legt beides auf eine Pappunterlage auf seinen Knien. Ordentlich nebeneinander, wie ein Ritual. Dann hebt er den Blick und sieht dem Cosa-Nostra-Mann in die Augen.

»Guten Tag, Graffeo. Ich freue mich, dass es Ihnen besser geht.«

»Ja, mir geht's besser. Geht's Ihnen gut?«

»Alles in Ordnung, danke. Also, wie Sie sehen, ist kein Anwalt hier und niemand schreibt mit. Dies ist eine private Unterhaltung. Tun Sie einfach so, als säßen Sie in der Bar. Den einen oder anderen Kaffee werden Sie in Ihrem Leben doch getrunken haben, oder?«

Graffeo nickt. Daniele spielt mit der Stiftkappe. Dann lässt er die Finger knacken und sieht auf die Uhr.

»Also, Solara«, fängt er an.

Der Cosa-Nostra-Mann seufzt tief.

»Ich habe nichts zu sagen.«

Daniele legt den Stift nieder. Zieht die Schultern hoch.

»Mal sehen, ob ich mich klar ausdrücken kann. Der Beamte da draußen ist hier, damit Sie nicht abhauen. Sie sind verhaftet. Dieses Zimmer ist zur Zeit Ihre Zelle. Doch da ist eine Kleinigkeit, auf die ich Sie gerne aufmerksam machen würde.«

Er senkt die Stimme. »Mir ist bewusst, dass Ihre Wahrnehmung durch die Medikamente, die Ihnen verabreicht werden – nun ja – gestört sein könnte. Man hat auf Sie geschossen, Graffeo. Dass wir uns unterhalten, ist nur dem reinen, glücklichen Zufall zu verdanken. Man will Sie umbringen. Das ist uns doch wohl beiden klar, oder?«

Der Patient nickt.

»Schön. Dann können wir ja dahin zurückkehren, wo wir angefangen haben.«

Er deutet mit dem Kinn auf den Wachmann.

»Der Bulle da draußen – ich nenne ihn so, damit Sie mich besser verstehen – soll Sie auch beschützen. Man weiß nie, ob nicht doch einer versucht, den Job zu beenden. Das wäre sicher ziemlich einfach, bei all den Schläuchen, dem Tropf, den Geräten. Meinen Sie nicht?«

Graffeo zuckt mit den Achseln. Er versucht sich aufzurichten. Daniele steht auf, hilft ihm, steckt ihm das Kissen in den Rücken.

»Und wenn ich Ihnen sagen würde, Sie können gehen?«, raunt er. »So übel zugerichtet, wie Sie sind, könnten Sie gar nicht fliehen. Sie werden mit Schmerzmitteln vollgestopft, und bestimmt lässt sich die Dosis in Absprache mit dem zuständigen Arzt erhöhen. Hier kommt man nicht raus. Aber wenn dieser Beamte öfter einen Kaffee trinken gehen würde oder mit anderen Dingen beauftragt wäre … Es gibt einen Haufen schlimmer Leute in der Welt …«

Daniele rückt ein letztes Mal das Kissen zurecht und setzt sich wieder hin.

»Dottore, das ist Erpressung.«

»Ganz offensichtlich, Graffeo.«

»Sie sind nicht für meine Sicherheit zuständig.«

Daniele lächelt.

»Wie Sie wollen. Sie haben die Wahl.«

Er macht Anstalten, aufzustehen.

»Warten Sie.«

Der Richter sieht ihn an.

»Worüber wollen Sie reden?«

Daniele setzt sich.

»Wir machen es so. Ich erzähle Ihnen eine Geschichte. Und dann wollen wir sehen, was Sie mir erzählen. Klingt das wie eine faire Lösung?«

Graffeo antwortet nicht. Daniele rollt den Stift zwischen den Fingern. Dann redet er mit ihm über den Tod Reales und Michelas, über das, was ich ihm erzählt habe, über sämtliche Verbrechen, die gegen ihn sprechen. Er klingt, als verlese er

Ermittlungsergebnisse, ohne einmal die Stimme zu heben. Ohne einmal den Blick von ihm abzuwenden.

Schließlich lässt er den Stift fallen.

»Ignazio Solara also.«

»Was soll ich Ihnen sagen, wo Sie doch schon alles wissen?«

»Ihre Auffassung und meine Auffassung von *alles* gehen ziemlich auseinander. Sagen wir, ich will *alles* wissen, was mir fehlt.«

Graffeo scheint nachzudenken.

»Ich weiß nichts über diesen Solara.«

Daniele atmet tief durch.

»Deshalb haben Sie mir diesen Namen zugeraunt, richtig? Oder vielleicht haben Sie ihn im Delirium gestammelt, als Sie dachten, Sie müssten sterben? Das wäre noch lustiger, finden Sie nicht?«

»Ich weiß nicht, wer Solara ist, Dottore.«

»Aber sicher, sicher. Sie wissen nicht, wer …«

»Dottore, hören Sie mir zu? Ich hab gesagt, ich weiß nicht, wer er ist. Nicht, dass ich nicht weiß, dass er existiert.«

Daniele sieht ihn an. Domenico Graffeo hat dunkle Augen. Seine Hände liegen in seinem Schoß auf dem Laken. Er spielt mit seinen Fingern. Mit dem Zeigefinger der rechten Hand reibt er über den der linken und umgekehrt. Ununterbrochen, wie ein Metronom. Doch inzwischen ist der Rhythmus sehr viel schneller geworden.

»Sind Sie sicher, dass Ignazio Solara existiert?«

»Trauen Sie mir nicht, Dottore?«

»Antworten Sie.«

»Er existiert, er existiert.«

»Und lebt er noch?«

Graffeo lächelt.

»Dottore, Leute wie Solara sterben nie.«

»Antworten Sie.«

»Er lebt.«

»Wissen Sie das sicher oder vom Hörensagen?«

»Sicher.«

»Sie haben ihn gesehen?«

»Nein, aber ich traue denen, die ihn gesehen haben.«

»Also wissen Sie es vom Hörensagen.«

»Wie Sie meinen, Dottore.«

»Wissen Sie, wie man ihn treffen kann?«

Die Finger halten inne, er sieht ihm in die Augen. Ein Lächeln erscheint auf seinen Lippen. »Niemand kann Ignazio Solara treffen. Nicht einmal die Freunde meines Onkels.« Er grinst. »Fragen Sie doch mal Riina und Provenzano*. Die wissen's vielleicht.«

»Graffeo, halten Sie mich nicht zum Narren. Erinnern Sie sich an das Angebot, das ich Ihnen gemacht habe?«

Er dreht sich Richtung Tür.

»Der Schutz, na sicher. Ich erinnere mich. Wissen Sie, was das Problem ist, Dottore? Dass ich am Arsch bin. Sie haben recht, ich führe Sie spazieren, ohne zu wissen, wohin. Und wissen Sie, warum? Wenn ich nicht mit Ihnen rede und Sie mir den Personenschutz verwehren, kann es sein, dass jemand hier aufkreuzt und mich kaltmacht. Kann passieren, völlig richtig.« Er macht eine Pause. »Schon möglich, hab ich mich klar ausgedrückt? Wissen Sie, wie viele nach so einer Sache, wie sie mir passiert ist, mit dem Leben davongekommen sind? Wenige. Sehr wenige. Und das ist keine Angeberei, Dottore. Es ist die Wahrheit. Die hätten mir den Gnadenschuss verpassen können. Sie hätten noch eine halbe Stunde weiterballern können. Stimmt schon, ich hab einen von denen getroffen. Vielleicht sind sie deshalb abgehauen. Aber um hier reinzukommen und mich kaltzumachen, muss es schon einen triftigen Grund geben. Haben Sie verstanden, Dottore?«

Daniele nickt.

»Na, sehen Sie. Wenn ich aber jetzt mit Ihnen über Ignazio Solara rede, bin ich tot. Eine Möglichkeit gegen eine Gewissheit. Wofür würden Sie sich entscheiden?«

»Ich kann Sie schützen.«

Graffeo lacht. Das Lachen geht in einen Hustenanfall über.

»Sie können mich schützen«, sagt er schließlich. »Sie können mich schützen. Wie Gaspare Pisciotta*, oder was? Diese Art Schutz wollen Sie mir zukommen lassen?« Er hustet wieder. »Sie wissen nichts über Ignazio Solara. Sie wissen das, was Sie von diesem Verräter Reale erfahren haben. Und es stimmt, ich habe getrunken und bin gern mit schönen Frauen unterwegs, und vielleicht habe ich übertrieben. Aber jetzt bin ich nicht mehr derselbe wie vorher.«

Er schiebt das Laken zurück, zeigt seine Wunden, die Verbände, die Schläuche. »Sehen Sie, Dottore? Ich bin nicht mehr derselbe wie vorher. Man verändert sich. Soll ich ehrlich zu Ihnen sein? Ich bin jung und heiße Graffeo. Und Sie haben nichts in der Hand. Okay, diese Drogensache mit den Reales. Aber ich habe Reale nicht umgebracht und Mazza hat sich erschossen. Sie können mir keinen Mord anhängen. Ich soll wegen Drogen ein paar Jahre brummen? In Ordnung. Ihr werft mir Mafiazugehörigkeit vor? Bitte. Wie viel macht das insgesamt? Mit wie viel muss ich schlimmstenfalls rechnen? So um die zehn, fünfzehn Jahre? Ich bin sechsundzwanzig, Dottore. Sie können besser rechnen als ich.«

Er sieht auf seine Verletzungen. Zieht das Laken hoch. Plötzlich wirkt er sehr müde. Daniele mustert Graffeo und denkt, dass er an seiner Stelle das Gleiche tun würde. Er hat keinen Grund zu reden. Nichts könnte ihn dazu bringen.

Außer die Angst. Eine Angst, die von so weit her kommt, dass noch nicht einmal er als Richter darauf Einfluss nehmen kann. Er legt den Stift beiseite und lässt die Fingerknöchel knacken. Dann sagt Graffeo plötzlich das, womit er nicht gerechnet hätte.

»Vielleicht seht ihr die Sache von der falschen Seite, Dottore.«

Daniele schließt die Augen, fährt sich mit der Hand übers Gesicht und tut so, als ließe ihn das, was er soeben gehört hat, kalt.

»Und welches wäre die richtige?«

»Das Opfer an diesem Morgen war nicht Reale. Das wissen Sie, stimmt's?«

»Und wenn ich es wüsste?«

»Wenn Sie es wüssten, könnten Sie die ganze Sache aus einem anderen Blickwinkel betrachten.«

»Und das hat was mit Solara zu tun?«

Graffeo seufzt, wirft einen abwesenden Blick auf die Zimmertür und senkt die Stimme.

»Ihr seht viel zu oft nach vorn, Dottore. Sie sollten ausnahmsweise mal nach hinten sehen.«

Es regnet.

Zuerst kam der Wind, leise wie eine ferne Erinnerung. Ein Flüstern, das ich nicht sofort verstand. Kaum merklich streicht er durch die Bäume vor dem Haus. Dann ist der Himmel grau, die Luft schwer und der Wind stärker geworden.

Ich bin nach oben gegangen. Von der Terrasse aus sehe ich das von Blitzen durchzuckte Tal. Die Stadt im Hintergrund war unter einer dichten, violetten Dunstglocke verschwunden. Ich bin dort stehengeblieben, die Ellenbogen auf die Brüstung gestützt, den frischen Wind im Gesicht, der Ozongeruch erfüllte die Luft und die dunklen Wolken rückten immer näher.

Ich hab auf den Regen gewartet und weiß nicht, warum.

Hier erscheint alles anders, selbst die Jahreszeiten. Im Winter will der Schnee nicht weichen und wird zu einem lästigen Freund, mit dem man sich arrangieren muss, den man aber eigentlich ganz gern um sich hat. Der Sommer hingegen ist viel zu kurz. Eigenwillig wie eine kapriziöse Frau.

Früher habe ich Regen gehasst. Heute könnte ich ihm stundenlang zusehen. Wenn es nicht kalt ist, bleibe ich geschützt auf der Schwelle zur Terrasse stehen. Ich atme den Duft ein, sehe den Tropfen zu, die vom Fensterbrett springen, lausche dem Rauschen.

Hier haben die Jahreszeiten Stimmen. Wer in dieser Gegend aufgewachsen ist, versteht vielleicht sogar, was sie sagen. Ich begnüge mich damit, es zu versuchen. Als Junge habe ich das beim Bossa nova getan. Ich versuchte, aus dem Rhythmus eine Grammatik herauszuhören, und glaubte, die Melodie enthielte bereits den ganzen Sinn.

Das war natürlich nicht so. Aber ich versuche, diese Illusion wieder heraufzubeschwören, jetzt, da die einzige Grammatik die Stille und der Sinn, den ich suche, die Einsamkeit ist.

Ich schließe das Fenster und gehe wieder hinein.

Denke an einen anderen Regen.

Der Tag meines Treffens mit Daniele, vierundzwanzig Stunden nachdem ich mit meinem Vater gesprochen hatte. Ich hatte versucht, eine Webcam zu installieren, in der Hoffnung, hin und wieder das Gesicht meiner Tochter sehen zu können.

Das Gewitter war ganz plötzlich gekommen, rüttelte an Fenstern und Türen. In einem unerklärlichen Panikanfall hatte ich gerade noch alles zumachen können, ehe der Hagel einsetzte.

Vielleicht war es tatsächlich Panik.

Die Vergangenheit überkommt einen, wenn man sie am wenigsten sucht, grausam, unvermutet, hinterrücks.

Von jenem Nachmittag im Auto erinnere ich einen Streit. Für lange Zeit, nachdem ich aus dem Koma erwacht war, hatte ich mit dem Gedanken leben müssen, dass das letzte Gespräch mit Elena ein Streit gewesen war. Eine schmerzliche, niederschmetternde Erinnerung. Vielleicht war ich darüber abgelenkt gewesen. Wären wir nicht laut geworden, wäre ich vielleicht konzentriert genug gewesen, den Unfall zu vermeiden. Vielleicht wäre ohne diese Worte heute alles anders.

Ein absurder Zweifel, das weiß ich jetzt genauso wie damals, der im vollkommenen Widerspruch zu dem gezielten Manöver steht, mit dem das andere Auto uns in den Abgrund katapultiert hat. Wenn nichts dem Zufall geschuldet war, konnte ich auch nichts verhindern. Doch bis zu den Worten meines Vaters existierte zumindest die Möglichkeit, dass ich mir alles nur einbildete und das Ereignis, das unser Familienleben von Grund auf verändert hat, ein grausamer Zufall wäre wie viele andere.

An die Diskussion selbst erinnerte ich mich nicht mehr, lediglich an das Grundgeräusch. Das Gefühl, es wäre wichtig, etwas, das ich seit allzu langer Zeit ignoriert hatte und das genau jetzt in diesem Moment zur Sprache gebracht werden musste.

Du musst merken, wann Schluss ist.

Das ist der letzte Satz, den ich meiner Frau, der dickköpfigsten und unbeirrbarsten Frau der Welt, gesagt habe. Keine Ahnung, warum.

An jenem Regennachmittag, nachdem ich die Türen und Fenster geschlossen hatte und darauf wartete, dass der Hagel wieder der Stille wich, habe ich begriffen, dass diese Erinnerung falsch war. Ich habe es begriffen, als ich eine Jeans aus dem Schrank gezogen und überlegt habe, wann ich das Haus verlassen müsste, um mich mit Daniele zu treffen.

Heute, während draußen ein anderer und doch gleicher Regen niedergeht, versuche ich zum x-ten Mal zu begreifen, was diese Erinnerung hochgespült hat. Das habe ich mich in all den Jahren häufig gefragt, und die einzige Antwort, die ich gefunden habe, ist dieselbe wie heute.

Es gibt keinen Grund. Die Dinge passieren einfach, das Leben ergibt keinen Sinn. Jeder Versuch, darin ein Muster zu entdecken, endet in Vermutungen, im Absurden oder Übernatürlichen.

Ich habe keine Zeit für solchen Mist. Ich habe ja kaum genug Zeit zu leben. Und zu schreiben.

Du musst merken, wann Schluss ist.

Das habe nicht ich gesagt. Elena hat nicht mit mir gestritten. Nicht ich habe versucht, sie von einer Einbahnstraße abzubringen.

Es war mein Vater. Das habe ich während des Gewitters begriffen. Einen Augenblick bevor ein nummernschildloser Wagen die Gegenfahrbahn eingenommen und unser Leben beendet hat, drängte mein Vater meine Frau, ihre Recherchen an den Nagel zu hängen.

»Du musst merken, wann Schluss ist«, sagt Adriano. »Das ist viel zu gefährlich. Diese Leute spaßen nicht.«

Keine Antwort. Keine Chance des Überdenkens. Ein paar Minuten nach dem Ende des Satzes ist Elena bereits tot.

Die Papiere liegen auf dem Wohnzimmertisch. Daniele hat sie nach einem ganz eigenen System geordnet, das nur er durchschaut. Auf dem Boden stapeln sich weitere Mappen, Hefter, vergilbte Zeitungen, daneben zwei Pappschachteln, eine Wasserflasche, ein paar Bierdosen und eine Zwei-Liter-Flasche Sprite.

Er wohnt in einem zweistöckigen Reihenhaus am Stadtrand von Florenz. Leicht zu erreichen und zu überwachen. Die Leute vom Begleitschutz lassen ihn keine Sekunde aus den Augen. Nur im Haus sind wir allein.

»Manchmal frage ich mich, ob ich das an deren Stelle machen würde«, sagt er und greift in den Kühlschrank. »Die Antwort ist nicht immer positiv und fast nie einfach.«

Er nimmt sich ein Bier, gießt sich die Hälfte ein, füllt es mit Sprite auf und trinkt einen Schluck.

»Ich konnte dich nicht mit Graffeo sprechen lassen, den Grund kannst du dir denken.«

Ich nehme einen Schluck aus der Bierflasche und nicke.

»Offiziell hat er nichts rausgelassen. Er weigert sich, mit Richtern zu sprechen.«

»Und inoffiziell?«

»Er weiß was, aber er wird's nicht sagen. Noch nicht. Er ist misstrauisch. Und von seinem Standpunkt aus sogar zu Recht.«

Ich greife nach einem Blatt Papier. Der Ausdruck einer Seite von Elenas Unterlagen.

»Ich habe mit meinem Vater gesprochen«, sage ich und erzähle.

Er hört zu, trinkt ab und zu einen Schluck, sieht mich nicht an, spielt mit dem Bierglas.

»Dein Vater hatte recht. Elena hätte aufhören müssen.«

»Das hätte sie nie getan.«

Er starrt auf einen unbestimmten Punkt im Zimmer.

»Nein, vielleicht nicht. Aber sie hätte müssen.«

Er leert das Glas in einem Zug.

»Ich hab das Zeug gelesen. Dreimal.« Er atmet tief durch. »Darin geht es vornehmlich um vier Dinge. Darauf bist du schon selbst gekommen. Insbesondere beziehen sie sich auf ein paar konkrete Fakten. Uns bleibt nur, alles der Reihe nach durchzugehen und zu sehen, wo wir landen, okay?«

Ich mache ihm ein Zeichen, weiterzureden.

»Als Erstes die Sache mit Curatolo«, fährt er fort. »Meiner Ansicht nach erzählt der einen Haufen Scheiße. Er ist nicht glaubwürdig, er hat weder den nötigen Biss noch – wie sollen wir es nennen? – den kriminellen Lebenslauf, um zu sein, was er zu sein vorgibt. Einige von Elenas Aufzeichnungen befassen sich damit. Es sind in erster Linie Zweifel, den ganzen späteren Zirkus hat sie nicht mehr mitbekommen, einschließlich der jüngsten Aussage von vor ein paar Tagen, du wirst davon gehört haben. Und eine Menge Fragen. Die gleichen, die sich am Ende alle hätten stellen müssen.«

»Und die sich niemand gestellt hat.«

»Nein. Du irrst dich. Sie sind gestellt worden, und wie. Ich tue es noch immer. Ich habe ihn vor ein paar Jahren verhört. Er hatte den Mord an einem Typen gestanden, gegen den ich Untersuchungen eingeleitet hatte. Ich habe ihm nicht geglaubt. Andere haben es nicht getan. Wenn man an den Punkt kommt, ein Geständnis anzuzweifeln, dann ist es sehr ernst.«

»Fragt sich nur, warum er gesteht.«

Er breitet die Arme aus.

»Der Grund ist sonnenklar, egal, wie man es dreht und

wendet. Es gibt nicht viele Möglichkeiten. Gehen wir davon aus, er lügt, okay? Er könnte sich alles ausgedacht haben. Das Auto, den Sprengstoff, das Nummernschild, die Werkstatt, den ganzen Irrsinn.«

»Hat er aber nicht.«

»Nein, hat er nicht. Das Auto stimmt, das Nummernschild stimmt, der Ort, an dem es gestohlen wurde, stimmt. So viele Einzelheiten sind kein Zufall.«

»Also wusste er es.«

»Wer, Curatolo? Bestimmt nicht. Man hat es ihm gesteckt. Bleibt die Frage, ob alles geplant war oder ob es hinterher zusammengestrickt wurde.«

»Redest du von der Polizei?«

Daniele antwortet nicht. Er kramt in den Unterlagen. Zieht einen Zettel hervor. Elenas Handschrift, ausnahmsweise sehr leserlich.

»Das sind die Männer des Teams, das den Anschlag in der Via d'Amelio untersucht hat. Die, die Curatolo festgenommen haben und dann für seinen Schutz zuständig waren. Schon das sollte zu denken geben. Das tut man nie, man hält die beiden Dinge getrennt.«

Er streckt mir die Liste hin. Es sind rund zehn Namen. Neben einigen ist ein Symbol, halb Davidsstern, halb Dreifuß. Typisch meine Frau.

Der Erste ganz oben ist Vincenzo Pellegrino, der Einzige, den ich kenne, er leitete das Team. Polizeichef von Palermo, Neapel, Rom, verwickelt in den G8-Gau von Genua* und dann Leiter des CESIS, des Regierungskomitees für Nachrichten und Sicherheitsdienste, der Verbindungsinstanz zwischen dem Militärischen Sicherheitsdienst und dem Verfassungsschutz.

Neben seinem Nachnamen steht kein Zeichen, und man wird ihn nichts mehr fragen können. Er ist vor wenigen Tagen an Krebs gestorben.

»Erstes Problem«, fängt Daniele wieder an. »Verstehen, was

diese Zeichen bedeuten. Ich habe da eine Idee, aber der muss auf den Zahn gefühlt werden, wenn das überhaupt möglich ist.«

»Elena hat die Namen angestrichen, die etwas mit den Geheimdiensten zu tun hatten.«

Daniele grinst.

»Einfach, nicht? Die *servizi deviati** … Seit in diesem Land das Märchen von den umgeleiteten Nachrichtendiensten kursiert, kann man jeden Dreck, der hochgespült wird, auf die schieben.«

»Ich wollte nicht …«

»Nein, nein, ist schon gut. Ich habe das Gleiche gedacht. Genau gesehen gibt es eine Verbindung, eine sehr dünne zwar, aber es gibt sie.« Er stellt das Glas auf den Boden. »Michele Giordano und Francesco Ceccarelli – der Mann, der mit ihm auf dem Boot ist, sein Vize – sind vom SISDE. Derselbe Ceccarelli hängt in dieser Sache mit dem Zettel drin, der in Capaci gefunden wurde und der nicht nur auf ihn verweist, sondern auch auf die Tarnfirma des SISDE, die Gus. Kennst du die Geschichte?«

Auf dem Hügel, auf dem Giovanni Brusca* den Auslöser drückt, der Falcone, seine Frau und die Eskorte tötet, wird ein Zettel gefunden. Darauf steht: *»Defekt Nummer 2 Kundendienst Gus«*. Und eine Telefonnummer. Die Art des Defektes weist auf eine mögliche Klonierung hin. Auch Giuseppe hatte von der Gus gesprochen. Die Handynummer hingegen ist von Ceccarelli.

Ich nicke.

»Gut. Der Mann mit der Zigarette ist also vom Geheimdienst. Die Frau, mit der er Adriano und Elena sprechen lässt, scheint vom selben Verein zu sein. In dem Castello hat Elenas Unterlagen zufolge der SISDE einen inoffiziellen Sitz. An jenem Tag sehen sie auf dem Dach des Mietshauses zwei Polizisten und zwei weitere Männer, die Ersteren nahelegen, zu gehen.«

»Ebenfalls vom SISDE?«

»Woher soll ich das wissen? Ich weiß aber, dass es Polizisten waren, die versetzt wurden, und dass der Bericht verschwindet. Ich weiß, dass Pellegrino Polizist ist. Polizeichef, um genau zu sein – und der untersteht dem Innenministerium –, an der Spitze einer Mannschaft, die sich um einen Geständigen kümmert, der ganz offensichtlich einen Haufen Scheiße verzapft. Siehst du die Verbindung?«

Er beugt sich vor, trinkt einen Schluck und stellt das Glas wieder ab.

»Fehlt das letzte Mosaiksteinchen«, sage ich.

»Das wäre?«

»Der SISDE untersteht ebenfalls dem Innenministerium.«

Er zuckt die Achseln.

»Das hielt ich für selbstverständlich.«

Er steht auf und verschwindet für ein paar Sekunden im Bad. Als er zurückkommt, setzt er sich auf die Sofalehne.

»In der Mathematik nennt man das Reductio ad absurdum. Man verneint die These und versucht zu zeigen, dass die Annahme nicht zu beweisen ist. Wenn wir das in unserem Fall versuchen, kommen wir zu einem bizarren Ergebnis.

Nehmen wir an, Pellegrino wäre in irgendeiner Weise mit den Geheimdiensten verbandelt. Soweit man weiß, gerät Giordano ins Visier der Ermittlungen. Und er ist ein Mitglied des Geheimdienstes.«

Er nippt an seinem Glas und fährt fort.

»Gut. Die Polizei ermittelt gegen ein Mitglied des Geheimdienstes, das mit dem Attentat in der Via d'Amelio in Zusammenhang steht. Da ist dieses Telefonat auf dem Boot, das zu früh erfolgt, um Zufall zu sein. Es gibt Kontakte, die es zu untersuchen gilt. Die Richtung ist offensichtlich. Doch an diesem Punkt pfeift das Innenministerium Pellegrino am Ende des Jahres nach Rom zurück und teilt ihm eine andere Aufgabe zu. In der Zeit schreibt Elena, der SISDE würde aus dem Castello verschwinden. Wieso rufen sie Pellegrino zurück? Die naheliegende Antwort wäre, dass er jemandem zu nahe gekommen ist, dem er nicht zu nahe kommen durfte. Vielleicht nicht Giordano direkt, aber seinem Umfeld. Sie checken Hotelaufenthalte und Telefonate – auch Elena erwähnt das in ihren Aufzeichnungen –, wer weiß, was da zu finden ist. Oder was sie gefunden haben. Tatsache ist, dass es einen Riesenkrach gibt. Sie sind gezwungen, ihn nach Palermo zurückzuschicken. Und hier entsteht die Gruppe. Wohlgemerkt per Regierungsbeschluss. Und sie besteht aus den Namen auf der Liste. Aus denen mit dem Symbol. Und sie kümmert sich um Curatolo, besser gesagt, um sein Geständnis. Denn unser Freund ist bereits im Knast, als die Gruppe entsteht, und ausgerechnet Pellegrinos Leute haben ihn eingebuchtet. Doch mit dem Geständnis lässt er sich fast ein Jahr Zeit.«

»Negativ betrachtet könnte man sagen, das ist kein Zufall.«

»Negativ betrachtet könnte man sagen, das ist ein Geheimdienstbefehl. Aber wir bewegen uns noch im Bereich der Vermutung. Das alles lässt sich nicht beweisen.«

Ich schnappe mir ein Bier und gehe zum Fenster. Die Dunkelheit draußen ist zu undurchdringlich, als dass sie mir keine Angst machen könnte. Ich trinke. Denke an etwas, das ich in Elenas Unterlagen gefunden habe. Beim ersten Lesen habe ich es nicht verstanden, und in Danieles Papierwust könnte ich es unmöglich wiederfinden.

»Hast du eine digitale Kopie der Unterlagen?«

Ich frage, ohne mich umzudrehen, ohne die Augen zu öffnen, gefangen in einem Kokon aus Stille und Finsternis, in dem ich mich grundlos sicher fühle.

»Sie ist oben.«

Ich trinke noch einmal. Atme tief durch, lausche meinem Herzschlag, der mir plötzlich in den Ohren dröhnt. Ich drehe mich um.

»Da ist etwas, das ich dir zeigen muss.«

Der Laptop steht auf einem Holztisch.

Ohne mich zu setzen, greife ich nach der Maus und gehe sorgfältig die Ordner auf dem USB-Stick durch. Nach zweimal Klicken finde ich, was ich suche.

Es ist eine PDF-Datei, der Scan eines echten Ordners.

TALETE steht auf dem Deckel.

Ich trete vom Tisch zurück und sehe Daniele an, der mit verschränkten Armen im Türrahmen steht. Er hat sich eine Zigarette angezündet.

»Das hatte ich gesehen«, sagt er. »Willst du wissen, ob das einer der Namen ist?«

»Es würde mir schon reichen zu wissen, ob man das rauskriegen kann.«

Er zieht an seiner Zigarette und deutet auf den Aschenbecher neben dem Laptop. Ich reiche ihn rüber, und er ascht ab.

»Das ist die Akte einer SISDE-Quelle«, erklärt er. »Die Informationen darin beziehen sich vornehmlich auf die zweite Hälfte der achtziger Jahre.«

Er zieht noch einmal. Die Asche glüht auf und verlischt dann im Halbdunkel. »Ja, vielleicht lässt sich rausfinden, wer das ist.«

Er raucht weiter und sieht mich an.

»Woran denkst du?«

Er bläst den Rauch aus.

»Das sind Geheimdokumente. Wahrscheinlich auch heute noch. 1993 … Sie konnte da einfach nicht rankommen, verstehst du?«

»Man hat sie ihr gegeben.«

Er sieht mich groß an.

»Na, sicher! Aber hier reden wir vom Geheimdienst. Und von Dokumenten, die nur der Geheimdienst haben kann. Es ist, als hätte jemand Krieg in den eigenen Reihen geführt.« Er nimmt noch einen Zug und senkt die Stimme. »Ich will gar nicht daran denken, was hätte passieren können, wenn dieser ganze Kram in der Zeitung gelandet wäre. Damals, als es gerade passierte.«

Ich setze mich auf die Tischkante. Der Gedanke trifft mich zu schnell, als dass ich ihn ignorieren könnte.

»Vielleicht hätte es ihr das Leben gerettet.«

Daniele scheint kurz nach einer Antwort zu suchen. Dann drückt er die Zigarette aus.

»Das meiste von Elenas Unterlagen ist aktenkundig. Es ist bekannt und bestätigt. Es gibt Beweise, Dokumente, Untersuchungen. Seitdem ist es in zahlreichen Fällen zum Prozess gekommen, fast überall hat es rechtskräftig verurteilte Schuldige gegeben. Die ganze Riege von Mafia-Handlangern ist im Knast gelandet. Allerdings…«

»Worauf willst du hinaus?«

Er holt tief Luft.

»Elena wusste alles. Vielleicht sogar das, was wir noch nicht durchschaut haben.« Er macht eine Pause. »Und das Jahre vor allen anderen.« Ich denke an das, was Adriano gesagt hat. *Elena schaltete schneller, und sie wollte wissen, was passierte.* Ich sehe Daniele an. Sehe ihm lange direkt in die Augen.

Ich lege das Besteck in die Pappschachtel und esse das letzte Pizzastück. Daniele schneidet ein Stück Rand von seiner Margherita und kaut bedächtig und mit gedankenverlorenem Blick.

Vor mir auf dem Boden liegen ein paar lose A4-Blätter. Der Bericht einer Sitzung der Attentats-Kommission. Meine Frau hat ihn eigenhändig geschrieben. Es geht darin um die Aussagen Michelangelo Lamantias, der sich zur Zusammenarbeit mit der Justiz entschlossen und Borsellino kurz vor der Bombe in der Via d'Amelio von den Semprinis erzählt hatte.

Auf der Hälfte des Blattes ist ein Satz rot umkringelt.

*Die Cosa Nostra hat beschlossen, in die Staatsgeschäfte einzusteigen.*

Ich kann meinen Blick einfach nicht davon losreißen.

Ich stehe auf, gehe in die Küche, hole eine Flasche Wasser aus dem Kühlschrank, kehre ins Wohnzimmer zurück und lese zum x-ten Mal die von meiner Frau notierten Worte des Pentito.

Er spricht von einer Zusammenkunft Anfang 1991 bei Enna auf dem Land. Anwesend sind Riina, Provenzano, Madonia und Santapaola, und sie beschließen, die alten politischen Seilschaften über Bord zu werfen und einen nie verwirklichten Traum aus der Schublade zu holen.

Über einen Teil Italiens zu herrschen.

Staat zu werden.

Und sich dabei von den Freimaurern helfen zu lassen.

Lamantia erklärt der Kommission, die wichtigsten Mafialeute seien Freimaurer, denn nur so komme man an die wirklich dicken Fische heran. An die Unternehmer. Und an die Politiker. Ich stelle mir die Gesichter der Kommissionsmitglieder vor, die sich von einem Ex-Mafioso den Inzest zwischen Kriminalität und Politik unter die Nase reiben lassen.

Doch Lamantia will nicht schweigen.

Im Grunde ist die Idee der Cosa Nostra ganz banal. Es gilt, die Parteien zu unterstützen, die auf eine Spaltung Italiens aus sind. Und eine Lega Sud auf die Beine zu stellen, über die man die Kontrolle über den Süden hat.

Ich sehe auf.

»Nur Elena konnte an so einer Sache dranbleiben.«

Daniele räumt die Pizzakartons zusammen und wirft einen Blick auf die Blätter, die vor mir liegen.

»Nicht schlecht, Lamantias Aussage, hm? Und er ist nicht der Einzige, der so was behauptet. Es gibt einige Reuige der 'Ndrangheta, die sehr ähnliche Dinge über die Verbindung zwischen organisiertem Verbrechen, Freimaurertum und Geheimdienst erzählen. Und Mitte der Neunziger gibt es Dutzende Legas, die wie Pilze aus dem Boden schießen, ins Leben gerufen von Leuten, die mit den Freimaurern und dem Terror von rechts unter einer Decke stecken. Leute, die genau das machen, was sie schon immer gut konnten: Verbindungsglied sein zwischen Politik, Geheimdienst, Freimaurern, organisiertem Verbrechen. Und darin sind sie wirklich tüchtig.«

»Ich sag's noch einmal. Wie kann man an so einer Sache dranbleiben?«

»Indem man alles ignoriert, was gerade nichts zur Sache tut. Oder vielmehr, indem man es im Hinterkopf behält, falls es noch mal wichtig werden sollte. Das Freimaurertum zum Beispiel. Man nimmt zur Kenntnis, dass es enge Verbindungen zur Cosa Nostra, zur 'Ndrangheta und zum Staat gibt, speichert die Info ab und macht weiter.«

Ich nicke.

»Wir waren bei Curatolo.«

»Der wurde ganz offensichtlich konstruiert. Oder schlimmer noch, das Ganze war schon geritzt, ehe überhaupt etwas passiert ist. Ein Haus wird von unten nach oben gebaut. Und das klappt prima. Curatolo gesteht, wird verurteilt, geht nicht in Revision, und damit ist sein Urteil in allen folgenden Verfahren gültig.«

»Alles falsch.«

»Alles falsch. Vielleicht.«

Ich lasse mich auf das Sofa fallen und lehne den Kopf zurück. Mein Schädel schmerzt zum Zerbersten, ich fühle mich, als steckte ich in einem Labyrinth, aus dem es kein Entrinnen gibt. Daniele hingegen ist taufrisch. Er schiebt ein paar Blätter zusammen und nimmt einen Schluck aus der Wasserflasche.

»Solara scheint in der ganzen Sache der Knackpunkt zu sein. Dein Vater behauptet, sie hätten sich einen Namen für die Leute ausgedacht, die diese seltsamen Anrufe tätigen, bei Giordano, beim CERISDI. Wie ein System, durch das sich irgendwie eine unbekannte Größe benennen lässt.«

»Die umgeleiteten Geheimdienste«, sage ich. »Die es nicht gibt.«

Daniele grinst.

»Und tatsächlich sagt Adriano, Solara sei eine Erfindung.

Reale und Graffeo hingegen scheinen überzeugt zu sein, es gebe ihn wirklich.«

»Und du?«

»Gute Frage. Offenbar tut es einem nicht gut, wenn man versucht, es herauszufinden. Michelas Tod, Reales Tod. Ariannas Verschwinden. Ein Blick auf die Tatsachen genügt.«

Ich falle ihm ins Wort.

»Fehle nur noch ich.«

Daniele sieht weg. Die Blätter, das Licht, das sich in der Plastikflasche spiegelt, das Zigarettenpäckchen auf dem Couchtisch. Die Nacht draußen ist so dunkel, dass sich alles darin verbergen könnte.

»Ich will ehrlich sein«, sagt er schließlich.

Er zündet sich eine Zigarette an, steht auf, geht zum Fenster, lässt den Rollladen herunter und zieht die Vorhänge zu.

»Die beobachten dich, da gibt es jetzt keinen Zweifel mehr. Deine Vermutungen zu dem Unfall, in dem Elena gestorben ist, kamen mir schon immer komisch vor. Wir haben ja oft darüber gesprochen. Nach Ariannas Verschwinden musste ich wieder daran denken. Niemand hat sie als vermisst gemeldet, und dennoch scheint sie unauffindbar zu sein. Ich hab mich ein bisschen umgehört, unter der Hand. Am Ende wärt ihr noch nicht mal die Ersten, die ohne offensichtlichen Grund aus der Kurve fliegen. Und dann ist da noch die Sache mit dem Paketboten bei deinem Vater.«

»Na schön, die beobachten uns also. Aber das ist nicht der Punkt.«

»Wie du meinst, ich will nicht lange drumherum reden. Ich glaube, das Problem ist, dass sie sich unsicher darüber sind, was du weißt, was du in der Hand hast, was du vorhast. Nicht mal ich weiß das. Du hast mir das Zeug deiner Frau gegeben und mich nach meiner Meinung gefragt. Wir sitzen hier seit Stunden, es ist zwei Uhr nachts, und ich weiß es noch immer nicht.«

Ich antworte, ohne nachzudenken. Und bin der Erste, den die Entschlossenheit meiner Worte überrascht.

»Ich will wissen, wie Elena gestorben ist. Ich will wissen, wer sie umgebracht hat und warum, was sie herausgefunden hat. Ich will wissen, was mein Leben bis heute gewesen ist. Ich muss eine Erklärung finden. Ich bin wie versteinert, Daniele. Bewegungsunfähig seit dem Tag des Unfalls und so voller ungestellter Fragen, dass ich mich an manchen Morgen nicht im Spiegel ansehen kann.« Ich sehe zu Boden. »Das schulde ich meiner Tochter, meiner Frau. Ihrer Arbeit, ihrer … ihrer … Elena und Giulia sind alles, was ich in meinem Leben hatte, verstehst du? Und jetzt bleibt mir nichts mehr.« Ich verstumme. »Ich habe zu viel Zeit verloren«, flüstere ich.

»Weißt du, was das bedeutet?«

Daniele sieht mich an. Er wartet, dass ich etwas sage, beobachtet die Wirkung seiner Frage. Doch es kommt nichts. Es gibt nichts, das ich sagen könnte. Ich sehe auf, sehe ihm in die Augen. Ohne Wehmut, ohne Trauer, ohne Zweifel. Plötzlich wird er sehr ernst.

Er setzt sich auf den Boden und fängt an, Elenas Unterlagen durchzugehen. Er legt Blätter zur Seite, schiebt Ordner zusammen, stapelt Papiere. Dann steht er auf, zieht eine Sammelmappe aus einer Schublade und legt alles hinein, was er ausgesucht hat.

»Oben steht ein Schlafsofa. Heute Nacht schläfst du hier. Fang damit an, dir diese Dinge anzusehen. Dann kommst du von allein drauf, was du zu tun hast, du wirst sehen.«

»Und du?«

Mit einer Geste erfasst er Elenas gesamte Unterlagen, die noch über den Boden verteilt liegen.

»Ich kann's mir nicht leisten, die Nacht durchzumachen. Nicht jetzt. Und hierüber könnten wir tagelang reden. Lass uns daran arbeiten.«

Er verstummt. Wägt ab.

»Versuch nicht, meine Arbeit zu machen. Such nach einem roten Faden und folge ihm. Und zwar aus der Ferne, das wäre besser. Umgeh die Sache an sich, lass dir Zeit.«

Er macht eine Pause. Atmet durch. Sieht mir ins Gesicht.

»Wenn du die Sache bei den Hörnern packst und dich mitten reinwirfst, reißen sie dich in Stücke.«

Der Arzt lächelt einer Schwester zu und geht den Flur hinunter. Er trägt den Kittel offen, hat die Hände in die Taschen gesteckt. Sein Dienstausweis baumelt neben dem obersten Knopf.

Er steht vor dem Getränkeautomaten, wartet auf den Kaffee, nippt bedächtig am Plastikbecher, tut so, als suchte er etwas in seinem Handy, sieht auf die Uhr, wirft den Becher in den Mülleimer, geht am Warteraum vorbei und biegt um die Ecke.

Das Zimmer ist ein paar Meter weiter.

Zielstrebig geht er an den Wachpolizisten vorbei, betritt den Raum und schließt die Tür.

Wäre er wirklich ein Arzt, würde er den Patienten nicht wecken. Doch für das, was er vorhat, braucht er dessen ganze Aufmerksamkeit. Er streckt die Hand aus und schüttelt ihn am Arm. Beim zweiten Versuch erreicht er, was er will.

»Guten Tag, Domenico.«

Für einen langen Augenblick sieht Graffeo nicht scharf. Dann reißt er jäh die Augen auf und versucht sich aufzusetzen. Der Mann lächelt und legt ihm die Hand auf die Beine. Das Licht im Zimmer spielt mit der Farbe des Saphirs.

»Du musst ganz ruhig bleiben, wenn du hier rauskommen willst. Und das willst du doch, oder?«

Graffeo rückt das Kissen zurecht.

»Was willst du?«

Der Mann setzt sich auf das Bett.

»Was ist denn das für eine Art, Domenico? Ich bin hier, um dir Grüße auszurichten.«

»Das ist mir so was von scheißeg…«

Ein Hustenanfall zerreißt den Satz. Der Mann bückt sich zum Nachttisch, füllt ein Glas mit Wasser und hilft ihm zu trinken.

»Ich bin mit friedlichen Absichten gekommen, das weißt

du. Hätten wir andere Pläne gehabt, lägst du jetzt ganz gemütlich ein paar Stockwerke tiefer in einem Kühlfach.«

Graffeo bleibt mit dem Glas in der Hand sitzen. Die Ruhe dieses Typen hat ihm schon immer Angst gemacht. Schon beim ersten Mal, als er ihn im Haus seines Onkels getroffen hat. Er trinkt den letzten Schluck und stellt das Glas ab.

»Sag mir, was du willst.«

»Ich hab's dir gesagt, ich soll dich grüßen.« Er macht eine Pause. »Der Werwolf lässt dich wissen, dass du getan hast, was du tun solltest.«

Domenico Graffeo lacht ihm ins Gesicht.

»Der Werwolf ist tot. Sonst wäre er selbst gekommen.«

Der Mann streichelt ihm über die Wange.

»Wenn du es sagst, Domenico«, flüstert er.

Er sieht ihn lange an. Dann steht er auf und dreht sich an der Tür noch einmal zu ihm um.

»Du hast Glück, weißt du? Du darfst am Leben bleiben.« Er lächelt. »Vorläufig.«

Als ich nach Hause komme, merke ich, dass ich Angst habe.

Vor der Stille, vor dem Geräusch des Aufzugs im menschenleeren Treppenschacht, vor der unmerklichen Gegenwart der Nachbarn. Vor dem Alleinleben. Vor allem, das mir bis gestern so vorkam, als könnte ich es nie verlieren.

Wenn ich an Elena denke, an die Tage, in denen diese vier Wände voller Geräusche waren – Telefongeklingel, Trickfilme, die Giulia bis zum Abwinken geschaut hat, zahllose Streits und Versöhnungen, Geld, das nie reichte, geräuschloser Sex neben dem Kinderzimmer, in dem unsere Tochter schlief –, kommt es mir wie die Erinnerung an ein Leben vor, das ich nicht gelebt habe.

Ein Leben, von dem ich mir allzu oft und voller Schuldbewusstsein eingestehen muss, dass es mir nicht fehlt.

Es ist die Zukunft dieser Momente, die mir fehlt. Die kommenden Tage, die heranwachsende Tochter, Elena, die

Adrianos Stelle übernimmt, die Streits, die wir noch immer gehabt hätten, die Wehmut in unseren Gesichtern an dem Tag, an dem Giulia beschlossen hätte, auszuziehen. Mir fehlt ihr Lächeln und ihre Wut und die Versicherung durch einen einfachen Blick, dass selbst diese täglichen Plänkeleien, das Gerangel, das Schweigen und schließlich die Hände, die sich leise berühren und sie, die mich ansieht und sich eine Strähne aus der Stirn schiebt, einzig und allein unsere Sache waren.

Unser Leben fehlt mir, nicht meines. Und ich halte es nicht mehr aus, ich kann nicht so weiterleben, nicht jetzt, da innerhalb weniger Tage alles zusammengebrochen ist. Nicht jetzt, da das wackelige Gleichgewicht, auf dem meine Jahre normalen Überlebens standen, nicht mehr hält.

Und während ich den Schlüssel im Sicherheitsschloss drehe, die Tür hinter mir wieder abschließe, sämtliche Lichter anschalte und die wenigen Schritte vom Eingang in die Küche und dann ins Wohnzimmer und dann ins Schlafzimmer und ins Arbeitszimmer mache, fühle ich mich das erste Mal seit langem richtig einsam.

Ich lege Danieles Sammelmappe neben den Computer und fange an zu lesen. Als ich fertig bin, ist es fast Nacht. Außer Elenas Unterlagen sind da noch die Urteile aus Florenz zu den Attentaten von '93, das Berufungsurteil zum Anschlag von Capaci sowie der Teil der Prozesse zur Via d'Amelio, die bereits zum Urteil gelangt sind.

Ich lege alles in die Sammelmappe, kehre in die Küche zurück und hole mir eine Packung Orangensaft. Ich stelle den Fernseher im Wohnzimmer an, schalte auf einen Nachrichtenkanal, setze mich mit übergeschlagenen Beinen in den Sessel, trinke direkt aus der Tüte und hole tief Luft.

Bis Mitternacht bleibe ich dort sitzen. Dann wird die Müdigkeit plötzlich unerträglich. Ich schalte den Fernseher ab, lasse die Rollläden herunter, versichere mich zweimal, dass die Sicherheitstür geschlossen ist und das Stangenschloss fest in der Wand steckt.

Im Bett schlafe ich sofort ein. Ein Traum voller Bilder, an die ich mich nicht erinnere, begleitet mich bis zum Morgen. Dann bin ich bereit, wieder zu meinem Vater zu gehen.

Adriano weiß nicht mehr genau, wann Elena angefangen hat, ihr eigenes Ding zu machen.

»Anfang '93 war ich vollauf von Tangentopoli in Beschlag genommen.«

Ich nicke. Von jenen Tagen zwischen Februar und März '93 sind mir das Warten auf den Ermittlungsbescheid und die täglichen Rücktritte in Erinnerung. Der Justizminister. Der Sekretär der Liberalen. Der der Republikaner. Männer des linksdemokratischen PDS. Und dann Schwarzgelder, Nummernkonten in der Schweiz. Das decreto Conso: der Versuch der Regierung, illegale Parteifinanzierungen für straffrei zu erklären, der Staatspräsident, der sich weigert zu unterschreiben, und dann der Ermittlungsbescheid gegen Andreotti wegen Mafiazugehörigkeit, die Geburt einer Technikerregierung, die Abstimmung des Parlaments, das die Genehmigung zur Strafverfolgung gegen Craxi verweigert, und die Menschen vor dem Hotel Raphael, die ihn mit Münzen bewerfen.

In wenigen Monaten hat sich alles verändert. Und vierzehn Tage nach dem Protest gegen Craxi fangen die Bomben an.

»Zu Hause wurde nicht mehr über die Arbeit gesprochen«, sage ich. »Darauf hatten wir uns geeinigt. Ich glaubte, es würde ihr helfen, weiterzumachen und nicht … daran zu ersticken.«

»Sie wollte nicht über ihre Arbeit reden. Darüber, was sie wusste.«

»Und ich habe sie nichts gefragt.«

Adriano sieht mich noch immer nicht an. Er hat die Ellenbogen auf die Knie gestützt, den Blick in die Bäume gerichtet. Ab und zu schließt er die Augen.

Wir haben beschlossen, dass diese Runde durch den Park nach dem Zeitungskauf zur Gewohnheit wird. Wir können reden, fallen nicht auf, können merken, ob jemand und wer uns folgt.

»Ein Kollege meinte, er fühlte sich mit einem Schlag in die Siebziger zurückversetzt. Damals wartete man darauf zu erfahren, auf wen geschossen worden war, ob er durchgekommen war, und man hoffte, dass es einen nicht selber treffen würde. Mit den Ermittlungsbescheiden war es das Gleiche. Nur mit weniger persönlichen Risiken und sehr viel mehr Spaß.«

Adriano lächelt. Er nennt den Namen eines berühmten Journalisten.

»Er hat einen kleinen Wettzirkel aufgestellt. Wer als Nächster dran wäre. Man musste den genauen Tag raten und ob er verhaftet werden würde oder nicht. Ich habe fast immer gewonnen. Es war ekelhaft. Und genauso ekelhaft ist es zu Ende gegangen.«

Er dreht sich um und sieht mich an.

»Also?«

Ich versuche, einen klaren Gedanken zu fassen. Ich erzähle ihm, was Daniele mir geraten hat.

»Eine kluge Idee. Und die einzige Möglichkeit, die uns bleibt.«

»Uns?«

Er macht ein verblüfftes Gesicht.

»Uns, ja. Ich dachte, wir hätten eine Abmachung.«

»Ich dachte, du wolltest dich zurückziehen.«

»So alt bin ich nun auch wieder nicht.«

Er holt eine Schachtel aus der Tasche und steckt sich ein Bonbon in den Mund, ohne mir eines anzubieten.

»Ich habe den Chefredakteur angerufen.«

»Wie bitte?«

Mein Vater meint damit nur einen: den, der an der Spitze der Zeitung steht, für die er immer geschrieben hat. Egal wer diesen Posten bekleidet, er hat nie einen Eigennamen.

»Den Chefredakteur, ja. Wir brauchen Unterstützung.

Natürlich habe ich ihm nicht gesagt, was wir in der Hand haben. Ich hab ihn ein bisschen bearbeitet, er hat angebissen, und dann habe ich ihm den Mund damit wässrig gemacht, dass ich wieder regelmäßig schreiben würde. Er hat gegrinst, dieser Mistkerl. Ich weiß es, auch wenn ich es nicht sehen konnte.« Er sieht mich an. »Ich habe ihm von dir erzählt.«

»Na, da wird er sich aber gefreut haben.«

»Du verstehst einen Scheißdreck. Das war schon immer so. Offenbar schätzt er dich. Ihr habt wohl mal zusammengearbeitet, das wusste ich gar nicht mehr. Er hat so was gesagt wie, was für eine Verschwendung es sei, dass du diesen Blödsinn für Kinder schreibst. Du weißt, was ich denke, es ist mir nicht schwergefallen, ihm recht zu geben.«

Ich wechsele das Thema. Nachrufe gibt's, wenn man unter der Erde liegt. Er hat sich noch immer nicht damit abgefunden, dass ich nach Elenas Tod nicht von seinem Geld leben wollte.

»Fangen wir bei den Anrufen an.«

»Die von Giordano und Occhipinti.«

»Genau die. In Elenas Unterlagen gibt es eine zweiseitige Liste. Darauf stehen sowohl Giordano als auch sein Vize Ceccarelli.«

»Und du hoffst, das sind die Leute des SISDE in Palermo.«

»Ja. Ich würde gern ein paar Stichproben machen. Mit etwas Glück reicht eine Google-Suche. Wenn jemand von denen Karriere beim Geheimdienst gemacht hat, kann man da anfangen.«

Ich blicke mich um. Der übliche Labrador mit seinem üblichen Herrchen. Ich warte, bis sie vorbei sind. Mein Vater lächelt.

»Der ist schon seit Jahren hier.«

Ich tue so, als verstünde ich nicht.

»Der Junge mit dem Hund«, erklärt er. »Ich sehe ihn jeden Morgen. Der ist nicht wegen uns hier, wenn du das gedacht hast.«

Adriano nimmt sich noch ein Bonbon.

»Die sind schlimmer als die Glimmstängel«, murmelt er. »Wer ruft Giordano an?«

Ich antworte sofort.

»Jemand, der es gesehen hat.«

»Jemand, der es gesehen hat, genau. Gehen wir erstmal weiter davon aus, dass der Bombenleger ein Cosa-Nostra-Mann war.«

»Erstmal?«

Mein Vater zuckt mit den Achseln.

»Da steckt zu viel Staat in diesem Scheißhaufen. Zu viel, als dass sie nicht mitgemischt hätten.«

Ich sage nichts. Es ist schwer, ihm zu widersprechen.

»Also«, fängt er wieder an, »jemand sieht die Bombe hochgehen und tätigt diesen Anruf. Und er muss sicher sein, dass alles gelaufen ist, wie es sollte, dass Borsellino tot ist.«

»Er muss es also genau gesehen haben.«

»Richtig. Nehmen wir an, im Castello säße tatsächlich der Geheimdienst. Mit einem richtig fetten Objektiv kann man die ganze Sache genau beobachten.«

»Und das bedeutet, man weiß, wann es passieren soll.«

Adriano schweigt ein paar Sekunden.

»Offensichtlich«, sagt er. »Und nicht nur das. Man wartet darauf, dass es passiert. Clara wusste, dass etwas passieren würde. Als wir den Knall gehört haben, wusste sie genau, wo sie hinfahren musste. Sie ist direkt in die Via d'Amelio gefahren.«

»Hast du je versucht, sie ausfindig zu machen?«

Er atmet tief durch.

»Elena hat's versucht. Das ist eines von den Dingen, die ich weiß und nicht weiß. Doch wenn es ihr gelungen wäre, hätte sie es mir wohl gesagt.«

Einen Moment lang bleibe ich stumm. Ich denke an all die Telefonnummern in den Unterlagen meiner Frau. Daran, wie zäh und langwierig es werden wird, herauszufinden, zu wem sie gehören.

Mein Vater führt seine Gedanken fort.

»Eine Minute nach der Explosion ruft jemand, der dort war, bei Giordano an. Und Giordano ruft den offiziellen Sitz des SISDE in Palermo an. Das tut er vermutlich aus zwei Gründen.«

»Entweder, um eine Bestätigung zu kriegen, oder, um den Vorfall mitzuteilen.«

»Richtig. Darüber habe ich viel mit Elena gesprochen.«

»Und was meinte sie?«

»Dass es kein Zufall sein konnte, wenn der Sitz des SISDE ausgerechnet an diesem Sonntag geöffnet war.«

Ich nicke.

»Das sehe ich genauso.«

»Ich auch. Die Bombe geht hoch. Jemand setzt ihn in Kenntnis. Er ruft an. Sie antworten. Als man Giordano fragt, streitet er ab. Soweit die Fakten.«

Er kramt in der Bonbonschachtel herum. Murmelt etwas in sich hinein, greift in eine andere Tasche, holt die Zigaretten heraus und zündet sich eine an, ehe ich etwas einwenden kann.

»Sag jetzt bitte nichts. Jeden zweiten Tag rauche ich ein paar. Und heute könnten es sogar drei werden, okay?«

Ich kann mir ein Lächeln nicht verkneifen. Er nimmt einen genussvollen Zug und redet weiter.

»Wenn der, der den Anruf erhält, und der, der ihn tätigt, vom Geheimdienst sind – ich meine, wenn sie es damals waren –, müssen sie absolute Vertrauensmänner gewesen sein. Wir reden hier von der Via d'Amelio. Und von einer Gruppe von Personen, die zumindest formal für den Staat gearbeitet haben.«

»Kein einfaches Fußvolk …«

»Gute Metapher. Wenn man so ein Geheimnis mit sich herumschleppt, gibt es aus dem Arbeitsleben nur zwei Auswege.«

Ich denke an die Personalliste des Sitzes in Palermo. Wenn sie es denn wirklich ist.

»Entweder man macht Karriere, oder man stirbt«, sage ich.

»Vielleicht durch einen Haushaltsunfall. Oder durch einen Tumor. Oder im Einsatz. Oder in einer schiefgegangenen Entführung, deren Schuldige niemals gefunden wurden.«

Ich sehe zu Boden.

Ich denke an Danieles Unterlagen, an die Urteile, die ich gerade gelesen habe. Capaci. Die Bomben* von '93. Francesco Ceccarelli, wispere ich. Doch es kommt kein Ton über meine Lippen. Francesco Ceccarelli ist mit Giordano auf dem Boot. Seine Telefonnummer steht auf dem Zettel, der 1992 in Capaci gefunden wurde. Sein Auto steht nicht weit von der Via Fauro*, in der 1993 die Bombe explodiert. Er wohnt ganz in der Nähe.

Ich sehe auf und blicke meinen Vater an, der nachlässig durch die Zeitung blättert.

»In dieser Geschichte steckt zu viel Staat«, sage ich.

Er lächelt bitter.

»Willkommen im Klub.«

Ich erzähle ihm von Ceccarelli. Er klappt die Zeitung zu.

»Wenn du glaubst, er habe in der ganzen Angelegenheit eine Rolle gespielt, dann hast du recht. Elena war überzeugt, dass der Zettel auf dem Hügel bei Capaci eine Nachricht war, eine Warnung. Etwas in der Art. Ich glaube nicht, dass er ihn dort oben verloren hat.«

Ich sage nichts, meine Gedanken ziehen weite Kreise. Die Fragen kommen schnell. Zusammenhanglos und ohne ersichtliche Logik. Zu viele, um eine Antwort zu finden. Zumindest für den Moment.

»Ich versuche, etwas über die Namen auf der Liste herauszufinden«, sage ich. »Wenn Elena sie aufgeschrieben hat, gab es dafür einen Grund.«

»Bleibt noch die Immobilienagentur.«

Ich zucke zusammen. Arianna rührt an dieser Agentur, und schon kriegt sie Ärger. Ich halte es nicht für eine besonders gute Idee, schlafende Hunde zu wecken. Als ich es meinem Vater sage, tut er entrüstet.

»Du glaubst doch wohl nicht, dass ich da mit meinem Rollstuhl auftauche und frage, ob sie mir einen Termin bei Ignazio Solara geben können? Ich will nur ein paar Anrufe machen. Mehr nicht. Rein geschäftlich.«

Ich höre nicht hin. Es gibt noch eine Sache, die ich ansprechen muss.

»Ich will mehr über Giulio Occhipinti wissen«, sage ich.

Adriano lacht.

»Und wie willst du das anstellen?«

»Sag du's mir.«

Mein Vater denkt sehr ernsthaft nach.

»Ich rufe den Chefredakteur an. Mal sehen, was der mir sagen kann.« Er macht eine Pause. »Ich hab immer geglaubt, dass du ein guter Journalist bist.«

Giulio Occhipinti kommt wie ein waschechter Industriellensprössling daher. Vom freien Mitarbeiter des CERISDI scheint nichts mehr geblieben zu sein.

Er empfängt mich in seinem Büro in einer der Beteiligungsgesellschaften der Region Lombardei. Es war einfach, einen Termin zu kriegen. Die Ausrede mit dem Bericht über die Unternehmenslandschaft hat gezogen. Auch wenn er gleich zu Anfang klarstellt, dass wir auf zwei unterschiedlichen Seiten stehen.

»Ihre Zeitung führt sich oft auf wie ein politischer Feind«, bemerkt er. Er hat dabei den beschwichtigenden Ton eines Dorfseelsorgers.

»Eine Zeitung führt sich auf wie sie will. Wenn es eine Nachricht gibt, wird sie veröffentlicht.«

Occhipinti lächelt, das mitleidige Lächeln eines Lehrers für seinen dümmsten Schüler.

»Schön, wenn es so wäre.«

Für einen kurzen Moment mustere ich ihn wortlos.

»Sagen Sie mir nicht, ausgerechnet Sie wüssten nicht, dass Zeitungen Besitzer haben. Mehr oder weniger bekannte.«

Er breitet die Arme aus. »So ist die Welt.«

»Und ihr seid nicht mehr dieselben wie früher.«

Er lehnt sich zurück.

»Richtig. Sehr richtig. Früher waren wir sehr misstrauisch. Zu misstrauisch. Heute sind wir offener. Vor ein paar Jahren hätte ich Ihnen dieses Treffen nicht gewährt. Heute ist das anders. Vielleicht bleibt uns nichts anderes übrig, nicht wahr? Wir sind in siebzehn von zwanzig Regionen vertreten, mit mehr als siebzig Sitzen und zweihunderttausend Mitgliedern. Uns ins Schneckenhaus zurückzuziehen wäre … dumm.«

»Auch in der Politik?«

»Da wäre es noch dümmer. Italien ist in Blöcke unterteilt oder wird es zumindest bald sein. Wieso sollten wir in der Emilia-Romagna beispielsweise nicht mit den linken Gemeinden zusammenarbeiten? Und dass wir hier in der Lombardei auf der Seite des Präsidenten stehen, ist kein Geheimnis. Und wohl auch keine Überraschung.«

»Man könnte auch sagen, Sie stehen auf der Seite der Macht.«

»Seien Sie doch bitte nicht so platt. Wir versuchen, die Probleme unserer Mitglieder zu lösen. Und dazu muss man mit allen reden. Darin sollte unsere Berufung bestehen, wenn ich es denn so nennen darf.«

»Empört Sie der Begriff Lobby?«

Er deutet ein Lächeln an.

»Im englischen Sinne des Wortes nicht. Keineswegs. Wir schließen Abkommen und gewähren unseren Mitgliedern Vergünstigungen. Ausschreibungsinformationen, alles, was dienlich ist.«

»Lobbys sind Machtverbände, Signor Occhipinti.«

»Das sind Gewerkschaften auch. Und Genossenschaften. Zeitungen.«

»Aber nicht alle mit einem solchen Umsatz.«

»Das stimmt. Doch der Großteil der Mitglieder der *Compagnia delle Opere** sind kleine Unternehmen. Und Sie würden staunen, wie viele dieser Firmen sich der Linken verbunden fühlen und nichts mit *Comunione e Liberazione** am Hut haben. Manch einer hält uns für eine Art Industrieverband, aber das stimmt nicht. Wir haben sehr viele Freiberufler unter uns. Und im Mittelpunkt steht der Mensch, nicht das Unternehmen. Das ist nicht zu vernachlässigen.«

»Mach einer würde sagen, Comunione e Liberazione ähnele einer Sekte.«

Er lässt die Fingergelenke knacken.

»Jemand mit sehr wenig Phantasie, finden Sie nicht?«

»Sagen Sie es mir.«

»CL ist eine katholische Bewegung, die sich an der Soziallehre der Kirche orientiert und ihre Mitglieder zum Engagement in der Gesellschaft und in den Institutionen auffordert. Das ist natürlich sehr verkürzt ausgedrückt. Man müsste weiter ausholen, von Mission und Nächstenliebe sprechen. Ein umfassendes Thema.«

»Und für Sie?«

Er antwortet ohne Zögern.

»Die Welt, die mich aufgenommen hat. Die mich hat wachsen lassen. Die mich zum Menschen gemacht hat.«

Ich schreibe mit. Notizen, die mich nicht im mindesten interessieren.

»In Sizilien seid ihr über dreihundert, richtig?«

Er stützt die Ellenbogen auf den Tisch. Der Manager bricht durch die fromme Fassade.

»In etwa, ja.«

»Und Cosa Nostra?«

»Worauf wollen Sie hinaus?«

»Die Compagnia delle Opere ist ein Zusammenschluss verschiedenster unternehmerischer Größenordnungen. Und darauf ist sie stolz. Die Frage erscheint mir berechtigt: Wie hält sie es mit der Cosa Nostra? Denken Sie jetzt bitte nichts Falsches. Ich will nur wissen, wie Sie Ihre Mitglieder schützen. Wo die Schwierigkeiten liegen. Und wie die Lösungsansätze aussehen.«

Er beginnt zu reden und ich höre nicht mehr zu. Ich tue nur so und schreibe ab und zu etwas hin. Dann ist der Moment gekommen, um von der Vergangenheit zu reden.

»Erzählen Sie mir, wie Sie zu diesem Posten gekommen sind?«

»Der Präsident der Region hat mir …«

Ich falle ihm ins Wort.

»Nein, verzeihen Sie. Ich habe mich schlecht ausgedrückt. Erzählen Sie mir, wie Giulio Occhipinti hierhergekommen ist. Sie sagten, im Zentrum stehe der Mensch, nicht das Unternehmen. Ich möchte wissen, was Sie berufen hat, ich meine Sie als Mensch.«

Er entspannt sich.

Er erzählt mir von Comunione e Liberazione, wie er dorthin gekommen ist, von seinem Studium. Von der Verantwortung, die er gespürt hat, als er anfing, wichtige Aufgaben bei CL zu übernehmen, von der harten Arbeit beim Unternehmerverband Compagnia delle Opere in Sizilien und dann in der Lombardei. Von der Berufung durch den Präsidenten der Region. Von seinem Einsatz gegen die organisierte Kriminalität. Eine Art Hagiografie, wie sie jeder von sich entwerfen würde.

Ich höre zu, schreibe mit, nicke bei den wichtigsten Stellen. Dann lächele ich.

»Sie sind also Sizilianer.«

»Das ist kein Verbrechen.«

»Nein, ganz das Gegenteil. Während Ihrer Schilderung bin ich hier und da ein bisschen neugierig geworden. Darf ich …«

»Bitte, schießen sie los.«

Ich tue so, als müsste ich meine Gedanken ordnen.

»Wie lange haben Sie beim CERISDI gearbeitet?«

Ich halte den Atem an. Blättere durch meine Notizen. Occhipinti antwortet nicht. Schließlich sehe ich auf, vermeintlich überrascht über sein Schweigen.

»Ist etwas nicht in Ordnung?«

Die Selbstsicherheit, mit der er unsere Unterhaltung geführt hat, scheint mit einem Mal verpufft zu sein. Er greift in eine Silberschale mit Konfekt, die auf einer Seite des Schreibtisches steht, nimmt sich ein Zitronenbonbon und bietet mir eins an. Ich packe ein grünes aus. Statt nach Minze schmeckt es nach nichts.

Dann bricht der Hausherr das Schweigen.

»Eine seltsame Frage.«

Ich klappe das Notizbuch zu und lege den Stift nieder.

»Wenn Sie nicht antworten möchten, kein Problem.«

Mit verschmitzter Miene schüttelt er den Kopf und lutscht auf seinem Bonbon herum.

»Aber wieso denn das? Das CERISDI war damals ein Aus- und Fortbildungszentrum für Staatsbedienstete. Eine hervorragende Einrichtung, derer man sich nicht zu schämen braucht. Ganz im Gegenteil. Ich war Anfang der Neunziger dort. Von '91 bis '93, wenn ich mich nicht irre. Es ist schon eine Weile her.«

»Und wofür waren Sie zuständig?«

Es kostet ihn einige Mühe, ruhig zu bleiben.

»Ich war jung. Ich war mitverantwortlich für die Organisation der Kurse.«

»Zusammen mit dem damaligen Verantwortlichen?«

»Ganz genau.«

Ich schweige. Occhipinti scheint unsicher, ob er mich loswerden oder dahinterkommen soll, worauf ich hinauswill. Ich will ihn nicht zappeln lassen.

»Wissen Sie, was ich glaube?«

»Ich höre.«

»Dass dieses Zentrum nicht nur seine Kursteilnehmer zu Führungskräften ausgebildet hat, sondern auch seine Mitarbeiter.«

»Ich kann Ihnen nicht folgen.«

»Nun ja, viele, die dort waren, sind auf wichtigen Posten gelandet. In der Compagnia delle Opere wie in der Politik.«

Er fragt mich nicht, auf wen ich anspiele. Stattdessen zupft er am Bonbonpapier herum und mustert mich.

»Meisterschaft bringt Meisterschaft hervor.«

»Ja, für gewöhnlich ist das so. Seltsam nur, dass sämtliche ›Absolventen‹ in den gleichen Reihen zu finden sind.«

»Finden Sie?«

»Sie nicht?«

Er wirft das Papier in den Aschenbecher.

»Ehrlich gesagt, nein. Die Ideologien sind tot, das waren sie schon damals. Es ist doch normal, dass, wer sich im Sinne der – wie soll ich sagen, christlichen Nächstenliebe? – politisch oder sozial engagiert, in einer Mannschaft spielt.«

»Wahrscheinlich haben Sie recht.«

Ich schweige. Öffne das Notizbuch. Tue so, als würde ich lesen. Ich habe nur noch eine Frage.

Die, wegen der ich hier bin.

»Erinnern Sie sich an Ignazio Solara?«

Eine ganze Weile sagt er nichts. Er rührt sich nicht einmal. Er starrt mich an, halb verblüfft, halb entsetzt. Dann angelt er sich noch ein Bonbon vom Teller. Er lutscht es nur, um das Papier zwischen den Fingern zu haben. Und um Zeit zu schinden.

»Und wer soll das sein?«

Ich lüge.

»Ich dachte, er hätte zu Ihrer Zeit beim CERISDI gearbeitet.«

Er zerreißt das Papier. Genau in der Mitte.

»Dann denken Sie falsch.«

Wieder herrscht Stille. Er wirft das Papier in den Aschenbecher. Seine linke Hand zittert leicht. Sofort verschränkt er die Finger und legt die Hände in den Schoß. Er scheint darauf zu warten, dass etwas passiert. Ein unerträgliches Warten, dem ich mich nicht entziehen kann.

Dann klingelt das Telefon. Der Festnetzanschluss auf dem Schreibtisch.

Er greift nicht sofort zum Hörer. Er wartet. Ich höre auf, seinem Blick standzuhalten. Er hebt ab. Horcht. Entlässt mich.

»Es tut mir leid, dass ich Ihnen nicht mehr Zeit widmen kann«, sagt er.

»Kein Problem. Ich sage Ihnen Bescheid, sobald der Artikel erscheint.«

»Ja, sehr gern.«

Er drückt mir die Hand. Seine ist ein wenig feucht.

Ich verlasse das Büro, gehe zum Aufzug und bin mir sicher, dass er mir nachsieht.

Es ist neun Uhr morgens und die Bar ist voll. Das Mädchen ist sehr schön und genauso abwesend. Nie ein zu kurzer Rock, nie ein Lächeln, das etwas bedeuten könnte, nie ein Wort zu viel, nie eine Männerbegleitung, abgesehen von ihrem Arbeitgeber. Den sie siezt.

Seit fast einem Jahr arbeitet sie in der Agentur am Ende der Straße und kommt jeden Morgen zum Frühstück. Anfangs gab es hier und da einen Annäherungsversuch, eine flotte Bemerkung. Kalt und ungerührt ließ sie alles an sich abperlen.

Jetzt sitzt sie allein in einer Ecke vor der geöffneten Zeitung, einen Cappuccino und ein Cremeteilchen vor sich. Sie gehört nicht zu denen, die ein Gewese ums Essen machen, und dennoch hat sie kein Kilo zu viel. Fitness und Glück, sagen die, die nicht den Mund halten können. Das sind meist Frauen, die Gewichtsprobleme haben oder jeden Tag ihre Kalorien zählen. Oder Männer, die von ihr noch nicht einmal träumen können. Sie tut so, als hörte sie nichts und verbirgt sich hinter ihrer großen Sonnenbrille. Aber in Wirklichkeit hört sie alles.

Wenn jemand sie fragen würde und sie Lust hätte zu antworten, könnte sie sagen, auch das gehöre zu ihrem Job. Zuhören, die Umgebung im Auge behalten, die – oft übelsten – Gerüchte, die in der Bar kursieren, ernst nehmen und herausfinden, ob sie etwas mit der Agentur zu tun haben. Die Agentur zahlt ihr Gehalt. Dafür haben sie sie eingestellt.

Sie blättert durch die Zeitung und beißt in ihr Brioche. Die Creme ist noch warm. Unter anderen Umständen hätte sie es sogar genossen, aber nicht an diesem Morgen. An diesem Morgen hört sie zu.

Es gibt noch weitere vier Immobilienagenturen, deren Mitarbeiter in der Bar ein und aus gehen. Sie kennen sich, sie hassen sich, und trotzdem plaudern sie jeden Morgen miteinander am Tresen. Das heutige Gesprächsthema ist der gestrige Anruf des *Sole 24 Ore*. Sie haben ihn alle bekommen.

Ein netter Typ, meint der von der Immobilienfirma Domani. Er hat ein paar Fragen gestellt, ich wusste nicht, ob ich antworten soll, sagt der junge Mann von CasaViva. Ich hab ihm alles gesagt, was es zu sagen gab, sagt der Inhaber der Piccini.

Die junge Frau trinkt ihren Cappuccino aus. Auch sie hat den Anruf bekommen, und es ist einer, dem man nachgehen muss. Davon gibt es nicht viele und normalerweise ist es blinder Alarm. Nur einmal war es nicht so.

Mit dem Journalisten hat sie nicht gesprochen, der Anrufbeantworter fungiert als Filter. Und der Anruf kam von einer unbekannten Nummer. Mit ziemlicher Sicherheit aus einer Telefonzentrale.

Sie schlägt die Zeitung zu, legt das Geld auf den Tisch und geht. Sie sehen ihr nach, das spürt sie. Und diesmal gönnt sie ihrem Publikum etwas. Eine Hand auf der Bluse, die an den Knöpfen nestelt und für einen winzigen Moment den Blick auf die Spitze des BHs freigibt.

»Diese Liste ist so gut wie nutzlos.«

Mein Vater rollt eine Gabel Spaghetti auf und sieht mich nicht an. Der kleinere Gastraum bei Bubi ist menschenleer. Er hat ihn nur für uns aufgemacht und hinter uns sofort wieder geschlossen.

»So gut wie?«

Ich lege die Gabel in den Teller.

»Ja, so gut wie. Giordano ist wegen externer Beteiligung an einer mafiösen Vereinigung rechtskräftig verurteilt worden. Ceccarelli ist noch auf seinem Posten beim SISDE. Über die anderen Namen lässt sich kaum etwas herausfinden.«

Adriano gießt sich zwei Finger breit Wein ein, trinkt und sieht mich an.

»Verheimlichst du mir vielleicht eine Geliebte?«

Ich sehe ihn verständnislos an. Er grinst.

»Du redest, ohne etwas zu sagen. Nur weil wir im Restaurant essen oder uns im Park treffen, müssen wir uns doch nicht unterhalten wie in der ›Rätselwoche‹, verdammt noch mal! Sag mir, was du rausgefunden hast.«

Er wendet sich seinen Spaghetti zu und wartet.

Ich schüttele den Kopf. Kaue auf einem Rigatone – Tomate, Oliven, Kapern, höllisch scharfe Peperoncini –, trinke ein halbes Glas Wasser und lege los.

»Keiner von diesen Namen hat einen herausragenden Posten inne. Zumindest geht es so aus dem Organigramm der Geheimdienste hervor. Einer ist allerdings tot.«

Adriano sieht von seinem Teller auf.

»Autounfall?«

»Zwei Schüsse in die Brust.«

»Überfall oder Einsatz?«

»Einsatz. Ein Verdacht auf Drogenhandel. In Cuneo, vor vier oder fünf Jahren.«

»Sind die geschnappt worden?«

»An Frankreich ausgeliefert. Sie wurden seit einer Ewigkeit gesucht.«

»Unmöglich herauszufinden, ob die noch dort sind. In einem französischen Knast, meine ich.«

»Adriano, woran denkst du?«

»An das Gleiche wie du. Man müsste etwas über die anderen Namen auf der Liste in Erfahrung bringen. Ob sie beim Geheimdienst sind, zumindest die, die Elena angekreuzt hat.«

Ich esse, sage nichts, warte. Alles hat seinen Moment, und vielleicht ist jetzt das Problem an der Reihe, das ich angehen will. Ich schiebe mir den letzten Rigatone in den Mund und warte, bis Adriano aufgegessen hat.

»Fragen wir doch den Mann mit der Zigarette«, sage ich. »Oder Giuseppe. Lass mich die beiden treffen. Du kannst das arrangieren, da bin ich mir so gut wie sicher.«

Er wischt sich den Mund ab, legt die Serviette auf die Knie und bestellt noch eine Flasche Wasser. Dann trinkt er. Eine Folge mir unendlich langsam erscheinender Gesten.

»Wieso?«

Meine Geduld ist so gut wie am Ende.

»Stell keine blöden Fragen, Adriano. Elena hatte eine Quelle. Eine sichere, interne Quelle. Einen, der ihr dieses Zeug gegeben hat. Oder der sie zumindest auf die richtige Spur gesetzt hat. Die Papiere sind voll von Telefonnummern ohne Namen. Wetten, dass bei irgendeiner jemand abhebt? Vielleicht ein Anrufbeantworter, wie bei der Immobilienagentur.«

»Ich habe dort angerufen.«

»Bei der Agentur?«

»Die Prontocasa, ja. Und auch alle anderen ringsum. Ich hab ein paar Fragen gestellt. Wie läuft der Immobilienmarkt, mit welchen Agenturen arbeiten Sie zusammen, ein bisschen Gelaber.«

»Und …«

»Ich hab versucht, was rauszukriegen, ohne Verdacht zu erregen. Niemand kennt die Prontocasa. In der Nähe gibt es noch vier andere. Alles, was die wissen, ist, dass dort eine arbeitet, die wie ein Fotomodell aussieht. Und dass sie nie einen Kunden sehen. Also habe ich ein bisschen gegraben. Die Agentur ist auf einen eingeschriebenen Makler eingetragen. Der Einkommensteuererklärung nach haben die einen Haufen Kunden. Auf ihrer Website steht, sie seien ausschließlich auf Luxusimmobilien spezialisiert.«

»Das erklärt, warum die Agentur nur selten besucht wird.«

»Und die Verschwiegenheit …«

Er spricht den Satz nicht zu Ende, und es ist auch nicht nötig.

»Tu nicht so, als wäre nichts.«

»Nachdenken ist nicht so tun, als wäre nichts.«

»Du hast doch gesagt, wir sollen nicht reden wie in der ›Rätselwoche‹.«

Diesmal wird er sauer. Er spricht leise und sein Ton ist aggressiv.

»Willst du wissen, ob eine dieser Nummern Giuseppe gehört? Schon möglich, ja. Es sei denn, sie hat ihn auf andere Weise kontaktiert. Aber ich weiß nicht, welche es ist. Und selbst wenn sie dabei wäre, glaubst du nicht, die wäre seit Ewigkeiten ungültig?« Er hält inne und kehrt zum normalen Tonfall zurück. »Der Mann mit der Zigarette ist tot. Inzwischen bin ich mir fast sicher. Ich hatte eine Methode, ihm zu verstehen zu geben, dass ich ihn sprechen wollte. Zumindest glaube ich das, eine Abmachung gab es nicht.«

»Ich kann dir nicht folgen.«

»Erinnerst du dich an meinen weißen Schal?«

»Den ich dir geschenkt habe und den du nie getragen hast?«

»Genau der. Aber es stimmt nicht, dass ich ihn nie getragen habe. Normalerweise bin ich ein paar Tage mit ihm rumgelaufen, und dann ist er aufgetaucht. Aber wie gesagt, das hatten wir nie abgesprochen. Vielleicht hab ich's mir auch nur eingebildet. Wie auch immer, vor einer Weile habe ich ihn wieder getragen.«

Ich warte. Ich bin sicher, dass er lügt, aber das ist egal. Jetzt zählt etwas anderes.

»Ohne einen Kontakt ist diese Liste nutzlos.«

Adriano nickt. Er hat verstanden. Ich hoffe, er tut, was er tun muss. Ganz gleich, was es ist.

Jeden Morgen verlasse ich das Haus und mache einen Spaziergang. Egal, bei welchem Wetter. Die Runde ist fast immer die gleiche, man legt sich schnell Gewohnheiten zu. Ich kaufe Brot, ein bisschen Schinken, ein paar Gläser Fertigsauce, falls ich mal keine Lust habe, am Herd zu stehen.

Auf dem Hinweg lasse ich mir Zeit, gehe durch den Wald und lausche der Stille. Anfangs machte mir das Angst. Ich fürchtete mich vor den Bäumen, verwechselte das Rascheln des Grases mit dem Wispern von jemandem, der mir auflauert. Argwöhnisch blickte ich die schattigen Wege hinunter, die den Hauptweg kreuzen und sich im Nichts verlieren. Zu Hause habe ich dann über meine Dummheit gelacht.

Heute habe ich keine Angst mehr.

Vielleicht ist die Befürchtung der Gewissheit gewichen.

Inzwischen gehe ich möglichst auch nachmittags raus. Ich spaziere in den Wald, suche neue Wege, folge unbefestigten Pfaden, die nirgendwohin zu führen scheinen, verliere die Orientierung und komme am Ende wenige hundert Meter von meinem Haus entfernt heraus, als hätte die Natur selbst mich zurückgebracht und beschützt.

Wenn ich nicht vor die Tür kann, fühle ich mich wie im Käfig. Hier in den vier Wänden, in die ich mich zurückgezogen habe, um diese Geschichte aufzuschreiben, habe ich wirklich Angst. Hier spüre ich die Gefahr dessen, was ich tue, während die Worte aus mir herausströmen und das Klima jenseits des Fensters mich zum Gefangenen meiner Erinnerungen und meines Lebens macht.

Manchmal gehe ich dennoch raus. Bei Regen, bei Schnee. Ich habe das richtige Schuhwerk, eine Gore-Tex-Jacke, gefütterte Handschuhe, einen Schal. Oder Ölzeug und Stiefel.

Ich laufe, verliere mich, suche nach einer Gewissheit. Lausche. Die Stille antwortet mir: Ich bin noch immer allein. Im Augenblick ist das die beste Überlebensgarantie.

Man muss wie ein Held denken, um sich wie ein halbwegs anständiger Mensch zu verhalten.

Sean Connery sagt diesen Satz auf dem Bildschirm, und ich unterstreiche jedes Wort mit der lautlosen Bewegung meiner Lippen. Der Film *Das Russland-Haus* war mein erster Berührungspunkt mit John le Carré, und es taucht in meinem Leben immer wieder auf.

Um einen der Polizisten zu treffen, die Elena und Adriano auf dem Dach gesehen haben, sitze ich fast sechs Stunden im Zug. Ich vertreibe mir die Zeit mit den Worten Javier Cercas', den Schlagzeilen der Zeitungen und einem flüchtigen Traum, in dem ich einsam auf einem grauen, endlosen Ozean dümpele.

Das Meer, das mich bei meiner Ankunft empfängt, sieht glücklicherweise ganz anders aus. Der wolkenlose Himmel und der Spaziergang durch den frisch sanierten Hafen wischen die Stunden im Großraumwagen mit einem Schlag weg.

Der Mann wartet in der letzten Bar auf mich. Er ist groß, hat leicht ergrautes Haar und trägt eine Sonnenbrille. Ich frage mich, ob er wirklich wie ein Polizist aussieht oder ob ich ihm das nur andichte. Tatsächlich ist er genauso angezogen wie die Touristen, die er angeblich verabscheut. Ein Hemd mit aufgekrempelten Ärmeln, ein Baumwollpulli über den Schultern, Dreivierteljeans, offene Tennisschuhe.

Ihn zu finden war ebenso einfach, wie ihn von einem Treffen mit mir zu überzeugen. Zuerst hat mich das misstrauisch gemacht, doch dann bin ich zu dem Schluss gekommen, dass er nur darauf gewartet hat.

Eine Weile umgehen wir das Thema. Er erzählt mir von Palermo, von Falcones Tod, davon, wie wichtig es für eine Plaudertasche wie ihn war, schweigen zu lernen. Er erzählt mir, fern von Sizilien habe er gelernt, ein anderes Leben zu lieben, die als Adrenalin getarnte Angst jener Jahre fehle ihm nicht und dieses Meer sehe ganz anders aus als das, was er zurückgelassen hat.

Dann hört er zu. Die Terrasse, das Treffen mit den Kollegen, der verschwundene Bericht. Ich versuche, neutral zu bleiben und meine persönlichen Ansichten nicht einfließen zu lassen. Nur Daten, Orte, Fakten. Alles nachprüfbar.

Er rührt sich nicht, nickt hin und wieder und scheint darauf zu warten, dass ich fertig bin.

Er fragt mich, wie ich von dieser Geschichte erfahren habe, und einen Moment lang bin ich kurz davor, ihm zu sagen, dass ich sie nicht erfahren, sondern erlebt habe. Zuerst durch die Augen meines Vaters und meiner Frau und dann durch die Worte eines Tatsachenberichtes.

Ich tue es nicht. Ich versuche, das Richtige zu tun, nicht aus der Deckung zu kommen, nicht mehr zu sagen, als ich muss, die Grenzlinie zwischen Geständnis und Schweigen zu wahren, die es mir erlaubt, weiterzumachen.

Der verschwundene Bericht, die nie aufgenommenen Untersuchungen, die nie eingeleiteten Ermittlungen.

Am Ende zeigt er sich überrascht, sagt aber auch, er habe sich immer so etwas gedacht. Und dass es sowieso nicht anders hätte laufen können. Er erklärt mir, seine Versetzung sei als verdiente Beförderung dahergekommen, hinter der alles andere zurückgetreten sei. Erst nach langer Zeit, nach Curatolos Geständnis, habe er angefangen, diesen Tag aus einem anderen Blickwinkel zu sehen und sich zu fragen, ob da nicht irgendetwas faul sei und ob es zwischen den Hauseigentümern und dem Mann im Fiat 126 eine Verbindung geben könnte.

Dann war das vergebliche Warten darauf, auszusagen – vor einem Gericht, einem Richter oder einem Journalisten –, zu einer Bestätigung geworden, dass etwas nicht so gelaufen war, wie es sollte. Eine Weile hatte er versucht, etwas zu unternehmen. Dann hatte er begriffen, dass ihm nichts übrigblieb, als zu kapitulieren, so zu tun, als wäre nichts, und seine Arbeit zu machen.

Er nennt mir die Namen der beiden Kollegen, die er beim Mietshaus getroffen hat. Ich tue so, als kennte ich sie bereits, und hoffe, sie mir merken zu können. Er will wissen, ob ich schon mit ihnen gesprochen habe. Ich lüge und sage, sie wollten nicht reden. Er fragt mich nach dem Kollegen, der mit ihm zusammen war, und diesmal sage ich die Wahrheit: Er will von jenem Tag nichts wissen. Er gibt zu, dass er das gut versteht. Er erzählt mir von seiner Familie, von seiner Tochter, die aufs Gymnasium geht. Ich erzähle von Giulia, und für einen kurzen Moment sind wir wie zwei alte Heimkehrer, die am Meer sitzen und von einer Vergangenheit leben, an die sie sich nur noch vage erinnern.

Die Wahrheit wird nie ans Licht kommen, murmelt er zum Schluss. Und als ich ihn frage, warum, zitiert er diesen Satz. Wie ein Held denken, um wie ein anständiger Mensch zu handeln. Niemand, sagt er, und er als Allerletzter, hat jemals eines von beidem getan.

Kurz darauf verabschieden wir uns.

Auf der Rückreise lese ich keine einzige Zeile. Ich denke an dieses Treffen, an den Händedruck, mit dem er mich entlassen hat, an das hartnäckige Gefühl, dass die Wahrheit unter Milliarden Glasscherben begraben liegt. Eine so riesige Anzahl von Scherben, dass man den Spiegel selbst dann nicht wieder zusammensetzen könnte, wenn man sie alle fände.

Zu Hause komme ich auf diesen Satz zurück. Ich hole die DVD heraus und setze mich mit untergeschlagenen Beinen in den Sessel.

Helden und anständige Menschen. Ich frage mich, ob es beides wirklich gibt.

Und so endet der Tag. Ein Tropfen Limoncello, der einzige Alkohol, den ich im Haus gefunden habe. Um auf die Dinge anzustoßen, die getan werden müssten, und auf den Mut, den man nicht aufbringt, mit Bartholomew Scott Blair, Verleger, Alkoholiker, Saxofonspieler, Besitzer eines Hauses mit Blick auf den Lissabonner Hafen, Liebhaber Russlands, der Russen und der Worte. Und – hätte es ihn über le Carrés Phantasie und Sean Connerys melancholisches Lächeln hinaus wirklich gegeben – ein anständiger Mensch.

Ich hatte gedacht, dass ich Daniele erst sehr viel später wiedersehen würde.

Die Einladung zum Abendessen wenige Tage nach dem Treffen mit dem Polizisten überrascht mich. Diesmal gibt es keine Vorwarnung. Er erwartet mich in ein paar Stunden, er hat eingekauft und will mir seine Spezialität kochen.

Ich hatte nicht die leiseste Ahnung, dass er kochen kann. Ehe ich losfahre, kaufe ich noch eine Flasche Weißwein, einen Traminer, den ich liebe und den ich seit einer Ewigkeit nicht mehr getrunken habe.

Als ich mit dem Taxi ankomme, steht er bereits in der Küche. Der Wein freut ihn, er weiß nicht, ob er zu dem Essen passt, aber das ist uns egal.

Ich berichte ihm kurz von meinem Treffen und der Blitzrecherche meines Vaters in der Immobilienwelt. Ich bin sicher, dass mein Vater mir noch immer vieles verheimlicht, aus einem Schutzinstinkt heraus oder weil er meiner mangelnden Erfahrung und dem Rost, den ich in den Jahren meiner Untätigkeit angesetzt habe, nicht traut.

Daniele kramt im Kühlschrank, in den Küchenschränken und in den Einkaufstüten herum. Er hört zu. Diese Fähigkeit hat er noch immer. Er rät mir zu warten, meinen Vater genauso auf die Probe zu stellen, wie er es offenbar auch mit mir tut. Und zwischen dem, was ich wissen muss, und dem, was ich ausblenden kann, eine klare Linie zu ziehen.

»Jeder hat sein eigenes System, und vergiss nicht, er ist Journalist.«

»Er war es«, verbessere ich ihn und merke sofort, dass das nach vergrätztem, missgünstigem Sohn klingt.

Daniele hält dagegen.

»Er ist es noch immer. Ich lese, was er schreibt. Und auch wenn er es nur selten tut, es lohnt sich immer.«

Er hat recht, ich weiß. Wenn ich will, dass er sich weniger wie ein Vater aufführt, muss ich mich weniger als Sohn fühlen, weniger schuldig, weniger voreingenommen. Weniger neidisch auf das, was er ist und ich nie sein werde. Ein titanisches Unterfangen, aber es gibt keine Alternative.

Ich entkorke den Wein, der genauso gut ist, wie ich ihn in Erinnerung habe. Dann wechselt das Gespräch zu Elenas Notizen und jenem verdammten Julitag.

»Hast du gelesen, was ich dir gegeben habe?« Die Unterlagen meiner Frau über die Attentate von '93. Die Urteile.

Ich fülle erneut die Gläser. Er trinkt.

»Das Killerkommando der Anschläge ist ein wichtiges Detail. Oberste Mafiahierarchie. Die Vorbereitungen werden Anfang '92 getroffen. Als sie im Februar nach Rom fahren, organisieren sie die Basis, suchen Falcone und Martelli. Sie beschließen, dass Maurizio Costanzo* ein leichteres Ziel ist, und um ihn auszuschalten, brauchen sie Sprengstoff. Sie bitten Riina um Erlaubnis, doch Riina pfeift sie nach Hause zurück. Es gibt hier unten Wichtigeres zu tun, sagt er. Als sie nach Sizilien zurückkehren, ist Salvo Lima noch am Leben. Das Attentat auf Costanzo wird um ein Jahr verschoben. Und es sind Ferraras Männer, die die Bomben in Rom und Florenz hochgehen lassen. Costanzo, die Kirchen, Via die Georgofili. Das sind die Männer. Immer und überall. Nur in der Via d'Amelio nicht. Hast du dich mal gefragt, warum?«

»Für eine so große Aufgabe braucht man Leute, die sich darauf verstehen.«

»Leuten, denen man eine solche Aufgabe gibt, muss man vertrauen. Das Schema ist sehr genau. Nach dem Ende des Maxi-Prozesses musste ein Signal gesetzt werden. Das geht aus dem Urteil von Capaci ganz deutlich hervor. Die Abfolge war bereits beschlossen: Lima, Falcone, Mannino*. Brusca ist bereit, doch er wird zurückgepfiffen und Mannino bleibt verschont. Fast überstürzt ist nach Falcone Borsellino dran. Das sprengt die Bank. Mit der Folge, dass wir über die anderen Bomben alles und über Borsellino fast nichts wissen. Es sei denn, man will Curatolo glauben.«

Er schneidet den Speck.

»Ich wusste gar nicht, dass du kochen kannst.«

Er lächelt. Sein Blick wandert zwischen Teller und Herd hin und her.

»Ich lebe allein und esse gern. Eine Frage der Notwendigkeit. Ich hoffe, du magst Amatriciana.«

»Und wie!«

»In einer Viertelstunde gibt's Essen.«

Ich lehne mich auf den Tisch, beobachte seine Handgriffe, die Präzision, mit der er die Zutaten mischt. Die Küche füllt sich mit Duft. Ich denke an seine Eskorte vor der Tür. Er sagt mir, hin und wieder kochten sie sich ein paar Spaghetti, der Chef der Eskorte liebe Aglio e Olio, und wenn er damit fertig sei, schließe er sich mit seiner Zahnbürste und seiner Zahnpasta, die er von zu Hause mitbringe, stundenlang im Bad ein.

»Die sind seit einer Ewigkeit bei mir. Es ist schwer, sich vorzustellen, dass einige der Menschen, die mir etwas bedeuten, mit einer Knarre in der Tasche vor meiner Haustür leben.« Er probiert die Sauce. »Erzähl mir von diesem Polizisten.«

Ich gieße mir einen Schluck Weißwein ein und fange an. Das, was mir über die Lippen kommt, ist weniger eine Schilderung als eine lose Abfolge von Eindrücken. Als ich fertig bin, ist er dabei, die Teller zu füllen.

»Helden und anständige Leute. So hatte ich das noch nie gesehen. Was mich betrifft, fällt das eher in die Kategorie der Dinge, die getan werden müssen.«

»Pflicht?«

»So etwas in der Art, ja. Aber ich würde es weniger drastisch formulieren. Richtig und falsch vielleicht eher. Ich finde es schwierig, die Grenzen zu ziehen.« Er stellt die Teller auf den Tisch. »Wollen wir essen?«

Einen Moment lang reden wir über andere Dinge. Fußball, was für schlechte Spieler wir waren, was er gerne kocht, Giulia und ihr amerikanisches Abenteuer.

Dann wechseln wir ins Wohnzimmer hinüber, in den üblichen Papierwust. Die Pause ist vorbei.

»Ich bin Elenas Notizen durchgegangen«, sagt er. »Alle.« Er setzt sich auf die Armlehne des Sofas. »Viele Dinge sind in ihrem Kopf geblieben, man kann nur Vermutungen über sie anstellen. Andere sind klarer.«

»Denkst du dabei an Patti?«

»Ja, genau. Oder besser, an Pattis Telefone. Doch zuerst will ich noch eine Sache klarstellen. Nicht alles, was darin steht, ist auf dem Mist deiner Frau gewachsen.«

»Nach dem, was ich meinem Vater aus der Nase ziehen konnte, würde ich auf Giuseppe tippen, oder wie auch immer der heißt.«

Daniele nickt.

»Oder diese Clara, die sie in Palermo getroffen haben.«

»Ich habe meinem Vater gesagt, dass ich die gern treffen würde«, sage ich und verstumme. Da ist etwas, das ich einfach nicht loswerde.

»Wer zum Teufel sind diese Leute, Daniele?«

»Ich habe keine Ahnung. Ich glaube, es ist sinnlos, sich darüber den Kopf zu zerbrechen.« Er macht eine Pause. »Sagen wir mal so. Wenn Giordano, Ceccarelli und die Leute vom Castello die offizielle Linie des SISDE vertreten, dann sind die anderen nicht vom selben Verein.«

»Dasselbe hat Giuseppe auch gesagt.«

»Richtig. Aber würdest du einen Geheimdienstmann fragen, welchem Geheimdienst er angehört? Und wenn er dir antworten würde, würdest du ihm trauen? Es gibt keine umgeleiteten Nachrichtendienste, mein Freund. Es gibt die Geheimdienste. Sie sind da und sie sind geheim, um Dinge zu tun, von denen niemand etwas wissen soll. Für den Rest gibt es die Polizei und die Carabinieri. Glaubst du nicht?«

»Also wissen sie Bescheid. Und trotzdem unternehmen sie nichts.«

»Bist du sicher, dass sie das könnten? Du setzt als selbstverständlich voraus, dass das Wissen um das, was geschieht, ausreicht, um es zu verhindern. Allerdings gibt es viele Arten, um zu erreichen, das etwas nicht eintritt. Manchmal genügt es, irgendwelche Nachrichten durchsickern zu lassen. Vorausgesetzt, man tut es rechtzeitig.«

Ich nicke. Stille senkt sich über den Raum. Dann fängt Daniele wieder von vorn an.

»Wir waren bei Pattis Telefonen stehengeblieben.«

Er steht auf, zieht eine Zigarette aus einer MS-Schachtel und sieht mich fragend an. Ich habe seit einer Ewigkeit keine mehr angerührt, doch alle, die ich treffe, scheinen wieder angefangen zu haben. Ich strecke die Hand aus. Daniele hält mir die angezündete Zigarette hin.

»Willkommen zurück im Reich des Übels.«

Der erste Zug endet in einem Hustenanfall. Dann wird es allmählich besser.

»Also, Patti«, sage ich.

Daniele grinst.

»Besser, wir reden darüber, ehe du erstickst. Er wird im Frühjahr '93 verhaftet, zwei Monate nach Riina. Doch Elena ist vor allem an seinen Telefonen interessiert.«

Ich denke an die Notizen. Unter den Sachen, die ich nicht verstanden habe, sind ein paar Dutzend Blätter mit Verbindungslisten. Vier Telefonnummern und mehrere Anrufe, die mit Rotstift unterstrichen sind.

»Im Unterschlupf, in dem er gefasst wird, findet man einen Taschenkalender der Abgeordnetenkammer. Schon allein das …!« Er kniet sich auf den Boden, blättert ein paar Papiere durch und hält mir eines hin. »Hier ist die Kopie. Darin stehen die vier Nummern aus den Listen.«

Wieder kramt er zwischen den Papieren, zieht einen dicken Stapel hervor und legt ihn beiseite. Auf der Schwarzweißkopie sieht der Rotstift meiner Frau grau aus.

Er setzt sich zurück auf die Sofakante.

»Früher war es ziemlich einfach, ein Handy zu klonen. Das war Steinzeit. TAC-Technologie. Eine Seriennummer reichte. Die steht im Taschenkalender neben der Telefonnummer.«

»Alle Zutaten, die man braucht.«

»Genau. Doch eines ist merkwürdig. Als die Nummern überprüft werden, stellt man fest, dass sie nicht aktiv sind. Nicht eine. Zumindest der damaligen Telefongesellschaft zufolge. Heute hingegen weiß man, dass das Tochterunternehmen dieser Gesellschaft eng mit den Geheimdiensten zusammengearbeitet hat.«

Ich lasse mich aufs Sofa fallen. Schließe die Augen. Die Rechnung ist kinderleicht. Donato Patti bringt sich Ende Juli '93 im Knast um. Zwei Tage nach den letzten Bomben, denen von Mailand und Rom.

»Wem gehören diese Nummern?«

Ich frage es, ohne die Augen zu öffnen, als machte die Antwort mir Angst. Daniele geht über meine Frage hinweg.

»Im Taschenkalender der Abgeordnetenkammer findet sich die Handynummer des Mannes, der Ignazio Salvo umgebracht hat. Und in Pattis Unterschlupf werden außer den Nummern ein Passbild von Bagarella* und zwei geklonte NEC-Handys gefunden.«

Ich versuche mich in einem höhnischen Grinsen.

»Defekt Nummer 2«, sage ich.

Daniele nickt.

»Was für ein aufgewecktes Kerlchen du doch bist. Defekt Nummer 2, mögliche Klonation im Gange. Der Zettel mit Ceccarellis Telefonnummer in Capaci und das gleiche Handymodell, das im Unterschlupf gefunden wurde.«

»Eine Warnung.«

»Wer weiß. Sicher ist, dass sechs Wochen nach der Bombe von Capaci irgendjemand genau dieses Handymodell geklont hat. Und am Tag von Borsellinos Tod ist Ceccarelli mit Giordano auf dem Boot.«

»Ein Hellseher …« Ich öffne die Augen. »Die Nummern, Daniele.«

Er starrt aus dem Fenster. In der Ferne ein Licht. Autoscheinwerfer, die genau auf das Haus zuzukommen scheinen.

Dann werden sie langsamer, biegen nach links ab und verschwinden im Dunkel.

»Ja, die Nummern. Zwei Personen. Ein Mann von der Cosa Nostra, ein Waffenhändler. Und ein Boss aus Trapani, der für die Via Georgofili lebenslänglich bekommen hat und Freimaurer ist. In einer trapanesischen Loge, zu deren Mitgliedern ein Boss der Mafiaspitze und Leute aus dem Dunstkreis von Michele Greco gehören. Hübsche Truppe. Aber das lustigste an diesen Telefonaten ist der Zeitpunkt, zu dem sie gemacht wurden.«

Ich stehe auf.

»Ich muss was trinken, willst du auch was?«

Er schüttelt den Kopf. Ich nehme eine Flasche Wasser vom Tisch, trinke einen Schluck und stelle die Flasche auf den Boden.

»Der Waffenhändler ruft am Nachmittag des 19. Juli in einem der Einfamilienhäuser an, die auf Borsellinos Weg liegen. Man weiß nicht, wer ihm antwortet. Dann führt er ein langes Telefonat nach Deutschland, und dann ist ein paar Tage Ruhe. Inzwischen ist der 21. Juli, und er ruft beim Fälscher des Vertrauens von Brusca und Bagarella an.«

»Das Passbild …«

»Genau, das Passbild. In den Tagen vor dem Attentat ruft unser Waffenhändler auch in einem Luxushotel in Palermo an. Niemand kann sich an diesen Anruf erinnern. Und vor und nach diesem Anruf wählt er die Nummer des Trapani-Bosses. Dieselbe, die zusammen mit seiner eigenen im Taschenkalender steht.«

Ich trinke. Meine Kehle ist trocken, meine Augen brennen. Eine unerträgliche Stille erfüllt das Zimmer.

Daniele drückt die Zigarette aus und verschwindet im Obergeschoss. Als er wiederkommt, ist er im Trainingsanzug. Er bietet mir noch eine Zigarette an.

Wir rauchen schweigend, der Boden ist papierübersät, unsere Köpfe bersten vor Fragen.

Ich nehme einen langen Zug und versuche die plötzlich aufsteigende Übelkeit zu unterdrücken. Wie gerne würde ich nicht daran denken, dass ich über meine Frau rede. Wie gerne würde ich nicht daran denken, dass irgendwo in diesen Papieren der Grund für ihren Tod zu finden ist. Wie gerne würde ich jetzt nicht hier sein.

Mich nicht so einsam fühlen.

»Die Cosa Nostra mordet, und nach der Bombe werden sie vom Geheimdienst gedeckt.«

Daniele hebt den Zeigefinger.

»Nicht danach. Währenddessen. Oder davor. Noch am selben Nachmittag gehen Adriano und Elena zu diesem Mietshaus. Die Spur Curatolo lässt sich nicht eben mal so auf die Beine stellen, das glaube ich nicht. Und dass die Reise nach Palermo ausgerechnet an diesem Nachmittag ein Zufall war, kann ich mir beim besten Willen nicht vorstellen.«

»Und noch immer wissen wir nicht, wer Solara ist.«

»Deine Frau ist nicht wegen Solara gestorben. Merk dir das.«

Er deutet auf die Blätter am Boden. »Deine Frau ist deswegen gestorben.«

»Du weißt, wer Solara ist.«

Daniele steht auf und geht zum Fenster.

Die ersten Regentropfen prasseln gegen das Glas. Er vergräbt die Hände in den Taschen und spricht, ohne sich umzudrehen.

»Vergiss Solara.«

»Weißt du, wer er ist?«

Er antwortet nicht.

Ich lasse nicht locker.

»Weißt du, wer er ist?«

Er dreht sich um.

»Vertraust du mir?«

»Wenn ich dir nicht vertrauen würde, dann …«

»Ich frage dich aber. Vertraust du mir?«

»Ja.«

Er sieht mir direkt ins Gesicht. Und sein Blick erlaubt keine Widerrede.

»Gib dich fürs Erste zufrieden.«

Ich nicke. Stumm halten unsere Blicke einander stand. Dann dreht er sich wieder zum Fenster. Der Regen schwillt an.

»Wie du weißt, habe ich bei den Untersuchungen zu den Attentaten von '93 mitgearbeitet«, hebt er an. Ein Mann vom Geleitschutz nähert sich dem Fenster, Daniele zieht die Vorhänge zu und tritt ins Zimmer zurück, der Mann entfernt sich.

Er beginnt von vorn, diesmal an einem anderen Punkt.

»Man wusste von den Kontakten zwischen Staat und Cosa Nostra. Die Verhandlung. Das bisschen, was man darüber weiß, lässt sich in den Urteilen nachlesen. Und es hat keinen Sinn, darüber zu reden. Ich habe da so eine Idee, aber … Es gab einen Haufen Dinge, die man nicht verstand. Eine ganze Weile hat man noch nicht einmal geglaubt, dass die Mafia die Bomben gelegt hat.«

Er senkt die Stimme. Sein nächster Satz klingt wie ein oft gesprochenes Mantra, mit dem er sich zu überzeugen versucht.

»Die Mafia lässt keine Monumente hochgehen.«

Er wiederholt es zweimal, mit immer leiserer und tieferer Stimme.

»Was wissen sie schon über die Accademia dei Georgofili in Florenz? Über den Padiglione d'Arte in Mailand? Wenn jemand versucht, Kirchen zu zerstören, ist das Terrorismus.« Er betont jede Silbe. »Ter-ror-is-mus.«

Er dreht sich um und steht vor dem fallenden Regen.

»Und die Mafia fordert nicht. Ihre Feinde sind klar, die Grenzen unstrittig, die Drohungen öffentlich. Es gibt keinen Grund zur Erklärung.«

Er setzt sich wieder.

»Nach Limas Tod gab es einen Anruf im Namen der Falange Armata. Nach Capaci ebenfalls. Und auch nach der Via d'Amelio. Einen, den niemand verstanden hat und der auf ein Artilleriegeschoss in dem Boboligarten in Florenz hinweisen sollte. Einen nach dem Anschlag auf Costanzo, einen nach der Bombe in der Via dei Georgofili, einen fünf Tage später, nach dem Fund einer Art Bombe im Palazzo Chigi. Es gibt zwei Briefe im Namen der Falange Armata, die zwischen Ende Juli und Anfang August beim *Messaggero* und beim *Corriere della Sera* eintreffen. Die Briefe beziehen sich ausdrücklich auf die Bomben und drohen mit neuen Explosionen, tagsüber und an bevölkerten Orten. Und es gibt die Aussagen von drei Kronzeugen Mitte der Neunziger, die behaupten, als man die Attentate beschloss, wurden auch die Forderungen mit eingeplant. Und der Name Falange Armata.«

Er lässt die Finger knacken und verschränkt die Arme vor der Brust.

»Mitte September wird in Rom eine Untersuchung eingeleitet. Man vermutet, dass die Bekennertelefonate von offiziellen Mitarbeitern des Militärischen Nachrichten- und Sicherheitsdienstes SISMI getätigt wurden. Es hatte einen Hinweis gegeben, die Telefone waren abgehört worden, ein erster Ansatz. Einen Monat später tauscht die soeben angetretene Regierung Carlo Azeglio Ciampis* die Führungsriege des Geheimdienstes aus. Ein völlig normaler Vorgang nach einem Regierungswechsel. Der Ministerpräsident ist sehr besorgt, er sagt es in den folgenden Jahren immer wieder. Im Sommer, in der Bombennacht von Rom sind die Telefone des Ministerpräsidenten isoliert, er befürchtet einen Staatsstreich. Ein paar Monate darauf räumt er im Geheimdienst auf. Angefangen bei den Chefs beginnt eine regelrechte Säuberung in den oberen Reihen. Dreihundert SISMI-Männer werden an ihre Ursprungssitze zurückgeschickt. Unter ihnen sind auch die mutmaßlichen Anrufer der Falange. Allesamt gehören zur siebten Division, die für Gladio zuständig war.« Er verstummt. Sieht mich an. Atmet tief durch und redet weiter.

»Drei Wochen nach der Einleitung der Rom-Untersuchungen nimmt jemand Kontakt mit mir auf. Er ruft mich auf meinem Privathandy an, Teilnehmer unbekannt. Er probiert es mehrmals, bis ich endlich rangehe. Er erklärt mir, er wisse, wer hinter der Falange Armata steckt. Es sei nicht so einfach, wie es scheine, und er müsse mich persönlich treffen. Wir verabreden uns am 16. Oktober in einem Florentiner Hotel. Er behauptet, er heiße Ignazio Solara. Als ich zum verabredeten Treffen komme, ist niemand da. Signor Solara, sagt man mir an der Rezeption, musste ganz plötzlich abreisen. Er habe eine Nachricht für mich hinterlassen. Es ist ein Computerausdruck, darauf steht: *Ich bin zu spät gekommen.* Zwei Tage darauf erfolgen die Ernennungen der neuen Geheimdienstspitzen.«

»Hast du ihn gesucht?«

»Na klar hab ich ihn gesucht! Ich habe ihn mir beschreiben lassen, aber offenbar konnte sich niemand an ihn erinnern. Normal. Nett. Still. Höflich. Zwischen fünfunddreißig und vierzig.«

»Das könnte jeder sein.«

»Genau. Eine Weile haben wir in sämtlichen Hotels Italiens nach ihm gesucht. Damals wurden Gästeregistrierungen noch sehr viel gründlicher vorgenommen als heute, aber er ist trotzdem nicht mehr aufgetaucht.«

Er gießt sich ein Glas Wasser ein, trinkt schweigend und lässt den Blick durchs Zimmer wandern. Zweimal hebt er wieder zu reden an. Doch als er es schließlich tut, ist alles anders.

»Wir werden uns für eine Weile nicht sehen. Es ist besser so.«

Ich blicke ihn verständnislos an.

»Das war's?«

Er legt mir eine Hand aufs Bein.

»Nein.« Er sieht mir in die Augen.

»Nein«, wiederholt er. »Das war's nicht. Nicht im Traum.«

Ein paar Tage später ist meine Wut auf Daniele noch immer nicht verflogen. Ich versuche mit Adriano darüber zu sprechen. Wir streiten.

Ich zerre ihn auf die Gemeinschaftsterrasse seines Wohnhauses, und kaum sind wir im Freien, explodiere ich. Alles, was ich in all den Jahren zu unterdrücken versucht habe, bricht aus mir heraus, gemischt mit dem Gefühl, dass alle mich unter einer Glasglocke halten, als hätten sie Angst, ich könnte beim ersten Windstoß zu Staub zerfallen.

Er sagt nichts und hört zu. Ich haue ihm alles um die Ohren, aber er scheint es nicht einmal übelzunehmen. Schließlich kriege ich einen dermaßen heftigen Hustenanfall, dass ich kaum noch Luft bekomme. Er versucht zu beschwichtigen. Deine Mutter würde sagen, das Böse will raus. Ich blicke mich um, der Husten verwandelt sich in Lachen, und auch Adriano lacht für einen mir ewig erscheinenden Moment, der alles hinwegfegt. Fast alles.

Ich schildere ihm meinen Abend mit Daniele, Wort für Wort. Er hört zu, die Sonne im Gesicht, die Augen geschlossen, die Hausdächer ringsherum als stumme Zeugen. Am Ende wirft er einen Satz hin, den ich unversehens glaube, ohne zu wissen warum.

Die umgeleiteten Geheimdienste gibt es nicht.

Ich sage nichts mehr. Ich bitte ihn um ein paar Tage Pause, ich habe das Gefühl zu ersticken.

Wenige Minuten später verabschieden wir uns. Ich dränge ihn noch einmal, mich mit Giuseppe sprechen zu lassen.

Zu Hause versuche ich, an etwas anderes zu denken. Ich sehe einen Film, höre Musik, versenke meine Gedanken in einen spanischen Roman, der von einer in einem Gemälde versteckten Schachpartie erzählt. Ohne ersichtlichen Grund überkommt mich die Lust zu schreiben, und ich schreibe zehn Seiten meines Nicht-Fantasy-Romans, der doch einer zu werden scheint.

Ich esse allein in einem meiner Lieblingsrestaurants. Ein Ecktisch im Freien. Ich sehe mir die Leute an, die wenige

Meter von mir entfernt sitzen. Ich frage mich, ob sie sich einsam fühlen, mit ihrem flüchtigen Lächeln, hinter dem sich Unaussprechliches zu verbergen scheint.

Ich gehe zu Fuß nach Hause zurück, warte die richtige Uhrzeit ab und rufe Giulia an. Als ich ihr Gesicht auf dem Monitor sehe, habe ich für einen winzigen Moment das Gefühl, in einem alten Science-Fiction-Film gelandet zu sein. Es geht sofort vorbei.

Sie wirkt glücklich, auch sie lächelt die ganze Zeit. Doch hinter ihren hellen Augen verbergen sich keine Dämonen. Irgendwie scheint sie sie auf unerklärliche Weise besiegt zu haben.

Und dafür bin ich dankbar und neidisch zugleich.

Ich habe seit einer Ewigkeit nicht mehr Fußball gespielt. Jahrelang habe ich einmal die Woche gekickt, mit Daniele und einer Mannschaft, die ganz gut zu sein schien und dann doch jedes Mal verloren hat, wenn's drauf ankam.

Jetzt treffen wir uns ab und zu wieder. Wir spielen zu siebt, auf elf bringen wir es nicht mehr. Und nur, wenn das Wetter es zulässt. Sonst machen die Gelenke nicht mehr mit.

Nach meiner Rückkehr aus Florenz hatte ich die Einladung in der Mail. Ich habe sofort zugesagt, eine prima Gelegenheit, ein bisschen Wut abzulassen. Dann kam der Streit mit Adriano und danach hatte ich einfach nur noch Lust zu spielen, obwohl ich weiß, wie schlecht wir inzwischen geworden sind.

Das Spiel entpuppt sich als die übliche Fehde, in der der Spaß bald in bitteren Ernst umschlägt. Wir verlieren wegen eines Fernschusses, der sich unmöglich kontern lässt.

»Hast du noch *Wendekreis des Krebses*?«

Ich versuche gerade, meinen Haaren irgendeine Art von Ordnung zu verpassen, als Andrea mir diese Frage stellt. Eine seltsame Ironie des Schicksals will es, dass die alte Mannschaft hauptsächlich aus Leuten besteht, die mit unterschiedlichsten Arten von Straftaten zu tun haben. Daniele, mehrere Gerichtsjournalisten, ein paar Polizisten und Carabinieri

– die wir bei diesen Treffen in zwei verschiedene Mannschaften stecken –, ein Arzt, der bei einer gerichtspsychiatrischen Einrichtung arbeitet.

Andrea ist einer der wenigen Zivilisten. Solche wie er wurden bei uns immer die ›Infiltrierten‹ genannt. Er ist größer als ich, ein paar Jahre jünger, eingefleischter Junggeselle, und seine leuchtend grünen Augen dürften ihm die Freizeit gehörig versüßen. Ich habe nie recht begriffen, was genau er eigentlich arbeitet, aber so geht es mir oft bei Finanzberatern. Es ist Jahre her, dass wir uns das letzte Mal gesehen haben. Er war wohl in Rom, zumindest habe ich das gehört. Er hat das Treffen organisiert, weil er demnächst wieder irgendwo anders hinversetzt wird.

Ich mache den Fön aus.

»*Wendekreis des Krebses*?«

»Jepp. Miller, weißt du?«

»Klar.«

Er lächelt.

»Klar, dass du's weißt, oder klar, dass du's noch hast?«

»Beides. Brauchst du's?«

»Sagen wir mal, es wäre … dringend.«

Ich sehe ihn an. Ehe er mich gefragt hat, hat er einen Anruf bekommen und sich damit in eine Ecke der Umkleide zurückgezogen.

»'ne Freundin?«

»Freundin ist ein bisschen zu viel gesagt.«

»Und dringend heißt was?«

Er senkt die Stimme.

»Mein Weg führt bei dir vorbei. Wenn ich hinter dir her fahre, könntest du's mir geben? Aber nur, wenn …«

Ich nicke. Ich verleihe meine Bücher gern. Und er weiß das.

»Ich bin gleich fertig, dann können wir.«

Eine Viertelstunde später verabschieden wir uns von den anderen und gehen zum Parkplatz.

»Und, wie ist diese Nicht-Freundin so?«

Als ich aus dem Aufzug trete, bleibt mir die Frage im Halse stecken.

Die Wohnungstür steht offen. Einen winzigen Spalt, kaum sichtbar.

Das Licht brennt. Die Fußmatte ist verrutscht und liegt im rechten Winkel zur Tür.

Ich sehe Andrea an. Er hat die Hände aus den Taschen gezogen und wirkt kein bisschen erschrocken. Nur sehr wachsam. Mit einem Kopfnicken deutet er Richtung Treppe. Schweigend steigen wir zwei Absätze höher und lauschen.

Stille.

Gedämpfte Musik ein Stockwerk höher. Das kaum wahrnehmbare Brummen des abendlichen Verkehrs. Draußen, auf der Straße.

Noch immer Stille.

»Ich habe eine Sicherheitstür«, flüstere ich. »Und ich weiß ganz genau, dass ich sie abgeschlossen habe.«

Er nickt. Er starrt auf die Treppe, ohne mich anzusehen. Gelbes Licht beleuchtet die Stufen. Die Dunkelheit kurz darauf wird zum Halbdunkel.

Der Aufzug schließt sich.

Fährt los.

Abwärts.

Öffnet sich.

Jemand steigt ein.

Fährt los.

Erreicht mein Stockwerk, überholt es. Dann unseres, überholt es.

Bleibt stehen. Öffnet sich.

Jemand steigt aus. Das Licht geht wieder an. Ein Schlüssel dreht sich im Schloss. Eine Tür öffnet sich. Eine Tür schließt sich. Wieder Stille.

Sie dauert eine Ewigkeit und mischt sich mit dem Herzschlag, der viel zu lange braucht, um sich zu beruhigen. Ich atme.

»Gehen wir, da ist niemand«, sage ich.

Andrea nickt.

Er wirkt weder erschrocken noch verunsichert. Er geht neben mir her, als hätte er so etwas schon x-mal erlebt.

In der Wohnung ist es viel zu still.

Andrea ist einen Schritt hinter mir. Mit weit geöffneter Wohnungstür bleiben wir im Flur stehen. Das Treppenhauslicht erlischt wieder.

Ich sehe ihn an, atme. Mein Atem erscheint mir viel zu laut. Er schüttelt unmerklich den Kopf, um mich zu beruhigen.

Wir machen eine schnelle Runde durch die Zimmer. Der Eindringling hat überall Licht gemacht. In der Küche öffne ich eine Konserve mit gefüllten Peperoncini und stecke die Finger hinein. Der in zwei winzige Plastiktüten eingewickelte Stick mit Elenas Aufzeichnungen ist noch da. Ich esse ein Peperoncino, damit Andrea nichts merkt, und schließe das Glas.

»Fehlt was?«

Ich wische mir die Finger an einer Papierserviette ab. Öffne zwei Bier. Ich muss etwas trinken. Andrea rührt seines kaum an. Ich blicke mich um.

Wie in allen anderen Zimmern sind auch hier sämtliche Schubfächer und Schranktüren aufgerissen. Es wurde zwischen den Anziehsachen, der Unterwäsche, den Medikamenten im Bad, den Büchern, den DVDs herumgewühlt. Sie haben den Fernseher angestellt und den Ton abgedreht. Ich lasse den Kühlschrank offen.

Alles angefasst, ohne Sinn und Verstand, manchmal sogar, ohne einen Pulli oder ein paar Socken zu verrücken. Aber dennoch ist offensichtlich, dass ihnen nichts entgangen ist.

Außer vielleicht das, wonach sie gesucht haben.

Ich werfe die leere Bierdose in den Mülleimer. Ich habe gar nicht gemerkt, dass ich sie schon ausgetrunken hatte. Ich versuche zu lächeln. Und endlich antworte ich ihm auf seine Frage.

»Woher soll ich das wissen?«

»Instinkt.«

Ich denke nach. Der Blick wandert zwischen den Zimmerwänden hin und her.

»Nein«, antworte ich. »Die haben nur Chaos veranstaltet.«

Andrea stellt das Bier auf den Tisch.

»Sieh bitte noch mal nach.«

Ich sage nichts. Ich begreife seine Neugier nicht, seine unerschütterliche Ruhe, die Sicherheit, die in seinen wenigen Worten mitschwingt.

Ich verlasse das Zimmer. Kontrolliere den Computer, mache eine Runde durch die Wohnung, werfe einen Blick in Schubfächer und Schränke. Dann sind die Badezimmer dran, dann wieder die Küche, das Wohnzimmer. Ich muss daran denken, was Arianna mir am Abend ihres Verschwindens erzählt hat. Vom zweifachen Einbruch bei Michela und ihr.

»Es fehlt nichts«, sage ich, den Geschmack des Peperoncino noch auf den Lippen.

Mein Gast antwortet sofort.

»Das ist eine Warnung.« Ich will etwas antworten, schaffe es aber nicht

Die Frage kommt zu schnell.

»Hast du wieder zu rauchen angefangen?«

Ich kapiere gar nicht, was er meint. Ich folge seinem Blick, und da sehe ich es.

Ein Päckchen Winston, auf dem Wohnzimmertisch. Geöffnet. Acht Zigaretten sind noch drin. Ich setzte mich auf das Sofa, den Blick auf das Papier, auf die Farben, die Buchstaben des Markenschriftzuges, die Lichtreflexe geheftet.

Die habe ich nie geraucht, und auch mein Vater nicht. Die lagen seit Jahren nicht da.

Es waren Elenas Lieblingszigaretten.

Ich stütze die Ellenbogen auf die Schenkel, schließe die Augen, öffne sie wieder. Andrea steht neben dem Fernseher. Aufmerksam lässt er den Blick durchs Zimmer wandern wie ein Experte, der den Wert der Einrichtung festlegen soll.

»Was …«, hebe ich an.

Das Klingeln des Telefons unterbricht mich. Das schnurlose, auf dem Tisch, neben den Zigaretten. Ich bin mir nicht sicher, ob ich es dort liegengelassen habe. Ich bin mir noch nicht einmal sicher, ob ich es in den letzten Wochen benutzt habe.

»Hast du eine Lautsprecherfunktion?«

Ich nicke.

»Stell sie bitte an.«

Ich greife nach dem Telefon, drücke auf den Knopf und aktiviere den Lautsprecher.

»Hallo?«

»Du musst besser aufpassen.«

Die Stimme ist vollkommen anonym, weder jung noch alt. Weder aus dem Süden noch aus dem Norden.

»Wer ist da?«

Sie reagiert nicht, atmet nicht. Antwortet nicht auf die Frage.

»Vielleicht haben sie dich für intelligenter gehalten. Und falsches Lob muss richtiggestellt werden. Denk daran, solange du noch die Zeit dazu hast, denn wer seine Meinung ändern soll, könnte sie ändern. Hier Falange Armata. Wir melden uns wieder.«

Die Verbindung bricht ab.

Ich lege das schnurlose hin. Berühre mit dem Finger die Winston-Schachtel. Dann schleudere ich sie gegen die Wand. Ich stehe auf. Starre auf die Zigaretten am Boden. Eine absurde Erinnerung kommt in mir hoch. Ein paar von zwei Querstrichen durchzogene Parallelen.

Der Ordner, den ich Daniele gezeigt hatte.

Talete.

Wer bist du?

Eine Frage, die durch meine Gedanken hallt.

Wer bist du?

Eine Frage, die ich allzu vielen Menschen stellen müsste.

»Wer bist du?«, frage ich. Andrea steckt die Hände in die Taschen.

»Jemand, der dir helfen will.«

Ich versuche zu lächeln. Plötzlich fällt mir ein, was ich gleich beim Betreten der Wohnung hätte tun müssen.

»Adriano«, flüstere ich. Ich greife nach dem Handy. Andrea hält mich am Handgelenk fest. Schüttelt den Kopf. Bedeutet mir zu warten. Nimmt seines und wählt eine Nummer.

»Gib ihn mir«, sagt er. Wartet. »Einen Moment«, fügt er hinzu. Und reicht mir das Telefon.

Die Stimme meines Vaters am anderen Ende.

»Geht es dir gut?«

»Klar geht's mir gut. Und dir?«

Ich antworte nicht.

»Wo bist du?«

»Mit einem Freund. Alles okay.«

»Ich rufe dich morgen an«, sagt er. Ich reiche Andrea das Telefon und weiche einen Schritt zurück.

Ich habe Angst.

Wie ich in meinem Wohnzimmer stehe, bei brennenden Lampen und geschlossenen Fenstern, inmitten meiner Habseligkeiten, die ausgebreitet daliegen wie auf einem Basar, überfällt mich die Angst.

Angst vor dem, was passiert. Vor dem, was ich nicht weiß. Vor dem Menschen, der vor mir steht. Den ich seit Ewigkeiten kenne und doch nicht kenne.

»Wer bist du?«, frage ich noch einmal. Und diesmal klingt meine Stimme schriller.

»Ich habe es dir gesagt. Einer, der …«

Ich lasse ihn nicht ausreden. Der Damm bricht, die Wut wegen zu vielen Schweigens, zu vieler Geheimnisse, wegen der Vergangenheit, die ich nicht durchschaue und durchschauen will. Wegen dieses Wissensdranges, den ich nicht stillen kann.

Ich gehe auf ihn los und packe ihn bei der Jacke. Ich brülle.

»Wer zum Teufel bist du? Wer zum Teufel seid ihr alle?«

Ich schüttele ihn. Er packt mich bei den Handgelenken, ich rüttele noch heftiger. Dränge ihn gegen die Wand, komme ganz nah an sein Gesicht heran und senke die Stimme.

»Du tauchst nach fünf Jahren aus dem Nichts auf und organisierst dieses Spiel. Rein zufällig am selben Abend, an dem sie in meine Wohnung einbrechen und diesen Saustall veranstalten. Und rein zufällig fragst du mich nach einem uralten Buch und tischst mir dieses Märchen auf. Eine echt gute Ausrede, um bei mir reinzuschneien und ein bisschen herumzuschnüffeln. Jetzt hast du's geschafft. Du sagst, dass du mir helfen willst. Wie lange sind wir jetzt befreundet? Zwanzig Jahre? Weniger, mehr? Wenn du mir wirklich helfen willst, sag mir, weshalb zum Teufel du hier bist.«

Andrea sieht mir in die Augen. Er wartet, bis ich zurückweiche, und zieht sich die Jacke zurecht. Als er redet, klingt er brüsker. Sein Gesicht ist angespannt.

»Hätte ich in deinen Sachen herumwühlen wollen, hätte ich das die beiden Male tun können, als du zu Daniele nach Florenz gefahren bist. Oder ans Meer, um mit diesem Polizisten zu reden. Und wenn ich gezwungen gewesen wäre, eine so dämliche Ausrede wie das Fußballspiel zu benutzen, um zu sehen, was du in deiner Wohnung versteckst, wäre jedes Staubkörnchen noch an seinem Platz gewesen. Das gilt für mich und auch für den, der dir heute Abend diesen Besuch abgestattet hat. Ist das klar? Oder willst du noch einmal nachsehen, ob etwas fehlt?«

Ich antworte nicht. Denke an den Stick in den Peperoncini. Er fährt fort.

»Ich sag's dir noch mal. Das ist eine Warnung. Eine Sicherheitstür kriegt man nur mit Schlüssel auf. Wir sehen alles, wollen sie dir damit sagen. Wann wir wollen. Wie wir wollen. Und wir wissen, dass du das, was wir brauchen, immer bei dir hast, an deinem Schlüsselbund. Die Nachricht ist unmissverständlich. Das wäre sie auch ohne den Anruf gewesen.«

Mit seinen leuchtend grünen Augen sieht er mir direkt ins Gesicht.

»Du willst wissen, wer die sind? Berechtigte Frage, wenn auch überflüssig. Du hast es selbst gesagt, du kennst mich seit zwanzig Jahren. Ist eine Arbeit wirklich so wichtig? Um eines klarzustellen, ich bin nicht einer von denen, die dich angerufen haben. Bin es nie gewesen. Und ich muss dir nicht erklären, dass die keinen Spaß verstehen, stimmt's?«

Ich setze mich. Ich wünschte, mein Herz würde aufhören zu schlagen, damit mir der Kopf nicht so dröhnte. Ich fahre mir mit der Hand übers Gesicht. Schweige. Die Wirklichkeit ist ein unaussprechliches Wort.

»Gehen wir«, sagt er. Ein Befehl, dem man gehorchen muss. Ich folge ihm zu seinem Auto, er lässt mich einsteigen. Schaltet das Radio ein. Ein uraltes Stück von Sting.

»Wieso sollte ich um dich weinen?«, heißt es darin.

Wenn ich nicht kurz vor einem hysterischen Anfall stünde, könnte ich fast lachen. Andrea hingegen ist noch immer allzu ruhig. Er dreht sich zu mir.

»Weißt du, früher hieß es, der italienische Geheimdienst teile sich in Israel-Befürworter und Palästinenser-Unterstützer. Ein eher politischer denn tatsächlicher interner Bruch. Heute sind die Fronten anders und die Beweggründe ebenfalls. Und du stehst an einem Scheideweg, vor einer knallharten Wahl. Nicht gerade das, was dir liegt, wenn ich mich recht erinnere.«

Er holt einen Umschlag aus dem Handschuhfach und legt ihn sich in den Schoß.

»Verzeih die vornehme Metapher, aber wenn man in Scheiße tritt, hat man zwei Möglichkeiten. Entweder macht man sich die Schuhe sauber und passt auf, wo man hintritt, oder man zieht sich neue Schuhe an und wechselt, wenn möglich, die Richtung.«

»Bestimmt hast du eine Idee.«

Meine Stimme klingt nach einer endgültigen Niederlage. Andrea schüttelt den Kopf.

»Nein, ein neues Paar Schuhe.«

Er hält mir den Umschlag hin. Ich öffne ihn, lese, zähle eins und eins zusammen. Ich kann es mir leisten. Aber ich begreife immer noch nicht.

»Wie gesagt«, antwortet er. »Eine knallharte Wahl. Glaubst du, du könntest sofort alles fallen lassen? Glaubst du, sie würden es dir erlauben? Glaubst du, du kriegst deine Schuhe ganz sauber, ohne dass ein Fleck, ein Zweifel, eine Ahnung bleibt? Dieser Umschlag hilft dabei nicht. Oder glaubst du, du musst rausgehen und dich unter die Menschen mischen? Du hast die Wahl. Jetzt. Es gibt keinen sicheren oder unsicheren Weg. An dem Punkt, wo du jetzt bist, stößt du auf beiden Wegen auf die gleichen Schwierigkeiten. Mit einem entscheidenden Unterschied. Der eine bedeutet hoffen und warten. Der andere, dass du versuchst zu verstehen.«

Ich sehe ihn an. Dann lese ich noch einmal. Ich denke an meinen Vater, an meine Frau, an Giulia, die mir schon unendlich lange fort zu sein scheint. An den Polizisten und seinen Satz. An die Tatsache, dass ich kein Held und noch nicht einmal ein anständiger Mensch bin.

An diese Stimme am Telefon. Ohne Akzent, ohne Regung.

An die brennenden Lichter in der Wohnung.

An das Zigarettenpäckchen auf dem Tisch.

Ich bin müde. Ich bin nicht müde.

Ich bin stinkwütend. Ich bin ruhig.

Ich lebe. Und ich will mich nicht wie eine Marionette fühlen.

Das Sting-Stück wird zum Otis-Redding-Stück. Und Andrea fängt wieder zu reden an. Er holt tief Luft. Er wirkt müde.

»Du bist Journalist, stimmt's? Dann sieh's mal so. Einmal im Leben ist die Geschichte hinter dir her. Ich bin nur der Autobus, der dich im richtigen Moment an der richtigen Haltestelle absetzt.«

»Ist die Metapher eine Dienstanweisung?«

Er grinst.

»Nein. Aber so lässt sich sehr schön sagen, was man nicht sagen darf.«

»Ich nehme an. Unter einer Bedingung.«

»Ich höre.«

»Ich brauche Antworten.«

»Ich habe nicht viele.«

Ich deute auf den Umschlag.

»Was ist da unten?«

»Eine Geschichte, die erzählt werden will.«

»Die interessiert mich nicht. Du weißt, welche Geschichte ich hören möchte.«

»Wenn Geschichten scheinbar nichts miteinander zu tun haben, muss das nicht unbedingt stimmen.«

»Seit wann arbeitest du für den Geheimdienst?«

Er zuckt die Achseln.

»Wer sagt denn, dass ich für den Geheimdienst arbeite?«

»Was denn sonst?«

Er verschränkt die Finger. Antwortet nicht. Ich werde laut.

»Worüber reden wir hier, verdammt noch mal?«

Er nickt in Richtung Haustür.

»Darüber. Über die, die dich beobachten. Darüber, was man erzählen kann und was nicht.«

»Ich will was über Solara wissen.«

Er lacht.

»Ein Blick durchs Schlüsselloch genügt doch schon, verdammt! Solara hat mit dem, was du suchst, nichts zu tun. Willst du wissen, weshalb Elena gestorben ist? Willst du wissen, was in ihren Aufzeichnungen steht? Was wirklich darin steht? Dann hör auf, an Ignazio Solara zu denken! Hör auf, dich wie ein paranoider, vernagelter Blödmann aufzuführen!«

Er legt einen Finger auf den Umschlag.

»Willst du mit der Quelle deiner Frau reden? Das sind die Bedingungen, das ist die Geschichte. Schon bald wirst du merken, dass sie nicht anders ist. Und dass du ohne sie nicht einmal wüsstest, wo du anfangen sollst.«

Er schaltet das Radio ab. Sieht auf die Uhr.

»Ich hab keine Zeit mehr. Entscheide dich.«

Ich nicke. Er hat recht, ich hasse es, vor die Wahl gestellt zu werden. Zwei Pillen, eine für die Wahrheit, eine fürs Vergessen. Ich falte den Umschlag und stecke ihn in die Tasche.

»Wie kann ich dich kontaktieren?«

»Du kannst mich nicht kontaktieren. Ich bin nicht dein Informant und du nicht meiner. Ich habe dir lediglich einen Vorschlag gemacht.«

Ich sage nichts. Lasse den Blick über die Straße wandern. Das Schild der Bar an der Ecke, der Kiosk, der SUV meines Nachbarn, schlecht geparkt wie immer.

Ich öffne die Tür.

»Offiziell machst du Urlaub, denk dran.«

Ich nicke.

»Ich nehme an, das Buch brauchst du nicht.«

Er reckt sich auf den Rücksitz und zeigt mir ein Exemplar vom *Wendekreis des Krebses.*

»Nur für den Fall. Ich war nie der Weiberheld, für den ihr mich immer gehalten habt. Und Miller mag ich auch nicht.«

Ich drücke ihm die Hand.

»Danke.«

Stumm erwidert er den Händedruck. Eine knappe, entschiedene Geste.

Ich steige aus. Ehe ich gehe, strecke ich noch einmal den Kopf hinein.

»Mein Vater?«

»Ach, ja, Adriano. Um diese Zeit werden sie ihm schon alles erklärt haben.«

»Du wusstest, dass ich annehmen würde.«

»Du nicht?« Er lässt den Motor an. »Mach dir um ihn keine Sorgen. Er ist mit einem alten Freund essen gegangen. Womöglich rauchen sie gerade ein Zigarettchen.«

Mitten in der Nacht wird Daniele wach.

Die Stille ist beängstigend. Die ersten Monate konnte er in diesem Haus kaum schlafen. Inzwischen hat er wirre Träume, in der die Abwesenheit von Geräuschen zu einer apokalyptischen Welt wird. Wüst, leer, verlassen.

Ein Ort, in dem er ziellos umherwandert, auf der Suche nach dem einzigen anderen Überlebenden. Nach dem Mann, der ihn umbringen wird. Er begegnet ihm nie.

Kurz bevor er sein Haus erreicht, wacht er jedes Mal auf. Manchmal ist es eine Villa, eine Art Schloss. Oben auf einem Hügel, über dem ein allzu großer Mond steht. Nah, gelb und bedrohlich.

Doch diese Nacht hat er nichts geträumt.

Mit geschlossenen Augen wälzt er sich im Bett herum. Er weigert sich, sie zu öffnen, in der Hoffnung, es passiert etwas und er kann endlich wieder einschlafen.

Manchmal ruft er nach seinen Alpträumen nach einem Mann aus seiner Eskorte. Dann trinken sie in der lichtdurchfluteten Küche einen Kaffee, zwei Schiffbrüchige an entgegengesetzten Ufern des Lebens. Sie sagen dabei kein Wort, die Zeit wird gleichgültig. Nur die Gegenwart bleibt und lebt ihren einzigen Moment.

Doch diese Nacht stellt er keine Kaffeemaschine auf den Herd. Die Welt soll ihn in Frieden lassen, wenigstens noch ein paar Stunden.

Er öffnet die Augen. Die Nacht ist nicht schwarz. Sie ist blau, dunkelblau. Die Silhouetten des Zimmers sind keine stummen Tiere. Nur ein Schrank, ein Computer, zwei Kommoden, ein Doppelbett, in dem seit allzu langer Zeit ein Platz leer ist.

Er steht auf. Durchquert diese farbig transparente Luft, öffnet den Schrank, sucht die Decke, legt sich wieder hin.

Er versucht, die Farben der Dinge zu benennen. Die des Schranks, das Metallgrau des Laptops, das Schwarz der Kommode.

Ich bin blind. Bin es immer gewesen. Blind aus mangelndem Mut, weil ich mich nie getraut habe, das Licht anzumachen. Blind aus Selbstverstümmelung und aus Selbsterhaltungstrieb. Aus Einsamkeit.

Die einzige Möglichkeit, im Dunkeln zu sehen, ist die geistige Vervollständigung. Man fixiert die bekannten Punkte, die Ecken, die das Licht erkennen lässt, die Reflexe, die eine Form verraten. Anhand winziger Details konstruiert man den Raum und versucht, ein Bild zusammenzusetzen.

Ohne das Licht anzumachen. Nicht einen Augenblick. Bis man sicher ist, es geschafft zu haben.

Seit Jahren versucht er das, und jede Nacht erinnert ihn das Halbdunkel im Schlafzimmer daran, dass seine Arbeit keinen Zweck hat. Er hat immer gehofft, es sei nicht wahr. Wahrheiten kann man aufdecken, Geheimnisse sind nur solange welche, wie jemand sie bewahrt.

Dann sind diese Papiere gekommen. Und jetzt ist er sicher, dass er nur noch diesem dünnen Lichtstrahl folgen kann, der scheinbar grundlos aus der Vergangenheit herüber scheint.

Darin sind Formen, Bilder, Farben. Manche sind klar umrissen, manche nur angedeutet.

Ganz gleich. Er wird der Straße folgen, und das auf seine Art. Noch ein Schweigen, das sich zu denen gesellt, die sein Leben bereits füllen.

Entweder so, denkt er kurz vor dem Einschlafen, oder kapitulieren. Und diesmal für immer.

Nach zwölf Stunden Flug und zwei Zwischenstopps erreiche ich die Insel.

Ich habe keine Ahnung, welcher Tag oder wie viel Uhr es ist oder wie viel Zeit zwischen dem Beginn meines Fluges und diesem Moment vergangen ist, in dem ich mich wie ein Mehlsack aufs Hotelbett fallen lasse, mit vom Duschen erfrischter Haut und dem verzweifelten Bedürfnis, mir die Welt möglichst vom Leib zu halten.

Das Einzige, woran ich denken kann, ist, dass ich einen

Haufen Geld ausgebe und schlafen muss. Die Situation bessert sich unwesentlich, als ich Stunden später an einem allzu blendend hellen Morgen aufwache. Ich öffne das Fenster, trete auf den Balkon hinaus, lehne mich auf die Brüstung und blicke über den Ozean. Ich denke an das blasse, müde Gesicht des Polizisten, bei dem ich am Morgen meiner Abreise Anzeige wegen Diebstahls erstattet habe.

Und gelogen habe.

»Ein Laptop fehlt«, habe ich gesagt. »Ich muss vergessen haben, richtig abzuschließen«, habe ich noch hinzugefügt, falls jemand kontrollieren sollte, wie der vermeintliche Dieb durch die Sicherheitstür gekommen ist.

Die Mitteilung, dass ich auf dem Weg in den Urlaub sei, hat das Lügen-Trio vervollständigt. Der bleiche Polizist hat mich nicht gefragt, wohin ich führe. Ein Glück.

Wenn ich daran denke, wo ich jetzt bin, schäme ich mich ein bisschen, ohne zu wissen warum.

Ich kehre ins Zimmer zurück, das halb so groß ist wie meine gesamte Wohnung. Ich packe die Koffer aus, schließe den Laptop an und gönne mir noch eine Dusche. Ich begreife, dass die Zeitverschiebung sechs Stunden beträgt, dass ich eine Ewigkeit geschlafen habe und dass es noch sehr früh am Morgen ist.

Ich gehe hinunter, frühstücke unter einem kolonialen Laubengang mit Blick auf einen der Hotelpools. Das Meer ist keine zwanzig Meter entfernt. Für einen mir endlos erscheinenden Moment starre ich durch meine Sonnenbrille aufs Wasser. Ich gehe am Strand spazieren, lasse mir von dem Mann an der Rezeption erklären, wo ich ein Auto mieten kann, setze mich an den Rand des Pools und schaue mir die Umgebung an. Ich esse Thunfisch und Garnelen, die so gut wie nichts kosten, und nehme abends einen Drink in einer der Kneipen der Stadt.

Der eigentliche Grund, weshalb ich hier bin.

Das Lokal heißt Desiderata, der Chef ist ein untersetzter

Kerl, der aussieht, als hätte er die Sonnenbräune geerbt. Er stammt aus Lucca, ist vor fünfzehn Jahren hierhergekommen und scheint es gar nicht abwarten zu können, endlich loszuplaudern. Er serviert mir einen Mojito, der einen Elefanten umhauen würde, und sagt, er sei es leid gewesen, in Italien Steuern zu zahlen, und dann folgt eine wilde Geschichte voller Frauen, Scheidungen und unehelicher Kinder, die mindestens zur Hälfte erfunden scheint.

Ich trinke in kleinen Schlucken, um nicht auf den Tresen zu kippen.

Und frage ihn nach Pietro Bernini.

Er antwortet nicht sofort. Erst stellt er sich vor. Er heißt Sergio, er streckt mir die Hand hin, serviert einem französischen Pärchen einen Drink, glotzt einer farbigen jungen Frau, die doppelt so groß ist wie er, ungeniert auf den Hintern, lehnt sich vor mir auf den Tresen und grinst.

»Journalist, richtig?«

Seine Stimme klingt, als hätte er ein uraltes Geheimnis gelüftet. Ich nicke und nippe am Glas. Warte. Er blickt sich um.

»Heute Abend ist er noch nicht aufgetaucht. Das passiert nicht oft. Wenn du morgen wiederkommst, ist er bestimmt da. Oder übermorgen. Hast du's eilig?«

»Solange mein Konto mitmacht, nicht.«

Er lacht.

»Normalerweise kommt er nach dem Mittagessen auf einen Kaffee. Oder nach dem Abendessen. Aber mach dir nicht zu viele Hoffnungen. Der redet mit jedem, aber erzählen tut er niemandem was.«

Ich antworte nicht. Ich denke an den Zettel in Andreas Umschlag. An die wenigen Worte darauf. Der Name des Lokals, in dem ich sitze, der Name seines Betreibers. Und Pietro Bernini.

Einer, der laut Sergio keine Lust hat zu reden. Vielleicht, weil hier nur wenige seinen richtigen Namen kennen.

»Wieso sollte ich mit dir reden?«

Bernini lässt sich vier Tage Zeit, ehe er mir diese Frage stellt.

An ihn heranzukommen, war sehr einfach. Er sitzt an der Bar und plaudert mit Sergio. Oder er hockt allein am Strand, mit irgendetwas Alkoholischem in der Hand. In Wahrheit trinkt er nicht. Wenn man nicht genau hinschaut, könnte man meinen, das Glas, das er zum Mund führt, sei das x-te eines bunten Abends. Doch es ist das erste und oft auch das einzige.

Ich treffe ihn am zweiten Tag auf der Insel, an einem glühend heißen Nachmittag, den nur der Wind einigermaßen erträglich macht. Sergio stellt uns vor und lässt uns allein. Er fragt mich nicht, was ich will oder was ich hier mache. Er trinkt zwei Kaffee, redet über Nichtigkeiten, empfiehlt mir ein Restaurant und fragt, wie lange ich bleibe. Dann geht er. Am Abend ist er gesprächiger. Ich frage ihn, was er im Leben so treibt, und er antwortet, dass er sich ein sorgloses Leben leisten kann. Dann lässt er eine Schimpftirade auf Italien los – das, was es hätte sein können, aber nie den Mut hatte zu werden –, die von vorne bis hinten konstruiert klingt.

Ich höre zu und gieße ein bisschen Wasser auf seine Mühlen. Ich versuche mich von diesem rechtspopulistischen Achzigerjahre-Geschwätz, das aus dem Mund eines Mannes, der an einem solchen Ort erklärtermaßen von der Rente lebt, völlig daneben klingt, nicht kirre machen zu lassen.

Allerdings gebe ich zu, dass ich Journalist bin und seinetwegen hier sitze.

»Ich hab mich schon gefragt, wann du mir das endlich sagen würdest«, antwortet er mit einem Akzent, der aus vier unterschiedlichen Regionen kommen könnte, und einem Blick, der verrät, wie viel Spaß es ihm macht, mich zu veräppeln.

Er schlägt mir ein Treffen am kommenden Nachmittag vor. Die Nacht und den folgenden Morgen verbringe ich damit, die ihn betreffenden Urteile noch einmal durchzugehen.

Mit dem Ozean vor der Nase, einem riesigen Buffet im Speiseraum und dem erleuchteten Pool zu Füßen von den Mafia-Attentaten zu lesen, lässt mir das, was ich tue, zum Kotzen widerwärtig werden.

Doch auch am Nachmittag hat er nicht die Absicht zu reden. Er bringt mich auf die andere Seite der Insel und zeigt mir die Schildkröten und Rochen. Er fährt einen offenen Militärjeep, auch das ein Relikt aus den Achtzigern, und die ganze Zeit über macht er keinerlei Anspielungen auf den Grund meiner Reise, auch nicht, als ich ihn vermeintlich aus Versehen mit seinem richtigen Namen anrede.

Er lächelt unmerklich, den Blick auf die Straße geheftet. Er wechselt das Thema, fragt mich, ob ich tauche, ob ich's gern mal probieren würde, und in seiner Stimme schwingt ein venezianischer Singsang mit. Ein neuer Akzent, der mich unter anderen Umständen vielleicht belustigt hätte.

Ich antworte einsilbig, und er hört auf zu reden. Vor Sergios Kneipe fasse ich ihn am Arm.

»Entschuldige, aber ich bin nicht hier um zu spielen.«

Sein Blick streift meine Hand kaum.

»Wage es nicht, mich anzufassen«, sagt er.

Und zum ersten Mal blitzt etwas durch, das seine kriminelle Vergangenheit verrät.

Der Mann, den ich vor mir habe, ist ein Betrüger, ein Rauschgifthändler, ein Experte im illegalen Kunsthandel, ein Dieb, ein Mörder. Er kann seinen Akzent noch so sehr verstellen, sich noch so freundlich zeigen, seine Personalien und sein Aussehen noch so sehr verändern.

Ich steige aus.

Sechsunddreißig Stunden lässt er sich nicht blicken. Von Nachmittag bis Abend warte ich bei Sergio auf ihn.

Ich trinke einen Mojito mehr als sonst und kehre mit duseligem Schädel und dem schnell gefassten Entschluss, mich noch einen weiteren Tag zu gedulden, ins Hotel zurück. Ich rufe Giulia an, ausnahmsweise zu einer ähnlichen Tageszeit.

Ich benutze die Webcam, stelle sie anders hin als sonst und sage ihr nicht, wo ich bin. Sie stellt keine Fragen, erzählt mir von ihrem Leben in New York und dass sie sich noch immer nicht getraut hat, Ground Zero zu besuchen. Sie macht einen großen Bogen darum und achtet darauf, nicht zufällig dort zu landen. Für einen winzigen Augenblick erhasche ich auch Michaels Gesicht. Kaum sieht er die Webcam, verschwindet er hastig.

»Ich will, dass du ihn richtig kennenlernst«, sagt Giulia. »Diese blöde Kamera ist schlimmer als ein Zerrspiegel.«

Wir lachen.

Sie ist anders schön als Elena, als wollte sie der Welt eine andere Möglichkeit bieten, die für ihre Mutter nie in Frage kam. Doch als der Monitor erlischt und ich allein zurückbleibe, spüre ich zum ersten Mal seit ewigen Jahren die Leere, die der Tod in meinem Leben hinterlassen hat. Ein Abgrund, der sich ganz plötzlich aufgetan hat und dessen wirkliche Ausmaße ich bis zu diesem Moment, da ich Tausende Kilometer weit weg von zu Hause an einem mir unbekannten Ozean in einem Fünf-Sterne-Hotel hocke und auf einen schauspielernden Mörder warte, nicht begriffen habe.

Ich gehe hinunter, durchpflüge den Pool mit rasender, atemloser Wut. Dann stütze ich mich mit geschlossenen Augen auf den Beckenrand.

»Ich dachte, du wolltest reden.« Diesmal ist sein Akzent portugiesisch.

Ich öffne die Augen. Er steht am anderen Ende des Pools und sieht aus, als käme er direkt von den Dreharbeiten zu Scarface. Schwarzer Anzug, weißes Hemd mit riesigem Kragen, das fast bis zum Brustbein geöffnet ist. Auch die Schuhe sind weiß. Weiße Lackschuhe.

Ich bleibe im Wasser und warte, bis er näher kommt. Langsam schlendert er zu mir herüber, wie ein Filmstar auf dem roten Teppich. Er nimmt in einem Liegestuhl Platz und lächelt.

»Sergio hat mir gesagt, du seist weggegangen.«

Ich stütze mich auf den Beckenrand.

»Woher wusstest du, wo ich bin?«

Er breitet die Arme aus, als wollte er die ganze Insel umarmen.

»Ich lebe hier. Ist doch klar, dass ich weiß, wo du bist.«

Ich antworte nicht. Eine halbe Stunde später sitzen wir mit dem üblichen Glas vor uns unter dem Laubengang, die soeben gestellte Frage in der Luft. Diesmal klingt er ernst.

»Wieso sollte ich mit dir reden?«

Ich tue so, als würde ich trinken, und schinde Zeit. Kaum hatte ich mich zu dieser Reise entschlossen, hatte ich mich das Gleiche gefragt. Und dann auch im Flugzeug und jeden Tag, den ich hier verbracht habe. Die Antworten waren immer anders, immer ähnlich und immer sinnlos.

Ich bin es, der mit ihm reden muss. Es gibt keine Gegenseitigkeit, die Waage hängt nur zu einer Seite. Und jetzt, da ich eine Karte ausspielen und die Partie gewinnen muss, merke ich, dass ich ohne Strategie und Alternativen bin. Also beschließe ich am Ende eines der seltsamsten Abende meines Lebens und an einem Ort, an dem ich mich unwohl fühle wie selten, einem Mann, der unter falschen Namen lebt, das Einzige darzubieten, was ich in diesem Moment besitze.

Die Wahrheit.

Die ganze, von Michelas Tod bis zum heutigen Nachmittag. Ich erzähle ihm von Arianna und von meiner Frau, vermische Vergangenheit und Gegenwart, versuche, die Namen zu verschweigen, die ich nicht preisgeben will. Danieles zum Beispiel. Aber von dem, was mir widerfahren ist, verschweige ich nichts.

Das ist die einzige Ressource, die ich habe.

Er hört zu. Und zum ersten Mal, seit ich ihn kennengelernt habe, trinkt er wirklich. Irgendwann unterbricht er mich und bestellt noch ein Glas. Dann, als ich geendet habe, sitzt er schweigend da, das Glas zwischen den Händen und den Blick auf das Wasser des Pools gerichtet.

»Entweder bist du besoffen oder verzweifelt oder der gerissenste Mensch, den ich je in meinem Leben getroffen habe.«

Ich glaube ihm keine Sekunde. Ich sehe zu, wie er das Glas leert. Es ist zwei Uhr morgens.

»Morgen fahre ich«, höre ich mich sagen. »Und jetzt gehe ich ins Bett.«

Ich komme nicht aus dem Stuhl. Seine Antwort nagelt mich fest, wischt den Alkoholdunst, die Müdigkeit, die Wut und die Trauer weg.

»Du kannst fahren, wann du willst«, sagt er. »Aber vorher muss ich dir noch eine Geschichte erzählen.«

»Die einzigen Geschichten, die es wert sind, erzählt zu werden, sind die wahren, und wenn du meine nicht erzählen konntest, dann nicht, weil du nicht dazu fähig bist, sondern weil sie sich nicht erzählen lässt.«

Javier Cercas, *La velocidad de la luz*

Dies ist die Geschichte eines Mannes, den niemand sucht und niemand kennt. Es ist die Geschichte eines Mannes, den viele gesucht und gekannt haben. Es ist die Geschichte, die er mir erzählt hat, seine Version. Eine Geschichte, die vor vielen Jahren beginnt, vor zu vielen, als dass sich ein genauer Anfang festmachen ließe, und vor zu wenigen, um sie zu ignorieren. Er holt sie in einer heißen, windstillen Nacht heraus, leicht betrunken, am Rande eines Pools.

Eine Geschichte, in der es nur wenige, aber präzise Fixpunkte gibt. Angefangen bei dem, mit dem er beginnt.

Er sagt es, als gäbe er mir einen Restauranttipp. Er achtet noch nicht einmal darauf, ob vielleicht jemand neben uns in der Nacht sitzt. Er macht den Mund auf und der Satz kommt ganz von selbst heraus.

»Ich heiße Patrizio Benetti und bin ein Mörder.

Hier kennt man mich als Pietro Bernini, wenigstens die Initialen versuche ich immer beizubehalten. Das ist praktisch, wenn man was signieren muss. Ich war schon Pierre Bernhein, Peter Bishop, Patrizio Bignami. Oder Bruno Petrini, Bernardo Pais. Ich kann ein paar Sprachen, ein paar Dialekte, es macht mir Spaß, dem Leben einen anderen Aufzug zu verpassen. Als junger Mann hieß ich Fregoli. Einmal habe ich es geschafft, mich selbst zu betrügen, indem ich das Mädchen, mit dem ich zusammen war, unter falschem Namen ins Bett gelockt hatte. Das war lustig. Am Ende habe ich sie beschuldigt, mich betrogen zu haben, sie hat alles zugegeben und ich habe sie verlassen.

Ich war es leid, das passiert manchmal.

Zwei Jahre später hat das Leben es mir heimgezahlt. Die Frau, die ich liebte – diesmal wirklich –, hat mich mit einem guten Bekannten betrogen. Ich habe ihn vor seiner Haustür abgepasst und ihm in den Kopf geschossen. Das ganze Magazin.

Ich war jung und noch sehr aufbrausend. Wutanfälle sind eine wichtige Schule. Der Knast auch. Man kann sowieso viel vom Leben lernen. Vorausgesetzt, man ist sich bewusst, dass man lebt.

Am Tag meiner Flucht hätte man mich als Faschisten bezeichnet. Ein Fascho, und hätte man einen von der Gegenseite gefragt, ein Roter. Ich hab mir nie gern einen Stempel aufdrücken lassen.

Ich komme aus der Toskana, gleich hinter der Grenze zur Emilia. Und als ich schieße, haben wir das Jahr 1975. Ich verschwinde eine Weile nach Südamerika. Du denkst bestimmt, ich bin bei irgendwelchen Kameraden untergeschlüpft, und das stimmt. Ein Anführer der Avanguardia Nazionale hat mich außer Landes gebracht. Damals hatte er schon zwei Staatsstreiche hinter sich. Aber frag mich bitte nichts, ich hab keine Ahnung. Wie ich ihn kennengelernt habe? Auch davon weiß ich nichts. Du meinst, der steckte mit dem Geheimdienst unter einer Decke? Kann sein, aber ich weiß nicht, mit wem. Und denk ja nicht, ich hätte in Südamerika irgendeiner Todesschwadron angehört. In Chile oder in Bolivien oder so. Sonst bin ich echt beleidigt.«

Ich unterbreche ihn.

»Wenn das die Geschichte ist, die du mir erzählen musst, dann kann ich auch schlafen gehen. Heldensagen haben mich noch nie interessiert. Ich stehe mehr auf Urteile.«

*»Touché.«*

»Und auch für fremde Dialekte hab ich nicht viel übrig.«

Einen Moment lang bin ich sicher, dass er einfach aufsteht und geht. Doch er tut nichts. Er sieht weg und schließt die

Augen. Als er sie wieder öffnet, sucht sein Blick das Meer. Schwarz, unsichtbar, nah.

»Es ist fast alles richtig«, sagt er. Er sitzt leicht von mir abgewandt, als wollte er mir nicht ins Gesicht sehen. Plötzlich ballt er die Fäuste. Es hat nichts Bedrohliches, sondern wirkt eher wie der Versuch, etwas zu verdauen, was er noch nicht einmal sich selbst eingestehen kann.

Sofort öffnet er sie wieder, dreht sich um, lässt sich gegen die Rückenlehne fallen und redet weiter.

»Es ist fast alles wahr«, wiederholt er. »Zumindest bis zur Flucht.«

Ich flüstere. Seit ich ihn kenne, ist es das zweite Mal, dass er mich wütend macht, und ich darf nicht schreien.

»Das Fast interessiert mich nicht. Und auch das Vielleicht nicht. Deine Verwandlungsspielchen, fremden Akzente und Varietékunststückchen interessieren mich nicht. Der Roman deines Lebens interessiert mich nicht, und der Scheißdreck, den du dir erzählst, wenn du dich morgens im Spiegel siehst, ebenso wenig. Du interessierst mich nicht. Du weißt, auf welche Geschichte ich aus bin. Du weißt, was ich hören will. Du warst Faschist? Pech für dich. Ich habe auch mal rechts gewählt, und der Grund ist mir bis heute nicht klar. Du bist ein Mörder, hast du gerade gesagt. Die Gerichte wissen es, in den Urteilen steht's, wir beide wissen es. Ich wusste es schon, ehe ich dich getroffen habe. Aber ich bin hier. Und ich habe dich nicht verurteilt. Also tu mir bitte den Gefallen und führ nicht deine Patrizio-Benetti-Show auf. Ich weiß, was dahintersteckt, und ich bin nicht eine deiner Tresenbekanntschaften.«

Ich hole tief Luft und merke plötzlich, dass ich eine Scheißangst habe. Und den kinoreifsten Auftritt meines Lebens hingelegt habe, vor einem Mann, der keine Skrupel hat, dem Liebhaber seiner Freundin den Schädel wegzupusten. Einer, der sich mit Neofaschisten, Bomben, Geheimdiensten, Dieben und Hehlern getummelt hat. Und der Cosa Nostra eingeflüstert hat.

Doch mein Gegenüber überrascht mich zum zweiten Mal. Er tut so, als würde er applaudieren. Er macht dabei nicht das kleinste Geräusch und behält meine Reaktion im Auge. Ich versuche, mich nicht zu rühren. Wie festgenagelt sitze ich in meinem Sessel, die Hände im Schoß, und warte auf den Gegenschlag. Stattdessen bekomme ich ein Zugeständnis zu hören.

»Klar habe ich Geheimdienstler gekannt. Und ich weiß Dinge über die höchsten Neofaschisten-Kreise, die mich völlig kaltgelassen haben und mich auch heute noch völlig kaltlassen. Mein Leben ist zu lang und abenteuerlich, als dass wir hier genug Zeit hätten, es ganz zu erzählen.« Er deutet ein Lächeln an und fährt sich ordnend durch die Locken. »Andererseits bist du müde und willst morgen wieder fahren, nicht wahr?«

»1981 werde ich verhaftet, aber sie verhaften nicht mich.

Seit ein paar Jahren bin ich in Italien. Auch wegen der Bombe am Bahnhof von Bologna* werde ich gesucht. Fascho, jung und an besagtem Augustsamstag in der Stadt. So heißt es zumindest. Vielleicht ist es Pech.

Zu der Zeit arbeite ich als Hehler. Das ist ein bisschen so wie klauen, aber in der Haut eines anderen. Vor allem Juwelen. Ich habe einen Kanal mit einem Sammler aufgetan, der mich mit einem anderen Sammler bekanntgemacht hat, und so weiter.

Es sind fünf oder sechs. Sie wollen nur die ganz großen Dinger und zahlen gut. Ich werde noch wegen des Liebhabers meiner Freundin gesucht. Jemand hat mir erzählt, nach dem Tod dieses Arschlochs hätte sie ein Jahr lang nicht geredet. Sie haben ihn anhand der Zähne identifiziert. Die hätte ich ihm auch noch wegschießen sollen. Und was sie betrifft, wen juckt's, oder?

Wo war ich stehengeblieben? Ach ja. Die Juwelen und die Sammler und so. Wenn du dich fragst, wie ich die kennengelernt habe, kannst du die Frage gleich wieder vergessen. Du kannst dich auf den Kopf stellen und ich verrat's dir nicht. Aber was ich dir verraten kann, ist, dass ich sie gut über den Tisch gezogen habe.

Ich tat so, als wäre ich Portugiese. Bernardo Pais. In Brasilien war ich gewesen, ich konnte die Sprache gut, und die Typen, mit denen ich zu tun hatte, waren Italiener, ein bisschen tropischer Akzent reichte, um die zu überzeugen. Ich hatte mir die Haare lang wachsen lassen und zog mich an wie Gregory Peck in *The Boys from Brazil*. Ein großartiger Film, kennst du ihn?

Am Ende wird das Gerede über diesen Portugiesen zu laut und sie schnappen mich. Ich habe falsche Papiere, klar. Schließlich bin ich kein Anfänger. Und ich habe nicht die geringste Absicht, meine Identität preiszugeben. Hättest du das gemacht? Sie suchen mich wegen Bologna, da wäre ich schön blöd.

Immerhin hält der Bluff ein paar Monate. Bestimmt meint es auch jemand gut mit mir, denn der Kommandant des Militärbezirks, bei dem ich gemustert wurde, versucht die Mappe mit meinen Fingerabdrücken verschwinden zu lassen. Es konnte nicht ewig gutgehen und das tat es auch nicht. Sie identifizieren mich, verhören mich wegen des Attentats in Bologna, kapieren, dass ich nichts damit zu tun habe, aber auch, dass ich ein bisschen mit gestohlener Ware gedealt habe, Juwelen und Wertgegenstände aller Art. Also wird Anklage erhoben, und obendrein lassen sie mich die Strafe für den Mord an diesem Arschloch abbrummen. So startet meine kleine Tour durch die heimischen Knäste.

Dabei lerne ich Donnie kennen. Im Knast in Sizilien. Erst Sciacca, dann Palermo. Wir haben Tressette zusammen gespielt und er hat immer verloren. Nicht um Geld, wäre schön blöd von mir, der Mafia Geld abzuknöpfen. Wir vertrieben uns die Zeit.

Ein Mann, vor dem man Respekt haben muss. Einen Heidenrespekt. Ich glaube, zumindest damals hat er mir vertraut.

Im Knast lerne ich auch einen Kalabresen kennen. Einen von den großen Tieren. Für die habe ich ein paar Dinger gedreht. Aber das geht dich nichts an.

Jetzt musst du mich kurz entschuldigen. Ich brauche was zu trinken. Willst du noch was?«

»Ich glaube, zumindest damals hat er mir vertraut.«

Dieser Satz will einfach nicht verschwinden.

Sein Freund Donnie, der schlechte Tressette-Spieler, ist Donato Patti, der Cousin von Antonio The Hand Baldacci. Waschechter Mafia-Adel. Der Mann mit den geklonten Telefonen, dem Taschenkalender der Abgeordnetenkammer, dem Capaci-Attentat.

Der Typ, mit dem ich rede und den ich aus dem Augenwinkel beobachte, während er am Tresen etwas zu trinken bestellt, spielte Karten mit dem Mann, auf den Elena einen Teil ihrer Arbeit verwendet hat.

»Ich glaube, zumindest damals hat er mir vertraut.«

Diese Worte sind wichtig. Für mich. Für Patrizio Benetti, der mit einem Glas voller orangefarbener Flüssigkeit zurückkehrt. Für die Cosa Nostra. Für Donato Patti.

Sein Tressette-Partner wird sich in der Zelle umbringen. Ein paar Monate nach seiner Verhaftung und zwei Tage nach den Bomben von Mailand und Rom hängt er sich an den Gitterstäben auf. Es bleibt noch nicht einmal Zeit, ihm Falcones Tod zur Last zu legen.

Er hinterlässt eine Nachricht. Darin steht, er habe es getan, um eine Blutrache an seiner Familie zu vermeiden. Es wird vermutet, er wäre kurz davor gewesen, mit der Justiz zusammenzuarbeiten, konnte es jedoch nicht zulassen.

Ich bin das Ende von allem, schreibt er.

Und Patrizio Benetti ist ein V-Mann.

»Willst du wirklich nichts trinken? Nicht mal einen kleinen Schluck?«

Ich schüttele den Kopf. Ich kann ihn nicht mehr genauso sehen wie vorher. Etwas, das in mir aufkeimt und stirbt. Er ist keine Romanfigur. Dazu fehlt ihm die Epik, die Kraft, der Charakter. Er ist kein Film-Bösewicht, dazu ist er zu sehr Marionette. Er ist kein guter Schauspieler, die Maske sitzt nicht richtig.

Er ist ein Relikt aus einer Welt, die den Ruin überlebt hat. Eine ferne Epoche, die die Gegenwart infiziert und die Zukunft im Blick hat. Wenn er eines Tages stirbt, wird ein anderer an seine Stelle rücken und niemand wird sich je an ihn erinnern.

Deshalb will ich seine Geschichte. Nur einen kleinen Teil davon. Nämlich den, den er jetzt nach einem Schluck und einem belanglosen Scherz zu erzählen beginnt.

»1991 bin ich mal wieder raus. Ich arbeite als Prüfer bei einer Bekleidungsfirma. Ich überwache die Arbeit der Vertreter, sorge dafür, dass es keine Probleme gibt, und weise die neuen Mitarbeiter ein. Häufiger muss ich längere Reisen unternehmen. Vor allem in den Süden. Es gibt Zahlungsschwierigkeiten, um an sein Geld zu kommen, muss man schwitzen wie ein Marathonmann.

Und dazu habe ich nicht die geringste Lust. Außerdem steht mein endgültiges Urteil noch aus, und da ich erst seit kurzem für die arbeite, möchte ich einen guten Eindruck machen. Also wähle ich, wenn möglich, einen anderen Weg.

Einige Sizilianer zahlen seit fast einem Jahr nicht. Die Situation ist schwierig, mein Chef sitzt mir im Nacken. Schließlich kontaktiere ich Donnie. Ich treffe ihn in Sizilien. Das muss im November '91 gewesen sein. Ich schildere ihm das Problem. Er ist unzugänglicher als im Knast, vielleicht schmeckt es ihm nicht, dass ich ihn um einen Gefallen bitte. Tatsächlich kann ich ihm keine Gegenleistung bieten.

Ich weiß sofort, wie es am Ende laufen wird. Er verspricht, sich drum zu kümmern. In Wirklichkeit passiert nichts. Ein paar Monate später kann ich wenigstens einen Teil dieses Geldes eintreiben, rund anderthalb Milliarden Lire. Und alles kommt in Ordnung.

Mit Donnie bleibe ich in Kontakt. Ich muss häufig in den Süden, und wir treffen uns, so oft es geht. Wir reden. Über dies und das. Wir haben zusammen gesessen, und so was vergisst man nicht.

Ungefähr zu der Zeit sucht die Polizei mich auf. Es war Samstagmorgen, ich schlief noch. Am Vorabend war es spät geworden, und ich wollte meine Ruhe haben. Aber es ist noch nicht neun, da klingelt's an der Tür. Sie sind zu zweit. Einer wartet draußen, der andere kommt rein. Er sagt, er müsse mit mir sprechen.

Für meinen Geschmack habe ich die schon viel zu oft getroffen, und im ersten Moment denke ich, die wollen mir wieder irgendwas anhängen, aber wie kann man den Bullen schon was abschlagen?

Wir trinken einen Kaffee, denn ich bin ein Mann von Welt, und der Typ meint, eine Villa sei ausgeraubt worden. Er sagt mir nicht wo, aber als er mir erzählt, was gestohlen wurde, komme ich von selber drauf.

Ware für mehrere Milliarden. Ich höre zu und sage nichts. Ich bin sicher, dass er mich verhaften wird, und kapiere nicht, wieso er sich so viel Zeit lässt. Normalerweise poltern die einfach rein und nehmen einen mit. Aber der hier plaudert.

Am Ende begreife ich, wieso: Sie fischen im Trüben, und ich soll ihnen helfen.

Am liebsten würde ich ihm ins Gesicht lachen, aber ich zeige ihm ein höfliches Lächeln. Er weiß sofort, was los ist, und wird aggressiv. Dann erklärt er mir mit leiser Stimme, ich solle keine Zicken machen, das würde mir nicht gut bekommen. Das war mir sowieso klar. Ich erbitte mir ein paar Tage Bedenkzeit. Er sagt, er meldet sich im Laufe der Woche.

Ich kehre ins Bett zurück. Wenn es um's Schlafen geht, ist mir die Tageszeit egal, und am Nachmittag fang ich an, ein paar Hebel in Bewegung zu setzen. Man braucht nicht viel, um zu kapieren, wie es gelaufen ist. Das Zeug hat ein Typ, der mit der Mafia von Brenta unter einer Decke steckte.

Ich sag's dem Bullen, und der fragt mich, ob man da was machen kann. Ich nehme mir ein bisschen Zeit, fahre wieder nach Sizilien. Ich ess' ein wenig Fisch, erwische auch zwei Sonnentage und treffe mich am gleichen Ort wie zuvor mit Donnie. Du brauchst auch immer was, meint er zu mir.

Ich versuche, drumherum zu reden, er verspricht mir, sich drum zu kümmern, und ich begreife, dass es genauso laufen wird wie das letzte Mal. Wieder vergehen ein paar Monate, ohne dass ich etwas höre.

Stattdessen tauchen im Frühsommer die Carabinieri auf. Gleiche Stelle, gleiche Welle. Nur das dieser Typ ein Maresciallo ist, ich kenne ihn, und er bringt mir sogar Fotos der Juwelen mit. Ich sehe sie mir an, sage ihm, ich wisse nicht, ob sich da was machen lasse, meine Kanäle scheinen versandet zu sein. Den üblichen Schwachsinn. Dann kommt mir eine Idee, die ich ihm vor die Füße werfe.

Und wenn ich mich bei der Cosa Nostra einschleusen könnte? Er sieht mich genauso an, wie ich es erwartet hatte. Er versucht dahinterzukommen, ob ich es ernst meine. Ich wette, er weiß, dass ich häufig nach Sizilien fahre. Also beschließt er, es zu versuchen. Und ich gehe wieder zu Donnie.

Ich bringe ihm die Fotos, sage ihm, dass ich sie von ein paar Politikern habe, die ich gut kenne. Bald sind Wahlen, und für die Leute, die ich vertrete, wäre es wichtig, dass dieses Zeug wieder auftaucht.

Er sagt nichts, schnappt sich die Fotos und lässt nach einer Woche wieder von sich hören. Ich bin in Kalabrien, als er anruft.

Wir treffen uns an einem anderen Ort. Ein Steinbruch, früher Nachmittag. Es sah aus wie auf dem Mond, man konnte glauben, jenseits dieser Wände begänne das Nichts. Diesmal ist er es, der mir einen Umschlag mitbringt.

Was diese Juwelen angeht, kann man nichts machen, sagt er. Aber dafür lassen sich andere Sachen auftreiben. Er zeigt mir Fotos von ein paar Gemälden, und ich kriege fast einen Schlag. Eines ist die *Natività* von Caravaggio. Seit vierzig Jahren suchen die das. Ich lasse mir nichts anmerken und stecke die Fotos ein. Er wedelt verneinend mit der Hand.

Wir tun was für euch und ihr tut was für uns. Ihr und wir.

Ich halte den Atem an. Der Plural ändert alles. Ich sage ihm, für mich sei das selbstverständlich gewesen und was er denn brauche, in der Hoffnung, das Gespräch beschränkt sich wieder auf uns beide.

Er hält mir einen Zettel hin. Darauf stehen vier Namen, ich weiß es noch wie heute. Vier Cosa-Nostra-Bosse, und zwar solche, die man aus den ganz großen Schlagzeilen kennt. Allesamt zwischen sechzig und siebzig.

Lass sie ins Krankenhaus verlegen oder unter Hausarrest stellen, sagt er. Und dann bringen wir dir die Bilder.

Ich erinnere mich, dass ich eine Weile geschwiegen habe. Dann habe ich genickt und gelächelt. Er hat mein Lächeln nicht erwidert.

Du bist doch nicht etwa vom Geheimdienst, hat er mich gefragt.

Ich hab gedacht, hier komm ich nicht mehr lebend weg. Und niemand würde mich finden. Ich hab die Brieftasche rausgezogen und ihm meinen Personalausweis gezeigt. Zur Ausreise ungültig, stand darauf. Ich kann noch nicht mal hin, wo ich will, hab ich ihm gesagt, schöner Dienst, den sie mir da erwiesen haben.

Er hat gelacht. Reglos, die Hände in den Taschen, hat er in der brütenden Hitze gestanden. Ich hab versucht, was zu sagen, um die Spannung zu lockern, aber er blieb ungerührt. Er hat mich gefragt, ob auch Freimaurer unter meinen Verbindungen seien, denn wenn ich mit denen kungelte, hätte er keine Verwendung für mich. Dann würde er alleine weitermachen, mit denen aus Trapani.

Ich hab ihm gesagt, ich kenne keine Freimaurer. Das hätte ich ihm so oder so gesagt.

Er hat tief Luft geholt und mir eine Hand auf die Schulter gelegt. Die machen uns nämlich Schwierigkeiten, hat er gesagt. Da sind die Frauen und Kinder und Geschwister, die sich beklagen, dass sie ihre Lieben im Knast noch nicht mal anfassen dürfen. Dann ist er laut geworden. Was haben die sich eigentlich in den Kopf gesetzt, verdammt noch mal? Die wollen sie zum Auspacken zwingen, das wollen die!

Er hat rumgeschrien, ohne die Hand von meiner Schulter zu nehmen. Der ganze Scheißsteinbruch hallte davon wieder. Da wurde mir klar, dass ich davongekommen war, aber ich hoffte trotzdem, er würde endlich damit aufhören. Dieser Steinbruch, sein Gebrüll … Ich glaubte, ersticken zu müssen.

Eine halbe Stunde Hausarrest reicht, hat er schließlich gesagt. Er hat fast geflüstert. Eine halbe Stunde, hat er wiederholt. Dann hat er die Hand weggenommen und mich zum Mittagessen eingeladen.

Ich glaub, ich hab noch nie so gut gegessen. Wir plaudern wie immer. Und wie immer erzählt er mir ein bisschen was von sich. Nur, dass es diesmal klingt, als spräche er im Namen der Cosa Nostra. Er sagt mir, er würde gern mal ein großes Ding in Pianosa landen, um denen, die drin sind, zu zeigen, dass man sie nicht vergessen hat. Er fragt mich, ob ich einen Hubschrauber fliegen kann. Ich sage ihm, dass ich den Flugschein habe, aber seit einer Ewigkeit nicht mehr geflogen bin.

Schließlich verabschieden wir uns, und ich verspreche ihm, bald von mir hören zu lassen. Am Tag danach rufe ich den Maresciallo an und fahre wieder heim.

Er wartet vor dem Haus auf mich. Ich gebe ihm die Fotos und sage ihm, um welches Gemälde es sich handelt, aber das weiß er schon. Dann erzähle ich ihm von den Namen und nenne ihm meine Bedingungen, um den Kontakt aufrechtzuerhalten. Dreihundert Millionen und die Annullierung einer dreijährigen Haftstrafe, die ich in ein paar Monaten antreten soll. Es ist klar, dass sich meine Position wesentlich verbessert, wenn ich Donnie etwas liefern kann.

Er lässt sich nicht aus der Ruhe bringen. Während ich rede, liest er den Zettel mit den Namen. Die Situation ist jetzt ganz anders, sagt er schließlich, ich muss mit jemandem reden. Und auch er lässt nichts mehr von sich hören.

Ich warte ein Weilchen, dann rufe ich ihn an. Er sagt mir, was diese Namen betrifft, könne man nichts machen. Die seien noch nicht mal krank, und die gegenwärtigen Umstände böten keinerlei Spielraum. Ich lege auf und denke, dass ich Donnie so was nicht sagen kann. Nicht so.

Ich rufe ihn an, wir verabreden uns, und ich fahre wieder nach Sizilien. Wieder in diesen elenden Steinbruch. Ich erkläre ihm, es sei unmöglich, etwas für alle zu tun. Allenfalls für den ältesten. Den Vater von Brusca. Donnie hatte mir gesagt, dass es ihm nicht gutgehe, also behaupte ich das einfach. Wir arbeiten ein bisschen daran, und dann kommt schon was dabei rum. Ich schlage ihm vor, inzwischen den Caravaggio zu finden, als Zeichen des guten Willens.

Doch er hört mir schon nicht mehr zu.

Er lächelt, und dieses Lächeln ist alles andere als belustigt. Er fängt an zu reden, und es klingt, als spräche er mit sich selbst, doch ich weiß, dass es an mich gerichtet ist.

Die Democrazia Cristiana hat uns in den Arsch gefickt, sagt er. Die haben uns Versprechen gemacht und sie nicht gehalten. Die in Rom, nicht die hier unten. Die in Rom. Er wiederholt es dreimal. Und auch diese dreckigen Sozis, die ohne uns noch nicht mal das Meer gesehen hätten. Dann verstummt er eine Weile, macht einen Schritt auf mich zu und fängt wieder mit dieser Leier vom harten Knast an. Die müssen etwas tun, sagt er. Die müssen einen Weg finden, zu verhandeln, aus der Sache rauszukommen.

Dann schweigt er und sieht mich an. Von ganz nah. Er

fragt mich, ob ich verstanden habe, was er gesagt hat. Er fragt mich, ob wir kapieren, wo das Problem liegt.

Wir. Wieder ich auf der einen und er auf der anderen Seite. Ich weiß noch, dass ich genickt habe. Zweimal.

Gut, hat er gesagt. Gut.

Und dann haben wir über die Denkmäler gesprochen.«

»Ihr habt darüber gesprochen? Wer hat mit wem gesprochen?«

Wieder gefällt ihm meine Unterbrechung nicht. Er zischt die Antwort heraus.

»Das ist eine Ewigkeit her, wie soll ich das noch wissen?«

»Du hast es ihm gesagt, richtig? Du hast ihm geraten, die Baudenkmäler hochgehen zu lassen, richtig?«

»Das weiß ich nicht mehr.«

Ich stütze die Ellenbogen auf die Knie und beuge mich vor.

»Was, bitte, soll Donato Patti aus Altofonte von San Giorgio al Velabro oder der Accademia dei Georgofili wissen? Was, bitte, hat der mit einem Baudenkmal oder einer Kirche am Hut? Warst du es?«

Er trinkt und schweigt, ohne mich anzusehen.

»Warst du es? Verdammt noch mal!«

Er dreht sich um und ist plötzlich ganz nah. Sein Atem riecht nach Alkohol und instinktiv weiche ich zurück. Er lacht. Das Lachen einer Hyäne, die ihre Zähne zeigt.

»Ich war's. Ja. Ich hab's ihm geraten. Zufrieden? Du hast recht, was wussten diese vier Idioten schon davon? Was hatten die schon für eine Ahnung? Die hatten alle Fäden in der Hand, aber statt sie zu nutzen, haben die sich noch immer gefragt, wie sie diesen oder jenen Richter, Polizisten oder Politiker kaltmachen können.« Er trinkt. »Schwachköpfe …«, raunt er. »Willst du das Ende der Geschichte nun hören oder nicht?«

»Irgendwann habe ich gedacht, ich müsste sterben.

Das ist mir oft passiert in diesem Steinbruch und auch später. Aber nie war das Gefühl so stark wie in jenem Moment. Ich hatte nur eine Möglichkeit, um da rauszukommen. Und die habe ich genutzt.

Ihr habt ja nichts begriffen, sage ich ihm. Das kommt gar nicht gut bei ihm an. Er fragt mich, ob mir klar sei, was ich da gerade sage.

Ich zwinge mich zu einem Lächeln und entgegne, dass wisse ich sehr genau. Ich würde ihn und seine Welt respektieren, und genau deshalb hätte ich das gesagt. Er weicht einen Schritt zurück und sieht mich an. Da kommst du in dieses Scheißloch und willst uns die Welt erklären?

Ich habe zweimal geschluckt. Dann habe ich ihm erklärt, dass es Dinge gebe, die dem Staat – uns, habe ich, glaube ich, gesagt – sehr viel wichtiger seien. Da ist er hellhörig geworden. Als ihr Falcone umgebracht habt, habt ihr vielen Leuten einen Gefallen getan. Ihr habt darauf angestoßen, und das konntet ihr auch. Manch einer konnte das nicht, hätte es aber zu gern getan. Du erinnerst dich doch? Gut. Dann war Borsellino an der Reihe. Das gleiche Spielchen. Danach ist ein anderer dran. Die Menschen sind ersetzbar. Wie heißt es doch so schön? Der Papst ist tot, es lebe der Papst.

Aber wenn du die Kathedrale von Noto in die Luft jagst, was passiert dann? Den Dom von Palermo? Was glaubst du, würde passieren, wenn der Turm in Pisa einstürzt?

Ich habe einen Schritt auf ihn zugemacht. Die Menschen denken nur daran – und ich habe Daumen und Zeigefinger aneinander gerieben – und der Tourismus wirft 'ne Menge ab. Aber wenn die Touristen nicht mehr kommen, weil sie Angst um ihr Leben haben, sieht die Sache ganz anders aus.«

»Bestimmt seid ihr auch diesmal Mittagessen gegangen.«

Er unterdrückt ein Gähnen.

»Nein. Ich hatte zu tun und er auch.«

»In Kalabrien?«

»Irgendwo.«

Ich lasse die Fingerknöchel knacken. Es ist drei Uhr morgens und ich bin völlig am Ende, aber ich denke nicht daran, schlafen zu gehen, ehe er fertig ist. Ein zweites Mal wird er nicht reden.

»Hattest du nie ein schlechtes Gewissen?«

Er antwortet sofort und ohne nachzudenken.

»Nein. Hätte ich sollen?«

Ich muss ihn merkwürdig angesehen haben, denn er belässt es nicht dabei.

»Wenn du dich morgen mit einem Bekannten unterhältst, sagen wir, mit einem Freund, und ihm eine neue Sicht auf die Dinge darlegst, und er macht diesen Standpunkt zu seinem eigenen, verinnerlicht ihn und begibt sich damit auf eine ganz neue Reise, bist du dann schuld an dem, was ihm passiert? Und an den Folgen, die seine Taten für andere haben? Ich finde nicht.«

»Wir reden hier über Menschen, die gestorben sind. Ein vier Wochen altes Baby lässt dich völlig kalt?«

»Ich habe drei Kinder. Wusstest du das nicht? Das wäre auch eine erzählenswerte Geschichte, aber wahrscheinlich interessiert sie dich nicht. Natürlich berührt mich ein kleines Mädchen, das wegen einer Bombe stirbt. Klar. Aber wenn die Frage lautet: ›Fühlst du dich für diese Bombe verantwortlich?‹, dann ist die Antwort nein. Ich habe sie nicht gelegt. Du glaubst, ich hätte die Idee geliefert? Im Grunde stimmt auch das nicht. Ich habe lediglich den Unterschied zwischen dem Mord an einer Person und der Zerstörung einer Kirche erklärt.«

Ich schlucke. Zum ersten Mal, seit ich ihm begegnet bin, liegt keine Ironie in seiner Stimme. Wenn es in dem Menschen, der vor mir sitzt, irgendwo den wahren Patrizio Benetti gibt, dann könnte ich wetten, dass er soeben gesprochen hat.

»Und dann?«

»Und dann habe ich den Maresciallo getroffen und es ihm gesagt. Einfach so, klipp und klar. Er behauptet, die Sache gehe ihn nichts mehr an, er müsse mich an jemand anders verweisen und er habe schon das eine oder andere in die

Wege geleitet. Und ich hab ihn gefragt, was passieren würde, wenn die vorhätten, den schiefen Turm von Pisa in die Luft zu jagen. Er ist von der Schutzbehörde für kulturelles Erbe. Mehr Schutz geht kaum.

Aber er reicht mich weiter. Er meint, die würden mich anrufen, das sei deren Sache. Ich habe nie einen Anruf erhalten. Ich glaube, ich habe ihn noch ein paar Mal darauf angesprochen. Und er hat es wohl an seine Vorgesetzten weitergegeben, doch das Telefon ist stumm geblieben. Dann habe ich rausgekriegt, dass es da Verhandlungen mit dem ehemaligen Bürgermeister von Palermo gibt.« Er schnaubt vor Wut und Müdigkeit. »Und da habe ich begriffen, wieso sich nichts tut. Ich hab mich dann wieder mit der Polizei in Verbindung gesetzt, und die haben mich zur DIA* geschickt. Dieselbe Leier, die vier Namen, Donnies Forderung, die Gemälde, die Möglichkeit, mich einzuschleusen. Und die gleiche Antwort.«

»Bis wann hast du ihn getroffen?«

»Donnie? Bis zum Ende des Jahres. Silvester '92 war ich in Sizilien. Wir hatten uns verabredet, ich fühlte mich verfolgt und bin nicht hingegangen. Danach hat er mich ein paar Mal angerufen. Aber ich habe mich in Luft aufgelöst. Irgendwas war faul.«

Ich nicke, um Zeit zu gewinnen und der leisen Ahnung, die mich beschleicht, nicht zu viel Gewicht beizumessen. Zwei Wochen nach diesem Silvester in Sizilien landet Totò Riina im Knast. Zufall, natürlich.

»Und ihr habt euch nicht mehr wiedergesehen?«

»Nein. Das war's. Im März '93 wird dieses Urteil fällig. Ich weiß, dass sie mich einlochen werden, und verschwinde.«

»Und wie oft davor …«

»Noch drei, vier Mal, keine Ahnung. Mindestens zweimal bei ihm zu Hause. Den Steinbruch hab ich zum Glück nicht mehr wiedergesehen.«

»Ihr werdet doch wohl nicht immer nur ein nettes Schwätzchen unter Freunden gemacht haben.«

Er breitet die Arme aus.

»Es gibt solche Schwätzchen und solche Schwätzchen. Er hat mir ein paar gefälschte Papiere gegeben. Ein bisschen Koks. Nichts Besonderes. Das war, um … die Aufmerksamkeit am Leben zu halten.

Ich grinse. Die Aufmerksamkeit am Leben halten. Als hätte er das nötig.

»Weißt du, dass Brusca euch belauscht hat?«

»Ich hab die Urteile gelesen, in denen von mir die Rede ist.« Er greift nach dem Glas und fährt mit den Fingerspitzen am Rand entlang. »Bei den Sizilianern muss man aufpassen. Was man sagt und auch was man nicht sagt. Vor allem Letzteres.« Er sieht mich unvermittelt an. »Bei dem Leben, das ich führe, sehe ich zu, dass ich immer einen Plan B in der Tasche habe.« Er stellt das Glas ab. »Hast du *Heat* gesehen, den Film mit De Niro und Pacino?«

»Bist du ein Fan?«, frotzele ich, doch er hört es nicht. Inzwischen weiß ich, dass er in manchen Momenten für sich selbst schauspielert.

»Ich bin mir nicht ganz sicher, ob's wirklich der Film ist. Jedenfalls sagt die Figur von De Niro einen Satz. Binde dich nie an etwas, das du nicht in dreißig Sekunden los wirst, wenn's drauf ankommt.«

»Ist das deine Lebensphilosophie oder das Tagesmotto?«

Er sieht auf die Uhr und fährt sich lächelnd mit der Hand übers Kinn.

»Das Motto des Tages«, raunt er. »Das erste von vielen.«

Er beugt sich vor, greift wieder nach dem Glas, trinkt und stellt es zurück.

»Du glaubst mir nicht, was?«

»Die Wahrheit?«

»Spielen wir nicht genau darum?«

Bis heute weiß ich nicht, ob er mich provozieren wollte oder ob er es wirklich für ein Spiel hielt. Eine Theatervorstellung zu seinen eigenen Gunsten, in der er sämtliche Rollen innehatte, oder der gelungene Versuch, den Zündstoff aus meiner Müdigkeit und meiner unterschwelligen Wut zur Explosion zu bringen. Wenn ich an jenen Moment zurückdenke, empfinde ich jedenfalls die gleiche Wut wie damals.

Ohne nachzudenken habe ich sie ihm auf den Pelz gebrannt.

»Das hier ist kein Spiel. Das hab ich dir doch schon zu erklären versucht. Ich bin nicht hier, um den Schwachsinn von der Wahrheit zu trennen, und auch nicht, um aus deinem Mund zu hören, was ich ohnehin schon weiß. Ich bin hier, um Antworten zu bekommen.«

Er hält mir das Glas hin. Es sind noch drei Finger orangefarbener Flüssigkeit darin.

»Trink«, sagt er. »Das hast du nötig.«

Ich habe das Gefühl, in einer Welt gelandet zu sein, in der sich die physikalischen Gesetze ändern, sobald man meint, sie begriffen zu haben. Und ich bin einfach zu müde, um dieses Versteckspiel noch weiter zu spielen.

Ich nehme das Glas und leere es in zwei Schlucken. Ich kann es gerade noch auf dem Boden abstellen, ehe sich der Pool zu drehen beginnt. Ich lehne mich zurück und höre ihn lachen.

»Was ist dir denn nicht klar, Herr Schreiberling?«

Die Frage dröhnt eine Ewigkeit in meinem Kopf. Als ich den Blick vom Wasser losreiße, bin ich überzeugt, dass er gegangen ist. Doch er sitzt da, bequem in den Sessel gelehnt, wie ein x-beliebiger Neureicher, der in seinem Feriendomizil am Meer seinen Rausch ausschwitzt.

»Also, was ist dir nicht klar? Lass mal hören.«

Er hat die Augen geschlossen und öffnet sie erst, als ich zu sprechen anfange.

»Die machen dich zum Prüfer bei einer Bekleidungsfirma. Wie ist das möglich, wenn du noch nicht mal Vertreter warst? Wer hat dich eingestellt? Wer hat dich empfohlen?«

Seufzend setzt er sich zurecht und stützt einen Ellenbogen auf die Lehne. Ich rede weiter.

»Lass mich die Sache mal so rekapitulieren, wie sie ein … sagen wir, ganz normaler Durchschnittsmensch sieht, okay? Du landest unter falschem Namen im Knast, während sie dich wegen des Anschlages in Bologna suchen. Als du drin bist, versucht der Kommandant eines Militärbezirks, deine Identität zu schützen. Er versucht – auch wenn du das nicht erwähnt hast –, deine Akte verschwinden zu lassen. Lassen wir mal beiseite, dass der Untersuchungsrichter am Tag nach der Bombe von Bologna bei dir zu Hause war. Tun wir mal so, als interessierte uns das nicht. Im Knast stecken sie dich mit einem Cosa-Nostra-Boss – mit dem du Freundschaft schließt – und mit einem Boss der 'Nrangheta in eine Zelle. Mit dem wirst du auch warm. Oder besser – ich zitiere dich –, ihr dreht ein paar Dinger. Eine ganze Stadt war in Angst vor diesen Dingern, weißt du das? Wie viele hast du umgebracht? Fünf? Sechs? Wie viele waren es? Du hast eine Granate in eine Bar geschmissen, Herrgott noch mal!«

Ich schüttele den Kopf. Ich muss dringend ein paar Zigaretten rauchen. Oder noch mehr. Ich atme tief durch.

»Mit deinem sizilianischen Freund bleibst du jahrelang in Kontakt, rund zehn Jahre. Du hast Scherereien mit zwei Firmen, die nicht zahlen, und statt die Sache irgendwie zu regeln, rufst du ein ganz großes Tier von der Cosa Nostra an, nämlich ihn, Donato Patti. Und fädelst auch noch diesen halben Tauschhandel ein, der in den Attentats-Urteilen mündet. Wenn man kleinlich wäre, könnte man sagen, alles fängt damit an, dass du ihm erzählst, ein paar deiner einflussreichen Politikerfreunde hätten dich um einen Gefallen gebeten. Und er, der mit den Freimaurern und wer weiß wem noch alles klüngelt, glaubt dir. Er glaubt, dass einer wie du, den er hinter Gittern kennengelernt hat und der wegen Kunsthehlerei sitzt, wichtige Beziehungen in die Politik hätte.«

Er sieht mich nicht an. Er hört zu, die Ellenbogen auf die Schenkel gestützt und den Blick ins Leere gerichtet.

»Doch Patti kommen Zweifel, du könntest ein Freimaurer oder ein Geheimdienstler sein. Giovanni Brusca hingegen bist du so sympathisch, dass er euch eines Tages bei eurer Unterredung belauscht. Patti zitiert dich in seinem Abschiedsbrief und schreibt wortwörtlich, du seiest ein V-Mann. Doch beide hören genau hin, als du von den Baudenkmälern redest, die man in die Luft sprengen könnte. Und beide sind schließlich daran beteiligt, als Baudenkmäler in die Luft fliegen. Ein paar Mal sogar mit menschlichem Kollateralschaden. Ein kleines Mädchen zum Beispiel.«

Ich mache eine Pause. Sehe die Gleichgültigkeit, mit der er mir zuhört.

»Ist dir eigentlich klar, wie merkwürdig das klingt?«

Sehr langsam wendet er sich mir zu. Wie ich ihn ansehe, kommt mir der Gedanke, dass wir aussehen wie zwei Veteranen aus weit zurückliegenden Kriegen, die sich nach Jahren dazu durchgerungen haben, die Vergangenheit für einen Abend wieder auszugraben, ehe sie sich für immer voneinander verabschieden.

»Du hast mir gut zugehört, das muss ich dir lassen. Nein, wirklich, ich mein's ernst. Doch ein Detail ist dir entgangen. Das passiert der Journaille oft. Geschichten können so merkwürdig sein, wie sie wollen. Unwahrscheinlich, unlogisch, wie auch immer. Völlig klar. Doch bei Ermittlungen und in einem Gerichtssaal zählen die Beweise. Ohne Beweise löst sich alles in Luft auf.«

Er fährt mit der Hand durch die Luft.

»Kreide auf einer Tafel. Puff!«

Plötzlich bricht er in Lachen aus.

»Entschuldige bitte. Ich glaube, wir haben zu viel getrunken. Ich musste gerade an etwas Lustiges denken und …«

»Und woran?«

Er fährt sich mit der Hand übers Gesicht, um die Müdigkeit wegzuwischen.

»Vergiss es. Wie gesagt, zu viel Alkohol. Und außerdem tut

niemand etwas umsonst. Merk dir das. In der Welt, aus der du stammst, kommt das vielleicht noch vor, aber ich bezweifele es. In meiner passiert es nie.«

»Und deine Beweggründe?«

Auf einmal wird er sehr ernst.

»Ich wollte nicht fliehen, ich wollte nicht in den Knast, ich wollte nicht sterben. Ich hab kurz darüber nachgedacht, und das erschienen mir drei sehr triftige Gründe.«

Dem kann man kaum widersprechen.

»Wieso hast du mit mir geredet?«

Er überlegt. Und stellt eine Gegenfrage.

»Die Wahrheit?«

»Kannst du denn die Wahrheit sagen?«

Er antwortet mit einem seltsamen französischen Akzent. Offenbar merkt er es noch nicht einmal. Es wäre lächerlich, wenn es nicht so nervig wäre.

»Ich vergaß, dass du mir nicht glaubst.«

»Nicht immer. Sagen wir, ab und zu übertreibst du mit dem, was du auslässt.«

»Worte, um die Werke zu beschreiben und das, was verborgen gehört, zu verbergen.« Er blickt auf den Pool. »Wenn du so gut bist, wie ich glaube, hast du schon längst begriffen, was ich dir nicht gesagt habe.«

»Die Frage bleibt.«

»Wieso ich mit dir rede? Ehe ich antworte, würde ich gerne klarstellen, dass ich es auch ohne dein anfängliches Bekenntnis getan hätte. Aber ich danke dir dafür. Ansonsten würde ich sagen, die Wahrheit liegt in deinem Namen, so trübe, konformistisch und unrevolutionär er auch sein mag. Ich vertraue deinem Vater und dir im weiteren Sinne. Solltet ihr eines Tages beschließen, über mich zu schreiben, werdet ihr meiner Person hoffentlich gerecht.«

Ich lächele grimmig.

»Über dich schreiben? Wie kommst du darauf, dass …«

Er fällt mir ins Wort.

»Aus zwei Gründen. Erstens ist mein Leben ein Roman. Und zweitens ist es wert, erzählt zu werden.«

Ich schüttele den Kopf. Ich kann einfach nicht ernst bleiben. Vor mir sitzt ein bekennender Mörder und krankhafter Lügner, der sich womöglich anderer Leute Taten andichtet. Einer, der Geheimnisse ausplaudert, von denen er keines beweisen kann.

Er hat recht, seine Geschichte müsste aufgeschrieben werden.

»Doch es gibt einen anderen Grund.«

Er ist plötzlich wieder ernst.

»Du hast mir nicht die Frage gestellt, die mir jeder andere gestellt hätte.«

»Bist du vom Geheimdienst?«

Er nickt.

»Das brauche ich nicht.« Er wirkt überrascht, aber ich lasse ihn nicht zu Wort kommen. »Aus zwei Gründen.« Er grinst. »Erstens, weil ich weiß, dass du es nicht bist. Und zweitens, weil ich sicher bin, dass du es bist.«

Er schweigt und sieht mich lange an.

»Wenn ich du wäre, hätte ich nicht so eine Eile, nach Italien zurückzukehren.«

»Ein Vorschlag?«

»Es gibt noch so viel zu sehen. Und noch so viel zu hören.«

»Ich bin ganz Ohr.«

Er scheint unschlüssig, ob er weiterreden soll. Schweigend blickt er auf den Pool. Das Meer wirkt noch näher als sonst.

»Kennst du dieses große Haus auf der anderen Seite der Insel?«

»Das auf der Klippe? Das hat man von weitem gesehen, als wir bei den Schildkröten waren.«

»Genau das. Ich glaube, der Mann, der da wohnt, könnte dir eine interessante Geschichte erzählen.«

Ich setze mich auf.

»Kennst du sie?«

»Nein.«

»Also glaubst du, er könnte sie mir erzählen, oder weißt du es?«

Er lächelt.

»Scheißjournaille«, zischt er. »Das erste Mal bin ich vor vielen Jahren hierhergekommen. Für ein paar Tage. Das war Anfang 1994. Wer mich geschickt hatte, wollte, dass ich diesen Mann umbringe.«

Ich verdrehe die Augen, doch als er mir den Namen des Hausbewohners nennt, starre ich ihn an und werde sehr ernst.

»Und wieso hast du es nicht getan?«

»Weil die Anweisungen sich geändert haben. Da bin ich nach Italien zurückgefahren. Aber es gefällt mir hier. Also bin ich später wiedergekommen.«

»Weiß er das?«

»Dass ich ihn töten sollte? Nein, natürlich nicht. Er weiß noch nicht einmal, dass es mich gibt. Er verlässt kaum das Haus. Und wenn, dann nur nachts. Zumindest war das früher so.«

»Und wie komme ich an den ran?«

»Schreib ihm deine Geschichte. Du wirst sehen, der kontaktiert dich.«

»Bist du sicher?«

Zum ersten Mal, seit wir uns getroffen haben, spricht er mich mit meinem Namen an.

»Enttäusch mich nicht! Als du hierhergekommen bist, warst du dir da sicher, dass ich mit dir reden würde?«

Ein paar Minuten später begleite ich ihn zu seinem Jeep. Genau hinter meinem Rücken wird in einer Stunde die Sonne aufgehen.

»Du hast mich absichtlich zu den Schildkröten mitgenommen.«

Benetti verzieht keine Miene.

»Vielleicht.«

Er steigt ins Auto.

»Wieso hast du mir diese Geschichte erzählt?«

Er dreht den Schlüssel um, ohne den Motor zu starten.

»Ich wette, diese Frage hast du allen gestellt, stimmt's?«

Diesmal bin ich derjenige, der nicht antwortet.

»Es gibt keinen Grund, Schreiberling. Vielleicht hatte ich einfach nur Lust dazu.«

Er startet den Wagen.

»Wir sehen uns in Italien.«

»In Italien?«

Er nickt.

»Ich hab die Nase voll vom Meer. Und die meisten meiner Vergehen sind so gut wie verjährt. Wenn ich ein bisschen aus dem Nähkästchen plaudere, komme ich auch noch um das herum, was davon übrig ist.«

»Du willst auspacken? Das glaube ich beim besten Willen nicht.«

Er lächelt.

»Es gibt viele Arten, mit der Justiz zusammenzuarbeiten. Und viele Arten, die Dinge zu erzählen.«

»Vielleicht.«

Ich sehe ihn abwartend an.

Seit er mit seiner Geschichte fertig ist, lässt mich eine Kleinigkeit nicht mehr los. Ich befürchtete schon, es würde mir einfach so herausrutschen. Doch aus irgendeinem Grund konnte ich mich zurückhalten. Jetzt ist der richtige Moment gekommen, und das entgeht ihm nicht.

»An was denkst du?«

Ich lache. Über seine lächerliche Art dazusitzen. Über das unbegreifliche und entsetzliche Gefühl, dass ich, wüsste ich nicht, was er getan hat, ebenso gut sein Freund werden könnte.

»An etwas, das mir schon eine ganze Weile durch den Kopf geht.«

Er nimmt die Hände vom Steuer.

»Na, los.«

»Als Falcone stirbt, steckt der Staat bis zum Hals in der Scheiße. Ich weiß es noch genau, ich war dabei. Tangentopoli lässt das ganze Kartenhaus zusammenbrechen, und die Mafia jagt Autobahnen in die Luft. Dann wird Borsellino umgebracht, und das Blatt wendet sich. Es folgt die Verlegung nach Pianosa und der harte Knast. Schluss mit den Langusten, nicht einmal seine Tochter darf man mehr berühren. Dann folgt eine große Festnahme nach der anderen. Es weht ein anderer Wind. Und die Reaktion darauf wird nicht ausbleiben. Und rein zufällig plaudern du und dein Freund Patti über den schiefen Turm von Pisa. Ist das nicht seltsam?«

»Gerede, hab ich doch gesagt.«

»Gerede«, flüstere ich. »Gerede. Darf ich dich was fragen?«

»Du bist doch Journalist.«

»Ganz genau. Wenn du wüsstest, dass einer ein ganz großes, lautes Exempel statuieren will, was sollte er deiner Meinung nach tun? Einen Politiker umbringen? Einen Staatsanwalt? Oder nachts Bomben in Denkmälern deponieren? Würdest du lieber zur x-ten Beisetzung eines Richters gehen oder die Kirche von Velabro einstürzen sehen? Und wenn du die Möglichkeit hättest, würdest du nicht versuchen, auf die Entscheidung Einfluss zu nehmen? Man braucht natürlich den richtigen Mann am richtigen Ort. Den Kontakt mit den richtigen Verbindungen, den Möglichkeiten, der Erfahrung. Und dem Mut.«

Er antwortet nicht und verzieht den Mund zu einem fast herausfordernden kleinen Lächeln.

»Darf ich dir einen Rat geben?«

»Du betrachtest diese Geschichte durchs Schlüsselloch. Ich meine deine Geschichte, die du mir erzählt hast. Vielleicht hast du nach unserer kleinen Unterredung die Tür einen Spaltbreit geöffnet, aber du hast noch immer keine Ahnung, was sich in dem Zimmer dahinter verbirgt. Und auch wenn du denkst, du wüsstest es, glaub mir, du wirst dich wundern.«

»Weißt du es denn?«

Er sagt nichts. Streckt mir die Hand hin.

»Gute Reise, Schreiberling.«

Ich drücke seine Hand und bereue es sofort.

Schweigend stehe ich da und sehe zu, wie er Richtung Desiderata davonfährt.

Er verschwindet in der warmen Nacht. Und ich werde ihn nie wiedersehen.

»Denn wir hier sind alle verrückt, verrückt und einsam und ohne die Chance auf ein Vor oder Zurück, auf ein Gewinnen oder Verlieren, als folgten wir unermüdlich einem unsichtbaren, auf dem Grund eines leeren, lichtlosen Brunnens gezogenen Kreis.«
Javier Cercas, *La velocidad de la luz*

Der Junge ist um die zwanzig, Jeansjacke, dunkles Haar, die Hose zwischen hellblau und grau, hastiger Gang, der selbstsicher wirken soll, aber tatsächlich eine Flucht vor seinen Ängsten ist.

Die eine Hand steckt in der Jacke, die andere umklammert ein zigarrenschachtelgroßes Päckchen. Ohne auf Grün zu warten, überquert er den Zebrastreifen und sieht einer Frau um die vierzig mit dunklen Augen, kurzem Haar und kurzem Rock nach.

Er wirft einen Blick auf sein Handy, schaut sich um und entdeckt sein Ziel.

Ein paar, schnelle, forsche Schritte genügen, und schon ist er bei der Filiale der Fin Art.

Der Mann, der ihn empfängt, trägt einen dunklen Anzug und einen äußerst gepflegten kurzen Vollbart.

»Kann ich helfen?«

»Ich suche Arianna Lo Giudice«, sagt der Junge.

Der Mann mustert ihn einen Moment. Der Junge wartet und hält seinem Blick stand.

»Sie ist nicht da.«

Er zeigt das Päckchen.

»Ich soll ihr das hier bringen. Es war verabredet, dass ich es ihr ins Büro bringen sollte. Heute.«

Der Mann streckt die Hand aus.

»Du kannst es mir geben.«

Der Junge zieht die Hand zurück.

»Nein. Ich muss es ihr persönlich geben. Mein Chef reißt mich sonst in Stücke.«

Der Mann lächelt.

»Keiner würde es wissen.«

Der Junge lächelt.

»Ich schon.«

Der Mann gibt auf und verschränkt die Arme.

»Wie du willst, aber Arianna ist nicht da.«

»Wann kommt sie denn wieder?«

»Das darf ich dir nicht sagen. So sind nun mal die Vorschriften.«

Der Junge zieht die Braue hoch. Dieser Job ist lustiger, als er gedacht hätte.

»Klar. Die Vorschriften.«

»Tut mir leid.«

Der Mann dreht sich um und lässt ihn stehen.

»Sie ist in Urlaub.«

Das Flüstern kommt von rechts. Der Junge dreht sich um. Die Frau, die gesprochen hat, ist entweder magersüchtig oder krank. Sie hat gütige Augen, die hin und wieder in die Richtung blicken, in der der Mann verschwunden ist. Sie deutet auf das Päckchen.

»Das ist ein Handy, richtig?«

Der Junge nickt.

»Arianna hat immer so tolle. Ich glaube, in ein paar Wochen ist sie wieder hier. Sie hat ganz plötzlich Urlaub genommen.«

»Danke«, sagt der Junge lautlos und geht.

Es ist genau so gelaufen, wie sie es vorausgesagt hatten, und jetzt gibt es noch zwei Dinge zu erledigen, ehe der Tag zu Ende ist.

»Bist du sicher?«

Danieles Hände sind schweißnass. Er klemmt das Telefon ans andere Ohr, wischt die Hand an der Hose ab und greift wieder nach dem Apparat.

Es ist das dritte Mal, dass er das tut.

»Bist du wirklich sicher?«

Er merkt, wie blöd die Frage klingen muss. Die Person, mit der er redet, ist kein Anfänger und hat ihre Vertrauenswürdigkeit bereits hinlänglich bewiesen. Doch die Information ist zu brisant, als dass er sich einen Fehler erlauben könnte.

Wieder wechselt das Telefon die Hand. Auf der anderen Seite herrscht Schweigen.

»Weißt du's oder hat man es dir gesagt?«

Eine knappe Antwort, und er nickt.

»Ja, du hast recht, entschuldige. Du verstehst doch, dass ich …«

Er bricht ab.

»Warte.«

Er steht auf. Geht zur Tür. Horcht, das Telefon gesenkt. Er ist sicher, es klopfen gehört zu haben. Du bist paranoid, denkt er. Er nimmt die Unterhaltung wieder auf.

»Diese Sache bleibt unter uns, das weißt du.« Gleich darauf legt er auf.

Mit starr auf die Wand gerichtetem Blick lässt er sich gegen die Rückenlehne des Sessels sinken.

Es ist der, der du denkst.

Der Satz geht einfach nicht weg. Der Mann am Telefon hat das Gespräch damit begonnen, und das war's. Der Rest war der müßige, lästige Versuch, ihm einen Fehler oder eine Ungenauigkeit nachzuweisen.

Fehler oder Ungenauigkeiten existieren nicht in seiner Art, ihm Informationen zukommen zu lassen. Er tut dies nie öfter als zwei Mal im Jahr, nur, wenn es notwendig ist und niemals etwas, das vor Gericht verwendet werden könnte. Es gibt keine offiziellen Unterlagen. Nur einen persönlichen Kontakt, der sich stets bewährt hat.

Er schließt die Augen.

»Die Person, von der ich glaube, dass sie es ist«, wispert er.

Doch kein Laut kommt über seine Lippen. Er sitzt da, reglos und stumm, endlose Minuten lang.

Dann klopft jemand an die Tür.

Wie aus einem Alptraum gerissen fährt Daniele hoch.

»Herein«, ruft er und schließt den orangefarbenen Ordner.

Niemand würde Taletes wahre Identität für möglich halten.

Er würde es auch nicht tun, wenn er könnte.

Der Junge geht die Treppe hinauf und klingelt.

Wartet.

Klingelt wieder.

Wartet.

Eine Fliege summt um ihn herum. Er versucht sie wegzupusten, dann verscheucht er sie mit der Hand. Ohne Erfolg. Er denkt, dass er gern eine Zeitung hätte, um es diesem dämlichen, Scheiße fressenden Insekt zu zeigen.

Er klingelt ein drittes Mal. Keine Antwort.

Er sieht auf das Klingelschild. Zwar hat er das schon getan, aber sicher ist sicher. Arianna Lo Giudice. In Druckschrift mit blauem Stift. Er steckt die Hand in die Tasche und sieht sich um. Drückt auf eine andere Klingel.

»Wer ist da?«

Die Stimme eines alten Mannes.

»Ich suche Signorina lo Giudice, ich muss etwas abgeben.«

Ein Augenblick Stille.

»Die ist nicht da. Fragen Sie die Patruni und gehen Sie mir nicht auf den Sack!«

Der Junge bleibt vor der Tür stehen und versucht sich das Lachen zu verkneifen. Kopfschüttelnd geht er die Treppe hinunter und sieht auf die Klingelschilder. Patruni ist im zweiten. Er blickt auf die Uhr. Samstagmittag. Er drückt auf den Knopf.

Die Patruni ist zwischen dreißig und vierzig, hat ein paar Kilo zu viel und wirkt ein wenig einsam. Sie öffnet die Tür in

Begleitung einer grau getigerten Katze, die ihr wachsam um die Beine streicht.

»Arianna ist auf den Malediven«, sagt sie. »Keine Ahnung, wann sie zurückkommt. Vor ein paar Tagen hab ich eine Postkarte von ihr bekommen. Hat sie dir gesagt, dass du heute kommen sollst?«

Der Junge lächelt. Normalerweise wirkt das immer.

»Eigentlich nicht.« Er zeigt das Päckchen. »Sie hatte das hier bestellt, und wir wollten ihr einen Gefallen tun. Sie ist eben eine gute Kundin.«

Die Patruni lächelt. Die Katze miaut.

»Tut mir wirklich leid. Kann ich …«

Der Junge unterbricht sie.

»Nein. Sehr freundlich.«

Er verabschiedet sich und geht.

Alles wie erwartet, keinerlei Überraschungen.

Das Haus hat drei Ebenen und steht auf der Inselseite, die steil zum Meer hin abfällt. Man erreicht es über eine Schotterstraße. Es ist von einem Elektrozaun umgeben, der sich ein paar Kilometer hinter der Stadt von der asphaltierten Straße bis zum höchsten Punkt der Klippe hinaufzieht. Privatgelände, steht auf einem Schild. In vier Sprachen, rote Buchstaben auf nachtblauem Grund.

Am Tag nach meinem Treffen mit Benetti habe ich mir ein Auto gemietet und dort ein wenig die Gegend erkundet. Ich habe versucht, den Weg wiederzufinden, den ich mit ihm gefahren bin, und beim dritten Anlauf gefunden, was ich gesucht hatte.

Da ist eine Art Kneipe, rund zwei Kilometer Luftlinie vom Haus entfernt. Ich habe mir ein Bier bestellt, mir ein gemütliches Plätzchen gesucht und mein Ziel beobachtet.

Diese Seite der Insel sieht aus wie eine offene Wunde. Das Meer hat sich in den Fels gefressen und das Festland verstümmelt. Das Ergebnis ist eine an eine Sanduhr erinnernde

Form, deren schroffes Felsenprofil steil ins Meer abfällt. Das Haus, das ich suche, ist dort, abgeschieden vom Rest der Welt.

»Schönes Plätzchen, nicht wahr?«

Der Kneipenwirt ist ein braungebrannter Mittfünfziger mit starkem südamerikanischen Akzent. Womöglich der x-te kubanische Exilant, der vor Castro geflohen ist, aber ich hüte mich, ihn zu fragen. Wir verständigen uns in einer Mischung aus Englisch und Spanisch.

Zu dieser nachmittäglichen Stunde ist das Lokal leer, vielleicht sogar geschlossen, und er hat mich nur aus Höflichkeit bedient, weil er mich für einen Touristen hielt, der sich verfahren hat oder ein bisschen Ruhe haben wollte.

»Ja, das kann man wohl sagen. Aber ich weiß nicht, ob ich da leben wollte.«

Er sagt nichts. Bleibt neben mir stehen, ein Bier in der Hand. Dann erklärt er mir, dass der Typ, der da wohnt, ein ziemlicher Eigenbrötler ist. Ab und zu sieht man ihn am Strand oder in der Stadt, um die Vorräte aufzufüllen. Es heißt, er sei Italiener wie ich und verschwinde monatelang, ohne dass ihn jemand hätte wegfahren oder zurückkommen sehen.

Ich höre zu, nicke hin und wieder und trinke mein Bier. Ich denke an den Brief, den ich ihm sofort nach Benettis Verschwinden geschrieben habe. Am nächsten Morgen habe ich das Hotel gebeten, einen Boten zu schicken, und zum Mittagessen wurde mir gesagt, er sei abgegeben worden.

Seitdem sind zwei Tage vergangen, und nichts ist passiert.

Ich würde gern weg von hier, und das hat nichts mit den Preisen zu tun. Ich habe seit Jahren keine Ferien mehr gemacht und kann es mir leisten. Es ist diese Heuchelei, die mich fertigmacht. Die Insel ist eine Pappmaché-Kulisse, in der niemand ist, was er zu sein vorgibt, von den Touristen bis zu den Zollbeamten, und alle scheinen Geheimnisse mit sich herumzuschleppen, für die sie sich eines Tages werden verantworten müssen. Zumindest vor sich selbst.

Ich stehe auf, zahle mein Bier und verabschiede mich. Nach ein paar Schritten bleibe ich stehen.

Neben meinem Auto steht ein SUV. Schwarz, frisch gewaschen. Neben der Fahrertür steht ein Mann. Nicht besonders groß, kahle Schläfen, Sonnenbrille, weißes Hemd, dunkelblaue Shorts mit vielen Taschen, Segelschuhe.

Er wartet, bis ich näher komme.

»Sie hatten nach mir gefragt«, sagt er. »Marco Di Donna. Der Besitzer des Hauses.«

Das Telefon klingelt um zehn vor eins. Die junge Frau hat gerade auf die Uhr gesehen. Sie würde am liebsten gehen, ihr Kopf schmerzt, als hätte sie ihn in eine Hydraulikpresse gesteckt.

Gerade wühlt sie in ihrer Tasche nach einer Schmerztablette, als sie das erste Klingeln hört. Während der Anrufbeantworter drangeht, gießt sie sich ein Glas Wasser ein. Reglos bleibt sie neben dem Wasserspender stehen. In der einen Hand die Tablette, in der anderen das Wasserglas.

Sie wartet, bis die Stimme eine Nachricht hinterlässt, dann geht sie zum Schreibtisch, stellt das Glas ab und greift zum Telefon.

»Womöglich haben wir ein Problem«, sagt sie und legt wieder auf.

Sie steht auf, geht zur Tür und sieht nach, ob sie geschlossen ist. Dann setzt sie sich wieder, lässt sich gegen die Stuhllehne fallen und versucht, ruhig durchzuatmen. Plötzlich springt sie auf und rennt ins Bad. Sie glaubt, sich übergeben zu müssen, doch es passiert nichts. Sie wäscht sich das Gesicht. Kaltes Wasser, so eisig wie möglich. Sie umklammert den Waschbeckenrand und mustert sich im Spiegel.

»Ich bin der letzte Dreck«, sagt sie in den leeren Raum hinein. Sie ordnet sich das Haar und wischt sich die Schminke zurecht. Automatische Handgriffe, um wieder den richtigen Abstand zur Welt zu bekommen.

Diese Geschichte muss so bald wie möglich aufhören, denkt sie. Dann hört sie, wie die Tür sich öffnet.

Die Person, auf die sie gewartet hat, ist gekommen.

»Geht's dir gut?«, fragt sie.

Die junge Frau starrt auf den Schreibtisch, wirft die Tablette ein und trinkt einen Schluck.

»Klar«, antwortet sie. »Wie immer.«

Der Junge parkt das Moped und nimmt den Helm ab. Der Wind trifft ihn völlig unvermittelt und er sieht auf. Es fängt gleich an zu regnen. Wenn er sich beeilt, könnte er seinen Job noch zu Ende bringen und es nach Hause schaffen, ohne klatschnass zu werden.

Er klemmt den Helm unter den Arm und blickt sich prüfend um. Um den richtigen Ort zu finden, hat er das ganze Viertel mehrmals abgeklappert. Die Bedingungen sind ganz klar: keine öffentlichen Lokale, keine indiskreten Blicke, keine belebten Plätze.

Das, was er vor sich hat, ist perfekt.

Wer A sagt, muss auch B sagen, denkt er und betritt die Telefonzelle.

Er holt die Telefonkarte und den Zettel aus der Tasche, liest die Nummer, drückt die Tasten, wartet, bis der Anrufbeantworter anspringt, und hinterlässt die Nachricht.

Er hat sie auswendig gelernt, genau nach den Vorgaben. Sie muss natürlich klingen, wenn man abliest, hört man das sofort. Klar, logisch. Schade nur, dass er nicht den blassesten Schimmer hat, was er hier eigentlich tut.

»Guten Abend, ich suche eine Wohnung in der Nähe der Fin Art. Ich hatte gehofft, mit einem Ihrer Mitarbeiter sprechen zu können. Ich heiße Ignazio Larinzetti Solara. Ich melde mich bald wieder.«

Er legt auf, steckt den Zettel in die Tasche, setzt den Helm auf, schwingt sich aufs Moped und fährt. Eine halbe Stunde später ist er am verabredeten Ort. Die Person, auf die er wartet, kommt mit fünf Minuten Verspätung und entschuldigt sich.

Er ist ein paar hundert Meter weiter vorn aus einem Taxi gestiegen und hat so getan, als würden sie sich ganz zufällig über den Weg laufen.

»Alles erledigt?«

Der Junge nickt.

»Klar. Es ist genauso gelaufen, wie Sie gesagt haben. Sie war weder bei der Arbeit noch zu Hause. Dann habe ich die Nachricht auf dem AB hinterlassen.«

»Neuigkeiten?«

»Im Büro sagen sie, sie sei in Urlaub.«

»Wer sagt das?«

»Eine Kollegin. Bei ihr zu Hause habe ich mit einer Nachbarin geredet. Die meint, sie hätte ihr von den Malediven geschrieben, und sie wisse nicht, wann sie zurückkomme.«

»Sehr gut. Gibst du mir …«

Der Junge kommt ihm zuvor.

»Aber natürlich, entschuldigen Sie. Ich hab's ein bisschen eilig.«

Er holt das Päckchen und den Zettel mit der Nummer und der Nachricht heraus und gibt sie dem Mann.

Der sieht ihn an, zerreißt den Zettel in vier Teile und wiederholt den Vorgang mit jedem Viertel. Drei Mal.

»Dann ist ja alles in Ordnung. Danke.«

Der Junge denkt an die Belohnung und lächelt.

»Wenn Sie mich wieder brauchen sollten …«

»Weiß ich, wo ich dich finde.« In der Ferne hört man Donnergrollen. »Bist du auf dem Weg zu einer Freundin?«

Der Junge braucht einen Moment, um die Frage zu kapieren.

»Nein. Ich will nur trocken nach Hause kommen. Danke noch mal.«

Er setzt den Helm auf, steigt aufs Moped und fährt los.

Adriano sieht ihm nach. Es fängt gleich an zu regnen, er hat recht.

Und wenn er noch mehr Zeit verliert, kommt er zu spät zu seiner nächsten Verabredung.

Von innen hat Marco Di Donnas Haus nichts mehr von dem Geheimnis, das seinen Besitzer umgibt. Ein dreistöckiges Holzgebäude, Wohnbereich unten, Schlafbereich oben, darüber ein Dachboden oder eine Mansarde.

Auch sein Bewohner scheint den Erwartungen bei weitem nicht gerecht zu werden. Er ist höflich, aber distanziert, und gehört nicht zu der Sorte Menschen, in deren Gegenwart man sich unwillkürlich wohlfühlt. Auf jeden Fall hat er mehr von einem grauen, leicht verkniffenen Bankdirektor als von einem internationalen Abenteurer. Oder vielleicht muss einem nach der Bekanntschaft mit Patrizio Benetti jede andere Person fade erscheinen.

Er macht mir einen Tee – eine Erinnerung an seine lange Zeit in England, erklärt er mir –, und seine Handgriffe verraten eine bis zum Erbrechen wiederholte Routine. Dann lässt er mich im Wohnzimmer vor einer riesigen Fensterfront mit Blick aufs Meer auf einem weißen Sofa Platz nehmen.

»Denken Sie bitte nichts Schlechtes von mir«, sagt er nach einem langen Schweigen.

»Sollte ich denn?«

Er sieht mich an, mit der Tasse in der Hand, und macht ein überraschtes Gesicht. Er sucht nach einer Antwort, dann gibt er auf.

»Ich habe aus zwei Gründen beschlossen, Sie zu treffen. Wie Sie wissen, verlasse ich mein Anwesen nicht sehr häufig.«

Ich warte, er sieht mir flüchtig in die Augen.

»Der erste Grund ist Ihr Nachname. Aber glauben Sie nicht, dass ich mit Ihnen spreche, weil mich Ihr Vater interessiert. Mir kam nur der Gedanke, dass wir beide unter dem gleichen Fluch leiden. Ein Übervater, mit dem man ein Leben lang fertig werden muss. Wir werden immer *der Sohn von* bleiben, glauben Sie nicht?«

Als ich nicht antworte, fährt er fort.

»Der zweite ist der Name, den Sie mir genannt haben. Oder besser, der Ihnen genannt wurde.«

»Solara.«

Er nickt.

»Solara.« Er sagt es ganz gelassen, als würden wir über eine Tasse Tee hinweg miteinander plaudern wie zwei alte Freunde, die sich eine Ewigkeit nicht gesehen haben.

»Kennen Sie ihn?«

Er lächelt. Mustert mich mit einer Miene, als fragte er sich, was mir durch den Kopf geht. Dann verzichtet er abermals auf eine Antwort.

»Sie werden sich bestimmt eine Frage gestellt haben.«

»Mehr als eine.«

»Eine mehr als alle anderen, glaube ich. Erlauben Sie mir diese Annahme, denn ich habe sie mir seinerzeit und unter ähnlichen Bedingungen ebenfalls gestellt.«

Ich fahre mit den Fingern über die Tasse. Der heiße Tee bei diesen Temperaturen erscheint mir ebenso verrückt wie das, was ich gerade tue. Ich habe nur einen winzigen Schluck getrunken, um den Hausherrn nicht vor den Kopf zu stoßen.

»Glauben Sie?«

Er stellt seine Tasse ab.

»Ich bin mir sicher. Wie ich bereits sagte, wir haben einiges gemeinsam. Vor allem die besessene Suche nach der Wahrheit. Mehr noch. Die besessene Suche nach der Wahrheit über unser Leben. Eine Wahrheit, die von weither kommt und seit langem die Geschichte unserer Familien bestimmt. Auch ich habe diese Reise zu gegebener Zeit unternommen, und auch bei mir war der Ausgangspunkt ein Trauerfall.« Er lächelt. Sein Ausdruck ist eiskalt. »Die Wahrheit ist immer die beste Rache, finden Sie nicht?«

Er wechselt das Thema.

»Sie sprachen von einer Frage. *Warum?*«

Er hebt einen Finger, ein höfliches Zeichen des Einspruches.

»Nicht ganz. *Warum jetzt.* Das würde es wohl besser treffen. Korrigieren Sie mich, wenn dem nicht so ist. *Warum ich*, ebenfalls. Aber ich glaube, über diesen Punkt sind Sie hinweg.«

Amüsiert schüttele ich den Kopf. Marco Di Donna wirkt wie ein Psychoanalytiker, der mir anhand der wenigen Träume, die ich noch erinnere, mein Leben erklären will.

Er hat recht. Es gab einen Punkt, an dem die fundamentale Frage lautete, weshalb es ausgerechnet mich trifft. Weshalb Michela mich angerufen hat, weshalb sie beschlossen hat, mir zu verraten, was sie wusste. Doch diese Frage ist überflüssig geworden. Ich sage es ihm, und er nickt kaum wahrnehmbar.

»Bei mir lief es etwas anders, aber im Wesentlichen ist es das Gleiche. Die Geschichte meines Vaters ist vor dreißig Jahren zu Ende gegangen. Jahrelang hieß es für mich nur, durchhalten. Irgendwie überleben. Ich war noch nicht einmal zwanzig, als es passiert ist. Und die beiden Jahre davor hatte ich damit verbracht, die Vorstellung, die ich mir von meinem Vater gemacht hatte, vor mir selbst zu verteidigen. Wenn die Zeitungen in aller Welt dieselben Dinge schreiben, glaubt man am Ende daran, auch wenn sie einem schier unmöglich vorkommen.«

»Und waren sie das?«

»Unmöglich? Nein, keineswegs. Aber das konnte ich damals nicht wissen. Ich lebte in Zürich in diesem Haus. Es war mehr mein Haus als seines. Er hatte mich dort zum Studieren hingeschickt und um mich ein bisschen aus der Schusslinie zu haben. Damals kursierten Informationen sehr viel langsamer.« Er holt tief Luft. »Dann ist passiert, was passiert ist, und meine Mutter und ich mussten irgendwie überleben.«

Instinktiv sehe ich mich um und bereue es sofort.

»Sie haben recht. Es ist uns ganz gut gelungen. Und ein

großer Teil des Geldes – wenn ich ehrlich wäre, würde ich sagen, der größte Teil – stammt aus der Tasche meines Vaters Alessandro Di Donna. Doch ich möchte Sie daran erinnern, dass nicht sämtliche seiner Einkünfte illegal waren. Ich gebe unumwunden zu, dass es schwierig wäre, zu unterscheiden, welcher Prozentsatz legal war und welcher nicht.«

Er stützt die Ellenbogen auf die Knie.

»Jedenfalls habe ich einen Großteil dafür ausgegeben, zu verstehen, woher es stammt. Was in gewissem Sinne einigermaßen grotesk ist.«

»Eine gelungene Vergeltung, würde ich sagen.«

Er deutet ein Lachen an, und es ist das einzige Mal, dass ich seine Augen leuchten sehe.

»O ja. Wirklich gelungen. Wollen Sie die Wahrheit über Geld wissen? Geben Sie es aus. Das klingt nach einem Satz aus einem schlechten Film. Ich habe nicht das geringste Problem damit zu sagen, das Alessandro Di Donna ein Verbrecher und ein ehrlicher Mensch zugleich war. Und dass seine Geschichte mehr als beispielhaft ist, um die Beziehungen zwischen der realen und der kriminellen Wirtschaft, zwischen verborgenen Mächten und Politik aufzuzeigen. Und ich rede nicht nur von Ihrem Land.«

»Das auch das Ihre ist.«

»Nein, Sie irren sich. Ich habe keine Heimat mehr. Weder im moralischen noch im bürokratischen Sinne. Ich habe meine Staatsbürgerschaft vor langer Zeit abgelegt.«

Ich sehe ihn an. Stoppelkurzes Haar, braungebrannte Haut, schlanke Hände, dunkle, scheue Augen. Die leise Stimme. Die Gefühlskälte, die in jedem Wort mitschwingt und hinter der sich wer weiß was verbergen könnte, von der Neurose bis zur äußersten Selbstbeherrschung.

»Sie sind wirklich ein seltsamer Journalist, wissen Sie das?«

»Finden Sie?«

»Und ob. Sie stellen keine Fragen.«

»Alles zu seiner Zeit. Bis jetzt gibt es keine.«

Er verschränkt die Arme.

»Da habe ich keinen Zweifel. Wir machen es so. Hätten Sie etwas dagegen, in einem Strandhaus zu schlafen?«

»Überhaupt nicht.«

Er steht auf.

»Die Bedingungen sind nicht verhandelbar. Sie müssen Ihr Hotel verlassen. Ich will nicht, dass man Sie hierherkommen sieht.«

»In Ordnung.«

»Bestens. Ich habe hier in der Nähe ein Haus. Wenn es Ihnen nichts ausmacht, kann ich Sie ein paar Tage beherbergen.«

Ich denke nur kurz darüber nach.

»Ich danke Ihnen.«

Er verschwindet im Nebenzimmer und kehrt mit einem Schlüsselbund zurück. Ich folge ihm bis zur Eingangstür, und er zeigt mir einen Punkt am Meer.

»Da unten, sehen Sie es?«

»Das blaue?«

»Genau.«

Er gibt mir die Schlüssel.

»Ich erwarte Sie morgen am späten Vormittag. Passt Ihnen elf Uhr?«

»Sehr gut.«

»Also dann, bis morgen. Nehmen Sie den Weg über den Strand, dann kann man Sie von der Straße aus nicht sehen.«

Er verschwindet im Haus.

Ich bleibe vor der geschlossenen Tür stehen, die Schlüssel fest in der Hand, hinter mir der funkelnde Ozean, der zu schön ist für die Welt, die ihn umgibt.

Am nächsten Tag hatte das Telefon sehr früh geklingelt und mich aus einem wirren, unruhigen Schlaf befreit.

Es war der erste Anruf, den ich auf der Insel bekam. Bei meiner Ankunft hatte ich Adriano eine SMS geschickt, wenige Worte, die das Märchen vom Urlaub aufrechterhalten sollten und auf die er im gleichen Ton geantwortet hatte. Dann nichts mehr.

Das Geräusch des Handys um kurz nach acht Uhr morgens klang wie die Besiegelung einer Tragödie. Und so hatte ich einen Moment gezögert, ehe ich die Hand unter der Decke hervorzog und nach dem Telefon griff.

Eine unbekannte Nummer und Marco Di Donnas Stimme. Er müsse unser Treffen auf den Nachmittag verschieben, es sei etwas dazwischengekommen. Er hatte mir keine Zeit gelassen zu antworten. Ich saß da, das Telefon in der Hand, in einem fremden Bett und in einem Haus, das ich am Abend zuvor zum erstem Mal gesehen hatte, und musste zusehen, wie ich den Vormittag rumbekäme.

Eine Weile hoffte ich, ich könnte noch ein wenig schlafen. Also war ich liegengeblieben. Die Morgensonne sickerte durch die nachlässig geschlossenen Fensterläden auf das zerwühlte Bett, das Meeresrauschen kroch durch die Ritzen, und ich kämpfte gegen die Beklommenheit, die mir dieses freistehende Haus vermittelte, in dem es keine Geschosse zwischen mir und der ebenen Erde und keine Panzertür gab, die mir Sicherheit gewährte.

Wenn ich heute daran zurückdenke, da ich abends manchmal nicht einmal die Haustür abschließe und wochenlang keiner Menschenseele begegne, muss ich unwillkürlich lächeln. Doch dort in dem Strandhaus hatte ich zum ersten Mal das Gefühl, nicht sicher zu sein. Ein derartiges Unbehagen hatte ich noch nicht einmal in der Nacht des Einbruches empfunden, es hatte gereicht, alles wieder aufzuräumen und den Schlüssel im Schloss umzudrehen, um zur alten, vermeintlichen Sicherheit zurückzukehren.

Nach dem Anruf war ich noch ein paar Stunden im Bett geblieben und hatte über den Vater des Mannes nachgedacht, der mich beherbergte.

Alessandro Di Donna ist 1982 in seinem Züricher Haus gestorben.

In demselben, in dem auch Marco lebte. Das Dienstmädchen hat ihn frühmorgens gefunden. Er saß im Sessel seines Arbeitszimmers und sah aus, als ob er schliefe. Auf dem Tisch eine ungeladene Pistole, ein Glas, eine fast leere Wasserflasche und eine Packung Schlaftabletten.

Selbstmord lautete die sofortige Diagnose. Schade nur, dass auf dem Glas und der Flasche keine Fingerabdrücke von Di Donna zu finden waren. Es waren überhaupt keine Fingerabdrücke zu finden. Überdies hatte während seiner Haft in Novara sechs Monate zuvor jemand versucht, ihn mit vergiftetem Kaffee umzubringen.

Dass er überlebt hatte, war reiner Zufall gewesen. Als er nach der Tasse griff, war sie ihm aus der Hand gerutscht. Das meiste war auf dem Boden gelandet, und das übrige Gift hatte lediglich gereicht, ihn eine Woche ins Krankenhaus zu befördern.

Er war Banker und Bankrotteur gewesen, hatte mit dem Vatikan, der Mafia und den Freimaurern Geschäfte gemacht. Er war selbst Freimaurer und Mitglied einer Geheimloge gewesen, die laut seiner eigenen Auskunft die Macht in Italien übernehmen wollte, ohne an die Regierung zu kommen. Er hatte Parteien und Erdölkonzerne finanziert. Hatte politische Bewegungen in Osteuropa und südamerikanische Revolutionäre im ewigen Kampf gegen den Kommunismus mit Spenden unterstützt.

Wir haben etwas gemeinsam, hatte Di Donna gesagt. Die Bemerkung hatte mich geärgert. Als ich am nächsten Morgen am Strand vor dem Haus entlangspazierte, wurde mir klar, dass er recht hatte.

Wir beide waren mit einer Vergangenheit gestraft, die wir zwar miterlebt, aber nicht durchschaut hatten. Und wir beide mussten dafür mit einer zwanghaften Suche nach der Wahrheit zahlen, mit dem verspäteten Versuch, die Vergangenheit zu reparieren wie eine kaputte Maschine, wie ein Modellschiffchen, das man auf eine alte Kommode stellt, um uns stets daran zu erinnern, was hätte passieren können und was nie passieren wird.

Die Wahrheit ist die beste Rache. Dieser leicht hingeworfene Satz war mir im Kopf geblieben. Während er ihn gesagt hatte, hatte die unverrückbare Maske nüchterner Distanziertheit einen winzigen Riss bekommen.

Er hatte nicht von seinem Vater geredet.

Offenbar gab es in seinem Leben noch etwas anderes, das gerächt werden musste. Etwas, für das sich noch etwas empfinden ließ.

Das einen zur Grausamkeit anstiftete.

Fünf Minuten vor der verabredeten Zeit komme ich bei Marco Di Donna an. Er empfängt mich an der Tür, eine Zigarette zwischen den Fingern. Sogleich entschuldigt er sich für den verschobenen Termin.

»Ich schätze Pünktlichkeit. Und Überpünktlichkeit noch mehr.«

Gerade hat er die Haustür zugemacht.

»Ich wusste nicht, dass Sie rauchen.«

»So gut wie nie. Ich hole das Päckchen nur raus, wenn ich gerade nichts Besseres zu tun habe. Sie?«

»Man setzt alles daran, mich wieder dazu zu bringen«, antworte ich allzu hastig. Konversation zu machen liegt mir nicht, und das merkt man sofort. Offenbar gefällt ihm das.

»Kommen Sie.«

Er geht in die Küche. Neben dem Kühlschrank ist eine hölzerne Kammertür. Er öffnet sie, knipst das Licht an und tritt ein.

Als ich auf der Schwelle stehenbleibe, dreht er sich abwartend um. Ich folge ihm.

An der hinteren Wand steht ein Metallregal voller Vorräte. Marco schiebt es zur Seite und dahinter kommt eine Panzertür zum Vorschein. Er zieht ein Schlüsselbund aus der Tasche, öffnet die Tür und drückt auf einen Schalter.

Das Licht fällt auf eine Kellertreppe. Er macht mir ein Zeichen einzutreten.

»Sie sind nicht der Einzige, der Geheimnisse hat«, sagt er, schiebt das Regal wieder an seinen Platz und schließt die Tür. Er führt mich ein Dutzend Stufen hinunter, dann bleibt er stehen und mustert mich.

»Man könnte es als ein Arbeitszimmer bezeichnen«, erklärt er. Und tatsächlich sieht es so aus.

Die Wände sind frisch geweißt. Holzmöbel. Karteischränke auf beiden Seiten, ein Computer, verschiedene Aktenordner, ordentlich auf dem Schreibtisch abgelegt, der ein Vermögen gekostet haben muss. Ein Barmöbel an der gegenüberliegenden Wand, daneben ein schwarzes Ledersofa, auf dessen Armlehne ein paar Tageszeitungen liegen.

»Nur das Meer fehlt«, sage ich in einem hilflosen Versuch, mir meine Überraschung nicht anmerken zu lassen.

Er schaltet den Computer an, lässt mich auf dem Sofa Platz nehmen, gießt Wasser in ein Glas und stellt die Flasche zusammen mit einem leeren Glas auf den hölzernen Couchtisch. Dann setzt er sich neben mich.

»Ich hoffe, die Klimaanlage tut ihren Dienst. Manchmal ist es ein wenig heiß. Wenn Sie ein Bad brauchen, die Tür ist neben der Bar.«

Ich gieße mir Wasser ein. Meine Kehle ist plötzlich völlig ausgedörrt. Ohne Umschweife kommt Di Donna auf den Grund unseres Treffens zu sprechen.

»Es ist erstaunlich, dass Sie ausgerechnet zu mir kommen.«

»Angesichts der Sache, die mich umtreibt, finde ich das nicht.«

»Und ganz genau da möchte ich anfangen. Darf ich Ihnen eine Frage stellen? Zugegeben, das ist ungewöhnlich, doch im Grunde ist unser Treffen ja kein Interview.«

Ich lächele. Er hat erfahren, was er wissen muss, ohne direkt danach zu fragen.

»Natürlich, kein Interview. Und kein verstecktes Aufnahmegerät, wenn es Sie interessiert.«

Er hebt die Hand, fast wie zu einem Schwur.

»Ich habe Ihre Anständigkeit nie in Frage gestellt. Die Frage ist ziemlich einfach. Womit, genau, beschäftigen Sie sich eigentlich?«

Ich lasse mich gegen die Rückenlehne sinken, verschränke die Arme und denke nach. Und wundere mich über die Klarheit, mit der ich ihm antworten kann.

»Mit den Beziehungen zwischen wirtschaftlicher, politischer und krimineller Macht. Abgesehen von dem Mord an meiner Frau.«

»Sind Sie sicher, dass sie umgebracht wurde?«

Ich sehe ihn mit einem spöttischen Lächeln an.

»Sind Sie sicher, dass Ihr Vater umgebracht wurde?«

Er übergeht die Frage.

»Was wollen Sie wissen?«

»Kommt darauf an, was Sie mir zu sagen bereit sind.«

»Richtig. Doch zunächst müssen Sie weniger vage sein.«

Ich warte. Wir haben die Rollen getauscht. Er stellt die Fragen, und ich bin in der Defensive. Doch zugleich war mir noch nie so klar wie jetzt, welcher Weg mich von Michelas Tod bis hierher geführt hat.

Die Schilderungen des Sommers '92, Elenas Notizen, Danieles Worte, die verlogene Wahrheit Patrizio Benettis vereinen sich in dem Wissen, das Marco Di Donna wie eine väterliche Erblast mit sich herumschleppt.

Du siehst durchs Schlüsselloch, hat mir Benetti wenige Tage zuvor gesagt. Ich kann diese Worte nicht vergessen. Ich zitiere sie Di Donna, ohne ihren Urheber preiszugeben.

»Schon möglich«, entgegnet er. »Ich kann Sie nicht recht deuten, wissen Sie? Ich meine Sie, nicht die Worte.«

»Und ist das nötig?«

Er lässt der Frage Stille folgen. Eine klare Antwort. Ich wusste von Anfang an, dass die wenigen Worte, die ich ihm geschrieben hatte, nicht ausreichen würden, um ihn von unserem Treffen zu überzeugen. Doch jetzt, mehrere Meter unter der Erde, habe ich wieder einmal das Gefühl, an einem

Scheideweg zu stehen. Dem vielleicht letzten auf dieser seltsamen Reise, in die sich mein Leben verwandelt hat.

Ich stehe auf. Ich muss mich bewegen, sonst fühle ich mich hier unten noch gefangener als ohnehin schon. Ich mustere die präzise Einrichtung, die Regale. Die Dutzende gleicher, geordneter Akten.

Sie enthalten das Leben seines Vaters, da bin ich mir sicher. Das Leben, das er darauf verwendet hat, die Vergangenheit zu rekonstruieren, und die Vergangenheit selbst, die allzu schnell gelebt und erst begriffen wurde, als es nur noch Platz für Trauer gab.

Ich drehe mich um und bin einen Moment lang überzeugt, er ist nicht mehr da. Er ist abgehauen oder hat sich einfach in Luft aufgelöst wie die Figur aus einem allzu realen Alptraum, der einen daran erinnern soll, was man tun müsste, sich aber zu tun fürchtet.

Doch da sitzt er, sieht mich mit seinen kleinen, braunen Augen abwartend an, die Hände im Schoß gefaltet. Zum ersten Mal, seit wir uns kennen, macht er mir Angst.

»Stimmt etwas nicht?«

Du, würde ich am liebsten sagen. Du, der du das Stadium, in dem ich mich gerade befinde, überwunden hast und zu dem geworden bist, was du bist. Ein Mann, der seinen Geburtsort verleugnet und sein Leben darauf zu verwenden scheint, herauszufinden, ob er überhaupt noch eines hat. Ein Mensch von derartiger Eiseskälte, das man meint, unendliches Grauen halte ihn gefangen. Ein einsamer Mensch.

Und wenn die Wahrheit Einsamkeit bedeutet, bin ich dazu verdammt, zu werden wie er.

»Alles in Ordnung«, antworte ich und setze mich wieder.

Ich atme durch, trinke einen Schluck Wasser, verschränke die Arme und fange an zu reden. Als ich fertig bin, ist die Flasche leer.

Marco steht auf. Schweigend holt er eine neue, öffnet sie, füllt unsere Gläser, stellt sie auf den Tisch und setzt sich wieder. Sein Blick wandert durch das Zimmer und scheint einem geheimen Gedankenfaden zu folgen.

Dann dreht er sich zu mir hin, und die Distanz zwischen uns ist wie weggeblasen.

»Mein Vater ist in meinem Haus gestorben«, fängt er an. »Theoretisch war es natürlich noch nicht meines, aber es fühlte sich so an. Als das Hausmädchen ihn gefunden hat, war ich gerade wiedergekommen. Ich ging immer früh aus dem Haus, und an dem Morgen war ich losgegangen, um ihm die Zeitung zu kaufen. Er wollte sie stets so früh wie möglich haben. Alessandro Di Donna war ein Mann, der wenig schlief. In jeder Hinsicht.«

Er schließt die Augen und für einen langen Moment erscheint er völlig abwesend und in Gedanken versunken. Er öffnet sie auch nicht, als er wieder zu sprechen beginnt.

»Er hatte keine Angst. Ich glaube, er hatte nie Angst um sich. Um mich vielleicht schon. Um meine Mutter und um meine Schwester. Als er gekommen ist, wusste er nicht, dass ich in Zürich bin. Ich sollte mit einer Freundin in den Ferien sein. Wir hatten ein paar Wochen zuvor Schluss gemacht, und ich hatte ihm nichts davon gesagt. Es gab … andere Probleme. In jenen Tagen hockte er ständig in seinem Arbeitszimmer. Abends, wenn ich zu Bett ging, saß er da, und am nächsten Morgen immer noch. Eines Morgens ist er sehr früh wieder gefahren. Am späten Nachmittag kam er zurück und ging in sein Zimmer hinauf. Ich habe etwas fallen hören und bin nachsehen gegangen. Er hatte eine Vase heruntergeworfen. Aus Versehen, hieß es. Das war schwer zu glauben, denn die Scherben lagen am Fuß der gegenüberliegenden Wand.«

Er öffnet die Augen und sieht mich an.

»Am folgenden Morgen war er tot. Es gab keine Autopsie, keine Untersuchung, nichts. Niemand dachte an den Zwischenfall in Novara. Es war sonnenklar: Alessandro Di Donna hatte sich das Leben genommen. Das Schiff sank und er hatte beschlossen, sich aus dem Staub zu machen. Mein

Vater hätte das nie getan. Das Schiff war sein Leben. Wenn ich heute darüber nachdenke, frage ich mich, wie meine Mutter es mit einem solchen Mann ausgehalten hat.«

Er wirft einen abwesenden Blick auf die Aktenordner in den Regalen.

»Vorhin haben Sie etwas ausgelassen.«

»Verzeihung?«

»Politische, wirtschaftliche und kriminelle Macht.« Bei jedem Wort hebt er einen Finger der linken Hand. Dann macht er eine Pause und hebt den vierten Finger. »Religiöse Macht. Das sind keine unterschiedlichen Welten und sind es nie gewesen. Werden es nie sein. Ein Land wie Italien klemmt zwischen zwei scheinbar gegensätzlichen Polen, die sich in Wirklichkeit sehr ähnlich sind. Cosa Nostra und das Papsttum. Beide kontrollieren ihr Territorium, ihre Herrschaft geht weit über ihre winzigen Grenzen hinaus. Beide könnten nur unbedeutenden Einfluss haben, doch das wird nie passieren. Denn die wahre Macht, die politische und finanzielle, ist zu sehr mit beiden verwoben, als dass man sie in die ihnen vermeintlich zustehenden Nebenrollen verweisen könnte. Sie sind die vier Seiten ein und desselben Objektes. Und bei drei dieser Seiten muss man oft sehr genau hinsehen, um die Unterschiede zu erkennen.«

Er trinkt einen Schluck.

»Bei diesen Bruchstücken von Geschichte, die Sie mir geschildert haben und die Sie versuchen zusammenzusetzen, ist mir ein Satz besonders hängengeblieben. *Da steckt zu viel Staat drin.* Das haben Sie mindestens dreimal gesagt. Ich halte das für eine Fehleinschätzung, die Sie teuer zu stehen kommen könnte. Sie sagen diesen Satz, als wunderten Sie sich über die Gegenwart der Geheimdienste oder die Kontakte zwischen Männern in verantwortungsvollen Posten und Handlangern der Mafia. Die Geschichte meiner Familie lehrt einen das Gegenteil.

Ein unaufmerksamer Beobachter könnte meinen, zwischen

der Geschichte meines Vaters und der Geschichte, die Sie zu durchschauen versuchen, lägen Welten. Und eben diesen unaufmerksamen Beobachtern ist es zu verdanken, dass die Dinge falsch laufen. Zwischen damals und heute besteht kein Unterschied. Die Welt, für die mein Vater und seine Bank standen, die, die ihn umgab, die ihn zu Fall brachte und schließlich tötete, und die, die Ihrer Geschichte zugrunde liegt, sind verschiedene Gesichter ein und desselben Organismus'. Und das ist einer der Gründe, weshalb ich Italien verlassen habe.«

Er macht eine Pause, unschlüssig, ob er weiterreden soll.

»Ich weiß nicht, ob Sie es gerne hören, doch ich will ehrlich sein. Sie versuchen, eine längst vergessene Geschichte ans Licht zu zerren. Davon gibt es viele, doch die, die am meisten zählen, sind am tiefsten vergraben. Es gibt zwei Kategorien. Die erste sind die abgeschlossenen Begebenheiten. Sie bleiben unter der Erde, denn sie ans Licht zu bringen, würde bedeuten, einen Haufen Schweinereien zuzugeben. Das geht natürlich nicht. Zur zweiten Kategorie gehören die, die noch im Gange sind. An manchen davon hat sich mit der Zeit nichts geändert, manche haben sich der Umwelt angepasst. Manchmal kommen Dinge der ersten Kategorie ganz unerwartet ans Licht. Zufall, ein wiedergefundenes Dokument, jemand, der sich vor dem Tod das Gewissen erleichtern will. Doch die Zeit hat ihre Arbeit getan, und meist ist eine vollständige Rekonstruktion nicht mehr möglich. Es bleiben Vermutungen, Zweifel, Unklarheiten. Ein kurzes Aufflackern, und sie verschwinden wieder in der Versenkung. Überbleibsel aus der Vergangenheit, die eins mit dem Schweigen geworden sind.

Die Geschichte meines Vaters gehört zur zweiten Kategorie, ebenso wie Ihre. Und ich sage Ihnen noch etwas, vielleicht sind es zwei Äste desselben Stammes. Wie dem auch sei, es ist unmöglich, sie außerhalb solcher gepanzerten, unterirdischen, schalldichten Räume zu erzählen. Sie müssen innerhalb solcher mit Eierkartons verkleideten Wände bleiben, damit niemand auch nur ahnt, dass es sie gibt. Doch weder Sie noch ich geben sich damit zufrieden.«

»Was versuchen Sie mir zu sagen?«

»Dass Sie bis hierher gekommen sind, weil jemandem daran gelegen ist. Man kontrolliert Sie, beobachtet Sie, kennt jeden Ihrer Schritte. Auch jetzt. Persönlich interessiert mich das nicht, ich weiß, was ich aufs Spiel setze, und die wissen das auch. Doch niemand steckt die Hände in die Scheiße, in der Sie gerade herumwühlen, ohne dass die Wächter des Schweinestalles ihre Erlaubnis geben. Sie werden Ihnen erlauben, Ihren Teil der Widerwärtigkeiten hervorzuziehen, so lange es ihnen nützt. Doch dann haben Sie nur zwei Möglichkeiten. Aufhören und sich ein ruhiges Plätzchen zum Leben suchen. Oder sich umbringen lassen. Aber ich nehme an, darauf sind Sie schon von allein gekommen.«

Ich höre ihm zu und weiß nicht, was ich sagen soll. Es überrascht mich lediglich, dass mir alles, was ich immer wieder höre, schon seit langer Zeit klar ist, vielleicht seit dem Tag, als ich beschlossen habe, anzufangen.

»Wofür müssen Sie sich rächen, Marco?«

Er ist verblüfft.

»Wann sind Sie darauf gekommen?«

»Die Wahrheit ist die Rache, erinnern Sie sich? Der Ausdruck, der Ton. Sie redeten nicht von Ihrem Vater.«

»Nein, Sie haben recht.«

»Eine Frau. Ihre Frau?«

»Deshalb sagte ich Ihnen, wir seien uns ähnlicher als Sie glauben.«

»Wieso glauben Sie, dass sie umgebracht wurde?«

»Zwei Pistolenschüsse, einer in die Brust und einer in den Kopf, als sie schon am Boden lag. Im offiziellen Bericht steht Raubüberfall mit Todesfolge. Einer der Räuber ist zwei Tage später in einem Wassergraben gefunden worden. Auf ihn haben sie nur eine Kugel verschwendet, genau zwischen die Augen. Ein Junkie, aber er hat nicht geschossen.«

Er senkt den Blick und sieht aus, als müsste er Glasscherben hinunterschlucken.

»Ich war seit zwei Tagen in Italien, seit dem Tod meines Vaters war ich nicht mehr dort gewesen. Es gab Dinge, die ich herausbekommen hatte und einem Richter erzählen wollte. Bereits eine Woche vor meiner Rückkehr erhielt ich zu jeder Tageszeit stumme Telefonate. Am Tag, an dem ich mir das Flugticket kaufte, lag ein toter Hund auf meinem Beifahrersitz. Ich habe mich nicht einschüchtern lassen. Zehn Minuten nach meiner Landung in Italien haben sie sie umgebracht. Sie werden verstehen, dass es schwer ist, an einen Zufall zu glauben.«

»Wieso wurden Sie nicht ermordet?«

»Meinen Sie, die hätten es nicht probiert? Sagen wir so, sie versuchen es relativ regelmäßig. Manchmal mehr, manchmal weniger entschlossen. Das letzte Mal vor sechs Jahren. Seit damals habe ich eine Art zu leben entwickelt, die sich recht gut bewährt, könnte man sagen. Und ich habe ganz klar zu verstehen gegeben, dass ich kein schweigendes Opfer sein werde.«

Mein ratloses Gesicht lässt ihn lächeln.

»Auf meine Art bin ich ebenfalls ein Geheimnishüter.« Er blickt sich um. »In diesem Moment sind wir von ihnen umgeben. Sie sind meine Lebensversicherung. Es sind die Ergebnisse der von mir in Auftrag gegebenen Untersuchungen über den Tod meines Vaters, über die Verbindungen zwischen Finanz, Wirtschaft, Vatikan und Mafia. Ich habe sie nur dank meines weit entfernten, gesicherten und unangetasteten Familienvermögens anstellen können. Durch sie habe ich viel begriffen und einen sechsten Sinn für die Details entwickelt, aus denen die Wirklichkeit besteht. Mich umbringen zu wollen, soll die Mühe wert sein. Irgendwann haben sie aufgehört, es zu versuchen. Vielleicht glauben sie, mein Schweigen sei die Bestätigung einer stummen Abmachung. Lasst mich leben und genießt euren Dreck. Und ich lasse sie in dem Glauben. Noch.«

Er lächelt.

»Ich bin in einem Haus aufgewachsen, in dem Bischöfe, Kardinäle, Minister und Regierungschefs, offizielle und verdeckte Freimauer, Finanzleute, Industrielle, Bankrotteure und Mafiosi ein und aus gingen. Mein Vater wurde von irgendeiner oder von sämtlichen dieser eben aufgeführten Kategorien umgebracht, ich sollte auch dran glauben, und alles sollte wie ein Unfall aussehen. Meinen Sie, mir kann noch etwas Angst machen?«

Der Alte hat verbrauchte Hände und ein schmales Gesicht. Blaue Augen, so hell, dass er fast blind wirkt. Schlohweißes, ungekämmtes Haar. Die Stimme rau vor Wut und zu vielen Zigaretten. Ein goldenes Kruzifix am Hals, das aus einer längst vergangenen Zeit zu stammen scheint.

Würde man das Alter nach Jahren bemessen, wäre der Alte nicht alt. Womöglich trüge er einen dunklen Anzug, ein weißes Hemd, eine auf die Millisekunde genaue Markenuhr. Oder einen sportlichen Pulli und entsprechende Schuhe, und an Herbstnachmittagen würde er mit zwei oder drei alten Freunden auf Trüffelsuche gehen. Er hätte ein Haus, vielleicht dasselbe wie heute, aber vollkommen anders. Angefangen bei der Stille, die in den Ohren dröhnt und durch des Alten Stimme nicht erträglicher wird.

»Was machen Sie hier nach so vielen Jahren, Dottore? Wieso sind Sie hier und reden über meinen Sohn?«

Daniele hat ihn aus einer Bar angerufen und sich mit ihm verabredet. Seiner Eskorte hat er gesagt, es handele sich um einen Freund der Familie, und sich begleiten lassen. Seit einer Ewigkeit hat er die Berge nicht mehr gesehen.

Das letzte Mal bei seinem vorigen Treffen mit dem Alten.

»Ich habe mich geirrt«, sagt er. »Und ich bin gekommen, um es wiedergutzumachen.«

Der Alte mustert ihn stumm. Er starrt ihn an, eine Haarsträhne fällt ihm ins Gesicht, die braungebrannten Hände sind reglos. Schließlich schüttelt er langsam den Kopf.

»Sie nicht, Dottore. All die anderen. Sie haben es immer gewusst.«

Daniele atmet tief durch. Im Haus des Alten gibt es keine Nippes. Nur ein Foto auf einer Konsole im Wohnzimmer.

Sein Sohn Vittorio, dessen Frau, ein Kleinkind.

»Was wollen Sie wissen, Dottore?«

»Ich bin nicht hier, um Ihnen Fragen zu stellen. Nur, um Ihnen zu sagen, dass ich wieder anzufangen gedenke. Und dass Sie für eine Weile weder etwas erhoffen noch erfahren dürfen.«

Ein blasses, kleines Lächeln erscheint auf dem Gesicht des Alten.

»Sie sind klüger als ich dachte. Das erste Mal, als wir uns gesehen hatten, glaubte ich, Sie wären ein bisschen blöd.«

Daniele lacht.

»Es freut mich, dass Sie Ihre Meinung geändert haben.«

»Nicht ich habe meine Meinung geändert, sondern Sie. Möchten Sie einen Kaffee?«

»Danke, sehr gern.«

Der Alte erhebt sich, führt ihn in die Küche, setzt die Espressomaschine auf und serviert die kochend heiße Flüssigkeit in zwei Gläsern.

»Ich trinke ihn so«, sagt er.

Daniele nickt, und der Alte leert sein Glas in zwei Schlucken. Dann stützt er die Ellenbogen auf den Tisch und legt das Kinn auf die gefalteten Hände.

»Es sind Dinge geschehen«, sagt Daniele.

Der Alte sieht jäh auf und heftet den Blick abwartend auf den Richter.

»Dinge, die mich unser letztes Treffen in einem anderen Licht sehen lassen.« Er trinkt seinen Kaffee. »In gewissem Sinne hatten Sie recht. Ich habe mich ziemlich blöd angestellt.«

Der Hausherr lächelt. Er nimmt die Gläser, steht auf, dreht den Wasserhahn auf, lässt sie volllaufen, stellt sie im Spülbecken ab und trocknet sich die Hände.

»Dass sie ihn umgebracht haben, ist unsere Schuld.«

Danieles Satz trifft den Alten wie der Schmerz einer fernen Erinnerung. Er schluckt ein paar Mal mühsam. Dann legt er sich die Hand ans Gesicht, geht zum Fenster und wendet dem Richter den Rücken zu.

Draußen ist ein sonniger Tag.

Allzu sonnig.

Wie jener verdammte Sonntag.

Vittorio Boni überquert die Straße und blickt sich um. Es ist acht Uhr abends und die Sonne scheint noch. Ein höllisch heißer Tag. Vom August kann man keine Gnade erwarten.

In den ersten Jahren in Sizilien träumte er von den kühlen Südtiroler Nächten. Die Möglichkeit, sich an den heißesten Nachmittagen in den Schatten eines Waldes zu flüchten. Die Stille, die das Haus seiner Eltern umgab und der er andächtig lauschte.

In Palermo fühlte man sich in die Enge getrieben. Vom Meer, vom Klima, vom Dialekt, der genauso stark war wie der aus seinen Bergen, jedoch undurchschaubaren Regeln folgte.

Heute würde er nicht mehr zurück wollen. Und dennoch spielt er seit einigen Wochen mit dem Gedanken.

»Was meinst du, gehen wir nach Hause?«

Teresa wirkt sehr müde. Sie verträgt die Hitze noch schlechter, und Vittorio hat sie deshalb oft aufgezogen. Du bist Sizilianerin, sagt er, du müsstest doch daran gewöhnt sein. Man gewöhnt sich nicht daran, in einem Ofen zu leben, pflegt sie zu antworten.

Er streichelt ihre Wange.

»Ist gut«, sagt er.

Sie dankt ihm. Sie hat dunkles, zu einem Pferdeschwanz gebundenes Haar. Ein ärmelloses, fast durchsichtiges Kleid. Sie ist genauso schön wie vor fünf Jahren, als er sie getroffen hat. Schlank, obwohl sie vor wenigen Monaten ein Kind bekommen hat. Manchmal sind die Gene ein unerwartetes Geschenk.

Vittorio schiebt den Kinderwagen nach links. Das Baby schläft, seit sie das Haus verlassen haben, trotz der hupenden Autos, dem Geschrei der Menschen, des organisierten Durcheinanders auf der Strandpromenade. Ein sanfter, tiefer Schlaf, für den sie nachts teuer bezahlen.

»Dieses Kind wird mal DJ«, sagt Teresa. »Wenn's dunkel wird, schläft es nie.«

Vittorio grinst, und sie sieht ihn an, als hätte er den Verstand verloren.

»Was hast du?«

»Heute Nacht tanzen wir Samba.«

Teresa bückt sich und streichelt die Hand ihres Sohnes. Eine federleichte Geste. Dann nimmt sie den Arm ihres Mannes. Er küsst sie auf die Wange.

»Was soll man bei dieser Hitze auch machen ...«

Sie schlendern zum Auto zurück, Teresa an Vittorio geschmiegt, der den Kinderwagen schiebt und sich umblickt. Hin und wieder sieht sie gedankenverloren zu ihm auf. Er scheint auf jede Kleinigkeit zu achten. Die Menschen, die Blicke, die Hände, die Art, wie sie näher kommen und sich wieder entfernen. Häufig bleibt er stehen und sieht ihnen nach. Sein Blick folgt einem Moped, beobachtet jemanden, der aus seinem soeben geparkten Wagen steigt.

Er hat Angst, Teresa weiß es.

Eines Nachts, als der Kleine gerade eingeschlafen war und das Zimmer wieder im Dunkeln lag, hat sie ihn gefragt.

»Was ist los?«

Sie hat keine Antwort bekommen. Eine Weile hat sie gedacht, er wäre plötzlich eingeschlafen. Dann ist dieser Satz gekommen, wie ein Bruchstück aus einem Traum.

»Es wird nichts geschehen.«

Es wird nichts geschehen, sagt sie sich seit jener Nacht immer wieder. Es wird nichts geschehen, betet sie in Momenten wie diesem in sich hinein, während die Menschen sich an ihnen vorbeischieben, die Stadt und die Touristen einem die

Luft zum Atmen nehmen und die Angst jede Lücke füllt wie Watte, die den zerbrechlichen Inhalt eines Päckchens schützt.

Es wird nichts geschehen, bedeutet nicht, dass du keine Angst hast, hätte sie antworten sollen. Es wird nichts geschehen, bedeutet nicht, dass du nicht fürchtest, es könnte etwas geschehen. Stattdessen hatte sie sich auf die Seite gedreht und darauf gewartet, dass er sie in den Arm nahm und dass es Morgen wurde, der lästige Wecker auf dem Nachttisch, das Licht, das durch die Fenster fällt, ein neuer Tag, dem man begegnen muss. Der erste mit diesen Worten im Nacken.

»Soll ich dir helfen?«

Teresa steht mit dem Kind im Arm neben der geöffneten Wagentür, Vittorio versucht, die Karre zusammenzuklappen und in den Kofferraum zu legen.

»Dieses Ding hat ein Eigenleben«, sagt er. Teresa lacht. Die Geschicklichkeit ihres Mannes ist ein Mysterium. Mit links zaubert er Gerichte, die unglaublich kompliziert erscheinen, aber er ist unfähig, einen Nagel in die Wand zu schlagen, einen Wasserhahn zu reparieren oder gar einen Buggy zusammenzuklappen.

Schließlich muss sie die Sache in die Hand nehmen. Sie gibt ihm das Baby, das ruhig weiterschläft, und kurz darauf sitzen sie im Auto.

»Zum Glück funktioniert bei uns zu Hause alles«, sagt sie.

»Willst du damit etwa sagen, ich könnte nicht die Waschmaschine reparieren?«

Er sieht auf die Straße, wartet auf eine Antwort und hält an einer Ampel. Teresa schaut ihn an und kann sich ein Lachen nicht verkneifen.

Sie lachen beide.

Dann wird es grün.

Und das Auto vor ihnen macht keinerlei Anstalten, sich in Bewegung zu setzen.

Das Motorrad wartet am Ende der Straße.

Der Fahrer trägt einen Helm und schwitzt. Sein Hintermann hat das Visier hochgeklappt und trägt eine offene Jeansjacke. Er hat den einen Fuß am Boden, den anderen auf dem Motorrad.

Der Motor ist aus, sie stehen vor einem Haus, und es ist für jeden offensichtlich, dass sie auf jemanden warten.

Jetzt sollte es nicht mehr lange dauern.

Ein Typ in einem blauen Hemd kommt vorbei und sieht sie an.

Der Fahrer nickt und zündet den Motor. Sein Beifahrer setzt sich zurecht und klappt das Visier herunter. Gerade noch rechtzeitig, um nicht vor Hitze einzugehen.

»Sei doch froh, das du kochen kannst«, sagt Teresa.

Und Vittorio lacht nicht mehr.

Er hupt. Zweimal.

Die Ampel ist grün, der Wagen vor ihnen ist ausgegangen und springt nicht wieder an, das Auto hinter ihnen steht zu dicht für ein schnelles Überholmanöver. Vittorio legt den ersten Gang ein, lenkt nach links, dann setzt er zurück, kurbelt nach rechts, versucht sich Platz zu schaffen.

Er blickt in den Rückspiegel. Teresa sagt etwas, das er nicht hört.

Das Motorrad ist nur wenige Meter entfernt. Der Motor übertönt jedes Wort.

Teresa schreit.

Vittorio greift in seine Jackentasche.

Eine sinnlose, letzte Geste.

»Ich begleite euch.«

Der Alte war zufällig in Sizilien, zehn Tage Ferien beim Enkel. Mit diesem Satz ist er alt geworden.

Vor ihm standen zwei Kollegen des Sohnes, denn ein Polizist

ist immer ein Kollege. Ruhige Gesichter, vergeblich um Betroffenheit bemühte Blicke.

Es war vor zwei Stunden passiert, und noch immer hatte der Alte nicht begriffen. Er sollte noch zwei Wochen brauchen, um sich allmählich über alles klarzuwerden.

Es hat keine Minute gedauert, hatte man ihm gesagt. Fünf Schüsse. Das Kind war ein Versehen gewesen.

»Ich begleite euch«, sagt er noch einmal. Er merkt, dass die Polizisten warten und er immer das Gleiche sagt.

Gut, sagt er zu jemandem in seinem Kopf. Er verschwindet im Nebenzimmer, sucht die Schlüssel, zeigt sie den Polizisten, und sie verlassen das Haus.

Eine Viertelstunde später versucht er die Tür zur Wohnung seines Sohnes zu öffnen. Dort wohnt

*wohnte er*

seit seiner Heirat. Dort lebt

*lebte er*

mit seiner Frau und seinem Sohn.

*Das Kind war ein Versehen.*

Er bleibt wartend im Eingang stehen, während die beiden Polizisten, die er nicht kennt,

*Kollegen, es sind Kollegen*

und noch andere, die später eingetroffen sind, überall herumwühlen. Dann hört er eine Stimme, weit entfernt, wie in einem Traum. Ein Satz, den er nicht versteht, aber der alles beendet.

Es dauerte nur kurz. Zu kurz. Doch in diesem Moment weiß der Alte das nicht. Ebenso wenig weiß er, was sein Sohn ihm vor einer Woche gesagt hat oder was die hier suchen oder was er hier macht, zwischen all den Uniformen, die er nicht kennt und die Anweisungen von einem Mann bekommen, den er noch nie gesehen hat.

»Ich bin ein Kollege Ihres Sohnes«, hat er gesagt. Ein Kollege, ein Kollege.

»Das, was geschehen ist, tut mir sehr leid«, hat er gemeint.

Und der Alte hat gelächelt. Ein aufrichtiges, kein höfliches Lächeln. Es hat in den Augen angefangen und sich übers ganze Gesicht verbreitet. Ein absurdes Lächeln für einen überflüssigen Satz, er weiß das, jetzt, da sie zurückgekommen sind und derselbe Mann denselben Satz sagt.

Diesmal lächelt er nicht. Er nimmt seinen Arm, drückt ihn und flüstert:

»Er wusste es. Mein Sohn hat es gewusst.«

»Er wusste es. Mein Sohn hat es gewusst«, sagt der Alte.

Doch haben sich der Ton und die Bedeutung dieses Satzes seit damals sehr geändert. Es ist nicht mehr der Hilfeschrei, den ein verzweifelter Mann einem uniformierten Beamten entgegenschleudert, sondern das düstere, zornige und schmerzvolle Bewusstsein, dass derselbe Uniformierte nichts tat und tun wird, um ihm zu helfen.

Die einzige Hoffnung, herauszufinden, was seinem Sohn, seiner Schwiegertochter und seinem Enkel passiert ist, ist dieser Mann, der ihm gegenübersitzt. Derselbe, der ihm Jahre zuvor stundenlang zugehört und ihn dann mit ein paar höflichen Worten vor die Tür gesetzt hat.

»Und die redeten von Eifersuchtstat als Tatmotiv.«

Daniele nickt. Er fühlt sich schuldig. Weil er sich nicht angehört hat, was der Alte ihm vor Jahren sagen wollte. Und dafür, was der Staat, den er repräsentiert, diesem Menschen angetan hat. Einer von vielen, die ebenso behandelt wurden, wie er später herausbekommen hat.

»Aus welchem Grund haben Sie Ihre Meinung geändert?«

Die Augen des Alten sind gerötet, doch er hat nicht geweint. Die Zeit hat den Schmerz nicht gelindert, und Daniele fragt sich, ob er auch so stark geblieben wäre.

»Ich kann es Ihnen nicht sagen. Das wissen Sie.«

Der Alte nickt und setzt sich.

»Doch es fällt jetzt in Ihren Zuständigkeitsbereich.«

»In gewissem Sinne.«

Der Alte fährt sich mit der Hand übers Gesicht.

»Sind Sie jemals in Graun gewesen?«

Die Frage klingt völlig aus dem Zusammenhang gerissen.

»Nein, nie.«

»Sie sollten mal hinfahren, Dottore. Da gibt es einen Ort, an dem man Gänsehaut kriegt. Haben Sie schon mal vom Reschensee gehört?«

»Der mit dem Glockenturm.«

»Genau der. 1950 wurde ein Staudamm gebaut und man hat das Dorf Graun verlegt. Das alte Dorf ist überschwemmt worden, und nun schaut der Kirchturm aus dem Wasser. Ringsum liegt das Dorf. Im Winter, wenn der See zufriert, hat man es sogar unter sich. Wegen dieses Kirchturmes ist mein Sohn Taucher geworden.«

Daniele denkt an das Foto, das er gesehen hat. Über und unter der Wasseroberfläche. Ein Geisterdorf auf dem Grund eines Sees.

»Ich bin kein begeisterter Schwimmer.«

»Ich schon. Das war ich schon immer. Doch ich hätte nie dem Mut gehabt, dort hinunterzutauchen. Ich glaube nicht an Gespenster und auch nicht an den Unfug, dass man angeblich in bestimmten Nächten die Kirchturmglocken läuten hört. Die wurden vor der Flutung abgenommen. Dennoch könnte ich nicht die Nase unter die Wasseroberfläche stecken und die Häuser, die Mauern und Dächer sehen, die aus dem Nichts auftauchen. Ich könnte es einfach nicht. Klingt dumm, ich weiß.«

Er macht eine Pause.

»In der ersten Zeit in Palermo haben sie ihn damit aufgezogen. Ein Gebirgler, der unter Wasser geht. Ein Gebirgler im Taucheranzug. Was verstehst du denn schon davon? Dann hat er ihnen die Fotos gezeigt, die er dort unten gemacht hat. Er hat ihnen die Geschichte erzählt. Ich kann mir vorstellen, wie er geguckt hat, als sie mit der Fopperei aufgehört haben. Er hatte sehr viel Spaß an diesem Glockenturm.«

Wieder eine Pause. Diesmal länger.

»Zwei Wochen vor seinem Tod ist er mich besuchen gekommen. Hier, wo wir beide jetzt sitzen. Er hatte seiner Frau nichts gesagt, nur dass er einen Auftrag hätte und einen Tag wegmüsse. Das stimmte nicht, um zu kommen, hatte er extra Urlaub genommen. Er saß da, wo Sie jetzt sitzen, und versuchte zu reden. Seit einigen Wochen waren sie hinter ihm her. Ein Mann um die vierzig. Ich sehe ihn überall, sagt er. Ich tue so, als hätte ich es nicht bemerkt, doch er ist da. Ich habe meinen Sohn gefragt, wer das sei, eine saublöde Frage. Er hat mir nicht geantwortet. Er hat mich gefragt, ob ich die Nachrichten sehe, ob ich sie Ende Juni gesehen hätte. Ich verstand nicht, worauf er hinauswollte, und hab's ihm gesagt. Er hat das Thema gewechselt. Wenn mir etwas passiert, hat er gesagt, sieh in meinen Schrank. Ich habe mich nicht getraut, etwas zu erwidern. Kurz darauf ist er aufgestanden, hat mich umarmt und ist gegangen. Erst, als sie ihn erschossen haben, ist mir aufgegangen, was er meinte.«

»Vittorio ist wegen des Anschlagsversuches in Addaura* gestorben. Das weiß ich genauso gut wie Sie. *Inzwischen.* Richtig?«

Daniele antwortet nicht.

Er denkt an den Tag Ende Juni 1989 zurück. An das missglückte Attentat auf Giovanni Falcone und seine Gäste, zwei Schweizer Richter.

»Vittorio war Taucher. Vittorio war dort, Dottore. Richtig?«

Er denkt an die Tasche mit den Flossen, den Tauchermasken, der Ausrüstung, die auf dem Felsen vor der Villa lag.

»Vittorio war dort, damit diese Bombe nicht hochging, und sie ist nicht hochgegangen. Richtig?«

Er denkt an die Untersuchungen über Geldwäsche, über das Mafiageld, das von Sizilien über Norditalien, Südamerika und alle möglichen Off-Shore-Paradiese in die Schweiz gelangt.

»Vittorio hat gesehen, was passiert ist, Dottore. Richtig?«

Er denkt daran, dass man im Zusammenhang mit Addaura nur von Falcone und der Cosa Nostra spricht. Naheliegend, wenn man bedenkt, wie es gelaufen ist. Doch sobald man bei einer Geschichte eine Kleinigkeit auslässt, erzählt man eine andere. Eine neue, simplere und manchmal falsche.

»Vittorio hat alles gesehen. Ihn auch. Richtig?«

Daniele sieht ihn an.

»Ihn auch?«

Der Alte fährt sich mit der Hand durchs schüttere, wirre weiße Haar.

»Das ist etwas, was ich nie jemandem erzählt habe. Nicht einmal meinem Sohn. Hin und wieder denke ich, ich hätte es tun sollen. Vielleicht wären die Dinge dann anders gelaufen.«

Daniele wartet mit verschränkten Armen, der rechte Zeigefinger trommelt nervös auf den linken Oberarm.

»Drei Tage bevor es … passiert ist, ist dieser Mann hierhergekommen. Er suchte meinen Sohn. Ich weiß nicht, weshalb er hier war. Ich habe mich das oft gefragt, und die einzige Antwort, die mir einfällt, ist, dass er mich einschüchtern wollte, falls ich etwas weiß.«

»Wer war das?«

Der Alte scheint sich für die Antwort zu schämen.

»Ein Monster? Ich sollte das nicht sagen, aber … ich weiß nicht, wie ich ihn sonst beschreiben soll. Er sah aus, als hätte er einen Pilz oder irgendwelche Verbrennungen im Gesicht. Ich weiß nicht, wie ich es … Als ich ihn sah, konnte ich ihm noch nicht einmal zuhören. Und er wusste das, er hat mich angeguckt, als wollte er gleich loslachen. Dieses … dieses Gesicht werde ich niemals vergessen, Dottore. Niemals.«

Der Alte sieht weg. Nur ganz kurz, gerade lang genug, um das vergangene Bild wegzuwischen.

»Also«, fährt er fort, »ich hatte keine Ahnung, wer das war. Er meinte, er sei ein Kollege von Vittorio und kenne ihn gut, ich weiß nicht, ob ich ihm geglaubt habe oder nicht. Im

Laufe der Jahre habe ich dann erfahren, dass andere ihn auch gesehen hatten. An jenem Tag vor Falcones Villa.«

»Hatte er einen Akzent?«

»Wollen Sie wissen, ob er Sizilianer war? Da war etwas in seiner Stimme. Aber selbst Vittorio hatte nach einer Weile seinen Akzent verloren. Nein, er war kein Sizilianer. Und auch kein Mafioso.« Er blickt Daniele an. »Und das wissen Sie.«

Der Richter antwortet nicht. Wenn er es täte, würde er dem Alten zeigen, was er fühlt. Diesen Luxus kann er sich nicht erlauben. Der Hausherr steht auf und trinkt ein Glas Wasser.

»Sonst habe ich nichts«, sagt er. »Ich kann Ihnen nichts erzählen, was Sie nicht bereits wissen.«

»Wieso haben Sie das keinem Richter gesagt? Wieso haben Sie es nicht mir gesagt?«

»Hätte ich sollen? Niemand glaubte mir. Niemand, verstehen Sie. Nicht einmal Sie. Es hieß, Vittorio und Teresa seien wegen irgendeiner Betrugs- oder Eifersuchtsgeschichte gestorben. Eifersucht. Die waren unzertrennlich, verstehen Sie? Diese Frau war in meinen Sohn verliebt, sie hätte ihn niemals betrogen. Es war die Mafia, Dottore.«

Daniele ist kurz davor, ihn zu unterbrechen. Er denkt an die Unterschrift unter dem Bericht, der dieses absurde Eifersuchtsmotiv untermauert. An die Buchstaben seines wahren Namens, die Talete auf dem Papier hinterlassen hat, ein nachlässiger Schlenker, das Todesurteil für die Wahrheit.

Nein, möchte er dem Alten sagen.

Nicht die Mafia, viel schlimmer noch. Aber es wäre sinnlos.

Er steht auf und hält ihm die Hand hin.

»Ich möchte Sie um einen Gefallen bitten. Wenn Sie etwas über meinen Sohn rauskriegen, was auch immer, und sei es nur eine Kleinigkeit, lassen Sie es mich wissen.«

»Sie können sich darauf verlassen.«

Sie stehen sich gegenüber, jeder mit seinem Schuldgefühl.

»Diese Geschichte reicht sehr weit zurück, das ist offensichtlich.«

Marco Di Donna schenkt sich einen Tomatensaft ein. Mir wird fast schlecht, wenn ich daran denke, das ich dieses Zeug auch mal gemocht habe.

»Ich brauche etwas zu trinken«, hat er gesagt, ist aufgestanden und hat angefangen, in der Bar herumzukramen.

»Kennen Sie sich mit Finanzgeschäften aus?«

Er hat eine Wodkaflasche in der Hand. Er scheint unschlüssig, ob er es bei einem gewürzten Tomatensaft belassen oder eine Bloody Mary daraus machen soll. Ich zucke die Achseln. Ich denke an meine ersten Jahre als Journalist zurück, an die Post im Mailänder Justizpalast, an die Ermittlungsbescheide, die es regnete wie Konfetti an Karneval.

»Ich kenne mich mit Schmiergeldern aus«, antworte ich.

Er nickt.

»Ich auch. Und zwar aus eigener Erfahrung.«

Er öffnet die Flasche und entscheidet sich für die alkoholische Variante.

»Für mich ist es noch zu früh«, sage ich, und mir wird bewusst, dass es außerhalb unseres unterirdischen Versteckes Tag oder Nacht sein könnte.

Er setzt sich wieder aufs Sofa.

»Mal sehen, ob ich mich verständlich machen kann. Die Geschichte, die ich Ihnen erzählen will, ist nur sehr wenigen Menschen bekannt. Ich habe sie mit der Zeit herausbekommen, habe das, was ich von meinem Vater wusste, was ich aus seinen Unterlagen erfahren und was ich selbst herausgefunden habe, zusammengefügt. Sagen wir, ich habe Alessandro Di Donnas Geld investiert, um herauszubekommen, wer ihn umgebracht hat.«

Er nippt an seinem Cocktail.

»Ab einem gewissen Punkt gibt es zwischen legaler und illegaler Macht keinen Unterschied mehr. Die beiden Welten sind derartig miteinander verfilzt, dass es schwer und oft unmöglich ist, die Grenzen auszumachen. Mein Vater hat Mafiageld über die Freimaurer gewaschen und zugleich besondere Beziehungen zur Politik und dem Vatikan gepflegt. Cosa Nostra hingegen besitzt ganze Aktienpakete von Börsenunternehmen. Geld, das vor allem aus dem Rauschgifthandel kommt, in den legalen Geldverkehr eingeschleust wird und blütenrein in die Wirtschaft dieses Landes fließt. Verstehen Sie, dass es schwer ist, den Überblick zu behalten? Ein paar Jahre vor seinem Tod sagte Giovanni Falcone einmal, man müsse aufpassen, die Mafia sei an der Börse. Wissen Sie, worauf er sich bezog?«

Ich denke an Davide Mirri, an die Semprini, die Anonima Cementi, an die Ermittlungen meines Vaters. Als ich es ihm sage, nickt er.

»Sie haben es erkannt. Die Cosa Nostra besitzt einen beträchtlichen Teil der Semprini. Die Semprini verkauft ihren chemischen Sektor an den Staat, der eine riesige Summe dafür zahlt. Und diese Summe, abzüglich der Schmiergelder, geht proportional an die Gesellschafter, an die legalen und die illegalen.«

»Der Staat finanziert die Mafia.«

»Klar, natürlich. Und wenn zum Beispiel die Anonima Cementi verkauft wird, hat der Käufer zwei Möglichkeiten. Er kann seinerseits die organisierte Kriminalität finanzieren oder die Gesellschafter übernehmen. Manchmal ist die zweite Möglichkeit sogar von Vorteil.«

Er spielt mit seinem Glas, starrt in die rote Flüssigkeit, dann hebt er den Blick, um zu sehen, ob ich ihm folge, und fährt fort.

»Diese Welt ist uralt. Die Wirtschaft, die Finanzwelt, die Industrie und die Politik waren schon immer aufeinander angewiesen. Und die Machtgefüge sind sehr viel größer als der kleine geografische Flecken, aus dem Sie kommen. Denken Sie beispielsweise ans Öl. Oder an die Notwendigkeit, dass Italien eine bestimmte politische Ausrichtung hat. Wie gesagt, größere Gefüge. Um sie im Gleichgewicht zu halten, kommt es nicht so sehr auf die Methode an. Als die Alliierten

'43 in Sizilien landen, tun sie das auch dank der Cosa Nostra. Die Verbindung zum Geheimdienst hat dort ihren Ursprung, seitdem gebraucht man die Mafia als Mittel gegen den Kommunismus. Wenn es eine sogenannte Strategie der Spannung gibt, dann beginnt sie an einem ersten Mai am Ende des zweiten Weltkrieges bei der Portella della Ginestra*.«

Er trinkt und senkt die Stimme.

»Ich bin ein lausiger Barmann«, sagt er. Behutsam stellt er das Glas auf den Tisch. »So läuft das Spiel. Die Machtgefüge im Gleichgewicht halten, rausholen, was geht. Durch den Vatikan hat die Bank meines Vaters die Opposition im kommunistischen Polen und einige südamerikanische Diktaturen unterstützt. Das Ziel war das gleiche, die Kommunisten kleinhalten. Oder besser, dafür sorgen, dass die Dinge so bleiben wie sie sind, keine Einflussbereiche verlieren und bei allem, was weniger stabil erscheint, auf den Busch klopfen, um zu sehen, ob's bröckelt.«

»Das war das größere Spiel.«

Di Donna nickt.

»Ganz recht. Und mittendrin gab es noch die kleineren. Clearingstellen wie bestimmte Bereiche der Freimaurer, denen mein Vater angehörte. Und die nicht verschwunden sind, auch wenn die Untersuchungen das Gegenteil hoffen lassen.«

»Und außer den Freimaurern die Cosa Nostra.«

»Natürlich, als Mittel und als Schutz. Außerdem die Geheimdienste, die souveräne Staaten repräsentieren und sich ihrerseits – sagen wir, auswärtiger? – Zusammenarbeit bedienen, wenn es nötig ist.«

Er beugt sich vor.

»Ich gebe Ihnen ein Beispiel. Versuchen Sie sich die Cosa Nostra als Geldfabrik vorzustellen. Uns interessiert nicht, wie sie es herstellt, zumindest noch nicht. Sie hat es und basta.«

»Ein Investor.«

Seine Augen leuchten auf.

»Sie sagten, Sie verstünden nichts von Finanzen«, raunt er.

»Die Cosa Nostra ist der größte Investor auf dem Markt. Sie hat einen Haufen Geld, das sie irgendwo anlegen muss, und sie ist sogar bereit, einen Teil davon sausen zu lassen, wenn sie den Rest wiederkriegt. Natürlich sucht sie sich jemanden, bei dem sie investieren kann.«

»Im Norden.«

»Im Norden, ganz klar. Sie haben mir doch die Semprini-Geschichte erzählt, nicht wahr? Das ist ein Beispiel. Der Kreislauf ist ziemlich einfach. Das Geld aus dem Rauschgifthandel wird über Banken und Finanzierungsgesellschaften gewaschen, geht über Nummernkonten auf Depots von Strohmännern und wird in mehr oder weniger große Unternehmen investiert, die mehr oder weniger im Bilde sind, was läuft. Das Geld ist gesäubert, und die Wirtschaft wird real. Ich könnte Ihnen zahlreiche Unternehmen nennen, die Beziehungen zu internationalen Geldwäschekanälen, zur Vatikanbank und zu Kreditinstituten innerhalb und außerhalb Italiens unterhalten. Manche dieser Geldwäschezentralen werden von den Geheimdiensten selbst betrieben, andere werden zu politischen Zwecken genutzt. Und in wieder anderen Fällen verbindet sich alles auf sehr viel subtilere Weise.

Ihre Betreiber haben Geld und Macht in Hülle und Fülle. Sie werden in ihrer Karriere gefördert und erhalten Unterstützungen für ihre Unternehmen. Und am Ende haben ihre Förderer sie am Haken. Denn über eines besteht kein Zweifel: Jeder Wechsel will bezahlt werden. Immer. Und je besser man ist, je größer und bedeutender man wird, umso gesalzener wird am Ende die Rechnung.«

»Und Ihr Vater war gut.«

»Alessandro Di Donna war der Beste. Und das, weil er eigentlich eine ehrliche Haut war. Komisch, nicht wahr? Seine Bank war eine der Schaltzentralen jener Welt, die ich Ihnen geschildert habe. Zu groß, um nicht in die Luft zu fliegen. Und je lauter der Knall, desto notwendiger ist es, dass der Geheimnisträger schweigt.«

Er steht auf, geht zur Bar und lehnt sich mit dem Rücken gegen den Tresen.

»Das ist der Hintergrund Ihrer Geschichte.«

Ich sehe ihn verständnislos an. Ich muss ein ziemlich seltsames Gesicht machen, denn plötzlich fängt er an zu lachen und kann kaum wieder aufhören.

»Entschuldigen Sie bitte«, sagt er, als er sich endlich beruhigt hat. »Sie verstehen offenbar nicht ganz. Und das zu recht. Es ist meine Schuld. Sagen wir, ich habe eine ganze Weltkarte aufgezeichnet, um Ihnen zu zeigen, wo sich eine Insel befindet, wenn Sie mir die Metapher erlauben. Mal sehe, ob ich Sie auf die richtige Spur setzen kann. Wissen Sie, was am 21. Juni 1989 in Addaura bei Palermo passiert ist?«

»Das gescheiterte Attentat auf Giovanni Falcone.«

Er schüttelt den Kopf.

»Nein. Seien Sie nicht oberflächlich. Das ist die landläufige Version, die nur auf den Titel schaut und sich nicht um die Handlung kümmert.«

Er hat recht. An jenem Sommertag waren sie in Falcones Villa zu dritt. Der Hausherr und zwei Schweizer Richter. Sie ermitteln im Fall eines Geldwäschekreislaufes, der über die UBS Lugano führt. Geld vom internationalen Rauschgifthandel und seinen Betreibern. Den Capobiancos.

Gerade will ich es Di Donna sagen, da macht er mir ein Zeichen zu schweigen und stößt sich vom Tresen ab.

Ich brauche ein paar Sekunden, um es zu bemerken.

Anfangs klingt es wie das leise Knarren eines Möbelstücks, eines dieser gedämpften, nächtlichen Geräusche, die völlig unvermittelt auftauchen.

Es scheint von der Wand hinter mir zu kommen. Doch das ist völlig absurd. Da ist kein Möbelstück, das knarren kann.

Es sind Schritte.

Eine Treppe über uns läuft jemand im Haus herum.

Der gepanzerte Wagen ist schnell. Er überquert eine Straße und fährt am Fluss entlang, der zu dieser Tageszeit schwarz ist. Fast unsichtbar. Daniele sitzt auf dem Rücksitz, sein Blick ist auf die Welt geheftet, die an seinem Fenster vorüberzieht.

Seine Gedanken sind weit weg, auf der Flucht vor den Schuldgefühlen, die er nicht unterdrücken kann.

*Dieses Gesicht werde ich nie vergessen, Dottore.*

Ich hätte vor langer Zeit etwas unternehmen sollen, denkt er. In jenem Sommer hätte ich etwas unternehmen sollen. Ich hätte früher dahinterkommen sollen, wie die Sache läuft. Ich hätte vermeiden können, dass alles vor die Hunde geht.

Vielleicht.

Er schließt die Augen. Sofort sieht er das Gesicht, dieses Gesicht vor sich. Er hat es nie gesehen, doch so stellt er es sich vor, so hat er es sich vorzustellen versucht, seit dem ersten Mal, als er davon gehört hat. Zweifellos kann sich jeder daran erinnern. Doch niemand weiß, wer es ist.

Ich werde dieses Gesicht nie vergessen.

Den Alten diesen Satz sagen zu hören war ihm erschienen wie ein Hinterhalt.

Alles in seinem Leben hat den fauligen Geschmack der Vergangenheit, die er so gerne hinter sich gelassen hätte. Und gleichzeitig scheint nun alles zum perfekten Zeitpunkt zu passieren, um die begangenen Fehler wiedergutmachen zu können. Oder zumindest Gerechtigkeit üben zu können.

Das hätte er schon seit langer Zeit tun sollen. Seit er diesen Satz von jemand anders gehört hat. Damals gab es noch Hoffnung.

Heute, da viele Dinge, die er hatte beiseiteschieben müssen, wieder hochkommen, hat er das Gefühl, auf einem fremden Planeten gelebt zu haben, in einer Art Wahnvorstellung, dem lächerlichen, tröstlichen Versuch, der Wahrheit nicht ins Auge zu blicken.

Er öffnet die Augen. Die Tasche liegt neben ihm. Gleich

nachdem er ins Auto gestiegen ist, hat er angefangen zu suchen. Es hat nicht lange gedauert.

In Elenas Unterlagen gibt es ein paar handschriftliche Aufzeichnungen, mehr oder weniger lange Texte ohne Datum, die sich zeitlich oft schwer einordnen lassen. Darunter die, die er in den Händen hält.

*Ich habe den Werwolf gesehen,* schreibt sie. *Alles, was über ihn gesagt wird, trifft mehr als zu. Ich würde ihn gern für verrückt halten, aber das ist er nicht. Literatur ist tröstlich, doch an ihm ist nichts Tröstliches. Dieser Mann ist der Staat, wie ich ihn in den letzten Jahren erlebt habe. Und das Grauen, das einen packt, wenn man ihn sieht, ist das gleiche, das ich empfinde, seit ich weiß, was ich weiß, und nach einer Erklärung dafür suche. Wir haben über dies und das gesprochen, über die Hitze, über die politischen Zustände. Er hat mich gefragt, wie es Giulia geht, und sie beim Namen genannt. Er hat mir in keiner Weise gedroht. Er hat nur den Namen meiner Tochter genannt. Ich wäre am liebsten abgehauen, und das wusste er genau. Er lächelte. Ich habe Adriano nicht davon erzählt, er hätte mir nahegelegt, die Finger davon zu lassen, aber das will und kann ich nicht. Nicht jetzt, wo wir Solara so nahe sind.*

Der Werwolf.

Bald darauf hat Daniele mir diese Zeilen zu lesen gegeben, und als ich begriffen habe, worum es darin geht, kam ich mir saublöd vor.

Ich sehe sie noch vor mir. Auf dem Teppich, den Rücken ans Sofa gelehnt, die Beine verschränkt und das Buch vor den Augen. Dieses Buch, das ich nie gelesen habe, weil ich es bereits auswendig kannte. Jeden Abend hat Elena mir ein Stück daraus erzählt. Sie tat es, als wäre es eine wahre Geschichte, voller Begeisterung und Neugierde verfolgte sie den von Thomas Harris erdachten Fall und mutmaßte, was auf den nächsten Seiten wohl passieren würde und ob Will Graham – der Held – die Last seiner Entdeckungen ertragen könnte.

*Red Dragon*, so der Originaltitel.

Der Große Rote Drache und die Frau, mit der Sonne bekleidet. Das Bild von William Blake, von dem sich der Serienkiller Francis Dolarhyde leiten lässt. Das durch die Hasenscharte entstellte Gesicht. Der Mann, der im Roman von den Zeitungen als Werwolf bezeichnet wird.

In den Notizen meiner Frau ist der Werwolf kein Serienmörder. Zumindest nicht im wörtlichen Sinne, denn er taucht jedes Mal auf, wenn jemand stirbt oder zu sterben droht. Vorher, nachher oder währenddessen.

In Addaura zum Beispiel, am Tag des Attentats auf Falcone.

Elena nennt ihn genau so, den Werwolf.

Für die Zeugen, die ihn gesehen haben, für die Gerichtsakten, für die wenigen, die den Mut hatten, darüber zu sprechen, ist er der Mann mit dem Monstergesicht.

Marco Di Donna verharrt reglos wie eine Eidechse. Er hat keine Angst, ist nicht überrascht.

Er horcht. Sieht mich an, streckt eine Hand aus, die Handfläche nach vorn gerichtet.

»Halt«, formen seine Lippen.

Die Schritte über uns werden rascher. Es gibt keinen anderen Laut. Wer auch immer dort oben ist, er wühlt nicht herum. Er geht umher. Sieht sich um. Suchend. Abwartend.

Eine mir endlos erscheinende Weile rühren wir uns nicht, dann nähert sich Di Donna. Ohne mich zu berühren, flüstert er mir ins Ohr.

»Neben der Bar ist eine Tür. Sie führt ins Gästeklo. Dort eine weitere, hinter der der Tunnel liegt. Daneben hängt eine Taschenlampe. Niemand weiß, dass es den Tunnel gibt. Er kommt neben einem Strand raus, von dort aus sind es ein paar Kilometer bis zum Haus. Alles klar?«

Ich nicke. Er bedeutet mir zu gehen.

Ich öffne die Tür. Auf der Schwelle drehe ich mich um. Er

sieht mir prüfend nach. Einen kurzen Moment blicken wir uns in die Augen, dann schlüpfe ich ins Bad. Zwei Minuten später werde ich von der Dunkelheit verschluckt.

Marco Di Donna sieht auf die Uhr und wartet.

Seit ein paar Minuten ist es oben wieder still. Dennoch traut er der Sache nicht.

Er hat sich die Schuhe ausgezogen und ist langsam zum Sofa geschlichen. Die Wartezeit könnte lang werden. Einen Moment lang hatte er den Eindruck, es könnte sich um zwei Eindringlinge handeln, dann hatte er geglaubt, er wäre wieder allein. Ein Irrtum.

Er stellt sich zwei Männer vor. Einer bleibt draußen, der andere kommt herein. Das Haus ist erleuchtet, sie wähnen ihn darin, sie öffnen die Tür, hören die Stimmen. Weit entfernt, kaum hörbar, aber da.

Der Typ, der eintritt, hört sie. Den Wortlaut kann er nicht verstehen, das ist unmöglich. Und auch nicht, wer spricht. Doch er weiß, dass jemand da ist. Wo, lässt sich schon schwieriger sagen.

Dann ist alles still. Der Mann setzt sich in Bewegung, macht dem draußen Wartenden ein Zeichen. Vielleicht eine gängige Geste, um ihm zu verstehen zu geben, dass irgendwo jemand ist. Der andere kommt herein. Sie machen eine Runde durchs Haus. Gehen wieder.

Jetzt stellt er sich einen einzelnen Mann vor.

Er tut haargenau das Gleiche, tritt ein, hört die Stimmen, sucht sie, findet sie nicht. Auch er ist nicht allein. Da ist noch jemand. Sein Chef vielleicht. Er wartet draußen darauf, dass der Handlanger seine Arbeit tut und den Hausherrn unschädlich macht. Vielleicht ist er gekommen, um zu reden, nicht, um zu töten. Vielleicht ist er einer von denen, die ihn in all den Jahren immer wieder aufgesucht haben, Tag und Nacht, um klarzustellen, wer am längeren Hebel sitzt und wer den dicksten Schwanz hat.

Oder einer von denen, die feststellen mussten, dass es im Haus nichts zu holen gibt. Keinerlei Unterlagen, die ein x-beliebiger Dieb oder ein gewiefter Bulle bei einer Durchsuchung finden könnte.

Den Feind zu unterschätzen ist ein Fehler, den er allzu oft gemacht hat.

Er fährt sich mit der Hand übers Gesicht und steht auf. Auf Strümpfen schleicht er zur Tür, die nach oben führt.

Er wartet. Lauscht. Stille. Er legt die Hand auf die Klinke, drückt sie herunter. Ganz langsam. Bis nach unten.

Dann hört er das Geräusch.

Er bleibt reglos, die Hand umklammert das Metall und hält es heruntergedrückt.

Ein Schritt, über ihm. Er erscheint ganz nah, zu nah.

Noch ein Schritt. Noch näher. Weiter weg. Stille. Eine Sekunde. Eine Stunde. Ein Jahr. Eine Ewigkeit. Er sieht ihn vor der Kammer stehen und lauschen.

Warten.

Dann geht er. Eine Tür öffnet sich, ein Motor in der Ferne.

Die Nacht senkt sich wieder herab.

Leise tappt er nach oben. Alles ist so, wie er es verlassen hat.

Er schließt die Tür ab, löscht das Licht, geht ins Wohnzimmer und holt das Taschenbuch, das er gerade liest.

Mitten im Zimmer bleibt er stehen und lächelt.

Die Zigarre liegt neben dem Aschenbecher. Eine Montecristo auf einem Blatt Papier. Eine gerade, nüchterne Handschrift. Drei Worte. *Für die Störung.*

Die Luft ist schwarz. Kein Raum, keine Form, keine Farbe.

Nur der Lichtkegel der Taschenlampe, der Geruch des fernen Meeres, die hörbare Gegenwart irgendwelcher Tiere. Ratten, nehme ich an.

Ich gehe und würde am liebsten rennen. Ich gehe und würde am liebsten sofort diesem Gefängnis aus Nichts entfliehen, von dem ich weder weiß, wo es ist, noch wohin es mich führt.

Es ähnelt der Welt, in der ich lebe. Vergessene Geschichten, die aus der Finsternis hervorbrechen, seit langem begrabene Fetzen Wirklichkeit, die ein immer größeres und dennoch klares Bild ergeben. In der Welt, die vor meinen Augen entsteht, scheinen die Grenzen sich aufgelöst zu haben, und selbst Kämpfen bekommt eine neue Bedeutung.

Eine zum Scheitern verurteilte Grundsatzschlacht. Wenn der Feind derjenige ist, der ihn bekämpfen sollte, ist ein Sieg ausgeschlossen. Was bleibt, ist das Erzählen, die Notwendigkeit, dem Dunkel die Konturen zu entreißen, Zentimeter für Zentimeter, was ungefähr genauso irrwitzig ist, wie das Meer mit einem Eimer zu leeren.

Ich verlasse den Tunnel.

Schalte die Taschenlampe aus. Es ist Nacht, der Mond steht am Himmel, mein Herz dröhnt in den Ohren, und das Meer erscheint grau.

Ich blicke mich um. Das Haus ist weit weg, die Lichter brennen noch, die einzigen Geräusche, die ich höre, sind mein angstvoller Atem und das Rauschen der Wellen.

Ich sinke auf die Knie, grabe die Hände in den Sand, senke den Kopf und schließe die Augen.

Ich bin müde.

Ich denke daran, was Di Donna über seinen Vater gesagt hat, an Elenas Notizen, an die mit Daniele verbrachten Stunden. Und zum ersten Mal wird mir klar, dass ich einen Weg erkennen kann. Eine Spur, die sich bislang nur erahnen lässt und die von weither kommt. Sie kreuzt die Geschichten von Patrizio Benetti und Alessandro Di Donna, den Tod Giovanni Falcones und Paolo Borsellinos, die Bomben von 1993, den Unfall, in dem Elena zu Tode gekommen ist, und führt bis zu Michela und Ariannas Verschwinden.

Eine Straße der Verbohrtheit und Besessenheit, der Fragezeichen und des Todes, der unnennbaren Zusammenhänge und verborgenen Freundschaften, der Verbindungen, die keiner zugibt, doch die meisten begehren.

*Anche se allora vi siete assolti, siete lo stesso coinvolti* – Auch wenn ihr euch damals freigesprochen habt, steckt ihr dennoch mit drin.

Das Lied von De André kommt mir wie von allein in den Sinn, ebenfalls eine ferne Erinnerung, die auf den ersten Blick nichts mit dem zu tun hat, was mir gerade widerfährt, doch das täuscht. Ich öffne die Augen und rappele mich hoch.

Folge dem Geld. Folge dem Geld.

Ich gehe zum Ufer hinunter, die Lichter im Haus verlöschen, ich kehre um und wandere zur Straße. Eine halbe Stunde später habe ich mein Ziel erreicht. Unter der Dusche sehe ich den Sand im Abfluss verschwinden, rieche den Duft des Duschgels und versuche wieder Kontakt mit der Wirklichkeit aufzunehmen.

Mit der Gegenwart, dem Hier und Jetzt.

Es ist unmöglich. Ich schlafe einen gleichmäßigen, vor flüchtigen Bildern berstenden Schlaf. Ich bleibe im Bett, bis ich nicht mehr liegen kann, und beginne den Tag, wie ich den letzten beschlossen habe: laues Wasser auf der Haut, die Gewissheit, allein zu sein, niemandem trauen zu können, jedem trauen zu müssen.

Mit der Insel hat sich alles geändert. Wieder einmal.

Der Regen kommt ganz plötzlich.

Ich bemerke ihn, als ich aus der Dusche trete. Das Licht schwindet, die Tropfen zersetzen die Stille, zuerst vereinzelt und dann immer dichter. Durch das Küchenfenster sieht das Meer schwarz aus. Ich betrachte es gedankenverloren, die Hände in den Hosentaschen vergraben und Di Donnas Worte im Ohr, die einfach nicht verstummen wollen.

Als der Wolkenbruch nachlässt, trete ich auf die Veranda hinaus. Der Strand, gleich hinter der hölzernen Brüstung, sonst nichts ringsum.

Reglos stehe ich da und warte, dass der Regen aufhört. Dann gehe ich hinaus, sehe hoch zu dem Haus auf dem Felsen und setze mich gemächlich in Bewegung. Ich weiß nicht, wie lange ich brauche, ich habe einfach zu viel im Kopf, und der Drang, die Unterhaltung zu Ende zu führen, ist genauso stark wie der, abzuhauen. Ganz weit weg. Weg von allem. Ich biege in das Sträßchen unterhalb der Klippe ein und bin so gut wie da.

Noch ein paar Meter, und ich bleibe stehen.

Das Haus ist dunkel. Kein Licht brennt, nichts lässt darauf schließen, dass jemand dort ist. Ich blicke mich nach dem schwarzen Jeep um. Dort, wo er geparkt war, ist das Gras niedergedrückt, doch der Wagen ist nicht zu sehen.

Ich mache zwei Schritte auf das Haus zu. Di Donna könnte weggegangen sein, das weiß ich. Doch das, was ich beim Näherkommen sehe, erzählt eine ganz andere Geschichte.

Die Haustür steht weit offen.

Ich atme heftig. Schlucke. Frage mich, was ich tun soll. Frage mich, ob Patrizio Benetti es sich anders überlegt hat. Frage mich, ob er der Mann gewesen ist, dessen Schritte wir gehört haben. Frage mich, ob derjenige, egal wer es war, seine Mission erfüllt hat. Frage mich, ob er noch immer hier ist, irgendwo.

Fragen, auf die ich keine Antwort habe und die mir bei jedem Schritt, den ich auf die offene Haustür zugehe, durch den Kopf schießen.

Drinnen ist nichts mehr geblieben. Keine Gegenstände, keine Möbel, nichts außer den Wänden. Ich husche zur Kammer. Sie ist offen, ebenso wie die Tür, die nach unten führt. Ich gehe die wenigen Stufen hinab und habe das Gefühl, in einem alten Fantasyfilm gelandet zu sein.

Auch das Kellerzimmer ist leer.

Geblieben sind die Spuren der Regale, die Bohrlöcher in den Mauern, die Schatten an den Wänden, wo gestern noch die Konsolen hingen. Die Abdrücke des verschwundenen Barmöbels auf dem Boden. Dasselbe kaum wahrnehmbare Gespenst, das auch im oberen Stockwerk den Platz der Möbel eingenommen hat.

Marco Di Donna ist abgehauen.

Binde dich nie an etwas, das du nicht in dreißig Sekunden loswerden kannst, hat mir Patrizio Benetti gesagt. Offenbar ist er nicht der Einzige, der diese Lebensregel beherzigt.

Ich gehe hinaus. Der Himmel ist wieder grau. Das Fetzchen Blau, das nach dem Regen zum Vorschein gekommen war, ist verschwunden.

Ich muss weg. Von diesem Haus und von dieser Insel.

Daran denke ich gerade, als ich ihn sehe.

Er liegt einen Meter vor mir auf der Wiese. Ein banaler Zigarettenstummel, nach ein paar Zügen weggeworfen. Nur, dass er noch glüht.

Ich blicke mich um. Zweimal. Dreimal. Ich muss hier weg. Ich muss weg.

Ich setze mich in Bewegung, drehe mich um, es ist niemand zu sehen, ich höre ein Geräusch, sehe nach, niemand da, ich gehe schneller, noch schneller, renne den Weg hinunter, der zur Straße führt, ich will nicht über die Klippe, ich brauche Asphalt, Zement, vorbeifahrende Autos, Leute, die mich sehen und mich davon überzeugen, dass die Welt nicht mit dem Wolkenbruch, der sich gerade wieder zu entladen beginnt, verschwunden ist.

Ich atme.

Gehe.

Rund hundert Meter jenseits der Schranke, die Di Donnas Anwesen schützt, bleibe ich stehen. Ich hole das Handy heraus und rufe Giulia an. Ich höre ihre Stimme auf dem Anrufbeantworter und dann den Piepton. Ich lege auf. Rufe den Flughafen an und erkundige mich nach dem nächstbesten Flug nach Italien.

Eine halbe Stunde später packe ich meine Sachen. Hastig stopfe ich alles in den Koffer. Ich habe es eilig. Ich habe Angst. Ich muss hier weg. Ich hieve den Koffer in den Mietwagen, werfe die Heckklappe zu, lasse den Hausschlüssel im Schloss stecken und kehre zum Auto zurück.

»Ist das Ihr Haus?«

Der Mann steht am Strand. Er trägt ein Polohemd, dunkle Hosen und Tennisschuhe. Und er hat Italienisch gesprochen.

Ohne zu antworten öffne ich die Wagentür. Er macht einen Schritt auf mich zu.

»Ist das Ihr Haus?«, wiederholt er. Ich umklammere die Autoschlüssel.

»Wieso wollen Sie das wissen?«

»Nur so, ich hab so was gehört.«

»Da müssen Sie sich verhört haben.«

Er bewegt sich nicht. Nickt. Eine allzu langsame Geste. Er steckt eine Hand in die Hosentasche. Holt ein Zigarettenpäckchen hervor, zündet sich eine an und zieht daran.

»Dann ist das wohl ein Irrtum gewesen.«

»Mag sein.« Er lächelt. Kehrt mir den Rücken zu und geht Richtung Di Donnas Haus davon.

Ich warte, bis er ein paar Meter entfernt ist, springe ins Auto, starte den Motor und haue ab, so schnell ich kann. Ohne mich umzublicken.

Das Notizbuch ist schwarz und handtellergroß. Daniele öffnet es in regelmäßigen Abständen, schreibt etwas hinein und klappt es wieder zu. Dann steckt er es in die Ledertasche, von der er sich nie trennt. Er hat es sich sofort nach dem Erhalt von Elenas Unterlagen gekauft.

Für ihn ist das neu. So hat er sich noch nie Notizen gemacht. Lose Zettel, Post-Its, mündliche Memos auf dem Diktiergerät mit den ständig leeren Batterien. Doch diese Methode funktioniert nicht mehr.

Er sitzt auf seinem üblichen Platz im hinteren Gastraum der üblichen Bar und stochert lustlos in einem Teller Roastbeef mit Salat. Nicht gerade die beste Methode, um die Zeit totzuschlagen und klare Gedanken zu fassen.

Er war weder Sizilianer noch Mafioso, hat der Alte gesagt. Diplomatischer als mit diesen beiden Negationen hätte er sich nicht ausdrücken können. Daniele hatte eine ganz andere Antwort erwartet.

Er war einer von euch, hätte er sagen sollen.

Das erste Mal hatte er an einem verschneiten Wintermorgen vom Werwolf gehört, jedoch nicht unter diesem Namen. Er kann sich noch genau erinnern, wie schwer es seine Eskorte hatte, ihn zur Arbeit zu bringen. Die Flocken waren tennisballgroß, die Straße eine einzige Rodelpiste. Die wenigen, die es zur Arbeit geschafft hatten, kamen ewig zu spät, und das ganze Tagesprogramm war hinfällig.

Unvermutet von allen Verpflichtungen befreit, hatte er angefangen ein paar Unterlagen durchzugehen, die sich auf seinem Schreibtisch stapelten und ein Verfahren betrafen, das mit dem Sachverhalt, der ihn gerade beschäftigte, in Zusammenhang zu stehen schien. Sie führten direkt zum Attentat von Addaura.

Darin war er auf eine Zeugenaussage gestoßen, die von einem Monster sprach. Beim Lesen hatte er gelacht. Er hatte sich einen verschreckten Menschen vorgestellt, der hemmungslos übertrieb oder krankhaft log. Niemand anders hatte dieses Gesicht gesehen, und er hatte der Sache keine Bedeutung beigemessen.

Auch das war ein Fehler gewesen, wie er mit der Zeit herausgefunden hatte. Ebenso wie es Jahre später ein Fehler gewesen war, zu viel über seine Ermittlungen zu reden. Er hätte für seine Kollegen und die Polizisten, mit denen er es zu tun hatte, die Hand ins Feuer gelegt. Bei manchen hatte er sogar private Ermittlungen angestrengt, nur ganz zaghaft allerdings und ohne Ergebnis. Und dennoch war er das Gefühl nicht losgeworden, dass jeder Erfolg, jedes Detail, jede Vermutung die vier Wände seines Büros verließ.

Eines Tages hatte er mit Hilfe einer Ausrede sein Büro filzen lassen. Kein Mikro, keine Wanze, niemand, der ihn belauschte. Er war naiv gewesen, das weiß er jetzt. Von einer frappierenden Arglosigkeit, die ihm erst zu dämmern begann, als er sich mit der Accademia dei Georgofili beschäftigte. Die Mafia, die Bomben legt. Der Staat, der sich mit der Mafia trifft.

Es war zur Besessenheit geworden, die man ganz schnell wieder loswerden musste, damit nicht alle Arbeit umsonst gewesen war. Von da an hatte er jedoch aufgehört, über Dinge zu reden, die nicht besprochen werden mussten. Er arbeitete so oft wie möglich allein in seinem Büro oder zu Hause, und wenn er die anderen über seine Vermutungen in Kenntnis setzen musste, legte er falsche Spuren, die er das nächste Mal wieder verwischte.

»Sie sind schlau, Dottore«, hatte man ihm eines Tages gesagt.

Er hatte gelächelt und sich die Antwort verkniffen.

Ich bin nicht schlau, ich bin es nur leid, für blöd gehalten zu werden.

Endlich waren der Prozess und die Urteile für die Attentate im Frühjahr '93 gekommen. Lebenslänglich für die Bosse und ihre Handlanger, die jetzt alle im Knast saßen.

Heute, fast zehn Jahre später, fängt alles wieder von vorn an.

Hätte ich ein Theorem, könnte ich diese Arbeit nicht machen, hat er vor einigen Monaten einem Journalisten geantwortet. Dann hat er ihm möglichst ruhig zu erklären versucht, dass er den Begriff Theorem anstelle von Axiom verwendet. Haben Sie den Lehrsatz des Pythagoras je in Zweifel gestellt?, hat er gefragt. Doch der Journalist hörte ihm schon nicht mehr zu.

Ein bewiesenes Theorem zweifelt man nicht an. Und das, was er jetzt sucht, ist der Beweis. Mathematik, Schritt für Schritt, bis zur Wahrheit.

Er schlägt das Notizbuch an einer beliebigen Stelle auf. Dann schließt er es sofort wieder, greift nach dem Handy, tippt eine Nummer und überlegt es sich anders. Er bricht den Anruf ab, ehe die Verbindung zustandekommt. Nicht mit diesem Telefon, nicht von hier aus.

Er geht zum Tresen. Die Wirtin sieht ihn, hört lächelnd zu und bittet ihn ins Hinterzimmer. In zwei Schritten ist er am

Telefon, und ein zweiminütiger Anruf genügt, um zu bekommen, was er braucht.

Das Roastbeef auf seinem Platz ist schon seit langem nicht mehr von Interesse. Er trinkt sein Wasser aus, stopft sich hastig ein Stück Brot hinein, steht wieder auf, zahlt und geht.

Er ist sich nicht sicher, das Richtige getan zu haben. Aber das einzig Mögliche. Er hofft, dass es sich dieses Mal deckt.

Am Flughafen versuche ich etwas zu essen. Ich habe noch vier Stunden Zeit, ehe mein Flieger abhebt, und die Gewissheit, dass meine nächsten Mahlzeiten bestenfalls nach Plastik schmecken. Ich probiere etwas, das entfernt einem Schinkenbrötchen ähnelt. Es ist kriminell versalzen und lässt sich nur mit ein paar Dosen Cola herunterspülen.

Ich setze mich in eine Ecke vor die Fensterfront, die auf die Startbahnen hinausgeht. Ich warte, nicke vielleicht ein, lese eine italienische Zeitung vom Vortag, trinke eine Flasche Wasser in drei Schlucken leer, was gegen meinen Durst nicht hilft, und versuche mein Unbehagen zu lindern, indem ich die Nase in ein Taschenbuch stecke, das ich schon dreimal angefangen habe.

In Wirklichkeit bin ich kein bisschen gelassen. Mit einer Mischung aus Furcht und Argwohn starre ich jeden an, der mir vor die Nase kommt, und nur die Sonnenbrille verhindert, dass ich wie ein Paranoiker oder ein Flüchtiger aussehe. Wie gerne würde ich mich beruhigen, mir die Frage des Typen am Strand aus dem Kopf schlagen, die Schritte in Di Donnas Haus, Patrizio Benettis gerissenen, irren Gesichtsausdruck, das mal komische, mal schreckliche Gefühl, eine Puppe in den Händen vieler Puppenspieler zu sein.

Ich blicke hinaus. Mit beneidenswerter Leichtigkeit setzt eine 767 ihre Massen von Metall und Blech auf den Boden. Ich will nicht zurück nach Italien und ich will nicht hierbleiben. Am liebsten würde ich in irgendein Flugzeug steigen, das mich irgendwo hinbringt, als Bürger dieses Flugzeuges und nicht mehr eines Landes. Ich muss an diese abstrusen Fälle denken, wie Staatenlose in Flughäfen kampieren, und würde gern dasselbe tun, nur in der Luft, hoch oben, weit weg. Ohne Geräusche. Ohne nichts.

Das, was mich am Erdboden erwartet, schmeckt mir nicht und wird sich auch nicht bessern.

Ich atme tief durch. Ich frage mich, was Elena sagen würde, wenn sie meine Gedanken hörte. Sie, die immer so pragmatisch war und mit beiden Beinen auf der Erde stand. Sie, die Adriano immer erzählt hat, wie ausgeglichen ich sei. Ich schüttele den Kopf.

Ich hätte nie den Mumm zu fliehen. Abhauen ist ein Luxus, den ich mir nicht leisten kann. Ich bin zu neugierig und stecke zu tief drin, als dass ich gehen und der Sache nicht auf den Grund gehen könnte.

Ich fahre mir mit der Hand durchs Haar. Aus dem Lautsprecher tönt eine Ansage, die ich womöglich nicht richtig verstanden habe. Ich werde ans Telefon gebeten. Er wiederholt es zweimal, einmal in Englisch und einmal in Spanisch. Zwei Minuten später überreicht mir eine sehr höfliche und ebenso hübsche Hostess ein Telefon und entfernt sich ein paar Schritte.

»Bitte entschuldigen Sie«, sagt Marco Di Donna am anderen Ende der Leitung.

Ich unterdrücke ein Lachen.

»Wofür sollten Sie sich entschuldigen?«

»Für einiges. Dafür, Sie in diese unerfreuliche Situation gebracht und unsere Unterhaltung nicht fortgeführt zu haben. Wenn ich an das denke, was Sie interessiert, haben wir noch nicht einmal damit angefangen, fürchte ich.«

»Wo sind Sie?«

»Ich habe es Ihnen doch gesagt, ich habe keine Nationalität. Und wenn ich ehrlich bin, habe ich auch nicht viel Zeit. Ich habe Sie nur angerufen, um Ihnen zwei Dinge zu sagen. Erstens wollte ich mich entschuldigen. Und zweitens halte ich unser Treffen noch nicht für beendet. Ich werde Ihnen erzählen, was Sie wissen wollen. Bald. Ich melde mich bei Ihnen.«

»Der Typ am Strand heute morgen, war der einer von Ihren Leuten?«

Die Frage geht ins Leere. Er hat aufgelegt.

Ich werde Ihnen erzählen, was Sie wissen wollen, hat er gesagt. Dieser Satz begleitet mich die gesamte Reise, löscht jeglichen anderen Gedanken aus und beflügelt die Phantasie.

Eine Stunde später verlasse ich die Insel. Ohne Wehmut schaue ich aus dem Fenster. Gleich zu Beginn des Fluges schlafe ich ein. Ein wirrer Schlaf, den ich noch nicht einmal zum Essen unterbreche. Ich wache auf, als wir gerade über Frankreich sind.

Ich habe die Stimme meiner Tochter im Kopf. Das erscheint mir ein guter Grund, nach Hause zu kommen und weiterzumachen.

Andrea nimmt auf dem Sitz Platz und blickt sich um. Das Stadion ist menschenleer, und von einem nummerierten Tribünenplatz sieht das Spielfeld ganz anders aus, als er es in Erinnerung hatte.

»Wie lange bist du nicht mehr bei einem Spiel gewesen?«

Er dreht sich um.

Danieles Stimme vom Eingang hinter ihm. Er steht in der Tür. Das Maximum an Freiheit, das die Eskorte ihm zugesteht. Andrea erhebt sich, klappt den Jackenkragen hoch und vergräbt die Hände in den Taschen. Plötzlich ist ihm kalt.

»Seit einer Ewigkeit.«

Sie umarmen einander. Eine stille, lange Geste.

»Wieso hier?«

»Hin und wieder komme ich hier vorbei. Dann stehe ich hier, wo wir jetzt stehen, und sehe auf das Spielfeld hinunter. Völlig sinnlos, ich weiß.«

»Du könntest kommen, wenn sie spielen.«

»Machst du's?«

Er zuckt die Achseln.

»Nein, hab ich dir doch gesagt. Inzwischen ist mir das scheißegal.«

Er zieht eine Packung Pfefferminzbonbons aus der Tasche und hält sie dem Richter hin. Daniele nimmt sich eins und lehnt sich gegen die Mauer.

»Weißt du, weshalb ich dich angerufen habe?«

»Ich kann's mir vorstellen. Wie lange ist das jetzt her?«

»Ein paar Jahre.« Er atmet tief durch. »Ich habe beschlossen, die Straße wieder zu öffnen.«

Andrea grinst. Vor ein paar Jahren war Straße das Synonym für eine Untersuchung, die nicht genannt werden durfte. Nicht einmal an einem Werktag in einem leeren Stadion.

»Ich weiß, Daniele. Ich weiß.«

Der Richter schüttelt den Kopf.

»Bei dir ist er auch gewesen, stimmt's?«

»Du irrst dich. Ich bin bei ihm gewesen. Vor rund einer Woche. Und ich habe ihm zu einer Luftveränderung geraten.«

»Wie lange bist du schon an dieser Sache dran?«

»Seit jemand einen V-Mann von mir kaltgemacht hat.«

»Reale?«

»Nein, Mazza.«

Daniele schüttelt den Kopf.

»Worauf seid ihr aus?«

»Willst du die Wahrheit wissen?«

»Wenn du beschlossen hast, mir zu helfen, ja. Ansonsten lade ich dich auf einen Kaffee ein und wir sehen uns in ein paar Jahren wieder.«

Andrea wendet ihm den Rücken zu, geht zur Tribüne, betritt das Spielfeld. Das Grün des Rasens, die elektronische Anzeigetafel, die farbigen Sitze, das Logo eines Telefonanbieters hinter den Toren, schräg angebracht, damit die Fernsehkameras es besser einfangen können.

Er spricht, ohne sich umzudrehen und ohne auf die Frage einzugehen.

»Was erwartest du von mir?«

Daniele stößt sich von der Mauer ab und bleibt im Eingang stehen.

»Die übliche Arbeit, in aller Stille.«

Andrea dreht sich um.

»Eine private Ermittlung?«

»Eine geheime Ermittlung.«

Er macht einen Schritt auf den Richter zu. Schweigend sehen sie sich an, Veteranen einer Schlacht, die sie nicht kämpfen wollten.

»Seit wann hattet ihr Mazza eingeschleust?«

»Ich habe nicht gesagt, dass wir ihn eingeschleust hatten. Ich hatte ihn eingeschleust.«

Daniele nickt.

»Ich brauche eine Antwort. Jetzt.«

»Wie lauten die Regeln?«

»Nie in meinem Büro, nie bei mir zu Hause, nie ein Wort zu irgendjemandem. Die Akte ist archiviert, das ist die offizielle Version.«

»Hier gefällt's mir.«

Der Richter blickt sich um.

»Hier ist es okay.«

»Wo willst du anfangen?«

Daniele denkt nach und legt dar, was er vorhat. Andrea hört ihm zu, ohne ihn anzusehen. Die Zeit scheint mit der Wirklichkeit zu spielen. Ihr Treffen könnte Jahre zurückliegen. Die gleichen Themen, die gleichen Probleme. Die gleiche Jagd nach einer Wahrheit, die sich schon lange sehr gut versteckt. Und gegen die sie schon einmal verloren haben.

»Du willst also Ernst machen«, sagt er schließlich. Ein linkischer Versuch, um die Spannung zu mildern.

»Ich habe nie damit aufgehört. Und diesmal ist es anders.«

Andrea hätte jetzt gern eine Zigarette. Vielleicht würde er dann dahinterkommen, ob die Kälte, die er spürt, vom Wind oder von der Angst kommt.

»Diesmal ist es anders«, murmelt er. »Diesmal ist es anders.«

Und ehe er sich's versieht, beginnt er zu erzählen.

Als ich wieder nach Hause gekommen bin, habe ich mich in meiner eigenen Wohnung wie ein Dieb gefühlt.

Es heißt, Reisen können das Leben verändern, zu sehen, was sich jenseits der heimischen vier Wände abspielt, würde einem die Augen für das öffnen, was einem selbstverständlich erscheint.

Schwachsinn. Die Rückkehr von der Insel fühlte sich an wie ein aufgeschobenes Exil. Heute muss ich bei dem Gedanken lächeln, doch damals war er schmerzhaft. Seit langer Zeit schon kam es mir vor, als hätte ich nichts mehr, nicht einmal eine Wohnung, in die ich mich bei Bedarf zurückziehen konnte.

Als ich von meiner Reise wiederkam, fühlte ich mich nicht mehr sicher. Ein schwer zu beschreibendes Gefühl, das nichts mit Angst zu tun hat. Es ist weder Ungewissheit noch die Furcht, jemand könnte plötzlich hereinkommen, einem Schmerzen zufügen oder einen umbringen. Es hat eher etwas mit dem eigenen Bewusstsein, der Wahrnehmung seiner selbst und der Dinge zu tun, deren Umrisse, Ecken und dunklen Winkel man kennt.

Jene erste Stunden – die zerwühlten Koffer in einer Ecke, die heruntergelassenen Rollos, die Nacht vor dem Fenster und ein verzweifeltes, vergebliches Bedürfnis nach Schlaf – gehörten zu den ruhigsten meines Lebens. Kein Warten, kein Erwarten. Nur das Nichts und die Gewissheit, dass es sich bereits alles genommen hatte.

Der nächste Morgen hatte zur Mittagszeit begonnen. Gleich nach dem Aufwachen hatte ich meinen Vater angerufen, eine Stunde später trafen wir uns am üblichen Ort. Der Kiosk, die Zeitungen, ein Jogger, ein bellender Hund, Eltern, die ihre Kinder aus der Schule abholen. Eine Welt, die mir verzerrt erschien oder verschwommen, wie die weichgezeichnete Version einer unerträglichen Wahrheit.

Als ich Adriano das sagte, antwortete er nicht. Damals habe ich dieses Schweigen als Missbilligung gedeutet, die es zu ignorieren galt, doch heute glaube ich, dass er mein Gefühl teilte, wenn auch mit mehr Abstand und seit viel längerer Zeit, und sich für seine Ohnmacht womöglich schämte.

»Ich habe ihn wiedergesehen.«

Ganz unvermittelt ist ihm dieser Satz über die Lippen gekommen, die erste Anspielung auf die Nacht, in der ich Andrea getroffen habe. Jetzt war es an mir, nicht zu antworten. Ich schuldete ihm einige Erklärungen und eine Schilderung dessen, was ich auf der Insel erfahren hatte. Doch zunächst musste ich die Wahrheit hören. Seine.

Zumindest den Teil, den er mir zu erzählen bereit war.

»Den Mann mit der Zigarette«, hatte er gesagt. »Am Abend vor deiner Abreise habe ich ihn wiedergesehen. Wir haben über nichts Besonderes geredet. Ein bisschen über früher, aber nichts Wesentliches. Nur am Ende, als wir aus dem Restaurant gekommen sind, hat er mir gesagt, ich solle aufpassen.«

Er hatte mich flüchtig angesehen, mit halb geöffneten Lippen und abwesendem Blick, und plötzlich ging mir auf, dass er alt wurde. Zum ersten Mal hatte ich ihn so gesehen, wie er sich nicht sehen wollte. Das von den Jahren und nicht durch Weisheit weiß gewordene Haar. Der lästige Rollstuhl war nicht mehr Folge des Unfalls, sondern hatte sich plötzlich in eine riesige, unsagbare Last verwandelt, mit der zu leben er hatte lernen müssen.

Ich war ihm mit den Fingern durchs Haar gefahren, eine schon lange fällige Zärtlichkeit. Er hatte den Kopf gesenkt und ein paar Mal geschluckt. Dann hatte er die Hand ausgestreckt und meinen Arm gefasst, zuerst sacht, dann immer fester.

»Ich habe Angst gehabt«, hatte er gemurmelt. Er hatte es zweimal wiederholt und dabei vor uns ins Gras gestarrt. Ich war mir sicher, er würde gleich zu weinen anfangen, die Tränen, die er noch nicht einmal auf der Beisetzung meiner Frau vergossen hatte, würden nun endlich hervorbrechen. Doch es passierte nichts, er schaffte es nicht.

Er hatte tief Luft geholt, den Kopf gehoben und ein wenig gelächelt.

»Erzähl mal«, hatte er gesagt. Und ich hatte losgelegt. Angefangen bei dem Fußballspiel bis zu der Begegnung vor dem Strandhaus.

Er hatte stumm zugehört und mir nach einem kurzen Schweigen von seiner Suche nach Arianna erzählt. Arianna, die für alle im Urlaub war, für die Nachbarn, für den Arbeitgeber, für die Freundinnen.

»Früher oder später wird man irgendwo eine Leiche finden. Sie wird nie aus den Ferien zurückkehren, von einer fernen Liebe oder Flucht vor Schulden wird die Rede sein. Und irgendwann hat man sie vergessen.«

In seinen Worten hatte der Schmerz des Unvermeidlichen gelegen. Ein Zittern, dass ich nicht kannte und das mich beunruhigte. In der kurzen Zeit, die ich fort gewesen war, schien sich auch für ihn alles geändert zu haben, als hätte die Unterhaltung mit seinem alten Informanten ihn völlig ausgelaugt.

»Wann siehst du Di Donna wieder?«

Ich hatte mit den Achseln gezuckt.

»Wenn er es will, denke ich. Vielleicht nie. Oder vielleicht sitzt er eines schönen Tages bei mir im Wohnzimmer, wenn ich nach Hause komme. Dieser Mann ist ein Rätsel, Papa.«

»Er weiß zu viel, als dass er normal sein könnte.«

»Und was er nicht weiß, kann er sich offenbar herleiten.«

»Er wird sich melden.«

Ich hatte mit einem eher verzagten als zustimmenden Nicken reagiert, doch noch im selben Moment wusste ich, dass mein Vater recht hatte. Aus irgendeinem unerfindlichen Grund war etwas ins Rollen geraten. Di Donna würde reden, und zwar bald.

Als ich Adriano das sagte, machte er ein beunruhigtes Gesicht.

»Das ist das eigentlich Gefährliche an der Sache. Alle wollen reden. Diese Geschichte ist wie ein Korken, den man zu lange unter Wasser gedrückt hat. Plötzlich schießt er empor. Und alle sehen ihn. Doch nicht immer ist das, was man sieht, wirklich. Nicht immer führt das, was ans Licht kommt, zur Wahrheit.«

Ich hatte ihn wortlos angesehen, überzeugt, dass er gleich aussprechen würde, was auch ich in dem Moment dachte. Er war sich mit der Hand durchs Haar gefahren, hatte den Scheitel gerichtet und weitergeredet.

»Du sagtest, das Treffen mit Di Donna hätte dich einen roten Faden erkennen lassen. Beim Zuhören habe ich versucht, ihn nachzuvollziehen, zu sehen, wo er mich hinführt, und die dünnen Stellen zu unterfüttern. Giovanni Falcone untersucht die Verflechtungen zwischen Mafia und Freimaurern hinsichtlich Geldwäscherei. Er sagt frei heraus, die Mafia würde an die Börse gehen. Er ist so dicht dran, dass man versucht, ihn in Addaura auszuschalten. Oder ihm unmissverständlich klarzumachen, dass er sich besser eine andere Spielwiese suchen sollte. Er erklärt öffentlich, hinter diesem Attentat steckten äußerst kluge Köpfe, und seine Wortwahl lässt durchblicken, dass er nicht die Cosa Nostra meint. Du und ich kennen die Geschichte der Semprinis und das Ende von Davide Mirri, der dieses Geld in der Hand gehabt hat. Benetti lässt dich wissen, dass sein Freund Patti ihn für seine Verhandlungen mit den Freimaurern nicht brauchte. Im Sommer '92 höre ich von separatistischen Parteien, die in Süditalien wie Pilze aus dem Boden schießen, und von einem Pentito, der behauptet, die Cosa Nostra will sich selbstständig machen und den Staat übernehmen. Die Ermittlung hinsichtlich dieser Parteien wird zu den Akten gelegt, doch die Tatsachen bleiben.«

»Das Quartett wiederholt sich. Freimaurer, Finanzwirtschaft, Politik und Mafia.«

»Als Tangentopoli in vollem Gange ist, kommt Borsellino«, fährt er fort. »Er rührt an Falcones Tod, sucht, fragt, redet. Er vernimmt Ferro, er vernimmt Lamantia, gibt keine Ruhe, mischt auf. Ein paar Tage vor seinem Tod lässt er verlauten, er habe einiges zu erzählen. Er sagt es öffentlich. Und schließlich kommt das Attentat in der Via d'Amelio, das dem in Capaci in der Ausführung sehr ähnelt, aber im Hinblick auf die Menschen, die ich in diesem Mietshaus gesehen habe, und auf alles andere nur sehr wenig damit zu tun hat.«

»Zu viel Staat«, hatte ich gedankenversunken gesagt.

»Zu viel Staat«, hatte er wiederholt. »Zu viele von diesen klugen Köpfen von Addaura.«

Er nickte stumm.

»Die Welt, in der Falcone ermittelte, scheint eins zu eins Di Donnas Schilderungen entsprungen zu sein. Es ist dieselbe, auf die offenbar auch Borsellino gestoßen ist.«

»Dieselbe, die sie umgebracht hat.«

Der Satz war mir einfach herausgerutscht.

Adriano hat mich angesehen, als hätte ich seine Gedanken beim Namen genannt.

Er hatte nicht weitergeredet, als wäre es unmöglich, dieses Gespräch zu Ende zu führen. Lange saßen wir schweigend da, weit weg vom Park und dem feuchten Nachmittag, der langsam in den Abend überging.

»Woran denkst du?«

Der Satz meines Vaters drang zu mir durch, als ich gerade einem Pärchen mit einem Kinderwagen nachsah. Mit einem Nicken deutete ich zu ihnen hinüber.

»Elena und ich haben das so gut wie nie gemacht. Wenn sie jetzt hier wäre, hätte sie auf alles eine Antwort. Man bräuchte jemanden, der bei ihren Notizen durchblickt, die Querverweise und Zahlen versteht. Es gibt seitenweise Zahlen, die addiert und subtrahiert werden. Als Di Donna mir von seinem Vater erzählte, hatte ich diese Zahlen im Kopf. Ich habe mich immer wieder gefragt, ob es dabei um ein und dasselbe ging.«

»Folge dem Geld«, hatte Adriano geflüstert. »So funktioniert's.«

Ich fuhr mir mit den Händen übers Gesicht. Die völlige Emotionslosigkeit, mit der ich aufgewacht war, war einem steten, nervtötenden Brummen gewichen, einer Mischung aus Migräne, Weltschmerz, Trauer, Erschöpfung und einem überwältigenden Gefühl der Machtlosigkeit, das mich zu ersticken drohte.

»Du wolltest, dass sie aufhört.«

Ich hatte das einfach so herausgehauen, wie so oft bei ihm. Er verstand nicht.

»Elena. Vor kurzem ist es mir wieder eingefallen. Ich hatte immer gedacht, sie würde mit mir streiten. Ich habe mich geirrt.«

»Monatelang hatte ich auf sie eingeredet. Ich wollte sie davon abbringen, ihr zusetzen.« Er sah mir in die Augen. »Es wäre besser gewesen, ich hätte ihr geholfen.«

Ich hatte nicht geantwortet, so baff war ich, dass mein Vater denselben Zweifel hegte, den ich all die Jahre mit mir herumgeschleppt hatte. Einen Moment lang war ich kurz davor, ihm zu erklären, dass das, was wir taten, der einzige Weg der Wiedergutmachung sei, doch dann hatte ich es bleibenlassen. Zu rhetorisch, um wahr zu klingen.

Das, was wir taten, taten wir für uns, nicht für Elena. Kein Lebender tut etwas für einen Toten. Nicht einmal, um ihm eine Ehre zu erweisen. Den Toten bleibt die in der Erinnerung und den Dingen eingegrabene Vergangenheit. Die Zurückbleibenden sind dazu verdammt, weiterzumachen, zu verstehen, und manchmal erben sie die gleiche Obsession.

»Niemand trägt Schuld«, hatte ich schließlich gesagt.

Sie war es, hatte ich eigentlich sagen wollen, doch er hätte es nicht verstanden. Sie war mutig und verrückt, von der gleichen Verrücktheit wie einer, der in ein brennendes Haus rennt, um jemanden zu retten, und als Held endet.

Es gibt keine Helden. Es gibt instinktive Handlungen,

Dinge, die man nie tun würde und die man doch tut, den Wahnsinn, mit dem man die Wirklichkeit ignoriert und seinen Wunschbildern folgt. Den absurden Moment, in dem einzig das zählt, was man tun will. Da ist keine Wahrheit, keine Gerechtigkeit, kein Gut, kein Böse, es ist eher wie Heißhunger oder brennender Durst.

Auch Elenas Tod ist so gewesen, und weder ich noch Adriano oder unsere Tochter hätten sie abhalten können, genauso, wie uns jetzt keiner abhalten kann.

Dort, auf dieser Bank, mit den letzen Nachwehen des Jetlags, die sich allmählich bemerkbar machten, habe ich es begriffen: Dies war eine Reise ohne Wiederkehr. Irgendwann würden wir ankommen oder unterwegs verloren gehen. Für immer.

»Ich habe Angelo Mazza vor zwei Jahren kontaktiert.«

Daniele und Andrea sitzen in einer Ecke der Ehrenloge. Die dringlichen Blicke der Eskorte haben den Richter nicht davon abhalten können. Worte brauchen Komfort und Ruhe.

»Er hatte sich bereits mit den Reales zusammengetan und war wegen Drogenhandels eingebuchtet worden. Die Anschuldigungen waren heftig, und wir wollten versuchen, eine Einigung herbeizuführen. Um den Kontakt mit Mazza herzustellen, wurde eine Inspektion angeordnet. Alle mussten raus, die Zellen wurden ausgeräumt und jedes Staubkorn untersucht. Dann haben wir sie uns einen nach dem anderen in einem separaten Raum vorgeknöpft. Schließlich war er an der Reihe, und wir waren allein. Ich habe ihm die Situation ohne großes Drumherum erklärt. Wenn alles so bliebe wie bislang, würde er mindestens zwanzig Jahre sitzen. Wenn er meinen Vorschlag annähme, wäre er binnen einer Woche raus, ohne Anklage, ohne Beweise. Ich würde die Sache regeln. Im Gegenzug wollte ich alles wissen. Sämtliche Insiderdetails, in Echtzeit. Er hat nicht eine Sekunde überlegt. Raucht einer deiner Schutzengel?«

Daniele ruft den Chef der Eskorte und lässt sich zwei Zigaretten anzünden. Andrea zieht und fährt fort.

»In Wirklichkeit hatte ich geblufft. Hätte ich ihm gesagt, was ich von ihm erwartete, hätte er sich niemals darauf eingelassen.« Noch ein Zug, diesmal länger. »Als ich ihm erklärt habe, dass wir es auf Provenzano abgesehen hatten, hat ihn fast der Schlag getroffen.«

»Und wie wolltest du an ihn rankommen?«

»Über Reale und Graffeo. Das war der Weg. Es brauchte Zeit, und man musste behutsam vorgehen. Wäre nicht das erste Mal gewesen, dass uns alles um die Ohren fliegt.«

Daniele sieht weg, die Zigarette zwischen den Lippen.

»Mitte der Neunziger arbeitete ein hohes Mafia-Tier für den Staat. Ein Angehöriger der Cosa Nostra, der den Carabinieri die Tür zu Provenzanos Unterschlupf geöffnet hat. Niemand hat diese Tür durchschreiten wollen. Kaum ist er aus der Deckung gekommen, haben sie ihn umgebracht. Zwei Tage nachdem er sich an den Schreibtisch eines Richters gesetzt hatte, dem er nicht vollends traute.«

Er bläst den Rauch aus.

»Hörst du mir zu?«

Andreas Stimme gibt der Wirklichkeit ihr richtiges Maß zurück.

»Ja, klar. Red weiter.«

»Mit Mazza hat das ziemlich lange funktioniert. Wir haben so getan, als sähen wir nicht, was er tut, hin und wieder habe ich ihm geraten, vorsichtiger zu sein. Und er hat geredet. Zahlreiche Drogenbekämpfungsmaßnahmen jener Jahre basieren auf seiner Mitarbeit. Hin und wieder haben wir Provenzanos Fährte in die Nase gekriegt. Wir haben sogar den Kanal der *pizzini** anzapfen können, und zwei Mal wurde er dann ganz plötzlich geändert.«

»Jemand hat gesungen.«

»Klar. Nur, dass niemand von Mazza wusste. Und niemand wusste, dass wir zumindest einen Teil des Weges nachverfolgen konnten, den diese Zettelchen nahmen. Jedes Mal, wenn das passiert ist, haben wir von vorn angefangen. Vor ein paar Wochen sind sie uns dann auf die Schliche gekommen.«

Er lehnt sich zurück und bläst den Rauch aus, langsam, distanziert, als wollte er seine Wut darin auflösen.

»Eines Morgens hat er mich angerufen. Es war noch dunkel und er klang verzweifelt. Sofort haben wir uns auf dem Parkplatz eines Einkaufszentrums getroffen. Er brüllte zusammenhanglose Sätze, sie klangen wie der Schrei eines Tieres. Ich brauchte eine Weile, bis ich begriff, was er sagen wollte. Sie haben meine Familie geschnappt, sagt er. Dann hat er sich mit der Faust so heftig auf den Schenkel gehauen, dass ich glaubte, er wäre gebrochen. Er hat mir gesagt, sie wüssten alles, er sei am Arsch, sie würden sie alle umbringen, und er müsse es wiedergutmachen. Er hat mir nicht sagen wollen, was sie von ihm verlangten. Das habe ich aus dem Fernsehen erfahren. Ihr seid alle Arschlöcher, hat er gesagt. Arschlöcher und elende Scheißkerle. Und ich bin ein Verräter und verdiene den Tod.«

Daniele horcht auf, die Hand mit der Zigarette halb in der Luft. Er muss etwas sagen, ehe er sie zum Mund führt.

»Ich habe einen Verräter umgebracht …«, flüstert er. »Damit meinte er sich selbst.«

Wütend drückt Andrea den Stummel aus.

»Ja, genau. Und jetzt ist wieder alles ganz anders.«

Andrea stützt die Ellenbogen auf die Knie. Er erzählt von dem Abend des Fußballspiels. Alles, auch von dem Anruf. Daniele hört mit geschlossenen Augen zu, das Gesicht in die Hände gestützt. Er verharrt so, auch als Andrea fertig ist.

»Ich will nicht, dass es noch einmal passiert«, sagt er. Er lässt die Hände sinken und sieht Andrea an. »Hast du verstanden? Elena war …«

»Elena war genauso. Sie sind genau gleich, auch wenn er das nie zugeben würde. Es ist sein Leben, Daniele. Und selbst wenn du wolltest, könntest du ihn nicht raushalten.«

»Was willst du mir damit sagen?«

»Dass er uns nützt. Wenn wir der Sache auf den Grund gehen wollen – und diesmal könnte es endlich klappen –, brauchen wir ihn. Er ist Journalist und läuft mit dem Namen seines Vaters herum. Und Adriano hat Dinge gesehen und herausgekriegt, auf die wir nie gekommen wären. Nicht so, nicht in der Geschwindigkeit.« Er fährt sich mit der Zunge über die Lippen und sucht den allzu flüchtigen Nachgeschmack der Zigarette. »Sie war seine Frau«, fährt er fort. »Er hat das Recht dazu.«

»Klingt ja sehr erbaulich …«

»Du weißt, dass es nicht so ist.«

Daniele nickt. Er denkt an Patrizio Benettis Gesicht, wie er es auf zahllosen Fahndungsfotos gesehen hat. An das, was er über seine Treffen mit Patti weiß. Kopfschüttelnd versucht er das grimmige Lächeln auf seinen Lippen loszuwerden.

»Ich will mit Antonio Baldacci reden«, sagt er. Und zum ersten Mal seit dem Beginn ihres Treffens ist Andrea sich sicher, dass alles tatsächlich wieder von vorn losgeht.

An einem Juninachmittag des Jahres 1996 hat Daniele ihn nicht weit von hier um seine Mithilfe bei einer aussichtslosen Ermittlung gebeten. Auf die Aussage eines Pentito hin war eine Akte wieder geöffnet worden. Die Aussage klang absurd, passte jedoch perfekt ins Gesamtbild.

»Wir haben es getan, weil sie es von uns verlangten.«

Er hat Antonio Baldaccis Worte noch genau im Ohr.

»Wir haben es getan, weil sie es von uns verlangten, und wir haben Scheiße gebaut.«

Er sprach von den Anschlägen in der Via d'Amelio, in der Via Fauro und bei der Accademia dei Georgofili, von der Bombe in der Via Palestro und von denen in den Kirchen San Giorgio al Velabro und San Giovanni in Laterano.

Sie waren zusammen nach Rom gefahren, um ihn anzuhören. An einem höllisch heißen Morgen in einer Wohnung in Tuscolano. Baldacci hatte noch nicht einmal geschwitzt.

Fakten, auf die er nicht näher eingehen wollte, erwähnte er nur nebenbei, und er warf ihnen Informationen hin wie ein Angler, der auf seine Beute lauert. Sie hatten trotzdem weitergemacht, die Akte geöffnet und versucht, sämtliche mühsam zusammengekratzten Puzzleteilchen zusammenzusetzen.

Zwei Jahre später hatten sie kapituliert. Seit dem Tag der Archivierung hatten sie sich nicht wiedergesehen.

Wir haben es getan, weil sie es von uns verlangten.

Eine Zeitlang hatte Andrea versucht, alles zu vergessen. Er hatte die Gelassenheit verdrängt, mit der Baldacci auf seine Wahrheit anspielte, die Halbsätze, mit denen er sie auf die richtige Spur bringen wollte, die mit Stolz gemischte Reue, die in der Schilderung seiner Killerkarriere mitschwang. Er hatte das Zimmer vergessen, die stets gepflegte Kleidung, Danieles Fragen und die fehlenden Antworten, die über den alten Prozessakten verbrachten Nächte, die Vermutungen und Bestätigungen, die wieder neue Zweifel aufwarfen.

Anders als gedacht war es ihm sogar gelungen, die Perseo zu vergessen.

Er hatte sich einreden können, dass alles, was er zu wissen meinte, falsch sei, ein Fehler, der beinahe unverzeihlich geworden wäre.

Dann war da dieser Morgen im Gericht gewesen. Zwei Tage später hatte er von Solara erfahren. Danach war alles viel zu schnell gegangen.

»Weißt du, wo er ist?«

Danieles Stimme. Die Vergangenheit verschluckt die Gegenwart.

»Baldacci? Das kann ich rausfinden. Was erhoffst du dir von ihm?«

»Es ist viel Zeit vergangen, und wir wissen Dinge, die wir damals noch nicht wussten. Vielleicht hat er es sich überlegt.«

»Wie lange glaubst du, es noch geheim halten zu können?«

»So lange wie nötig. Hast du dich jemals gefragt, was passiert wäre, wenn wir es damals auch getan hätten?«

»Das konnten wir nicht.«

»Das ist mir egal, Andrea. Hast du es dich gefragt?«

Er nickt.

»Immer.«

»Und hast du eine Antwort gefunden?«

Er zuckt die Achseln. Manchmal glaubt er, sie werden die Beweise niemals finden. Es gibt sie nicht, hat sie nie gegeben.

Jahrelang, auch als die Ermittlungen zu den Auftraggebern der Attentate einer vernarbten Wunde glichen, die sich an Regentagen wieder bemerkbar macht, hatte er sich gefragt, ob das alles nicht nur ein Spiel sei. Ob nicht irgendjemand sie aus der Ferne über unsichtbare Spuren in eine Sackgasse gelotst hatte, um sie zur Aufgabe zu zwingen oder umzubringen.

Das geschah ganz zufällig, beim Überfliegen einer Zeitungsmeldung oder bei mit halbem Ohr gehörten TV- oder Radionachrichten. Doch jedes Mal war das Ergebnis das gleiche.

Wir haben uns nicht geirrt, dachte er. Wir haben uns nicht geirrt, wiederholte er wie ein Gebet. Wir haben uns nicht geirrt, denkt er jetzt, während die Schatten im Stadion länger werden und die Zeit sich plötzlich in Luft aufgelöst zu haben scheint, so dass alles wieder ganz nah und ungleich viel undurchschaubarer ist.

»Vielleicht will ich sie mir nicht geben«, sagt er. »Vielleicht will ich nur herausfinden, ob es eine gibt.«

Zwei Wochen lang war nichts passiert.

Ich hatte vergeblich versucht, Daniele zu erreichen. Nur einmal hatte ich ganz kurz mit ihm gesprochen. Wenige Worte am Telefon, verquaste Sätze, in denen ich nicht durchblicken lassen wollte, wie hin- und hergerissen ich war zwischen dem dringenden Wunsch, ihn zu sehen, und dem Versuch, es mir nicht anmerken zu lassen. Er müsse sich mit einem ziemlich großen Problem herumschlagen, und seinem Tonfall meinte ich anzuhören, dass dieses Problem auch mich betraf.

Von einem aus der Mannschaft hatte ich Andreas Telefonnummer bekommen, doch sie war nicht vergeben. Ich hatte nicht erwartet, dass es so einfach sein würde. Dann hatte ich es mit einer Mail versucht, der einzige Kontakt, den ich hatte. Auch diesmal keine Antwort.

Versuch nicht, mich zu kontaktieren, hatte er an jenem Abend gesagt. Ich bin nicht dein Informant und du bist nicht meiner. Noch immer geisterten diese Worte durch meinen Kopf, zusammen mit dem Versprechen, ein Treffen mit Elenas Informanten zu organisieren. Ein Pakt, an den ich inzwischen nicht mehr glaubte.

Rückblickend erscheint mir diese Woche als die ungewisseste meines Lebens, die Tage auf der Insel noch so nah, dazu der manchmal tagelang anhaltende Nebel und der Versuch, eine schier ungreifbare Geschichte zu durchschauen. Womöglich ein falscher Eindruck, doch ich werde ihn einfach nicht los.

Die Angst zwingt einen zum Handeln. Abhauen, kapitulieren, verstehen, versuchen, sie zu bezwingen. Warten ist viel schlimmer. Ich lebte in einem Vakuum, im bangen Gefühl, dass alles zu Ende sei, in der Hoffnung auf eine Möglichkeit, weiterzumachen, im Zweifel, dass Andrea und Daniele beschlossen hätten, alles an den Nagel zu hängen.

Um die Leere zu füllen, hatte ich an meinem Jugendroman weitergeschrieben und plötzlich ein Interesse an Drachen und ähnlichen Kreaturen entwickelt, das so weit ging, dass ich mir nach einer eingehenden Recherche über die Funktionsfähigkeit von Reptilien und primitiven Lebewesen eine Anatomie meines Phantasiegeschöpfes ersann. Zu meinem großen Erstaunen war mein Verleger begeistert und drängte mich zum Weitermachen.

In Wirklichkeit schwankte ich zwischen Langeweile und hektischem Aktivismus. Ich glotzte mir die Augen vor Fernsehserien, Reality-Shows und Nachrichten viereckig und riss zig Seiten meines Romans runter.

Das Land der vergessenen Geschichten, hatte ich ihn genannt. Auch das ein Zeichen, dass es um etwas ganz anderes ging.

Doch nachts änderte sich alles.

Vor dem Schlafengehen verbrachte ich jedes Mal eine Ewigkeit damit, mich zu fragen, was passieren würde, und versuchte das, was Benetti und Di Donna mir erzählt hatten und was ich mit meinem Vater besprochen hatte, mit der Wirklichkeit zusammenzubringen.

Und jedes Mal scheiterte ich. An der Müdigkeit, der Erschöpfung, dem Wirrwarr von Eindrücken, mit dem die Gesamtheit aller Einzelheiten mich zu ersticken drohte. Dann, Ende der zweiten Woche, hatte das Telefon geklingelt. Zu dieser nächtlichen Stunde konnte das nur eine Überraschung oder eine Tragödie bedeuten.

»Können Sie morgen am frühen Nachmittag in Rom sein?« Di Donnas Stimme. Direkt und ohne langes Drumherum.

»Ja.«

»Es gibt einen Zug, der gegen vierzehn Uhr da ist, passt das?«

»Ja.«

»Perfekt. Bringen Sie Wäsche für mehre Tage mit. Checken Sie ihre Mails.«

Mit pochendem Herzen und schweißnassen Händen war ich aufgestanden.

Die Nachricht kam von der IP-Adresse eines riesigen amerikanischen Providers. Ein Platz im Eurostar, erste Klasse.

Das Warten hatte ein Ende.

»Heute wird man uns nicht unterbrechen.«

Marco Di Donna empfängt mich in einer Wohnung unweit der Villa Borghese. Hier wohnt er, wenn er in Rom ist, erklärt er mir. Ich verkneife mir die Frage, wie viele andere solcher Wohnungen er rund um den Globus hat.

Er fragt mich nicht, ob ich Schwierigkeiten hatte, durch den Tunnel hinauszufinden, sagt mir nicht, wie er es geschafft hat, alles binnen weniger Stunden verschwinden zu lassen, und zeigt mir keines der anderen Zimmer der Wohnung.

In einem sonnendurchfluteten Wohnzimmer nehmen wir auf einem weißen Sofa Platz, er bietet mir einen Kaffee an, lässt durchblicken, dass wir allein sind, und nimmt den Faden da wieder auf, wo er unterbrochen wurde.

»Addaura«, sagt er, »richtig?«

»Genau. Der Hintergrund zu meiner Geschichte.«

»Habe ich das so gesagt? Natürlich, das ist richtig. Wenn auch ein bisschen theatralisch. Entschuldigen Sie bitte.«

Er lehnt sich seitlich gegen die Rückenlehne und verschränkt die Arme.

»Wie gesagt, habe ich zahlreiche Untersuchungen zu der Geschichte meines Vaters angestellt, und in einigen Fällen – zufällig, könnte man sagen – bin ich auf andere Dinge gestoßen. Kleinigkeiten, die mit sehr viel größeren Geschehnissen in Zusammenhang stehen.«

Er zupft an einem Hemdknopf, öffnet ihn, schließt ihn wieder. Dann erzählt er die Geschichte von Vittorio Boni, seinem Vater und dem Mann mit dem Monstergesicht.

»Manche sagen, er sei dort gewesen, um die Bombe zu legen. Ich persönlich bin da ganz anderer Meinung, aber das Problem bleibt bestehen. Es gibt noch andere solcher Geschichten. Geheimagenten, die sich in die Cosa Nostra einschleusen, ganz dicke mit den hohen Tieren sind und dann Knall auf Fall in Ungnade fallen und auf Nimmerwiedersehen verschwinden. Seltsame Geschichten, finden Sie nicht?«

»Es geht so.«

Er beugt sich zum gläsernen Couchtisch vor, auf dem zwei Mappen liegen, eine rote und eine weiße. Er nimmt die weiße auf die Knie, öffnet sie und hält mir ein Blatt Papier hin.

»Was ist das?«

»Der Artikel einer Presseagentur.«

Ich lese. Die Agentur heißt Italia. In dem Artikel geht es um einen unmittelbar bevorstehenden Anschlag, der den Ausgang der italienischen Präsidentenwahl beeinflussen soll. Als Datum wird der Tag vor dem Attentat von Capaci angegeben.

»Interessant, finden Sie nicht? Insidergerüchten zufolge hat das ein Politiker geschrieben, der dem Präsidenten Andreotti, dem eigentlichen Verlierer dieser Wahl, sehr nahestand. Inzwischen ist er tot und man kann ihn nichts mehr fragen. Aber wie es aussieht, stinkt die Agentur Italia verdammt nach Geheimdienst. Ein paar Monate zuvor hatte sie einen anderen Artikel herausgegeben, in dem es ziemlich freimütig um die sezessionistischen Winkelzüge der Cosa Nostra ging. Staat werden, sich von Italien abspalten. Ich nehme an, das erinnert Sie an etwas.«

Am liebsten würde ich lachen, nur um die Spannung zu lösen. Ein unmögliches Unterfangen.

Ich gebe das Blatt zurück.

»Das hier«, fährt er fort, »ist ein Brief, den ein Oberstaatsanwalt erhalten hat, dessen Namen ich Ihnen nicht nenne. Der Absender ist ein bereits wegen Irreführung der Ermittler bei einem der italienischen Attentate verurteilter Herr. Der Inhalt spricht, wie Sie sehen, für sich. Er kündigt eine neue Strategie der Spannung zwischen März und Juli 1992 an, mit Sprengstoffattentaten und Morden an Regierungsvertretern. Das Ziel ist offenbar eine neue politische Ordnung unter Einbeziehung wirtschaftlicher und finanzieller Kräfte, die Verbindungen zu Rauschgifthandel und Freimaurerkreisen haben.«

Ich lese. Ich weiß nicht, ob ich lachen oder schreien soll, doch das ist noch nicht alles.

»Wie Sie sich vorstellen können, hielt der Empfänger ihn für die übliche heiße Luft eines erklärten Bluffers. Doch eine Woche später bringt jemand Salvo Lima um. Es vergeht noch eine Woche, und der Verfasser des Briefes wird vernommen. Ohne jegliches Ergebnis – wie schon Jahre zuvor.«

Ich gebe ihm den Brief zurück und rutsche unruhig auf dem Sofa herum. Es fällt mir schwer sitzenzubleiben, aber ich will auch nicht aufstehen. In diesem Haus ist zu viel Licht für das, was er erzählt.

»Ein paar Monate später explodieren die Bomben in Capaci und der Via d'Amelio.«

Er schlägt die Mappe zu und sieht mich an.

»Wissen Sie, was mit der Tasche voller Sprengstoff passiert ist, die man in Addaura gefunden hat? Man hat sie hochgehen lassen. Das ist bis dahin nur einmal passiert, und zwar nicht weniger als zwanzig Jahre zuvor. Mit einem der Blindgänger, die man nach dem Anschlag am 12. Dezember 1969* in Mailand gefunden hat. Damals hieß es, aus Sicherheitsgründen. In Wirklichkeit erscheint es sonnenklar, dass man die Herkunft des Koffers vertuschen wollte. In Addaura war es ein technischer Fehler.«

Er schweigt einen Moment.

»Können Sie mir folgen?«, fragt er. »Wieso sollte der Staat so viel Aufwand treiben, um einen Richter umzubringen? Wieso sollte er seine geheimsten Ressourcen nutzen, um die Ermittlungen zur Geldwäsche und zu den Verbindungen zwischen legaler und krimineller Wirtschaft zu verhindern?«

»Ihr Vater.«

»Bildlich gesprochen, ja. Wenn legale und illegale Wirtschaft sich decken, wenn der Strippenzieher der wirtschaftlichen auch die politische Macht beeinflussen kann – was auch bedeutet Wahlen und Amtsvergaben – und mit der kriminellen Macht so unter einer Decke steckt, dass man sie nicht mehr voneinander unterscheiden kann, wieso sollte der Staat dann einem schnüffelnden Richter erlauben, seine Nase da hineinzustecken?«

Er atmet tief durch.

»Ich habe Informationen über Sie eingeholt, wissen Sie?«

»Das überrascht mich nicht.«

»Nachdem ich Ihren Brief erhalten hatte, habe ich versucht dahinterzukommen, wer Sie sind. Abgesehen natürlich von Ihrem Nachnamen. Jeder, der von Ihnen gesprochen hat, hat immer zwei Adjektive benutzt. Verantwortungsvoll und mutig.«

Ich falle ihm ins Wort.

»Postume Glorifizierungen sind mir lieber.«

Er lächelt.

»Sie haben Tangentopoli miterlebt, Sie wissen, was für ein Wind da wehte.« Er hält inne. Zum ersten Mal seit ich ihn kenne, wirkt er verwirrt, als würde er vergeblich nach etwas suchen. Nach einem Wort, einem Satz, einem Gefühl. Mit der jähen Bewegung eines Tieres, das etwas Verdächtiges gesehen hat, legt er die Mappe auf den Tisch zurück.

»Sie und ich sind gleich alt. Vielleicht waren wir damals zu jung, um zu begreifen, was vor sich ging.«

»Ich kann Ihnen nicht folgen.«

»In der Welt meines Vaters galten bestimmte Regeln. Klingt vielleicht seltsam für ein Milieu, das davon lebt, die Gesetze zu umgehen und zu brechen. Doch es ist so. Die Unterteilung in Blöcke, Ost und West, Russen und Amerikaner, Kommunisten und Christdemokraten. Die beiden Kirchen. Mein Vater hatte natürlich Beziehungen zu beiden, doch selbstverständlich zog er den Vatikan vor. Hin und wieder frage ich mich, ob er heute auch noch so denken würde, aber das ist ein anderes Thema. Diese Welt bricht 1989 zusammen. In dieser Welt spielte die Cosa Nostra eine entscheidende Rolle. Wenn man etwas über die Mafia sagen kann, dann, dass sie nie für den Kommunismus war, von Geldgeschäften einmal abgesehen. Und als Kämpfer gegen den Kommunismus ist sie seit jeher benutzt worden. Mit dem Fall der Berliner Mauer ändert sich alles. Können Sie mir jetzt folgen?«

Ich nicke unmerklich, und Di Donna fährt fort.

»1990 sitze ich eines Abends mit ein paar italienischen Politikern beim Abendessen. Sie hatten keine Ahnung, wer ich war, und eigentlich war ich rein zufällig dort. Wir waren natürlich im Ausland. Einer von ihnen hatte einen engen Draht zur Parteiführung der Democrazia Cristiana, und im Laufe des Abends sagte er etwas zu mir, das ich damals nicht recht verstand. ›Uns wird's nicht mehr lange geben.‹ Er hatte das einfach so hingeworfen, mit Wehmut und vielleicht einem Quäntchen Verzweiflung. Kurz darauf hatte ich es vergessen. Ein paar Jahre später, als das ganze Gebäude zusammengestürzt ist, ist es mir wieder in den Sinn gekommen. Das Gleichgewicht beruht auf zwei Kräften, und wenn es die eine nicht mehr gibt, kann auch die andere sich nicht mehr halten. Tangentopoli hat alles nur beschleunigt und die Richtung geändert. Aber eigentlich lag alles schon fest. Es musste lediglich ein neues Gleichgewicht hergestellt werden. Das müssen Sie sich gut merken, es ist der wichtigste Punkt.«

Ich nicke. Di Donna nimmt die zweite Mappe vom Tisch und legt sie neben sich aufs Sofa. Ehe er fortfährt, melde ich mich zu Wort.

»Seit unserem ersten Treffen setzen Sie alles daran, mir klarzumachen, dass hinter Falcones und Borsellinos Tod die Welt steckt, die mit Ihrem Vater in Verbindung stand.«

»Ich muss Sie korrigieren. Nicht sie stand mit meinem Vater in Verbindung, sondern er stand mit ihr in Verbindung. Das ist ein Unterschied.«

»Nun, Sie werden verstehen, dass mir Ihre Aussagen, so detailliert sie auch sein mögen, nicht genügen.«

Er wirkt nicht überrascht.

»Keine Frage. Und ich habe vor, Ihnen sämtliche nötigen Beweise zu liefern. Zumindest die, über die ich verfüge.«

Er greift nach der Mappe und legt sie sich auf die Knie.

»An dem Morgen, als mein Vater gestorben ist, herrschte eine beängstigende Stille. Ich habe es sofort bemerkt, als ich vom Zeitungskauf wieder zurückkam. Laura, die Haushälterin, kochte gerade. Eine Zabaione. Seitdem habe ich nie wieder eine Zabaione angerührt. Er ist schon im Arbeitszimmer, hat sie gesagt. Er war bereits dort, als ich aufgestanden bin. Lauschend bin ich an der Tür vorbeigegangen, und als ich kein Geräusch hörte, beschloss ich zu warten. Als ich am Abend zuvor ins Bett gegangen war, hatte er noch gearbeitet. Ich hörte ihn englisch sprechen, konnte aber nichts Genaues verstehen. An jenem Morgen bin ich eine halbe Stunde in meinem Zimmer geblieben. Keine Ahnung, was ich gemacht habe, ich erinnere mich nicht mehr. Dann habe ich beschlossen, hinzugehen und ihn zu unterbrechen. Ich wollte verstehen, mit ihm reden. Zwischen uns hatte es nie viele Worte gegeben. Ich habe geklopft, doch er hat nicht geantwortet, und mit jugendlicher Arroganz bin ich einfach eingetreten. Mein größtes Glück war, dass ich kein Geräusch machte. Ich hatte nichts in der Hand, was ich hätte fallenlassen können, bin nirgendwo angestoßen und auch nicht in Tränen ausgebrochen. Ich habe ihn einfach nur angesehen. Das Wasserglas, die Flasche, die Tabletten. Ich habe die Tür hinter mir zugemacht, die Zeitungen aufs Sofa neben dem Bücherregal gelegt und ihn berührt.«

Er holt tief Luft, ohne mich anzusehen.

»Er war kalt. Ich habe ihn nur berührt, um mir sicher zu sein. Ich wusste, dass er tot war, das war mir sofort klar. Und auch, dass er sich nicht umgebracht hatte. Mein Vater hätte das nie getan. Er hätte sie allesamt mitgenommen, Politiker, Kardinäle, Mafiosi. Alle. Ich habe mich in seinem Büro umgesehen. Der See hinter der Fensterfront. Das kalte Morgenlicht. Dann habe ich seine Tasche gesucht. Und sie nicht gefunden. Das ist wirklich bemerkenswert. Die Geschichte des Landes, in dem ich geboren wurde, ist geprägt von geheimdienstlich vertuschten Bomben und tödlichen Kaffees und Wassergläsern. Und von zwei Gegenständen, die verschwinden: die Tasche meines Vaters und Borsellinos Notizbuch. Wer weiß, vielleicht hätte ein wenig mehr Wachsamkeit genügt.

Ich habe mich gefragt, was ich tun soll. Ich habe ein Brett des Bücherregals zur Seite geschoben und den Safe geöffnet. Es war alles da. Ein Ordner, eine Handbreit hoch. Am Abend zuvor hatte er Unterlagen kopiert. Der Kopierer stand in seinem Arbeitszimmer, und ehe ich zu Bett ging, hatte er mich gebeten, einen Papierstau zu beheben. Ich habe die Unterlagen genommen und sie im Auto unter dem Ersatzreifen versteckt. Dann bin ich ins Haus zurückgekehrt und habe so getan, als würde ich ihn jetzt erst finden. Dank dieser Unterlagen habe ich die Geschichte meines Vaters rekonstruieren können, die Kanäle, durch die das Geld kam und ging, die ganze Geschichte, die ich Ihnen nur in groben Zügen erzählen konnte.«

Er sieht auf und blickt mich an. Seine Hände ruhen beschützend auf der Mappe.

»Hier drin befindet sich eine Liste der von meinem Vater mittels einer seiner Offshore-Kanäle finanzierten Unternehmen. Konkret geht es um Aktienbeteiligungen – die Anteile sind hier aufgeführt – einer bestimmten Gesellschaft, in der sein Kapital und das der Vatikanbank zusammenflossen. Der Großteil des investierten Geldes stammt aus illegalen Quellen. Steuerhinterziehung, Geldwäsche, Unterschlagung. Manchmal alles auf einmal. Ein Teil des Geldes gehörte der organisierten Kriminalität, der Mafia von Stefano Viola und den Corleonesi.«

»Wieso geben Sie das nicht einem Richter?«

»Das würde ich tun, wenn sie juristisch relevant wären.« Er trommelt mit den Fingern auf die Mappe. »Und wenn ich nicht befangen wäre. Es ist doch klar, dass ich das Geld meines Vaters verwendet habe, meinen Sie nicht? Und es ist auch klar, dass ich es noch immer tue, um am Leben zu bleiben. Das haben Sie selbst erlebt. Es wäre einfach, mich fertigmachen zu lassen, ohne dafür belangt zu werden. Aber ich ziehe es vor, im Hintergrund zu bleiben, zu beobachten, das Rüstzeug zu liefern, wenn Sie mir das Wortspiel erlauben. Und dies hier ist Stoff für einen Journalisten, nicht für einen Richter.«

Er hält mir die Mappe hin. Ich greife danach, und es ist, als würde ich eine offene Wunde berühren.

»Darf ich mir eine Prognose erlauben und Ihnen einen entsprechenden Rat geben?«

Ich antworte nicht.

»Ich glaube, irgendwann werden Sie gezwungen sein zu

handeln, werden Sie sich entscheiden müssen: aufgeben oder noch härter zur Sache gehen. Alles riskieren. Die werden sich nicht unterbuttern lassen, aber sie könnten einen Fehler machen, wenn man sie provoziert. Sicher ist, dass sie reagieren werden, und zwar schnell und womöglich heftig.«

»Ihr Rat?«

»Sollten Sie beschließen, aufs Ganze zu gehen, lassen Sie sich nicht einschüchtern.« Er lässt den Blick durchs Zimmer wandern. »Ich habe in diesen Jahren viel darüber nachgedacht, was in einem Moment wie diesem wohl passieren würde. Wenn der Gestank wieder an die Oberfläche käme. Und ich bin immer wieder zu dem gleichen Schluss gekommen. Es wird aus zwei Gründen passieren. Zufall und übereinstimmende Interessen. Es wird jemandem, der ausreichend betroffen ist und sich nicht um den Gegenwind schert, von Nutzen sein.«

»Und Sie glauben, derjenige sei ich?«

Er breitet die Arme aus.

»Wer weiß? Ich nicht.« Er lächelt. »Und Sie auch nicht.« Er räuspert sich, um die Distanz zu mir und zur Vergangenheit wiederherzustellen.

»In diesen Unterlagen werden Sie zahlreiche Tabellen und wenige Schriftstücke finden. Der Großteil betrifft Zahlungsein- und -ausgänge auf Girokonten, die schon seit langer Zeit geschlossen und unmöglich zu rekonstruieren sind. In den seltenen Fällen, in denen eines der Konten noch existiert, sind die Abrechnungen verschwunden. Die Geschichte meines Vaters ist voller verschwundener Mikrofilme, verbrannter Unterlagen und Leute, die ihre Spuren verwischt haben. Oder die irgendwo hinter dicken Kirchenmauern im Trocknen sitzen. Anfangs dachte ich, ich würde das alles niemals durchschauen. Dann habe ich angefangen, mich schlauzumachen. Und nach und nach habe ich herausgefunden, dass die Summen haargenau mit den Kontobewegungen übereinstimmen, die ich auf einigen mir noch zur Verfügung stehenden Konten meines Vaters nachvollziehen konnte.«

Mit einer minimalen Bewegung seines rechten Zeigefingers deutet er auf die Mappe in meiner Hand.

»Das, was da drin steht, ist alles wahr. Und es gibt eine Möglichkeit, es zu rekonstruieren. Das Geflecht, in dem mein Vater einen der Knoten bildete, verfügte über einen besonderen Kanal. Kennen Sie eine Bank namens BCM? Haben Sie von ihr gehört?«

»Das Kreditinstitut der Mafia.«

»Das ist sehr verkürzt und vereinfacht, glauben Sie mir. Aber so ist es. Sie haben vergessen zu sagen, dass es in Mailand sitzt. Ein nicht zu vernachlässigendes Detail.«

Er steckt eine Hand in die Tasche und zieht ein doppelt gefaltetes Papier hervor.

»Es gibt da jemanden, den Sie kennenlernen sollten. Ich glaube, er könnte für Ihre Recherche unumgänglich sein.«

»Wer ist es?«

»Sagen wir, es ist ein Freund der Familie, wenn Sie diese Bezeichnung nicht doppelt schlecht von ihm denken lässt. In Wahrheit ist es ein Mensch, dem ich noch etwas schuldig bin, der mir nach dem Tod meines Vaters sehr nahegestanden und mir geholfen hat, zu verstehen.«

Er hält mir den Zettel hin.

»Er hat bei der BCM gearbeitet. Ich habe mir erlaubt, ihm zu sagen, dass Sie ihn bald aufsuchen werden. Er lebt in den Bergen, rund hundert Kilometer von Ihnen entfernt. In einem Haus mit einer hinreißenden Aussicht.«

»Das klingt wehmütig.«

Er sieht weg.

»Das ist dicht an der Wahrheit.«

Ich falte das Papier auseinander. Ein Name, eine Adresse, eine Telefonnummer. Alles mit dem Computer geschrieben. Ich stecke ihn ein.

»Ich nehme an, das ist alles«, sage ich.

Di Donna steht auf, zieht sich den Pullover zurecht und hält mir die Hand hin.

Wir verabschieden uns schweigend, und schweigend verlasse ich seine Wohnung, mit einer Ledermappe über der Schulter und dem Gefühl, zugleich benutzt und unterstützt worden zu sein.

Draußen ist es Abend geworden. Ich nehme ein Taxi zum Hotel und checke sofort meine Mails. Andrea hat nicht geantwortet, Daniele hat nicht versucht, mich zu erreichen. Ich lege mich aufs Bett, Di Donnas Mappe neben mir.

Ich habe noch nicht einmal hineingeschaut, sie könnte ebenso gut leer sein, alles könnte ein Scherz sein. Als ich sie endlich öffne, trifft mich fast der Schlag.

Inmitten der Jugendstil-Einrichtung meines Hotelzimmers sitze ich auf dem Bett und versuche in der Flut von Zahlen einen bekannten Namen zu entdecken, an den ich mich klammern kann. Zwei Stunden später gebe ich auf.

Ich wähle die Telefonnummer, die Di Donna mir gegeben hat.

Das erste Mal lege ich auf, noch ehe es klingelt. Beim zweiten Mal halte ich durch. Es braucht nicht viele Worte, um eine Verabredung zu treffen. Ich rufe die Rezeption an und lasse mir einen Zug reservieren.

Am nächsten Morgen verlasse ich Rom, ohne zu wissen, ob ich jemals wiederkommen werde.

Der Garten ist kühl und duftet nach Regen. In der Ferne zieht ein Gewitter auf, doch den Mann, den ich aufsuche, scheint das nicht aus der Ruhe zu bringen. Um zu ihm zu gelangen, hat es zwei Züge, einen Überlandbus und einen langen Spaziergang am Waldrand gebraucht.

Als ich durch das Gartentor trete, sehe ich ihn und bin sicher, das er schläft.

Er sitzt draußen in einem Korbstuhl mit Blick über das Tal, ein Buch zwischen den Händen, den Kopf nach links geneigt, er trägt eine leichte Jacke und eine blaue Wollmütze, die knapp die Ohren bedeckt. Ich trete leise näher, würde ihn mir gern genau ansehen, ehe er mich bemerkt. Es ist zwecklos.

»Suchen Sie jemanden?«

Er hat sich keinen Millimeter gerührt. Unsicher bleibe ich stehen.

»Dottor Ferrarini? Das Tor war offen, da bin ich …«

Er dreht sich um. Er trägt einen weißen, akribisch rasierten Kinnbart. Keinen Oberlippenbart. Seine runde Brille sieht aus, als wäre sie sehr alt und wertvoll. Er zieht sie auf die Nasenspitze und mustert mich.

»Schon lange hat mich keiner mehr Dottore genannt … wohl seit 1990 nicht.« Er klappt das Buch zu. »Sie sind?«

Ich nenne ihm meinen Namen. Er nickt kaum merklich und deutet auf einen freien Stuhl.

»Der Freund von Marco.« Ich stelle den Stuhl neben seinen.

»Wann hat er Sie angerufen?«

Er lächelt leise. Ich setze mich.

»Ich weiß, dass Sie ihn schon lange kennen.«

Ferrarini setzt die Brille ab.

»Und ich weiß, dass Sie ein Schriftsteller sind. Wir sind fast gleichauf, meinen Sie nicht? Verzeihen Sie meine Taktlosigkeit, aber ich bin es nicht gewohnt, mit mir unbekannten Menschen zu tun zu haben. Also, ich wollte sagen, Marco hat mir erzählt, dass Sie Schriftsteller sind.«

Ich antworte mit einer naheliegenden Lüge.

»Ich will ein Buch über die Bank schreiben.«

»Über die BCM?«

»Finden Sie das merkwürdig?«

»Ganz im Gegenteil! Ich finde es merkwürdig, dass das nicht schon längst jemand getan hat.«

Er verschränkt die Arme.

»Und haben Sie sich nach dem Grund gefragt?«

Er sieht mich an und spielt mit einem Brillenbügel.

»Das ist nicht nötig. Ich kenne ihn. Genauso wie alle, die

wie ich seit den Sechzigern einen bedeutenden Posten in der Bank innehatten.«

»Haben Sie Lust, darüber zu sprechen?«

»Wenn Ihnen die Kälte nichts ausmacht. Ich habe nicht die geringste Absicht, vor Einbruch der Dunkelheit ins Haus zurückzukehren.« Er deutet auf die violetten Wolken, die reglos in der Ferne hängen. »Es sei denn, dieses Unwetter rückt uns allzu sehr auf die Pelle.«

»Kein Problem.«

Er lächelt, und das Lächeln scheint seine Augen zu erreichen.

»Perfekt. Wo wollen wir anfangen?«

»Bei der Mafiabank.«

»Die Mafiabank, natürlich. Das war die BCM, da können Sie sicher sein. Und wie.«

»Wann ist Ihnen das klargeworden?«

»Ich habe als Kassenwart angefangen und als Direktor aufgehört. Um zu kapieren, dass da was nicht stimmte, musste man nur am Schalter stehen und die Augen offen halten. Aber niemand hat sich sonderlich drum geschert. Das waren andere Zeiten. Doch glauben Sie mir, in jeder Bank gibt es krumme Geschäfte und niemand regt sich auf.«

»Und als Sie die Bank verlassen haben?«

»Damals wusste ich alles. Oder fast. Und das, was ich nicht wusste, konnte ich mir zusammenreimen. Ich hätte Mühe, Ihnen zu sagen, wann es passiert ist. Im Grunde kommt eines zum anderen, und eines Tages wacht man auf und weiß Bescheid.«

Eine getigerte Katze taucht von irgendwoher auf und schlüpft unter Ferrarinis Stuhl. Sie schauen sich kurz an, dann springt die Katze ihm auf die Knie, legt sich hin und wartet. Als Ferrarini anfängt, sie zu streicheln, schließt sie die Augen. Gleich darauf ist sie eingeschlafen.

»Ich weiß nicht, woher sie kommt. Vor einem Jahr ist sie hier aufgekreuzt und seitdem besucht sie mich jeden Tag.

Dieses Kalb und ich haben eine Art Verabredung. Sehen Sie, wie dick sie ist? Ich fange an zu lesen, sie kommt an und schläft. Irgendwann wacht sie dann wieder auf, sieht mich an und verschwindet. Tiere sind seltsam, finden Sie nicht? Haben Sie ein Haustier?«

»Wenn ich sie so sehe, kriege ich Lust, mir eine Katze anzuschaffen.«

Er lächelt, blickt auf die Katze hinab, krault sie zwischen den Ohren und streichelt ihren Rücken. Dann redet er weiter.

»Wir boten die besten Voraussetzungen. Eine Mailänder Bank mit nur einem Schalter. Weit weg vom Finanzzirkus, abseits des Rampenlichts. Und mit Eigentümern, die zum Teil nicht die geringste Lust hatten, aufzufallen. Aber nicht nur das. Alles ist zugleich einfacher und komplizierter. Ein Teil der Geschichte dieses Landes steckt in der BCM. Sie machte Geschäfte mit Di Donnas ausländischen Treuhandgesellschaften und der Welt, die er repräsentierte. Die Strohmänner der Mafiaclans, die in jenen Jahren aktiv waren, hatten bei uns Konten. Und auch die Spitzen der Cosa Nostra. Natürlich nicht persönlich. Als die Staatsanwaltschaft 1983 die Operation *Primavera* veranlasst, bin ich bereits seit zwei Jahren nicht mehr bei der Bank. An jenem 21. März lassen sie das Spiel auffliegen, aber sie machen es nicht gründlich. Sie verhaften den Direktor und einen Teil des Bankvorstandes in der Überzeugung, das Geldinstitut sei eine der Geldwäschezentralen. Es kommt zum Prozess und zum Urteil. Und 1989 kommt ein Kassationsrichter daher und hebt alles wieder auf. Vier Jahre später wird er wegen Beteiligung an einer kriminellen Vereinigung angeklagt. Schlussendlich bekommt er einen Freispruch erster Klasse, das war letztes Jahr. Doch in der ersten Instanz und in der Berufung hatte er sechs Jahre bekommen.« Er hört auf, die Katze zu streicheln. Das Tier wacht auf, sieht ihn vorwurfsvoll an, wartet, bis er weitermacht, und schläft wieder ein.

»Das klingt nach einer anderen Geschichte, ich weiß, aber das ist es nicht.«

Er reckt den Hals und wirft einen neugierigen Blick auf den Notizblick auf meinen Knien.

»Haben Sie alles mitgeschrieben?«

Ich nicke.

»Ich frage Sie das, weil wir auf einige Dinge, die ich gesagt habe, zurückkommen müssen.«

Ich lasse den Stift sinken.

»Sie verlassen 1981 die Bank. Wieso verfolgen Sie ihr Schicksal weiter?«

»Das habe ich mich auch oft gefragt. Die einzige Antwort, auf die ich gekommen bin, ist, dass die Bank mein Leben bedeutete. Vor einigen Tagen habe ich in der Zeitung ein Interview mit einem Mann gelesen, der die Interessen von Asbestopfern vertritt. Er hat etwas gesagt, das ich nur bestätigen kann. Keiner der Arbeiter, die dem Asbest ausgesetzt waren und dann erkrankt sind, wird schlecht von dem Unternehmen sprechen, das ihr Leid zu verantworten hat. So schrecklich es ist, für sie wird es immer der Ort bleiben, der ihre Familien ernährt hat. Verstehen Sie? Für mich und die BCM gilt das Gleiche.«

Die Katze wacht ganz plötzlich auf. Sie hebt den Kopf, wirft Ferrarini einen langen Blick zu und verschwindet.

»Es gibt Regen«, sagt er. »Meo ist verlässlicher als jedes Barometer.«

»Meo?«

»Ganz genau. Wundern Sie sich nicht über den Namen. Sie haben sie noch nicht miauen hören. Haben Sie Lust auf einen Tee?«

Antonio Baldacci ist schwarz gekleidet.

Hose, Hemd, Schuhe, seidenes Halstuch.

Man nennt ihn »The Hand«, und ein Händedruck genügt, um zu wissen, warum.

Er lebt abgeschirmt und von drei Wachmännern geschützt in einem restaurierten Landhaus, in dem er sich aufführt wie ein Schlossherr. Er lächelt in die Runde, verteilt Höflichkeiten und kleine, huldvolle Gesten. Er spricht perfektes Italienisch, das er hin und wieder mit einem englischen oder sizilianischen Akzent verbrämt. Man könnte meinen, er täte es absichtlich.

»Ich erinnere mich an diesen Satz, Dottore. Ich erinnere mich noch gut. Es amüsiert mich, dass Sie ihn nicht vergessen haben.«

Er könnte ein Industrieller sein. Ein Firmenchef aus einem Fünfzigerjahre-Film, der sich zusammen mit seinen Angestellten eine goldene Nase verdient. Stattdessen ist er ein Cosa-Nostra-Mann, dessen Stammbaum an Verbrechen, Morden und Mafia-Beziehungen selbst für einen Experten schwer zu durchschauen ist.

Ein Mann, der vieles weiß, vielleicht alles, was man braucht, und der die Kunst des gleichzeitigen Redens und Schweigens perfekt beherrscht.

Andrea hat ihn gefunden und versucht, möglichst unbemerkt zu bleiben. Offiziell sind weder er noch Daniele in diesem Haus.

»Glauben Sie, den hätte ich vergessen können?«

Baldacci schaut den Richter an und nestelt an seiner Armbanduhr. Metallgehäuse, Sammlerstück.

»Nein, Sie haben recht. Setzen Sie sich.«

Er führt sie in den Salon. Ledersofa und zwei Sessel, die einen niedrigen, hölzernen Couchtisch einrahmen, eine antike Tür, überarbeitet und mit aufgesetzten Scharnieren.

»Sie haben darauf gedrängt, mich zu sprechen, und hier bin ich.«

Er schlägt die Beine übereinander, legt die Hände aufs Knie und lächelt abwartend.

»Wir haben es getan, weil sie es von uns verlangten. Und wir haben Scheiße gebaut«, sagt Daniele. Es ist das zweite

Mal, dass er diesen Satz zitiert. »Wir sind hier, um über diese Scheiße zu reden, Signor Baldacci.«

Der Hausherr hebt kaum merklich die Augenbraue.

»Finden Sie das nicht ein wenig zu viel verlangt, Dottore? Was lässt Sie glauben, dass ich darauf eingehen werde?«

»Manchmal reicht es, eine Frage zu stellen, um eine Antwort zu bekommen.«

»Manchmal, natürlich.«

Daniele schweigt. Baldacci mustert ihn immer noch. Dann bricht der Richter das Schweigen.

»Sie zeigen keine Reue. Sie sind einer der wenigen, mit denen ich geredet habe, die nicht so tun, als würden sie ihre Taten verleugnen.«

»Ich bin ein Corleonese, Dottore. Es gibt nichts, was ich mir vorwerfen oder wofür ich mich schämen müsste. Cosa Nostra ist auch meine Heimat. So war es und ist es noch immer. Einmal hat sich einer Ihrer Kollegen eine Gedankenlosigkeit erlaubt. Ich hörte, wie er mich aus Versehen als Pentito bezeichnete. Ich bin stinksauer geworden. Dieser Fehler hätte ihm nicht unterlaufen dürfen. Worte haben ihre eigene Bedeutung, zumindest für mich. Und ich habe nichts bereut. Ich arbeite mit der Justiz zusammen, weil die Cosa Nostra, die dieser Corleones, nichts mit mir zu tun hat. Sie sind die Verräter, sie sind die Pentiti. Verstehen Sie?«

Daniele kann sich ein Grinsen kaum verkneifen. Es ist das erste Mal, dass jemand Totò Riina als reuig bezeichnet.

»Sicher. Und eben weil die Sie verraten haben, würde ich gern über diese Scheiße und über ein paar andere Dinge reden, die damit zu tun haben. Und ich habe nicht die geringste Absicht, Sie ein Vernehmungsprotokoll unterschreiben zu lassen.«

Baldaccis Blick wandert zwischen Andrea und Daniele hin und her.

»Arbeitet ihr allein?«, fragt er. Er lacht los, ohne die Antwort abzuwarten. »Kein Vernehmungsprotokoll, kein Aufnahmegerät, ein privates Treffen. Ein alleinstehendes Haus, ich, Sie, Ihr Geheimdienst-Freund – die erkenne ich sofort, wissen Sie? –, Ihre Eskorte, meine Eskorte. Darf ich riskieren, Sie vor den Kopf zu stoßen, Dottore? An genau solchen Treffen habe ich teilgenommen, ehe ich angefangen habe auszupacken.«

Als Daniele nichts entgegnet, fährt Baldacci mit seinen Fragen fort.

»Wieso machen Sie das, Dottore?«

»Das tut nichts zur Sache.«

»Sie gefallen mir, wissen Sie? Und ob das was zur Sache tut. Ich werde Ihnen Dinge erzählen, die Sie nicht beweisen können. Oder wenn, dann erst in zehn Jahren, wenn alles ganz anders ist. Und wenn es drauf ankommt, werde ich jede Silbe leugnen. Sie werden Ihre Notizen machen, Ihre Untersuchungen durchführen und Ihre Schlussfolgerungen ziehen. Und, glauben Sie mir, die Dinge sind häufig so, wie sie scheinen. Doch an dem Punkt wird man Sie umbringen. Und alles wegen dieser Unterhaltung, von der noch nicht einmal ein Protokoll existiert.«

Daniele bleibt ungerührt.

Einmal hat er einen des Mordes Angeklagten verhört. Kaum hatte der ihm gegenüber Platz genommen, hatte er in Anwesenheit seines Anwalts zu Protokoll gegeben, er würde ihn umbringen. Er hatte darauf bestanden, es solle schwarz auf weiß festgehalten werden, wie er es tun würde. Und als er drei Jahre später aus dem Gefängnis ausgebrochen war, hatte er es tatsächlich versucht.

Die Erinnerung an das Protokoll hatte Daniele das Leben gerettet. Es hatte bis ins kleinste Detail gestimmt.

»Sie kümmern sich um Ihre Unversehrtheit, Baldacci, und ich kümmere mich um meine. Risikobewertung.«

»Korrekt. Doch eines sollten Sie bei Ihrer genauen Risikobewertung bedenken: Ich habe nichts zu verlieren. Offiziell habe ich nichts gesagt, Ihre Jagd wird auf Annahmen und anonymen Quellen beruhen. Und vergessen Sie nicht, dass die anonyme Quelle auch von demjenigen sprechen könnte, der Ihre Eskorte zusammenstellt. Eine Versicherung würde die Prämie erhöhen.«

Daniele hält Baldaccis Blick stand. Dann öffnet er die Ledertasche, die am Sofa steht. Er zieht eine Mappe, einen Stift und ein brandneues Notizbuch hervor.

»Wann Sie wollen«, sagt er. »Vorausgesetzt, Sie sprechen nicht über Ihre eigene Angst.«

Baldacci breitet die Arme aus.

»Ich habe nur eine Bedingung.« Er deutet mit dem Kinn auf Andrea. »Wir sind einer zu viel.«

Andrea steht auf.

»Nichts für ungut«, sagt Baldacci. »Aber mit den Geheimdiensten habe ich mich schon genug herumgeschlagen.«

»Ich muss Ihnen etwas gestehen. Ich habe Tee nie ausstehen können.«

Ferrarini schaut auf die Tasse, die ich gerade auf den Tisch gestellt habe. Ich habe sie in drei Schlucken geleert.

»Das war Tee, falls Sie es nicht bemerkt haben.«

»Und er war ausgezeichnet.«

Er schüttelt den Kopf.

»Ich liebe es, wenn jemand einen Irrtum zugeben kann.«

Ferrarini lebt in einem Zweifamilienhaus, das auf einem von Kastanien bewaldeten Hügel steht. Ringsherum nichts als Bäume und Grün und der Blick ins Tal, über dem der Regen aufgezogen ist.

»Das hat mit der Jahreszeit zu tun«, sagt er und schließt die Fenster, um das Wasser auszusperren.

Dann setzt er sich, nimmt die Tasse zwischen beide Hände und macht da weiter, wo er aufgehört hat.

»1970 war der Anfang vom Ende. Ich war seit sechs Jahren in der Bank tätig, und meine Tochter war seit einem Jahr auf der Welt. Ich weiß nicht mehr wie, aber ich erfuhr, dass drei neue Teilhaber eingetreten waren, die zusammen ein Drittel der Bank besaßen. Mit ihrem Auftauchen ändert sich alles. Der Umsatz steigt, der Gewinn schnellt in die Höhe, das Kapital wächst in kurzer Zeit mehrmals um hundert Prozent.«

»Die Cosa Nostra ist da.«

»Nein, Sie irren. Die war bereits da. Ich bin zu dem Schluss gekommen, dass die Mafia von Anfang an bei der Bank mitmischte. Oder sie zu ihren Zwecken benutzte. Anfang der Sechziger ganz bestimmt. Der Eintritt dieser neuen Teilhaber leitet eine neue Phase ein. Es ist ein bisschen so, als wäre der Testlauf vorbei. Doch das Schöne war, drauf zu kommen, um wen es sich handelt. Drei Gesellschaften mit Sitz in Liechtenstein, vertreten durch einen Schweizer Anwalt namens Karl Weimer. Eines der drei Unternehmen nannte sich Wunkind und besaß eine Namensschwester in Nassau, die Tommaso Longo gehörte. Ich nehme an, Sie wissen, wer das ist. Überdies standen sie in Kontakt mit einer Art Investmentbank, in deren Aufsichtsrat auch Di Donna und der Präsident der Vatikanbank saßen.«

Ihm entfährt ein kurzes Lachen.

»Wissen Sie, was das Problem ist? Diese Leute hatten es drauf. Und Longo am meisten. Als Steuerberater hat er halb Italien die Taschen gefüllt. Als Banker, na ja, Sie wissen ja. Betrügerischer Bankrott und Mafia-Machenschaften. Stellen Sie sich vor, um ein Haar hätte ich für ihn gearbeitet. Das muss Schicksal gewesen sein. Mögen Sie Science-Fiction?«

»Kennen Sie einen Mann meiner Generation, der Science-Fiction nicht mag?«

»Stimmt. Ich bin ganz verrückt danach.«

Er zeigt mir das Taschenbuch, das er auf den Knien hält. Arthur Clarke, *Rendezvous mit 31/439*. Die Originalausgabe aus den Sechzigern. Ich muss ziemlich baff ausgesehen haben, denn Ferrarini drückt das Buch mit gespieltem Entsetzen an die Brust.

»Wehe, Sie stehlen es mir! Aber ich wollte gar nicht über

dieses Buch reden. Wie gesagt, ich bin ganz verrückt nach Science-Fiction. Bei Tommaso Longo muss ich an diese Figur aus *Krieg der Sterne* denken, an den mit dem schwarzen Helm auf dem Kopf. Wenn ein Genie beschließt, zum Verbrecher zu werden, wird es echt gefährlich.«

Er legt das Buch auf den Tisch. Im nächsten Satz liegt ein fast rührend aufrichtiger Schmerz.

»Und Tommaso Longo war ein Genie.«

»1970 kauft Longo also dreiunddreißig Prozent der BCM?«

»Technisch gesehen stimmt das. Eine Gesellschaft gleichen Namens wie die unter Longos Führung kauft ein Drittel der Bank. In Wirklichkeit glaube ich, dass Longo nur ein Mittel war. Es ist die Welt, für die er steht, die in die Bank eintritt.«

»Die zweite Phase, von der Sie eben sprachen.«

»Ganz genau. Aber lassen Sie mich ausreden, denn jetzt kommt das Schönste. Ich sagte ja bereits, dass diese drei Gesellschaften von einem Schweizer vertreten wurden. In den Neunzigern wird dieser nun verdächtigt, eine der Schlüsselfiguren in punkto Geldwäsche sowie Experte für Steuerhinterziehung im ganz großen Stil zu sein. Und dennoch ist er Ehrenmann Seiner Heiligkeit und Vorsitzender eines der päpstlichen Räte. Vatikan, italienische Finanz, organisierte Kriminalität. Die drei Kettenglieder in einer Person, die ein Drittel der Bankanteile innehat. Da muss man nichts mehr erklären, oder?«

Er nippt an seinem Tee und wartet, bis ich fertig geschrieben habe.

»Ehe Longos Gesellschaften auftauchten, waren die Schweizer da. Es war alles schon lange geplant.«

»Schweizer?«

»Vor allem Finanzierungsgesellschaften. Namen voller Konsonanten, bei deren Aussprache einem das Gebiss aus dem Mund fiel, und haufenweise Geld. Fast alle mit Sitz direkt hinter der Grenze, meist in Lugano. Auch das: gewaschenes, neu angelegtes und vermehrtes Geld. Die Anfangsphase, wie gesagt. Mindestens zweimal habe ich die Gnome gesehen.«

»Die Gnome?«

»So nannten wir die. Ziemlich arrogant, ich geb's zu. Oder vielleicht der scherzhafte Versuch, die Angst vor ihnen zu überspielen. Man sah es geradezu vor sich, wie sie im Schatten der Berge das Geld dieser Leute aufeinandertürmten. Wenn man sie im Flur traf, hielt man den Blick gesenkt oder sah woandershin. Sie haben mir immer mehr Angst gemacht als die eigentlichen Besitzer dieses Geldes.«

Er trinkt seinen Tee aus und sieht mich schweigend an, die Tasse in der Hand.

»Kurz bevor ich die BCM verlassen habe, habe ich mich über eine dieser Schweizer Finanzierungsgesellschaften schlaugemacht. Über neunzig Prozent gehörten einer israelischen Bank namens Lemon Bank Overseas. Viele Jahre später hat Marco das fehlende Puzzleteil eingefügt. Die Lemon Bank ist die Geldwäscheanlage der Capobiancos. Wie Sie sehen, fügt sich am Ende alles zusammen.«

Ferrarinis Blick wandert durchs Zimmer, vielleicht auf der Suche nach der Katze. Er gießt uns Tee nach, räuspert sich und bringt einen neuen Dominostein ins Spiel.

»Sagt Ihnen der Name Falcetta etwas?« Er wartet die Antwort nicht ab. »Was mich betrifft, ist er in der gesamten Operation Primavera der Wichtigste. Dank dieses Namens lässt sich sowohl die Herkunft des Geldes als auch das Geheimnis erklären, das die BCM bis heute umgibt. Falcetta ist der Schwager von Giuliano Capobianco. Blutsbande sind alles, zumal für Familien wie diese.«

Ich sage nichts. Ferrarini trinkt einen Schluck und blickt hinaus. Er scheint keine Eile zu haben.

Er lässt mich schmoren. In den Fünfzigern gehen die Capobiancos nach Kanada und Venezuela, zwanzig Jahre später sind sie der Dreh- und Angelpunkt für sämtliches Heroin, das in die Vereinigten Staaten gelangt. Es kommt aus Kolumbien, Sizilien, Kalabrien, der Türkei und Russland. Eine Geldflut, die in großem Stil ins Baugeschäft investiert wird. Geld, das durch ahnungslose oder scheinbar ahnungslose Banken um die ganze Welt geht. Es fließt in Steuerparadiese, in die Schweiz.

»Die Herren des Rauschgiftes«, sage ich und hoffe, dass Ferrarini weiterreden möchte.

Er nickt, es scheint ihn große Mühe zu kosten.

»Wie oft haben Sie von den Capobiancos reden hören? Wie viele Berichte über deren Geschäfte und ihre Verbindungen zur Politik haben Sie in den Zeitungen oder im Fernsehen gesehen? Ich will es Ihnen sagen. Kaum welche, besser gesagt, keine.«

»Was wollen Sie damit sagen?«

»Wir wollen ganz ehrlich sein, in Ordnung? Ich weiß, woran Sie sitzen und wovon Sie ausgegangen sind. Ich weiß, dass das, was Sie am meisten interessiert, die Attentate auf Falcone und Borsellino sind, die Bomben von 1993. Und ich könnte mir denken, dass Sie sich fragen, welche Zusammenhänge bestehen zwischen einer Bank, die Mafiagelder gewaschen hat, und einer Sache, die über zwanzig Jahre später passiert.«

Ich antworte ohne nachzudenken.

»Kontinuität«, sage ich, und er sieht mich verblüfft an.

»Dann brauche ich Ihnen nichts weiter zu sagen.«

Er schweigt einen langen Moment. Wir trinken Tee, es fängt an zu regnen und hört gleich darauf wieder auf. Dann bekomme ich zum ersten Mal einen Namen zu hören.

»Was wissen Sie über die Perseo?«

»Das, was alle wissen. Versicherungen, Zeitungen, Werbung, Verlage, Satellitenprogramme, Fernsehen, High-End-Elektronik, Baugewerbe. Die größte Supermarktkette Italiens. Eine weltberühmte Weinmarke. Eine Filmproduktionsfirma, die bei den amerikanischen Marktführern ganz dick im Geschäft ist. Wo immer Geld gemacht wird, sie stecken mit drin. Und zwar ganz oben.«

»Und Antonio Marsigli?«

»Ein hohes Tier bei der Perseo. Persönlicher Freund von Firmenchef Rossini. Worauf wollen Sie hinaus?«

Ferrarini steht auf, geht zur Glastür, die auf den Garten hinausgeht, und öffnet sie. Mit der Hand auf dem Griff bleibt er auf der Schwelle stehen. Die Katze huscht herein, streckt sich auf dem Boden aus und schließt die Augen.

»Ich habe Antonio Marsigli kennengelernt, als es die Perseo noch gar nicht gab. Wir sind Altersgenossen, soweit ich weiß. Er war mit der Cousine meiner Frau zusammen, dann haben sie sich getrennt. Ein wahres Glück. Für sie, meine ich.«

Er schließt die Tür und sieht mich an.

»Und wenn ich Ihnen sage, dass sich in Falcettas Kontakten auch Marsiglis Telefonnummer befand? Und dass ich sie mindestens zweimal zusammen in der Bank gesehen habe?«

»Jemanden zu kennen, will noch nichts heißen.«

Er nickt. Sieht weg. Verschränkt die Arme.

»Es gab mal eine Gesellschaft namens Trident. Inzwischen gibt es die schon lange nicht mehr. Sie hatte ein Konto bei der BCM. Eine wahre Geldflut ist über dieses Konto gegangen, ohne jemals abzureißen. Wissen Sie, wie das funktioniert?«

»So ungefähr.«

»Ganz einfach: Gesellschaft A erhält eine Gutschrift über eine gewisse Summe. Sie splittet sie auf und überweist das Geld häppchenweise auf das Konto der Gesellschaft B. Die überweist auf die Konten von Gesellschaft C. Ist sie gerade in kreativer Laune, teilt sie die erhaltenen Beträge ebenfalls in kleinere Teile auf. Das lässt sich beliebig lang fortführen. Der Letzte jedoch überweist das Geld wieder an die Ausgangsgesellschaft A. Blütenrein wie frisch gewaschene Wäsche. Dann macht der Großteil der Gesellschaften in der Kette dicht. Oft werden sie nur für ein oder zwei Transaktionen gegründet. Davor spannt man einen Strohmann, der ein bisschen Trinkgeld bekommt und keine Fragen stellt. Oder jemanden, der einfach keine Ahnung hat, was abgeht. Irgendeinen alten Onkel, der einem vertraut. Und schon ist die Sache geritzt.«

»Und die Trident?«

»Die Trident hat ein paar Jahre durchgehalten. In unserer Kette war sie Gesellschaft A. Sie bestand aus drei Gesellschaftern. Ein Schweizer Finanzunternehmen, Falcettas Cousine und eine Dame aus Como, die vielleicht nur irgendwo unterschrieben und der falschen Person vertraut hatte. Man hat nie herausgefunden, wie es gelaufen ist, und von diesen Geldströmen fehlt jede Spur. Im geeigneten Moment sind sämtliche Unterlagen verschwunden. Aber wissen Sie, was man in Como sagt? Es stimme gar nicht, dass die Dame nicht wisse, was passiert ist. Sie war sehr schön und jung genug, um sich einen Liebhaber zu nehmen. Und der hat sie angeblich um einen Gefallen gebeten.«

Er kommt näher.

»Antonio Marsigli ist noch immer ein gutaussehender Mann. Wenn Sie Fotos aus jener Zeit sehen, ist Ihnen klar, dass er es mit Frauen gewiss nicht schwer hatte.«

»Können Sie das beweisen?«

»Was die … vertrauensvolle Beziehung zwischen Marsigli und dieser Dame betrifft? Natürlich nicht.«

»Ich rede von der Trident.«

»Ich habe nichts, was vor einem Gericht verwendet werden könnte. Ehe ich die Bank verlassen habe, habe ich alles, was ich konnte, von Hand kopiert abgeschrieben. Ich hatte an eine Anzeige gedacht, aber dann habe ich doch nichts unternommen. Als es dann zur Operation Primavera kam, hatte ich gehofft, sie würden gründlich genug graben und darauf kommen, was diese Bank war. Aber das ist nicht passiert. Und auch da habe ich mich nicht gerührt.«

Er holt tief Luft.

»Manchmal denke ich, wir sind alle genauso wie die. Wo wir können, versuchen wir, uns was unter den Nagel zu reißen. Und auch wenn wir klug genug sind, uns rechtzeitig aus der Affäre zu ziehen, bringen wir nie den Mut auf, die Hand zu heben und zu sagen, ich hab's gewusst, ich hab's gesehen, ich sag euch alles, was ich weiß. Es gibt immer etwas, das uns davon abhält. In meinem Fall ist es die Familie, meine Frau, meine Tochter, die Angst, es könnte böse ausgehen. Doch am Ende ist die Wut geblieben. Vor allem auf mich selbst.«

Ich will etwas sagen, doch er lässt mich nicht.

»Haben Sie etwas dagegen, wenn wir wieder ins Freie gehen? Wenn ich zu viel im Haus bin … ich weiß nicht, ich fühle mich unwohl.«

Ich stehe auf und folge ihm in den Garten. Die Katze jagt hinter etwas her, das ich nicht sehen kann. Der Regen ist plötzlich warmem Sonnenschein gewichen.

»Es ist das Elternhaus meiner Frau«, erklärt er. »Wir kamen immer im Sommer her. Als sie gestoben ist, fand ich, es hatte keinen Sinn mehr, in der Stadt zu bleiben, und da bin ich hierhergezogen. Dort unten hielt mich nichts mehr.«

Er deutet auf das Tal. Ein wie aus dem Nichts aufgetauchter Nebelstreifen hängt darüber. Er holt ein Päckchen Zigaretten hervor und bietet mir eine an. Schweigend stehen wir da und rauchen, denken an die unterm Grau verborgene Stadt und lächeln über die Kunststücke der Katze, die sich schließlich unter einen Busch legt und einschläft.

Doch das war noch nicht alles. Da hängt noch etwas in der Luft. Etwas, das ich nicht ignorieren kann.

»Wieso haben Sie mich gefragt, was ich über die Perseo weiß?«

Ferrarini antwortet nicht. Die Hände in den Taschen vergraben, scheint er fernen, komplizierten Gedanken nachzuhängen. Die Katze wacht auf und kommt zu ihm, streicht ihm um die Beine und reibt Schwanz und Schnauze an seinen Hosen. Ferrarini nimmt sie auf den Arm.

»Heute Nacht schläfst du drinnen«, murmelt er. »Zufrieden?«

Die Katze blinzelt und legt den Kopf an seine Brust. Er streichelt sie und redet, ohne mich anzusehen.

»Es ist spät, der letzte Bus ist schon vor einer Weile gefahren. Ich bringe Sie zum Bahnhof.«

Er kehrt ins Haus zurück und kommt nach wenigen Minuten mit einem Stoffbeutel über der Schulter wieder.

Schweigend folge ich ihm zum Auto.

»Ich wusste, dass Sie früher oder später wiederkommen würden.«

Daniele spielt mit dem Kuliknopf. Er drückt drauf, lässt die Spitze herausschnellen und presst sie aufs Papier, bis der Knopf wieder nach oben springt. Dann fängt er von vorn an.

»Hellseherei ist das wohl nicht.«

Baldacci lässt den Blick schweifen.

»Ich habe nichts anderes zu tun als nachzudenken, mich zu erinnern und mir Fragen zu stellen.«

»Sie könnten Ihre Memoiren schreiben.«

Er grinst.

»Glauben Sie, man würde mich lassen?«

Daniele lächelt ebenfalls.

»Ich glaube nicht. Also?«

»Sie wollen wissen, wieso ich Sie erwartet habe, Dottore? Sie sind nicht der Typ für halbe Sachen.«

»Ist das ein Kompliment?«

»Überschätzen Sie sich nicht. Männern mache ich so gut wie nie Komplimente.«

Daniele legt den Stift aufs Notizbuch.

»Wer hat Sie beauftragt, Baldacci?«

Baldacci macht ein überraschtes Gesicht.

»Sie erwarten doch nicht, dass ich auf so eine Frage antworte. Nicht immer reicht es, eine Frage zu stellen.«

»Dann sagen Sie mir, wo Sie anfangen wollen?«

»Bei Ihrer sogenannte Scheiße, Dottore.«

»Jetzt mal halblang.«

Baldacci ignoriert ihn. Er ist wie ein Hai, der seine Beute langsam einkreist.

»Fangen wir bei Ihrer vertracktesten Akte an. Der mit den Gerüchten über Antonio Marsigli und seinen Verbindungen zur Cosa Nostra. Gewisse Dinge tut man einfach nicht.«

»Ermittlungen gegen die Mafia zum Beispiel?«

Der Hausherr tut so, als hätte er die Frage nicht gehört.

»Ihre Untersuchungen zur Perseo, Dottore, hatten einen unverzeihlichen formalen Fehler. Sie waren offiziell. Man spaziert bei einem wilden Tier nicht mit einer Vorladung herein. Man muss sich leise anschleichen, nachts und am besten bewaffnet.«

»Ist die Perseo ein wildes Tier?«

»Wieso fragen Sie mich das? Wie lange sind Sie drumherum geschlichen? Zwei, drei Jahre? Und was haben Sie herausbekommen?«

»Meine Welt ist nicht so wie Ihre, Baldacci.«

»Das weiß ich aus eigener Erfahrung. Doch wenn herauskäme, dass Sie hier sind und weshalb, würde man Sie in Stücke reißen. Was ist denn von Ihren Regeln noch geblieben?«

Der Richter holt tief Luft. Baldacci lässt ihn nicht zu Wort kommen.

»Sie repräsentieren den Staat«, fährt er fort. »Und da kommen Sie hierher und fragen mich über eben diesen Staat aus. Und ich höre Ihnen zu und frage mich eins: Ist es der offizielle Staat, über den Sie etwas erfahren wollen? Oder besser, sind Sie sich sicher, dass der Staat, der Sie schützt, nicht derselbe ist, über den wir hier reden?«

Die Antwort kommt sofort.

»Ja.«

»Ich respektiere Ihre Überzeugung, Dottore. Respektieren Sie bitte meine Skepsis.« Er setzt sich auf dem Sofa zurecht. »Lassen Sie uns anfangen. Ich stehe ganz zu Ihrer Verfügung.«

Daniele nimmt den Stift wieder auf. Er sieht Baldacci lange an. Dann beginnt er, mit einem Vor- und einem Nachnamen.

»Rosario Curatolo.«

Die Antwort ist knapp wie ein Pistolenschuss.

»Eine Marionette. Jeder wusste, dass er nichts damit zu tun hatte. Ihr auch. Wie denn auch nicht. Ihr habt schließlich die Fäden gezogen.«

»Hören Sie, Baldacci, das hatten wir alles schon. Sie reden drumherum, lassen hier und da ein bisschen was fallen, sagen etwas und nehmen es wieder zurück. Wenn das Ihre Art zu erzählen ist, dann gehe ich wieder.«

Der Cosa-Nostra-Mann lässt die Finger knacken. Daniele stellt sich diese Hände um einen Hals vor. Das Brechen der Luftröhre. Die Wirklichkeit, die sich aus der Finsternis löst.

Baldaccis Stimme kommt von weither. Er starrt über seine Schulter hinweg ins Leere, auf irgendeinen Punkt zwischen Wand und Fenster.

»1989 haben sie mich aufgesucht. Ich saß seit einem Jahr in England im Knast. Eines Nachts wurde ich geweckt und in ein Verhörzimmer gebracht. Nicht in das übliche, in ein anderes. Kleiner, ohne Fenster. Sie saßen dort zu dritt.«

»Wer?«

»Diese Leute haben keine Namen, Dottore. Das sollten Sie wissen. Geredet hat ein Italiener. Sie wollten etwas über einen Typen wissen, den ich kennengelernt hatte. In einem anderen Leben hätten wir Freunde sein können. Ein Syrer.«

»Terrorist?«

»Ja. Eine Woche vorher hatte man ihn verlegt, und diese Leute wollten wissen, was er so geredet hat, was für Besuch er bekam, worüber er mit dem gesprochen hat. Sie können sich denken, dass ich meinen Mund gehalten habe.«

»Wer waren die?«

»Was glauben Sie? Hören Sie, einer meiner besten Freunde war der Chef eures Geheimdienstes. Ich weiß, wie diese Dinge laufen, und sehe es den Leuten an, ob sie was damit zu tun haben, verstehen Sie?«

Daniele schreibt. Er sieht auf und nimmt den Faden wieder auf.

»Sie waren zu dritt, und einer hat geredet.«

»Beim ersten Mal ja. Dann sind sie wiedergekommen. Eine Woche später. Und da waren sie weniger freundlich. Sagen wir, diese Leute wussten genau, wie meine Welt funktioniert. Sie wollten das Gerücht in Umlauf bringen, ich arbeite mit der Justiz zusammen. Sie haben mich gefragt, ob ich mir vorstellen könnte, was mit meiner Familie passieren würde. Da bin ich zugänglicher geworden, und sie haben mir zu verstehen gegeben, es gebe einen Plan, um Dottor Falcone aus dem Weg zu schaffen.«

»Sie haben es Ihnen zu verstehen gegeben?«

»Ja. Fragen Sie mich nicht nach dem genauen Wortlaut. Aber es war sonnenklar, worüber sie redeten. Da habe ich zum ersten Mal die Stimmen der anderen beiden gehört. Der eine war ganz bestimmt Engländer. Beim anderen könnte ich schwören, er war Israeli. Seine Aussprache hat mich drauf gebracht.«

»Das hören Sie heraus?«

Baldacci seufzt.

»Etwas sollten Sie wissen, Dottore. Sie wissen, wie meine Beziehungen zur Familie Capobianco waren, stimmt's?«

»Eng, um es mit einem Wort zu sagen.«

»Eben. Ich habe viele Jahre Knast riskiert, um sie nicht zu verraten. Es gibt da eine Bank namens Lemon Bank Overseas, sie sitzt in der Karibik, ist aber israelisch. Die Capobiancos nutzen sie für ihre Geldgeschäfte.« Er deutet ein Grinsen an. »Klar erkenne ich die Aussprache wieder, Dottore.«

Der Richter notiert sich den Namen und spricht weiter, ohne vom Notizbuch aufzusehen.

»Okay, erklären Sie mir das. Nach dem Attentat von Addaura kommen Geheimdienstler verschiedener Nationalitäten zu Ihnen, um was von Ihnen zu bekommen? Einen Rat zu Falcones Ermordung? Hilfe? Einen Kontakt?«

Baldacci schweigt einen Augenblick.

»Die Cosa Nostra erledigt oft die Drecksarbeit für andere. Die Drecksarbeit des Staates, um genau zu sein. Wenn man hässlich und gemein ist, macht ein Makel mehr oder weniger keinen Unterschied. Sie wissen genau, in was Dottor Falcone seine Nase stecken wollte. Ist es da verwunderlich, dass sie ihn kaltmachen wollten? Um bei Ihrer Frage zu bleiben, sie wollten einen Rat von mir, ganz genau. Und ich habe sie zu meinem Cousin Donato Patti geschickt. Nach diesem Tag habe ich sie nie wiedergesehen.«

Er zupft sich den Hemdkragen zurecht und fährt sich mit der Zunge über die Lippen.

»Ich schäme mich nicht, Ihnen zu sagen, dass ich Angst hatte. Um einen Mann einzuschüchtern, braucht es keine Waffen, eine versteckte Nachricht in einem Satz genügt, vielleicht ein kleines Lächeln dazu. Ich habe meinem Cousin den Besuch angekündigt. Und Riina auch. Sie haben geantwortet, alles sei in Ordnung. Ich weiß, dass Donato sie getroffen hat. Sie oder ihre Stellvertreter. Und Sie wissen genauso gut wie ich, dass er den Sprengstoff für Falcone in dieses Loch in Capaci gesteckt hat.«

Daniele trommelt sich mit den Fingern aufs Knie.

»Wir hatten bei Curatolo angefangen.«

»Und ich habe Ihnen geantwortet, dass der nur eure Marionette war. Wissen Sie, weshalb ich Ihnen diese Geschichte erzählt habe, Dottore?«

»Um mir zu sagen, dass nicht immer ihr die Bösen seid?«

Baldacci lacht.

»So ähnlich, ja. Und um Ihnen klarzumachen, das derjenige, der sich in den Kopf setzt, gegen jahrhundertealte Beziehungsgeflechte vorzugehen, am Ende geopfert wird. Falcone wollte sich ins Geldwäschekarussell einschleusen. Er wollte wissen, wie viele börsennotierte Aktien uns gehörten. Wie viel Prozent des italienischen Vermögens uns gehörten. Wer die Leute waren, die dank uns reich wurden. Die mit uns Geschäfte machten.«

Baldacci faltet die Hände, als wollte er beten. Er bewegt sie vor und zurück wie ein Pendel.

»Und das darf man nicht machen, Dottore. Die Cosa Nostra lässt es nicht zu. Doch das Wichtigste ist, dass der Staat es ebenso wenig zulässt.«

Ein zähes, stickiges Schweigen senkt sich herab. Baldacci reibt sich die Augen. Als er sie wieder öffnet, sitzt Daniele unverändert da und wartet auf den Rest.

»Sie haben nach Curatolo gefragt, Dottore. Und ich sage Ihnen, fragen Sie die, die zu der Zeit in Palermo das Sagen hatten. Fragen Sie Vincenzo Pellegrino. Wissen Sie, was man sich bei der Cosa Nostra sagte? Pellegrino sei ein tüchtiger Bulle, aber seinen Leuten sage er nicht immer die Wahrheit. Wissen Sie, was das heißt?«

Diesmal ist es Daniele, der wegsieht.

Talete, denkt er. Die Akte in Elenas Unterlagen.

Talete, die Informationsquelle des Geheimdienstes.

Talete. Elena kannte den vollen Namen.

»Vincenzo Pellegrino«, flüstert er. Und Baldacci breitet die Arme aus.

Na endlich, bedeutet diese Geste.

»Wissen Sie, wie man ein Verbrechen wie das an Dottor Borsellino auf die Beine stellt? Man sucht sich zuallererst einen Schuldigen, auf den man es abwälzen kann. Und wissen Sie, wie man an so einen Schuldigen kommt? Indem man jemanden festnagelt, der nicht die Wahrheit sagen kann, oder die Sache jemandem anhängt, der zu viel Angst hat, das Maul aufzumachen. Rosario Curatolo gehört zur zweiten Kategorie. Allerdings braucht es auch jemanden, der diesen Schuldigen findet. Sonst funktioniert der Trick nicht. Man nimmt ihn fest, ringt ihm ein Geständnis ab und schützt ihn. Eigentlich geht das nicht, aber wen juckt's? Du machst die Regeln. Und die alten haben sich sämtlich in Wohlgefallen aufgelöst. Im großen Spiel geht es um Interessen. Und die Frage, die man sich stellen muss, ist die, die ich mir auch gestellt habe. Der Mord an Dottor Falcone ist allen Interessen gerecht geworden. Denen der Cosa Nostra und denen des Staates. Der Mord an Dottor Borsellino hatte mit den Interessen der Cosa Nostra nichts zu tun. Man hat sie deportiert wie die Nazis die Juden …«

»Baldacci …«

»Erlauben Sie mir eine Metapher, Dottore.«

»Kommt auf die Metapher an.«

Baldacci lächelt.

»Wie auch immer, Sie haben mich verstanden. Sie werden rund um die Uhr bewacht, selbst, wenn Sie pinkeln gehen. Keine Frauen, keine Kinder, keine Post. Kein Geld, Dottore. Keinerlei Kontakt, man ist isoliert wie ein Toter. Man hockt in der Zelle und wartet, dass man endlich abkratzt. Vielleicht nach vierzig Jahren. Bei der Cosa Nostra sind keine Blödmänner. Wir sehen nach vorn, haben den Durchblick, wissen, was passiert und können dementsprechend handeln. War Dottor Borsellinos Tod ein schlechtes Geschäft oder eine sichere Rücklage für die Zukunft? Wenn ich an diese Bombe denke, kommt mir eine OP in den Sinn. Wussten Sie, dass ich operiert wurde?«

»Vor einem Jahr.«

»Ganz genau. Da war irgendwas nicht in Ordnung, und die Ärzte meinten, es müsse entfernt werden. Klar, ich hätte vorübergehend ein paar Beschwerden, ganz ohne gehe es nicht, aber es würde alles wieder in Ordnung kommen. Und sehen Sie mich an, mir geht's blendend. Die Bombe gegen Paolo Borsellino war wie meine OP. Die Frage, die es zu beantworten gilt, ist, wem war damit gedient? Und wem war mit denen im Jahr danach gedient? Der Cosa Nostra? Nur der Cosa Nostra? Finden Sie eine Antwort und Sie haben alles, was Sie brauchen.«

»Und wieso antworten Sie nicht? An meiner Stelle?«

Baldaccis Lachen klingt wie ein Knallfrosch, der im Treppenhaus explodiert.

»Sie sind lustig, Dottore! Ich antworte nicht, weil ich keine Antworten habe. Fragen ja. Aber Antworten … Ich war schließlich im Knast.«

»Sagen Sie mir nicht, Sie hätten keine Vermutung.«

»Gerüchte gibt es viele, Dottore. Aber für keines würde ich meine Hand ins Feuer legen … Nein, zwingen Sie mich nicht zu antworten.«

Unvermitteltes Schweigen erfüllt den Raum. Daniele fühlt sich allein. Er wünschte, irgendjemand würde ins Zimmer treten. Er würde die Stimme eines der Männer der Eskorte hören, das ferne Dröhnen eines Autos oder Flugzeuges. Etwas, das ihn wieder in die Wirklichkeit holt und aus diesem Alptraum reißt, in dem er sich befindet.

Doch alles, was er bekommt, ist ein hinterlistiges Flackern in Baldaccis Augen.

»Sie wussten es, richtig?«

»Wie bitte?«

»Von Vincenzo Pellegrino. Sie wussten es bereits.«

Daniele antwortet nicht. Baldacci grinst. Seine Miene macht die Frage zunichte.

»Sind Sie je einem Mann mit einem entstellten Gesicht begegnet?«

Baldacci atmet leise aus, als bliese er Rauch durch die Lippen. Er senkt die Stimme.

»Sie wollen also wirklich Ernst machen, Dottore.« Schweigend sieht er Daniele an. Reglos, auf der Suche nach einer Antwort. »Ich bin nicht abergläubisch. Nicht mehr als andere. Doch dieser Mann jagte mir Angst ein.«

»Wissen Sie, wer es ist?«

»Fragen Sie mich nicht nach dem Namen, ich kenne ihn nicht. Außerdem sollten Sie lieber Ihre Leute fragen und nicht mich. Ich habe lange geglaubt, das sei eine Mär, es wird so viel Scheiß erzählt. Dann habe ich ihn getroffen. Und wissen Sie, was mich erstaunt hat? Er hat sich kein bisschen zu verstecken versucht. Im Gegenteil. Er drückte einem die Hand und redete so selbstbewusst wie ein Filmstar, bei dem die Weiber hysterisch und die Kerle aggressiv werden. Das war das Verblüffendste. Wenn einer so einen Job macht wie dieses … Monster, sollte er sich besser nicht blicken lassen. Gesichter wie meines oder Ihres, Dottore, bleiben unerkannt. Aber den erkennt man sofort. Viele haben ihn gesehen und von ihm erzählt, aber gefunden haben sie ihn nie. Der wusste genau, dass er sich keine Sorgen zu machen brauchte, sonst hätte er sich nicht so benommen.« Er sieht Daniele unruhig an. »Suchen Sie nach ihm?«

»Vielleicht.«

»Lassen Sie's bleiben. Sie kriegen nur ein Gesicht zu sehen, dass Sie Ihr Lebtag nicht mehr vergessen werden. Und außerdem glaube ich, dass er tot ist.«

»Sie glauben oder Sie wissen es?«

Baldacci versucht zu lächeln. Eine nervöse Grimasse, die die Spannung nicht löst.

»Gerüchte haben nicht immer einen Absender. Vertrauen Sie mir.« Er macht eine Pause. »Ich brauche zehn Minuten. Doch vorher möchte ich Ihnen noch eines sagen. Über mein Treffen mit dem Geheimdienst in England habe ich mit niemandem gesprochen. Sie sind der Erste, dem ich diese ganze Geschichte erzähle.«

»Also?«

»Vor vier Jahren habe ich in einem Prozess ausgesagt. Der Verteidiger eines Angeklagten fragt mich, ob ich je Kontakte zum Geheimdienst hatte. Ich versuche der Frage auszuweichen, doch er lässt nicht locker. Er fragt mich, ob es stimme, dass ich im Knast Besuch von italienischen und nicht-italienischen Geheimdienstleuten hatte. Glauben Sie mir, wenn ich Ihnen sage, dass ich genau solche Angst hatte wie in jener Nacht? Dieser Mann musste etwas wissen. Zumindest dachte ich das.«

»Und was haben Sie geantwortet?«

»Ich habe nicht geantwortet, Dottore. Ich habe nur gesagt, dass ich schweigen würde und zwar aus demselben Grund, den ich zuvor Ihrem Freund genannt habe. Gewissen Staatsorganen traue ich schon seit langem nicht mehr.«

»Was haben Sie erwartet?«

Ferrarini fährt gemächlich die Serpentinen in die Stadt hinunter. Bis zu diesem Moment hat keiner von uns geredet. Die Zeit vergeht hinter einer Mauer aus schwer zu deutendem Schweigen.

»Über die Perseo? Eine Antwort. Oder etwas in der Art.«

Er lacht auf, als hätte er es mit einem sehr naiven oder sehr dämlichen Menschen zu tun.

»Wissen Sie, was das Problem ist? Der, der die Antworten gibt, hat auch immer direkt an ihnen Teil. Ja, nein, vielleicht. Auch die Schilderung einer Tatsache variiert mit dem Standpunkt, dem Bezug, dem Abstand, den wir zu ihr haben.«

Ich bin müde, nervös und gereizt.

»Die Moral hat mir gerade noch gefehlt.«

Ferrarini tut so, als hätte er mich nicht gehört.

»Wie bitte?«

»Es ist mir scheißegal, wie sehr Sie in Ihre Geschichten verwickelt sind. Ich bin es mindestens genauso sehr wie Sie. Mit dem Unterschied, dass ich nach einem Quäntchen Wahrheit suche, während Sie sie kennen. Das glaube ich zumindest. Sehen Sie den Unterschied?«

Er wird nicht wütend, verzieht keine Miene.

»Und ob.«

»Wieso haben Sie mich gefragt, was ich über die Perseo weiß?«

Er übergeht die Frage.

»Da ist eine Person, von der ich Ihnen noch nicht erzählt habe. In dieser Geschichte darf ich Ihnen keine Namen nennen, und so kann ich Ihnen auch keine Beweise liefern. Wollen Sie sie trotzdem hören?«

»Drücken Sie sich nur weiter um eine Antwort.«

Er streift mich mit einem Blick. Für einen winzigen Moment bin ich sicher, dass er lächelt. Dann, dass er ziemlich sauer wird. Schließlich zuckt er nur mit den Schultern.

»Sind Sie sicher? Wollen Sie sie hören oder nicht?«

Ich schweige und warte. Was wissen Sie über die Perseo?, denke ich, Was wissen Sie über die Perseo?

»Ich höre.«

Ferrarini nickt. Er scheint jäh gealtert zu sein, von den Erinnerungen fortgerissen.

»Es gab da mal einen Typen, den ich in meiner Kindheit kannte. Der Krieg schweißte die Familien zusammen. Die Flüchtlinge und all das, Sie wissen schon. Er war so alt wie ich. Eine Immigrantenfamilie, aus Foggia, wenn ich mich recht erinnere. Er arbeitete wie ein Tier, keine Ahnung, woher er die Energie nahm. Wenn die anderen nicht mehr konnten, kam er erst in Fahrt. Wie auch immer, zusammen mit einem Partner zieht er eine Baufirma auf. Anfangs eine kleine Sache, doch nach und nach legt er zu. Kein Gigant, aber wer weiß, was noch daraus wird. Eines Tages kaufte er ein paar Flurstücke, die sonst keiner haben wollte. Er hatte sich in den Kopf gesetzt, Einfamilienhäuser darauf zu bauen. In der Nähe gab es einen Park. Ein hübsches Plätzchen vor den Toren der Stadt. Heute würden sie ihm die Bude einrennen.«

Er schüttelt den Kopf, bremst ab, hängt sich hinter ein Landwirtschaftsfahrzeug und sieht auf die Uhr.

»Wir haben noch massenhaft Zeit. Nun ja, er fängt an zu bauen. Die Baustelle und das ganze Drumherum geht los. Und eines Tages – die Fundamente standen schon – bekommt er Besuch. Zwei Typen, anscheinend redliche Leute. Sie erkundigen sich nach dem Bauvorhaben und wollen wissen, wie viel die Häuser kosten, offenbar zwei potentielle Käufer. Freundlich, höflich, gut gekleidet. Doch ehe sie gehen, sagen sie ihm, er sollte sich besser verziehen. Es sei nicht gut, hier zu bauen. Das könne gefährlich werden. Gefährlich. Mein Bekannter ist ein Schrank von einem Kerl, den will man nicht wütend erleben. Doch an dem Tag wird er fuchsteufelswild. Er fragt sie, wer sie seien und wer sie schicke. Die beiden lächeln. Sie seien lediglich um sein Wohl besorgt, sagen sie, und gehen. Zwei Nächte darauf bricht jemand auf der Baustelle ein, zerstört eine Baracke, klaut Werkzeug und kippt Gülle in eine der Fundamentgruben. Es folgt eine Serie kleiner Unfälle. Maschinen, die nicht funktionieren, Lampen, die kaputtgehen, ein Kurzschluss, der einen Brand auslöst. Das geht so ein paar Wochen lang, die Arbeiten verzögern sich, die Kosten steigen. Und eines schönen Tages sind die beiden Herren wieder da.«

»Ich nehme an, sie hatten einen Vorschlag, wie sie ihm helfen könnten.«

»Das dachte er auch. Vielleicht eine Schutzgeldzahlung. Aber nein. Das Spielchen lief auf etwas anderes hinaus. Sie wollten wissen, ob er die Absicht hätte, zu verkaufen. So wie ich ihn kenne, hat er ihnen ins Gesicht gelacht oder selbst ein Schutzgeld vorgeschlagen. Doch die beiden gehen nicht auf ihn ein. Sie sind da, um zu kaufen. Alles, so wie es ist.«

»Und war das Angebot gut?«

»Im Gegenteil, sie wollten nichts zahlen. Gerade genug, um die bisherigen Kosten zu decken. Sie wollten ihn mit einem warmen Händedruck loswerden. Und mein Freund lehnt ab. Vier Tage später wird sein Auto gestohlen. Es wird völlig zerstört in einem Graben gefunden, im Kofferraum zwei Säckchen Heroin. Zum Glück hat er einen Freund bei der Polizei, der die Sache durchschaut. Und zum Glück hat er den Diebstahl gemeldet. Er schließt die Baustelle und eine Woche lang passiert nichts. Dann, eines Montags, steht Antonio Marsigli bei ihm im Büro.«

Er hält an einer Ampel.

Draußen beginnt es zu regnen. Um meine Gedanken nicht durchdrehen zu lassen, denke ich an die Katze, stelle mir vor, wie sie zusammengerollt in einer Sofaecke liegt und auf die Rückkehr ihres Herrchens wartet. Es wird grün, Ferrarini fährt los, streift mich mit einem abwesenden Blick und spricht weiter.

»Bedenken Sie, es ist das Jahr 1970, niemand hat je von Marsigli gehört. Mein Bekannter hatte ihn nie gesehen. Er sagt, er sei im Auftrag eines Unternehmens gekommen, dessen Interessen er vertrete und das die Baustelle kaufen wolle. Mein Freund erklärt ihm die Situation und tut dabei so, als argwöhne er nicht, dass Marsigli selbst hinter den Ereignissen stecken könnte. Der gibt sich sehr betroffen. Dann macht er sein Angebot. Es ist höher als das vorhergehende, aber noch immer weit unter dem eigentlichen Wert.«

»Und Ihr Freund lehnt wieder ab.«

»Natürlich. Marsigli geht, lässt aber nicht locker. Ein paar Wochen lang meldet er sich jeden Tag. Er handelt, das Angebot steigt, sie treffen sich erneut, mit dem gleichen Ergebnis. Zwei Wochen später ist die Baustelle wieder in Betrieb. Es vergehen zehn Tage, dann bricht jemand in den Laden des Schwagers meines Freundes ein, klaut alles, zerstört die Einrichtung und legt Feuer. Zwei Tage darauf nimmt mein Freund Marsiglis Angebot an, das Immobilienunternehmen Mercurio wird Eigentümer des Baulandes und der Baustelle. Ein Jahr später zieht mein Freund nach Turin. Doch zuvor kommt er zu mir, erzählt mir die ganze Geschichte und bittet mich um einen Gefallen.«

Der Wagen verlangsamt und parkt vor dem Bahnhof. Ferrarini schaut auf die Uhr.

»Wir haben gerade noch Zeit, zum Ende zu kommen.«

»Er bittet Sie um einen Gefallen.«

»Ganz genau. Er will wissen, wer hinter der Mercurio steckt. Und er hofft, dass ich durch meine Arbeit an Informationen rankomme. In Wirklichkeit ist alles ziemlich einfach. Überdies arbeiten sie mit der BCM zusammen. Die Welt ist klein, nicht wahr? Also gehe ich eines Abends zu ihm zum Abendessen und erzähle ihm, was ich herausgefunden habe. Ein Teil der Mercurio gehört zwei Finanzunternehmen, ebenfalls aus der Schweiz. Der Hauptanteil jedoch liegt in den Händen zweier Frauen. Die beiden Grazien, wie die Frau meines Freundes sagte. Denn beide hießen Grazia. Eine war mit Marsigli verwandt.«

»Strohmann.«

»Darüber besteht kein Zweifel. Ein Blick in die Konten der Finanzierungsgesellschaften genügte. Die Mercurio gehörte den Schweizern. Auch die Anteile, die nicht auf ihren Namen liefen. Sie hatten Geld zu investieren und keine Lust, das Gesicht hinzuhalten. Erinnert Sie das an was? Ach, ich vergaß. Die Finanzierungsgesellschaft, der die Mercurio gehörte, war dieselbe, die was mit dieser israelischen Lemon Bank zu tun hatte.«

»Das Geld der Capobiancos«, raune ich.

Ich starre ihn an. Ich muss meinen Gedanken aussprechen, um zu begreifen, dass er wahr ist.

»Sie haben mir gerade gesagt, dass ein Unternehmen, das mit dem Busenfreund eines der mächtigsten Männer Italiens verbandelt ist, einer Bank gehörte, die das Geld aus dem internationalen Drogengeschäft verwaltet. Also ist Marsigli auch ein Strohmann?«

»Gute Frage, die habe ich mir auch gestellt. Mein Freund glaubte, der Typ sei ein Schisser, der nichts zu melden hat. Ein Angestellter. Einen Pagen pflegte er ihn zu nennen. Er wurde nie müde zu sagen, er habe den Süden verlassen, um in Mailand auf die Mafia zu stoßen, einem mit Schweizer Geldern finanzierten norditalienischen Unternehmen sei Dank.«

Er lacht herzlich. Genauso hat er wohl auch während jenes Abendessens gelacht, um die Gespenster zu vertreiben.

»Ein paar Monate nach dem Verkauf bin ich auf die Baustelle gegangen und habe mich ein wenig umgesehen. Marsigli war da, um die Arbeiten zu kontrollieren, er war piekfein angezogen, mit nagelneuem Mantel, eine Zigarette im Mund.«

»Der Rechtsvertreter.«

Ferrarini nickt.

»Der Rechtsvertreter des Cosa-Nostra-Geldes.«

»Hübsche Geschichte.«

»Ich dachte mir, dass sie Ihnen gefallen würde.«

»Doch zwei Dinge fehlen.«

»Ich höre.«

»Erstens, was ist aus der Baustelle geworden. Was haben sie dort gebaut.«

»Sie sind nicht aus Mailand, stimmt's?«

Die Frage überrascht mich.

»Nein, aber ich habe früher mal dort gelebt.«

»Die Siedlung der Träume.«

Einen Moment lang glaube ich, er will mich auf den Arm nehmen. Die Siedlung der Träume war eine der ersten geschlossenen Wohnanlagen Italiens. Sie wurde vor den Toren Mailands gebaut, und es heißt, man hätte dafür ganze Gleisabschnitte verlegt, die zum Mailänder Hauptbahnhof führten.

»Kennen Sie sie?«

Ich grinse.

»Ich habe dort gewohnt.«

»Sehen Sie?«

»Doch sie gehörte nicht der Mercurio.«

»Natürlich nicht, die hat '73 dichtgemacht. Aber vorher hat sie alles an ein anderes Unternehmen verkauft, ich nehme an, dasselbe, mit dem Sie dann Ihren Mietvertrag abgeschlossen haben. Wir sprechen von Ende der achziger Jahre, richtig?«

»Ganz genau. Es hieß Nazionale.«

»Nazionale. Das wusste ich nicht mehr. Das war die zweite Frage, richtig? Was aus der Mercurio geworden ist.« Er sieht auf die Uhr. »Ich begleite Sie.«

Er wartet, bis ich meine Fahrkarte gekauft habe, und folgt mir auf den Bahnsteig.

»Ich bin diesen Trubel nicht gewöhnt«, sagt er. »Die Stadt ist mir ein Graus.«

Er spricht zu sich selbst, übertönt vom Lärm der plärrenden Lautsprecher, vorbeihastenden Reisenden und dröhnenden Züge.

Als mein Zug einfährt, hält er mir den Leinenbeutel hin, den er von zu Hause mitgenommen hat. Zwei Spiralblöcke sind darin, wie man sie ganz früher, zu meiner Studienzeit, benutzte. Ich sehe ihn verständnislos an.

»Das ist die Kopie der Unterlagen, die ich aus der BCM mitgenommen habe. Damit haben Sie jetzt alles, was Sie brauchen.«

Ich bin sprachlos. Mehr als eine höfliche Floskel bringe ich nicht über die Lippen.

»Ich danke Ihnen.«

Er schüttelt den Kopf.

»Das sollten Sie nicht. Ich tue Ihnen keinen Gefallen damit.«

Er drückt mir die Hand. Der Zug hält. Es ist fast dunkel.

»Sie haben mir nicht die Frage gestellt, die ich erwartet hatte.«

»Welche?«

»Wieso ich es tue.«

Ich beschließe, ihm die Wahrheit zu sagen.

»Jeder hat seine eigenen Gründe. Sie, Di Donna. Persönliche oder sehr noble. Anfangs habe ich mich das bei den Menschen, die ich traf, sehr oft gefragt. Aber inzwischen ist es mir völlig schnuppe. Am Ende des Spiels zählt nur noch mein Einsatz.«

»Und der wäre?«

»Mein Leben. Ist Ihnen das hoch genug?«

»Natürlich kenne ich Antonio Marsigli. Ich habe mich schon gefragt, wann wir über ihn reden würden.«

Antonio Baldacci hat Hemd und Hose gewechselt. Sein Haar ist feucht, er riecht nach Duschgel. Er trägt ein weißes Hemd und Jeans, alles Markenware. Auch die Schuhe sind andere, keine Lackschuhe mehr, sondern eine Art moderne Clark's. Das Hemd ist aufgeknöpft, darunter blitzt ein goldenes Kruzifix hervor. Dezent, antik und offenbar sehr wertvoll.

Daniele hat die viertelstündige Pause draußen mit Andrea zugebracht. Sie haben zwei Zigaretten geraucht, und Daniele hat versucht, Baldaccis Erzählflut zu resümieren.

»Es lässt sich so gut wie nichts beweisen, aber ich würde wetten, er erzählt keinen Scheiß.«

Andrea stand schweigend da, die Zigarette zwischen den Lippen, den Blick auf die Straße gerichtet, die sich in der Ferne durch die Landschaft zog.

»Wenn er uns Scheiße erzählen will, kriegen wir's jetzt raus.«

Daniele sagt sich das immer und immer wieder, jetzt, da Baldacci ihm diese Frage gestellt hat. Er geht darüber hinweg und insistiert.

»Seit wann kannten Sie Marsigli?«

»Sagen wir, ich traf ihn häufig. In Mailand, Palermo, London, New York. Es gab eine Zeit in meinem Leben, in der er es darauf anzulegen schien. Ich war sogar mal davon überzeugt. Aber dann habe ich meine Fühler ausgestreckt, und es war nichts dran. Zweifellos kannte er all die, die ich auch kannte. Na und.«

»Wie kommen Sie darauf?«

»Ganz einfach, Dottore. Wenn er mich traf, wusste er nicht viel mehr als meinen Namen und gab mir die Hand. Wenn er die anderen traf, küsste er sie. Das ist ein Unterschied.«

»Was wissen Sie über Marsigli?«

»Was wollen Sie hören?«

»Alles.«

»Wie viel Zeit haben Sie?«

»So viel, wie wir brauchen.«

»Ich glaube, er wurde in den Achtzigern aufgenommen. Allerdings hat mir das niemand klipp und klar bestätigt. Darin sind unsere Welten sich ähnlich, Dottore. Keiner sagt einem die Dinge ins Gesicht, und wenn man anfängt, die Leere um sich herum zu spüren, wird es Zeit, sich aus dem Staub zu machen oder sich einen guten Steinmetz für seinen Grabstein zu suchen.«

Daniele grunzt.

»Baldacci, wir sitzen schon eine ganze Weile hier. Es ist spät und es war für uns beide ein anstrengender Tag. Sie sind ein unterhaltsamer Mensch, keine Frage, aber ich will endlich zur Sache kommen. Bitte sehen Sie mir meine Müdigkeit nach.«

Der Cosa-Nostra-Mann fährt sich mit dem Finger über die Lippen.

»Und sehen Sie mir bitte nach, dass ich mich manchen Themen nur äußerst zögerlich nähere.«

»Niemand wird Sie dafür zur Rechenschaft ziehen, doch in meinem Fall ist das anders.«

Baldacci lacht los.

»Glauben Sie wirklich, unser Treffen bleibt geheim? Sie werden über das, was ich Ihnen erzählt habe und erzählen werde, Nachprüfungen anstellen, und die können noch so diskret sein, irgendjemandem treten Sie bestimmt auf die Zehen. Und dieser Jemand wird sich fragen, woher Sie Ihre Informationen haben. So viele Namen stehen schließlich nicht zur Auswahl, und die, die bereit sind zu reden, lassen sich an wenigen Fingern abzählen.«

Daniele lässt sich gegen die Sofalehne fallen. Er denkt an einen Satz, den er einmal gehört hat: In der Einsamkeit sind wir alle gleich. Er schließt die Augen.

Ich bin schon einsam, denkt er. Seit langer Zeit.

»Darf ich Sie etwas fragen, Dottore?«

Er öffnet die Augen und fährt sich mit der Hand übers Gesicht.

»Bitte …«

»Sind Sie gekommen, um über die Marionetten zu reden, oder über die Fäden?«

»Macht das einen Unterschied?«

»Mehr als Sie glauben.« Baldacci beugt sich zum Tisch vor, öffnet eine Holzschachtel, holt eine Zigarre heraus und bietet Daniele eine an. Der Richter lehnt ab. Er sieht zu, wie Baldacci die Zigarre präpariert, und fragt sich, ob es irgendein Mafioso-Klischee gibt, das der Hausherr nicht zum Besten geben will.

»Das sind zwei völlig unterschiedliche Themen«, sagt er nach dem ersten Zug. »An jedem Faden hängen viele Marionetten. Und wenn man die hat, bedeutet das nicht, dass sich der Faden zurückverfolgen lässt.«

»Dann erzählen Sie mir von den Fäden.«

Baldacci zieht an seiner Zigarre.

»Fall Sie's noch nicht bemerkt haben, ich tue mein Bestes. Ich erzähle Ihnen von den Händen.«

Sie mustern sich eindringlich, dann senkt der Cosa-Nostra-Mann den Blick.

»Leck mich am Arsch«, raunt er. »Kommen wir zum Ende.«

Er legt die Zigarre auf die Tischkante.

»Ihr wart es, der Staat, der es uns ermöglicht hat, unsere Geschäfte auszuweiten. Ihr habt uns zum Zwangsaufenthalt in den Norden geschickt, ins Exil. Und wir haben uns angepasst. Das ist ein Gesetz des Marktes. Und dieses Gesetz bringt Männer wie Marsigli hervor. Ebenfalls eine Marionette. Genau wie kleine Jungs, die sich um jeden Preis hervortun wollen. Er war genauso. Er imitierte die Cosa Nostra, um einer von uns zu sein. Und nach einer Weile hat er seine eigene Farce geglaubt. Ohne zu merken, dass niemand ihn ernst nahm.«

»Aber er ist aufgenommen worden.«

»Natürlich, Dottore! Wir vergessen unsere Freunde nicht. Niemals. Nicht einen Augenblick. Und Marsigli arbeitete seit langem für uns. Viel länger, als Sie glauben.«

Er hält die Zigarre zwischen den Lippen und zieht daran. Zweimal.

»Auch Marsigli hat Capobianco-Geld bekommen. Das hat vor Ewigkeiten angefangen und ging jahrelang so. Das ist ein wirtschaftliches Prinzip, wie Sie wissen sollten. Wer viel Geld zu investieren hat, sucht sich jemanden, der es braucht. Und sie werden Partner.«

»Ihr seid keine gewöhnlichen Partner.«

Baldaccis Lachen erfüllt das Zimmer.

»Wie recht Sie doch haben! Wir verlieren nun mal nicht gern. Wir können nicht verlieren. Und wenn jemand sich uns zur Verfügung stellt, muss er verdammt genau wissen, was das bedeutet. Denn für uns bedeutet es nur eins.«

Er scheint zu überlegen, wie er am besten weitermachen soll, und raucht derweil die ganze Zigarre auf. Stumm sitzt er da. Dann beschließt er offenbar, abermals vom Thema abzukommen.

»Eines Nachmittags war ich in Mailand. Niemand war hinter mir her. Um mich festzunehmen, meine ich. Das macht einen Unterschied, finden Sie nicht? Ich hatte eine Verabredung mit Alfonso Viola, um was Geschäftliches zu besprechen. Er hatte bei der Cosa Nostra damals das Sagen. Ich beschließe, zu Fuß hinzugehen, und treffe ihn zufällig in einer Bar ganz in der Nähe unseres Treffpunktes. Er sagt mir, vor unserem Abendessen müsse er noch was erledigen, ob wir uns nicht gleich da treffen könnten, wo er hin muss. Er gibt mir die Adresse und geht.

Ich trinke einen Tee, lese die Zeitung, plaudere mit der Barfrau, einer echten Traumfrau, und mache mich auf den Weg. Unterwegs kaufe ich mir einen Kamelhaarmantel, ein todschickes Stück, glauben Sie mir. Und zur verabredeten Stunde bin ich dort, wo ich sein soll. Ich gehe wie besprochen die Treppe rauf und komme ins Büro, groß, schön, mit riesigen Fensterfronten. Es ist schon spät, und am Empfang sitzt niemand. Aber man hört Stimmen. Ich gehe den Flur entlang und komme zu einer offenen Tür. Da sehe ich Alfonso mit zwei anderen Männer, deren Namen ich nicht nennen kann, die mit ihm aber fast auf gleicher Stufe standen. Vor ihnen ein riesiger, langer Tisch, auf dem sich Unmengen von Geld stapeln.« Er grinst bei der Erinnerung daran. »Ich hab schon 'ne Menge Kohle gesehen, Dottore. Aber dieser Berg war schon ziemlich beeindruckend. Das waren Hunderttausend-Lire-Scheine, das müssen so an die zehn Milliarden gewesen sein.«

»Wo waren Sie, Baldacci?«

Baldacci hebt die Hand.

»Warten Sie, Dottore. Warten Sie eine Sekunde. Die haben dieses Geld gezählt. Und wie ich es da so liegen sehen hab und überlegt habe, wo ich mich befand, wurde mir klar, was das für Geld war. Ein paar Monate zuvor hatte ich in London gehört, dass es eine Sammlung geben sollte, organisiert von Alfonso Viola. Wenn die Cosa Nostra eine Geldsammlung macht, dann ist das nicht wie die Kollekte in der Kirche. Normalerweise wird Geld gesammelt, um ein Geschäft aufzuziehen. Und dieses Geld sollte nach Mailand gebracht werden. Alfonso bürgte, und niemand hatte etwas einzuwenden.«

»Und das war dieses Geld.«

»Beschwören kann ich es nicht. Aber es war von rund zehn Milliarden und von Mailand die Rede gewesen. Und wir waren in Mailand, da stand Viola, und da lagen zehn Milliarden.«

Daniele nickt.

»Wollen Sie mir verraten, wo Sie sich befanden, Baldacci?«

»Aber sicher, Dottore, aber sicher. In Antonio Marsiglis Büro.«

»Und Marsigli …«

Baldacci unterbricht ihn.

»Der Ärmste hockte in einer Ecke. Er machte einen ganz bedröppelten Eindruck. Offenbar hatte Alfonso geglaubt, er hätte sich was unter den Nagel gerissen. Und das war keine gute Idee. Also haben sie es gezählt, aber am Ende war alles da.«

»Die Cosa Nostra hat also Geld gesammelt, um es in Marsiglis Unternehmen zu investieren?«

»Ganz genau. Das Unternehmen hieß Danae. Das weiß ich noch genau, aber ich habe nie gedacht, dass es Marsigli gehören könnte.«

»Reden Sie weiter.«

Baldacci streicht sich mit den Fingern über die Wange.

»An dem Abend sollte Marsigli jemandem das Geld bringen. Er habe es eilig, sagte er, man warte auf ihn. Wenn das Geld nicht für ihn war, dann war es wohl auch nicht sein Unternehmen, meinen Sie nicht?«

»Und Sie haben Viola nicht gefragt?«

»Wieso sollte ich? Das ging mich nichts an. Und mein Geld war auch nicht dabei. Man fragt lieber nicht nach Dingen, nach denen man nicht fragen sollte. Doch das da war nur die erste Rate. Oder vielleicht eine Anschubinvestition. Anfang der Siebziger hat Marsigli für die Capobiancos gearbeitet. Er war jung, tatendurstig und kam sogar aus demselben Kaff.«

»Und dann hat Marsigli Karriere gemacht.«

»Wenn man so will. Wie auch immer, fünf oder sechs Monate nach diesem Abend erfahre ich, dass ein neuer Geldtransfer von zwanzig Milliarden bevorsteht, von Südamerika nach Nordamerika und dann über die Schweiz nach Italien.«

»Und der Empfänger ist abermals Marsigli.«

»Oder die Person, der er das Geld an jenem Abend bringen sollte, Dottore. Fast ein Jahr lang habe ich nichts mehr gehört. Bis der Mafiakrieg entbrennt, die Corleonesi bringen Viola um, und am Ende wird die Frage laut, wo das Geld abgeblieben ist und wie er es investiert hat, das weiß nämlich niemand. Manch einer will es sogar zurück.«

»Und Sie …«

»Bestimmt nicht, Dottore, obwohl sie mich gefragt haben. Was hatte ich damit zu schaffen? Aber es wurde natürlich gemunkelt. Und dann ist jemand nach Mailand gefahren, um der Sache auf den Zahn zu fühlen.«

»Jemand, einer … Herrgott, Baldacci!«

»Die Ferraras hatten todsicher Geld drin. Und die sind nach Mailand gefahren, um Klarheit zu schaffen. Marsigli lebt noch, die Ferraras haben aufgehört zu suchen und machen Geschäfte mit einem Haufen Leute, also werden sie wohl fündig geworden sein.«

Daniele giert nach einer Zigarette. Sein Notizbuch ist voller Daten, Namen, Zusammenhänge. Er redet mit sich selbst, das Zimmer verschwindet, Baldaccis Stimme ist ein Echo, das man nicht mehr los wird.

»Marsigli fängt bei den Capobiancos an und macht bei

Viola und den Corleonesi Karriere. Nicht schlecht«, murmelt er.

Baldacci lehnt sich schweigend zurück, während Daniele fortfährt.

»Bleibt die Frage, wer der Empfänger des Geldes war.«

»Das brauche ich Ihnen nicht zu sagen, Dottore.«

»Und ich brauche Ihnen nicht zu sagen, dass ich Ihnen nicht glaube. Und Sie können sich denken warum.«

»Das überrascht mich natürlich nicht. Andererseits hat Marsigli mit vielen Leuten Geschäfte gemacht und ich kann Ihnen keine Beweise liefern. Außer vielleicht einem.«

Daniele schluckt. Er hat Halsschmerzen. Ganz plötzlich, ohne ersichtlichen Grund.

»Suchen Sie einen Mann namens Antonio Domenici. Er lebte bis 1976 in Mailand. Es wäre zwecklos, ihn jetzt aufspüren zu wollen, Sie würden ihn nicht finden. Es reicht, wenn Sie ein Foto von ihm aus jener Zeit auftreiben.«

Daniele schließt die Augen. Sein Atem scheint in der Luftröhre steckenzubleiben. Du wolltest es wissen, denkt er. Und jetzt kannst du dich nicht mehr ducken.

»Wir haben beide einen Namen im Kopf, Dottore.«

Er öffnet die Augen. Baldacci steht vor ihm, parfümiert, elegant, selbstsicher, kein bisschen müde. Er könnte noch ein Jahr so weiterreden.

Daniele klappt das Notizbuch zu und steht auf.

»Sie haben die ganze Zeit nach der Perseo gesucht. Sagen Sie mir jetzt nicht, dass Sie Angst haben.«

Ein Lächeln huscht über Danieles Lippen. Er antwortet sofort, mit leiser Stimme.

»Nein. Und genau das ist das Problem.«

Baldacci legt ihm eine Hand auf die Schulter. Antonio Baldacci. The Hand. Sie sehen sich an, zwei Feinde, die allzu lange gegeneinander gekämpft haben und die noch weiter kämpfen würden, hätte die Welt nicht beschlossen, sich dermaßen dumm zu stellen.

Er nimmt die Hand weg und begleitet ihn zur Tür. Kurz vor dem Garten bleibt er stehen und blickt in den Abend, der alles schluckt.

»Niemand wird Ihnen den Namen von Marsiglis Partner verraten, Dottore«, sagt er mit leiser Stimme. »Niemand wird Ihnen sagen, dass sich hinter der sauberen Fassade dieses Mannes noch eine andere versteckt. Niemand wird den Mut haben zu sagen, dass all das für gute Zwecke gespendete Geld in den Krankenhäusern und bei den Krebshilfestiftungen auch Cosa-Nostra-Geld ist. Doch jeder wird Ihnen sagen, dass Marsigli jemanden deckt. Dass sein Anteil des Unternehmens der Anteil der Cosa Nostra ist, dessen Repräsentant und Marionette er ist.«

»Das glaube ich auch, Baldacci.«

Der Mafioso nickt. Eine kaum merkliche Geste. Er kommt ganz nah an Daniele heran. Auf Kussnähe. Sein Atem riecht nach Minze und mischt sich mit dem Geruch seines Aftershaves.

»Denken Sie an die Finger, Dottore. An die Marionetten, die Fäden und dann wieder an die Finger. Und stellen Sie sich eine Frage. All dieses Geld. In bar. Kofferweise Scheine. Millionen, Milliarden. Und selbst, wenn es so war, wie Sie sagen, hätten Sie sich nicht gefragt, woher es stammt?«

*Ich habe nie etwas für Tagebücher übriggehabt. Aber jetzt sitze ich hier und der eigentliche Grund ist, dass ich auf dieses Papier schreiben kann, was ich will, niemand wird es je lesen. Und es ist ein Versuch, mich weniger einsam zu fühlen. Ein vergeblicher Versuch.*

*Du solltest Tagebuch schreiben, hat M. gesagt. Etwas Materielles wäre mir lieber, habe ich ihm geantwortet, und er hat nicht gleich begriffen. Etwas Materielles scheint M. nicht zu haben. Ich kenne ihn, seit ich denken kann, und weiß noch immer nicht, wer er ist.*

*Wir haben ein Glas Wein getrunken, sauteures Zeug, das er*

*wer weiß wo aufgetrieben hat. Ich verstehe nichts von Wein, aber ich kann gut schauspielern. Genau wie M.*

*Er verabscheut Intellektuelle noch mehr als ich, dabei würde er nichts lieber sein als das.*

*Ich weiß nicht, was ich gern sein würde. Ich weiß, was ich gern tun würde. Ich weiß immer, was ich tue.*

*Es ist wichtig, ein Ziel im Leben zu haben. Das kann auch ein Traum sein, allerdings mit der Aussicht auf Verwirklichung.*

*Es gibt nichts, was ich gewollt und nicht bekommen hätte. Keine Frau hat mir je einen Korb gegeben. Kein Projekt ist ein Luftschloss geblieben.*

*Dennoch fühle ich mich in letzter Zeit oft allein.*

*Vor ein paar Monaten habe ich mit Pater F. darüber geredet. Er hat mir gesagt, ich solle Vertrauen haben in Gott. Ich solle nicht aufhören zu beten und daran glauben, dass es für mich einen vorgezeichneten Weg gibt. Als er gegangen ist, habe ich mich gefragt, ob das als Beichte gilt, auch wenn wir bei mir zu Hause waren. Ob er an sein Schweigegebot gebunden ist oder alles herausposaunen darf.*

*Der Gedanke daran war mir unerträglich. Ich habe ihn angerufen und gefragt. Eine solche Unsicherheit ertrage ich nicht, ich muss wissen, was los ist.*

*Mit M. habe ich nie darüber gesprochen. Wenn ich ehrlich bin, habe ich ihm nie vertraut. Dennoch habe ich keine Wahl, ich höre ihm zu, folge seinen Gedankengängen und treffe eine Entscheidung. Fast immer richte ich mich nach seinen Ratschlägen. Manchmal frage ich mich, ob er meine Gedanken lesen kann.*

*Auch diese Sache mit dem Tagebuch. Ich wollte es nicht schreiben, ich will es nicht, und doch sitze ich hier. Schwachsinn. Alles Schwachsinn. Ich schreibe nicht weiter.*

»Es gibt keine endgültige Vergebung für das, was wir tun. Und das Schreckliche ist, dass man das nie vergisst.«

Andrew Sean Greer, *Geschichte einer Ehe*

»Ich bin im Zug. Geht's dir gut?«

Adriano antwortet mit einer Floskel, um unser Telefonat abzuwürgen und wieder für sich zu sein. Er liegt auf dem Sofa vor dem laufenden Fernseher und hält ein Taschenbuch in den Händen, ohne darin zu lesen.

Er ist müde, nervös, unfähig, das Gefühl der Verunsicherung zu verscheuchen, dass seit seinem Treffen mit dem Mann mit der Zigarette alles zu überschatten scheint und ihn manchmal sogar daran hindert, einen klaren Gedanken zu fassen.

Er legt sich das Buch auf die Brust, und der Bildschirm nimmt das gesamte Blickfeld ein.

Ein Beitrag über den Irak oder ein Kriegsfilm-Trailer, man weiß es nicht genau.

Er tastet nach der Fernbedienung und findet zwei. Mit der einen stellt er den Fernseher ab, mit der anderen startet er ein Stück von Sonny Rollins, in der irrigen Hoffnung, die Welt könnte dadurch zu einem besseren Ort werden.

Er schließt die Augen, lauscht der Musik, versucht, den Gedanken, der ihn schon seit Tagen verfolgt, zum Schweigen zu bringen. Unermüdlich bohrt er weiter, wie ein nagendes Gewissen, stiehlt sich zwischen einen Atemzug und den nächsten, gibt keine Ruhe.

Adriano öffnet die Augen. Stoppt die Musik. Macht den Fernseher an.

Der Spot einer Realityshow. Er schaltet weiter. Die zweite Halbzeit eines Fußballspiels. Weiter. Ein Beitrag über eine

Frau, die ihr Kind zu Hause zur Welt gebracht und es anschließend in der Badewanne ertränkt hat. Weiter. Ein amerikanischer Spielfilm. Marrakesch, James Stewart, Doris Day.

»*Que sera sera*«, summt er vor sich hin und feixt über seine Dämlichkeit. Weiter.

Das Gesicht von Davide Mirri. Im Hintergrund sein Segelboot. Die Nachrichtenmeldung, die seinen Selbstmord bekanntgibt. Er legt die Fernbedienung weg. Seit einer Ewigkeit hat er diese Bilder nicht mehr gesehen, und die Untersuchung, die dort präsentiert wird, lässt sich mit seinen Erinnerungen nicht vereinbaren. Davide Mirri war ein Spieler, und Adriano hat sich oft gefragt, was aus ihm geworden wäre, wenn er jene Jahre und die Ermittlungen überlebt hätte, wenn der Partner, den er sich ins Boot geholt hatte, nicht so ein dicker Brocken gewesen wäre.

Mit Vermutungen lässt sich keine Zukunft gestalten, war sein Lieblingssatz, der heute sehr nach einer Lüge klingt. Adriano lebt von Vermutungen. Tag für Tag geht er neuen Vermutungen nach, fügt Einzelheiten zusammen, sucht nach dem Bild, das sich hinter den zu verbindenden Punkten verbirgt und das ebenso gut nie erkennbar werden könnte, so kleinteilig und wirr wie es ist.

Er schaltet den Fernseher ab und hievt sich in den Rollstuhl. Zehn Minuten später ist er im Bett, die Nachttischlampe brennt, die Schatten an der Decke geben der Vergangenheit eine Form und der Gegenwart eine Ahnung.

Er denkt an unser letztes Treffen im Park. An den langen Monolog, mit dem er vor allem versucht hat, seine eigenen Gedanken zu ordnen. Wenn Borsellinos Tod den Staat auf den Plan ruft, wenn sein tragischer Tod zu viel Staat bedeutet, dann muss es ein Teil eben dieses Staates sein, der die Cosa Nostra zu seiner Ermordung überredet. Oder sie dazu verpflichtet. Und wenn dem so ist, muss es dafür eine Gegenleistung gegeben haben.

Es heißt, der reformierte Artikel 41 habe die Cosa Nostra

in die Knie gezwungen. Nach den Attentaten von 1993 hat es keine Bomben mehr gegeben. Das ist eine Tatsache. Doch zu welchem Preis?

Er löscht das Licht und dreht sich auf die Seite.

Von der Mailänder Via Palestro erinnert er die kahlen, schwarz verkohlten Bäume. Den über Nacht jäh hereingebrochenen Winter, der die Farben, die Luft, einfach alles geschluckt hat. Und Elenas Kälte. Elena, die bei der Nachricht lediglich unwirsch wurde. Ein vom Tisch gefegter Aschenbecher, als müsste man einen lästigen Verehrer loswerden. Sie war weder überrascht noch hatte sie sich Fragen gestellt. Sie hatte lediglich zum Ausdruck gebracht, was alle nach der Explosion in der Via Georgofili, zwei Monate zuvor in Florenz, empfanden: Das ist es noch nicht gewesen.

Wie oft hatte er in jenem Sommer diesen Satz gehört.

Das ist es noch nicht gewesen.

Doch dann, ganz plötzlich, war's das.

Die Bomben, die Bekennerschreiben der Falange Armata, die Zerstörung der Baudenkmäler, unschuldige Passanten und Anwohner, die mit in den Tod gerissen wurden. Die Angst, es könnte etwas geschehen. Jede Nacht, jeden Augenblick.

Vom Lärm zur Stille. Ein letztes Aufblitzen in der Nacht, dann Dunkel.

Und wieder einmal war es der Pirat aus Ravenna, der den Startschuss gegeben hat.

Am 21. Juli 1993 wird Davide Mirri tot in seiner Wohnung aufgefunden. Er hat sich umgebracht, zumindest scheint es so. Fünf Tage darauf löst sich die Democrazia Cristiana auf. Am folgenden Tag kommt es zum Nationalstreik der Fernfahrer. Lebensmittel und Benzin werden knapp, es droht der totale Stillstand. In der Nacht explodieren die Bomben in Rom und Mailand. Zwei Tage später wird vor der siebten Division des SISMI, der die Organisation Gladio unterstand, ein Sprengkörper entdeckt. Am selben Tag bringt sich Donato Patti im Gefängnis um.

Am 30. Juli erhalten der *Messagero* und der *Corriere della Sera* zwei anonyme Briefe.

*Das bisher Geschehene ist nur der Auftakt. Die nächsten Bomben werden bei Tag und an öffentlichen Orten hochgehen und Menschenleben fordern. Wir garantieren, es werden Hunderte sein.*

Wieder ein paar Tage später kommt es zu einer Erklärung, die ihn lange verfolgt.

*Die Bomben wollen nicht zerstören, sie wollen den Weg für etwas frei machen. Die politische Macht ist bereits so gut wie zerstört.*

Jahrelang hat Adriano über Craxis Worte nachdenken müssen. Über die Präzision, mit der sie die Grenzen der Geschehnisse markierten. Es gab nichts mehr zu zerstören, das Luftschloss war bereits zusammengebrochen.

Wie so oft hatte er diese Worte dann irgendwann vergessen. Bis zu jenem Treffen im Park, bis zu Di Donnas Geschichte, bis zu diesen Bildern von Mirri, die zufällig über den Bildschirm flackern.

Alles ändern, damit alles so bleibt, wie es ist, denkt er.

Er schließt die Augen, wie gern würde er schlafen, die Vermutungen auf den nächsten Tag schieben, in der Hoffnung, sie zu Gewissheiten werden zu lassen, zu Schuldig oder Unschuldig.

Ein schwieriges Unterfangen, angefangen beim Schlaf, der einfach nicht kommen will, umzingelt von manchmal rhetorisch erscheinenden Fragen. Wenn es einen Pakt gibt, wer hat ihn besiegelt? Wenn es eine Absprache gibt, wie lauten die Bedingungen? Wenn der Staat sich selbst tötet, tut er es, um sich zu ändern oder um zu bleiben, wie er ist? Tut er es, um die eigene Vergangenheit auszuradieren oder um sich eine Zukunft zu sichern? Tut er es, um am runden Tisch heimlicher Abmachungen einen Stich machen zu können oder weil er so tief in der Scheiße steckt, dass es keine Hoffnung mehr gibt, sauber wieder herauszukommen?

Alles in einem Sommer. Das erscheint unmöglich. Es ist unmöglich.

Es hat vorher angefangen, vor dem Mauerfall. Und es ist mit den Verurteilungen des Maxi-Prozesses weitergegangen. Die erste Instanz 1987, die Berufung 1991, das endgültige Urteil 1992. Drei Monate darauf stirbt Salvo Lima.

Die getroffene Mafia entledigt sich ihrer Verhandlungspartner. Die betrogene Mafia reagiert so, wie sie es am besten kann. Die verurteilte Mafia sendet klare Signale aus. Sie hätte Giovanni Falcone vor dem Ministerium in Rom ermorden können. Doch sie beschließt, ihn zu Hause abzufangen, ein Stück Autobahn in die Luft zu jagen.

Jeder soll begreifen, wozu sie fähig ist.

Man soll es sehen, riechen.

Er knipst das Licht an, und sein Herz bleibt kurz stehen.

Für einen Moment glaubt er, da stehe jemand in der Zimmerecke. Ein dunkles, langarmiges Wesen mit fauligem, zahnlosem Grinsen, das sich seiner Alpträume annimmt, bis zum Erwachen.

Er lächelt ein kleines Lächeln, um sich weniger dumm, alt und einsam zu fühlen. Dann schlägt er die Decke zurück, es ist plötzlich zu warm. Er streicht sich das Haar aus dem Gesicht.

Am Tag von Mirris Beisetzung scheint alles zu Ende zu sein.

Keine Hoffnung, keine Zukunft. Nur die farblose, namenlose Wut, die den geschändeten Städten hilft, zu überleben.

Adriano war aus beruflichen Gründen und persönlicher Neugier nach Ravenna gefahren. Er hatte die Menschen betrachtet, die schweigend vom Aufbahrungsraum zur Beisetzung defilierten. Es war fast kein Vertreter jener Welt gekommen, die Mirri gekapert, besiegt und gefügig gemacht hatte. Und die ihn abgeworfen und ausrangiert hatte. Einzig die Semprinis, umgeben von der Menge. Ein paar Unternehmer, uralte Freunde.

Und ein Mann, mit dem Adriano nicht gerechnet hatte.

Luca Rossini, der oberste Boss der Perseo.

Der Mann, von dem alle Frauen träumten und träumen. Der Verführer der Welt, der Staatschefs, Filmstars, Models. Der letzte Italiener, der einen oscarprämierten Film produziert hat. Der Erbe jenes Jetset-Glamours, wie ihn nur die Familie Agnelli verkörpern konnte.

Gebildet, gutaussehend, reich, intelligent, erfolgreich und bei Mirris Beisetzung in stummer Trauer. Perfekt in seinem maßgeschneiderten Anzug, mit gesenktem Kopf und dem langen, kastanienbraunen Haar, das ihm ins Gesicht fällt und die Tränen doch nicht verbergen kann.

Der Mann, der König werden wollte, gramgebeugt wie der letzte Untertan über den Tod eines Mannes, der glaubte sich einen Thron gekauft zu haben, um ihn mit eigenen Händen zu zerstören.

Dieses Bild war um die Welt gegangen.

Rossini hatte sich nicht versteckt, ihm schien die Kraft zu allem zu fehlen, selbst zur obligatorischen Beileidsbekundung. Schließlich war er ins Auto gestiegen, der Fahrer war losgefahren, und die verdunkelten Scheiben hatten ihn vor weiteren, noch schlimmeren Fotos bewahrt. In der darauffolgenden Woche hatte jemand versucht, das Bild zu kaufen. Eine Frau mit ungeklärter Identität hatte die Agenturen und Redaktionen abgeklappert und siebenstellige Summen geboten, um die Negative zu bekommen. Zu spät.

*Italien, Land der Intrigen*, hatte ein ultralinkes Blatt getitelt. *Die letzte Eroberung*, lautete eine moderatere Schlagzeile. Es hatte Polemiken über den Segen der Kirche für einen Selbstmörder gegeben, eine im Grunde läppische Sache.

Dann hatten die Bomben wieder das Wort ergriffen.

Monatelang hatte sich Rossini nicht blicken lassen. Er hatte sich in seinem Familiensitz verschanzt, ein Schloss in den umbrischen Bergen. Es hieß, Mirris Tod hätte ihn verändert, er habe beschlossen, Crystal, das französische Model, zu heiraten, mit dem er sich in der Öffentlichkeit gezeigt hatte, und sein Leben zu ändern. Guter Stoff, um die Klatschblätter zu füllen, während es wahrlich dringendere Probleme gab. Nur einmal war er kurz aufgetaucht, Anfang Oktober, als die Gerüchte über die Krise der Perseo nicht mehr kleingehalten werden konnten und einer seiner wichtigsten Manager, Antonio Marsigli, der Mafia-Begünstigung bezichtigt wurde.

Doch auch da schien sich etwas verändert zu haben. Er hatte weder ein exklusives Zeitungs-Interview gegeben noch war er im Fernsehen aufgetreten, um seine Sicht der Dinge darzulegen. Eine Presseerklärung hatte genügt. Ein paar klare, nüchterne, bestimmte Zeilen auf einem Briefbogen.

*Die Perseo hat beschlossen, mit sofortiger Wirkung jegliche Beziehungen zu Signor Antonio Marsigli abzubrechen. Sie schließt überdies nicht aus, auf eine Wiedergutmachung sämtlicher Schäden zu bestehen, die Signor Marsigli dem Unternehmen und seinem Image zugefügt haben könnte. Wir vertrauen auf die Arbeit der Richter, die mehr denn je einen einzigartigen Beitrag für die Wahrheit und Gerechtigkeit in unserem Land leisten. Was die Gerüchte über die Probleme innerhalb des Unternehmens betrifft, möchten wir sämtlichen Mitarbeitern und Aktionären versichern, dass wir unermüdlich daran arbeiten, ihren Arbeitsplatz sowie die Zukunft der Perseo zu sichern.*

Er hatte persönlich unterschrieben, das war das Erste, was Adriano aufgefallen war. Er hatte Marsigli mit Signor und nicht mit *Dottore* tituliert, obwohl ihm das bei zwei Hochschulabschlüssen zugestanden hätte. Und vor allem schasste er den Uralt-Freund völlig schonungslos und ohne Pardon.

Das hatte er stets getan, wenn einer seiner Manager das Gesetz allzu eifrig verbogen hatte. Doch niemals derart entschlossen und unmittelbar.

Das ist der richtige Mann für die italienische Politik, hieß es bereits.

Noch ein Fehler in jenem endlosen Jahr. Und noch eine Obsession: die Suche nach dem Mann der Vorsehung, der die Gegenwart auslöschte, die Vergangenheit vergessen machte und den Menschen einen Traum schenkte.

Zwei Wochen nach der Presseerklärung und einen Monat vor dem Beginn des ersten großen Tangentopoli-Prozesses war Francesco Cèrcasi aufgetaucht.

Der Sommer war seit wenigen Tagen zu Ende, die Fernsehsendungen nahmen ihre Arbeit wieder auf, und jemand hatte meinem Vater erzählt, dass Cèrcasi unbedingt zur besten Sendezeit vor die Kamera wollte. Der Grund war am Donnerstag darauf klargeworden.

Der Präsident einer der größten öffentlichen Banken Italiens hatte sich mit einer schwarzen Mappe auf den Knien und ruhiger, entschlossener Miene ins Studio gesetzt. Er trug einen dunklen Anzug und hatte sich eine neue Brille mit dünnem, fast unsichtbarem Metallrahmen zugelegt. Dann hatte er wie ein alter Hase direkt in die Kamera geblickt und angefangen zu reden. Kein Zögern, kein Schwanken, nicht der leiseste Hauch von Furcht. Nur vielleicht ein ferner Schmerz, der mit den ersten Worten sofort verflogen war.

Er hatte von Schmiergeldern in Höhe von mehreren Dutzend Milliarden, Hinterziehung öffentlicher Gelder und auf Strohmänner zugelassenen Konten erzählt, über die die Schmiergelder flossen. Die Mappe enthielt die Beweise für alles, Namen, Kontonummern, Begünstigte.

Zuletzt hatte er sein Kündigungsschreiben hochgehalten. Er hatte den Posten vor weniger als einem Jahr angetreten und gedachte nicht, ihn weiter zu bekleiden.

»Dieses Land braucht politische und intellektuelle Aufrichtigkeit«, hatte sein letzter Satz gelautet. Am nächsten Tag landete er auf den Titelseiten sämtlicher Zeitungen.

Es folgten weitere Einladungen ins Fernsehen. Die Krönung war ein Wortduell mit einem ehemaligen Minister zahlreicher christdemokratischer Regierungen, der versucht hatte, ihn in eine Schmiergeldaffäre zu verwickeln, und mit der Verkündigung, er werde die Politik für immer verlassen, aus dem Studio gestürmt war.

Binnen zweier Wochen war Cèrcasi zum Leitstern Italiens

aufgestiegen. Weitere drei Wochen später hatte er seine Kandidatur verkündet. Eine Bürgerliste namens *Italia Pulita*, Sauberes Italien, dem Beispiel von Gemeinden und Provinzen folgend und zum ersten Mal im Mehrheitswahlsystem. Zur Unterstützung seiner Kampagne hatte er eine Unterschriftensammlung nach amerikanischem Vorbild initiiert. Er klapperte ganz Italien ab, Gemeinde für Gemeinde, traf die Menschen, hörte zu und sammelte Spenden.

Wenige Monate später hatte er es geschafft. Noch keine fünfzig Jahre alt, war er der jüngste Ministerpräsident der Geschichte geworden. In seiner ersten Rede vor der Abgeordnetenkammer hatte er Fabrizio De André zitiert: »Wir arbeiten, damit auf diesem riesigen Misthaufen eine herrliche Blume wächst.« Es folgte das Vertrauensvotum des Parlaments, ein regelrechtes Referendum, mit Enthaltung der Opposition.

Die Zeit der Bomben war vorbei. Es sollten keine mehr folgen.

Von Luca Rossini und der Perseo hörte man nichts mehr.

Gegen Cèrcasi wirkte alles andere alt. Das hatte Adriano auch gedacht, als er ihn einen Monat nach seiner Rede interviewte. *Italia Pulita* war die Gegenwart und die Zukunft. Die Hoffnung und die Gewähr. Für alle anderen blieb nur Schweigen.

Der Grat zwischen Suche und Obsession ist sehr schmal. Er durchzieht die Vernunft, die Kälte, das unvermeidliche Verhältnis eines jeden von uns mit dem Wahnsinn, den Raum, den wir unserem instinktiven Handeln, unserer Entfernung vom Alltag, unserem unerklärbaren Tun zugestehen.

Nach meiner Rückkehr von Ferrarini habe ich über einen Monat mit dieser Gratwanderung zugebracht und die Nummern in Elenas Notizen mit den erhaltenen Unterlagen abgeglichen. Ich habe mein Leben ins Koma versetzt, mich von allem anderen abgeschottet und versucht, nicht allzu sehr abzudriften.

Doch zunächst habe ich meinem Vater und Daniele eine Kopie sämtlicher Unterlagen zukommen lassen. Bei Adriano war das einfach, unsere Parkspaziergänge finden so häufig statt, dass sie gar nicht mehr auffallen. Den Richter zu treffen war schon schwieriger.

»Ich habe dir ein Geschenk von der Insel mitgebracht«, hatte ich ihm gesagt, als ich ihn endlich am Telefon hatte.

»Ich hoffe, es ist das heiß ersehnte T-Shirt«, hatte er geantwortet, und ich stand in meiner Küche und musste grinsen.

Wir trafen uns am nächsten Tag bei ihm. Ein knapp halbstündiger Höflichkeitsbesuch. Gleich an der Haustür habe ich ihm die Tüte mit dem Ralph-Lauren-Shirt gegeben, damit jeder es sehen konnte. Darin befand sich eine Kopie aller Unterlagen, die ich erhalten hatte, und dazu ein mit Druckbuchstaben beschriebenes A-4-Blatt, auf dem ich versucht hatte, die beiden Treffen zusammenzufassen.

»Ich habe Andrea gesehen«, hat er mir gesagt. »Er meinte, ihr spielt noch immer Fußball.«

Kurz darauf haben wir uns verabschiedet, anderthalb Stunden später war ich wieder zu Hause. Ich habe die Tüte mit den Unterlagen aufs Bett gestellt, den Computer angemacht und mit der Arbeit begonnen.

Vierunddreißig Tage lang habe ich, von meinem Vater abgesehen, mit niemanden gesprochen. Mit ihm bin ich ein paarmal in der Woche in den Park gegangen. Kurze Begegnungen, die Vortäuschung normalen Lebens. Über die Unterlagen verloren wir kein Wort.

Derweil ist ein Jahr dem nächsten gewichen. Dann, am Morgen des vierunddreißigsten Tages, hat das Handy geklingelt. Andrea war dran. Als wäre nichts dabei.

»Was hältst du davon, wenn ich dich zum Abendessen einlade?«

Die Wohnung ist im obersten Stock eines Hauses im Stadtzentrum. Unten in der Straße Kinder auf dem Schulweg, ein Kiosk, Busse, Autoschlangen, ein Supermarkt. Ein paar Meter weiter ein Fast-Food-Restaurant. Auf der Klingel steht Sarti, und ich bin mir so gut wie sicher, dass das nicht Andreas Nachname ist.

Die Einrichtung ist einfach, unpersönlich und verrät nichts über ihren Benutzer. Es gibt weder Bilder noch Fotos, und das einzige Bücherregal wird von einem Lexikon und drei Wörterbüchern in Beschlag genommen. Italienisch, Englisch und Französisch.

Standardausstattung. Ich bin noch nie in einer Tarnwohnung gewesen und weiß, das ich darin nicht leben könnte.

Daniele trifft als Letzter ein und redet als Erster. Eine Stunde später ist der Tisch vollgekramt mit Unterlagen, Kaffeebechern, Saftgläsern, Notizblöcken und Kulis, und jeder von uns ist auf dem gleichen Informationsstand.

»Ich weiß, was die Nummern in Elenas Unterlagen bedeuten.« Der Satz bricht die Stille, die das Zimmer erfüllt.

In den Unterlagen meiner Frau gibt es seitenweise Zahlen ohne jeglichen Bezug. Auf den ersten Blick sehen sie aus wie Summanden einer Rechnung. Sie hatte sie in einer Art Tabelle zu Gruppen zusammengefasst. Jede Gruppe ist mit einer Zahl überschrieben. Manche sind nur vierstellig, andere zwölfstellig. Darunter folgen zwei Nummern pro Zeile und ein Textcode – ein Kontoauszug. Nur dass die Gesamtsumme nie den Summanden entspricht.

Dank Ferrarinis Unterlagen konnte ich diese Daten entziffern. Die Zahlen der Tabellenüberschriften sind die gleichen: Bankkonten.

Ansonsten hat Elena nur die Spuren verwischen wollen: Sie hat die Summenabfolge der Transaktionsdaten geändert und nach einem anderen System die Ziffern der jeweiligen Geldflüsse durcheinandergebracht. Deshalb stimmt die Summe nie.

Neben jeden Geldausgang hat sie einen Code aus drei Buchstaben geschrieben, der für eine Stadt steht. Dazu hat sie die Flughafenkürzel verwendet und vorne und hinten einen beliebigen Buchstaben angefügt. Das Ziel des Geldes. Der Punkt, an dem sich die Spuren verlieren. Die Kaimaninseln, die Bahamas, die Schweiz.

Sobald das Rätsel gelöst war, hat sich alles wie von selbst ergeben. Man braucht ihre Daten nur mit Ferrarinis abzugleichen, und schon hat man die Kontoinhaber und weiß, wie viel Geld sie an welchem Tag, in welchem Monat welchen Jahres in welches Steuerparadies bewegt haben.

Nummernkonten, die riesige Geldsummen zwischen der Schweiz, Südamerika, den Bahamas und den Karibischen Inseln hin- und herschieben. Es beginnt in den Siebzigern und endet vor wenigen Jahren. Dann folgt nichts mehr.

Doch das ist nicht alles.

Nach demselben System hat meine Frau noch weitere Bankkonten gespeichert. Nummern, die Ferrarini nicht besaß und die auch in Di Donnas Unterlagen nicht zu finden sind.

Ich versuche, das seltsame Zahlen- und Kürzelgeflecht möglichst einfach darzulegen. Ich nehme ein Blatt Papier, mache eine Zeichnung und werfe dabei Andrea, meinem Vater und Daniele hin und wieder einen Blick zu. Die Enthüllung dieses kleinen Geheimnisses, hinter dem sich eine unbekannte Welt verbirgt, macht mir diebischen Spaß. Schließlich lege ich den Stift aus der Hand, trinke einen Schluck Wasser und sehe sie abwartend an.

»Ich wusste doch, dass ich da irgendwas nicht durchschaut habe«, sagt Daniele. »Mit Zahlen war ich noch nie besonders gut.«

Er blättert durch sein Notizbuch. Ich stelle mir vor, wie er vor Baldacci sitzt und diese Blätter mit seiner geraden, leserlichen Handschrift füllt, die keine Linien braucht.

Folge dem Geld, denke ich. Wenige Worte, die sich fast sofort wieder aus den Gedanken stehlen.

Er schlägt den Ordner mit der Kopie von Di Donnas Unterlagen auf und sucht etwas.

»Wir müssen versuchen zu unterscheiden«, hebt er an. »Di Donnas Unterlagen enthalten genug Material, um zehn Ermittlungen einzuleiten und bei keiner zu einem Schluss zu kommen. Es ist unmöglich, Belege finden. Alles basiert auf Erinnerungen, und für das Gesagte gibt es keine Beweise.«

Er blickt sich um, scheint sich seines Auftaktes nicht sicher zu sein. Schließlich fängt er noch einmal von vorn an.

»Es gibt drei Unternehmen, die es ins Visier zu nehmen gilt. Alle drei sind in Ferrarinis Schwarzbuch aufgeführt. Und über alle drei hat uns jemand etwas erzählt. Zuerst die Mercurio. Aus den Unterlagen geht hervor, dass es sich um ein Bauunternehmen handelt. Von der Baugrube bis zum Verkauf an private Kunden. Sie existiert vom Ende der Sechziger bis 1971. Sie kooperiert mit der BCM und bewegt eine ganze Menge Geld zwischen der Schweiz und Mailand. Ferrarini hat erzählt, wie es funktioniert, wer das Sagen hat, um wessen Geld es sich handeln könnte. Die Sache mit der Baustelle stinkt ganz offensichtlich nach organisiertem Verbrechen. Leiter des Unternehmens scheint Marsigli zu sein, der weder als Gesellschafter noch als Eigentümer eingetragen ist und sich je nach Bedarf als Vermittler oder Geschäftsführer geriert. Er bekommt den Raum, den er braucht, stellt seine Spekulation auf die Beine, vertickt ein paar Immobilien, andere vermietet er, behält die Sparte der Wohnanlage für sich und verkauft Anfang 1971 alles auf einen Schlag an unseren zweiten Riesen.

Der heißt Nazionale, ist sechs Monate zuvor entstanden, und auch von ihm liegen uns sämtliche Zahlen vor. Er existiert bis 1974 und kauft Maklerbüros, Güter und Baufirmen in ganz Italien, von der Nordlombardei bis ins Latium, mit ein paar Abstechern nach Sizilien. Häufig entstehen auf Strohmänner eingetragene Tochtergesellschaften, deren eigentliche Strippenzieher nicht auszumachen sind. Wir wissen nicht, welche Rolle Marsigli spielt, aber es gibt zwei Schweizer Finanzierungsgesellschaften. Nicht dieselben wie bei der Mercurio, aber dennoch eine bemerkenswerte Analogie. Wenn man überdies bedenkt, dass beide eine Woche vor der Nazionale ins Leben gerufen wurden, lässt sich nur schwer an einen Zufall denken. Dann, im Jahr 1975, taucht die Danae auf, das Unternehmen, von dem Baldacci behauptet, die Cosa-Nostra-Gelder landeten dort. Und hier wendet sich das Blatt.«

Er gießt sich ein Glas Wasser ein und trinkt bedächtig.

»Wie verwaltet man Geld, ohne dass es jemand bemerkt? Durch Treuhandgesellschaften. Technisch gesehen verwaltet eine Treuhandgesellschaft etwas für einen Dritten. Dabei ist absolute Anonymität der Kernpunkt des treuhänderischen Deals. Die Danae ist unter zwei ausländischen Treuhandgesellschaften italienischer Banken aufgeteilt. Kein Name, nicht einmal ein falscher.«

Er blättert durch die Unterlagen.

»Sie schluckt die Nazionale und alles, was dazugehört. Binnen weniger Jahre kommt es zu einem Dutzend Kapitalerhöhungen, fast immer in bar. Ein Blick in die Konten genügt. Aus ein paar Milliarden werden fünfzig. Gelder gehen aus dem Unternehmen raus, werden in ein Dutzend verschieden hohe Teilbeträge aufgesplittet und fließen über die Konten anderer Unternehmen wieder in die Kasse, ohne dass nach außen hin irgendetwas sichtbar würde. Innerhalb eines bestimmten Zeitraumes geht das Geld raus und kommt zurück, und manchmal ist es mehr geworden. Es gibt keine Belege, keine Unterlagen, nichts.«

»Und die Danae verschwindet.«

Adrianos Bemerkung entlockt Daniele ein Grinsen. Er nickt.

»Zusammen mit einem Dutzend anderer Firmen geht sie 1980 in der Perseo auf. Wenn ich so was vor Gericht behaupten würde, würden sie mich mit Fußtritten davonjagen. Und tatsächlich läuft das alles viel subtiler. Ende 1979 beginnt die Danae damit, ihr Eigentum zu veräußern, und das fast ausschließlich an kleine, häufig extra zu diesem Zweck gegründete Unternehmen. Oder an Private. Sie zerschlägt den Brocken in

Hunderte Splitter, verwandelt sie in Geld, und die Treuhandgesellschaften decken die, die es einstreichen. Anfang 1980 macht sie dicht. Ein paar Monate später werden die Bruchstücke der Danae zuerst vereinzelt und dann in immer rascherer Abfolge vom Universum eines neuen Unternehmens geschluckt, nämlich der Perseo. Im Verwaltungsrat taucht Marsigli auf, doch der Großteil des Gesellschaftskapitals untersteht immer noch den beiden Treuhandgesellschaften. Vorsitzender ist Luca Rossini, der zehn Prozent der Aktien innehat und sein Eigentum in der Toskana und in Umbrien in den Konzern einbringt. Es braucht einige Zeit, bis herauskommt, dass er die Mehrheit erworben hat. Doch das ist kein Verbrechen.«

Adriano streicht sich eine Strähne aus der Stirn.

»Legal gesehen gibt es keinerlei Berührungspunkte zwischen der Danae und der Perseo.«

Daniele nickt abermals.

»Und kaum kommt Marsiglis Vergangenheit ans Licht, schmeißt Rossini ihn raus. Dasselbe blüht jedem, bei dem es auch nur den leisesten Verdacht auf Beziehungen mit dem organisierten Verbrechen gibt. Der Faden endet bei der Danae, aber das ist nicht irgendein Fädchen. In Di Donnas Unterlagen findet sich ein interessantes Detail. Ein Jahr vor ihrer Gründung entsteht auf den Bahamas eine Zwillingsgesellschaft desselben Namens. Sie wird von einer Geschäftsbank der Galaxie Longo-Di Donna ins Leben gerufen, in deren Aufsichtsrat Männer sitzen, die der Freimaurerloge nahestehen. Sie existiert dreizehn Monate. Kurz vor dem Entstehen des italienischen Pendants verschwindet sie.«

Daniele schlägt sein Notizbuch zu und hebt den Stift wie ein Lehrer, der den Schülern einen schwierigen Sachverhalt erklären will.

»Wie verwischt man die Spuren eines Unternehmens? Indem man die Bude dicht macht, das Geld herausholt und ein neues mit anderen Gesellschaftern, anderem Namen und anderem Unternehmensgegenstand gründet. Und wie lässt sich der Sache auf die Schliche kommen? Indem man auf kleinste Details achtet. Auf die Kapitalerhöhungen beispielsweise, die dem zweiten Unternehmen in kürzester Zeit zu der gleichen Liquidität verhelfen wie dem ersten. Auf dieselbe Notarkanzlei, in denen sämtliche Unternehmen gegründet werden. Auf ein Aufsichtsratsmitglied, das immer wieder in allen Unternehmen auftaucht, bis dessen Sohn schließlich zum Manager aufsteigt. Auf den einen oder anderen Gesellschafter. Ein Sohn ist beim einen Unternehmen, seine Mutter war beim vorhergehenden. Vielleicht benutzt sie ihren Mädchennamen, dann kommt man noch schwerer drauf. Oder auf den Firmensitz, der eine verdächtig ähnliche Adresse hat. Die Perseo beispielsweise übernimmt den ehemaligen Firmensitz eines Di-Donna-Unternehmens. Und so weiter.«

Er legt den Stift weg, verschränkt die Arme, streckt die Beine unterm Tisch aus und lässt den Blick von mir zu meinem Vater und Andrea wandern.

»Ein ewig langer, unsichtbarer, zerstückelter Faden. Verschiedene Unternehmen, die nichts miteinander zu tun haben, nicht zu greifen sind. Und dennoch steckt immer das gleiche Geld dahinter.«

»Scheinbar.«

Daniele sieht meinen Vater an.

»Wie bitte?«

»Scheinbar das gleiche. Du hast doch vorhin selbst gesagt, vor Gericht könntest du das nicht erzählen.«

Daniele hebt die Hand, als wolle er Einspruch einlegen. Er legt die Handfläche auf die Unterlagen und will antworten, doch ich komme ihm zuvor.

»Gibt es jemanden, der glaubt, Ferrarini hätte gelogen? Seine oder Di Donnas Unterlagen seien gefaked?«

Adriano schweigt. Er weiß, dass die Frage ihm gilt. Und dass ich auf eine Antwort warte. Wir tauschen einen Blick und ich rede weiter.

»Die Geschichte geht weit zurück. Longos Geld, Di Donnas Geld, die Geldwäsche. Bis zur Danae. Alles läuft bei Antonio Marsigli zusammen, der für jemanden den Strohmann macht. Das behauptet auch Baldacci. Zuerst die Capobiancos über die Schweizer, später die Cosa Nostra mit Violas Investment im Norden, das nach seinem Tod zurückgeholt wird. Doch bei der Danae reißt der Faden ab.«

»Und das nur wegen Rossini«, sagt Andrea, ohne sich zu rühren. Nur sein Blick geht ein wenig mehr in meine Richtung. Ich brauche einen Moment, ehe ich seinen Standpunkt begreife und etwas entgegnen kann.

»Rossini stammt aus einer umbrischen Familie«, antworte ich, »die nach dem Krieg stinkreich geworden ist und kurz davor stand, alles wieder zu verlieren, als sie ihre Geschäfte in den Norden verlagert hat. In seiner Heimat gehört ihm so gut wie alles. Ein typischer Krösus, der nach dem frühen Tod des Vaters alles erbt und beschließt, den großen Sprung zu wagen. Er ist gutaussehend, ledig, elegant, gebildet und erfolgreich. Im Job und bei den Frauen. Er ist der einzige Unternehmer dieses Formats, der unversehrt aus Tangentopoli herausgekommen ist. Er hat weder einen Cent von den Semprinis genommen, noch von den Enimont-Schmiergeldern profitiert, nicht einmal einen Ermittlungsbescheid hat er bekommen. Sogar seinen Lebensstil hat er geändert: Seit er verheiratet ist, lässt er sich auf keinen Fest mehr blicken, ist aus der Klatschpresse verschwunden, hat sich der Kirche zugewandt, tritt nur noch zu offiziellen Anlässen in Erscheinung und scheint auf keinerlei Amt erpicht zu sein. Den Vorsitz der Confindustria hat er abgelehnt.«

Ich mache eine Pause und blicke in die Runde.

»Wie kann ich glauben, dass die Perseo das Geld der Mafia mit sich herumschleppt wie das eines stillen Teilhabers, den man nicht loswird, wenn der Mann an der Spitze Luca Rossini heißt? Einer, der sich die Legalität seit jeher auf die Fahnen geschrieben hat, in jedem Moment seines öffentlichen und unternehmerischen Lebens. Wenn man die Menschen heute fragte, wer am stärksten für den Kampf gegen die Korruption steht, würden fast alle seinen Namen nennen.«

Andrea stützt die Ellenbogen auf den Tisch, sieht auf sein Handy und seufzt.

»Redest du mit uns oder mit dir selbst?«

Ich will etwas erwidern, aber mir fehlen die Worte. Ich brauche eine Zigarette. Andrea hält mir eine hin, ich zünde sie an und stehe auf. Meine Gedanken brauchen Platz. Ich höre Andrea zu, während ich durchs Fenster das Gewusel der Autos ein paar Stockwerke unter mir beobachte.

»Jeder schickt uns auf eine Zeitreise in die Vergangenheit, doch je mehr wir uns nähern, desto brüchiger wird der rote Faden. Wenn Borsellino stirbt, weil der Staat einen neuen Pakt mit der Cosa Nostra schmiedet, wie sieht dieser Pakt dann aus? Wer steckt dahinter? Wer hat wem was geboten? Was hat Marsigli damit zu tun, der politisch überhaupt keine Rolle spielt und den die Perseo sofort an die Luft gesetzt hat, sobald ein bisschen zu viel geredet wurde? Und was hat die Perseo mit der Politik zu tun?«

Ein Kind überquert an der Hand eines jungen Mädchens die Straße. Die große Schwester. Der Babysitter.

»Sag du's mir, Andrea. Du solltest es wissen.«

»Alles, was ich weiß, weißt du auch. Nach Falcones Tod gab es eine Verbindung. Und mittendrin stirbt Borsellino.«

»Bullshit.«

Ich drehe mich um.

Mit verschränkten Armen sitzt Adriano da, wütend und fast verächtlich schleudert er die zwei Silben heraus.

»Bullshit.«

Andrea lacht. Die hysterische Reaktion eines Mörders kurz vor der Tat.

»Es ist schön, jemanden zu treffen, der sich seiner Sache so gewiss ist«, sagt er.

Mein Vater legt die Hände auf die Räder seines Rollstuhls.

»Hör mal, es waren deine Freunde, die Bescheid wussten.

Vielleicht bist du schlecht informiert und die haben dir nicht gesagt, was abging. Es waren deine Leute, die mich mit Elena nach Palermo geschickt und dafür gesorgt haben, dass wir an diesem 19. Juli dort waren. Es waren deine Leute, die den Eindruck vermittelt haben, sie wüssten genau, was passieren würde. Die Frau, die wir getroffen haben, wusste es, Elenas Informant wusste es, mein Informant wusste es. Aber ihr streitet alles ab, ihr tut so, als wüsstet ihr einen Scheißdreck.«

Kopfschüttelnd verlässt er den Tisch. Er ist kein bisschen laut geworden, eines der untrüglichsten Zeichen der Verachtung. Dann dreht er sich jäh zu Andrea um.

»Wer sind all diese Leute? Wieso wussten sie Bescheid? Und wenn sie Bescheid wussten, weshalb haben sie nichts unternommen? Seit jenem Nachmittag suche ich eine Antwort darauf, und jetzt kommst du daher und behauptest, du hättest nicht den leisesten Schimmer, genau wie wir. Dann frag doch deine Freunde, die werden's dir schon erklären.«

Er wendet uns den Rücken zu.

»Die Freunde, die ich habe, sind fast alle in diesem Zimmer versammelt.«

Adriano lächelt grimmig.

»Dann bist du arm dran, Andrea. Sehr arm dran.«

Ich sehe sie an. Diese Geschichte gleicht einem Virus, der dich nach und nach auffrisst. Wenn man es bemerkt, ist er schon beim Mark angelangt.

»Das reicht nicht, Andrea.«

Er wirft mir einen vernichtenden Blick zu.

»Das reicht nicht«, sage ich noch einmal. »Und du weißt es.«

»Was zum Teufel willst du?« Er wird laut. »Was zum Teufel willst du?«

Schnaubend fährt er sich mit den Händen übers Gesicht.

»Wir sind alle nervös«, fährt er fort. »Ich genauso wie ihr. Wollt ihr wissen, wie die Geschichte lautet? Ich will's kurz machen. Falcone wurde von der Mafia umgebracht und Borsellino vom Staat. Was für eine Entdeckung. Und, Adriano, glaub nicht, ich hätte deinem Freund mit der Zigarette keine Fragen gestellt. Als es passiert ist, hatte ich noch einen anderen Job und trug Uniform. Glaub mir oder lass es bleiben. Das gilt auch für die anderen.«

»Wir glauben dir, und das weißt du.«

Danieles Stimme, leise, fern. Nur ganz kurz sieht er von seinen Unterlagen auf und blickt mich und meinen Vater an. Adriano kommt zum Tisch zurück.

»Wir glauben dir«, wiederholt er. »In ein paar Tagen treffe ich mich mit einem Kollegen.«

»Mit wem?«

Ohne zu antworten legt er eine Hand auf die Mappe.

»Der Staat hat Borsellino umgebracht«, fährt er fort. »Und wir haben es mit lauter seltsamen Gestalten zu tun. Vorher, währenddessen und nachher. Ein Kronzeuge aus der Retorte, Polizisten, die beim Geheimdienst auf der Gehaltsliste stehen. Wir glauben, durch diese Unterlagen haben wir etwas von der Vergangenheit begriffen. Schön. Aber es reicht tatsächlich nicht. Zwischen dem, was wir herausbekommen haben, indem wir dem Geld gefolgt sind, und den Ereignissen jener zwei Sommer klafft eine Lücke. Es reicht nicht, die Verbindungen zwischen der Danae und der Perseo bloßzulegen. Man muss viel weiter zurückgehen, begreifen, was zwischen Falcones Tod und dem Attentat in der Via d'Amelio passiert ist. Und das, was danach passiert ist, als die Bomben verstummt sind.«

»Sie haben uns die Gelegenheit gegeben, und wir haben's versaut. Du weißt, was Baldacci meinte«, sage ich.

Daniele lächelt.

»Vielleicht. Doch bevor wir darüber reden, muss noch eine Sache passieren.«

Er senkt den Blick und sucht nach den richtigen Worten. Dann sieht er mich an.

»Du musst einen Artikel schreiben.«

Sein Satz ist wie ein Schuss in die Brust.

Mein Vater antwortet. Ein unnötiger Verteidigungsversuch.

»Das kommt gar nicht in Frage.«

Daniele redet einfach weiter.

»Früher oder später muss man den Kopf aus dem Sand ziehen. Wir müssen uns gar nicht zu erkennen geben, nur ein paar Köder auswerfen. Wir sagen, es gebe da gewisse Quellen, und versuchen eine Art Rekonstruktion.«

»Kommt nicht in Frage.«

»Wir nennen keine Namen, nur das notwendige Minimum. Marsigli kannst du erwähnen, der ist bereits verurteilt. Benutz ihn als Vorwand, um von der Vergangenheit zu erzählen. Die Attentate lassen wir außen vor. Noch zumindest.«

»Kommt nicht in Frage.«

Ich drehe mich um und sehe ihn an. Ein kurzer Blick.

»Adriano, bitte.«

Er schüttelt den Kopf.

»Vergiss es. Das hab ich schon mal erlebt. Und du auch.«

Er rollt zu mir herüber. Ich greife nach seinem Handgelenk. Die Geste eines Sohnes, sanft, fast zärtlich.

»Bitte.«

Er schluckt trocken, würgt Trauer und Wut hinunter. Sein Blick richtet sich vernichtend auf Daniele, wird plötzlich weich, fast wehmütig, und sucht Andrea.

»Und du sagst nichts?«

»Wir riskieren hier unseren Kopf, Adriano, wir alle. Du, ich, Daniele, dein Sohn. Am Anfang dieser Geschichte stehen vier Tote. In meiner Branche kommt das nicht besonders gut an. Daniele ermittelt auf eigene Faust, du hast deine Recherchen gemacht, er ist ins Geldwäscheparadies gereist, um einer Spur nachzugehen. Keiner von uns tut das zum Spaß.«

Adriano macht sich von mir los. Daniele scheint das Thema zu wechseln.

»Heute ist Rossini der Kirche zugetan, richtig. Ein Vorzeigebürger, das hast du selbst gesagt. Als sein Vater stirbt und er erbt, laufen die Familiengeschäfte miserabel. Dann erholen sie sich. In jenem Sommer war die Perseo bis über beide Ohren verschuldet. So steht es auch in der Pressemitteilung, mit der er Marsigli vor die Tür setzt. Heute ist sie der einzige multinationale Konzern Italiens, mit einem Italiener an der Spitze. Ein Beispiel.« Er senkt die Stimme. »Ein Beispiel.«

*All dieses Geld in bar. Würden Sie sich nicht fragen, woher es stammt?*

Baldaccis Frage lässt ihn einfach nicht los. Ein nagendes Insekt, das langsam und unerbittlich weiterbohrt. Bis ins Gehirn.

»Weißt du, was freiwilliges Opfer bedeutet?«

Er stellt die Frage, ohne mich anzusehen, und tut es erst, als ich ihm antworte.

»Dass jemand mit dem Rücken zur Wand steht.«

»Unterm Strich ja.«

Er setzt sich vor mich auf den Tisch und verschränkt die Arme. Er sieht müde aus.

»Was wirst du tun?«, fragt er.

Ich warte, dass mein Herzschlag sich beruhigt, und lasse mich gegen die Lehne sinken.

Ich denke an die Konten, die wir nicht entschlüsseln konnten.

Ich schließe die Augen, und die Welt verschwindet kurz.

Genau das brauche ich.

Der Mann zieht den Ring vom Finger und spielt mit dem Stein. Im Lampenlicht gleicht der Saphir einem Blutstropfen, für immer in einen goldenen Käfig gebannt. Er gehörte seinem Vater und davor dem Vater seines Vaters, der denselben Namen trug wie er, den er nie gesehen hat und von dem ihm noch immer alle erzählen.

Nichts weiter als ein Name, der einer Vergangenheit angehört, von der er nichts wissen will. Alles, was er tut, ist der Gegenwart und Zukunft gewidmet. Zeit für Reue und Trauer bleibt ihm noch genug, wenn er sich zur Ruhe setzt. Wenn er sich denn zur Ruhe setzt.

Er sieht auf die Uhr. Es ist schon sehr spät, er würde gern

schlafen. Er hat es schon mindestens zweimal versucht. Das erste Mal, nachdem sie gespielt gleichgültig wie immer gegangen ist. Ein Winken, ein flüchtiger Kuss auf die Lippen, frisch geduscht und nonchalant, als wäre ihr alles schnuppe.

Sie ist verdammt jung und hat keine Ahnung, was er treibt. Manchmal denkt er, er könnte es ihr sagen und sie wäre kein bisschen überrascht. Vielleicht würde sie kurz die Braue hochziehen und ihn dann fragen, was er zu trinken da hat.

Als er wieder allein war, hat er sich zum x-ten Mal gefragt, ob er sie liebt. Es ist ihm wurst, ob sie verliebt ist, ihre Gefühle zählen nicht.

Er steht auf, schlendert ins Schlafzimmer, knipst das Licht an, betrachtet sich im Spiegel, barfuss, offenes Hemd, dunkle Hosen, tiefbraune Haut.

Er liebt sie nicht, er liebt niemanden.

Nicht einmal seinen sechsundfünfzigjährigen Körper, der für Vierzig durchgehen könnte. Oder sein Gesicht, das unmerklich gealtert ist, ohne dass er etwas dagegen hätte unternehmen können.

Er liebt das Gefühl, unverzichtbar zu sein. Die Gewissheit, dass man ihn braucht. Das Mädchen, der Mann, der auf seinen Anruf wartet, und viele andere.

Er liebt den Besitzanspruch, mit dem sie ihm begegnen und den sie erfüllt zu sehen meinen. Er liebt die Distanz, die er zwischen sich und der Welt aufgebaut hat, die Indifferenz, die er allem entgegenbringt, die Hürden, die er jedem setzt, der sich ihm nähern will, ob beruflich, aus Neugier, Lust oder Notwendigkeit.

Er liebt die Kontrolle.

Er liebt seinen Job. Er ist der Beste seiner Art. Der Letzte, der die alte Welt noch kennengelernt hat und ein wenig von der Grausamkeit und dem nötigen Biss in die neue herüberretten konnte.

Er will gerade das Licht ausschalten. Er hat schon den Finger am Schalter, da sieht er den Ohrring. Er liegt fast unter dem Bett und funkelt selbst im Dunkeln. Er hebt ihn auf, sieht ihn an, riecht daran, öffnet ihn.

Ohne zu wissen weshalb stößt er sich den Dorn in die Fingerkuppe. Er drückt. Drückt. Zieht ihn heraus. Das hervortretende Blut gleicht dem Saphir. Klein und wertvoll. Er presst es hervor und sieht ihm beim Fallen zu. Ein Tropfen, noch einer und noch einer.

Er vergräbt den Finger in der Faust, geht ins Bad, das eisige Wasser schließt die Wunde, betäubt das Fleisch. Er reißt ein Stück Klopapier ab, kehrt ins Schlafzimmer zurück und wischt das Blut von den Fliesen.

Das Telefon klingelt.

Keine Melodie, nur eine vom Glas des Nachttischchens verstärkte Vibration. Er steht auf und geht ran, den Spiegel im Rücken.

»Er wird schreiben«, sagt er. Er hasst seine eigene Stimme. Er hasst die Art, wie sie den Leuten gefällt.

»Morgen«, sagt er. Es kommt keine Reaktion. Er stellt sich den zufriedenen Blick am anderen Ende der Leitung vor, das leise Lächeln.

»Einen langen Artikel«, sagt er. Bestimmte Leute werden anfangen, sich Fragen zu stellen. Alles nach Plan.

»Solara wird kommen«, sagt er und ist sich zum ersten Mal sicher, dass es auch stimmt.

Kurz darauf legt er auf. Er schließt das Handy an die Ladeschnur, zieht sich aus und lässt sich eine Wanne ein.

Heißes Wasser, Badesalz, Parfum, Mozarts *Klaviersonate Nr. 11* aus der Stereoanlage im Wohnzimmer. Kurz nachdem die Musik geendet hat, kommt er aus dem Bad.

Er blickt sich in der Wohnung um. Das leere Schlafzimmer. Das zerwühlte Bett. Der Ohrring auf der Kommode. Die Kleider am Boden.

Er horcht.

Es ist still. Zu still.

Mitten in der Nacht wache ich auf und kann nicht wieder einschlafen. Mir ist kalt. Zu kalt für Decke und Federbett. Es ist die Kälte, die man bei einer Krankheit verspürt, bei Fieber, wenn der Körper reagiert oder sich weigert, es zu tun.

Ich ziehe mir die Decke bis über die Ohren, liege mit dem Rücken zur Tür, zusammengekauert, die Arme verschränkt.

Die Tür ist zu, verrammelt. Dahinter, auf der Treppe, die nach unten führt, ein Geräusch.

Ein Möbelstück, ein Tier, ein Gespenst, ein Mensch, ein Geist meiner selbst, dem ich mich nicht zu stellen wage.

Ich habe Angst. Habe Angst. Habe Angst und kann nichts tun. Nur atmen, warten, schreiben. Wenn die Worte nur etwas nützten.

Ich will dieses Schweigen nicht.

Ich will das Schweigen dieses Zimmers, dieser Nacht nicht. Nicht das Schweigen der Erinnerungen, der Geschichten, die nicht erzählt werden. Ich ertrage es nicht, ich schaffe es einfach nicht.

Ich schließe die Augen.

Die Nacht vor dem Erscheinen des Artikels war eine Nacht wie diese. Eine stille, grausame Nacht. Reglose Zeit, die auf den Morgen wartet. Der brennende Wunsch, umzukehren, so zu tun, als wäre nichts geschehen, den Kopf in den Sand zu stecken, wie es richtigerweise all die anderen tun.

Ich hatte den Artikel in einem Guss geschrieben, nicht ahnend, dass ich dazu noch fähig war. Dann hatte ich mich in ein Kino geflüchtet. Letzte Vorstellung.

Eine Frau in einem riesigen, verlassenen Haus. Sie, die Kinder, das Warten auf einen Mann, der niemals kommt, geschlossene Türen, die man nicht öffnen darf, allzu dunkle Schränke, in denen man jemanden atmen hört.

Die anderen, die zuhören, warten, gucken, stöbern, spionieren. Die anderen, überall.

Ich wollte wach bleiben, warten, dass die Zeitung an den

Kiosk kommt, erleben, was für ein Gefühl es ist, meinen Namen druckfrisch auf Papier zu lesen.

Ich habe es nicht getan. Plötzlich war es vollkommen gleich. Die Geschichte war geschrieben und erzählt. All das Vorhersehbare, was in Kürze geschehen würde und mit dem niemand rechnete, war bereits da. Ich brauchte keine Symbole, sie bedeuteten nichts und bedeuten jetzt noch weniger.

Ich war nach Hause gegangen, ins Bett, in dasselbe Zimmer wie stets, dieselben Laken, mit derselben Stille, als eine plötzliche, unerklärliche Kälte mir in die Knochen fuhr.

Ich war aufgewacht, genau wie heute Nacht, von Angstschaudern geschüttelt. Eine Angst, die dem Zustand, in dem ich glaubte leben zu müssen, allzu sehr glich. Eine gute, ehrliche, durchschaubare Angst, der ich nicht entrinnen konnte.

Reglos lag ich da, genau wie jetzt. Die Augen weit aufgerissen in Erwartung des Lichts, das meine nicht vorhandenen Alpträume verscheuchen sollte. Als es kam, war ich endlich eingeschlafen. Eine chemische, ungute Ruhe, die mich mit durchgeschwitzten Laken und einem schalen Gefühl von Krankheit dem Tag übergab.

So wird es jetzt vielleicht wieder. Und es genügt eine Dusche, um alles wegzuspülen, selbst die Erinnerung, gegen die sich Körper und Geist beharrlich sperren. Und vielleicht werde ich wie damals lächelnd aus dem Bad treten, stolz darauf, das Richtige getan zu haben. Und ich werde mich gut und mit mir im Reinen fühlen, fast so, als verhülfe einem das Tun der eigenen Pflicht zu einem kleinen Stück Glück.

So ist es gekommen.

Am Ende hatte ich weder die Zeitung gekauft noch meinen Vater gesehen oder Daniele oder Andrea kontaktiert. Ich hatte nichts gemacht. Ich war zu Hause geblieben, um zurückzublicken, mich zu fragen, ob es irgendeinen Sinn gebe, und den kurzen Augenblick zu genießen, in dem zum letzten Mal alles perfekt erschien.

Heute weiß ich, dass dieses Gefühl niemals wiederkehren wird.

Es ist vorbei, genau wie der ganze Rest.

Und vielleicht sollte ich hier und jetzt schreien. Herausschreien, dass ich weiß, dass ich mich geirrt habe, das es sinnlos ist, zu reden, zu kämpfen, Widerstand zu leisten. Es ist sinnlos, wenn das Schweigen so groß ist.

Doch ich tue es nicht. Behutsam strecke ich Arme und Beine aus, drossele den Atem und warte auf den Schlaf. Ich hoffe darauf, ich glaube daran.

Ich will dieses Schweigen nicht.

Ich kapituliere nicht vor ihm.

Ich habe nicht kapituliert. Glaubt nicht, dass ich es jetzt tue.

Adriano steht spät auf. Als er die Augen öffnet, ist es bereits Vormittag, ein vages Brummen erfüllt seinen Kopf. Er ist kurz nach drei aufgewacht, nach knapp vier Stunden Schlaf, zu viele Gedanken sind auf einmal losgeprescht, in unbekannte Richtung. Dann ist die Kälte gekommen, plötzlich und schneidend, in langen Schaudern, wie die Vorboten einer Krankheit.

Wäre es nicht so mühsam, wäre er aufgestanden und hätte eine Decke oder gar ein Federbett geholt. Doch so hat er beschlossen durchzuhalten, die Knie an die Brust gezogen, sich zusammengerollt, in der Hoffnung, der Körper würde sich selbst wiedererkennen und sich sicher fühlen.

Es war ein langes Warten. Stundenlang hat er versucht, den Atem zu lockern, den Kopf zu leeren, eine Form zu suchen, in der sich die Einsamkeit ertragen lässt. Frei von Erinnerungen, Zweifeln, Hoffnungen. Frei von Angst. Als das erste Licht durch die Rollläden sickerte, war er mit vor Reglosigkeit schmerzenden Armen eingeschlafen.

Jetzt, da er wach ist und in der warmen Badewanne sitzt, ist er sicher, dass nicht die Gelassenheit, sondern die Müdigkeit gesiegt hat. Er taucht mit dem Kopf unter, hält den Atem an und öffnet die Augen. Schon als Kind hat er das gemacht. Die Welt ist auf Distanz, weit genug weg, um einem nichts anhaben zu können.

Er drückt die Luft aus den Lungen, die Blasen hüllen alles ein, dann taucht er auf.

Eine halbe Stunde später ist er angezogen, der Fernseher läuft, die Zeitung ist soeben mit der Post gekommen. Der Artikel, mit einem Verweis auf der Titelseite.

Die beiden Autorennamen. Seiner und meiner.

»Wir machen es zusammen.«

Kaum hatte er eingesehen, dass er es nicht verhindern konnte, hatte er seine Bedingung gestellt. Wir teilen die Schuld, die Aufmerksamkeit, die Gefahr. Möglicherweise eine Illusion.

Beim Lesen des Artikels verdrängt der Stolz für einen Moment jedes andere Gefühl. Die Geschichte der Verbindungen zwischen Di Donna, Longo und Marsigli. Ein Teil von Ferrarinis Schilderungen. Die Vergangenheit, die mit der Semprini, mit Mirri und der Anonima Cementi näherrückt. Ein langer Bericht, der gesicherte Fakten, Mutmaßungen und Hypothesen zusammenbringt. Er reicht von den Siebzigern bis in die jüngste Vergangenheit und sät den Zweifel, dass auch die Gegenwart nicht gegen das Unheil gefeit ist.

Adriano schlägt die Zeitung zu. Die Angst kehrt zurück. Lebendig, real und so massiv, dass er sie berühren könnte. Sie ist ein Geruch, eine säuerliche Ausdünstung, die plötzlich das ganze Zimmer erfüllt und ihm in der Nase sticht. Er rollt ins Bad, zieht sich aus, schnuppert an den Kleidern, riecht nichts, wäscht sich trotzdem noch einmal, zieht etwas Neues an. Schließlich sieht er sich im Spiegel und muss lachen.

Kopfschüttelnd kehrt er ins Wohnzimmer zurück. Im Fernsehen laufen gerade Nachrichten. Reglos verharrt er vor dem Bildschirm.

Eine Leiche, die aus einem Fluss gefischt wurde, das Gesicht von einem Pistolenschuss entstellt. Zwei weitere Kugeln im Körper.

Angelo Liberovici, sagt der Berichterstatter. Dann nimmt das Gesicht des Mannes die Bildfläche ein.

Es geht los, denkt er.

»Es geht los«, flüstert er. Es klingelt.

Erst beim zweiten Klingeln rührt er sich. Er rollt in den Flur und öffnet ohne nachzudenken die Tür.

Sein Herzschlag setzt kurz aus.

»Ich muss verschwinden«, sagt der Mann, der vor ihm steht.

Ein Geist. Einer, dessen Namen er nie gekannt hat.

Angelo Liberovici.

Der Mann mit der Zigarette.

In der Wohnung ist es still.

Kein Fernseher, kein Radio, kein Geräusch.

Zwei Männer, der Küchentisch, ein Aschenbecher, die Espressotassen, die leere Kaffeemaschine in der Spüle.

»Ich heiße nicht Angelo«, sagt der Mann mit der Zigarette. »Nur damit du es weißt.«

Adriano macht ihm ein Zeichen zu schweigen und beschreibt mit dem Zeigefinger einen Kreis, der das ganze Zimmer einschließt.

Der Mann zündet sich eine Zigarette an und grinst.

»Die haben alles abgeklemmt, als du angefangen hast, in den Park zu gehen. Sonst wäre ich nicht hier.«

Adriano sieht ihn an. Er muss an einen Tag vor vielen Jahren denken, an ein Krankenhauszimmer, an einen unerwarteten Besuch und eine Entscheidung, die sehr leichtgefallen war.

Der Mann mit der Zigarette nimmt einen nervösen Zug. Als er ihn zum Abendessen getroffen hat, schien die Zeit ihn verschont zu haben. Heute ist alles anders. Als wären die Jahre urplötzlich über ihn hereingebrochen. Der Mensch, der vor ihm sitzt, hat mit dem aus seiner Erinnerung nichts mehr zu tun. Die kühle Sachlichkeit und Selbstsicherheit sind verpufft.

Er ist Abfall, ein Überbleibsel, ein Schiffbrüchiger, der den zigsten Untergang überlebt hat und dem keine Kraft mehr für den nächsten bleibt.

»Ich muss verschwinden«, wiederholt er.

»Und da bist du hierhergekommen?«

Der Mann drückt die Zigarette aus, zündet sich eine neue an und hält sie zwischen den Fingern, ohne daran zu ziehen.

»Wir benutzen euch, wir haben dich immer benutzt.«

»Erzähl mir was, das ich noch nicht weiß. Und zwar nach Strich und Faden.«

»Solara. Am Ende dreht sich alles um ihn. Eigentlich lustig, wenn man drüber nachdenkt.«

»Früher oder später kommen sie drauf.«

»Glaubst du? Da bin ich mir gar nicht so sicher.« Er nimmt einen Zug. Noch einen. »In jenem Sommer haben wir verloren. Eine Schlappe, eine totale Niederlage, aus der es kein Zurück mehr gab. Und dann kam Elena.«

Adriano sieht weg.

»Du schuldest mir eine Geschichte.«

Der Mann mit der Zigarette schweigt. Er starrt auf den Stummel der ersten Zigarette, auf den Aschenbecher, den Tisch, das Spiel der weichen, langen Schatten auf dem Fußboden.

»Stimmt, ich schulde dir eine Geschichte«, murmelt er.

Er blickt auf und sieht meinen Vater an.

Dann beginnt er zu erzählen.

»Der Sommer 1992 war die schlimmste Niederlage meiner Laufbahn, zum ersten Mal hatte ich die Gewissheit, dass der Job, für den ich eingestellt worden war, nicht dem entsprach, was ich erwartet hatte.«

Sofort fällt mein Vater ihm ins Wort.

»Dic Sache in Addaura war bereits geschehen.«

»Die Sache in Addaura lag lang zurück. Für jeden mit meinem Job bedeutete das Jahr 1989 einen Wendepunkt. Die Berliner Mauer fällt, den Feind gibt es nicht mehr, man weiß nicht, auf welche Seite man sich schlagen soll. Seit einigen Jahren schon wurde darüber geredet, was geschehen würde, wenn der Ostblock zusammenbräche, doch niemand hatte sich ausmalen können, was uns erwartete. Es gab regelrechte Bündnisgeflechte gegen den Kommunismus, die sich von einem Moment zum anderen in Luft auflösten.«

»Auch die Cosa Nostra.«

»Dass die Mafia als Waffe gegen das Aufstreben der Linken benutzt wurde, ist so sonnenklar, dass es nicht wiederholt zu werden braucht. Wir fragten uns, was mit jener Welt geschehen würde. Die Verfilzungen mit der Politik und der Finanzwelt waren so dicht, dass es unmöglich schien, sie zu zerreißen. Und genau damit befasst sich Falcone. Politik und Mafia. Börsennotierte Gesellschaften und Mafia. Freimaurer und Mafia.«

Adriano sieht ihn an. Er streckt die Hand nach seiner aus, greift nach der Zigarette und zieht daran. Der erste Zug seit einer Ewigkeit.

Auch in dieser Küche bricht eine Welt zusammen.

Er gibt die Zigarette zurück.

»Ich habe mich schon oft gefragt, was du von uns wolltest. Elena und ich haben häufig darüber gesprochen. Die Antwort war immer dieselbe.«

Sein Gast nimmt eine Zigarette, zündet sie an und reicht sie meinem Vater.

»Und wie lautete sie?«

Mein Vater betrachtet die Zigarette und sieht zum Rauch empor, der reglos im Zimmer steht.

»Dass ihr keinerlei Macht hattet. Nur Hoffnungen. Das hat Elena immer gesagt. Diesen Leuten ist nur noch die Hoffnung geblieben.«

Der Mann mit der Zigarette lächelt.

»Hoffnung auf was?«

»Lass mich ausreden. Sie sagte, ihr könntet nichts ausrichten. Eine andere Erklärung gab es für sie nicht.«

»Weil wir nichts unternommen hatten. Das war das Problem.«

»Ganz genau. Ihr hattet keine Macht. Nur die Wahl zwischen leben und sterben. Die einzige Möglichkeit, die euch blieb, war, jemanden zu finden, der verrückt genug war, eure Geschichte aufzuschreiben. Jemanden wie sie.«

Der Mann drückt die Zigarette aus, schiebt sich ein Pfefferminzbonbon in den Mund, fährt sich mit den Händen übers Gesicht.

»Giuseppe ist am Tag eures Unfalls gestorben. Morgens. Ein missglückter Raubüberfall. Der Täter ist nie gefunden worden.«

Er starrt auf das Bonbonpapier. Dann faltet er es zusammen und wirft es in den Aschenbecher. »Wir wollten jemanden, der für uns die ganze Geschichte aufdeckt. Und der den Mut hat, sie aufzuschreiben. Erinnerst du dich noch an den Sommer? Meinst du, es hätte gereicht? Glaubst du, wir hätten ...«

Adriano unterbricht ihn.

»Was zählt das jetzt noch?«

Der Mann mit der Zigarette antwortet nicht. Er denkt nach, scheint weit weg zu sein, verloren in Zeit und Raum.

»Als wir begriffen haben, dass Borsellino ernsthaft in Gefahr war, sind wir sofort in Aktion getreten.«

»Zu spät.«

Er nickt heftig.

»Ja, viel zu spät. Und mit den falschen Mitteln. Weißt du, was ich heute täte? Ich würde eine Pressekonferenz abhalten. Oder ein Video ins Netz stellen. Ich würde alles sagen, was ich weiß. Vielleicht ließe sich damit wenigstens Zeit gewinnen.«

»Und was wusstest du?«

Er schluckt das Bonbon herunter und macht sich eine Zigarette an.

»Damit wirst du dich noch umbringen.«

»Hast du nicht ferngesehen, Adriano? Ich bin schon tot.«

Er nimmt einen Zug. »Nach Falcones Tod waren wir am Ende. Der Staat am Boden, die Mafia auf dem Vormarsch, die politische Klasse zu Hause, um sich im besten Fall vor den Schmähungen zu retten. Wir hatten nichts, nur uns selbst. Die hatten eine halbe Autobahn in die Luft gesprengt, um einen Richter umzubringen. Das hätte es nicht gebraucht. Eine Pistole hätte genügt.«

»Hätte aber nicht so viel Lärm gemacht.«

»Sicher, sicher. Aber auch so ist so gut wie nichts passiert. Na schön, es gab einen neuen Staatspräsidenten. Und dennoch … dieser Mord war folgerichtig. Die Mafia hat stets ihre Feinde umgebracht. Das war nichts Neues. Dann kam Borsellino.«

Wieder ein Zug.

»Auch für die Cosa Nostra war die Mauer gefallen. Dafür stand sie vor einer neuen: dem Maxi-Prozess. Die lebenslänglichen Freiheitsstrafen für die Bosse. Alle im Knast, das System Cosa Nostra von einem Insider bloßgelegt, in erster Instanz schwarz auf weiß festgehalten und sowohl in der Berufung als auch vom Obersten Gericht bestätigt. 1992, als die Urteile rechtskräftig wurden, hatten sie sich seit einem Jahr vorbereitet, seit dem Berufungsurteil. Für sie gab es nur noch eine Hoffnung, da herauszukommen.«

»Die Aufhebung.«

»Richtig. Und als sie begriffen haben, dass das nicht passieren würde und die Politik sie fallenließ, haben sie getan, was jedes wilde Tier tun würde. Sie haben sich zur Wehr gesetzt.« Er macht eine Pause. »Wir haben viel zu spät begriffen, wie das mit dem ganzen Rest zusammenhing.«

Er raucht schweigend vor sich hin. Lange, bleierne Sekunden.

»Der Niedergang der politischen Klasse hat ihnen ebenfalls genützt«, fährt er fort. »Diese Politik hatte sie nicht gerettet, sie hatte sie samt und sonders zu Lebenslänglich verdonnert. Sie war der Feind, schwach, zerbrechlich, ein Kartenhaus. Ein gezielter Stoß genügte, um es zu zerstören. Und genau das ist passiert. Allerdings konnten sie es nicht zulassen, dass man an ihr Geld kam. Das ganze Parlament konnte vor die Hunde gehen, sie würden immer noch jemanden finden, mit dem man sich einig würde. Aber wehe, jemand machte ihnen wegen des Geldes die Hölle heiß. Das war weit weg, investiert in die legale Wirtschaft. Vieles war versteckt, aber nicht mehr sicher. Deshalb bin ich zu dir gekommen und hab dir von Mirri erzählt. Es war der erste kleine Schritt, um dich auf die richtige Fährte zu bringen. Deshalb habe ich euch auch an jenem Sonntag nach Palermo geschickt. Ich konnte dir nicht alles auf einmal erklären, sonst hätte dein Handeln mich am Ende noch verraten. Und die Hinweise, die ich dir gegeben habe, waren … anonym. Den Rest musstest du selbst rauskriegen. Ob du glaubst oder nicht, ich hatte keine Ahnung, dass es passieren würde. Ich dachte, ich hätte mehr Zeit.«

Er macht eine Pause.

»Borsellino war viel cleverer, als sie dachten. Er hatte begriffen, was los war, weshalb Falcone gestorben war und wer ihn umgebracht hatte. Lange vor uns hatte er durchschaut, dass das Problem nicht allein die Cosa Nostra war. Es war die Wirtschaft, die Verflechtungen, die Bündnisse, die es wiederherzustellen galt. Und schließlich hat er etwas aufs Spiel gesetzt, mit dem sie nicht gerechnet hatten.« Er hört auf zu rauchen und sieht Adriano an. »Er hatte keine Angst zu sterben. Nicht genug, um aufzuhören, als ihm klarwurde, dass sie ihn umbringen würden. Im Gegenteil, er hat die Zeit gegen sie verwendet. Um sie am Arsch zu kriegen.«

»Um wen am Arsch zu kriegen?«

Er drückt die Zigarette aus.

»Ihr Journalisten seid so beschränkt, weil ihr manchmal das Gesamtbild aus den Augen verliert. Bei Namen und Rollen macht ihr Halt. Und selbst wenn ihr kurz vor der Wahrheit steht und sie fast greifen könnt, wagt ihr keinen weiteren Schritt. Ihr seid wie ängstliche Kinder, Adriano.«

»Das stimmt nicht und das weißt du.«

Der Mann mit der Zigarette hört nicht hin.

»Wer, glaubst du, ist Patrizio Benetti?«

»Einer zwischen den Geheimdiensten und …«

»Siehst du? Siehst du? Wer, glaubst du, ist der, den Elena den Werwolf nannte?«

Er seufzt.

»Glaubst du, Profikiller gibt's nur im Kino? Glaubst du, es gibt keine Leute, die das beruflich machen? Glaubst du wirklich, der Staat hätte sich in all dieser Zeit nie solcher Leute bedient? Das sind staatliche Mörder, Adriano. Leute, die eingesetzt werden, wenn es jemanden auszuschalten gilt. Die stehen nicht auf der Gehaltsliste des Geheimdienstes. Die sind nicht vorhanden, sie existieren nicht. Manchmal sind sie so gut, dass sie – wie soll ich sagen? – auf dem Markt bleiben und für jemand anders arbeiten. Benetti zum Beispiel hat für die 'Ndrangheta gearbeitet.«

Mit einer Handbewegung schneidet Adriano ihm das Wort ab.

»Eines musst du mir erklären«, sagt er.

Der Mann mit der Zigarette steht auf.

»Nein. Meine Zeit ist um. Ich bin tot.«

Er steckt die Hand in die Tasche, zieht einen Umschlag hervor und legt ihn auf den Tisch.

»Was ist das?«

»Das letzte Geschenk, das ich dir machen kann. Ich hoffe, es hilft dir, einiges zu verstehen.«

Adriano sieht den Umschlag nicht an.

»Sind wir wieder am selben Punkt wie damals? Glaubst du, du kannst mir wieder eine Spur hinwerfen und ich renne ihr nach?«

Der Mann mit der Zigarette antwortet nicht. Adriano senkt die Stimme. Plötzlich ist der Geruch jener Straße in Palermo wieder da. Die geschwärzten Mauern, die Laken am Boden, die Hydranten, der Tod.

Er schiebt den Rollstuhl ein Stück nach vorn.

»Bist du noch immer so feige, dich zwanzig Jahre lang zu verdrücken und so zu tun, als träfe dich keine Schuld?«

Er packt ihn am Handgelenk, doch der Mann mit der Zigarette rührt sich nicht. Dann macht er sich mit einer jähen Bewegung los, Adrianos Rollstuhl kippt zur Seite und wird von seinem Gast mit einer blitzschnellen Bewegung abgefangen.

Lächelnd lehnt er sich mit dem Rücken an die Wand.

»Diesmal muss ich nicht abhauen, sondern verschwinden«, raunt er.

»Hau ab, ich hab die Schnauze voll von dir.«

Der Mann schüttelt den Kopf.

»Halt mich ruhig für einen Feigling. Das ist egal. Aber vergiss nicht, dass unser Treffen im Krankenhaus nie stattgefunden hat. Wir haben uns nie gesehen oder miteinander gesprochen. Unsere Abmachung gilt nicht mehr. Ist das klar? Von heute an ist alles wieder bei Null.«

Er erhält keine Antwort. Dann legt er meinem Vater die Hand aufs Knie. Eine Geste, die für ihn einem Abschied am nächsten kommt.

»Es gibt keine Auftraggeber, keine großen alten Männer. Es gibt Beziehungen, Kontakte, aus Bequemlichkeit vollstreckte Strafen, zu denen ein Halbsatz oder ein Lächeln genügt. Es gibt Welten, die niemals untergehen werden, weil sie die ganze Bruchbude zusammenhalten. Ohne sie gäbe es nichts mehr. In jenem Sommer bist du in der Scheiße herumgerudert. Steck den Kopf rein und versuch auf den Grund zu kommen. Wenn die Mauern beben, wird Politik in Italien mit Bomben gemacht.«

»Sag mir etwas, das ich noch nicht weiß.«

Der Mann mit der Zigarette geht zur Tür.

»Wenn du es weißt, benutz dein Gehirn und handele entsprechend.«

Er deutet auf den Umschlag.

»Hör sie dir gut an. Wäre die Verhandlung öffentlich gewesen, würdest du auf dieser Kassette die entsprechenden Protokolle finden. Doch leider musst du dich mit einer illegalen Aufzeichnung zufriedengeben.«

Adriano reißt den Umschlag auf. Zwei Kassetten sind darin.

»Und die andere?«

»Sagen wir, die ist ein Geschenk. Ein Mann sollte stets wissen, wer seinen Sohn am Telefon bedroht.«

»Wieso heute?«

Der Mann mit der Zigarette zuckt mit den Schultern und versucht zu lächeln.

»Ich mache reinen Tisch. Mit allen. Wenn man beerdigt wird, sollte man keine offenen Rechnungen mehr haben.«

»Aufzeichnung vom 7. Juni 1992.«

Die Stimme hat einen starken sizilianischen Akzent.

Nach diesem ersten Satz folgt auf dem Band minutenlanges Schweigen. Dann hört man eine Tür, ein paar entfernte Worte, Schritte, die sich nähern. Weitere Stimmen, männliche, drei, vielleicht vier. Es lässt sich nicht genau sagen. Ein Stuhl wird gerückt, Flüssigkeit in ein Glas gegossen. Dann ein kurzes Schweigen, ehe alles beginnt.

Ich kann mich noch daran erinnern, als hätte ich es eben erst gehört. Der Klang der Stimmen – tatsächlich sind es vier, zwei davon tonangebend –, der Hall des Zimmers, die unterschiedliche Position des Mikros. Der Eindruck, dass geschnitten wurde, um etwas zu verbergen, einen Namen vielleicht. Ein klarer Schnitt zwischen einem Satz und dem nächsten, und mehrmals Störgeräusche, in denen Details untergehen. Ein fallendes Glas, eine Flasche, die abgestellt wird, ein Husten.

In manchen Momenten meine ich sie zu hören, mit unerklärlicher Deutlichkeit zerreißen sie die Stille meiner Tage. Es mag aus Erschöpfung, aus Wut oder das erste Zeichen des

Wahnsinns sein, den die Einsamkeit, das Warten und die Gewissheit des Endes bereits vor langer Zeit in mir gesät haben.

Als ich diese Bänder zum ersten Mal gehört habe, hatte ich das Gefühl, als drückte mir jemand ein Kissen aufs Gesicht.

Es war in Adrianos Küche, die Rollläden waren trotz des frühen Nachmittages heruntergelassen. Wir hatten die Welt ausgesperrt, um die Vergangenheit zu rekonstruieren.

Die folgenden Male war es anders.

Andreas Wohnung, mein Vater, der ins Leere starrt, Danieles gesenkter Blick, in dem Schmerz, nicht Überraschung liegt, als würde ihm gerade gesagt, er sei betrogen worden.

Und dann die Stille, als die beiden Stimmen verstummen. Der Sizilianer und der Colonnello, so nannten wir sie. Sonst gab es nichts, woran man sie hätte identifizieren können. So glaubte ich zumindest.

*Aber kann man mit diesen Leuten nicht reden?*

*Klar kann man. Und ich bin dazu in der Lage. Wer steht hinter euch?*

*Der, den Sie vermuten. Fahren Sie fort und machen Sie sich keine Gedanken.*

Die Verhandlungstreffen dauerten nie länger als eine halbe Stunde. Sie begannen Anfang Juni 1992, rund zehn Tage nach Giovanni Falcones Tod, und setzten sich bis in die ersten Julitage fort.

Der Sizilianer lieferte ein Dokument.

*Ich hab versucht, es zu bekommen. Ich weiß genau, wie die Sache ausgehen wird.*

Dann hatte alles aufgehört. Paolo Borsellino war gestorben, und der Sommer ging dahin.

Im Oktober neue Aufzeichnungen. Keine der beiden ist vollständig. Es ist von einem Unterlagenaustausch die Rede. Der Sizilianer soll sie für den Colonnello beschaffen. Alles beschlossene Sache. Das einzige Problem besteht darin, es ruhig anzugehen und keine Aufmerksamkeit zu erregen.

*Klick.*

Es brauchte das Klicken des Rekorders, um die Stille in der Tarnwohnung zu brechen. Daniele war aufgestanden, hatte das Band zurückgespult, und der Sizilianer hatte von vorn angefangen.

»Aufzeichnung vom 7. Juli 1992.«

Ein alter Mann mit fester Stimme. Hin und wieder träume ich von ihr.

Gestern ist es seit langem wieder passiert. Ich lag auf dem Sofa, den Kopf auf dem Kissen, ein Buch auf der Brust. Der Schlaf hatte mich ganz plötzlich nach dem Abendessen überkommen. Dann war ich hochgeschreckt, seine Worte noch im Ohr.

»Es war richtig so.«

Das Geräusch hatte wie ein Echo geklungen. Draußen, direkt vor der Eingangstür. Ein gedämpftes, stetes Scharren.

Vielleicht eine Hand am Schloss.

Ich war nicht sofort aufgestanden. Ich hatte an den Wind gedacht, an ein Gewitter im Anzug, an zig andere Dinge, die dieses Geräusch verursachen und auch wieder verschwinden lassen konnten. Schließlich hatte ich es drangegeben.

Mit einem Feuerbock in der Hand hatte ich die Tür aufgemacht.

Eine graue Katze. Seit einer Woche kam sie mich jeden Tag besuchen. Sie setzte sich in den Garten und betrachtete mich aus gebührendem Abstand. Ich tat so, als kümmerte ich mich nicht um sie, doch hinter einer Zeitung, einem Buch oder dem Computerbildschirm hervor beobachtete ich sie heimlich.

Sie saß da, überprüfte die Lage und durchquerte schließlich in unverständlichen Schlangenlinien den Laubengang. Dann kam sie herein, strich mir behutsam ums Bein, suchte sich ein immer neues Plätzchen und schlief bis zum Abend.

So spät war sie noch nie gekommen. Sie hatte mir noch nie etwas gebracht.

Das Opfer kämpfte mit dem Tod.

Es war eine Feldmaus, wie man sie aus dem Käfig eines

Kindes oder dem Versuchslabor kennt. Sie hatte sie auf den Fußabtreter gelegt und stupste sie hin und wieder mit der Pfote oder der Schnauze an. Dann sah sie zu mir hoch und wartete darauf, dass ich sie lobte.

Einen Moment lang war ich kurz davor, mich zu übergeben. Ich krümmte mich vor Husten, doch die Katze blieb ungerührt. Keine Flucht, keine Angst.

Es war richtig so.

Der Satz kam zurück und füllte den Raum zwischen mir und dem Tier. Wir waren genauso gejagt worden wie diese Maus.

Wir hatten uns für schlau und mutig gehalten. Wir waren so sicher gewesen, im Recht zu sein. Wir hatten uns vorgemacht, auf der Seite der Guten zu stehen und für etwas zu kämpfen, das es sich zu verteidigen lohnte und das uns am Ende den Erfolg oder zumindest das Überleben gesichert hätte.

Aber wir waren weder gut noch mutig. Nur das Schweigen machte uns Angst, genau wie allen, und wir hatten glauben wollen, dass das geteilte Grauen uns im entscheidenden Moment weniger einsam machen würde.

Ein Fehler, für den wir alle bezahlen mussten.

Ich habe die Katze vor der Tür sitzenlassen, bin ins Haus gegangen, habe einen Müllsack und ein paar Gummihandschuhe geholt, sie übergestreift und die tote Maus in den Sack geworfen. Dann bin ich die zehn Meter zu den Mülltonnen gelaufen und habe versucht, an nichts zu denken. Ich habe den Sack und die Handschuhe weggeworfen und bin ins Haus zurückgekehrt.

Die Katze schlief unter dem Tisch. Ich hätte sie gern gestreichelt, doch sie machte mir Angst. Ich habe sie einen Moment lang angesehen und dann die Tür abgeschlossen.

Auf dem Sofa bin ich erneut eingeschlafen. Keine Träume. Keine Stimmen. Als ich die Augen wieder aufschlug, lag die Katze zu meinen Füßen und hatte sich zwischen mich und die Armlehne geschmiegt.

Sie ist sofort aufgewacht. Wir haben einander angesehen, und ich habe sie unterm Kinn gekrault und ihr etwas zu essen gegeben. Sie ist mir ins Schlafzimmer gefolgt und hat sich auf die Kommode neben dem Schrank gelegt.

Nach diesen beiden Malen habe ich die Verhandlungsbänder nicht noch einmal gehört. Daniele hat sie an sich genommen, es erschien uns am richtigsten und sichersten so.

Jedes Mal, wenn ich wieder daran denke, sehe ich ein räudiges Stück Wiese vor mir, in der Ferne eine Autobahn, einen Müllcontainer, Flammen, die über den Rand züngeln, ich rieche den beißenden Geruch von verbranntem Magnetband.

Es ist ein immer wiederkehrendes Bild, Niederlagen und Siege brauchen nun einmal Symbole. Auch gestern ist es mir wieder gekommen, ein dumpfer Schmerz hinter den Augen, der dem Kopfschmerz vorausgeht, während die Katze neben mir schlummerte.

Ich habe das Licht gelöscht.

An Tod und Schmerz gewöhnt man sich ebenso wie an das Leben.

*Ich habe stets an Gott geglaubt.*

*Meine Mutter hat mich auf Gottes Gegenwart in der Welt aufmerksam gemacht. Das katholische Internat hat ein Übriges getan. Ich war zwölf, als ich ins Internat kam. Bei meiner Rückkehr nach Hause war ich fast volljährig, und das elterliche Heim war mir zu eng geworden. Es war, als hätte sich die plötzliche Freiheit nach der Zeit im Internat in ein Gefängnis verwandelt. Und so bin ich eines Tages wieder fortgegangen.*

*Diesmal zur Uni. Mailand, weit weg von meinem Vater. So glaubte ich zumindest.*

*Und dort habe ich begriffen.*

*Das Schicksal wird einem mitgegeben, man kann es nicht übergehen. Ich habe immer gewusst, dass ich Erfolg haben würde. Das wusste ich, auch ohne meine Familie.*

*Ich habe immer gewusst, dass ich etwas Besonderes bin. Schon wenn im Internat diskutiert wurde, hat sich immer meine Meinung durchgesetzt. Ab und zu habe ich sogar ein Spiel draus gemacht.*

*Ich versuchte, das Gegenteil dessen zu vertreten, was ich dachte. Ich bemühte mich, die Lüge, die ich verteidigte, tatsächlich zu glauben, und ich spielte so glaubhaft, dass sich mein Gegenüber schließlich überzeugen ließ.*

*Statt den Bluff aufzudecken, genoss ich meinen Sieg im Stillen. Ich sprach bei der Beichte darüber, und natürlich wurde mir fast immer und für ein geringes Opfer verziehen. Ich war jung, und so erklärten sie sich meinen übermäßigen Geltungsdrang. Sie begriffen nicht, dass es nicht Arroganz, sondern Realitätssinn war.*

*Ich lernte M. eine Woche vor meinem neunzehnten Geburtstag kennen. Ich kann mich noch gut an die Vorlesung erinnern. Mit der Zeit sind wir unzertrennlich geworden.*

*Er hat mir beigebracht, Sizilien und seine Gesetze zu verstehen. Wir fuhren nach Palermo in das Haus einer Laienbruderschaft. Freunde von Freunden, erklärte er mir. Auf unserem Spaziergang durch die Stadt erläuterte er die seltsame Vetternwirtschaft, auf der die Macht an solchen Orten fußt. Und wie die Kirche selbst stets dem gedient hat, der es ihr erlaubte, ihren Geschäften nachzugehen und ihr Vermögen wachsen zu lassen. Zum Lobpreis Gottes, meinte er. Der Satz ließ mich schaudern.*

*M. scheint frei von Gefühlen zu sein. Selbst heute, nach all den Jahren. Und heute wie damals ist mein Glaube davon erschüttert. Mit einem klaren Unterschied.*

*Damals, ehe die von meinem Vater erschaffene Welt unter seinen Fehlern begraben wurde, versuchte ich für das Dilemma, das sich mir darbot, eine Lösung zu finden. Staatsräson und göttliche Vernunft. Die Welt, die M. schilderte und die ihm wiederum von jemand anders geschildert worden war, verquickte Sünde und Askese, Gebet und Lust, zynischen Realismus und Nächstenliebe. Geld, Macht, Religion.*

*Damals wusste ich noch nicht, dass eine Unterscheidung un-*

*möglich ist. Die Elemente, aus denen die Welt besteht, sind ein untrennbares Ganzes.*

*Heute weiß ich, dass der menschliche Seinszustand die Sünde ist. Und genau wie M. oder die Mitglieder der Kirche, zu der ich gehöre, bin ich nur ein Mensch.*

»Darf ich mich setzen?«

Andrea sieht von der Zeitung auf.

Die Stimme gehört einem Mann. Um die sechzig, helle Hosen, blaues Hemd unter der ledernen Motorradjacke. Brille mit dunklem Rand, glattrasiertes Gesicht. Sein selbstsicherer Tonfall verrät, dass er es gewohnt ist, mit Fremden in Kontakt zu treten.

Andrea zeigt auf den freien Stuhl. Der Mann sieht sich um.

Auf der Veranda mit Blick auf den Platz ist außer diesem noch ein anderer Tisch besetzt, an dem ein junges Pärchen Händchen hält und sich tief in die Augen schaut. Womöglich Touristen.

Der Mann ruft einen Kellner herbei, bestellt einen Orangensaft, legt einen Stapel Zeitungen auf den Tisch und setzt sich. Andrea steckt eine Hand in die Tasche, holt den MP3-Player hervor und legt ihn auf den Tisch.

»Wie haben Sie mich gefunden?«

Andrea übergeht die Frage und deutet mit dem Kinn auf den Player.

»Zuerst das. Das ist die einzige Spur.«

Der Mann bleibt ungerührt. Er hört zu. Schließlich hat er zwei Fragen.

»Wie haben Sie mich gefunden? Woher haben Sie dieses Band?« Abermals erhält er keine Antwort.

»Erzählen Sie mir von der Falange Armata.«

»Seien Sie nicht blöd.«

»Sie haben die Wahl. Entweder führen wir ein nettes kleines Gespräch unter Freunden, oder dieses Band landet morgen bei der Presse oder bei der Staatsanwaltschaft.«

»Und Sie glauben, das würde irgendjemanden kratzen?«

»Vielleicht nicht. Aber möchten Sie dieses Risiko eingehen?«

Der Mann sieht Andrea an. Er will etwas sagen, aber der Kellner unterbricht ihn.

Er zahlt, nimmt einen Schluck von seinem Orangensaft und tupft sich die Lippen mit einer Papierserviette ab.

»Wer garantiert mir, dass Sie Ihr Versprechen halten?«

»Niemand. Andererseits haben Sie ja gerade gesagt, dass die Geschichte keinen mehr kratzt.«

Der Mann poliert seine Brille mit einem Taschentuch.

»Was wollen Sie wissen?«

»Die Falange Armata.«

Er hält inne, das Brillenglas zwischen den Fingern.

»Damit hatte ich nichts zu tun, ist das klar?«

»Das glaube ich. Aber die Stimme am Telefon ist Ihre.«

»Der Anruf nach der Bombe von Florenz«, flüstert er. »Das war ein Job, sonst nichts.«

Andrea zwingt sich zu einem Lächeln.

»Sich zu einer Bombe zu bekennen, die ein vierzig Tage altes Baby umgebracht hat?«

Der Mann steckt das Taschentuch weg, setzt die Brille auf und sieht Andrea direkt in die Augen. Dann sagt er ein einziges Wort.

»Exakt.«

»Glauben Sie nicht, das würde reichen.«

Er trinkt einen Schluck und schiebt das Glas weg.

»Ein Job, ja. Es gab präzise Anweisungen, seit einer Weile schon.«

»Welche?«

Der Mann schüttelt den Kopf.

»Wären Sie in jenen Jahren schon dabei gewesen, wüssten Sie, was ich meine.«

»Wer sagt Ihnen, dass ich es heute bin?«

»Sie sind weder Journalist noch Bulle. Sie besitzen eine Aufnahme, die Sie nicht haben dürften, und haben sich meine private Telefonnummer beschaffen können. Halten Sie mich nicht für blöd.«

»Weiter. Die Anweisungen.«

»Sich mit diesem Namen zu bestimmten Vorfällen bekennen. Falange Armata. Ich weiß nicht, wer drauf gekommen ist, aber ich weiß, dass es getan werden musste.«

»Und Sie haben sich niemals Fragen gestellt?«

Der Mann lacht.

»Ich sagte doch, halten Sie mich nicht für blöd. Natürlich habe ich das. Zweimal bestimmt. Einmal, als die Mafia den Namen benutzt hat, und dann, als Ermittlungen zu den angeblichen Telefontechnikern eingeleitet wurden. Und niemand der Beschuldigten, die später versetzt wurden, hatte einen Scheißdreck mit den Bekenneranrufen zu tun.«

»Und haben Sie eine Antwort gefunden?«

Der Mann zuckt die Achseln.

»Sie sind ein Kollege, da erübrigt sich die Frage. Irgendjemand hat eine Marschrichtung vorgegeben. Jemand, der Bescheid wusste. Er hat dafür gesorgt, dass der Name bekannt wird. Zuerst ein paar Morde. Dann die Verbrechen des weißen Uno. Danach Falcone, Lima, Borsellino, die Anschläge von '93. Ein klarer Kurs.«

»Sie sagten, Sie wussten, dass niemand von denen, gegen die ermittelt wurde, etwas mit den Anrufen zu tun hatte. Also wissen Sie, wer es war.«

»Nein. Aber die Namen, die ausgesiebt wurden, hatten nichts mit der Gruppe zu tun, darauf würde ich wetten.« Er macht eine Pause. »Wissen Sie, was lustig ist? Jetzt, da ich darüber nachdenke, bin ich mir noch nicht mal sicher, ob es wirklich eine Gruppe gab. Vielleicht war ich der Einzige. Ich bin immer davon ausgegangen, dass das alles auf unserem Mist gewachsen ist, aber das stimmt nicht.«

»Es gab einen mit einem deutschen Akzent.«

»Glauben Sie, es gäbe nicht irgendeinen Kollegen, der die Sprache kennt und den Akzent nachmachen kann?«

Der Mann blickt sich um. Die beiden jungen Leute küssen sich. In der Ferne ist ein riesiger Fleck blauen Himmels zu sehen.

»Die Mafia, die sich bekennt«, raunt er. »Und wieso sollten die bei den Zeitungen anrufen wollen oder Drohbriefe verschicken?«

»Weil jemand es ihnen aufgetragen hat.«

Der Mann schweigt. Einen Moment lang scheint es, als wollte er aufstehen und gehen. Dann greift er wieder nach dem Glas und trinkt.

»Die Falange Armata ist der Staat«, sagt er plötzlich. »Ich verwende das Präsens, weil es mich nicht wundern würde, wenn sie plötzlich wieder aus der Versenkung käme, wenn es nötig wäre. Damals war sie nötig, dann hat man sie eingemottet. Aber gute Ideen wirft man nicht weg.«

Andrea zwingt sich zu schweigen. Er denkt an den Anruf, den er gehört hat.

»Gute Ideen wirft man nicht weg«, sagt der Mann noch einmal. Dann sieht er plötzlich auf und verschränkt die Arme vor der Brust. Er wirkt belustigt.

»Seinerzeit haben wir die Faschisten benutzt, dann haben wir zugelassen, das die Roten ihr Ding machen. Am Ende sind wir sie alle losgeworden. Das Spiel ist so alt wie die Welt. Als die Faschisten und die Kommunisten weg waren, haben wir uns selbstständig gemacht. Und den alten sizilianischen Verbündeten das gleiche Ende beschert.«

Andrea rührt sich nicht. Der Mann fährt sich mit der Hand übers Gesicht.

»Wissen Sie, was man in Sizilien sagt? Einen Boss verrät man entweder oder man bringt ihn um. Fragen Sie sich mal, ob das nur für die Cosa Nostra gilt oder auch für den Staat. Und dann denken Sie mal an das, was man nach dem Attentat von Bologna mit den neofaschistischen Gruppen gemacht hat. Alle hinter Gitter, einer nach dem anderen.«

Er schweigt. Er scheint auf eine Reaktion zu warten, doch dann überlegt er es sich anders.

»Sie gehören zu der schlimmsten Sorte«, sagt er dann. »Das habe ich sofort gemerkt. Sie sind nicht auf Enthüllungen, sondern auf Gewissheiten aus.«

»Sind Sie sicher?«

Er steht auf.

»Machen Sie sich nichts vor, diese Leute hinterlassen keine Spuren. Es gibt für Sie nichts zu entdecken. Nichts.«

»Ich kann Ihnen nicht folgen.«

»Sie verstehen mich sehr wohl.« Er vergräbt die Hände in den Taschen.

»Es ist wirklich so, wie es scheint«, sagt er. »Sie wollen die Wahrheit herausfinden und merken nicht, dass Sie sie bereits kennen.«

Carlo Leoffredi sieht aus wie ein vorzeitig gealterter junger Professor. Sein kurzgeschnittenes Haar ist fast vollkommen grau, und sein Outfit entspricht dem Klischee eines Richters: grauer Anzug, blaues Hemd, dunkelblauer Schlips mit weißen Streifen.

Alles andere fällt eher aus dem Rahmen. Er isst eine Praline nach der anderen, spricht mit der sonoren Stimme eines Radiosprechers und kann nicht einen Moment stillsitzen.

Um ihn zu treffen ist Daniele zu ihm ins Büro nach Rom gefahren. Kassationsgericht.

Leoffredi hat die Tür zugemacht und sich neben dem Computer an den Schreibtisch gelehnt. So weit Palermo auch zurückliegen mag, die Erinnerung ist noch mehr als lebendig.

»Mich hat seit einer Ewigkeit niemand mehr nach Borsellino gefragt.«

»Das kann ich kaum glauben.«

»Ich habe mich wohl falsch ausgedrückt. Ich bin gefragt worden, doch niemandem war klar, dass es vor allem darum ging zu kapieren, was er nach Falcones Tod unternommen hat. Wen er getroffen und gesprochen hat. Darin verbirgt sich das Motiv für die Bombe in der Via d'Amelio. Aber danach hat man nicht gesucht.«

Daniele verschränkt die Arme.

»Du ja.«

»Klar, das weißt du ja. Aber es hat mir nichts gebracht. Nur eine schöne Magenschleimhautentzündung und einen Haufen Zweifel.«

Daniele lächelt matt. Leoffredi öffnet eine hölzerne Zigarrenkiste. Ihr Inhalt besteht aus rund drei Dutzend perfekt gestapelten FIAT-Pralinen. Er hält sie seinem Besucher hin und jeder steckt sich schweigend eine in den Mund.

Draußen vor der Tür brüllt jemand in ein Telefon. Gesprächsgegenstand ist das Abendessen. Leoffredi wirft das Pralinenpapier in den Abfall.

»Eines muss ich wissen«, sagt er. »Ist das hier eine nette Unterhaltung oder mehr?«

»Macht das einen Unterschied?«

»Für das, was ich dir sagen werde, keinen. Für meine persönlichen Erwartungen einen sehr großen.«

Daniele sieht den Kollegen lange an. Er will etwas erwidern, doch Leoffredi kommt ihm zuvor.

»Vergiss es, entschuldige. Ich will es nicht wissen. Noch nicht.« Er reibt sich die Augen. »Was willst du wissen?«

»Erzähl mir von jenem Sommer, nach Capaci.«

Leoffredi geht zum Fenster, sieht hinaus und beginnt zu reden. Lamantias und Ferros Aussagen. Die Aufträge, die Freimaurer, die Geldwäsche durch die legale Wirtschaft. Die Mafia an der Börse. Giordano.

»Das alles weißt du ja bereits«, sagt er schließlich.

Er kehrt zum Schreibtisch zurück und setzt sich vor Daniele auf die Tischkante.

»Einen Monat nach Capaci spricht Borsellino in Messina in der Öffentlichkeit. Er sagt, er habe etwas zu erzählen. Und da er Richter sei, müsse er zusehen, es an der richtigen Stelle zu tun. Beim Abgleich dessen, was Falcone ihm anvertraut hat, und seinen eigenen Überzeugungen sei ihm einiges klargeworden. Und sobald er bereit sei, würde er davon berichten.«

»Er hatte alles durchschaut.«

»Ich habe mich immer gefragt, wieso er das öffentlich gesagt hat.«

»Ein Signal, Carlo.«

Er grunzt.

»Pff … Vielleicht. Die Parallelen lassen sich jedenfalls nicht übersehen. Falcones Ermittlungen, Ferro, der ihm die Verbindungen auf höchster Ebene zwischen Justiz, Geheimdienst und der Cosa Nostra auseinandersetzt. Falcone stirbt. Paolo verhört Lamantia und Ferro, die ihm dasselbe erzählen. Und er versucht herauszufinden, wer Giovanni Falcone ermordet hat.« Er hält inne und isst eine Praline. »Aber wenn man will, kann man es auch noch viel schlimmer sehen.«

Er steht auf, geht um den Schreibtisch herum, setzt sich wieder, knibbelt an der Nagelhaut seines Zeigefingers. Als er weiterredet, scheint er von etwas ganz anderem zu sprechen.

»Ich bin in meinem Leben schon so einigen begegnet. Falcone, Chinnici, Cassarà. Sogar dem General Dalla Chiesa, wenn auch nur kurz. Die wussten, dass sie ihr Leben riskierten. Das brachte ihre Arbeit mit sich, und manchmal stieg das Risiko. Das merkten sie daran, dass sie nach Südtirol oder Costa Rica oder in sonst irgendeinen gottverlassenen Winkel geschickt wurden. Dort warteten sie ab, solange es nötig war, und kehrten dann auf ihren Posten zurück.

Paolo hingegen war sich *sicher*, dass es passieren würde. Er hat diese siebenundfünfzig Tage in der Gewissheit seines Todes gelebt. Ein persönlicher Countdown, der ihn von dem für ihn vorgesehenen Stichtag trennte. Und der ließ sich weder verschieben noch vermeiden. Um Giovanni zu ermorden, haben sie ein Stück Autobahn in die Luft gesprengt. Wenn du weißt, dass du der Nächste bist, wie willst du dem noch entrinnen? Er war sich sicher, dass er sehr bald sterben würde.

Und ich sage dir noch was – aber das ist nur meine persönliche Vermutung: Auch viele andere wussten es. Und sie haben tatenlos zugesehen und gewartet, dass es passiert. Man stirbt, wenn man allein gelassen wird, das wissen wir beide. Und einsam kann man auch inmitten der Menschen sein, denen man vertrauen müsste.«

Mit zusammengepressten Lippen lässt er sich in den Sessel fallen, am Nagel seines Zeigefingers klebt trockenes Blut.

»Ich habe ihn dauernd in sein Notizbuch schreiben sehen. Womöglich hat er darin die Vertraulichkeiten notiert, von denen er in Messina sprach, oder seine Gedanken. Und natürlich seine Termine. Deshalb wurde es entwendet. Und das ist alles andere als nebensächlich. Wenn man es schafft, den Terminkalender verschwinden zu lassen, ohne an der Tasche zu rühren, dann war man vorbereitet. Es war alles bereits durchdacht.«

Er schweigt. Denkt nach. Will etwas sagen und beißt sich sofort auf die Lippen. Dann seufzt er tief.

»Wenn man sagt, Paolo ist ins Innenministerium gegangen, ist daran nichts Besonderes. Er war in Rom, um Ferro zu verhören und der Minister war gerade neu im Amt. Aber wenn er im Ministerium Michele Giordano trifft, der gerade aus einem Büro herausspaziert, und man hat ihm soeben gesagt, eben dieser Michele Giordano sei ein Cosa-Nostra-Mann, dann sieht die Sache ganz anders aus.«

»Und du weißt, wen er im Ministerium getroffen hat?«

Leoffredi lächelt kurz.

»Das ist eine der Antworten, die es herauszufinden gilt. Für Paolos Treffen gibt es keinerlei Bestätigung. Ich sage dir, wie es für mich aussieht. Er ist hier in Rom. Er verhört Ferro und hat Lamantia bereits befragt. ›Die geben mir einen Live-Bericht über die Mafia.‹ Das hat er mehrmals gesagt, auch zu mir. Während sie zusammensitzen, kommt ein Anruf. Er unterbricht das Verhör und sagt seinem Kronzeugen, er müsse ins Innenministerium. Im Terminkalender, der wiedergefunden wird, sind zwei Termine vermerkt: einer um 18:30 Uhr mit dem Polizeichef und einer eine Stunde später mit dem Minister. Als er zurückkommt, ist er fix und fertig, das sieht sogar Ferro und spricht ihn darauf an. Paolo hat zwei Zigaretten im Mund. Er sagt ihm, er habe Giordano im Ministerium gesehen.«

»Das ändert so einiges.«

»Warte, das ist noch nicht alles. Sein Begleiter hat Giordano nicht gesehen. Oder er erinnert sich nicht. Der Minister hingegen behauptet gar, er wisse nicht, ob er Borsellino getroffen habe. Er sei gerade neu im Amt gewesen und musste einen Haufen Leute treffen, außerdem hätte er damals sowieso nicht gewusst, wer das sei.«

»Schwachsinn.«

Leoffredi lächelt.

»Sagen wir, es gibt zwei Möglichkeiten. Entweder der Minister lügt oder er war ganz schön neben der Spur. Wenige Wochen zuvor hatte sein Vorgänger Paolo für den Posten des Antimafia-Generalstaatsanwalts vorgeschlagen.«

Er mustert Danieles Gesichtsausdruck. Wut, die sich in einer Art Grinsen Luft macht. Er denkt an das Gerücht, das sich um die Ernennung dieses Ministers rankt. Sein Vorgänger war sich seiner Wiederernennung sicher, stattdessen geht er als Minister ins Bett und wacht ohne Amt auf. Einige Zeit danach wird er zu der Schlappe befragt. Und er antwortet nicht. Er lächelt. Hätte es sich um einen Prozess gehandelt, wäre dieses Lächeln zu Protokoll gegeben worden.

Leofreddi öffnet die Holzschachtel und nimmt sich noch eine Praline.

»Möchtest du?«

»Ich hänge an meinem Leben.«

Achselzuckend wickelt er die Schokolade aus.

Daniele schreibt etwas in sein Notizbuch. Die Frage schwirrt ihm schon seit Beginn des Treffens im Kopf herum.

»Hast du mit Paolo darüber geredet?«

»Nein, sonst wüsste ich mit Bestimmtheit, was gelaufen ist. Doch etwas hat er mir gesagt. Ende Juni kommt Paolo dahinter, dass zwei Wochen zuvor ein Bericht des ROS, der Sondereinheit der Carabinieri zur Bekämpfung der organisierten Kriminalität, eingegangen ist. Darin ist von einem Attentat der Cosa Nostra gegen ihn und einen mit dem Fall Tangentopoli befassten Richter die Rede.«

Die Semprini, denkt Daniele. Die Anonima Cementi. Die Cosa Nostra, die an die Börse geht. Der Kreislauf aus Schmiergeld und Geldwäsche. In Palermo und in Mailand sind sie über unterschiedliche Wege an denselben Punkt gekommen.

»Hast du's?«

Leoffredis Stimme. Er sieht von seinem Notizbuch auf und nickt.

»Zwei Ziele also. Der Mailänder Richter wird Knall auf Fall für eine Weile nach Südamerika geschickt. Das weiß ich sicher. Paolo hingegen weiß von nichts.«

»Wie bitte?«

»Merkwürdig, oder? Es gibt einen Bericht, in dem steht, die Mafia will ihn umbringen, aber statt die Sicherheitsvorkehrungen zu verschärfen, sagen sie es ihm noch nicht einmal. Nach seiner Rückkehr aus Palermo steigt er dem Leitenden Oberstaatsanwalt, der über alles im Bilde war, richtig aufs Dach. ›Er meint, das falle nicht in seinen Aufgabenbereich‹, erzählt er mir.«

»Ein reizendes Bild.«

Carlo nickt.

»Und da wäre noch mehr, Daniele. Allerdings ist das nur ein Gerücht.«

Daniele nickt ihm aufmunternd zu. Leoffredi fährt sich mit der Zunge über die Lippen und senkt die Stimme.

»Ich bin mir ziemlich sicher, dass Paolo noch am selben Tag am Flughafen erfährt, dass es über den ehemaligen Bürgermeister von Palermo, Don Antonio Prestileo, einen Kontakt zur Cosa Nostra gibt.«

Der Sizilianer, denkt Daniele. Wegen Korruption und Mafiazugehörigkeit zu acht Jahren Haft verurteilt. Der Mann, der für die Kontakte zwischen den Corleonesi und der Politik zuständig war. Der Mann der Bauaufträge und Immobiliengeschäfte.

»Mit wem hat er gesprochen?«

»Wie gesagt, es ist ein Gerücht, du weißt, wie das läuft. Niemand würde das je bestätigen. Aber ich nehme an, mit den Carabinieri.«

»Ich habe die Aufnahmen.«

Leoffredi erstarrt, das Schokoladenpapier zwischen den Fingern.

»Wie bist du daran gekommen?«

Daniele legt das Notizbuch auf den Schreibtisch und erzählt das Nötigste.

Sein Kollege steht auf. Er wirft das Papier weg, nimmt sich noch eine Praline und schluckt sie ohne zu kauen herunter. Er redet wie mit sich selbst, als wollte er einen Gedanken unschädlich machen, indem er ihn ausspricht.

»Paolos Frau hat mir vor einiger Zeit gesagt, dass ihr Mann dem Chef des ROS nicht traute. Er meinte, er sei mit der Mafia verbandelt.«

»Sag mir, woran du denkst, Carlo.«

»Gute Frage.« Er setzt sich wieder auf die Tischkante. »An einen gegenseitigen Gefallen?« Er schüttelt den Kopf, lächelt bitter und sieht Daniele direkt in die Augen. »In Wirklichkeit stelle ich mir vor, was Paolo wohl gesagt hat, als sie ihm das alles erzählt haben. Ein paar Tage nach seiner Verlautbarung in Messina habe ich ihn in seiner Kanzlei besucht. Er weinte. Ich wollte nicht stören. Doch er hat mich hineingewinkt. ›Ein Freund hat mich betrogen‹, hat er gesagt. Ich stand da wie ein Trottel und wusste nicht, was ich sagen sollte. Er hat sich die Augen gewischt, eine Zigarette angezündet und mir einen Kaffee angeboten. Während wir unseren Kaffee tranken, hat er noch einen Satz hingeworfen. ›Riina und Provenzano lassen ihre Muskeln spielen. Es sieht so aus, als wollten sie einander zeigen, wer von beiden das größere Schwein ist.‹«

»Don Antonio Prestileo war Provenzanos Nachbar«, schließt Daniele, und das Echo des Tonbands hallt ihm wieder in den Ohren.

*Beschaffen Sie mir die Unterlagen und ich zeige Ihnen den Ort.*

Ein Satz des Sizilianers während eines der letzten Treffen Ende Oktober 1992. Zwei Monate später wird Totò Riina verhaftet.

Er erzählt Carlo davon. Wenige Worte, die das Zimmer in eine gellende Stille tauchen und die Angst spürbar machen.

»Zufall«, raunt Leoffredi und kehrt hinter den Schreibtisch zurück.

»Es gibt einen Gedankengang, den ich bisher nie laut auszusprechen gewagt habe. Es wäre fast so, als müsste man zugeben, dass von Anfang an alles sonnenklar gewesen ist. Und niemand von uns hat etwas bemerkt.«

»Du weißt, ich konnte nichts …«

»Ja doch, Daniele. Wie heißt es doch so schön: Hätte man's vorher gewusst … Lass mich ausreden. Du weißt sehr wohl, dass eine Staatsanwaltschaft keine Untersuchungen zum Tod eines ihrer Mitglieder anstellen kann. Deshalb ist Caltanissetta für Capaci zuständig. Und das gleiche gilt für die Via d'Amelio. Du weißt auch, dass der Leitungsposten der Staatsanwaltschaft von Caltanissetta nicht besetzt ist. Die Ernennung des neuen Oberstaatsanwaltes erfolgt wenige Tage nach Capaci, nämlich Ende Mai. Der Amtsantritt ist für September vorgesehen. Stattdessen übernimmt der neue Leiter seinen Posten Mitte Juli. Es gilt Falcones Tod zu untersuchen, und da ist keine Zeit zu verlieren. Bis dahin hat niemand Paolo zu Giovannis Tod befragt. Es gibt weder ein Protokoll noch eine Aussage noch sonst irgendetwas Offizielles, in dem Borsellino sagt, was er weiß, zu wissen glaubt oder verstanden zu haben meint. Noch nicht einmal nach seinen Verlautbarungen in Messina befragen sie ihn. Kannst du mir folgen?«

»Red weiter.«

»Dem Neuling gebe ich keine Schuld, es ist, wie es ist. Aber ich stelle mir ein paar Fragen. Wer glaubt Curatolos Aussagen? Wer beschließt, entgegen der Meinung der Staatsanwälte weiterzumachen? Ich gehe noch weiter. Du weißt, dass es in Falcones Terminkalender einen Hinweis auf eine Amerikareise gibt, weniger als einen Monat vor seinem Tod.«

»Er redet mit Buscetta.«

»Möglich. Zu dieser Reise werden keinerlei Untersuchungen angestellt, obwohl der amerikanische Richter, der mit Falcone zusammengearbeitet hat, die Reise bestätigt hat. Der Staatsanwalt von Caltanissetta hält dagegen, dass Giovanni in einem anderen Terminkalender nichts dergleichen vermerkt hat. Ein Stück Papier wiegt offensichtlich schwerer als das Wort eines Mannes.«

Er verschränkt die Arme.

»Deine Ermittlungen zur Perseo sind nicht die einzigen, weißt du. Die haben ebenfalls welche angestellt. Wer von denen hat beschlossen, nicht weiterzumachen?«

»Zufall.«

»Zufall«, murmelt er. »Ganz offensichtlich ist es so. Andernfalls käme man zu einem erschreckenden Schluss. Heute habe ich was Hübsches gehört. Es wird erwogen, die Lossagung bei Mafiabossen genauso geltend zu machen wie bei Terroristen. Man sagt sich von seiner Organisation los, muss keine Namen nennen, erhält Strafmilderung, und verschärfte Haftbedingungen gibt's auch nicht mehr.«

»Bullshit.«

»Du wirst schon sehen. Und, was für ein Zufall, einer der Befürworter ist der ehemalige Oberstaatsanwalt von Caltanissetta.«

Stell dir die richtigen Fragen, denkt Daniele. Oft genügt das schon.

Borsellino weiß, woran Falcone ermittelt. Er zieht seine Schlüsse, sendet Signale aus. Er wird isoliert, macht aber weiter. Seine Tage sind gezählt, er muss sich beeilen. Soweit er begriffen hat, werden sie ihn nicht am Leben lassen. Er erfährt von den Verhandlungen. Er weiß, wer sie leitet. Er weiß, wer der Ansprechpartner ist. Er erfährt in Echtzeit, wie die Cosa Nostra agiert.

Er stellt Verknüpfungen her und folgt dem Faden.

Er kann nicht überleben, weil er nicht schweigen kann.

»Eine Sache würde ich dir gern zeigen«, sagt Carlo. Er steckt einen USB-Stick in den Computer, hantiert mit der Maus und dreht Daniele den Monitor hin.

Einen endlosen Moment starrt Daniele auf den Bildschirm: die Liste der Gefallen, die die Politik der Cosa Nostra getan hat. Eine lange Chronologie, die bei Paolo Borsellinos Tod beginnt und über Cèrcasis zwei Amtszeiten bis heute reicht. Die Fehlschläge sind gelb, die in Kraft getretenen Gesetze grün markiert.

Grün ist die Reform der Kronzeugenregelung. Sie wird einstimmig angenommen, von Mehrheit und Opposition, und verpflichtet den Pentito, seine gesamten Informationen innerhalb von sechs Monaten ab der ersten Aussage auf den Tisch zu packen. Selbst wenn er sein ganzes Leben bei der Cosa Nostra verbracht hat, hört ihm nach diesen sechs Monaten niemand mehr zu. Strafmilderungen werden allerdings erst gewährt, nachdem ein Viertel der Haftstrafe verbüßt ist. Mit dem vorhersehbaren Ergebnis, dass niemand mehr mit der Justiz zusammenarbeiten will.

Grün ist die Schließung der Haftanstalten auf den Inseln, auf Pianosa, auf Asinara, womit die Cosa-Nostra-Bosse wieder aufs Festland kommen. Und auch die Gesetzesänderung bezüglich verschärfter Haftbedingungen, die auf Terroristen und Menschenhändler ausgeweitet werden, ist grün. Sie ist dermaßen seltsam formuliert, dass es seit ihrem Inkrafttreten zahllose Berufungsverfahren gab. Und das mit Erfolg.

Gelb ist der Versuch, die U-Haft vor Prozessbeginn abzuschaffen, sollte der Mafioso keinen Fluchtversuch unternehmen. Mit diesem Antrag wären der gesamte Maxi-Prozess sowie das Verfahren zu Falcones Tod von vornherein zunichtegemacht worden.

Gelb ist der mehrmals auftauchende Vorschlag, bereits gültige Urteile dürften nicht in anderen Verfahren verwendet werden. Das Todesurteil für Mafiaprozesse. Bei jeder einzelnen Anklage, bei jedem einzelnen Verfahren, bei jedem einzelnen Vergehen muss erst einmal aufs Neue bewiesen werden, dass es eine Vereinigung namens Cosa Nostra überhaupt gibt und dass diese Vereinigung mafiös ist.

Daniele hat auf seinem Laptop eine ähnliche Liste, ein Beleg dafür, dass er, dass Carlo und alle anderen versagt haben. Wenn das Problem nicht die Anwendung des Gesetzes, sondern das Gesetz selbst ist, dann wird der zu bekämpfende Feind Teil des Kampfes.

Man kann nicht gewinnen.

»In meiner sind auch die Drohungen mit drin«, sagt er schließlich und Carlo muss lachen.

»Riinas Äußerungen, die Banner im Stadion, das tote Kaninchen vor Cèrcasis Haustür. Die ganze Palette?«

Daniele nickt. Er denkt daran, wie mühelos sich Cèrcasi stets selbst von den dreistesten Schlappen distanzieren konnte. Eine Pressekonferenz, die sofortige Entlassung eines unbekannten Abgeordneten oder des Ministers, der den Gesetzesvorschlag eingebracht hat.

Und dann Schweigen, das alles unter sich begräbt. Das gleiche Schweigen, das jetzt das Zimmer füllt, während Carlo die Datei schließt, den Stick aus dem Computer zieht und ins Leere starrt.

»In ein paar Tagen werde ich ein Verfahren einleiten.«

Leoffredi scheint aus einem Alptraum zu erwachen.

»Wie bitte?«

»Du hast mich doch gefragt, ob das hier nur nettes Geplauder ist oder ob mehr dahintersteckt. Das ist meine Antwort. Ich muss nur noch einen sicheren Weg finden, um diese Aufnahmen aus dem Hut zu zaubern.«

Carlo will etwas erwidern.

Das Telefon klingelt.

Er nimmt ab. Hört zu. Stellt keine Fragen. Legt wieder auf.

Seine Hand ruht auf dem Hörer. Er sieht Daniele an.

»Apropos Zufälle.«

Der Mann steht auf und stellt die Teller in die Spüle.

Das Fernsehen bringt die Nachricht eines Mannes, der sich umgebracht hat, nachdem er seine Frau erschossen hat. Der Mann hört nicht zu, dreht den Wasserhahn auf, geht zum Tisch, drückt auf die Fernbedienung. Die Nachricht bricht ab.

Er dreht den Hahn zu und wäscht mit routinierten, teilnahmslosen Bewegungen das Geschirr ab. Er stiert vor sich hin, während der Schaum sich mit jeder Bewegung teilt.

Die Tage scheinen einfach nicht vergehen zu wollen.

Er trocknet die zwei Teller und das Glas ab und stellt den Topf auf das Abtropfgitter.

Er lauscht.

Wind ist aufgekommen. Er stellt sich kleine Gestrüppballen vor, die haltlos über den Boden taumeln, sieht einen über die Erde schlingern und im Dunkel verschwinden.

Es ist fast Nacht.

Er steht am Fenster und späht nach den winzigen zuckenden Lichtern des Dorfes. Der Baum vor dem Haus erscheint wie ein noch schwärzerer Schatten. Noch immer Stille. Hustend schließt er die Vorhänge.

Er setzt sich an den Küchentisch. Der Tisch eines einfachen Mannes in einem Bauernhaus. Er hustet abermals und zündet sich eine Zigarette an, um den Husten zu unterdrücken. Mit jedem Zug bläst er alle Luft heraus, die er in den Lungen hat.

Er sieht dem Rauch nach, der sich im Lampenlicht auflöst.

Dann wirft er die Kippe in den Aschenbecher, steht auf und wechselt das Zimmer. Das Portemonnaie liegt auf der Anrichte. Darin das Heiligenbildchen von Padre Pio.

Er stellt es aufs Möbel.

Kniet nieder.

Schließt die Augen.

Betet.

Der Schatten versteckt sich in der Nacht. Still, reglos, lauernd. Ein schwarzer Schemen in der Finsternis.

Er atmet, lauscht, späht. Wartet.

Der Schatten ist ungreifbar wie ein Alptraum, man würde ihn im Vorübergehen kaum bemerken. Vielleicht verspürte man ein Schaudern. Das Gefühl unmittelbarer Gefahr.

Der Schatten wartet seit Tagen. Seit Tagen lässt er sein Wispern hören.

Der Schatten weiß, dass es nur einen möglichen Moment gibt zu tun, was zu tun ist. Und würde man ihn verpassen, wäre das ganze Warten umsonst gewesen. Die Jagd erlaubt keine Fehler. Und der Schatten ist ein Jäger, ein Alphamännchen. Er leitet das Rudel und bringt es in Sicherheit.

Er blickt zum Haus hinüber. Nur noch ein Licht brennt, wie immer.

Er kennt die Gewohnheiten seiner Beute, weiß, wann sie aufsteht und schlafen geht. Was und wie sie kocht, wer ihr die Lebensmittel bringt. Er kennt ihre Stimme und die langsamen, lustlosen Gesten. Er kennt den Blick, die schmalen, schläfrigen Augen. Er kennt die Gebete, die Uhrzeit, in denen sie gesprochen werden, und weiß, an wen sie sich richten.

An die Lebenden und die Toten.

Er weiß, dass der Mann jetzt am Boden kniet, lautlos die Lippen bewegt, mit geschlossenen Lidern, wie in Trance.

Er blickt sich um.

»Jetzt«, flüstert er und nähert sich dem Haus.

Blickte der Mann drinnen jetzt aus irgendeinem Grund aus dem Fenster, sähe er, dass die dichte, schwarze Nacht sich regt, bereit, alles zu verschlingen.

»Amen«, flüstert er. Und reißt die Augen auf.

Sie sind grau und plötzlich wachsam.

Das Geräusch kommt von hinten. Ein knackender Ast. Ein kurzes, klares Geräusch. Er muss sich nicht fragen, ob ein Mensch oder ein Tier es verursacht hat.

Noch nie hat sich ein Tier so dicht ans Haus gewagt. Und Menschen sollten das ebenfalls besser lassen.

Ganz sacht bewegt er die Beine, gerade genug, um die Füße aufzusetzen, die Zehen zu beugen, bereit, um aufzuspringen, ohne die Hände zu benutzen.

Er bewegt den Kopf in Richtung Fernsehbildschirm. Ein blindes, dunkles Auge, in dem sich alles hinter seinem Rücken spiegelt.

Er lässt die Hand zum Gürtel sinken. Hebt den Pullover, tastet nach dem, was er sucht, und findet es sofort.

Er atmet. Betet. Diesmal nur einen Satz.

Dann wird das Haus von der Nacht verschluckt.

Tür und Fenster bersten gleichzeitig.

Der Schatten tritt ein, die Pistole fest in der Faust, die Skimaske dicht auf der Haut, das Adrenalin schießt ihm in die Glieder und verdrängt das Blut und die Gedanken.

Der erste Schuss kommt sofort.

Er durchschlägt die Wohnzimmertür und entreißt irgendjemandem einen Fluch.

Dann nähern sich Schritte, schnell und bestimmt.

Das sind nicht seine Männer, das ist er.

Er betritt das Wohnzimmer. Ein schwarz gekleideter Mann liegt am Boden, eine Schusswunde in Höhe des Schlüsselbeins. Die Pistole ist unter das Möbel geschlittert, auf dem das Heiligenbildchen von Padre Pio steht. Der Schatten sieht ihn an, der Mann macht ihm ein Zeichen. Er braucht nicht lang zu überlegen, um zu wissen, was es bedeutet.

Der zweite Schuss kommt vom Dach. Dann ein dritter. Eine ganze Salve.

Er rennt hinaus.

Jemand rennt in Richtung Dorf davon. Er hört die Schritte, sieht ihn jedoch nicht. Die Dunkelheit verschluckt alles. Er wirft sich zu Boden. Die Kugel verfehlt ihn um wenige Zentimeter. Er drückt sich gegen die Hauswand.

Jemand von seinen Leuten auf dem Dach schießt ins Nichts. Der Schatten redet ins Mikro.

»Stopp«, sagt er.

Die Schüsse hören auf.

Die Welt ist grün und durchsichtig wie ein Aquarium. Der Schatten robbt über den Boden und macht neben einem Baum halt. Niemand ist zu sehen.

Er kneift die Augen zusammen, nur ganz kurz. Als er sie wieder öffnet, sieht er es sofort. Ein schwaches Leuchten, anders als der Rest. Ungefähr zehn Meter von ihm entfernt. Als er es erreicht, berührt er es mit dem Finger und riecht daran. Er kennt den Geruch von Blut.

Halb kniend späht er umher. Nach zwei Minuten sieht er ihn. Er lehnt an einem Baum, die Pistole in der Hand, die Augen halb geschlossen. Ein dunkler Fleck breitet sich rechts neben ihm aus.

Er blickt in seine Richtung und kann ihn nicht sehen.

Er duckt sich, bis er fast den Boden berührt.

»Niemand schießt«, raunt er. Dann spricht er lauter. »Bringen wir's zu Ende.« Und sofort wirft er sich nach links.

Die Kugel hätte ihm den Kopf zerfetzt. »Er weiß, dass wir Westen tragen«, denkt er. »Er weiß, wie wir vorgehen.«

Er betrachtet sein Opfer. Wenn er noch länger unter dem Baum bleibt, wird er sterben.

Er sieht, wie er aufzustehen versucht. Er greift die Pistole beim Lauf und wirft sie so weit weg wie möglich.

Der Schatten erhebt sich.

Er könnte noch eine haben, könnte warten, bis er näher kommt und ihm das ganze Magazin auf den Pelz brennen. Er könnte bluffen und ihn umbringen.

Er weiß, dass es nicht so ist.

Als er vor ihm steht, stellt er seine Frage. Die einzige, auf die es ankommt. Letztlich eine Formalität.

»Pietro Vitale?«, fragt er.

»Du weißt, wer ich bin.«

Der Schatten hebt die Pistole auf.

»Wann kommt der Krankenwagen«, fragt er ins Mikrofon. Während er auf die Antwort wartet, lässt er seine Beute nicht aus den Augen.

»Diesmal stirbst du nicht«, sagt er. »Ob das gut oder schlecht für dich ist, musst du selbst entscheiden.«

Seit Erscheinen des Artikels sind acht Tage vergangen.

Mein Vater hat dafür gesorgt, mir ein paar neugierige Kollegen vom Leib zu halten. Die eine oder andere Nachrichtensendung hat darüber berichtet, doch alle haben sich davor gehütet, allzu sehr darauf einzugehen. Etwas anderes habe ich auch nicht erwartet.

Nach dem Abhören der Bänder haben wir uns nicht mehr wiedergesehen. Jeder von uns hat eine bestimmte Aufgabe, und jetzt, da ich meine erfüllt habe, reißt mich der Kopfschmerz in Stücke.

Ein dumpfer Schmerz zieht die Schläfen empor und entlädt sich hinter den Brauen. Etwas, das gegen den Schädel drückt und heraus will. Am späten Nachmittag hat es ganz plötzlich angefangen. Ich hatte nur kurz den Blick vom Bildschirm abgewandt, um meine Gedanken zu ordnen.

Es war da und hat auf mich gewartet. Genau wie diese Geschichte, die unter einer so hauchzarten Staubschicht verborgen ist, dass man noch nicht einmal saubermachen oder lüften muss, um sie zu entdecken.

Man muss nur genau hinsehen.

Meine Aufgabe besteht darin, parlamentarische Ausschussakten, Gesetzesentwürfe und Zeitungsarchive zu durchforsten. Auf Seite zwanzig verbannte Randnotizen, winzige Feinheiten, die in der Weitschweifigkeit der Entwürfe fast untergingen.

»Der Cosa Nostra sind viele Gefallen getan worden«, hat Daniele gesagt. Meine gesammelten Ergebnisse sind der Versuch, sie zu ordnen.

Ich gieße mir ein Glas Wasser ein, schlucke ein Beruhigungsmittel und setzte mich wieder vor den Computer.

»Jeder, der uns hilft, die Cosa Nostra und ihre Komplizen zu besiegen, ist uns willkommen.«

Der Satz stammt von Francesco Cèrcasi, seine erste öffentliche Äußerung zur Mafia. Begleitet vom üblichen hehren Blick und quittiert mit endlosem Applaus und Komplimenten. Schade, dass danach nicht mehr viel kam.

Ich öffne das Fenster, brauche Luft. Ich trete auf die Terrasse hinaus und stütze mich auf die Brüstung. Gebannt schaue ich einer alten Frau beim Wäscheaufhängen zu. Der Korb auf dem Boden, der weiße Ständer, der sich mit bunten Wäschestücken füllt. Sie sieht ein bisschen aus wie meine Mutter, wenn sie so alt geworden wäre.

Ich sehe ihr zu, bis sie fertig ist. Als sie hineingeht, bemerkt sie mich und winkt mir lächelnd zu. Ich antworte mit einer kleinen Verbeugung. Ich komme mir blöd und einsam vor. Verrannt in den Kampf gegen eine riesige Windmühle, die mich früher oder später erschlagen wird.

Ich gehe wieder hinein. Setze mich vor meinen Monitor, die Dateien mit meinen Aufzeichnungen offen auf dem Bildschirm.

Wir haben es wachen Auges kommen sehen. Wir haben es kommen sehen und nichts dagegen unternommen. Ich genauso wenig wie all die anderen.

Strafmilderung oder Straffreiheit bei Finanzvergehen, die Möglichkeit, nach Belieben mit Geschäftsbüchern, Bilanzen und gefälschten Zahlen zu jonglieren, um zu verschleiern, was niemand sehen darf. Sämtliche Gesetzesentwürfe abgewürgt wie den glücklosen Vorstoß irgendeines namenlosen Abgeordneten.

Einfach, zu einfach. Und so bleibt Cèrcasi sauber. Naiv vielleicht und gewiss arrogant, aber sauber.

Das gilt für die Vergangenheit ebenso wie für die Gegenwart. Es gibt keinerlei Verbindung zwischen ihm und der Perseo. Keinerlei Verbindung zwischen Cèrcasi und Rossini.

Ich schließe die Datei, schalte die Webcam ein und rufe Giulia an. Versuche, die Welt zu vergessen, so zu tun, als gäbe es außerhalb des Monitorvierecks nichts.

Ich treffe sie vor einem Teller Spaghetti an. Auf dem Küchentisch stapeln sich Zeitungen, Bücher, Nudelpackungen und Tomatenreste. Sie hat Freunde zu Besuch, und die Italienerin ist natürlich fürs Kochen zuständig.

»Ich vermisse deine Pasta«, sagt sie lächelnd. Und obwohl ich den Verdacht habe, dass sie es nicht ernst meint, freue ich mich. Sie fragt nach dem nächsten Artikel. Ich sage ihr, dass ich fast soweit bin, und erst als ich es sage, wird mir klar, dass es wohl stimmt. Es macht mir ein bisschen Angst.

Ich verabschiede mich mit einem gezwungenen Lächeln und hoffe, dass die Entfernung meine Beklommenheit überspielt. Ich schalte den Fernseher ein.

Die Nachrichten beginnen mit Pietro Vitales Festnahme. Die Nummer zwei der Cosa Nostra ist vor vier Tagen gefasst worden. Er lebte allein in einem Bauernhaus fünfzig Kilometer südlich von Palermo. Ehe er sich ergab, hat er zwei Polizisten verletzt, bei seiner Festnahme war er übel zugerichtet. Eine Kugel im Bauch und eine im Bein. Eine geheime Notoperation mitten in der Nacht. Inzwischen befindet er sich an einem geschützten Ort außerhalb Siziliens.

Ich stelle den Fernseher leise und rufe Daniele an. Nach dem dritten Klingeln hebt er ab.

»Ich weiß«, sagt er. Und legt sofort wieder auf.

Ich schalte den Fernseher ab.

Es gibt keine Zufälle, denke ich. Sie sind der Trost, in den wir uns flüchten, wenn die Wirklichkeit undurchschaubar oder unerträglich wird.

Ich ziehe eine Kopie der Dateien auf den USB-Stick und schicke eine weitere Kopie an ein Postfach, das ich vor ein paar Tagen eigens dafür eingerichtet habe. Eine Minute später schalte ich den Computer aus und gehe ohne das Licht anzumachen ins Bett. Ich schlüpfe unter die Decke und schließe die Augen.

Sofort überkommt mich der Schlaf. Ich träume von Elena. Wir sind am Meer, in einer Bar an einem weißen, menschenleeren Strand. Es ist heiß, aber es ist nicht Sommer, und sie ist nie gestorben.

Den Unfall hat es nie gegeben, sie hat mich lediglich verlassen.

»Ich musste es tun«, sagt sie. Und ich weiß nicht, ob sie damit die Illusion des Traumes oder ihre unverbesserliche Halsstarrigkeit meint, die ihr den Tod gebracht hat.

Wir reden eine Ewigkeit, einen ganzen Jahreszeitenwechsel lang, bis das Meer grau zu werden beginnt und vom Himmel die ersten Tropfen fallen.

Da wache ich auf, das Gesicht nass geweint, ohne dass ich es gemerkt habe. Es ist heller Morgen, und ich kann mich an kein einziges Wort unserer Unterhaltung erinnern.

»Ich weiß«, sagt Daniele und schaltet das Telefon aus.

Das Auto hält vor einem Notausgang. Weiße Rahmen, verdunkeltes Glas, Panikschloss. Ringsherum liegt der Park und wartet auf Nacht und Regen. Der Regen hat ihn die ganze Reise begleitet. Grau, fein, unaufhörlich.

»Ich bin bereit, Dottore.«

Die Stimme des Eskortenchefs vom Vordersitz. Seine Augen im Rückspiegel. Daniele antwortet mit einem Nicken und sieht hinaus.

Die Klinik, drei Stockwerke schneeweißer Zement. Das Klatschen der Tropfen auf dem Asphalt. Das gelbe Licht einer Straßenlaterne. Die scheinbar endlose Reihe der Bäume.

Er muss an einen Anruf denken, den er am Nachmittag erhalten hat. Andreas Stimme, weit weg, umgeben von Verkehrslärm. Nur ein Satz, ein paar winzige Sekunden.

»Ich habe ihn gefunden.«

Der Kreis schließt sich, denkt er.

Er öffnet die Tasche und vergewissert sich, dass er nichts vergessen hat. Dann blättert er kurz durch das Notizbuch, atmet tief durch und steigt aus.

Drinnen scheint die Welt verschwunden zu sein. Kein Geräusch, keine Stimme, selbst das Prasseln des Regens und das ferne Rauschen des Verkehrs sind nicht mehr zu hören.

Er dreht sich um. Einer der Begleitschutzmänner lächelt schmal.

»Alles in Ordnung, Dottore?«

Ich sehe zum Kotzen aus, denkt er. Ich fühle mich, als schleifte ich einen LKW mit mir herum.

»Alles okay, danke«, antwortet er.

Sie betreten den Aufzug. Zwanzig Sekunden später erreichen sie das gewünschte Stockwerk. Es ist komplett geräumt worden. Sämtliche Zimmer sind leer, bis auf eines. Das letzte am Ende des Flurs, den er jetzt entlanggeht und dabei versucht, die Aufregung, die Furcht und den Wunsch zu verdrängen, alles möge nach Plan laufen.

Vor dem Zimmer stehen vier Polizisten. Zwei erwarten ihn am Aufzug. Weitere überwachen die Treppe. Rund ein Dutzend in Zivil mischt sich unter die Angehörigen, Kranken, Ärzte, Pfleger und Verwaltungskräfte im Rest des Gebäudes.

Sie alle sind alle wegen eines Mannes hier. Wegen des Patienten in Zimmer vierzig.

Als er eintritt, steht er mit dem Rücken zur Tür am Fenster, den Tropfständer neben sich. Er spricht, ohne sich umzudrehen.

»Da, wo ich herkomme, hat es nie geregnet«, sagt er. Seine Stimme ist tief und rau von zu vielen Zigaretten.

Der Richter reagiert nicht.

An der einen Wand steht ein Tisch. Er stellt seine Tasche auf dem Boden ab und setzt sich.

»Das wird so bald nicht aufhören.«

Pietro Vitale dreht sich um. Sehr langsam. Er deutet ein Lächeln an.

Sie haben sich schon vor drei Tagen getroffen. Der Cosa-Nostra-Mann bekam noch Drainage und konnte nur wenige Stunden wach bleiben. Daniele war bei ihm, um ihm eine Frage zu stellen. Es war verfehlt, ihn zu bitten, mit der Justiz zusammenzuarbeiten. Vitale hatte noch nie hart eingesessen, hatte noch nie die Isolierung und die Kameras erlebt, die einen selbst beim Scheißen filmen. Doch es gab keine andere Wahl.

Die Antwort hatte sechsunddreißig Stunden auf sich warten lassen. Ein Treffen unter vier Augen. Um sich zu beschnuppern.

»Vielleicht möchten Sie lieber liegen.«

Vitale mustert ihn stumm, graublaue, interessierte Augen, nicht wegen des Vorschlags, sondern wegen des Mannes, der ihn gemacht hat. Dann legt er sich unter die Decke und rückt den Tropf zurecht. Daniele geht zu dem Stuhl neben dem Bett. Er macht dem Wachmann ein Zeichen, und im nächsten Moment sind sie allein.

»Wie fühlen Sie sich?«

»Wie neu geboren.«

»Schön für Sie.«

Wieder dieses Lächeln. Hätte er nicht genau hingesehen, könnte er fast glauben, er hätte es sich eingebildet.

»Schön für uns beide, Dottore. Tun Sie nicht so, als würden Sie sich für mein Befinden interessieren. Sie sind wegen meiner Stimme und wegen meiner Erinnerungen hier.« Er setzt sich auf. »Wo möchten Sie anfangen?«

»Als Allererstes möchte ich Ihren Beweggrund wissen.«

»Es gibt Dinge, die erzählt werden sollten«, sagt der Cosa-Nostra-Mann.

»Ich bin kein Freund des Konjunktivs, Vitale.«

»Seltsam. Dabei verbringen Leute wie Sie doch ihr ganzes Leben mit Gedankenspielereien.«

»Und Leute wie Sie?«

»Die lassen sich schnappen wie die Trottel.«

»Neulich haben Sie etwas anderes gesagt.«

Vitale macht ein verblüfftes Gesicht.

»Ach, ja?«

»Ja. Sie sagten, man habe Sie verraten.«

»Wie würden Sie einen anonymen Anruf denn nennen, Dottore?«

»Wer hat Sie verraten, Vitale?«

Der Cosa-Nostra-Mann fährt sich mit der Hand durchs akkurat gestutzte, bürstenkurze Haar. Er schließt die Augen.

»Die haben Sie im Visier. Das wissen Sie, oder?«

Daniele gibt sich gleichgültig. Er greift zum Stift und dreht ihn zwischen den Fingern.

»Das gehört zu meinem Job.«

Vitale sagt lange nichts. Einen Moment lang glaubt Daniele, er sei eingeschlafen. Dann öffnet er die Augen und blickt den Richter direkt an.

»Vieles von dem, was ich sage, gebe ich aber nicht noch mal zu Protokoll.«

»Hier ist niemand, der etwas zu Protokoll nehmen könnte.«

Vitale senkt die Stimme und sieht aus wie ein gehässiges Kind, das einem eins auswischen will.

»Ich verrate Ihnen ein Geheimnis. Hier ist alles voll mit Mikros.«

»Sie haben mein Wort, Vitale. Und das zählt etwas.«

»Ich weiß, ich weiß. Es heißt, Sie seien in Ordnung. Aber anständige Leute werden entweder in die Pfanne gehauen oder landen auf dem Friedhof.«

Daniele antwortet prompt. Es ist das zweite Mal in kurzer

Zeit, dass ihm ein Mann der Cosa Nostra ein böses Ende voraussagt.

»Früher oder später wird das wohl passieren. Und deshalb habe ich keine Zeit zu verlieren.«

Vitale sieht zum Fenster.

»Sie haben in letzter Zeit viele Fragen gestellt.« Er sieht ihn wieder an. »Fragen Sie mich nicht, woher ich das weiß, ich weiß es und basta.« Mit schmerzverzerrter Miene gießt er sich ein Glas Wasser ein und trinkt.

»Die Cosa Nostra besteht aus zwei Teilen«, fängt er an. »Aus denen, die sitzen und warten, dass diejenigen, die etwas versprochen haben, ihre Versprechen halten. Und aus denen, die draußen sind, seelenruhig ihren Geschäften nachgehen und Geld verdienen. Ich bin ein Signal, das die hinter Gittern denen draußen senden. Wenn wir wollen, können wir jemanden rufen, der uns im Knast Gesellschaft leistet.«

»Das heißt, der, der Sie verraten hat, hat ein Signal gesendet.«

»In gewissem Sinne.«

»Und an wen war es gerichtet?«

»An jemanden, der etwas für die im Knast tun kann, Dottore. An die Cosa Nostra und nicht nur an die.«

»Und wenn ich Sie genau dazu befragen würde?«

»Zur Cosa Nostra?«

Beide lächeln.

»Ich hab's Ihnen gesagt. Sie haben viele Fragen gestellt. Fahren Sie fort.«

Daniele stößt die Stiftspitze aufs Notizbuch. Ein Messerstich.

»Die Verhandlung, Vitale.«

Der Mafioso trinkt noch einen Schluck.

»Wissen Sie, was man über Sie sagt? Sie sind verrückt. Ich wollte es nicht glauben und hab's ihnen auch gesagt. Und jetzt habe ich die Bestätigung. Sie sind nicht verrückt. Sie sind gefährlich.«

»Wenn Sie das sagen, dann …«

»Gefährlich für sich selbst. Nicht für mich. Und auch nicht für die Cosa Nostra.«

»Drohungen machen mir keine Angst, Vitale.«

»Ich weiß. Und genau das ist Ihr Problem.«

»Die Verhandlung.«

»Das ist nicht der richtige Weg, Dottore. Wollen Sie über Politik und Geld reden? Dann gebe ich Ihnen, was Sie wollen. Aber unterschreiben tue ich nichts.«

»Sie erzählen, und ich kümmere mich um die Belege. Sind Sie dann bereit zur Aussage?«

»Wir können's versuchen.«

Daniele setzt sich zurecht.

»Also los.«

»Wie Sie wissen, hat die Cosa Nostra immer gesagt, wen man wählen soll. Als es im Maxi-Prozess zum Urteil erster Instanz kam, schicken wir der Democrazia Cristiana eine Nachricht. Wir sagten, wir würden die Sozialisten wählen. Falcone machte uns das Leben schwer, und die sollten uns helfen.«

»Die?«

»Die Politik, Dottore. Die Leute der Democrazia Cristiana, die uns seit jeher nahestanden. Die sollten uns verteidigen. Aber dazu muss man was unternehmen.«

»Und das funktioniert nicht.«

»Das funktioniert nicht. Kein bisschen. Dottor Falcone stochert noch immer überall herum, versucht, unsere Geschäfte zu untergraben und uns mit seiner besessenen Schnüffelei nach dem Geld auf die Eier zu gehen. Sie können ihn einfach nicht kurzhalten und stellen sich auf seine Seite.«

»Und er klappt über euch den Sargdeckel zu.«

Vitale nickt.

»Beim Urteil in zweiter Instanz war uns schon klar, wie die Sache enden würde. Mit Falcones Versetzung nach Rom schien man unsereins einen Gefallen tun zu wollen, Dottore. Aber in Wirklichkeit machte der weiterhin sein Ding. Es musste etwas passieren, man musste an die Zukunft denken.« Er trinkt einen Schluck. »Sämtliche Politiker, mit denen wir in Rom sprachen, meinten, es würde sich alles ändern. Das Ende der Kommunisten würde uns alle mit sich reißen. Und das konnten wir nicht zulassen. Weder wir noch die Politiker.«

»Reden Sie weiter.«

»Ende '91 treffen sie sich.«

»Wer?«

»Riina und all die großen Tiere. Sie reden. Man muss Nägel mit Köpfen machen. Eine Partei, ein Bündnis, eine neue Kraft gründen. Allein, ohne Leute, die einen irgendwann verraten. Dabei wird die Cosa Nostra von Freunden aus der Freimaurerei unterstützt. Denn Freimaurerei und Cosa Nostra sind nicht unbedingt zwei verschiedene Paar Schuhe, Dottore. Seit dreißig Jahren sind die wichtigsten Bosse in dem Verein. Schließlich gelangt man über die Loge an Geld und Politik. Das war Ihnen doch bekannt, oder?«

»Fahren Sie fort, Vitale.«

»Mach ich ja schon. Es wird darüber geredet, Falcone, Borsellino und Maurizio Costanzo umzubringen. Alle, die auf unserem Rücken Politik gemacht und uns dann in den Arsch gefickt haben, müssen sterben. So sieht Riina das. Man muss alle Taue kappen. Von vorn anfangen.«

Er drückt das Kissen zurecht und versucht zweimal, sich aufzusetzen, doch der Schmerz hindert ihn daran.

Daniele sieht zu, ohne einen Finger zu rühren.

Vitale lässt sich zurückfallen, atmet tief ein und aus, fährt sich mit der Zunge über die Lippen und redet weiter.

»Sehen Sie, Dottore, man hatte Riina glauben gemacht, er zählte etwas, aber stattdessen zählte er einen Scheißdreck. Riina ist es schon zu Kopf gestiegen, wenn man ihn nur ansah, und jemand, der sehr viel gerissener war als er, hat das begriffen, ist ihm um den Bart gestrichen und hat ihn schließlich gefickt.«

»Reden Sie von Provenzano?«

»Hören Sie mir gut zu, Dottore. In einem Weltkrieg kann man entweder Hitler, die Vereinigten Staaten oder die Schweiz sein. Verstehen Sie, was ich sagen will?«

»Und Provenzano war die Schweiz.«

Vitale trinkt einen letzten Schluck Wasser.

»Den lebendigen Falcone wollte niemand. Er ging uns und denen auf den Sack. Falcone hätte das Geld gefunden und dann wäre der Teufel los gewesen. Er hatte uns alle bei den Eiern, verstehen Sie? Der musste kaltgemacht werden. Riina lässt uns mitteilen, dass wir uns ruhig verhalten sollen. Die Politik würde nicht reagieren, er hätte sie alle in der Hand. Provenzano war ziemlich aufgebracht. Er meinte, Riina sei verrückt geworden. Es würde jemand hinter ihm stehen, der ihm einen Haufen Scheiße einflüstern würde.«

»Jemand in der Cosa Nostra?«

Vitale antwortet mit einem höhnischen Grinsen.

»Innerhalb der Cosa Nostra gab es niemanden von Riinas Rang.«

Er atmet tief durch.

»Sie wollen etwas über die Verhandlung wissen. Und ich kann Ihnen was dazu sagen. Das bisschen, das ich weiß, denn ich weiß längst nicht alles. Aber eines ist sicher. Es gab mehr als eine Verhandlung. Es gab was vor Borsellinos Tod, und danach noch etwas. Verstehen Sie, Dottore, als Falcone stirbt, hat der Staat nichts zu bieten. Die Cosa Nostra hat ihm gezeigt, dass sie machen kann, was sie will. Sowohl die Richter als auch die Cosa Nostra machen den Politikern die Hölle heiß.«

»Nur, damit ich es richtig verstehe. Nach Falcones Tod entsteht eine Verbindung. Habt ihr den Kontakt gesucht oder …«

»Ich hab's Ihnen doch gesagt, Dottore. Der Staat hatte nichts zu bieten.«

»Sie kommen zu euch.«

»Ganz genau.«

»Die Carabinieri gehen zu Don Antonio Prestileo.«

»Ganz genau.«

»Und der redet mit Provenzano.«

»Aber selbstverständlich!«

»Und macht auch den Verbindungsmann zu Riina.«

»Völlig klar. Das musste er tun. Aber er redet auch mit anderen Leuten.«

»Nämlich?«

Vitale zögert.

»Sagen wir, der Staat besteht nicht nur aus Politikern und Bullen. Es gibt welche, die keine Bullen sind und im Hintergrund bleiben.«

»Reden Sie nicht um den heißen Brei. Stand Antonio in Kontakt mit dem Geheimdienst?«

»Ich weiß nicht, ob das der Geheimdienst ist, Dottore. Ich weiß nur, dass es so aussah, als wäre er es.«

»Und woher wissen Sie das? Haben Sie das gesehen oder gehört, hat Provenzano Ihnen das gesagt?«

»Sagen wir, Provenzano hat es mir gesagt.«

»Sagen wir?«

»Mhm, sagen wir.«

»Und bestehen diese Kontakte immer noch?«

Vitale lässt ein herausforderndes Lächeln aufblitzen.

»Wieso sollten sie nicht mehr bestehen?«

Daniele nickt. Er denkt an die Aufnahmen, an das, was unausgesprochen blieb, an die von Geräuschen übertönten Namen.

»Kehren wir zur Verhandlung zurück. Gab es irgendwelche politischen Mittelsmänner?«

»Und ob es die gab. Zwei Minister. Aber ich weiß nicht, wer die waren.«

»Wissen Sie es nicht oder wollen Sie es nicht sagen?«

»Was macht das für einen Unterschied? Sagen wir, ein paar Monate später haben wir erfahren, dass einer dieser Minister kaum noch das Haus verlässt und seine Eskorte verdreifacht hat, und wir haben herzlich gelacht.«

»Wie bitte?«

»Dottore, verhandelte er mit uns, hatte er nichts zu befürchten. Verarschte er uns, änderte das alles. Aber wir waren noch immer davon überzeugt, dass er reden wollte.«

»In Ordnung, in Ordnung. Also, die Carabinieri suchen den Kontakt, damit ihr aufhört. Und Sie glauben, das sei nur ein Trick gewesen, um Zeit zu gewinnen.«

»Das war möglich, ja. Die hatten den Arsch auf Grundeis.«

»Und trotzdem habt ihr ihnen zugehört.«

»Dottore, Riina hatte beschlossen, einen uralten Pakt aufzulösen. Wir suchten nach neuen Bezugspersonen. Zuhören war also allen nützlich.«

»Und ihr macht eure Vorschläge, um aufzuhören. Welche?«

»Keine Ahnung.«

»Keine Ahnung? Sie haben nichts davon mitgekriegt?«

»Die Probleme sind immer die gleichen.«

Daniele wird laut.

»Vitale, zum Henker noch mal!«

»Es gab den Maxi-Prozess zu klären. Das Problem mit dem Gesetz zur Beschlagnahmung von Vermögenswerten. Die Festnahme auf frischer Tat. Die Sache mit den Kronzeugen. Das waren die Vorschläge. Vorher.«

»Vorher?«

»Bevor sie Borsellino umbringen, Dottore. Danach ändern sich die Dinge.«

Daniele schlägt sein Notizbuch auf. Er sucht nach Baldaccis Worten. *War Dottor Borsellinos Tod ein schlechtes Geschäft oder eine sichere Rücklage für die Zukunft?*

Schweigend starrt er auf die Seite.

Er wiederholt die Frage und sieht auf. Der Cosa-Nostra-Mann lächelt gedankenverloren und antwortet nicht.

»Gibt's ein Problem, Vitale?«

Der Mafioso sieht weg.

»Als Kind bekam ich gerne Geschichten erzählt. Meine Mutter war gut darin. Die *Odyssee* mochte ich besonders. All diese Reisen und Wesen, eine Welt mit genauen Regeln, die einen zum Menschen machten. Ich weiß nicht, ob ich mich verständlich ausdrücke. Und die Götter, die einen im Blick haben und die man bei Laune halten muss. In der Geschichte, die Sie hören wollen, Dottore, muss ein Opfer für den Frieden gebracht werden. Totò Riina.«

Er schweigt und sieht Daniele prüfend an, der ungerührt dasitzt und wartet, das aufgeschlagene Notizbuch auf den Knien, den Stift in der Hand. Eine mühevolle Maskerade.

Vitales Befragung ist ein Rollenspiel mit strengen Regeln. Um zu bekommen, was man will, muss man sie eisern befolgen.

»Ich versuche es mal zusammenzufassen«, sagt er, »und Sie korrigieren mich, wenn nötig. In Ordnung, Vitale? Die Cosa Nostra verliert ihre politischen Bezugsleute und muss neue finden, um sich an den alten zu rächen. Die Rache erfolgt nach Riinas Methode, wenn Sie mir diese Vereinfachung erlauben. Alle müssen sterben, lautet der Beschluss. Und somit ist Falcone dran, der offenbar durchschaut hat, wie der Hase läuft. Zugleich wird nach neuen politischen Kontakten gesucht. Irgendwie will sich die Cosa Nostra wohl selbstständig machen. Aus unternehmerischer Sicht eine astreine Idee. Jemand, so sagten Sie, hat euch in den Arsch gefickt und ihr traut niemandem mehr. Also versucht ihr, die Sache selbst in die Hand zu nehmen, lasst euch von den Freimaurern helfen, und unterdessen versucht der Staat mit euch in Kontakt zu treten. Da merkt ihr, das die Lage sehr zu euren Gunsten ist. Riina stellt seine Bedingungen. Die, so nehme ich an, zurückgewiesen werden.«

»Ja, so ist es.«

»Schön. Aus dem, was Sie mir von diesen Forderungen angedeutet haben, wird deutlich, dass sie inakzeptabel waren. Doch dann stirbt Borsellino, und Sie sagen, Riina wird für einen neuen Frieden geopfert. Also kommt der Pakt am Ende doch zustande. Und genau hier liegt das Problem, Vitale.

Nach dem Attentat von Capaci und der Ablehnung der Bedingungen passiert was? Sie haben von zwei Verhandlungen gesprochen.«

»Sie machen es sich zu einfach, Dottore. Wissen Sie noch, was Dottor Borsellino kurz vor seinem Tod sagt? Was er über Riina und Provenzano sagt?«

»Das sie ihre Muskeln spielen lassen, um zu testen, wer der Stärkere ist.«

»So ist es. Und genau das ist passiert. Ich weiß nicht, wie Dottor Borsellino darauf gekommen ist. Er war ein intelligenter Mann, er wird's gerochen haben, was weiß ich. Aber so war es. Denn wissen Sie, so, wie Riina seine Ideen und seine Kontakte hatte, hatte auch Provenzano seine Ideen und Kontakte.«

»Und Borsellinos Tod war für alle notwendig.«

»Genau, für alle.«

»Weil er begriffen hatte.«

»Man hätte keinen Pakt schließen können, wenn er am Leben geblieben wäre, Dottore.«

»War Provenzano auch einverstanden?«

»Das kann ich Ihnen nicht sagen. Aber wenn Sie mich fragen, ja.«

Daniele schreibt. Er redet, ohne von seinem Notizbuch aufzusehen. Er muss vorankommen, weitermachen ohne nachzudenken. Vitale reden lassen, bis er keine Stimme mehr hat.

Mit der Stimme des Mafioso das Grauen übertönen, das er hört. Und seine Angst.

»Sie haben vorhin gesagt, Riina sei Scheiße eingeflüstert worden. Und dass sowohl er als auch Provenzano Kontakte hatten. Wissen, Sie, welche?«

Vitale schnaubt.

»Sie stellen vielleicht schwierige Fragen, Dottore.«

»Ich versuche nur, durchzublicken.«

Vitale grinst.

»Tun Sie doch nicht so, das haben Sie schon längst … Aber ich will Ihnen antworten. Ich weiß nicht, mit wem Riina in

Verbindung stand, es hieß, es sei einer aus dem Norden, und da war ja auch das Geld der Cosa Nostra. Aber ich weiß, dass nicht alle mit dem Beschluss, Borsellino umzubringen, einverstanden waren. Es war Riina, der meinte, es gebe Garantien. Mit den Leuten, die er in der Hand habe, hätte man auch in Zukunft ausgesorgt. Die müsse man sich warmhalten. Und außerdem könne es auch ein – sagen wir – Schubs in Richtung Verhandlung sein.«

Daniele muss an die verbrannten Autos in der Via d'Amelio denken, an den erfundenen Geständigen Curatolo, an die Telefonate unmittelbar nach der Explosion, an Adrianos Schilderungen von dem Mietshaus und dem Castello.

An Talete.

»Es gab Garantien«, murmelt er. Und Vitale nickt.

»Sie verstehen richtig, Dottore.«

»Aber es läuft nicht alles nach Plan.«

»Wirklich? Sie haben mich gefragt, ob es ein gutes Geschäft war oder ob wir die Zukunft in den Safe gepackt haben.«

»Sie haben mir nicht geantwortet.«

»Nein.« Er fährt sich mit der Zunge über die Lippen. »Auch die Antwort kennen Sie bereits. Wir reagieren immer aus dem Bauch heraus. Es gibt keine Pläne für übermorgen, wir denken ans Morgen, oft nur ans Heute. Aber das war eine riesige Sache.«

»Sie wollen mir sagen, dass das Attentat in der Via d'Amelio der erste Schritt war, um Riina loszuwerden? Das war der Zweck?«

Vitale schüttelt den Kopf, ein leises Lächeln umspielt seine allzu blauen Augen.

»Dass ich nicht lache, Dottore! Da steckte viel mehr dahinter. Wenn Borsellino am Leben blieb, konnte all das auffliegen, was mit Falcones Tod nicht aufgeflogen war. Borsellino drohte Falcones Platz einzunehmen, die Verhandlung drohte zu platzen. Man war drauf und dran, alles zu verlieren. Wenn Sie mich fragen, ob die Bombe geholfen hat, klar hat sie geholfen. Riinas Strategie, die Attentate, der Frontalangriff, alles Quatsch. Und je mehr der Cosa Nostra aufging, dass es Quatsch war, um so einfacher war es, davon abzulassen und etwas Neues aufzubauen.«

Daniele sagt nichts. Er sieht den Cosa-Nostra-Mann an. Sieht ihm direkt in die Augen.

»Wissen Sie, was ich glaube, Vitale? Dass Riinas und Provenzanos Kontaktleute womöglich dieselben waren. Dass anfangs ein gemeinsames Interesse bestand, was sich dann geändert hat. Eine der beiden Vorgehensweisen war überzeugender. Oder noch besser. Provenzanos Strategie schloss Riinas mit ein, auch wenn Riina das nicht durchschaut hatte. Und vielleicht waren es dieselben Personen, die Riina und Provenzano unterschiedliche Dinge sagten, weil das opportun erschien.«

»Das haben Sie gesagt, Dottore, nicht ich.«

»Und so hat Provenzano irgendwann beschlossen, ihn ans Messer zu liefern.«

»Das dürfen Sie nicht sagen, noch nicht mal denken dürfen Sie das, verstanden? Ich gehöre zu Bernardo Provenzano, seit ich meinen Namen kenne. Und wenn Sie so was sagen, hört sich das an, als sei er ein Verräter. Ein Pentito.«

Er hat es nicht bestritten, denkt Daniele. Ich habe ihm gerade gesagt, die Verhaftung des obersten Mafiabosses sei das Resultat einer heimlichen Abmachung, das Ergebnis eines Mafiakrieges, ein Staatsstreich innerhalb der Cosa Nostra. Und er hat nicht widersprochen.

»Provenzano hat Riina verraten. Er hat es zugelassen, dass Don Antonio den Carabinieri verrät, wo er sich aufhält. Und die Carabinieri haben ihn geschnappt. War das die Abmachung?«

Vitale antwortet nicht.

Daniele kommen ein paar Sätze der Aufnahmen in den Sinn, die Papiere, die übergeben werden sollten. Die Unterlagen, die dem Staat die Auslieferung der gesuchten Nummer eins garantierten. Und Riinas Schlupfwinkel, der nach der Festnahme weder durchsucht noch bewacht wurde und von der Mafia in aller Ruhe ausgeräumt und sogar frisch gestrichen worden war, ehe es Monate später endlich zu einer Durchsuchung kam. Auch das war Teil der Abmachung, da ist er sich sicher.

Er sagt es Vitale, und wieder hüllt sich der Cosa-Nostra-Mann in Schweigen. Eine Antwort, die der Richter nicht akzeptieren kann.

»In Sizilien werden die Bosse entweder umgebracht oder verkauft. Kennen Sie das?«

Der Mann im Bett schließt seufzend die Augen. Er wirkt sehr müde. Daniele steht auf und gießt sich ein Glas Wasser ein. Er trinkt. Noch einmal. Und noch einmal. Seine Kehle ist trocken, seine Gedanken finden keine Ruhe.

»Haben Sie was Salziges gegessen?«

Vitale sieht ihn an. Seine Augen sind auf sein Gesicht geheftet, verstohlen, wie hinter einem Uhrglas. Sie sind feucht, vielleicht vor Schmerzen. Oder vor Wut.

Daniele setzt sich wieder.

»Und danach?«

»Wonach?«

»Nach dem Januar '93, Vitale. Riinas Verhaftung.«

»Das war ein Kampf. Manch einer wollte mit den Morden weitermachen. Provenzano nicht. Und ihr hattet euer Haupt erhoben, Sicherheitsgefängnisse, Artikel 41, dieser ganze Dreck.«

»Also entschließt man sich zum Aufbruch.«

Vitale nickt.

»Das wissen Sie doch, es steht in den Urteilsbegründungen. Provenzano gab den Attentaten nur grünes Licht, wenn sie außerhalb Siziliens stattfanden. In dem Fall hätte er zwar nicht ja gesagt, aber auch nicht nein.«

Daniele klappt das Notizbuch zu und lässt den Finger zwischen den Seiten.

»Reden wir über die Falange Armata, Vitale.«

»Davon müssen Sie reden, Dottore, nicht ich. Die Falange Armata seid ihr. Ich hab in dieser besagten Versammlung davon reden hören. Zu den Morden habe sich diese Falange Armata bekannt. Soweit ich weiß, haben wir das nie direkt gemacht, abgesehen von den Bomben in Mailand und Rom.« Er leckt sich die Lippen, fährt sich mit der Hand über den Mund und wirft Daniele einen Blick zu wie ein Raubtier, das sein Opfer in seinen Bau gelockt hat. »Wollen Sie wissen, was dann passiert, Dottore? Denn das interessiert Sie doch am meisten.« Lächelnd wischt er sich die Hände am Laken ab.

Daniele zwingt sich, seinem Blick standzuhalten, nicht zu schlucken, nicht mit der Wimper zu zucken, nicht das winzigste bisschen des blanken Grauens durchblicken zu lassen, das ihm den Atem abschnürt.

Dann fährt Vitale in beiläufigem Plauderton fort.

»Ende des Jahres sagt Provenzano mir, dass wir Cèrcasis Leute wählen sollen. Man müsse ranklotzen, um die Cosa Nostra für diese Partei zu erwärmen. Er persönlich habe Zusicherungen erhalten. Man würde die Cosa Nostra unterstützen, und mit der Zeit würde sich alles wieder einrenken. Wir würden wieder unsere Ruhe haben. Es bräuchte sieben Jahre Schweigen. Vielleicht zehn. Keine Bomben, kein Mucks. Alle müssen die Klappe halten und wieder an die Arbeit gehen.«

»Und die Cosa Nostra wählt einen Banker?«

Der Satz rutscht ihm einfach heraus, rettet ihn vor dem Ersticken.

»Dottore, vergessen Sie Cèrcasi. Der hat nix damit zu tun, Sie müssen ganz woanders hingucken.«

Der Richter lacht.

»Sie haben mir gerade gesagt, die Cosa Nostra hätte mittels Provenzano einen Pakt mit …«

Vitale fällt ihm ins Wort. Plötzlich scheint seine Erschöpfung verflogen zu sein.

»Nein«, sagt er. »Nein. Ich habe gesagt, wir haben Cèrcasi

gewählt, und nicht, wir sind mit ihm ein Bündnis eingegangen.«

Eine fast unerträgliche Stille erfüllt das Zimmer, offene oder nie gestellte Fragen, Gedanken, die sich im Kreis drehen und keinen Ausgang finden. Es währt nur wenige, ewig erscheinende Sekunden.

Dann bricht Vitale das Schweigen.

»Sie haben doch Ihr Notizbuch, in dem Sie alles aufgeschrieben haben. Schauen Sie mal nach, an welchem Tag die Ferraras festgenommen werden. Und wo man sie hinbringt.«

Daniele muss nicht nachsehen. Das ist einer der allzu vielen Zufälle, über die er gestolpert ist. Sie werden in Mailand gefasst, wohin sie Baldaccis Bericht nach Jahre zuvor gegangen waren, um zu sehen, wo ihr Geld geblieben war. Drei Tage danach verkündet Francesco Cèrcasi, er wolle eine Partei gründen und zu den Wahlen antreten.

»Das ergibt keinen Sinn«, murmelt er. »Cèrcasi hat nichts mit euch zu tun. Nichts.«

»Jetzt hören Sie doch mal mit diesem dämlichen Cèrcasi auf! Sie haben recht, er hat nichts mit uns zu tun.«

Danieles Atem geht plötzlich schneller.

»Sie haben mir von Riinas und Provenzanos Kontakten im Jahr 1991 erzählt, von dem Versuch, sich selbstständig zu machen. Sie haben gesagt, Provenzano habe Riina benutzt, um ihn loszuwerden, das ganze Spiel wäre eine abgekartete Sache.« Er blättert durch sein Notizbuch. »Ein großes Spiel, meinten Sie. Und jetzt kommen Sie mir mit einer mehr oder weniger zufällig gegründeten Partei und einem Mann, der bis zu jenem Abend im Fernsehen ein No-Name war? Wie soll ich Ihnen das glauben, Vitale?«

Der Cosa-Nostra-Mann lächelt.

»Bei allem Respekt, Dottore, Sie haben doch wohl sehr viel mehr auf dem Kasten. Sind Sie sicher, das alles an jenem Abend angefangen hat, als er vor die Kameras getreten ist? Denken Sie mal gut nach. Lassen Sie mal alles außen vor, was

Sie sich bei dem ganzen Bockmist, der Ihnen aufgetischt wurde, zurechtgedacht haben. Weiter als bis hier kann ich nicht gehen.«

Danieles Stimme klingt gedämpft.

»Das Geld der Ferraras steckt in der Perseo, ich weiß.«

»Das ist nur eine Frage des Geschäfts. Und der Machtpolitik.«

Daniele übergeht ihn.

»Antonio Marsigli ist einer von euch.«

»Sie sind doch nicht blöd, Dott…«

Der Richter springt auf. Das Notizbuch fällt zu Boden, der Kuli rollt unters Bett. Er kommt ganz nah an Vitale heran.

»Sagen Sie mir nicht dauernd, ich sei nicht blöd, verstanden? Sagen Sie mir nicht, ich wüsste, wie der Hase läuft, oder ich könnte selber drauf kommen, kapiert? Also gut, ich gehe noch einen Schritt weiter. Mithilfe von Marsiglis Freunden kann Luca Rossini das Familienvermögen vor dem Untergang retten. Mit den Jahren werden die Beziehungen fester und ihr werdet Partner. Dafür habe ich keine Beweise. Ich kann nicht beweisen, dass Rossini Bescheid wusste, aber ich bin verdammt sicher. Doch Rossini hat weder etwas mit Politik am Hut noch mit der Regierung oder Cèrcasis Partei, rein gar nichts. Also erzählen Sie mir keinen Scheiß, Vitale, dazu bin ich weiß Gott nicht in der Stimmung.«

Daniele senkt den Kopf und stützt sich auf den Nachttisch.

Vitale dreht sich auf die Seite und flüstert ihm ins Ohr.

»Wie kann man denn in Italien so groß werden, ohne etwas mit der Politik zu tun zu haben? Und wie viel Geld braucht es, um sich wählen zu lassen, wie viel, um zu gewinnen? Für die Cosa Nostra geht's nur ums Geschäft. Lukrative Geschäfte. Lukrative Investitionen. Wir verlieren nicht gern Geld, Dottore.«

Daniele bückt sich und hebt Notizbuch und Kuli auf.

»Das genügt mir nicht.«

Vitale überlegt ein paar Sekunden.

»Sadost.«

Daniele schlägt das Notizbuch auf.

»Was ist das?«

»Ein Unternehmen.«

»Was für ein …«

Vitale unterbricht ihn.

»Basta, Dottore. Ich habe nichts mehr zu sagen.«

Daniele lässt das Notizbuch in die Tasche gleiten, zieht eine gefaltete Fotokopie heraus, schlägt sie auf und zeigt sie Vitale.

»Sagen Sie mir, ob Sie ihn kennen, und wir hören auf.«

Der Cosa-Nostra-Mann betrachtet das Blatt.

Zwei Fotos von Luca Rossini aus einem Siebzigerjahre-Klatschblatt. Er ist mit einer sehr schönen, jungen Blondine zu sehen. Eine Schauspielerin, an den Namen erinnert Daniele sich nicht. Auch ein weiterer Mann ist darauf. Auf dem ersten Foto hilft er dem Mädchen in den Wagen. Auf dem zweiten hält er Rossini die Wagentür auf.

»Antonio Domenici«, sagt Daniele. »Wissen Sie, wer das ist?«

Der Mafioso gibt Daniele die Fotokopie zurück.

»Wer hat Ihnen gesagt, wo Sie suchen müssen?«

»Antworten Sie, Vitale.«

»Er heißt Angelo Barbera. Soweit ich weiß, ist er seit ein paar Jahren tot. Hinter dem wart ihr lange her, stimmt's Dottore?«

Daniele hält das Blatt zwischen den Händen und versucht in den Zügen des Mannes auf dem Foto das per Computer gealterte Gesicht wiederzuerkennen, das er so oft gesehen hat. Mord, Drogenhandel, Erpressung, Kidnapping. Barberas Strafregister lässt nichts aus.

»Was hatte er mit Rossini in Mailand zu tun?«

Vitale lässt sich nicht beirren.

»Er und Antonio Marsigli kannten sich seit der Kindheit. Sie haben sich ein paar Mal gesehen. '93 und '94. Barbera war es, der uns die Zusagen machte, nachdem er seinen Freund getroffen hatte.«

Der Richter wiederholt die Frage.

»Was hatte er mit Rossini in Mailand zu tun?«

Der Cosa-Nostra-Mann antwortet nicht. Er lächelt. Dieses Lächeln müsste man zu Protokoll geben, denkt Daniele. Er faltet das Foto zusammen und steckt es in ein Seitenfach seiner Tasche. Als er aufblickt, sieht er aus wie ein besiegter Soldat.

»Wieso haben Sie mir nicht von Barbera erzählt?«

»Sie glauben mir doch selbst jetzt nicht, wo Sie es mit eigenen Augen gesehen haben, Dottore. Wie hätten Sie mir da vorher glauben sollen?«

Daniele stellt die Tasche auf den Stuhl.

»Diese Geschichte ist …« Er beendet den Satz nicht. Worte können nicht alles ausdrücken. Sie können den Schmerz, die Wut, die Angst, den Unglauben, die Verzweiflung nicht beschreiben.

Die Einsamkeit.

Er wendet dem Zimmer den Rücken zu und geht zur Tür. Erst jetzt hört er den Regen. Er fällt noch immer, jenseits dieser Mauern, dieser Fenster, dieser Flure voller Wachleute. Auf den endlosen Park, auf das Dach des gepanzerten Wagens, auf die Straße zurück nach Hause.

Die Welt ist nicht stehengeblieben. Das wird sie nie.

Er greift nach der Klinke. Vitales Stimme lässt ihn innehalten.

»Sie haben schon viele Geschichten gehört, stimmt's, Dottore?«

Der Sizilianer wartet vergeblich auf Antwort.

»Das, was Ihnen Angst macht«, fährt er fort, »sind diese Geschichten. Sie haben sie von Polizisten, von Cosa-Nostra-Leuten, von Kronzeugen, von Ihren Richterkollegen, von Politikern, Finanzleuten, Unternehmern und Journalisten gehört. Ein riesiger Haufen Geschichten. Aber wenn Sie ihnen das zugrunde legen, was ich Ihnen gerade erzählt habe, passen sie perfekt zueinander. Jede ist an ihrem Platz.«

Daniele dreht sich um. Ich habe keine Beweise, denkt er. Es gibt keine Beweise. Vielleicht werde ich auch keine finden. Aber braucht es die, um die Wahrheit zu kennen?

Er öffnet die Tür. Vitales Stimme, zum letzten Mal, ehe er sie zuzieht.

»Schlafen Sie gut, Dottore.«

Er wünschte, er hätte sie nie gehört.

Er grüßt nicht, antwortet nicht, sagt kein Wort. Er macht den Wachleuten ein Zeichen, geht den Flur entlang und verschwindet genauso stumm, wie er gekommen ist.

*Ich habe Angst.*

*Das passiert mir in den letzten Wochen häufig. Angst vor dem, was ich getan habe, was ich geworden bin. Angst, nicht der zu sein, der ich sein will. Angst, zu viel erreicht zu haben, und das auf die falsche Art und Weise.*

*Angst vor dem Leben.*

*Angst vor M.*

*Er hat mir geholfen, kein Zweifel. Wäre er nicht gewesen, wäre ich jetzt nicht hier. Doch an manchen Tagen bezweifle ich, dass ich schlechter dran gewesen wäre. Anders, das ja. Aber nicht schlechter.*

*Ich hätte auf andere Weise Erfolg gehabt. Nicht so mühelos vielleicht. Nicht so schnell. Aber mein Moment wäre trotzdem gekommen. Es gibt keinen wie mich. Keinen. Nicht einmal M. kann mir das Wasser reichen.*

*Er glaubt, er sei besser, könne mich kontrollieren und mich benutzen, wie es ihm passt. Doch so ist es nicht. So ist es nicht. So ist es nicht.*

*Er hat auch Angst. Ich sehe es in seinen Augen, wenn er mich ansieht und glaubt, ich merke es nicht. Seine Freunde brauchen mich mehr als ihn.*

*Gestern habe ich bei der Arbeit innegehalten, mein Werk betrachtet und gelacht. Doch dieser winzige Glücksmoment hat nicht gereicht. Die Angst ist einfach zu groß.*

*Sie bedrohen meine Mutter. Anfangs dachte ich, sie hätte auf ihre alten Tage Wahnvorstellungen bekommen. Aber dann war ich dran.*

*Sie verfolgen mich, das weiß ich. Sie behalten mich im Auge, ich sehe sie. Sie belauschen mich überall, sogar in der Wohnung, ich höre sie. Sie wollen mich kontrollieren. Sie wollen, dass ich tue, was sie sagen, M. meint, sie würden mich zu dem machen, wozu ich bestimmt sei, ich solle sie nicht fürchten, seit Ewigkeiten warte man auf einen wie mich, ich sei der Beste und es sei ganz nützlich, sie und ihren Rat hinter sich zu wissen. Ihren Schutz.*

*Ich bleibe standhaft, versuche, nicht nachzugeben. Ich sage, ich will davon nichts wissen. Mit drei Worten malt er mir aus, was das bedeutet. Ich werde wütend, schreie ihn an, er streitet nie. Er schweigt. Tut so, als wäre nichts passiert.*

*Er organisiert Meetings. Ich höre zu. Sie fragen mich um Rat, und ich komme ihrer Bitte nach. Doch dann wird mir klar, dass genau das Gegenteil passiert. Sie sind es, die meine Entscheidungen manipulieren. Ich zwinge mich, zu lächeln, ihnen in die Augen zu sehen und so zu tun, als sei alles bestens, als wüsste ich nicht, wer sie sind und woher sie kommen, ich bemühe mich, gute Laune zu verbreiten, im Sattel zu bleiben und Vollgas zu geben.*

*Genau so drückt sich M. aus. Gib Vollgas und bleib nicht stehen. Um den Rest kümmere ich mich.*

*Aber ich habe Angst und kann mich nicht dagegen wehren. Andererseits will ich auf das, was ich habe, nicht verzichten, und es ist mir scheißegal, wie ich es kriege. Und durch wen. Das ist mein Leben, ich habe es verdient, es steht mir zu.*

*Manchmal bitte ich Gott um die Kraft zu widerstehen oder den Mut, alles hinter mir zu lassen. Und dann und wann habe ich das Gefühl, er erhört mich und ich kann es schaffen. Ich kann den moralischen Preis zahlen, den mein Leben fordert.*

*Dann feiere ich den wiedergefundenen Mut, den Abstand zu jener Welt, die nicht meine ist und die mich nicht loslassen will. Es hält nicht lange vor.*

*Ich kann nicht auf- und absteigen wie es mir passt. Ich kann den Tisch nicht verlassen. Das Spiel hat Regeln, es gibt eine Rolle zu spielen und einen ewigen Preis zu zahlen.*

*Ich bin ein Feigling. Mir fehlt der Mut, vom Karussell zu springen oder so zu leben, wie es mir die Moral, die ich zu haben glaubte, vorschreibt.*

*Also schwimme ich mit, lächle, sehe der Hölle ins Angesicht, streichle immer neue Frauen, vertraue auf eine Tablette. Ich lebe meine Schwäche aus.*

*Ich bete. Beichte meine Sünden. Und warte auf Antwort.*

»Helden sind erst Helden, wenn sie sterben oder getötet werden. Lebende Helden gibt es nicht, junger Mann. Sie sind alle tot. Tot …«

Javier Cercas, *Soldaten von Salamis*

»Die Grundlagen für eine Einigung gibt es, das erscheint mir eine gute Voraussetzung.«

Der Mann nippt an seinem Kaffee. Der Restauranttisch, an dem er sitzt, ist als einziger besetzt. Ein Hinterzimmer, geschützt vor neugierigen Blicken.

Sein Gast redet wenig und isst noch weniger. Schinken und Mozzarella, stilles Wasser, ein Malzkaffee.

Es ist das erste Mal, dass er ihn persönlich sieht. Und er hofft, es möge auch das letzte Mal sein.

»Haben Sie nichts zu sagen?«

Die Antwort klingt so sanft und distanziert, dass er sich wünscht, die Frage nie gestellt zu haben.

»Sie meinen also, die Voraussetzungen seien gut.«

»Ganz genau.«

Der Mann stellt die Tasse ab. Er trägt einen Ring. Mit einem roten Stein, einem Saphir. Er zieht ihn vom Zeigefinger, steckt ihn auf den Mittelfinger und dann wieder auf den Zeigefinger.

»Und Sie glauben, das reicht?«

Der Mann spürt, wie ihm das Herz stehenbleibt. Dieser Kerl hat keinerlei Gefühle, er fühlt nichts. Und genau deshalb durchschaut er jeden Bluff.

Er versucht, wieder die Oberhand zu gewinnen.

»Ich will ehrlich mit Ihnen sein«, sagt er. »Die Sache ist äußerst heikel, und …«

Die beringte Hand schnellt empor und erstickt jedes Wort.

»Sie begehen einen Fehler nach dem anderen, wissen Sie das? Wenn Sie sagen, Sie wollen ehrlich sein, muss ich annehmen, dass Sie es bisher nicht waren, und die nötigen Konsequenzen ziehen.«

Der Mann schnauft, ihm ist heiß. Er friert.

»Sagen Sie mir, was Sie wollen.«

»Ich will nichts.«

»Ja, verstehe. Verstehe. Sagen Sie mir, was die wollen.«

Er lässt die Hand sinken und verschränkt die Arme. Nickt. Ein breites Lächeln erscheint auf seinem Gesicht.

»Na, sehen Sie, so ist es schon viel besser. Sie lesen doch Zeitung, oder?«

»Wenn Sie diesen Artikel meinen …«

»Ich meine gar nichts. Das war eine einfache Frage.«

»Ja, ich lese Zeitung.«

»Gut. Ich nehme an, Sie können auch zwischen den Zeilen lesen.«

Der Mann muss ganz plötzlich husten, die Furcht muss sich irgendwie Luft machen.

Fast verächtlich gießt ihm sein Gegenüber einen Schluck Wasser ein und lässt ihn beim Trinken nicht aus den Augen.

»Ich dachte, Sie seien hier, um mir Informationen zu geben, und stattdessen bedrohen Sie mich.«

Der Mann streichelt den Saphir.

»Sie irren sich. Selbst wenn ich wollte, könnte ich das nicht. Ich bin ein Soldat.«

»Im Dienst zahlreicher Generäle.«

Der Satz rutscht ihm heraus, und sofort beißt er sich auf die Zunge. Doch sein Gegenüber geht gar nicht darauf ein.

»Sie wollen Ergebnisse«, sagt er. »Ausflüchte lassen sie nicht gelten. Kann ich ihnen mein Wort geben?«

»Und können Sie mir Ihr Wort geben, dass alles wieder zur Ruhe kommt?«

Sein Gast steht auf, knöpft die Jacke zu, zieht eine Sonnenbrille aus der Tasche und hält sie am offenen Bügel fest. Er lässt auf seine Antwort warten. Dann setzt er die Sonnenbrille auf und legt ihm eine Hand auf die Schulter. Einen Moment lang ist er sich sicher, bei dieser Berührung schreien zu müssen.

»Nehmen Sie sich in Acht«, sagt er und geht zum Ausgang.

Andrea klappt den Schirm auf und geht schneller. Der Regen ist ganz plötzlich gekommen, wie feuchter, fauliger Atem sinkt er zur Erde. Keine Tropfen, nur Dampf, ein uneingelöstes Versprechen.

Er hat das Auto weit weg geparkt. Das hätte er auch getan, wenn er nicht dazu gezwungen gewesen wäre.

Von der Straße aus sieht die Anlage wie eine riesige Fabrik aus. Rote Klinkerbauten und dunkle, schräge Dächer. Vier rechtwinklige Gebäude, hinter denen sich ebenso viele Höfe zu verbergen scheinen. Andrea stellt sich rennende Kinder, einen Hund, vor den Fenstern flatternde Wäsche vor. Ein blauer, kaputter Plastikball in einer Hofecke.

Sofort verscheucht er den Gedanken. In diesen Häusern, die sich in die Ebene schmiegen und durch eine zentrale Glasstruktur verbunden sind, hofft Andrea weder Kinder, noch Spielzeug, noch kaputte Plastikbälle zu finden. Dort drinnen herrscht der Tod, das Warten, die schleichende Ewigkeit, in der alles erlischt, auch der Schmerz und der Atem.

Kurz vor dem Eingang gleicht die Welt einer körnigen Fotografie. Der Regen verwischt die Farben und mischt sie mit der Stille. Die Furcht vor dem, was ihn erwartet, lässt alles absurd und schrecklich erscheinen.

Er bleibt stehen. Für einen Moment ist er kurz davor, kehrtzumachen, ins Auto zu steigen, die Placebo-CD voll aufzudrehen und sich mit Musik zuzudröhnen, bis es wehtut und er hoffen kann, sauber aus der Sache rauszukommen. Ohne ein Gestern und ein Heute, ohne Erinnerungen und Erwartungen, weit weg von einer Suche, die ihn, enttäuscht und gelähmt vor Angst, an die Schwelle eines verseuchten, geweihten Ortes geführt hat, in dem Menschen ohne Hoffnung auf den Tod warten.

Er klappt den Schirm zu, hört die automatische Schiebetür zurückgleiten und tritt ein.

Es ist warm und hell.

Ein großer runder Raum. Die Rezeption direkt vor ihm. Vier Eingänge, ausgewiesen auf einem gelben Schild. Gruppen mit aufsteigenden Nummern, von eins bis vierzig. Nichts, was an ein Krankenhaus erinnert, abgesehen von dem makellosen Kittel eines Pflegers.

Langsam bewegt er sich durch dieses Meer aus blendendem Licht. Dann kommt ein Mann um die vierzig in dunklem Polohemd, beigefarbenen Hosen und Lederschuhen auf ihn zu und lächelt. Er spricht ihn mit Namen an und stellt sich vor.

»Möchten Sie einen Kaffee?«

Andrea lehnt ab. Er will den Augenblick, in dem ein Teil seiner Geschichte ihr endgültiges Ende findet, nicht unnötig hinauszögern.

»Ich möchte ihn sehen«, sagt er.

Der Mann nickt. Eine kaum merkliche Bewegung, exakt austariert zwischen Zudringlichkeit, Höflichkeit und Diskretion. Er führt ihn einen Flur entlang und bleibt vor einer angelehnten Tür stehen. Es ist die Nummer vierzehn. Dunkle Zahlen auf einem Metallschild.

»Er ist mit einem Bruder gekommen«, sagt er. »Aber er bekommt nur selten Besuch.«

»Seit wann ist er hier?«

»Seit einer Woche.«

»Wie lange hat er noch?«

Überrascht vom kalten Ton der Frage sieht der Mann Andrea an.

»Ich wundere mich, dass er überhaupt noch am Leben ist«, antwortet er. »Seit zwei Tagen ist er nicht mehr bei Bewusstsein.«

Andrea nickt.

»Darf ich?«

»Bitte. Bleiben Sie, so lange Sie wollen. Das hier ist kein Krankenhaus.«

Andrea sieht ihm nach. Als der Pfleger hinter dem Eingang des Glastunnels verschwunden ist, starrt er einen Moment lang auf den verregneten Hof und weicht von der Zimmertür zurück, als könnte der Mann, der dahinter liegt, ihn plötzlich packen und lautlos mit sich in den Tod ziehen.

Es hatte Glück gebraucht, ihn zu finden. Zuerst hatte er versucht herauszubekommen, an was für einer Krankheit er litt, und dann, wie hoch seine Lebenserwartung war. Und dann hatte er nur noch hoffen können, dass er endlich an der Reihe wäre.

Glück eben. Zumindest teilweise. Der Tod ist ihm zuvorgekommen. Der Mann im Zimmer wird nichts mehr erzählen; ihn zu sehen bedeutet lediglich, ein Kapitel zu schließen, einen Namen aus der Liste zu streichen, dem Ende einen Schritt näher zu kommen.

Egal, ob es die Wahrheit oder die Kapitulation bedeutet.

Er öffnet die Tür.

Der Mann, den Elena den Werwolf nannte, liegt umringt von Monitoren da, und sein Herz schlägt im langsamen Takt einer Dampflok, die nicht von der Stelle kommt. Er ist glatzköpfig, vielleicht vollkommen kahl. Auf dem von Tumoren entstellten Gesicht ist kein Haar zu sehen, weder Barthaare noch Brauen.

Andrea mustert ihn von weitem.

Das weiße Zimmer, das weiße Bett, die weißen Laken. Eine brennende Lampe auf dem Nachttisch, ein schwarzer Ledersessel schräg vor dem Bett. Ein Holzschrank gegenüber dem Fenster.

Er tritt näher.

Öffnet ihn.

Jeans, ein paar Poloshirts, leichte Wollpullis, zwei Paar Lederschuhe. Keine Papiere, keine Brieftasche.

Er schließt den Schrank und geht zum Bett. Der Herzmonitor blinkt unbeirrt weiter.

Du hast dich nie versteckt, denkt er.

»Das hast du nie nötig gehabt«, raunt er.

Einen Moment lang ist er sich sicher, dass der Mann die Augen öffnen wird. Dass sie blau, fast weiß sind. Unbeteiligt und kalt wie ein Erdrutsch, eine Überschwemmung, ein Erdbeben, das Dörfer und Städte in Schutt und Asche legt.

Doch es geschieht nichts.

Nur sein Atem, kurz und unmerklich. Und das künstliche Ticken des Herzens.

Der Mann, den alle gesehen, viele gefürchtet und manche gesucht haben, liegt im Sterben. Er wird es allein tun, unter falschem Namen, und all seine Geschichten mit ins Grab nehmen. Wie er so daliegt, hat er nichts Erschreckendes und Grausames mehr. Nicht einmal sein Gesicht, auf dem der Tumor über Wangen, Stirn und das linke Auge wuchert und die Normalität in ein Zerrbild verwandelt.

Jetzt, da er vor ihm steht, drängt sich ihm der Gedanke auf, wie sehr dieser Mann und der Staat sich ähneln. Eine Missbildung, die niemand zu verstecken sucht und die jeder zu sehen kriegt, der sie sehen will oder den Mut hat, sie zu ertragen.

»Ich kenne dich.«

Die Stimme klingt wie ein dürrer Ast, der bricht. Mühsam quält sie sich durch die Erschöpfung, die Medikamente, die Benommenheit, die Kluft zu den Dingen und der Welt.

»Ich kenne dich«, wiederholt der Werwolf. Er sagt es, ohne die Augen zu öffnen, ohne sich zu rühren, nur die Lippen öffnen sich leicht.

»Ich kenne dich«, und jetzt bekommt Andrea Angst.

Angst vor der Stille, vor dem Ort, vor dem Tod, der so nah ist, dass er ihn riechen kann. Vor der Vergangenheit, die sich nicht mehr erzählen lässt, und davor, selbst ein Teil davon zu werden wie alle, die versucht haben, sie ans Licht zu zerren.

Du kennst mich nicht, möchte er antworten. Aber hinter

diesen geschlossenen Augen ist niemand, der ihm zuhören würde. Also schweigt er und lässt die Freude zu, einen Feind sterben zu sehen, und das schlechte Gewissen, das sie ihm bereitet.

Dann dreht er sich um und geht. Die Tür lässt er offen.

Während er den Flur hinuntergeht, verwandelt sich das Zucken des Herzmonitors in ein anhaltendes Piepen.

Adriano bricht sich ein Stück Bitterschokolade ab, stippt mit akribischer Sorgfalt die Krümel auf, die im Schokoladenpapier zurückgeblieben sind, und liest die Notiz noch einmal.

»Bist du sicher?«, fragt er. Vom anderen Ende der Leitung erhält er eine Bestätigung und legt auf.

Die Bar, in der er sich befindet, ist rund zwanzig Meter von seiner Wohnung entfernt. Das Telefon ist ganz hinten im Billardzimmer. Zwei Männer spielen in andächtigem Schweigen 9-Kegel-Billard. Das dumpfe Klacken der Queues, das Rollen der Bälle über den Filz, das Scharren der Kegel, das knappe Klicken des Punktzählers.

An der Wand lehnt ein alter Mann. Lakritz kauend schaut er dem Spiel zu, eine Hand in der Hosentasche.

Adriano wendet den Rollstuhl und rollt in eine Ecke. Der schummrige Raum ist riesig. Zwei Lampen, eine neben dem Telefon und eine über dem Tisch. Als er am Billardtisch vorbeikommt, nickt ihm einer der Spieler zu. Der andere hat sich vornüber gebeugt und wägt den nächsten Stoß ab. Kurz bevor er die Tür öffnet und in die Bar hinüberrollt, hört Adriano ihn sein Spiel machen.

Er bestellt einen Kaffee. Während er ihn trinkt, schielt er auf den Zettel in seiner Hand. Er faltet ihn kaum auseinander, wie ein Schüler, der während einer Prüfung zu spicken versucht.

Die Sadost, das Unternehmen, das Vitale Daniele gegenüber erwähnt hat, ist eine Finanzierungsgesellschaft mit mehreren Büros in ganz Italien. Der Typ von der Finanzpolizei, mit dem er telefoniert hat, sagt, es sei daran nichts faul und sie zahle regelmäßig ihre Steuern, es habe zwei Steuerprüfungen gegeben, die nichts ergeben hätten. Der nächste Anruf war nicht erfolgreicher. Keiner ihrer Kunden steht mit irgendwelchen zwielichtigen Kreisen in Verbindung.

Die Eigentümerin der Sadost heißt Grazia Dinardo. Sie lebt seit ihrer Geburt in Moncalieri, hat keine Kinder und ist schon seit Jahren verwitwet. Sie ist ebenfalls sauber. Keinerlei Verbindung zu Rossini, keinerlei Verbindung zu Cèrcasi. Nicht einmal zufällig.

Adriano zahlt seinen Kaffee.

An der Schwelle bleibt er stehen. Dann dreht er um, tauscht einen einvernehmlichen Blick mit dem Barmann und kehrt in den Billardsaal zurück.

Noch zwei Anrufe. Einer gilt einem alten Freund. Und einer mir.

Als das Telefon klingelt, stecke ich in einem riesigen Berg Unterlagen.

»Holst du mich ab?«, fragt er. »Lass uns zusammen einkaufen gehen.«

Ich antworte einsilbig, und zwanzig Minuten später stehen wir auf dem Parkplatz des Supermarktes. Zwischen Putzmittel und Aufschnitt erzählt er mir von der Sadost.

Es überrascht mich nicht. Seit drei Tagen bin ich ununterbrochen an der Sache dran. Die Suche nach einer Verbindung zwischen Cèrcasi und Rossini ist ein totes Gleis. Oder fast.

Als ich es ihm sage, stoppt er den Rollstuhl in einem menschenleeren Gang.

»Hast du etwas gefunden?«

Ohne zu antworten angele ich eine Packung Reis und zwei Pakete Nudeln aus dem Regal, lade eine Schachtel Zucker, drei Dutzend Flaschen Wasser, eine Tafel Bitterschokolade, eine Tüte Orangensaft und ein Päckchen Kaffee in den Einkaufswagen.

Und packe aus.

Es geschieht in einem seltsamen Stück Niemandsland zwischen den Tiefkühltruhen und den Kassen. Es geschieht ohne mein Zutun, als würde ein schlecht gehütetes Geheimnis nach allzu langer Zeit an die Oberfläche steigen.

»Das läuft wie bei der Perseo«, sage ich und denke an die Verurteilungen wegen Betrugs, Geldwäsche und Mafiazugehörigkeit, denen die Manager des Konzerns zum Opfer gefallen sind, ohne dass Rossini auch nur im Entferntesten in die Schusslinie geraten wäre.

»Sag mir, was du herausgefunden hast.«

Wir gehen an den Tiefkühltruhen vorbei, Dutzende Kartoffelgerichte, Ofenkartoffeln und Fritten. Spinat, Spargel. Riesige silbrig und braun schimmernde Fische, die so aussehen, als hätten sie ihr ganzes Leben in einem Eisblock verbracht.

»Da gibt es einen Typen, der vor ein paar Jahren in Palermo geschnappt wurde. Er geht bei einer Mafia-Ermittlung ins Netz, die zu einem Bunker voller Waffen führt. Sie nageln ihn durch die Listen der Telefonverbindungen fest. Und es kommt heraus, dass er eine Zeitlang Anrufe erhalten hat, die er nicht hätte erhalten dürfen. Unmittelbar vor dem Anschlag in der Via Georgofili wird er beispielsweise jeden Tag von einem der Bombenleger angerufen. Das Gleiche passiert vor Rom und Mailand. Danach kommt nichts mehr.«

Adriano greift sich zwei Marmeladengläser.

»Jemand hat sein Telefon benutzt.«

»Das dachten die Richter auch, aber man kann nichts nachweisen. Also lassen sie ihn wieder laufen.«

»Und was ist daran so merkwürdig?«

»Er ist der Gründer eines von Cèrcasis sizilianischen Parteibüros. Er hat auch an dieser Art Kollekte teilgenommen, mit der sein Wahlkampf finanziert wurde.«

Mein Vater unterdrückt ein Lachen.

»Und was geschieht nach seiner Festnahme?«

»Er wird noch am selben Tag rausgeschmissen. Das Parteibüro wird geschlossen, die gesammelten Gelder einem palermischen Krankenhaus gespendet.«

»Das könnte Zufall sein.«

Ich zucke mit den Achseln.

»Schon möglich. Aber es hat mich neugierig gemacht. Und ich bin der Sache nachgegangen.«

Ich stelle mich an der Kasse an. Vor uns versucht eine junge Frau erfolglos, ihre Zwillinge im Zaum zu halten. Sie bietet uns an, vorzugehen, ich lehne lächelnd ab. Im Flüsterton rede ich weiter.

»Das hat es schon mehrmals gegeben. Der Vater eines Cosa-Nostra-Killers eröffnet zusammen mit ein paar Freunden ein Büro zwischen Palermo und Bagheria. Ein Strohmann des Capobianco-Clans nimmt an der Spendensammlung in der Provinz Mailand teil. Der ehemalige Bürgermeister eines ostsizilianischen Dorfes stürzt sich in die Spendenaktion für den ersten Wahlkampf. Dann kommt raus, das er ganz dicke mit Riinas Steuerberater ist und muss die Finger davon lassen. Ein Mann aus Ferraras Dunstkreis organisiert in seinem Hotel in Palermo die erste Versammlung der neuen Partei in Sizilien, auf der auch die sizilianischen Wahllisten präsentiert werden sollen. In diesen Listen ist ein Unternehmer aufgeführt, der um ein Haar auch aufgestellt worden wäre. Er wird in letzter Sekunde verhaftet, als herauskommt, dass er mit einem von Falcones Mördern in Verbindung stand.«

»Und Cèrcasi?«

»Er hat Tabula rasa gemacht, vom ersten bis zum letzten Mann. Ohne Pardon. Und er hat versucht, die Sache unterm Deckel zu halten. Aber das ist noch nicht alles. In den sizilianischen Parteiorganen ist auch ein Herr unterwegs, der zum Zeitpunkt von Borsellinos Ermordung Finanzberater war. Immer wieder taucht er im Zusammenhang mit den Telefonaten auf, die im Castello Utveggio zusammenlaufen. Als sie ihn ein bisschen genauer unter die Lupe nehmen, kommt heraus, dass unter seinen Klienten ein paar Mafia-Strohmänner sind, die Drogengeld in der Schweiz und in Norditalien waschen. Er behauptet, er habe davon nichts gewusst, es gibt keine Beweise und alles löst sich in Wohlgefallen auf.«

»Und was macht der heute?«

Ich grinse meinen Vater hämisch an und flüstere:

»Stadtrat.«

Adriano sieht mich ungläubig an.

Entschuldigend hebe ich die Hände, schiebe den Einkaufswagen vor und lege alles aufs Band. Zehn Minuten später sitzen wir im Auto. Es sieht nach Regen aus.

»Wir müssen noch einen Artikel schreiben. Das muss an die Öffentlichkeit.«

»Nicht so.«

Ich starte den Wagen.

»Man kann es auch anders erzählen.«

»Nämlich wie?«

Mein Vater denkt nach. Die Antwort kommt, als wir fast vor seiner Haustür sind.

»Wir holen ganz weit aus«, sagt er.

Und schaut lächelnd aus dem Fenster.

Wenige Tage darauf erschien der zweite Artikel.

Wir hatten eine ganze Nacht darüber diskutiert, was wir schreiben, wie wir eine Geschichte aufzäumen wollten, die immer deutlicher und immer unsäglicher wurde.

Am Ende war die Wahl auf Davide Mirri und die Semprini gefallen. Gegen das, was von der Anonima Cementi noch übrig war, waren Ermittlungen eingeleitet worden, und eine von Adrianos Quellen hatte uns wissen lassen, dass die Anklagen kurz bevorstanden. Der ideale Aufhänger für unsere Geschichte.

Den grauen Faden, der in den Achtzigern seinen Ursprung hat und sich durch Teile der Finanz- und Wirtschaftswelt zog, rot färben. Die Mechanismen, Beweggründe und Kanäle, die Taktiken von Infiltration und Kannibalismus erklären, mit denen die Cosa Nostra es geschafft hatte, zuerst Gesellschafterin zu werden und sich dann nach kurzer Garzeit eine fette Scheibe der Realwirtschaft einzuverleiben.

Von dort waren wir auf Marsigli und die Verbindungen zur Politik gekommen. Wir hatten den Ex-Bürgermeister von Palermo Prestileo und dann möglichst beiläufig die seltsamen Zufälle hinsichtlich Cèrcasis Partei ins Spiel gebracht.

Es hatte zwei ganze Tage gebraucht, alles in eine druckreife Form zu bringen.

»Selbst wenn sie wollten, könnten sie das Problem nicht lösen.«

Als Adriano das gesagt hatte, war es mitten in der Nacht, er hatte schokoladenverschmierte Finger und sah aus wie ein kleiner Junge, der sich höllisch amüsiert und keine Angst hat, sich erwischen zu lassen.

Als ich nicht begriff, was er meinte, erklärte er es mir in demselben Ton, mit dem er mir früher irgendeine komplizierte Hausaufgabe einbläute.

»Ich meine das Geld. Früher war sonnenklar, welches sauber und welches schmutzig war. Setzte man sich einen Schuss, wusste man, dass man die Mafia finanzierte. Beauftragte man gewisse Firmen, wusste man, dass man die Mafia beschäftigte. Eröffnete man ein Geschäft und zahlte Schutzgeld, konnte man sicher sein, dass das Geld an die Mafia ging. Heute ist alles anders. Womöglich bezahlt man sie auch mit einem neuen Anzug, den man sich beim Einkaufsbummel durch die Altstadt zulegt. Oder mit einer Banküberweisung. Beschlösse man aus irgendeinem Grund, jeden Trieb zu kappen, wären die Folgen so gewaltig, dass man einen Aufstand riskierte.«

Dieser Gedankengang war in den Artikel eingeflossen. Genau so, wie er ihn dargelegt hatte. Wort für Wort. Eine Stunde später lag ich im Bett.

Den folgenden Tag hatte ich damit zugebracht, meinen Kopf freizukriegen.

Ich war spät aufgewacht und laufen gegangen. Dann hatte ich die Wohnung geputzt und in einem grimmigen Anfall von Aktionismus sämtliche Wohnzimmermöbel verrückt, um auch noch das letzte Staubkorn zu erwischen. Gegen Abend war ich meinen Jugendroman Kapitel für Kapitel durchgegangen und hatte beschlossen, ihn »Das Land der vergessenen Geschichten« zu nennen.

Er passte perfekt zu dem Chaos, in dem ich mich befand.

Abends war ich früh zu Bett gegangen und fand keinen Schlaf. Noch ehe ich das Licht gelöscht hatte, überfiel mich der Gedanke an Elena.

Ich stellte mir vor, wie sie mit Ferrarini redete, an einem ähnlichen Herbsttag wie dem meines Besuches. Oder wie sie zu mir und Giulia nach Hause kam und ihre Tochter auf dem Sofa in die Arme nahm. Wie sie sie ins Bett brachte und ihr Geschichten von Zauberern und guten Geistern erzählte, die ich in mehr als einem Roman verwurstet habe. Wie sie sich neben mich legt, mich küsst, ihre Zunge schmeckt nach Zahnpasta, und schweigend im Dunkeln liegt, endlich frei, ihre Angst zu zeigen, das Grauen herauszulassen, das ihr den Atem abschnürte.

Noch immer sehe ich sie so vor mir. Allein.

Weil es keine andere Möglichkeit gibt.

Das habe ich erst sehr viel später am eigenen Leib erfahren.

Mit ihrem Blick in meinen Augen bin ich eingeschlafen und als der Wecker klingelte, war ich fast erleichtert aus dem Bett gesprungen.

Ich dachte, eine Dusche würde Ordnung in meine Gedanken bringen.

Ich irrte mich.

Es war ein Tag wie heute. Der Regen nur eine Erinnerung, für die Jahreszeit war es fast zu warm. Beim Anziehen hatte ich ein altes Supertramp-Stück vor mich hingesummt. Ich hatte den Schlüssel ins Schloss gesteckt, ihn umgedreht und nach der Klinke gegriffen.

Vor der Tür wäre ich beinahe darüber gestolpert.

Der Umschlag lag auf der Fußmatte. Mein Name war darauf gedruckt.

Ich hatte ihn aufgehoben und einen Moment lang in der Hand gehalten. Als ich ihn öffnete, war klar, was darin war, aber die Angst blieb.

Unser Artikel war vollständig abgedruckt. Ein weißes Blatt Papier, ohne besondere Kennzeichen. Es gab keine Unterstreichungen, nichts, was ins Auge gefallen wäre.

Er sollte am nächsten Tag erscheinen.

Außer mir und Adriano hatten nur Daniele und der Chefredakteur ihn gelesen.

Er war doppelt gefaltet, damit er in den Umschlag passte. Drei Kugeln lagen darin.

Es war nicht schwer zu begreifen, wem sie galten.

Carlo Binaghi ist näher an der Sechzig als an der Vierzig, er ist Teilhaber in einem Steuerberaterbüro, hat ein Diplom, eine Ex-Frau, die ihn nicht ausstehen kann, ein Auto, das dringend ersetzt werden müsste, ein Darlehen fürs Haus, das ihm jeden Monat ein Loch in die Tasche reißt, eine Geliebte, die er gern Freundin nennen würde, die davon aber nichts wissen will, eine glühende Leidenschaft für orientalisches Kino und die Romane von Bret Easton Ellis und den häufig geäußerten Wunsch, ein vollkommen anderes Leben zu leben.

Der Tag, an dem er angefangen hat, die Wirklichkeit in einem andern Licht zu sehen, begann wie jeder andere. Ein Kaffee, ein süßes Teilchen unten in der Bar, der Verkehr, der Parkplatz. Ein nervtötender Klient, dem man erklären muss, dass Steuerhinterziehung genau genommen eine Straftat ist. Am Spätnachmittag Joggen am Strand, dann ein hastig eingenommenes Abendessen ohne Anspruch auf kulinarische Finesse.

Während er auf dem Sofa liegt und Zeitung liest, läuft der Fernseher im Hintergrund. Die x-te Nachrichtensendung.

Bomben im Irak, zwei Autounfälle, jemand, der jemanden umbringt, den er kennt. Der übliche Trottel, der gegen Rumänen und Illegale wettert. Auch das ist Routine, genauso langweilig wie der Rest.

Er gähnt, sieht auf die Uhr, schreibt eine SMS, schlägt die Zeitung zu und will aufstehen. Da bleibt sein Blick am Bildschirm hängen.

Der Ministerpräsident Francesco Cèrcasi hatte einen Tennisunfall. Er ist mit dem Schläger gestürzt und hat sich zwei Finger der linken Hand gebrochen. Nichts Ernstes, heißt es. Dabei sieht man Cèrcasi, der winkend aus dem Krankenhaus kommt.

Er trägt ein Hemd mit aufgekrempelten Ärmeln, hat die Jacke über die Schulter gehängt, und der linke Unterarm ist bis zum Ellenbogen frei.

Carlo Binaghi hat sich mit einer Hand auf die Sofalehne gestützt, halb im Aufstehen erstarrt. Cèrcasi winkt, eine Kamera zoomt auf den Gips, ein Journalist fragt ihn, wer als Erster unterschreiben darf. Der Ministerpräsident kommt näher, mit windzerzaustem Haar und einem aufgesetzt spitzbübischen Blick hinter den Brillengläsern, und hält dem Fragesteller den Arm hin.

Es folgt die Unterschrift, allgemeiner Beifall, eine nette Bemerkung. Das Bild kehrt ins Studio zurück.

Carlo Binaghi lässt sich aufs Sofa fallen. Andere Nachrichten flimmern über den Bildschirm, aber er nimmt sie nicht wahr. Er denkt an etwas, das weit zurückliegt. Er denkt an einen sonnigen Tag und an die Stille.

Er denkt an den Schmerz, den er empfunden hat und erneut empfindet. Unmittelbar. Jetzt.

Er steht auf. Die Müdigkeit, die Erschöpfung, der Wunsch, die Augen zu schließen und die Welt ad acta zu legen sind verschwunden.

Er schaltet den Computer ein. Sucht.

Fast sofort findet er eine Spur. Und noch eine. Dann sucht er den eben gesehenen Beitrag, sieht ihn sich noch einmal an, hält das Bild an, zieht es auf Bildschirmgröße hoch, versucht es scharfzustellen, überzeugt, sich geirrt zu haben, denn so funktioniert die Wirklichkeit nicht, die Wirklichkeit verarscht einen.

Er lächelt. Weint. Um sich selbst, um seine kindliche Naivität, die er selbst als Erwachsener nicht losgeworden ist.

Er greift zur Zeitung und sucht diesen Namen. Er kennt ihn, ohne zu wissen, warum. Die Telefonnummer herauszufinden ist einfach. Die E-Mail-Adresse noch einfacher. Er kritzelt sie auf ein Stück Papier, schaltet den Computer aus und geht ins Bett.

Wenn es so ist, ändert das alles. Wenn es so ist, kann sich auch für ihn alles ändern.

Ich brauche einen ganzen Tag, um Grazia Dinardo zu finden.

Sich abermals in Elenas Unterlagen zu stürzen, tut nicht mehr weh. Es gleicht eher der Wehmut, mit der man an etwas Unwiederbringliches denkt, das weit zurückliegt.

Das schlechte Gewissen ist mit einem Mal weg. Das wird mir just an dem Tag klar, an dem ich wieder in Zahlen, Namen und Telefonnummern herumwühle und die Seiten mit Ferrarinis Konten, die Notizen zu Patti und die zahllosen Details Revue passieren lasse, die Elena nicht kennen konnte und die sie dennoch kannte.

Sie ist nicht meinetwegen gestorben. Sie ist ihretwegen gestorben. Wegen ihrer Liebe zur Wahrheit, ihres ausgeprägten Gerechtigkeitssinns, der zu allumfassend war, um nicht gefährlich zu sein.

Sie ist gestorben, weil sie starrsinnig, stolz und ein Einzelgänger war. Sie ist gestorben, weil sie von etwas, an das sie glaubte, nicht ablassen konnte, weil sie sich nicht zufriedengeben und nicht über Dinge hinwegsehen konnte, die zum Himmel stanken.

Sie ist gestorben, weil sie die Leute zum Reden brachte und sie ihr vertrauten.

Sie ist aus all den Gründen gestorben, aus denen ich sie geliebt habe.

Sie ist gestorben und wusste, dass sie sterben würde, und ich weiß nicht, woher ich diese Überzeugung nehme, es gibt keine Anhaltspunkte, keine Andeutungen oder Erinnerungen, die dazu Anlass gäben. Und dennoch: Wie ich abermals durch ihre Unterlagen blättere, bin ich mir dessen sicher und es erschreckt mich.

Inzwischen kommt die Angst hinterrücks. Jedes Mal ist es eine andere Facette, und es währt nur Sekunden, aber nach und nach hat sie alles eingenommen, was mein Leben umgibt.

Eine dunkle Ecke, die zugezogenen Schlafzimmervorhänge, die ich jeden Abend vor dem Schlafengehen öffne. Das gelöschte Licht, das mich bei meiner Heimkehr empfängt. Die Stille meiner Wohnung, wenn ich abends aus der Dusche komme und ins Bett gehen will. Das Gesicht des Nachbarn, das mir nicht bekannt vorkommt. Oder das des Briefträgers, den ich morgens zufällig treffe. Das Telefon, das nur einmal läutet. Das gedämpfte Klingeln, mit dem mein Mailprogramm mir das Eintreffen einer neuen Nachricht anzeigt. Der Ton meines Vaters, der mir noch immer etwas verheimlicht, wonach ich ihn nicht zu fragen wage.

Ein vor dem Haus parkender Wagen, einer wie viele, weder alt noch neu, mit korrektem Nummernschild und hellen Scheiben. Vielleicht steigt eine Frau mit ihrer Tochter ein und fährt davon. Auch sie macht mir Angst.

Für einen flüchtigen, winzigen, tagtäglich wechselnden Augenblick, kürzer als ein Herzschlag, so kurz, dass ich ihn nicht bemessen könnte, überfällt mich das Grauen und reißt mich nieder.

Diese Geschichte ist eine Blickrichtung. Eine andere, aber nicht unmögliche Sichtweise. Ein Augenaufschlag, der die Realität in einem anderen Licht zeigt. Und ganz allmählich, Tag für Tag, verändert das Gesehene die Bedeutung der Worte, die Kongruenz der Adjektive, schärft die Umrisse, manipuliert den natürlichen Gang der Gedanken, verändert unumkehrbar die Sicht auf die Welt und die Menschen.

Bis es einen selbst verändert, die Suche nach der Wahrheit zur Besessenheit und die Arbeit zur einzigen Lebens- oder Überlebenschance werden lässt.

Und deshalb weiß ich, dass Elena genauso empfunden hat. Und ich hasse sie nicht dafür, dass sie so weit gegangen ist, ich hasse sie nicht dafür, über alles hinweggegangen zu sein – über sich selbst, mich, unsere Tochter –, auf der Suche nach einem unmöglichen Ziel. Ich habe die gleiche Entscheidung getroffen, und Grazia Dinardo ist lediglich eine letzte Bestätigung.

Ich finde sie zufällig. Zwei kleine Wörter auf einer der letzten Seiten ihres Notizbuches. Daneben eine Telefonnummer.

Sizilien, Italien.

Erst bei den ersten Klingeltönen fällt mir auf, dass es tief in der Nacht ist. Ich lege nicht auf.

Es klingelt fünfmal.

Ein Band geht ran.

Es teilt mir mit, dass das Einwohnermeldeamt von Sciacca vormittags zu den üblichen Bürozeiten geöffnet ist. Ich lege auf, wähle die Nummer noch einmal und höre dieselbe Stimme.

Ich schicke meinem Vater eine SMS, er wird sie lesen, wenn er aufwacht. Dann kaufe ich ein Flugticket und miete ein Auto.

In dieser Nacht schlafe ich ohne Alpträume.

*Es ist vorbei. Ich weiß es, ganz klar.*

*Es ist vorbei.*

*Seit alles anfing zu bröckeln, schlafe ich nicht mehr. Seit Monaten nicht mehr. Schweigend sitze ich da und lausche der Nacht. Ich versuche, mir die Zukunft auszumalen, das hab ich immer gekonnt. Doch ich sehe nichts. Nur Schwärze. Eine vollkommene, totale Leere. Das Dunkel im Spiegel.*

*M. redet immer öfter mit mir. Er holt weit aus. Eine Bemer-*

*kung zum Fußball oder zu sonst was. Und dann nähert er sich dem Thema. Wie ein Geier umkreist er mein Ende.*

*Ich packe das nicht, habe ich ihm vor einer Woche gesagt. Ich packe das nicht. Ich muss weg, raus aus diesem Leben. Ich muss mir das Gewissen erleichtern und mich wie ein besserer Mensch fühlen. Leben, wie es sich gehört, nicht wie es mir passt. Aufhören, dir zu trauen. Es ist deine Schuld, dass ich hier bin.*

*Er hat mich angesehen. Schweigend wie immer.*

*Und was willst du dann machen?, hat er mich schließlich gefragt. Und bist du wirklich sicher, dass nicht du es warst, der das alles wollte? Bist du sicher, etwas Besseres zu sein? Der Beste?*

*Er hat die Antwort nicht abgewartet. Schweigend ist er hinausgegangen, in seinem Gesicht eine Mischung aus Wut, Vorwurf und Furcht.*

*Ich bin allein geblieben. Mit der Faust habe ich einen Spiegel zerschlagen. Ich habe alle fortgejagt, lasst mich allein, habe ich gebrüllt. Ihr seid Parasiten, elende Blutegel, die sich von meinem Fleisch ernähren. Dreck. Abschaum. Idioten. Ohne mich dürftet ihr noch nicht mal atmen.*

*Ich habe gebrüllt. Gegen mich, gegen den fehlenden Mut.*

*Und dann hat plötzlich alles keinen Sinn mehr gehabt. Ich spürte nichts. Leere. Totales Vakuum. Keinen Schmerz, keine Angst. Weder Reue noch Bedauern.*

*Ich bin nur eine Figur in einem riesigen Spiel, aber ich kenne die Regeln in- und auswendig. Das kann ich ausnutzen, das Messer beim Griff packen, zustoßen und töten.*

*Am Leben bleiben.*

Grazia Dinardo gibt es nicht.

Die Sachbearbeiterin des Einwohnermeldeamtes wimmelt mich freundlich, aber bestimmt ab. Sie lässt sofort durchblicken, dass sie mir nicht traut, und mein Akzent macht die wenigen Rechtfertigungen, die ich mir aus den Fingern sauge, nicht glaubwürdiger.

Während der gesamten Reise hierher – im Flugzeug, im

Mietwagen – habe ich mich gefragt, was das Einwohnermeldeamt von Sciacca mit einer Frau zu schaffen hat, die in der Nähe von Turin geboren ist und dort gelebt hat. Womöglich ein Ehemann, ein Vater, die Mutter. Ich habe das nicht überprüft, und es erscheint mir die einfachste Erklärung.

Die nächstliegende Antwort erhalte ich auf dem Amt. Dinardo ist kein sizilianischer Nachname, sondern ein apulischer. Und soweit bekannt, hat die Signora keine Verwandten hier.

Ich frage nicht weiter. Ich lasse das Auto stehen und mache ein paar Schritte zum Meer hinunter. Ich ziehe die Jacke aus, denke an die Schwüle, die ich daheim zurückgelassen habe, setze mich an den leeren Strand und versuche, zu denken oder an nichts zu denken.

Eine kleine Ewigkeit sitze ich da, dann klingelt das Telefon. Es ist mein Vater. Die Redaktion hat ihn angerufen. Ein Typ möchte mit uns sprechen. Er will mir nicht sagen worüber.

»Es ist besser, wenn du mit dem redest«, sagt er. »Er ist in Sizilien.«

Ich lasse mir die Nummer geben und rufe an. Zwei Minuten später haben wir uns verabredet.

Andrea sieht auf die Uhr und bleibt vor einem neuen Fernseher stehen. In diesem Teil des Einkaufszentrums stehen mindestens fünfzig, und auf sämtlichen Bildschirmen läuft derselbe Kanal. Man kommt sich vor wie im Spiegelkabinett eines Rummelplatzes.

Ein Verkäufer nähert sich, Andrea lässt ihn gar nicht erst zu Wort kommen. Eine knappe, entschiedene Handbewegung und ein Blick genügen. Er weicht einen Schritt zurück, tut so, als interessierte er sich für den Unterschied zwischen zwei Modellen. Auf den Schildern stehen mehr Abkürzungen als in einem geheimen Bericht, und die Bildqualität scheint absolut identisch zu sein.

»Entschuldige.«

Die Stimme lässt das gedankenverlorene Lächeln aus seinem Gesicht verschwinden. Ohne sich umzudrehen, besieht er sich einen DVD-Player.

»Du bist spät dran«, sagt er.

Der Mann schnaubt verlegen.

»Ich weiß, verdammt. Ich weiß. Du kannst dir gar nicht vor …«

Andrea dreht sich um. Sein Gesicht ist vollkommen ausdruckslos. Die Stimme genügt.

»Nein, das kann ich nicht. Und es ist mir auch scheißegal.« Er tritt näher. »Gib mir die Hand und lächele.«

Der Mann gehorcht. Von weitem könnte es als ein Treffen zweier alter Freunde durchgehen. Andrea klopft ihm auf die Schulter.

»Wollen wir uns ein paar Modelle ansehen?«

Der Mann folgt ihm wortlos.

Sie gehen zum Regal zurück. Interessiert betrachtet Andrea einen DVD-Player mit integriertem Rekorder.

»Beug dich zu mir, tu so, als interessiertest du dich für dieses Ding, und gib mir den Umschlag. Beug dich nach …«

»Nach vorn, ich weiß. Verdammt noch mal, glaubst du, ich hab nicht gesehen, wo die Kameras hängen?«

Ohne etwas zu sagen nimmt Andrea den Umschlag, schiebt ihn in den Hosenbund, macht die Jacke zu und dreht sich lächelnd um.

»Und, was meinst du?«

Der Mann steht ihm gegenüber. Die Kamera erfasst gerade noch sein Profil.

»Das hat alles, was man braucht. Aber nicht alle Antworten.«

Andrea hält ihm die Hand hin. Sie verabschieden sich.

Er stellt sich vor, wie der andere in den Klos der Abteilung Datenverarbeitung des Finanzministeriums sitzt und sich heimlich weißes Pulver durch die Nase zieht.

Bei einer Antidrogen-Aktion vor zwei Jahren ist er ihm zufällig draufgekommen, und zwei Tage später tranken sie zusammen einen Kaffee, der eine verängstigt, der andere mit einem Angebot, das man nicht ausschlagen konnte. Ein Tauschgeschäft sozusagen. Immunität gegen den Zugang zur EDV des Ministeriums. Ein fairer Handel, der beiden nützt.

Andrea geht auf einen Verkäufer zu, fragt ihn das Erstbeste, was ihm durch den Kopf schießt, hört sich geduldig die Antwort an, bedankt sich und geht.

Den Umschlag öffnet er erst, als er weit weg vom Einkaufszentrum im Auto ist. Er parkt an einer geschlossenen Tankstelle, mit der Front zur Ausfahrt.

Er reißt das Kuvert auf, liest.

Zwei der Kontonummern aus Elenas Unterlagen gehören zur Sadost und befinden sich in derselben Bank. Andrea geht die übrigen Daten dreimal durch, steckt sich die Telefonkopfhörer ins Ohr, legt den Gang ein und wählt eine Nummer.

Am anderen Ende der Leitung ist Daniele. Eine verschlüsselte Verbindung, die sich nicht zurückverfolgen lässt.

»Die Sadost hat zwei Konten bei einer Schweizer Bank«, sagt er. »In Italien gibt es nur eine Niederlassung. Die von Elena vermerkten Kontobewegungen beziehen sich auf zwei Zeiträume zwischen 1992 und 1994. Aber in der Zeit gibt es auch noch andere.«

»Von wie viel reden wir?«

»Ungefähr dreißig Milliarden Lire.«

Schweigen. Irgendwo fällt eine Tür zu.

»Ist das alles?«

»Nicht ansatzweise. Eine der Gutschriften stammt von der Fin Art, Larinzettis Unternehmen, für das Arianna gearbeitet hat. Die Überweisungen, die Elena nachvollzogen hat, stammen jedoch aus dem Ausland. Schweiz und Kanada. Wenn man den Geldfluss ganz zurückverfolgt, landet man auf den Bahamas. Eine Off-Shore-Gesellschaft, eingetragen auf den Namen eines holländischen Anwalts.«

»Großartige Arbeit.«

»Das entscheidende Detail kommt noch, Daniele. Bei derselben Bank finden sich persönliche Konten von Luca Rossini, seiner Frau Crystal und Antonio Marsigli.«

»Dein Anruf hat mich nicht überrascht.«

Cesare Grossi ist ein paar Jahre älter und zwanzig Kilo schwerer als mein Vater. Als Adriano am frühen Nachmittag bei ihm eintrifft, führt er ihn ins Wohnzimmer und begrüßt ihn mit diesem Satz.

Adriano hebt kaum merklich die Augenbraue.

»Ich hatte gehofft, du würdest mich anrufen.«

Grossi lacht herzlich.

Sie kennen sich seit dreißig Jahren. Ein junger Journalist und der Ghostwriter zahlreicher Regierungspolitiker, denen er als fürstlicher Rat zur Seite stand. Zwei Seiten des Grabens, an dem beide ihren Mann stehen müssen, ehe die Welt sie in Stücke reißen kann. Essen, Wein und eine ordentliche Portion Einsamkeit haben ihr Übriges getan.

»Du bist immer einen Schritt voraus, stimmt's?«

Grossi wartet auf eine Antwort, ein Zeichen des Einvernehmens. Dann wird er plötzlich ernst.

»Verstehe, du bist nicht zu Scherzen aufgelegt.« Er senkt die Stimme. »Ich auch nicht.«

Er bewohnt eine Dachwohnung hoch über der Altstadt. Er ist allein, sein Lebensgefährte wurde vor ein paar Jahren Opfer eines Autounfalls. Eine Weile lang ist er nicht vor die Tür gegangen. Jetzt unterrichtet er an einer Privatuni und erteilt seinen teuren Rat jedem, der ihn nötig hat.

Als Francesco Cèrcasi sich in die Politik gestürzt hat, war Cesare Grossi der Einzige, der ihm zuhörte. Der Einzige, mit dem er über seine Ideen redete, der Einzige, dessen Meinung er gelten ließ.

Es dauerte ein Jahr und endete ganz plötzlich. Gesundheitliche Gründe, hieß es. Herzprobleme. Angesichts der Mühe, mit der Grossi seinen massigen Körper bewegt, klingt das glaubhaft.

»Sag mir, was du willst, du altes Aas.«

Mein Vater mustert ihn lange.

»Wenn du meinen Anruf erwartet hast, weißt du, weshalb ich hier bin. Francesco Cèrcasi.«

Grossi zieht die Schultern hoch.

»Wer denn sonst … Ich habe eure Artikel gelesen und muss gestehen, dass ich ein bisschen nervös geworden bin. Und das ging, glaube ich, nicht nur mir so.«

»Über deinen Ministerpräsidentenfreund haben wir nichts gesagt.«

»Ihr habt eine ganze Menge gesagt, Adriano. Eine ganze Menge. Ich war bei diesem Wahlkampf dabei, und ich hab ganz schön Schiss gekriegt. Er hat mich angerufen, weißt du das?«

Adriano versucht sich seine Überraschung nicht anmerken zu lassen.

»Erzähl keinen Scheiß, Cesare …«

»Ich schwör's dir. An dem Tag, als der Artikel erschienen ist. Er dachte, ich wäre derjenige, der gesungen hat. So ein Arschloch …«

»Hat er dir gedroht?«

Grossi lächelt.

»Was glaubst du?«

Adriano sieht ihn an. Denkt nach. Zuckt mit den Achseln.

»Das nächste Mal schreiben wir über dich.«

»Ich habe einen Scheißdreck damit zu tun, und das weißt du. Sobald ich ein bisschen Wind davon bekommen habe, bin ich abgehauen. Und Francesco hätte das Gleiche tun sollen.«

»Hat er aber nicht.«

Grossi reißt sich eine Augenbraue aus. Geschickt und präzise. Er studiert sie wie einen seltenen Organismus.

»Ich habe begriffen, wie's läuft. Sag mir, was du wissen willst.«

Adriano überlegt kurz und entscheidet sich für den direkten Weg.

»Die Perseo.«

Grossi lässt sich grunzend in den Sessel fallen und schlägt

die rechte Faust in die linke Hand. Ein Dutzend Mal, wie ein Metronom. Dann hört er plötzlich auf, sieht meinen Vater schief an und antwortet mit drei Buchstaben. Karten auf den Tisch, voller Einsatz.

»Los.«

Mein Vater lässt ihm keine Zeit, es sich anders zu überlegen.

»Wie hat er die Schulden beglichen?«

»Scheiße, das weiß doch jeder!«

»Ich rede nicht von der offiziellen Version, Cesare. Ich will wissen, was hinter den Kulissen passiert ist.«

Grossi faltet die Hände. Sein Blick wandert vom Bücherregal zu meinem Vater. Nur die Augäpfel bewegen sich.

»Als die Perseo zu uns kam, war ich Francesco Cèrcasis Sprecher. Offiziell war das meine einzige Funktion. Ich wollte nicht gewählt werden, das hatte ich ganz klar gesagt.«

»Ich habe mich immer gefragt, warum.«

»Klare Verhältnisse, nehme ich an. Der Wunsch, niemanden zu haben, der über mich bestimmt. Schwachsinn, ich weiß. Vielleicht habe ich auch, ohne es zu wissen, in die Zukunft gesehen. Jedenfalls meldet sich die Perseo fast sofort. Sie rufen mich an. Wenn man zu Cèrcasi wollte, musste man erst zu mir, egal, worum es ging. Manchmal klappte das sogar mit den Ministern.«

Er verstummt, um sicherzugehen, dass alles klar ist, und redet weiter.

»Sie bitten um ein Treffen. Mach dir keine Hoffnungen, Rossini selbst ruft nicht an. Das erledigt alles sein Geschäftsführer. Sie sagen, sie wollen den Gläubigerbanken ein Angebot machen und zuerst mit uns darüber reden. Das Unternehmen befand sich in einer desolaten Lage. Es hieß, die Bücher müssten Knall auf Fall vor Gericht gebracht werden. Doch erst, als sie zu uns gekommen sind, haben wir begriffen, wie tief sie in den roten Zahlen steckten. Fünftausend Milliarden. Lire natürlich.«

»Ein ganz schönes Loch.«

»Ein riesiges Loch, Adriano. Ein Krater, ein Abgrund.«

»Und was sagt Cèrcasi?«

»Cèrcasi sagt nichts. Er hört zu. Er lässt dich reden, folgt deiner Argumentation und stellt am Ende wohlüberlegte Fragen. Oft und gern bügelt er einen damit einfach nieder.«

Cèrcasi. Grossi nennt den Ministerpräsidenten mal beim Vor-, mal beim Nachnamen, immer in demselben ätzenden Tonfall. Es ist schwer zu glauben, dass sie vor nicht allzu langer Zeit dicke Freunde waren.

»An dem Tag«, fährt er fort, »hat er nichts entschieden. Er hat sich den Plan der Perseo angehört, sich eine Aufstellung sämtlicher Zahlen geben lassen, ist aufgestanden und gegangen. Keine Fragen – und die hätte es durchaus gegeben –, keine Anmerkungen. Ein rein informatives Treffen, mehr nicht.«

»Und dann?«

»Es wurde nie darüber geredet, und die Banken haben den Plan gebilligt. Der Grund ihres Kommens lag auf der Hand. Die Mehrheit der Gläubigerbanken waren in staatlichem Besitz. Die Privatisierung hatte noch nicht stattgefunden, die Führungspositionen wurden durch das Ministerium besetzt. Und die Perseo schuldete diesen Banken einen Haufen Geld. Der uns vorgestellte Plan sah vor, die Schulden in Aktien zu verwandeln. Die Perseo stieg wieder aus der Asche, die Schuldner wurden zu Gesellschaftern, dann wurden noch zwei oder drei ausländische Investoren draufgepackt, und der Kahn war wieder flott.«

»Und genau das ist passiert.«

»Sehr gut, Adriano. Genau das ist passiert. Wir haben es lediglich hübsch verpackt.«

Mein Vater sagt lange nichts. Als er wieder spricht, ist seine Stimme nur ein Hauch.

»Das klingt nach einem Gefallen.«

Grossi tut überrascht.

»Findest du? Dabei gab es gar keinen Grund, Rossini einen

solchen Gefallen zu tun. Den hab ich nicht einmal zu Gesicht bekommen. Soweit ich weiß, hat er noch nicht mal Cèrcasi angerufen. Weder vorher noch nachher noch währenddessen. Aber in der Tat, mir kam es vor wie ein Gefallen. Auch wenn viele Wirtschaftsexperten meinten, das sei ein gutes Geschäft. Die Einkaufszentren der Perseo erfreuten sich bester Gesundheit, genau wie der Rest des Unternehmens, das Problem sei finanzieller und nicht struktureller Natur und würde Geld bringen. Die Krise sei zahlreichen anderen Faktoren geschuldet, die Perseo würde einer Menge Menschen Arbeit geben und die gelte es zu erhalten. Unterm Strich sei das ein wirklich guter Schritt gewesen. Für alle.«

Er seufzt lächelnd.

»Heute setzt Rossini drei Milliarden Euro um, und dank dieser Geschichte hat er auch bei der Banca d'Italia ein Wörtchen mitzureden, schließlich sind seine neuen Gesellschafter Aktionäre. Eine Riesensache also. Man gleicht die Schulden aus, holt sich verlässliche Partner an Bord, behält die Kontrolle über seine Schöpfung, dringt ohne groß aufzufallen in eine der wichtigsten Schaltzentralen vor. Rettet seinen Arsch. Und kann weiterhin den Schein wahren.«

Grossi verstummt und wartet vergeblich auf eine Reaktion.

Adriano denkt über das soeben Gehörte nach: Verschlossene Türen. Eine gezielte Forderung. Ein klares System. Keine Diskussion.

Grossi meinte, er habe keine Fragen gestellt. Er habe zur Kenntnis genommen.

»Die Entscheidung stand ihm gar nicht zu.«

In Grossis Gesicht blitzt ein grausames Grinsen auf und schlägt in ein bitteres Lächeln um. Er schüttelt den Kopf, schindet Zeit, setzt an einem anderen Punkt der Geschichte an.

»Als er mir eröffnete, dass er kandidieren wolle, war das keine Überraschung. Ich kenne Francesco seit der Schule, wir sind immer in Kontakt geblieben, die Entscheidung lag in der Luft.«

»Und er hat dich gebeten, ihm zu helfen.«

»Wen hätte er sonst fragen sollen? Das war mein Job. Public Relation, politische Imagepflege, Coaching. Das ist mein Leben. Außerdem waren wir Freunde.«

Wir waren Freunde.

Es ist das erste Mal, dass er eindeutig in der Vergangenheit spricht. Gefühle lässt er außen vor. Nichts von der Theatralik, die in seinen übrigen Schilderungen mitschwang. Eine klare, einfache Tatsache, die keine Untermalung braucht.

»Als wir das erste Mal ernsthaft darüber sprachen, schien er bereits an alles gedacht zu haben. Die politische Ausrichtung, die richtigen Leute, das Programm. Es war alles da. Zwar noch ein Embryo, aber da. Man brauchte nur das nötige Geld. Viel Geld.«

»Und du?«

»Ich was, Adriano! Eine Weile habe ich die Klappe gehalten. Und als es dann ernst wurde, habe ich versucht, die Sache anzusprechen.«

»Was hat er dir gesagt?«

»Er hat mich gefragt, an welche Summe ich gedacht hätte. Und ich habe mit der doppelten Summe geantwortet.«

»Und wo wollte er die hernehmen?«

»Das habe ich mich auch gefragt. Oder besser, ich habe ihn gefragt, als mir ein paar Zweifel kamen.«

»Zweifel?«

»Na klar, Zweifel. Das war eine riesige Summe. Francesco wollte nicht gewählt werden, er wollte gewinnen. Er war völlig besessen davon. Wir können es uns nicht leisten, Zweiter zu werden, sagte er. Und eines Tages meinte er zu mir, ihm sei eine Idee gekommen, wie man das Problem lösen könne.«

»Öffentliche Spenden.«

»Genau. Er meinte, alles andere sei überholt, und ich musste lachen, denn genau das war der Kern der Sache. Francesco war die Lauterkeit, die dieses Land sich nicht leisten konnte. Klar, idealistisch, nicht gutaussehend genug, dass ihm die Frauen nachliefen und die Männer eifersüchtig wurden. Und mit der Gabe, alles einfach zu machen, jedes Konzept in höchstens zwanzig Worten zu erklären. Die Leute hörten ihm zu und kamen sich klug vor. Sie hörten, wie er die Korruption anprangerte, und stellten fest, dass der Durst nach Gerechtigkeit gestillt wurde. Heute würde man sagen, er hatte eine Zukunftsvision. Und im Grunde war es so.«

»Oder vielleicht hattest du sie.«

»Überschätz mich nicht, Adriano. Ich bin nur ein kleiner Schreiberling. Ich komme, wenn es an guten Geschichten fehlt, und löse das Problem. Aber ich bin nicht der Regisseur. Niemals. Dazu wäre ich gar nicht fähig.«

Adriano nickt. Dann kommt er auf den heikelsten Punkt zurück.

»Das war kein Gefallen für die Perseo. Die Entscheidung stand ihm gar nicht zu.«

Grossi schnappt sich die Fernbedienung des Fernsehers und schleudert sie gegen die Wand. Das Plastik zerbirst, die Batterien rollen in eine Zimmerecke.

»Wofür hältst du dich eigentlich, verdammt noch mal? Du schreibst zwei Zeitungsartikel und glaubst, du hast alles begriffen, stimmt's? Wann bist du eigentlich so ein Arschloch geworden?«

Mein Vater wartet. Sein Satz hat ein Wortgefecht in eine Kneipenprügelei verwandelt. Grossi greift in seine Hosentasche, holt eine winzige Tablette hervor und würgt sie ohne Wasser hinunter. Dann lässt er sich mit geschlossenen Augen in den Sessel zurückfallen.

Langsam wird sein Atem ruhiger. Er schluckt und unterdrückt ein Husten. Dann öffnet er die Augen und sieht meinen Vater an.

»Das weiß ich schon lange, Adriano. Sehr viel länger, als du glaubst.«

»Er ist nicht der, der er zu sein behauptet.«

Carlo Binaghi sagt es mit einem Lächeln, ganz ohne Groll oder Wut. In einer Mischung aus Heiterkeit und Erleichterung, die ich mit seinen Worten einfach nicht zusammenbringe.

Er wiederholt es dreimal. Am Telefon, als wir uns treffen und an einem Bartisch in Palermo. Er erklärt mir, er wohne nur wenige Kilometer entfernt in Varese. Sein Vater sei nach seiner Heirat nach Sizilien gezogen.

»Eine spiegelverkehrte Immigration«, sagt er.

Ich versuche zu lächeln. Die Geschichte seiner Familie geht mir am Arsch vorbei. Ich will nur die Bedeutung dieses Satzes kapieren, der ihm ständig herausrutscht.

»Ich kenne Filippo seit der Grundschule«, fährt er fort. Und ab da begreife ich nichts mehr.

»Er war mein bester Freund. Unsere Familien waren Nachbarn, wir spielten zusammen. Sie wissen ja, wie das in dem Alter ist.«

»Welches Alter genau, wenn ich fragen darf?«

Ein beruflicher Reflex.

»Von sechs bis zwölf. Danach habe ich ihn nicht mehr wiedergesehen.«

Ich sehe ihn verständnislos an. Als er merkt, dass ich mit seinen Worten nichts anfangen kann, entschuldigt er sich und redet weiter.

»Filippo war ein sehr guter Fußballspieler, wissen Sie? Wir dachten alle, er würde Profi werden. Er spielte Rechtsaußen. Ich war längst nicht so begabt. Wir spielten in einer Pfarrgemeinde ganz hier in der Nähe, der Don Bosco.«

Ich muss ihm auf die Sprünge helfen, meine Geduld ist erschöpft.

»Was ist mit Filippo passiert?«

Auf Binaghis Gesicht erscheint ein irres Lächeln. Er ist glücklich, keine Frage. Trotzdem bin ich überzeugt, das er mir ein Drama erzählen wird.

»Ich war gerade zwölf Jahre alt geworden. Es muss so zwei Tage nach meinem Geburtstag gewesen sein.«

»Wir reden von dem Jahr …«

»1961.«

Ich nicke.

»Wir kamen gerade vom Training zurück. Zuerst kam man an mein Haus, und zwanzig Meter weiter stand seines. Als ich hereinkam, hörte ich Schüsse. Ich wollte hinrennen, aber meine Mutter hielt mich zurück. Wir sind später rübergegangen, mit allen anderen, als die Carabinieri eintrafen.«

»Filippo …«

»Nein, Filippo war nichts passiert. Sie hatten Don Tano umgebracht. Bei uns Kindern hieß er nur Don Tano, wir hatten ja keinen Schimmer. Er war ein Mafioso. Er war auf offener Straße erschossen worden, vor Filippos Haus. Und Filippo stand daneben. Plötzlich war ein Auto aufgetaucht, und zack.«

»Und Ihr Freund hatte alles mit angesehen.«

»Ja, alles. Und er erinnerte sich an alles. Sogar an das Nummernschild, mit Zahlen war er immer gut gewesen.«

Ich unterbreche ihn. Ich will ihn zu diesem Satz etwas fragen, aber dann überlege ich es mir anders.

»Seine Mutter hatte beschlossen, Anzeige zu erstatten. Einer der Typen, die geschossen hatten, war ihr bekannt vorgekommen. Alle rieten ihr davon ab. Filippo lebte mit ihr allein, der Vater war nie da, keine Ahnung, was für einen Job der hatte. Am Ende haben sie auf niemanden gehört und Anzeige erstattet.«

Ich warte. Binaghi sieht mich an, als müsse er nicht weiterreden. Dann tut er es doch.

»Sie wurden beide umgebracht«, fährt er fort. »Filippo und seine Mutter. Es war genau wie bei Don Tano. Es war ein Sonntagmorgen. Wir haben die Schüsse gehört, dann ist die Polizei gekommen und hat sie unter Leichentüchern aus dem Haus getragen. Dann war die Beisetzung, der Vater war gekommen, er war verzweifelt, der Ärmste. Und hier endet die Geschichte.«

Es scheint, als müsste ich ihm jedes Wort aus der Nase ziehen. Dabei hat er mich angerufen und platzt fast vor Eifer, mir alles zu erzählen.

Ich sehe auf die Uhr. Eine gewollte Geste, um ihm klarzumachen, dass er keine Zeit verlieren soll.

»Ich verstehe nicht, was das mit dem zu tun hat, was Sie mir am Telefon sagten.«

Jetzt wird er ein bisschen nervös. Das ist seine Vorstellung, er bestimmt den Text.

»Das erzähle ich Ihnen jetzt. Ein paar Monate vor seinem Tod war Filippo bei mir zu Hause. Meine Mutter backte Kekse. Sie hatte sich diese Ausstecher in Tierform gekauft. Sie wissen schon, ein Hahn, ein Kaninchen. Ich und Filippo haben herumgealbert und er ist ausgerutscht und mit dem Arm auf den ofenheißen Förmchen gelandet. Es war so schlimm, dass er sogar ins Krankenhaus musste und eine Narbe zurückbehielt.«

»Eine Narbe?«

»Von der Verbrennung, ja. So was geht ja nicht immer vollständig weg. Ich hab Häschen dazu gesagt. Sie war genau hier.«

Er schiebt den Ärmel hoch und zeigt auf eine Stelle zwischen Handgelenk und Ellenbogen.

»Das Kaninchen war deutlich zu sehen. Und auch ein Teil vom Hahnenkamm.«

»Ich weiß noch immer nicht …«

Er fällt mir ins Wort und greift nach der Zeitung auf dem Tisch. Als wir uns getroffen haben, hatte er sie unter dem Arm. Er schlägt die zweite Seite auf und zeigt mir das Foto. Ich reiße es ihm aus der Hand.

»Ist Ihnen klar, dass es sich um einen Zufall handeln könnte?«

Er lacht mir ins Gesicht.

»Haben Sie das Foto gesehen, Dottore? Glauben Sie wirklich, das ist ein Zufall?«

Meine Hände sind schweißnass. Mein Blick wandert zwischen Binaghi und dem Foto hin und her. Ich gehe seine Schilderung noch einmal durch.

»Sie haben ihn nicht tot gesehen, richtig?«

Er breitet die Arme aus.

»Sehen Sie, Dottore, jetzt haben Sie's. Ich habe ihn nicht gesehen. Nur ihn und die Mutter unter diesem Laken. Wenn sie wüssten, wie oft ich davon geträumt habe.« Er senkt die Stimme. »Eine ganze Weile später kamen Gerüchte auf. Sie wären gar nicht wirklich tot, man hätte sie heimlich fortgebracht, um sie zu schützen, weil Filippos Vater für den Staat arbeitete. Ich war klein, meine Mutter meinte, er sei Vertreter und deshalb ständig unterwegs, aber das war die Geschichte eines Helden, verstehen Sie? Ich bin mit der Hoffnung aufgewachsen, dass er noch am Leben sein könnte. Und jetzt ...«

»Seine Mutter.«

»Filippos Mutter?«

»Ja. Wissen Sie noch, wie sie hieß?«

»Donati. Filippo hieß mit Nachnamen Donati.«

»Der Vorname, nicht der Nachname.«

»Natürlich weiß ich den noch. Grazia. Ich nannte sie immer Tante Grazia.«

»Und ihr Mädchenname?«

»Wissen Sie, wie oft ich auf diesen Klingelknopf gedrückt habe? Lipari. Tante Grazia hieß Lipari.«

Ich sehe auf die Uhr. Wenn ich mich beeile, schaffe ich es noch.

Ich stehe auf.

»Ich rufe Sie später an. Ich muss los.«

»Ich würde ihn gern treffen, wenn das möglich ist.«

Lächelnd drücke ich ihm die Hand und mache ein Versprechen, das ich nicht halten werde.

»Wenn Sie recht haben, ganz bestimmt.«

»Erst sehr viel später habe ich alles zusammengekriegt.«

Cesare Grossi redet mit einem Glas Brunello zwischen den Händen. Ehe er fortfuhr, ist er aufgestanden und hat zwei Gläser Wein eingeschenkt.

Genüsslich betrachtet er die purpurne Flüssigkeit und nippt daran.

»Es hat Jahre gebraucht«, sagt er. »Eines Tages laufe ich auf einer Tagung einem alten Freund in die Arme. Christdemokrat, einer von der strammen Sorte. Ein knallharter Kerl, der in den Siebzigern Reden für zahlreiche Minister verfasst hat. Du weißt ja, wie das auf Tagungen läuft. Man plaudert, trinkt was, geht zusammen essen. Und während wir beim Essen sitzen, fragt er mich nach Cèrcasi. Ich lasse ein paar Belanglosigkeiten vom Stapel, was hätte ich auch sagen sollen. Doch er haut einen Satz raus, der mich trifft wie der Schlag. *Rossini hatte schon alles durchdacht.* Ich konnte gerade noch mein Glas festhalten. Wäre es runtergefallen, wäre der Bann bestimmt gebrochen gewesen und ich hätte das Ende der Geschichte nie erfahren.«

Er fährt sich mit der Zunge über die Lippen, sein Atem wird schwer. Er schließt die Augen und sieht aus wie ein Sportler, der sich auf den perfekten Bewegungsablauf konzentriert.

Dann öffnet er sie wieder.

»Er sagt mir, Rossini habe ihn anrufen lassen, um über Politik zu reden. Er meinte, es müsse scharf durchgegriffen werden, es bräuchte eine harte Hand. Jemanden, der das Kommando übernimmt und das Schiff in den Hafen steuert. Mein Freund begreift nichts, aber Rossini bezahlt ihn. Nun ja, eigentlich nur fürs Zuhören. Eine Weile lang treffen sie sich regelmäßig. Rossinis Fragen wirken durchdacht, und er wird das Gefühl nicht los, dass ein ganz klarer Plan dahintersteckt. Zwar hat Rossini das nie zugegeben, doch mein Freund ist sich sicher, dass er eine Partei gründen wollte.«

»Wann?«

Grossi richtet den Zeigefinger auf meinen Vater und trinkt.

»Eben, genau. Wann. Das habe ich ihn auch gefragt. Ende '91, sagt er. Ich sage ihm, das sei unmöglich, von Tangentopoli hätte es noch nicht mal die kleinste Spur gegeben, er müsse sich irren. Er lächelt und schweigt. Dann sagt er, er könne sich bestens an das Datum erinnern. Während des letzten Treffens sei seine Enkelin geboren worden. Es war der 13. Januar 1992.«

Mein Vater fährt sich mit der Hand übers Gesicht. Plötzlich ist sein Rollstuhl ein unerträgliches Gefängnis.

»Wieso bist du gegangen?«

»Diese ganzen erbaulichen Dinge, die du über die sizilianischen Parteibüros geschrieben hast, erinnerst du dich? Nun ja, jemand ist zu mir gekommen und hat mir gesagt, da laufe etwas falsch. Ich bin zu Francesco gegangen und war ganz ruhig. Er hat einen Nervenzusammenbruch bekommen. Die Fernbedienung eben war nichts dagegen. Er meinte, das dürfe nicht sein, er werde sich darum kümmern.«

»Aber das tat er nicht.«

»Nein, das tat er nicht. Wir haben noch mehrmals darüber gesprochen. Schließlich habe ich begriffen, dass sich nichts ändern würde. Und wir haben uns auf einen Ausweg geeinigt. Er hat noch nicht mal versucht, mich umzustimmen.«

Niedergeschlagen lässt er sich aufs Sofa fallen. Adriano stellt das Glas ab.

»Das ist noch nicht alles, stimmt's?«

Grossi lächelt bitter.

»Natürlich nicht. Ich schätzte Francesco sehr, das weißt du. Und es gab viele Leute, die mir einen Gefallen schuldeten. Also habe ich deinen Job gemacht. Eine kleine Recherche hier und da. Gerüchte, Klatsch, kleine Winkelzüge, die einem zeigen, woher der Wind weht.«

Er leert sein Glas, füllt es wieder, trinkt einen Schluck, schnuppert daran.

»Dieser Mann widert mich an, Adriano. Rossini. Er widert

mich an. Der integre, blütenreine Industrielle. Der internationale Playboy, der sein Leben ändert und sein obergeiles Modell heiratet. Der Mann, der das Familienimperium gerettet hat, der die Kultur finanziert, der zwei Doktortitel hat und ganz dicke mit dem Opus Dei ist. Das ist alles nur Fassade. Und den Beweis hat er mir geliefert.«

Noch ein Schluck. Der Mut zum Weitermachen braucht den Geschmack des Brunello.

»Ich kann mich noch ganz genau an den Tag erinnern. Ich hatte eine Untersuchung bei einer englischen Firma in Auftrag gegeben.«

»Schuldete die dir auch einen Gefallen?«

Grossi lächelt müde.

»Sagen wir, sie haben sich mit einem üppigen Honorar zufriedengegeben. Drei Tage vor Weihnachten liefern sie mir die Ergebnisse. Es hatte Monate gebraucht, und ich sage dir nicht, welcher Kanäle sie sich bedient haben. Darin ist von Schmiergeldern die Rede, die in den goldenen Jahren an die Parteien gezahlt wurden. Von Zahlungen vom Ausland ins Ausland, von Geldflüssen, die aus internationaler Geldwäsche stammen. Der reinste Horrorfilm. Und sie hatten Beweise. Indizien, Akten.«

Adriano unterbricht ihn.

»Marsigli.«

Grossi leert das Glas in einem Zug und kann sich das Lachen kaum verkneifen.

»Sei nicht kindisch. Glaubst du wirklich, es ist so simpel? Er hätte von dem ganzen Brass in der Chefetage des Konzerns nichts mitgekriegt? Oder seine Freundschaft mit diesem Schwein Marsigli habe mit dem Pack, mit dem der in Sizilien verkehrt, nichts zu tun? Rossini ist eine feige Sau, er nutzt dich aus, solange du ihm nützlich bist, und dann verpasst er dir einen Arschtritt. In der Zwischenzeit quetscht er dich so sehr aus, dass er alles über dich weiß, selbst das kleinste bisschen. Und weißt du, weshalb nie etwas herausgekommen ist?

Weil er den Weltmeister im Geldverstecken auf seiner Gehaltsliste hat.«

Er senkt die Stimme.

»Hast du schon mal was von Clarence Vandermeer gehört? Holländer, seine Mutter war im Zweiten Weltkrieg Spionin für die Alliierten, er hat ein bisschen überall gelebt. In Afrika, England, Frankreich. Dann hat er sich in der Karibik niedergelassen. Er sitzt in verschiedenen Verwaltungsräten, aber in Wirklichkeit handelt er mit Fonds. Oder besser gesagt, er versteckt Geld. Das ist sein Spezialgebiet. Er hat ihm das Netz geknüpft.«

Er setzt sich auf dem Sofa zurecht und versucht, seine Gedanken zu ordnen.

»Mit Rossini wollte ich nichts zu tun haben, Adriano. Und Francesco sollte das wissen. Ich habe das ganze Material kopiert, bin zu Cèrcasi gegangen und habe ihm alles erzählt. Jede Kleinigkeit. Dann wurde mir klar, dass ich die größte Dummheit meines Lebens begangen hatte.«

Er sieht meinem Vater direkt in die Augen. Der Schmerz legt sich als feuchter Schleier über seinen Blick. Er verscheucht ihn mit einer Handbewegung.

»Nicht einmal da hat er etwas unternommen.«

»Nein, Adriano. Ich glaube, irgendwas hat er unternommen.«

Er senkt den Blick und ringt mit der Anstrengung, die ihn diese Schilderung kostet. Er flüstert fast.

»Ich habe es sofort gemerkt, kaum hatte ich das Thema angesprochen. Eine Sekunde nachdem mir das Wort Cosa Nostra herausgerutscht war. Er ist sofort starr geworden. Ich dachte, vor Wut, vor Ekel. Und es war auch so, da bin ich mir sicher! Nur das es nicht die Wut war, für die ich sie hielt … Es war …«

»Wut auf sich selbst. Er war auf sich selbst wütend.«

Grossi nickt.

»Ich habe ihm das Material zum Holländer dagelassen.

Eine Kopie all dessen, was ich hatte. Zum Abschied haben wir uns umarmt. Dann bin ich nach Hause gefahren und hab gewartet.«

Er holt tief Luft. Zweimal. Dreimal.

»Zum Teufel«, zischt er. Abermals füllt er sein Glas. »Unmittelbar vor Weihnachten erscheint im Innenteil des *Corriere delle Sera* ein Artikel. Darin geht es um einen Pädophilie-Fall. Ein Junge beschuldigt meinen Lebensgefährten, ihn belästigt zu haben. Ich machte zwei Telefonate und stelle fest, dass ein Anwalt nötig ist. Die Uni suspendiert ihn. Wir brauchen fast ein Jahr, um aus der Sache rauszukommen. Der Junge zieht seine Anschuldigungen zurück. Offenbar ein Racheakt. Richard steckt die Sache nicht gut weg und hört auf zu unterrichten. Ein heftiger Schlag, Adriano. Im wahrsten Sinne des Wortes. Nicht heftig genug, um bleibende Schäden zu hinterlassen, aber trotzdem.« Er leert sein Glas in einem Schluck. »Mit diesem Artikel habe ich begriffen, dass das Warten ein Ende hatte. Ich hab gewartet, bis Richard im Bett war, dann habe ich mir einen angesoffen und alles in den Kamin geworfen.«

Mein Vater denkt an Grossis Lebensgefährten. Das letzte Mal, als er ihn gesehen hat, saß er in genau diesem Sessel, in dem Grossi jetzt sitzt, die Brille auf der Nasenspitze und eine Abhandlung über die Reformation in den Händen.

»Richard fehlt mir, Adriano.«

»Mir auch. Ich weiß, das klingt heuchlerisch, aber er war ein guter Mensch.«

Cesare Grossi sieht weg. Mein Vater übernimmt das Wort.

»Wieso hast du mir das nie erzählt?«

»Weil es für alles den richtigen Moment gibt.«

Grossi steht auf, verlässt das Zimmer und kommt mit einer Zeitung in der Hand zurück. Sie ist vom Tag zuvor, die Nachricht ist eine fast unsichtbare Randnotiz im Innenteil. Er zeigt sie meinem Vater.

Clarence Vandermeer ist von seiner Haushälterin tot aufgefunden worden.

Jemand ist in sein Amsterdamer Haus eingedrungen, hat ihn in seinem Arbeitszimmer gefesselt, den Safe ausgeräumt und ihm zwei Kugeln in den Kopf gejagt.

Mein Vater lässt die Zeitung sinken.

»Wieso hat er es nicht selbst getan?«

»Wovon zum Henker redest du, Adriano?«

»Von Rossini. Wieso hat er Cèrcasi benutzt? Wieso hat er's nicht selbst angepackt?«

Grossi breitet die Arme aus.

»Glaubst du, dass hätten die zugelassen? Verdammt, Adriano, er ist öffentlicher Konzessionär. Noch gibt es in Italien Gesetze, selbst für Leute wie ihn. Man kann nicht in die Politik gehen, wenn man Geschäfte mit dem Staat macht. Man ist nicht wählbar. Die Leute waren außer sich, erinnerst du dich? Glaubst du, die hätten das durchgehen lassen?«

Er hält inne. Die nächsten Worte sind nur ein Hauch.

Mein Vater und das Zimmer existieren für ihn nicht mehr.

»Aber wieso Francesco?«, flüstert er. »Was …«

Er kann den Satz nicht beenden. Er schüttelt den Kopf, das Glas in den Händen, den Blick ins Nichts gerichtet.

»Er hätte es '91 tun können.«

Adrianos Worte reißen ihn aus einem tiefen Traum.

»Entschuldige?«

»Wieso hat er es nicht 1991 getan? Wieso hat er zwei Jahre gewartet?«

Grassi fährt sich mit den Fingern durchs Haar.

»Das habe ich mich oft gefragt.« Er stellt das Glas ab. »Die Voraussetzungen stimmten nicht. Das ist alles. Es war nicht der richtige Zeitpunkt. Vielleicht hatte er noch nicht den Richtigen gefunden. Und das System war zu stark, zu verwurzelt. Um es niederzureißen musste man abwarten, bis es Risse bekam.«

Mein Vater nickt.

Er denkt an einen Sommernachmittag zurück.

An einen heißen, fernen Sommer. An den Geruch nach

Staub und glühendem Metall. An die Stille und das Heulen der Sirenen. An Elenas Augen. An eine Frage, die sie immer und immer wieder stellte.

Woher? Woher?

Er denkt an die Leichentücher am Boden. An die Augen, die versuchten, überall zu sein. An den Regen, der gegen das Fenster prasselt, während Giuseppe eine Geschichte erzählt, die vollkommen irrwitzig klingt.

An eine sonnenüberflutete Dachterrasse und an Zigarettenkippen.

An die Trümmer von Florenz und Rom. An die verkohlten Bäume in der Via Palestro.

An die haarfeine Linie eines Risses auf einer weißen Mauer. Man weiß nicht, wo er anfängt oder aufhört, man weiß nicht, warum die Mauer ganz plötzlich zu Staub zerfällt.

Er hebt den Kopf und sucht Grossis Blick.

»Es brauchte einen Gnadenstoß«, sagt er. »Es sollte wie das Ende aussehen. Dabei war es der Anfang.«

Nach dem zweiten Weltkrieg heiratet Grazia Lipari Marcello Donati. Sie ist Sizilianerin, er stammt aus Venedig. Sie ziehen nach Sciacca und bekommen einen Sohn, Filippo. Marcello ist beruflich viel unterwegs, mehr weiß man nicht. Als Filippo zwölf ist, stirbt er zusammen mit der Mutter durch drei Pistolenschüsse. Sie werden auf dem Küchenboden gefunden. Niemand hat etwas gesehen. Die Mörder werden nie gefasst.

Die Geschichte, die ich mir in den Archiven der Lokalzeitungen zusammenklaube, entspricht genau der, die ich von Binaghi gehört habe. Ich finde sogar ein Foto der Frau mit ihrem Sohn. Schwarzweiß lächelnde Gesichter Anfang der Sechziger. Der Junge hat ein T-Shirt an und etwas, das aussieht wie ein Muttermal, auf dem linken Unterarm. Das Foto ist zu unscharf, um mehr zu erkennen.

Grazia Lipari und Grazia Dinardo sind jedenfalls am selben Tag geboren. Nach dem, was sich aus den Papieren schließen lässt, unterscheiden sie sich durch einen Zentimeter Größe und ein Kilo Gewicht. Und sie sehen sich erschreckend ähnlich.

Filippo Donatis Geburtsdatum hingegen stimmt genau mit dem Francesco Cèrcasis überein.

Er ist nicht der, der er zu sein behauptet, denke ich.

Und Zufälle gibt es nicht.

Als ich die Geschichte meinem Vater erzähle, ist es weit nach Mitternacht und mein Kopf platzt fast. Ich bin vor zwei Stunden gelandet, habe nur ein Brötchen mit Frischhaltefolienaroma gegessen und versuche den metallischen Geschmack im Mund mit einigen Gläsern Orangensaft herunterzuspülen.

Adriano knabbert an einem Stück Schokolade herum und hört mir zu. Er kaut bedächtig und fährt sich sorgfältig mit der Zunge über die Lippen. Dann studiert er die Produktangaben, die rot auf die schwarze Verpackung gedruckt sind. Alles, um der Wirklichkeit nicht ins Auge zu sehen.

Er wartet, bis die Stille sich über meine Worte gelegt hat. Dann trinkt er ein Glas von meinem Orangensaft und wischt sich mit dem Handrücken über den Mund.

»Grazia Dinardo hat Alzheimer.«

Er sagt das, ohne mich anzusehen, als hätte er ein schlechtes Gewissen.

»Sie lebt in einem Haus in der Nähe von Turin, zusammen mit ihrem Pflegepersonal. Soweit ich weiß, erkennt sie niemanden mehr.«

Ich schüttele den Kopf.

»Und jetzt?«

Mein Vater starrt einen Punkt an der Wand an, zwischen der Uhr und dem Küchenbord.

»Die ersten Symptome sind vor fünf Jahren aufgetreten. Seitdem ist das ganze Ding in die Hände des Geschäftsführers übergegangen.« Er sieht mich an und nennt einen Namen. »Weißt du, wer das ist?«

Ich schüttele den Kopf.

»Erinnerst du dich an die Danae? Er war im Aufsichtsrat. Und vor der Danae bei der Nazionale. Vor rund zehn Jahren hat er für Rossini den Kauf einer Supermarktkette im Veneto betreut.«

Ich lehne mich zurück.

Er redet weiter.

Von Andrea, von der Sadost, von einer Schweizer Bank, von Rossinis Konten, von Geld, das vor dem Wahlkampf 1994 verschoben wurde. Geld der Perseo, das bei Cèrcasi landet.

Ganz leise, ohne dass jemand etwas merkt.

Ich schließe die Augen.

Ich denke an die Patronen, die ich in den Müll geworfen habe, an den Beschluss, niemandem etwas zu sagen. Nicht einmal Daniele oder Andrea. An die Anzeige, die ich kurz davor war zu erstatten, an die Gewissheit, dass man mich endlich davon abgebracht hätte, weiterzusuchen, wenn ich alles erzählt hätte.

Ein Luxus, den ich mir nicht leisten kann.

Die Wahrheit ist eine Obsession, die dein Leben besetzt. Der einzige verbleibende Fluchtweg, um die Vergangenheit loszuwerden, ist, den Erinnerungen gerecht zu werden und sie nicht zu verleugnen.

»Woran denkst du?«

Ich öffne die Augen und sehe meinen Vater an.

»Lass uns noch einen schreiben«, sage ich und bin von mir selbst überrascht.

»Wir haben einen Scheißdreck.«

Ich stehe auf, öffne den Kühlschrank und stelle den Orangensaft weg.

»Wir haben die Sadost. Arianna. Michela. Die Bank mit Rossinis Konten. Schreiben wir darüber.« Ich setze mich. »Wir geben zu verstehen, dass wir auch da sind, dass wir begriffen haben.«

Adriano mustert mich eindringlich. Meine Worte scheinen etwas in Gang gesetzt zu haben. Er kneift die Augen zusammen, als verstehe er nicht oder als wolle er nicht verstehen.

»Du bist bedroht worden.«

Das ist keine Frage, und wieder einmal bleibe ich eine Antwort schuldig.

»Himmel noch eins«, raunt er und seufzt. »Wieso hast du mir das nicht gesagt?«

Ich versuche zu lächeln.

»Lass uns diesen Artikel schreiben, Papa.«

Seine Reaktion lässt lange auf sich warten. Dann trifft er eine Entscheidung, doch statt ja zu sagen, dreht er den Rollstuhl einfach Richtung Arbeitszimmer.

Ich folge ihm und warte, bis er bereit ist. Zum zweiten Mal wiederholt er die Geschichte, die ihm Andrea erzählt hat. Als ich an der Reihe bin, erzähle ich von Michela und Arianna. Ich spreche Solaras Namen – er ist das einzige Rätsel, das ich nicht zu lösen vermag – mit der gleichen gequälten Heiserkeit aus, die ich im Gerichtssaal gehört habe. Ich schildere den Tag von Ariannas Verschwinden und all das, was wir über die Firma, für die sie arbeitete, herausgefunden haben.

Zwei Stunden später ist der Artikel fertig. Weder von Rossini noch von Cèrcasi ist die Rede. Nur vom Tod einer Frau und von der Entführung einer anderen.

»Wann ist das passiert?«

Die Frage meines Vaters durchbricht die Stille. Er muss mir nicht erklären, was er meint.

»Vor ein paar Tagen. Aber ich will nicht darüber sprechen. Es bringt nichts.«

Er will etwas erwidern, doch ich greife über den Tisch nach seiner Hand.

»Ich bitte dich«, flüstere ich. »Ich bitte dich.«

Reglos sitzen wir da, nur meine Finger streichen unmerklich über seinen Handrücken. Unsere Blicke halten einander fest, als wollten sie die Vergangenheit vertreiben und die Gegenwart bannen. Schließlich zieht er seine Hand mit einem tiefen Seufzer zurück und kommt um den Schreibtisch herum.

»Ich habe heute jemanden getroffen.«

»Wen?«

»Einen, der etwas weiß. Komm morgen zum Abendessen, dann reden wir darüber. Okay?«

Ich nicke.

»Du bist müde. Geh nach Hause.«

Ich stehe auf und fahre ihm mit der Hand durchs Haar.

»Brauchst du was?«

Keine Ahnung, weshalb ich ihn das frage.

Statt wütend zu werden, schüttelt er nur leicht den Kopf und lächelt.

Ich verabschiede mich und verlasse die Wohnung, ohne mich noch einmal umzudrehen. Ich höre, wie die Tür sich hinter mir schließt.

Draußen bleibe ich im Regen auf dem Gehweg stehen und sehe zu seinen Fenstern hinauf. Ich warte, bis er das Licht löscht, und gehe zum Auto. Nach wenigen Schritten hört es auf zu regnen.

Der letzte Tag meines vorigen Lebens.

Als ich angefangen habe, diese Geschichte aufzuschreiben, habe ich mich gefragt, wie ich mich fühlen würde, wenn ich an diesen Punkt käme. Ob ich Angst haben würde, ob es wehtäte, ob ich in der Lage sein würde, jenen Tag noch einmal zu durchleben, ohne Nebenwirkungen oder bleibende Schäden. Ob ich in der Lage wäre, zu schildern, was passierte.

Und selbst jetzt, während die Finger über die Tasten gleiten, habe ich keine Antwort parat.

Würde ich an Schicksal glauben, könnte ich meinen, der Schnee, der seit heute Morgen vom Himmel fällt, hätte eine Bedeutung. Doch so ist es nicht. Es ist Winter, das ist alles. Ich habe in letzter Zeit mehrmals gesehen, wie er in Windeseile Straßen, Autos und Bäume unter sich begräbt. Wie er nachlässt und dann um so vehementer wieder einsetzt, sämtliche Geräusche und menschliche Spuren verschluckt.

Es gibt kein Schicksal, und auch keine göttliche oder übernatürliche Fügung. Dinge passieren. Zufälle, soweit sie nichts mit menschlichem Verhalten zu tun haben, existieren.

Am letzten Tag meines vorigen Lebens schneite es. Und davor schien die Sonne. Ein gleißendes Licht, das alles überstrahlte und Hoffnung machte.

Von jenem Tag erinnere ich vor allem die Nacht. Jeden Moment, jedes winzige Detail. Den Krankenwagen, den menschenleeren Korridor, das Gefühl, dass alles für immer verloren sei. Und davor das Grauen, das kurze, endlose Warten auf das Läuten eines Telefons. Die Hände, die durch Schubfächer und Tischtücher wühlen, Papiere durchstöbern, einen Computer fleddern.

Und dann die Tage danach.

Die Stimme einer Frau. Eine Frau, die gleichzeitig weint und lacht. Ein Gesicht, das ich nicht erkennen kann und mir vorzustellen versuche. Ein Duft, der das Zimmer erfüllt und verschwindet.

Und wieder Worte.

Aus Papier, glatte, druckfrische Seiten mit fernen Erinnerungen, vergessenen Geständnissen, nächtlichen Alpträumen, von denen niemand weiß und jemals wissen wird. Ein aus allzu großer Nähe betrachtetes Bild, auf dem man die Pinselstriche erkennt, aber nicht weiß, was es darstellt.

Und dann am Ende das Nichts.

Nicht die Stille. Die Stille ist ein ohrenbetäubendes Geräusch, das bis in den letzten Winkel dringt und einen nicht denken lässt. Die Stille erdrückt, vernichtet, zerstört. Das Nichts, dem ich mich seit damals stellen muss, ist ein Gefährte, der deine Hand hält, dein Leben lebt, so tut, als würde er es verstehen und könnte die Lösung sein.

Es hat mich lange begleitet. Es loszuwerden war zäh und

schmerzhaft. Dass ich es geschafft habe, wurde mir erst mit den ersten Worten dieser Geschichte bewusst.

Um seine eigene Geschichte zu erzählen, muss man allein sein.

Um die Bedeutung eines Abschieds zu begreifen, muss man mit ganzem Herzen spüren, dass ein Teil von einem für immer gegangen ist. Und sich, vielleicht, der eigenen Mitschuld gewiss sein.

Das Zimmer ist dunkel.

Die Neonröhre ist durchgebrannt, die Lampen an der Wand sind alt und staubig.

Es herrscht Stille und uralte Feuchtigkeit.

Der Geruch zahlloser Körper, die in diesen Mauern gelegen haben, die Erinnerungen, die Entschuldigungen, die Offenbarungen und kolossalen Lügen. Leben, die durch die Worte derer sickern, die sie gelebt haben, so erzählt, wie sie waren oder wie sie hätten sein sollen.

Daniele meint sie zu hören, sie kleben am Zement, am Metall der Stühle und der gepanzerten Tür.

Verwesende Worte, schal und erstickend.

Der Richter steht auf.

In der gegenüberliegenden Wand ist ein Fenster. Draußen ein gelber, absurder Morgen. Regengüsse und plötzlicher Sonnenschein. Eine ferne Welt, die nicht bis zu diesem Ort vordringt. Dieser Ort gehört niedergebrannt, denkt er.

Und die Tür öffnet sich.

Pietro Vitale scheint überrascht, ihn zu sehen. Er trägt einen langen Bart und Handschellen, doch er wirkt nicht wie ein Gefangener, sondern wie jemand, der überall und jedem Befehle erteilen kann. Er sieht ihm in die Augen, mit geraden Schultern und erhobenem Kopf.

»Diesmal haben wir die Plätze getauscht«, sagt er. Daniele erinnert sich an ihr letztes Treffen im Krankenhaus. Der Cosa-Nostra-Mann, der in den Regen schaut, und er auf der

Schwelle, unschlüssig, ob er eintreten oder gehen soll. Ohne die Möglichkeit, eine Fehlentscheidung wiedergutzumachen.

Er öffnet seine Tasche, holt das Notizbuch hervor und setzt sich.

Vitale bleibt zwischen der Tür und dem Tisch stehen.

»Ich habe nichts zu sagen, Dottore.«

»Setzen Sie sich.«

Der Gefängnispolizist schiebt ihn energisch nach vorn. Vitale gehorcht.

»Nehmen Sie ihm die Handschellen ab und gehen Sie, bitte.«

»Dottore, normalerweise …«

»Habe ich mich nicht klar ausgedrückt?«

Der Polizist gehorcht. Vitale massiert sich die Handgelenke und sieht dem Beamten nach. Als sie allein sind, nickt er Daniele dankend zu.

»Ich habe nichts zu sagen«, wiederholt er.

Mit einer jähen, entschiedenen Geste klappt Daniele das Notizbuch zu. Er steht auf, geht um den Tisch herum und setzt sich direkt vor dem Cosa-Nostra-Mann auf die Tischkante.

»Dann will ich Ihnen mal was sagen. Die Sadost gehört einem ganz, ganz hohen Tier. Einem, der nicht selbst in Erscheinung tritt. Ich frage mich, wie Sie den kennen wollen.«

Vitale bewegt unmerklich den Kopf. Er mustert Daniele von oben bis unten und scheint kaum zu atmen.

Der Richter verschränkt die Arme vor der Brust.

»Wissen Sie, was ich glaube, Vitale? Dass Sie einen Scheißdreck wissen.«

Ein Lächeln huscht über Vitales Gesicht, wie ein flüchtiger Rauchschleier.

»Hören Sie, Vitale, ich kann Ihnen das Leben einfach oder unmöglich machen. Das hängt ganz von Ihnen ab. Soweit ich weiß, hatten wir eine Abmachung. Ich suche, und wenn ich etwas finde, frage ich Sie. Ich frage, Sie antworten. Wie ein Verhör läuft, wissen Sie doch, oder? Nur, dass es in diesem

Scheißloch niemanden gibt, der mitschreiben kann.« Er senkt die Stimme. »Hier gibt es nur uns zwei. Ich kann Ihre Haftbedingungen lockern, in Umlauf bringen, dass Sie etwas über ihre ehemaligen Kumpels loswerden wollen. Die haben Sie verraten, stimmt's? Das haben Sie mir gesagt.« Er sieht weg und reibt sich das Kinn. Während er weiterredet, lässt er den Blick durch das Zimmer wandern, ohne Vitale anzusehen. »Sie haben die Gepflogenheiten des Hauses bereits kennengelernt, richtig? Das Licht brennt Tag und Nacht, und selbst auf dem Klo wird man von Kameras beobachtet. Man kann sich noch nicht mal in Ruhe einen runterholen, was, Vitale? Und es könnte noch schlimmer sein.«

Er steht auf, geht um den Tisch und stützt sich auf die hölzerne Platte.

»Stellen Sie sich mal vor, Sie wollen schlafen, um jeden Preis, und dieses verdammte Licht scheint Ihnen direkt ins Gesicht. Endlich gelingt es Ihnen. Da kommt die Wache herein, durchsucht Sie, durchsucht die Zelle. Jeden Zentimeter. Und auch Ihren Körper. Jeden Zentimeter. Und das jede Nacht. Jede Stunde. Wie lange, glauben Sie, braucht es, bis Sie durchdrehen?«

»Sie drohen mir, Dottore.«

Daniele lächelt. Diesmal ist er der Hai, der seine Zähne zeigt.

»Diese Technik dürfte Ihnen bekannt sein.«

Er setzt sich, stützt die Ellenbogen auf den Tisch und legt das Kinn in die Hände.

»Sie sitzen auf der falschen Seite des Tisches, Vitale. Und mit der falschen Person. Ihr könnt mich allenfalls umbringen. Und inzwischen habe ich keine Angst mehr.«

Er verstummt und hält dem Blick des Mafioso stand. Sekunde für Sekunde. Lange Augenblicke, wie Tropfen, die aus einem undichten Wasserhahn fallen.

»Die Sadost, Vitale«, sagt er, ohne den Blick von seinem Gegenüber abzuwenden.

Da blinzelt der Mafioso. Zum ersten Mal.

»In Palermo gibt es so einen Ort«, sagt er. »In der Nähe vom Giardino Inglese. Dahin wurde das Geld gebracht.«

»Was für ein Ort?«

»Eine Immobilienagentur.«

»Wie heißt die?«

»Was zum Henker weiß denn ich, Dottore? Ich weiß, wo die war, ist mir doch scheißegal, wie die heißt.«

»Was hat die Sadost damit zu tun?«

»Die hat was damit zu tun. Wenn uns das Geld gebracht wurde, setzte sich der Typ, der es abholen sollte, in ein kleines Hinterzimmer und zählte es. Richtig fette Bündel hat der geschnürt, aus Hunderttausend-Lire-Scheinen. Und die Nummern hat er auf einem Zettel notiert. Auf so 'nem Notizblöckchen, wissen Sie?«

Plötzlich lechzt Daniele nach Wasser, nach Luft, danach, hinauszurennen, die Treppe hinunter ins Freie, in den Hof, in den Regen oder die Sonne. Nach einem Pfefferminzbonbon, damit seine Kehle nicht bei jedem Atemzug brennt wie eine offene Wunde.

Nach einem anderen Leben. Danach, nicht an diesem Ort zu sein, im Hier und Jetzt.

Nicht zuzuhören.

»Ich weiß, was ein Notizblöckchen ist. Die Sadost.«

»Da war das Zeichen auf dem Papier.«

»Das Logo der Sadost war auf einem Werbegeschenkblöckchen, das dieser Typ mal in der Hand hatte?«

»Nicht mal, Dottore.«

»Öfter als einmal? Wie oft?«

»Wie oft, wie oft … Keine Ahnung … Die Sadost war von uns, Dottore. Das wurde mir gesagt.«

»Vitale, bitte reden Sie Klartext. Sie haben das Zeichen gesehen, richtig?«

»Ja.«

»Und gefragt, was diese Sadost ist, richtig?«

»Ja.«

»Und Ihnen wurde gesagt, das sei eine Gesellschaft, die zu eurer Verfügung steht, richtig?«

»Ja.«

»Wer?«

»Binnu. Binnu selbst hat's mir gesagt.«

»Bernardo Provenzano?«

»Ja.«

»Geht's ein bisschen genauer?«

Vitale knetet sich abermals die Handgelenke.

»Provenzano hat mir gesagt, diese Sadost sei von uns und wir würden sie benutzen, um Geschäfte mit den Leuten in Mailand zu machen.«

Daniele schlägt das Notizbuch auf und schreibt etwas hinein. Seine Stimme ist wieder ruhig.

»Vorhin haben Sie von einem Geldtransfer gesprochen. Ist das nur einmal passiert?«

»Soweit ich weiß, passierte das dauernd.«

»Wann hat das angefangen?«

»Ende '93.«

Daniele holt Luft.

»Wieso sind Sie sich da so sicher?«

»Wegen der Mailänder Bombe.«

»Sie meinen das Attentat in der Via Palestro in Mailand?«

»Genau.«

Daniele klappt das Notizbuch zu, steckt es in die Tasche und steht auf. Er schaut aus dem Fenster, folgt der Spur eines Regentropfens, der das Glas hinabrinnt. Er kommt von ganz oben, wird schneller, dann langsamer und bleibt auf halbem Wege stehen. Ein zweiter erreicht ihn.

Zusammen laufen sie bis ganz nach unten.

»Rossini«, murmelt er. Er dreht sich um und lehnt sich gegen die Wand.

Vitale sieht ihn nicht an, er starrt durch Danieles leeren Stuhl ins Nichts. Ein x-beliebiger Gefangener, der auf seinen Richter wartet.

Daniele vergräbt das Gesicht in den Händen, fährt sich mit den Fingerspitzen über die Brauen, presst die Daumen gegen die Wangenknochen und bläst die Luft aus der Nase.

Als er wieder ins Zimmer blickt, ist die Wirklichkeit von zahllosen kleinen Lichtpunkten durchsetzt, die sofort im Grau der Wände verschwinden.

Er geht zum Tisch, setzt sich wieder hin, wirft einen prüfenden Blick auf die Fakten zu den Sadost-Konten, lässt die Fingerknöchel knacken und verschränkt die Arme vor der Brust. Er wartet.

»Sie haben es gesagt, Dottore«, sagt Vitale. »Sie haben schon alles gesagt.«

Dann schließt er die Augen, als wäre es vorbei.

»Ich hätte nicht gedacht, dass dieser Ring Ihnen so gefällt.«

Don Antonio Prestileos Stimme ist hauchdünn. Er liegt im Bett, eingehüllt in einen roten Morgenrock, drei Kissen im Rücken, die Arme kraftlos ausgestreckt. Sein Atem geht mühsam, und immer wieder fallen ihm die Augen zu.

Der Mann sitzt einen Meter vom Kopfende entfernt auf einem sehr alten, rot gepolsterten Bergere-Sessel aus vergoldetem Holz.

Er betrachtet den Saphir und lächelt leise.

»Er gehörte meiner Familie.«

Wenn er mit Don Antonio redet, kann er seinem sizilianischen Akzent freien Lauf lassen. Ein Luxus für rare Gelegenheiten. Niemand weiß, wo er geboren ist, wie alt er ist, wie er wirklich heißt.

Für die Leute, mit denen er zu tun hat, wechselt er den Namen, den Beruf, manchmal sogar das Aussehen. Kleinigkeiten, gewiss. Falscher Schnauzer, langer Bart, ein sehr teurer oder sehr unscheinbarer Anzug. Plastiksonnenbrille oder Sichtbrille mit Metall- oder Goldrand. Doch bei Don Antonio kann er ganz er selbst sein.

»Wie fühlen Sie sich?«

Der Hausherr versucht zu atmen, bekommt einen Hustenanfall, sein Gast steht auf und gießt ihm ein Glas Wasser ein. Er wagt nicht, es ihm an die Lippen zu setzen, hält es ihm lediglich hin. Don Antonio nippt daran.

»Wie ein altes Stück Scheiße, mein Freund.« Er nimmt noch einen Schluck und reicht das Glas zurück. »Danke.«

Der Mann senkt den Kopf, eine halbe Verbeugung. Er stellt das Glas ab und setzt sich. Don Antonio beginnt wieder zu sprechen.

»Ich hätte das Ende dieser Geschichte gern erlebt.«

»Sie werden uns alle überleben, und das wissen Sie.«

Ein Lächeln erscheint auf Don Antonios Gesicht.

»Wir sind am Ende. Und damit meine ich nicht mein Leben.« Er fährt sich mit der Zunge über die Lippen. »Wir haben in einer Zeit voller Wahnsinniger gelebt. Und wir haben sie besiegt. Doch um sie zu besiegen, mussten wir selbst zugrunde gehen.«

»Das klingt nach einem Shakespearschen Drama.«

Der greise Sizilianer reißt die Augen auf und nickt.

»Tod, Macht, Geld, Ehrsucht. Ich habe Shakespeare immer geliebt.« Er sieht weg und schließt die Augen. »Sagen Sie mir die Wahrheit.«

Der Mann streicht mit dem Zeigefinger über den Saphir.

»Sie lesen Zeitung, Don Antonio. Dann wissen Sie alles.«

Der Alte nickt unmerklich.

»Gestern habe ich unseren Corleoneser Buchhalter getroffen.«

»Hm.«

»Er meint, die machen Druck. Sie wollen die Trennung. Die Jahre des Schweigens seien so gut wie vorbei und das eine oder andere müsse zurückkommen. Mehr als das, was getan wurde. Er hat mich gefragt, ob ich dabei helfen könnte.« Er öffnet die Augen, und ein Lächeln erscheint auf seinem Raubvogelgesicht. »Schon wieder?, hab ich ihn gefragt.«

»Und was hat Provenzano geantwortet?«

»Er meinte, was geschehen sei, sei geschehen. Man müsse an die Gegenwart denken. Die Gegenwart … Das Einzige, was mich interessiert, ist, als freier Mann zu sterben.«

Er hustet heftig und hebt die Hand, um sich gegen die Hilfe seines Gastes zu verwehren. Dann versucht er ganz behutsam zu atmen und seufzt erleichtert. Als er wieder zu sprechen beginnt, klingt seine Stimme fest.

»Vor langer Zeit haben sie mich wie einen Volltrottel beschissen und dann fallenlassen. Abmachungen, das ist bekannt, haben nun mal ihren Preis. Aber diesmal bin ich mit Abkassieren dran. Ich weiß, dass der Druck auf die entsprechenden Leute groß ist. Du hast recht, mein Freund, ich lese Zeitung. Aber Sie kennen die Wahrheit. Sie haben sie mit mir erlebt. Sie haben sie mit mir gemacht. Und jetzt habe ich keine Lust mehr abzuwarten, bis sie sich entscheiden. Haben Sie mit Ihrem Freund in Rom gesprochen?«

Der Mann mit dem Saphir nickt.

»Es soll einen Gnadenerlass geben. Von Amnestie und Straferlass ist die Rede. Nur will keiner die Verantwortung übernehmen. Sie wissen schon. Aber jetzt ist etwas anderes wichtig.«

Don Antonio nickt.

»Die Trennung, sicher.«

Er nimmt die Brille ab und putzt sie akribisch mit einem Taschentuch. Erst das eine Glas, dann das andere, jeden Millimeter. Dann setzt er sie wieder auf und sieht seinem Gast direkt ins Gesicht.

»Bestellen Sie ihm, ich werde alles sagen, was ich von dem Geld weiß.«

Und dem Mann mit dem Saphir wird bewusst, dass Schluss ist.

Er will etwas erwidern, doch Don Antonio hält ihn davon ab. Ein kurzes Heben des rechten Zeigefingers genügt.

»Wir haben nie aufgehört zu verhandeln, mein Freund. In Wirklichkeit gab es überhaupt keine Verhandlung. Weder in jenem Sommer noch im Sommer davor oder in den Jahren danach. Meine und Ihre Freunde teilen sich dasselbe Terrain, ob nun Sizilien oder Italien spielt keine Rolle.« Er hält inne und scheint in sich hineinzuhorchen. »Wenn ich sterbe, wird niemand mich vermissen. Und vielleicht werden sie irgendwann bereuen, nicht auf mich gehört zu haben.«

Er klopft die Kissen zurecht.

»Richten Sie aus, was ich Ihnen gesagt habe.«

»Wollen Sie das wirklich tun? Die Bedingungen haben sich deutlich geändert, ich halte das für keine gute Idee.«

Don Antonio legt sich die Hand auf die Brust.

»Finden Sie?«

»Don Antonio, wollen Sie das wirklich tun?«

Der Alte antwortet nicht.

Er lauscht dem Schlag seines Herzens, das in seiner Brust, seinen Ohren, seinem Atem pocht, denkt an die Bomben, an die Stille danach, an das Echo der Explosionen, die alles geregelt haben. Er denkt an ein altvertrautes System. Die Bedrohung, die Zerstörung und das Feixen des Bösewichtes, der sich als einzig mögliche Rettung am Tatort präsentiert.

Das funktioniert. Mit den Läden, die es zu erpressen, den Unternehmen, die es ihren Eigentümern zu entreißen gilt. Mit der ganzen Welt.

Tod. Ehrsucht. Macht. Geld.

Er sieht seinen Besucher an. Ein Überbleibsel aus der Vergangenheit, genau wie er selbst. Er nimmt einen möglichst tiefen Atemzug und verzieht den Mund zu einem Lächeln.

Der Colonnello kommt kurz nach zwölf Uhr mittags.

Daniele unterschreibt gerade etwas, als es klopft. Zwei Stunden zuvor hat er mir eine SMS geschickt. Vier Worte, die die Tür zu einer anderen Welt aufstoßen.

*Ich leite das Verfahren ein.*

»Kann ich reinkommen?«

Der Colonnello steht auf der Schwelle wie ein Hausmeister, der den Unterricht nicht stören will. Daniele steht auf, nickt ihm zu und drückt ihm die Hand.

Er setzt sich wieder, verschränkt die Arme, versucht, sein wild klopfendes Herz unter Kontrolle zu bringen. Sie wissen beide, wie es zu diesem Treffen kommt.

»Mir wurde gesagt, Sie wollten mich treffen«, sagt der Militär.

Daniele bemüht sich, ruhig zu wirken.

»Und weshalb?«

Der Colonnello rückt seinen Stuhl zurecht.

»Lassen Sie sie alle hier Platz nehmen, Dottore? Verhören Sie sie hier?«

»Wie bitte?«

»Das ist der unbequemste Stuhl, auf dem ich je gesessen habe. Wenn das Kalkül ist, wüsste ich gern, ob's funktioniert.«

»Kein Kalkül, sondern mangelnde Mittel. Meiner ist nicht bequemer. Mein Rücken ist total kaputt.« Er macht eine Pause. »Was verschafft mir die Ehre Ihres Besuches?«

»Ich sagte es bereits. Jemand hat mir gesagt, dass ...«

Daniele fällt ihm ins Wort.

»Und Sie nehmen das Gerede ernst?«

»In meiner Branche nennt man das Informationen.«

»In meiner undichte Stellen. Das klingt nicht ganz so positiv.«

»Jedenfalls bin ich hier, Dottore.«

»Wie Sie wissen, gibt es ein Untersuchungsgeheimnis. Wenn nötig, werde ich den gesetzlichen Weg einschlagen.«

Lächelnd kramt der Colonnello ein Päckchen Zigaretten aus der Tasche, doch Daniele hält ihn zurück.

»Da hängt ein Schild.« Er zeigt mit dem Finger darauf. Das Päckchen verschwindet. »Lassen Sie uns die Komödie beenden, Colonnello, einverstanden?«

»Wie Sie möchten. Sagen wir, ich habe erfahren, dass Sie in einer Sache ermitteln, die mich interessiert.«

Daniele versteckt seine Nervosität hinter einem Lächeln.

»Dann sind Sie wohl gut informiert. Die Entscheidung ist erst wenige Stunden alt.«

»Ich gebe mir alle Mühe. Sie werden verstehen, dass mein Interesse durch die Brisanz der Angelegenheit gerechtfertigt ist.«

»Und was wäre diese Angelegenheit, Colonnello?«

»Sagen Sie es mir.«

Daniele lehnt sich zurück, trommelt mit einem Finger auf sein Knie, überlegt. Er fragt sich, ob er ihn rausschmeißen oder mitspielen soll.

Beides ist gefährlich.

»Mal angenommen, ich verfügte über eine Information. Keine Gerüchte, sondern gesicherte Fakten. Und nehmen wir an, diese Information beträfe Sie direkt. Oder besser, sie beträfe etwas, worin Sie verwickelt waren.«

Der Colonnello unterbricht ihn mit zufriedener Miene.

»Worin ich verwickelt war. Gefällt mir. Das klingt weder nach Vorsatz noch nach Anklage.«

»Ich bin Richter. Um eine Anklage zu erheben, braucht es Beweise. Deshalb werden in einer Sache Ermittlungen angestellt. Oder gegen eine Person.«

»Ermitteln Sie gegen mich, Dottore?«

Daniele geht nicht auf ihn ein.

»Nehmen wir also an, es wäre so, wie ich gesagt habe. Würden Sie darüber reden?«

»Zu welchen Bedingungen?«

»Es sieht mir nicht so aus, als seien Sie mit Ihrem Anwalt gekommen. Oder haben Sie ihn draußen gelassen?«

Der Militär schweigt. Mit zusammengepressten Lippen sieht er Daniele direkt in die Augen. Er atmet, als hätte er einen langen Tauchgang vor sich.

»Das ist ein heikler Moment«, sagt er. »Es ist gerade was im Gange.«

»Ich weiß.«

»Sie sind ebenfalls gut informiert.«

»Besser, als Sie glauben. Was halten Sie davon, wenn wir genau da ansetzen?«

»Mal sehen.«

»Angeblich, Colonnello, macht jemand sich für die Trennung stark.«

»Angeblich. Und wer sollte das sein?«

Daniele breitet die Arme aus.

»Sagen wir, dieselben Institutionen, mit denen auch Sie zu tun hatten. Deshalb hatte ich gehofft, Sie könnten mich aufklären.«

»Noch eine undichte Stelle.«

Der Richter lächelt.

»In diesem Fall wäre die Bezeichnung Information passender. Eine verlässliche Quelle, glauben Sie mir.«

Der Colonnello schweigt eine Weile.

»Es gab da mal einen alten Gesetzesentwurf, der …«

Daniele unterbricht ihn.

»Ich lese die Zeitungen. Vier, für gewöhnlich. Sie sind kein Politiker. Und ich beziehe mich nicht auf Gesetzesentwürfe.«

»Dann habe ich keine Ahnung, wovon Sie reden.«

»Und für die Verhandlung gilt wohl dasselbe.«

Der Militär erstarrt.

»Es gab keine Verhandlung. Nur eine Untersuchung. Lesen Sie die Akten.«

Daniele schiebt einen Papierstapel zur Seite, drückt auf einen Knopf und verschränkt die Arme.

Der Colonnello hört sich die Aufnahmen an, ohne mit der Wimper zu zucken. Als das Band zu Ende ist, sitzt er völlig unverändert da. Lediglich seine Lippen bewegen sich, als er die Frage stellt.

»Worauf wollen Sie hinaus?«

Daniele kostet die Spannung aus, die er aufgebaut hat. Jetzt hast du den Hebel nicht mehr in der Hand, denkt er.

»Das hängt nicht von mir ab«, sagt er. »Ich will lediglich wissen, was passiert ist.«

»Das, was Sie gehört haben.«

»Und wie ist es ausgegangen?«

»Das Subjekt, mit dem wir in Kontakt standen, hat sich geweigert, uns zu helfen. Und die Sache ist geplatzt. Nur Ermittlungsgespräche.«

Daniele wickelt ein Bonbon aus. Das Subjekt, denkt er. Don Antonio Prestileo. Der Corleonese, der sich für das saubere Gesicht der Cosa Nostra entschieden hat. Für die öffentliche und nicht für die private Macht.

Er steckt die Bonbonschachtel weg, ohne seinem Gegenüber eines anzubieten, und spricht hastig und obenhin, als wollte er keine Zeit verlieren.

»Sie wollten diese Bänder hören, Colonnello. Deshalb sind Sie hier. Sie haben sie gehört, und wenn es noch was gibt, werden Sie von mir hören.«

Der Colonnello will aufstehen, doch dann hält er inne und schüttelt den Kopf.

»Hören Sie, Dottore, machen wir uns nichts vor. Sie und ich haben unterschiedliche Aufgaben. Sie versuchen, hinter die Wahrheit zu kommen, und das, was Sie finden, schmeckt Ihnen oft nicht. Sie wollen Gerechtigkeit, aber Sie fragen sich nie, ob das, was Sie Verbrechen nennen, vielleicht dem Gemeinwohl dient.«

Daniele bemüht sich, nicht laut loszulachen.

»Und Sie? Jetzt sagen Sie mir, dass Sie ein Held sind.«

Der Militär scheint daran nichts witzig zu finden.

»Meine Aufgabe hat mit den Dingen zu tun, die niemand anfassen will. Manchmal ist es wirklich so, als wühle man mit den Händen in der Scheiße. Und das natürlich ohne Schutzmaßnahmen.«

»Und das ekelt Sie nicht?«

Der Colonnello verschränkt die Finger und löst sie wieder. Wie zum Gebet. Seine Stimme bleibt ruhig.

»Das ist unwichtig. Das zählt nicht. Dafür werde ich nicht bezahlt. Von mir wird erwartet, dass man den Gestank nicht mitkriegt. Vorher, währenddessen. Aber vor allem danach.«

Der Richter nickt und versucht, gelassen zu bleiben.

»Für wen haben Sie verhandelt?«

»Es gab keine Verhandlung.«

»Wer waren Ihre Ansprechpartner?«

»Es gab keine Verhandlung.«

»Früher oder später werden Sie mir antworten müssen, das wissen Sie, oder?«

»Es gab keine Verhandlung.«

Lächelnd senkt Daniele den Blick. Dann hebt er jäh den Kopf und stützt die Ellenbogen auf den Tisch.

»Wer war es? Ein Minister? Zwei? Wussten Sie, wer auf der anderen Seite sitzt? Ist Ihnen je der Gedanke gekommen, dass jemand hinter Ihrem Rücken agieren könnte? Oder vielleicht geschah es in aller Öffentlichkeit, und Sie wussten Bescheid?«

»Es gab keine Verhandlung.«

Daniele traktiert das Bonbonpapier.

»Ihr habt der Cosa Nostra eine klare Ansage gemacht, ihr legt die Bomben, und wir werden uns einig. Vielleicht nicht so direkt, aber bei diesen Leuten zählen Gesten, Signale, Kleinigkeiten. Und tatsächlich haben sie euch beim Wort genommen. Ist Ihnen das jemals in den Sinn gekommen, Colonnello? Haben Sie sich jemals überlegt, dass Paolo Borsellino noch am Leben sein könnte, wenn es diese – wie haben Sie die genannt? – Ermittlungsgespräche nicht gegeben hätte?«

»Machen Sie Witze? Was erlau…«

Er fällt ihm ins Wort und zwingt sich, nicht zu schreien.

»Haben Sie sich jemals überlegt, dass die Accademia dei Georgofili, die Via Palestro, die Kirchen in Rom deren Art war, die Geschäfte zu führen? Die Art, die sie am besten beherrschten, weil sie wussten, was sie dafür bekommen? Ist Ihnen das jemals in den Sinn gekommen?«

»Es gab keine Verhandlung, Dottore.«

»Sie waren dabei, Colonnello. Sie waren dort. Sie wissen alles. Können alles erzählen.«

Der Militär beugt sich vor und betont jede Silbe.

»Es gab keine Verhandlung. Haben Sie verstanden? Ich habe die Cosa Nostra stets bekämpft, falls Sie das vergessen haben.«

Daniele schüttelt den Kopf.

Ruhe bewahren, denkt er. Ruhe bewahren.

»Wie Michele Giordano, Colonnello? Sagen Sie mir, ist das Ihre Auffassung von Kampf? Gehen Sie nach dem Prinzip des kleinsten Übels? Wissen Sie, was ich glaube? Dass Sie einer von denen sind, die sagen, man muss lernen mit der Cosa Nostra zu leben. Einen Sieg gibt es nicht, er ist unmöglich. Also kann man ebenso gut damit seinen Frieden machen und es halten wie der Ochs mit der Bremse: Hier und da ein kleiner Biss, ein bisschen Blut, und derweil kann man hoffen, dass einen Schwanz und Ohren vor dem Schlimmsten bewahren. Doch der Ochs bleibt immer Ochse und du bleibst immer eine Bremse.«

»Und Sie, Dottore, was denken Sie?«

Daniele lehnt sich über den Tisch.

»Ich denke, dass die Totò Riinas, Bernardo Provenzanos, Messina Denaros, Bruscas und Badalamentis Abschaum sind. Und dass die, die sich an ihrem Geld bedienen, noch mehr zum Himmel stinken. Leute in schicken Anzügen, mit strahlendem Gebiss, gebügelten Hemden, gewienerten Autos, netten Chauffeuren und Au-Pairs, die zu Hause auf den Nachwuchs aufpassen und ihm Englisch beibringen. Drecksäue, die zur Premiere in die Scala und zum Filmfest nach Venedig gehen, an Regatten und Industrieverbandsversammlungen teilnehmen und in den Vorständen sitzen. Im Parlament. Leute mit weißer Weste, die ihren Arsch verkaufen, gewaschenes Geld unter die Leute bringen und die Jauche loswerden, in der sie paddeln.« Er macht eine Pause. »Arschlöcher, die duften wie Veilchen.«

»Glauben Sie, das macht mir keine Sorgen?«

Der Richter zuckt mit den Schultern.

»Sie haben es vorhin selbst gesagt. Sie und ich haben verschiedene Jobs. Mich interessiert die Wahrheit. Was mich anlangt, ist das genug.«

Schweigen senkt sich herab. Er hat die letzten Worte hastig ausgesprochen, als hätte der Mut dazu ein Verfallsdatum.

Doch sein Gegenüber wirkt weder beleidigt noch getroffen. Wenn es so ist, kann ich nichts machen, bedeutet er ihm mit einer seltsamen Bewegung der Schultern und erhebt sich.

Auf der Schwelle dreht er sich noch einmal um.

»Sie machen einen Fehler, Dottore.«

»Ist das eine Drohung?«

Der Colonnello schüttelt den Kopf. Zum ersten Mal wirkt er aufrichtig.

»Nein. Glauben Sie mir.«

Daniele sieht ihn an.

Er ist erschöpft wie noch nie zuvor.

Er hat genug von Worten, von Andeutungen, von Drohungen, die wie Ratschläge klingen, von Ratschlägen, die nie die richtigen sind. Er ist es leid, sich gegen Leute zu wehren, die ihm helfen sollten, leid, nicht mehr zu durchschauen, wer die Guten und wer die Bösen sind. Leid, einem Getreuen der Cosa Nostra zuzuhören und festzustellen, dass die Getreuen des Staates dasselbe Spiel spielen, manchmal sogar nach noch härteren Regeln.

Er lacht auf, sieht aus dem Fenster und dreht sich zu dem Militär um.

»Italien ist ein Staat, der sich auf Geheimnisse, Bomben, Kungelei und verwischte Spuren gründet, Colonnello. Auf welcher Seite stehen Sie? Auf der Seite des Staates, der Geheimnisse, der Kungelei, der Bomben oder der verwischten Spuren?«

Er sieht auf seine Unterlagen. Eine Antwort ist überflüssig.

Der Colonnello zögert einen Moment. Dann greift er nach der Klinke, dreht sich um und geht.

Daniele atmet tief durch und wartet, dass die Angst von ihm ablässt.

Der Schock kommt ganz plötzlich. Er reißt den Mund auf, ringt verzweifelt nach Luft, als müsste er an seinem Grauen ersticken. Ein Schauder läuft ihm über den Rücken wie eine gierige Bestie.

Es dauert nur wenige Sekunden. Dann dringt wieder Sauerstoff in seine Lungen. Ein Schweißtropfen rinnt ihm über die Schläfe. Er vergräbt das Gesicht in den Händen und schließt die Augen.

Er wünscht, die Welt würde verschwinden. Wenigstens für eine Weile.

Als ich aus dem Haus komme, empfängt mich der Schnee.

Manchmal nehme ich die Welt nicht wahr und schiebe das, was ich für unnötig halte, einfach beiseite. Es reicht, nicht aus dem Fenster zu schauen, den Fernseher oder das Radio nicht anzuschalten, mit sich selbst klarzukommen.

Ich weiß nicht, wann es zu schneien begonnen hat, aber ich erinnere mich an die Kälte, die mir entgegenschlug, als ich das Fenster aufmachte, um frische Luft hereinzulassen. Und an die Sonne. Als ich das Fenster ein paar Stunden später wieder schloss, war sie noch da. Danach brach mein Kontakt zur Außenwelt ab.

Den Morgen habe ich mit meinem Verleger am Telefon verbracht und den Rest des Tages mit Schreiben. Das Ergebnis liegt jetzt vor mir, bereit, von meinem Vater in Augenschein genommen zu werden.

Es ist der Artikel, der alle bereits veröffentlichten Stücke verbindet. Darin sind sämtliche Zweifel, Gewissheiten, Irrwitzigkeiten und Zufälle aufgeführt, die Luca Rossinis Geschichte durchkreuzen. Eine lange Reihe von unbeantworteten Fragen, nötigen Klarstellungen und prekären, nie endgültig geschlossenen Verbindungen.

*Ist er nicht der, der er zu sein vorgibt?*, lautet der letzte Satz, und erst beim nochmaligen Durchlesen fällt mir auf, das Binaghi die gleichen Worte für Francesco Cèrcasi verwendet hat. Allerdings nicht als Frage.

Wieder und wieder habe ich diesen Satz gelesen. Habe versucht, eine Antwort zu finden, zu begreifen, wer der Mann ist, mit dem alles zusammenzuhängen scheint und der mit nichts in Zusammenhang zu bringen ist. Ich habe mich gefragt, ob es unmöglich ist, derartig hinters Licht geführt zu werden. Nichts verstehen, nichts sehen, nichts wissen. Sich keine Fragen stellen, Ursache und Wirkung nicht zusammenbringen. Blind vertrauen. Immer und unbedingt.

Ich habe das Dokument mit der gesamten Chronologie der Ereignisse noch einmal geöffnet. Vom Anfang, Ende der Sechziger, bis gestern. Alles ist so klar, so schlüssig, so unwahrscheinlich.

Es gibt eine Geschichte, die zwischen Antonio Marsiglis Fingern endet und eine parallele, in der Rossini stillschweigend entschlüpft. Für sich genommen, haben sie zwei gegensätzliche Bedeutungen. Stellt man sie nebeneinander, bildet sich ein Abgrund, in den ich am liebsten nicht hineingeschaut hätte.

Lange habe ich mit dieser Liste vor Augen dagesessen und gehofft, dass sie sich wie durch ein Wunder ändert oder ich einen Fehler bemerke. Als ich den Computer endlich ausgemacht und aufgeschaut habe, überfiel mich die Angst.

Alles ist gefährlich geworden. Das Arbeitszimmer, das Schlafzimmer, die angelehnten Türen, von denen ich glaubte, ich hätte sie fest geschlossen. Die Schritte, die vom Nachbarn ein Stockwerk höher stammen. Das metallische Klacken des Aufzugs jenseits der Küchenwand. Das Atmen. Das meinige, das ich nicht erkenne und verfolge, wie ein gehetztes Tier.

Normalerweise dauert es nur einen Augenblick. Dann belächle ich meine Dummheit, die Macht der Worte, die suggestive Kraft des Erzählens, den anderen Blick auf die Welt, zu dem mich der jüngste Abschnitt meines Lebens verdammt hat.

Doch diesmal hat das nicht genügt. Vor dem Duschen habe ich die Badezimmertür abgeschlossen, und als ich wieder herausgekommen bin, habe ich eine Ewigkeit auf der Schwelle gestanden und das Flurlicht angestarrt, weil ich mich nicht erinnern konnte, es angemacht zu haben.

Die Angst ist verschwunden, während das Wasser mir aus den Haaren über den Rücken rann und auf den Boden tropfte.

Dann ist der Schnee gekommen.

Gedankenverloren stehe ich im Hauseingang und sehe ihm zu. Eine Frau aus dem dritten Stock kommt herein und starrt mich an, als wäre ich ein Geist.

»Finden Sie dieses widerliche Wetter etwa schön?«, fragt sie.

Sie trägt ein Paar völlig durchweichte Lackschuhe, ihr Haar ist tropfnass und ihre Augen glänzen wie bei einer angehenden Grippe. Ich traue mich nicht, ihr zu sagen, dass ich Stunden so dastehen und den Flocken zusehen könnte. All diese Stille macht mich froh. Ohne überflüssige Geräusche wirkt die Welt wie ein besserer Ort.

Ich murmele etwas in mich hinein, aber sie hört nicht mehr hin. Als sie im Aufzug verschwindet, trete ich auf die Straße hinaus und mache mich auf den Weg zu Adriano.

Es war Schwachsinn, das Auto zu nehmen. Kaum sitze ich drin, wird mir klar, dass ich ewig brauchen werde. Ich rufe ihn an und zähle die Klingeltöne. Dann lege ich auf. Ich versuche es noch einmal, mit demselben Ergebnis. An der nächsten Ampel schreibe ich eine SMS.

Die folgenden zwanzig Minuten bin ich darauf konzentriert, auf der Straße zu bleiben und keinen Unfall zu bauen. Dann parke ich wild, zwanzig Meter von seiner Haustür entfernt.

Ich klingele und niemand macht auf.

Ehe ich meinen Schlüsselbund rausgezogen habe, öffnet jemand. Ein Mann, eine Frau, ein Junge, ein Hund, völlig egal, Hauptsache, ich bin drin. Ich haste die Treppe hinauf, nehme zwei Stufen auf einmal, mit dem Aufzug verliert man nur Zeit.

Ich drücke auf die Klingel. Ich drücke auf die Klingel. Ich drücke auf die Klingel.

Mach auf, verdammt.

Ich stecke die Hand in die Tasche und denke, was für ein Glück, dass ich alle Schlüssel an einem Bund habe, und wie alles andere als glücklich, dass ich vor der Wohnung meines Vaters stehe, der weder ans Telefon geht noch die Tür öffnet.

Ich stecke den Schlüssel ins Schloss.

Ich brauche zwei Versuche, bis ich es schaffe.

Endlich gibt das Schloss nach, ich lasse die Tür offen und rufe nach ihm.

Adriano. Adriano.

Das Flurlicht brennt, der Flur ist leer.

Adriano.

Das Licht in der Küche ist an. Sie ist ebenfalls leer.

Ich mache zwei Schritte und sehe einen Reifen seines Rollstuhls. Er lugt aus einer Ecke des Wohnzimmers hervor, zusammen mit einem Fitzelchen seines blauen Pullovers, von dem er sich nicht trennen kann.

Er ist nicht gefallen, denke ich, und die absurdesten Gedanken schießen mir durch den Kopf.

»Papa«, flüstere ich, als ich ihn sehe. »Papa.«

Er kehrt mir den Rücken zu, sein Kopf ist nach links geneigt. Ich lege ihm eine Hand auf den Rücken und drehe den Stuhl um.

»Papa.« Er sieht aus, als würde er schlafen.

Ich schüttele ihn, packe ihn bei den Schultern, er wacht nicht auf, rührt sich nicht, sagt nichts, reagiert nicht, öffnet die Augen nicht, wünscht mich nicht zum Teufel.

Er atmet nicht. Hat keinen Puls.

Ich sacke auf die Knie. Stehe auf. Blicke mich um. Alles ist an seinem Platz, nichts ist verrückt, nicht der kleinste Gegenstand.

Dann sehe ich die Karte. Sie liegt auf dem Tisch, ich hätte sie sofort sehen müssen. Vorsichtig greife ich danach, als könnte sie mich verletzen.

Es steht etwas darauf. Druckschrift, eine mir unbekannte Handschrift.

Ich bin nicht sicher, ob ich richtig gelesen habe, aber ich greife trotzdem zum Telefon. Ich gehe das Adressbuch durch, finde den Namen nicht, drücke endlich die Taste, doch es passiert nichts. Auch das zweite Mal nicht. Dann höre ich den Klingelton.

Einmal. Geh ran. Zweimal. Geh ran. Dreimal. Geh ran. Viermal.

Giulias Stimme. Sie lächelt, ich kann es hören. Ich kann nicht atmen, nicht reden.

»Papa«, ruft sie. »Hörst du mich?«

Papa, ruft es in meinem Kopf. Papa.

»Hörst du mich? Hallo?«

»Ich bin hier, mein Schatz, ich bin hier.«

Dann sage ich es ihr. Ich weiß nicht wie, und während ich noch darüber nachdenke, ist es schon raus.

Es ist leicht. Die Tatsache genügt. Und eine Lüge.

»Der Opa ist tot«, sage ich. »Ich glaube, er hatte einen Herzinfarkt.«

Mehr gibt es nicht zu sagen, wir sind beide keine großen Redner. Sie nimmt den ersten Flug, lässt mich wissen, wann sie ankommt, ruft zurück.

Ich lege das Telefon weg.

Reglos stehe ich da.

Lese die Karte noch einmal.

Mein Vater hatte keinen Herzinfarkt.

Das, was ich in den Fingern halte, ist der einzige Beweis, den ich brauche. Wer auch immer hiergewesen ist, hat eine unmissverständliche Nachricht hinterlassen: Die amerikanische Anschrift meiner Tochter.

*Ich bin kein Monster.*

*Ich bin kein Monster?*

*Ich habe das Richtige getan.*

*Wirklich?*

*Seit drei Monaten verlasse ich das Haus nicht mehr. Ich wünschte, ich wüsste nicht, was passiert. Ich wünschte, sie würden mich in Ruhe lassen. Ich will niemanden sehen, nicht einmal M.*

*Doch er kommt trotzdem. Er meint, ich tue das einzig Mögliche. Er meint, meine Position habe mir keine andere Wahl gelassen. Er meint, jeder Kampf fordere seine Opfer und es sei nicht meine Schuld, wenn es passiert.*

*Passiert ist.*

*Er meint, mir kann nichts passieren.*

*Es ist das einzige Mal, dass ich ihm glaube. Mir kann nichts passieren. Zum ersten Mal, seitdem alles angefangen hat, habe ich begriffen, was mein Leben gewesen ist. Ich habe die Macht begriffen, die ich hatte, die sie mir gegeben haben, die ich mir nahm. Und ihre Folgen.*

*Zum ersten Mal habe ich in den Spiegel sehen und der Furcht widerstehen können. Sie wird niemals verschwinden, ich weiß. Doch ich werde nicht zulassen, dass sie mich erstickt.*

*Hast du gesehen, was passiert ist?, hat M. mich gefragt. Dann hat er mich angesehen, und in seinem Blick lag dieselbe Qual, die auch ich empfand. Es war nicht meine Schuld. Sie hatten es nicht für mich getan. Nicht nur für mich.*

*Ich habe es ihm gesagt. Ich habe ihn gefragt. Ich wollte eine Antwort. Er hat mir keine gegeben, doch ich bin sicher, dass er sie kennt.*

*Als ich von der Bombe hörte, dachte ich, ich müsste sterben. Meine Lungen würden keine Luft atmen, mein Herz kein Blut mehr durch meinen Körper pumpen. Ich würde für immer dasitzen, wie eine Statue, und so würde man mich finden. Reg- und wehrlos.*

*Aber es ist nicht passiert. Ein winzigkleiner Funken hat genügt. Ein blasses Flämmchen. Und ich habe die Folgen dessen, was geschehen ist, überblickt.*

*Sofort habe ich diesen Gedanken, dieses kranke, finstere Glücksgefühl, das plötzlich in meinem Leben aufflammte, bereut. Zur Strafe habe ich mich geschlagen. Heftige Schläge auf die Brust, aufs Bein. Ich habe auf die Mauer eingeprügelt, bis meine Fingerknöchel bluteten.*

*Als ich fertig war, war ich völlig außer Atem und erfüllt von der Gewissheit, dass es nicht noch mal passieren würde.*

*Und so war es auch. Und ist es auch jetzt.*

*M. meint, sie würden mir helfen, wie immer. Er wird mir helfen, wie immer. Wir hätten viele Geschäfte zusammen gemacht, und alle waren gut. Unsere Idee sei die genialste gewesen, die es überhaupt gibt. Und genau deshalb wird sie sie alle niederbügeln.*

*Er hat recht. Das weiß ich.*

*Und ich bin sicher, das Richtige zu tun.*

Es gibt keine wirkliche Beisetzung. Mein Vater und Gott hatten nichts miteinander am Hut. Die Unfähigkeit, zu glauben, liegt in der Familie.

Nur der Aufbahrungsraum im Krankenhaus, das Defilee falscher und echter Freunde, Neugieriger und Kondolierender, denen Adrianos Artikel die Augen geöffnet haben.

»Machen Sie weiter«, sagt eine alte Frau und ihre Stimme und ihre Hände zittern leicht. »Sie wissen, was ich meine, junger Mann.«

Aus ihrer Nylontasche lugt eine Zeitung hervor. Der Artikel, den ich Adriano bringen wollte, ist auf der Titelseite. Ich kann ein Stück der Überschrift entziffern. Diesmal haben sie die richtige genommen.

*Ist er nicht der, der er zu sein vorgibt?*

Ich drücke ihr einen Kuss auf die Wange, und sie streicht mir übers Gesicht. Ich sehe ihr nach, mühsam humpelt sie durch die verschneite Allee davon, und die Flocken fallen, als hätten sie keine Eile, irgendwo liegen zu bleiben.

In einer weißen Welt nehme ich von meinem Vater Abschied.

Drei Tage sind seit seinem Tod vergangen, und noch immer habe ich nichts begriffen. Der Tod eines Elternteils oder einer Frau hinterlässt nur unstillbare Trauer und einen dumpf pochenden Schmerz, nicht das getan, gesagt oder empfunden zu haben, was man so einfach hätte tun, sagen oder empfinden können.

Ich sehe Giulia an.

Sie hat sich nicht in Schwarz gekleidet. Sie trägt einen dunkelblauen Mantel, hat das Haar zusammengebunden, und ihre Augen sind genauso rot wie bei ihrer Ankunft am Abend nach unserem Telefonat. Wir haben uns angesehen, sie vor der Tür, ich einen Schritt dahinter. Reglos, eingehüllt in die Stille ungesagter Worte.

Ich habe sie an mich gedrückt wie noch nie zuvor. Eine lange, stille Geste, ohne Tränen und Schluchzen, ohne zugeschnürte Kehle. Nur die Geste zweier sich wiederfindender Einsamkeiten. Die Vereinigung im Schmerz, die es bei Elenas Tod nicht geben konnte, entlädt sich jetzt, da sich völlig unversehens wieder alles ändert.

Ich gehe zu ihr, greife nach ihrer Hand, zusammen rauchen wir eine Zigarette.

Zwei Erwachsene, die sich ohne Klage und ohne Vorhaltungen, ohne Wut und ohne Groll in die Augen sehen. Wir murmeln Höflichkeiten und aufrichtigen Dank. Wir betrachten die verschneiten Bäume, die Menschen, die auf uns zuschlittern, die weißen Atemwolken in der Luft.

Sie weiß nichts von der Karte.

Nur Daniele und Andrea. Ihre Reaktion war identisch. Wenige, fast gleiche Worte, die keiner Entscheidung bedurften.

Daniele wird nicht kommen. Er hat mich heute morgen angerufen, die Straße ist unbefahrbar. Der Apennin ist ein einziger Eiswall, die Autobahn gesperrt.

»Es tut mir leid«, hat er gesagt, und es verstand sich von selbst, dass er nicht nur meinen Vater meinte. Doch Andrea ist da. Er ist keinen Moment vom Sarg gewichen, wie eine Ehrenwache. Reglos und mit verschränkten Armen steht er da, in einem Anzug, der fast genauso aussieht wie meiner, und lässt den Blick zwischen den Menschen und den geschlossenen Lidern meines Vaters hin- und herwandern.

Er sieht nicht mehr so aus, als ob er schläft. Der Tod bringt keine Entspannung, das Leben, das einen verlässt, wiegt mehr als die sprichwörtlichen paar Gramm der Seele. Mein Vater ist totes Fleisch, der Auflösung geweiht.

Alles andere ist nur ein Wunschtraum derer, die zurückbleiben.

»Wann fährst du wieder?«

Giulia hat mich untergehakt, während wir den Friedhof verlassen. Als sie meine Frage hört, senkt sie den Kopf.

»Es gibt einen Flug heute Abend, wenn …«

Ich streichle ihre Hand.

»Nimm ihn ruhig. Jetzt gehen wir nach Hause, essen was, und dann packst du deine Sachen und ich bringe dich zum Flughafen.«

»Echt, Papa, ich kann auch bleiben …«

»Kommt gar nicht in die Tüte.«

»Danke«, flüstert sie.

»Mach dir keine Sorgen.«

Schweigen. Bedächtige Schritte bis zum Parkplatz.

»Wirst du noch was schreiben?«

Ihre Stimme klingt wie damals, als sie klein war. Es gibt nichts mehr zu schreiben, will ich ihr antworten.

»Ich muss ein bisschen nachdenken«, antworte ich.

Sie nickt lange, als müsste sie der Bedeutung meiner Worte nachspüren.

»Der heutige Artikel«, hebt sie an. Sie bricht ab. Zögert. »Was geht eigentlich ab? Großvater …«

Ich bleibe stehen und nehme ihr Gesicht in die Hände.

»Opa hatte einen Herzinfarkt. Zu viel Anspannung. Zu viel Stress. Und er hat nie auf sich geachtet. Das weißt du.«

Sie sieht mich an, tut so, als würde sie mir glauben. Und ich beneide sie darum.

Im Auto ist nur das ferne Wispern des Radios zu hören.

Sie lässt mich vor einem Lebensmittelladen unweit meiner Wohnung halten.

»Geh schon nach oben, ich kauf noch was zu essen. Heute koche ich.«

Wortlos halte ich an. Ich sehe sie das Geschäft betreten, fahre weiter und parke vor der Haustür.

Das Telefon klingelt, als ich im Schlafzimmer bin.

»Vielleicht haben wir uns missverstanden«, sagt die Stimme. »Hier Falange Armata. Das nächste Mal gibt es keine Vorwarnung.«

Ich lege auf.

Lache aus vollem Hals.

Eine innere Explosion aus der Gleichgültigkeit, mit der ich die Worte gehört habe, und die sofort in haltloses Schluchzen übergeht.

Tränen, die nach Angst schmecken, die vom Tod meines Vaters und meiner Frau erzählen, vom all die Jahre unterdrückten Schmerz, der sich endlich Bahn gebrochen hat. Ich breche auf dem Bett zusammen, den Kopf ins Kissen vergraben, mein Atem ist ein würgendes Schluchzen. Ich drehe mich auf den Rücken, mit weit aufgerissenem Mund, als tauchte ich nach Jahrhunderten wieder an die Wasseroberfläche. Die Tränen rinnen mir übers Gesicht, heiß, salzig, unaufhörlich.

Zwei Minuten später kommt Giulia herein, ich höre, wie sie die Einkaufstüte abstellt und nach mir ruft. Kurz darauf betritt sie das Schlafzimmer. Ich drehe mich kaum um, versuche zu lächeln und kann nicht aufhören zu weinen. Ohne etwas zu sagen lässt sie den Mantel zu Boden gleiten, legt sich zu mir, umarmt mich und schmiegt den Kopf an meine Brust.

Ich streichle ihr Haar. Eine Ewigkeit liegen wir so da, im Bett, in dem sie gezeugt wurde, neben dem Zimmer, in dem sie groß geworden ist und in dem ich später meine Kindergeschichten und die Einsamkeit dieser Obsession gehortet habe.

Nach einer Weile schlafen wir ein. Ich erwache als Erster, es ist früher Nachmittag. Möglichst lautlos stehe ich auf, sie rührt sich kaum, schiebt die Hand unter die Wange und schläft weiter.

Ich stehe in der Tür und sehe sie an. Sie ist Elena so ähnlich, so anders. Das letzte Mal, das sie in diesem Bett geschlafen hat, reichte sie mir gerade mal bis zur Hüfte. Ich lächle, und diesmal von Herzen.

Da ist kein Schmerz mehr, keine Tränen.

Kurz darauf schlägt sie die Augen auf.

»Wie lange stehst du schon da?«

»Seit einer Weile …«

»Ich bin eingeschlafen.«

»Ich auch«. Pause. Sie hat sich noch immer nicht gerührt. »Willst du weiterschlafen?«

»Nein.«

»Hast du Hunger?«

Sie nickt.

»Ich auch. Bleib liegen, ich ruf dich, wenn's fertig ist.«

Sie nickt wieder.

Ich drehe mich um und gehe in die Küche.

Das Leben geht weiter. Immer. Es kommt und geht.

Am Morgen danach war die Wohnung leer, Giulia im Flieger und der Schnee überall.

Es schien aufgehört zu haben, doch das Schlimmste sollte noch kommen.

Ein plötzlicher Sturm, der sich nicht legen wollte. Man konnte das Haus nicht verlassen. Die Stadt hatte sich mit einem Mal in ein Bergdörfchen verwandelt, der Schnee säumte einen halben Meter hoch die Straßen, die Räumwagen kamen nicht nach. Ich stand am Küchenfenster und sah zu, wie das Weiß auf Fensterbrettern, Gehsteigen und Autodächern höher und höher wurde, die Straßen verschluckte und Wagen und Fußgänger unter sich begrub. Es kam mir richtig vor, alles zu säubern, alles auszulöschen, zu ersticken und von vorn anzufangen.

Genau das wollte ich tun. Es war das Einzige, was mir noch blieb.

Ich wusste nicht – und sollte erst sehr viel später erkennen –, dass es noch nicht zu Ende war und dass diese unvorhergesehenen, unbändigen Flocken etwas vermocht hatten, was sonst unmöglich gewesen wäre.

Sie hatten mir das Leben gerettet.

Daniele sieht vom Schreibtisch auf und blickt auf die Wand gegenüber.

Ein Foto von John F. Kennedy und seinem Bruder. Im Hintergrund der Schreibtisch des Präsidenten, das Fenster des Oval Office. Das Sonnenlicht fällt herein und zeigt die beiden im Gegenlicht. Sie sitzen einander gegenüber und reden, die Köpfe dicht zusammen. Er stellt sich das Gemurmel vor, meint ihre Worte zu hören.

Dieses Schwarzweißfoto ist das Geschenk einer Frau. Vor vier Jahren ist sie gegangen. Das Haus, in dem er lebt, gehörte ihnen gemeinsam.

Die Drohungen hatten ein Jahr zuvor angefangen. Vor kurzem erst hatten sie beschlossen, dass sie ein Kind haben wollten. Zuerst war es ein Umschlag mit Patronen gewesen, er war in die Staatsanwaltschaft geschickt worden. Zwölf, um genau zu sein. Dann ein Ziegenkopf, der irgendwie auf ihrer Schwelle gelandet war. Und dann Telefonanrufe. Meistens waren sie stumm. Oder man hörte eine trockene, akzentfreie Stimme, die nur einen Satz sagte.

»Hier Falange Armata. Ihr seid tot.«

Zu Hause war das zweimal passiert. Das zweite Mal hatte sie abgehoben.

Sie wurden alle woandershin gebracht. Daniele, seine Frau, die Eltern, die Schwiegereltern. Verschiedene Orte, wo, hatte er erst später erfahren. Costa Rica, Brasilien. Sie beide waren in den Bergen gelandet. In einer Art Burg im Trentino.

Es hatte ein paar Monate gedauert, während derer Angela

so gut wie nicht gesprochen hatte. Kurz nach ihrer Rückkehr war sie gegangen. Ohne ein Wort. Sie war einfach weg. Er hatte lediglich überprüfen lassen, ob sie entführt worden war.

Dann hatte er das Foto der Kennedys genommen und es woanders hingehängt. Vom Wohnzimmer ins Arbeitszimmer, gegenüber dem Schreibtisch. So hat er es immer vor Augen, wenn er zu Hause arbeitet.

Er atmet tief durch.

Der Brief ist fertig. Er hat die ganze Nacht gebraucht, um ihn zu schreiben. Kaum war er nach Hause gekommen, hatte er sich im Zimmer eingeschlossen, sich Stift und Papier gegriffen und angefangen zu schreiben. Er hat ihn zweimal gelesen und kein Wort geändert.

Die Wahrheit funktioniert erst dann, wenn man sie erzählen kann.

Er legt die Blätter übereinander, faltet sie zweimal zusammen, steckt sie in den Umschlag, schließt ihn, klebt ihn mit Tesa zu. Er schreibt die Adresse drauf und steht auf.

Er denkt an den Anruf, den er vor ein paar Stunden erhalten hat.

»Hier Falange Armata«, sagte die Stimme. »Wir haben dich nicht vergessen.«

Noch einmal betrachtet er das Foto der beiden Brüder.

»Hätten wir einen Sohn gehabt, hätten sie ihn ermordet«, flüstert er in das leere Haus.

Dann schlüpft er in seinen Mantel und geht hinaus. Die Fahrt mit seiner Eskorte ist sehr kurz.

Der Briefkasten ist ganz in der Nähe. Zweimal kontrolliert er die Adresse. Dann schiebt er den Brief in den Schlitz. Reglos steht er davor und sieht nichts als das Rot des Briefkastens. Dann dreht er sich um, steigt ein, und der Wagen fährt los.

Er lässt sich in den Rücksitz fallen, ein besiegter, einsamer General, der nach Hause zurückkehrt, wo ihn niemand erwartet.

»Alles in Ordnung, Dottore?«

Daniele nickt.

»Ich bin nur müde, danke.«

Der Chef der Eskorte mustert ihn im Rückspiegel.

»In ein paar Minuten sind wir da.«

Der Richter schließt die Augen.

Wir sind schon da, denkt er. Und es gibt keinen anderen Ort, an den er gehen kann.

Ich räume die Wohnung meines Vaters auf. Die Schränke müssen geleert, seine Sachen geordnet werden, zig Kleinigkeiten, die es zu erledigen gilt, um mit der Abwesenheit eines geliebten Menschen fertigzuwerden.

Ich will sie verkaufen. Einen Teil des Erlöses werde ich behalten, der Rest kommt auf ein Konto für Giulia. Ich habe es ihr noch nicht gesagt, der Streit ist vorprogrammiert, aber die Entscheidung steht fest, und ich habe nicht die Absicht, sie zu ändern.

Seit sie wieder in New York ist, ruft sie mich jeden Tag an. Sie benutzt das Handy, der Computer ist fast immer aus. Ich gehe nur ganz kurz ins Netz, um die Post zu kontrollieren.

Ich schreibe nicht, lese keine Zeitung und schalte den Fernseher nur ein, um vor einem Film oder einem Fußballspiel abzuhängen. Die Welt interessiert mich nicht. Irgendwann ist sie auch wieder dran, ich weiß. Aber im Augenblick ist es besser so.

Ich brauche eine Woche, um Ordnung in Adrianos Habseligkeiten zu bringen. Ich tue es in kleinen Dosen, eine gute Stunde pro Tag. Alte Fotos meiner Mutter kommen zutage. Sie hat langes Haar bis zum Po, die Stadt könnte Madrid oder Barcelona sein. Die Schwarzweißbilder sehen aus wie aus einem anderen Leben, von dem ich nicht sicher bin, ob ich es tatsächlich gelebt habe.

Ich finde sie in mehreren blauen Kisten, in denen man normalerweise seine Winter- oder Sommersachen aufbewahrt. Sie stehen auf einem Regalbrett, an das er leicht herankam, und sind perfekt geordnet. Ich stelle mir vor, wie er eine Kiste herauszieht, sie auf den Knien hält und mit der gleichen bemühten Distanziertheit, die ihn in der Öffentlichkeit so unterkühlt erscheinen ließ, durch die Momente seines Lebens blättert. Eine emotionale Zurückhaltung, derartig politisch korrekt, dass sie zu einer unerträglichen Maskerade verkam.

Ich habe die Fotos mit nach Hause genommen. Solange ich noch nicht weiß, wohin damit, stehen sie im Wohnzimmer, an derselben Stelle, an der Elena ihre Unterlagen stapelte, ehe sie sich barfuss auf den Boden hockte und anfing zu lesen.

Auch ein Foto von ihr muss dabei sein. Ich habe es im Parco Sempione in Mailand gemacht. Eines der seltenen Male, an denen sie es mir erlaubt hat. Ehe sie es sich anders überlegen konnte, hatte ich auf den Auslöser gedrückt.

Bei der letzten Durchsicht der Wohnung habe ich es gefunden. Es steckte in einer orangefarbenen Mappe, zusammen mit sämtlichen Rezensionen meiner Bücher, den Kinoartikeln, den Entwürfen für meine neuen Geschichten, die ich ihm immer zu lesen gab, auch wenn ich keine Reaktion erhielt.

Am Rand hatte er die Schwachstellen angestrichen. Kleine Anmerkungen, mögliche Korrekturen und Verbesserungen, stilistische Anregungen oder Lob für die Entwicklung einer Figur. Ein sorgfältiges, beständiges Lektorat, aufmerksam und still, von dem ich nie etwas erfahren hatte. Vielleicht aus Rücksicht auf meine Arbeit oder aus Angst, aufdringlich zu sein.

Das Foto lag auf den Entwürfen für das letzte Buch. Eine Woche ehe er starb habe ich *Das Land der vergessenen Geschichten* abgegeben. Wie immer habe ich ihn zu der Mail an den Verleger als unsichtbaren Empfänger hinzugefügt. Er hat es ausgedruckt, gelesen, korrigiert, und mit einem gelb-orangefarbenen Geschenkband verschnürt. Und unter das Band, zwischen Knoten und Papier, hat er Elenas Foto geschoben.

Sie lächelt, mit diesem seligen Kinderblick, der mir das Herz durchdrang. Ein Blick – jetzt weiß ich es gewiss –, den ich nicht vergessen habe.

Ich stecke es in die Tasche, klemme den Karton mit meinen Manuskripten unter den Arm und gehe nach Hause.

Als ich nach Hause komme, bricht ein sonniger Nachmittag an. Der Schnee ist fast vollkommen verschwunden. Zurück bleiben nasse Straßen und harschige Schneehaufen an den Gehwegen. Eine Erinnerung, die bald verschwunden sein wird.

Ich trete ein, stelle die Schachtel ab, mache die Tür hinter mir zu und will das Licht anschalten.

Ich drücke auf den Schalter. Zweimal. Der Flur bleibt dunkel. Ich überlege, wo ich die Ersatzbirnen hingetan habe, und gehe in die Küche. Die Rollläden sind herabgelassen, wie in der ganzen Wohnung. Und auch hier ist das Licht kaputt.

Ich gehe zum Fenster und will den Rollladen hochziehen, aber es gelingt mir nur wenige Zentimeter.

»Tun Sie es nicht, ich bitte Sie.«

Ich erstarre, mein Herz bleibt stehen.

Die Stimme einer Frau, aus dem Wohnzimmer. Das Gefühl, dass hinter mir jemand ist.

Ich drehe mich um. Der Mann steht in der Tür, eine blaue Silhouette im Halbdunkel. Ich erkenne die breiten Schultern, die die gesamte Tür einnehmen. Und dass er eine Glatze hat.

»Ich habe auf Sie gewartet.« Die Frau hat einen französischen Akzent und eine Stimme, die mir bekannt vorkommt.

Das geht mir erst auf, als ich sie zum zweiten Mal höre. Ich frage mich, ob mich ihre unerwartete Gegenwart erschreckt oder aber die Erkenntnis, wen ich in der Wohnung habe.

Der Glatzkopf macht die Tür frei und ich trete ins Wohnzimmer. Ein dünner Lichtstrahl fällt aus dem Schlafzimmer herein und hüllt das Zimmer in fahles Graublau, das die Formen, aber nicht die Gesichter erkenne lässt.

Sie sitzt ganz hinten im Sessel, das Licht im Rücken.

»Entschuldigen Sie den Auftritt«, sagt sie. »Aber ich wollte neugierige Blicke vermeiden.«

»Meinen auch?«

Ihr Seufzer klingt nach einem Lächeln.

»Mir ist wohler, wenn Ihnen hinsichtlich meiner Identität ein Zweifel bleibt.«

»Wie Sie wollen.« Ich setze mich ihr gegenüber aufs Sofa. Ich kann ein paar Stiefel mit hohem Absatz erkennen, zusammengebundenes Haar, lange, übereinandergeschlagene Beine. Ich versuche, mir ihre Augen vorzustellen, die ich unzählige Male gesehen habe. Dunkel, wie ihr Haar. Ich bin sicher, sie sind traurig, als sie wieder zu reden anfängt.

»Wegen Ihres Vaters tut es mir leid.« Ich antworte nicht, und sie wartet gerade lange genug, um nicht unhöflich zu erscheinen.

»Sie haben mein Leben zerstört, ich sollte Sie hassen.«

Ich drehe mich zu dem Glatzkopf um. Reglos steht er zwischen Wohnzimmer und Flur. Sie bemerkt meinen Blick und will mich sofort beschwichtigen.

»Sie brauchen keine Angst zu haben. Und ich entschuldige mich für diesen Überfall. Aber ich hatte keine andere Wahl.«

»Um mich habe ich keine Angst«, sage ich. »Und vielleicht sollten Sie jetzt gehen.«

Sie lacht ohne einen Hauch von Belustigung.

»Sie können nicht mein Leben zerstören, ohne mir das Recht auf Widerspruch zu geben.«

Ich bleibe stumm. Ich will nur, dass sie endlich redet, dass sie den Vorhang hebt und mir erlaubt zu vergessen.

»Ich habe Ihre Artikel gelesen«, fährt sie fort. »Ich lese aufmerksam Zeitung, auch wenn die Presse mich immer als Flittchen dargestellt hat. Nicht dass mich das kratzt.« Sie schweigt einen Moment. »Schon komisch, da hatte ich mir eine lange Rede zurechtgelegt, und jetzt, wo ich hier bin … Wie auch immer, das, was Sie geschrieben haben, hat mir die Augen geöffnet. Seit Jahren gibt mir das Leben meines Mannes Rätsel auf. Und ich rede nicht von Seitensprüngen. Ich glaube, die hat es gar nicht gegeben. Auch wenn er reichlich Gelegenheiten dazu gehabt hätte. Und ich ebenso. Aber ich glaube, als er mich geheiratet hat, hat er einen Pakt mit sich selbst geschlossen. Er wollte sein Leben ändern, mit der Vergangenheit abschließen, etwas aufbauen. Das haben wir getan. Viele Jahre sind vergangen, wir haben keine Kinder, aber das ist ein klinisches Problem, kein sexuelles. Ich hoffe, ich bringe Sie nicht in Verlegenheit.«

Ich habe keine Antwort. Und sie will keine hören.

»Mit meinem Mann läuft also alles bestens. Aber seine Geschäfte machen mir Sorgen. Das war schon immer so, und Sie halten mich bestimmt für ziemlich blöd, dass ich jetzt erst beginne zu verstehen. Und das wegen ein paar Zeitungsartikeln! Aber so ist es.«

»Sind Sie gekommen, um mir das zu sagen?«

Sie kramt etwas aus der Tasche auf ihrem Schoß, vielleicht ein Taschentuch.

»Auf dem Tisch hinter Ihnen liegt etwas, das Sie lesen müssen. Ich habe mir Fragen gestellt und bin auf die Suche nach Antworten gegangen. Ihn konnte ich nicht fragen, also habe ich … gesucht. Es war in einer seiner Schreibtischschubladen.«

»Vielleicht sollten Sie zur Staatsanwaltschaft gehen.«

Ihre Antwort kommt sofort.

»Nein. Nein.« Sie seufzt. »Außerdem ist nichts Strafbares darin. Ich wäre … am Ende. Ich und meine Familie. Ich rede von meinen Eltern.«

Ich drehe mich um und will aufstehen.

»Nicht jetzt, bitte.«

Auf dem Tisch liegt etwas Rechteckiges, nicht viel dicker als ein Buch.

Ich setze mich.

»Das tun Sie bitte, wenn ich weg bin.«

»Wie Sie wollen.«

Schweigend ordnet sie sich das Haar. Als sie wieder zu sprechen anfängt, klingt ihre Stimme anders. Weder Schmerz noch Bedauern liegen darin.

Nur Vorwurf.

»All Ihre Vermutungen sind wahr«, sagt sie. »Als ich das begriffen habe …«

Sie will weiterreden, setzt erneut an. Es gelingt ihr nicht. »Sie werden es nie beweisen können. Selbst ich könnte es nicht, wenn mich jemand danach fragte. Man hätte mein Leben leben müssen, um es zu verstehen. Die Kleinigkeiten, die Nuancen. Man müsste eine Erinnerungstransplantation vornehmen.«

Im letzten Satz schwingt Sarkasmus mit, dann verstummt sie. Als sie endlich weiterredet, scheint sie ein Gespräch fortzusetzen, dass sie im Geist viele Male geführt hat.

»Doch es ist richtig, dass Sie es wissen. Vielleicht können Sie sich durch das, was Sie lesen werden, ein klareres Bild machen.«

»Ich kann nichts mehr tun, Signora.«

Sie tut so, als hätte sie mich nicht gehört.

»Ich bin niemals hier gewesen. Wir haben niemals miteinander gesprochen. Niemand hat mich gesehen, niemand wird mich sehen.« Sie schluckt, weint nicht, schluchzt nicht, das Taschentuch scheint zu genügen. »Wenn das, was ich Ihnen gebracht habe, herauskommt, bin ich am Ende.«

Sie sagt nicht tot. Am Ende. Aus ihrem Mund klingt es, als reichte das über das Ende des Lebens hinaus. Ich muss an ein vollkommen hilfloses Wesen denken, das sein Leben gefangen im eigenen Körper in einem Krankenhausbett fristet. Sie steht auf und verschwindet, gefolgt von ihrem Begleiter, im dunklen Flur.

Plötzlich bleibt sie stehen.

»Einmal habe ich sie zusammen gesehen.«

Ich stelle mir ihr Gesicht vor, der gepanzerten Wohnungstür zugewendet. Sie dreht sich nicht zu mir um. Nicht einmal im Dunkeln. Ich stehe auf und trete in den Flur. Sie ist nur ein Schatten vor der geschlossenen Tür.

»Wen?«

»Ihn und Cèrcasi. Vor langer Zeit.« Sie bricht ab. »Sie redeten miteinander, im Garten, vor der Glastür. Ich nehme an, Sie kennen mein Haus. Es war oft genug im Fernsehen zu sehen.« Sie verstummt und ich warte mit angehaltenem Atem darauf, dass sie die Tür öffnet. Doch sie scheint noch nicht fertig zu sein. »Cèrcasi sah aus wie eine Salzsäule. Er stand da und starrte ihn an, er schien noch nicht einmal zu atmen. Ich glaube nicht, dass sie mich bemerkt haben. ›Du musst es tun‹, hat er gesagt. ›Wir müssen es tun. Wir haben keine Wahl. Du hast gesehen, wozu die fähig sind. Und die werden nicht aufhören. Du kannst immer auf mich zählen.‹ Das hatte ich vergessen, bis ich Ihre Artikel gelesen habe.«

»Was werden Sie jetzt …«, hebe ich an. Ich kann nicht ausreden.

»Ich zähle auf Ihre Verschwiegenheit.«

Die Tür geht auf, und Crystal, Luca Rossinis Frau, verlässt meine Wohnung.

Kurz darauf ziehe ich die Rollläden hoch. Im Nachmittagslicht fange ich an zu lesen, was sie mir dagelassen hat.

Spät abends mache ich eine Pause, um die angestaute Wut loszuwerden. Ich schalte den Fernseher ein. Danieles Tod ist die vierte Nachricht.

Ich wünschte, ich könnte aus diesem Leben fliehen. Aber ich weiß nicht mehr, wohin.

»Da ist jemand, der dich sehen möchte.«

Andreas Worte erreichen mich eine Woche nach Danieles Tod. Niemand hat ihn obduziert. Herzanfall, hat der Arzt gesagt. Es war ein Herzanfall.

Ich treffe ihn beim Kiosk, natürlich ist er nicht zufällig dort.

»Ich will niemanden sehen.«

»Ich habe nicht gefragt, ob du ihn sehen willst.«

Ich grinse höhnisch.

»Das war kein Befehl«, versucht er hastig zu beschwichtigen.

Ich setze meinen Heimweg fort. Er bleibt wortlos an meiner Seite, wartet, bis ich den Schlüssel ins Türschloss stecke, und sagt zwei Worte.

Ich erstarre in der Bewegung, den Blick auf meine Finger gerichtet.

Vierundzwanzig Stunden später bin ich in Palermo, das Gepäck für zwei Tage neben mir, vor mir ein freundlicher, zurückhaltender Portier, der mir den elektronischen Schlüssel und eine Karte hinhält. Ich lese sie, als ich im Zimmer bin.

*Danke, dass Sie meiner Einladung gefolgt sind*, steht da.

Ich zerreiße sie, winzige Konfettischnipsel, die ich in die Kloschüssel rieseln lasse. Dann sehe ich zu, wie sie im Strudel der Wasserspülung verschwinden. Ich stütze die Hände aufs Waschbecken, fahre mir mit den Fingern durchs Haar. Da ist ein weißer, ein dünner Faden, der oberhalb des rechten Ohres auftaucht und verschwindet.

Ich lächle leise.

Er klopft.

»Signore, Sie haben Ihre Brieftasche an der Rezeption liegenlassen.«

Reglos bleibe ich hinter der Tür stehen.

»Einen Moment.«

Ich durchsuche meine Hosentaschen, dann meine Jacke. Ich öffne.

Da steht ein Mann in Hoteluniform. Er hält meine Brieftasche in der Hand.

Er sieht mich an. Zu lang. Ich erwidere den Blick. Irgendetwas an ihm ist mir nicht geheuer. Der allzu durchtrainierte Körper, die durchdringenden Augen, die eher gewohnt zu sein scheinen, einem Feind zu begegnen als einen Gast zu beruhigen.

»Ihre Brieftasche, Signore.«

Ich greife danach und bedanke mich.

»Signor Ignazio Solara fragt, ob Sie seine Karte erhalten haben.«

Ich nicke knapp.

»Ja, danke. Sagen Sie ihm, ich freue mich, ihn zu treffen.«

Er nickt zurück und will sich umdrehen. Eine winzige Bewegung.

Ich stürze zu Boden, die Tür schließt sich, etwas trifft mich in die Seite, ich strecke die Hände vor, versuche zu treten, nehme den Geruch wahr, der mir den Atem abschnürt.

Die Welt verschwindet.

Dunkel.

Als ich aus dem Grau wieder auftauche, liege ich auf einem Autorücksitz. Verdunkelte Scheiben, eine schwarze Kunststofftrennwand zwischen dem Fond und den Vordersitzen. Nach ein paar Minuten bleiben wir stehen. Die Tür geht auf. Der Mann von vorhin hält mir den Schlag auf und wartet, dass ich aussteige.

Eine Industriebrache. Leere Lagerhallen. Ein verrosteter, umgestürzter Kran. Ein paar Container. Das Geräusch des Windes, der mit einem Metallgegenstand spielt.

Eine Frau.

Sie kommt aus der Lagerhalle gegenüber. Sie trägt kurzes, braunes Haar, eine schwarze Baumwolljacke, Jeans. Sie ist näher an den fünfzig als an den vierzig. Sie geht schnell und schaut starr geradeaus.

Sie begrüßt mich mit meinem Namen. Kein Lächeln, eine aufgesetzte Etikette scheint hier nicht angebracht zu sein.

Ich drücke ihre Hand.

»Signora …«

»Ihr Vater und Ihre Frau nannten mich Clara. Und wie ich schon damals sagte, glauben Sie nicht, dass das mein richtiger Name ist.«

Die Halle ist leer und seit langem verlassen. Wir durchqueren sie schweigend, gefolgt vom Echo unserer Schritte. Wir gehen durch ein Tor am Ende der Halle. Irgendwann einmal war ein Rollladen aus Aluminium davor, der jetzt völlig verbogen an der Wand lehnt, als wäre ein großes Fahrzeug hineingefahren.

Draußen ist das Meer überall, direkt hinter einem kleinen Abhang, der steil zu den Klippen hinunterführt. Clara knöpft ihre Jacke auf, vergräbt die Hände in den Jeanstaschen. Der Wind spielt mit ihrem Haar. Eine Strähne fällt ihr ins Gesicht. Zweimal streicht sie sie fort, dann lässt sie davon ab.

»Ich hätte nicht erwartet, Sie zu treffen«, sage ich.

Sie reagiert nicht, erwidert nichts, sieht mich nicht an. Schweigend schaut sie aufs Meer, als jagte sie Worten nach, die sich nicht fassen lassen.

»Wegen Ihres Vaters tut es mir leid.«

Der Satz kommt genau in dem Moment, als der Wind sich legt. Sie dreht sich abrupt zu mir um, nimmt die Hände aus den Taschen und sagt diese wenigen Worte. Ich bemühe mich, nicht zu lächeln. Die Welt lebt von Floskeln, und Adrianos Tod scheint ein guter Vorwand zu sein, um ein heikles Thema anzusprechen.

»Wie lange haben Sie ihn nicht mehr gesehen?«

»Wir haben uns nur einmal getroffen. Vor langer Zeit. Sie kennen die Geschichte.«

Ich nicke. Wieder der Wind. Kaum spürbar, ein Hauch, der sofort verebbt.

»Sie werden sich fragen, weshalb ich Sie sehen wollte.«

»Ich dachte, Ignazio Solara wollte …«

Sie hebt die Hand.

»Es gibt einiges, was Sie nicht wissen.«

Ich bleibe ungerührt. »Ich will niemandem mehr zuhören.«

Clara sieht zu Boden.

»Eigentlich bin ich hier, um Ihnen zu sagen, dass es mir leidtut.«

»Das sagten Sie bereits.«

Sie macht einen Schritt auf mich zu.

»Ich meine nicht Ihren Vater.«

»Sie mögen es nicht glauben wollen, Clara, aber ich brauche weder Entschuldigungen noch menschliche Nähe. Das Einzige, was ich mir wünsche, ist Stille.«

»Sie haben recht, das ist schwer zu glauben.«

Jetzt bin ich an der Reihe, wegzusehen und das Schauspiel dranzugeben.

»Ich bin wahnsinnig müde«, flüstere ich. »Und ich habe nicht vor, noch etwas zu unternehmen.«

Am Ausschnitt ihres Pullovers hängt eine Sonnenbrille. Sie nimmt sie ab, will sie erst aufsetzen und schiebt sie sich dann ins Haar.

Sie wechselt das Thema.

»Haben Sie sich jemals gefragt, was ein Staatsstreich ist?«

Ihre Frage klingt, als würden wir an einem Bartresen sitzen und einen Kaffee schlürfen. Ich brauche ein paar Sekunden, ehe ich antworten kann. Ich möchte weit weg sein. Keine Fragen mehr hören, keine Antworten mehr geben müssen. Ich möchte ein paar Schritte gehen, den Pfad hinunter, der an den Klippen entlang zum Strand führt. Ich möchte die Schuhe ausziehen, den Sand zwischen den Zehen hindurchrinnen lassen. Der Brandung lauschen. Darauf warten, dass sie die Gedanken fortspült.

Ich möchte alles hinter mir lassen. Auch die Wahrheit.

»Der Versuch, mit Gewalt an die Macht zu kommen«, antworte ich.

Claras Miene lässt keinen Zweifel darüber, was sie von meiner Antwort hält.

»Brutal, aber korrekt. Ich könnte noch hinzufügen, dass ein Putsch auch das Ende jeglicher demokratischer Gewähr auf unbestimmte Zeit bedeutet. Aber wir reden hier nicht nur von Demokratie.«

Ich sehe sie verständnislos an. Sie lässt ein winziges Lächeln aufblitzen.

»Eine Macht, die von den Grundfesten her zerfällt«, fährt sie fort. »Die den Kontakt mit der Wirklichkeit verliert, Tag für Tag durch Korruption, Ermittlungen, Verhaftungen geschwächt wird. Und ein kriminelles System, das dieser Macht innewohnt. Das Verhältnis ist das eines Parasiten zu einer gesunden Zelle. Nur, dass man oft kaum unterscheiden kann, wer der Parasit ist.«

»Sie sprachen von Staatsstreichen.«

»Machtwechsel, wenn Ihnen der Ausdruck lieber ist.« Sie steckt die Hände in die Tasche. »Der Parasit braucht den Organismus. Und der Organismus kommt ohne den Parasiten nicht an das ran, was er will. Wenn der Staat und die Cosa Nostra sich auf ein gegenseitiges Lebenlassen einigen, ist das in Ihren Augen kein Staatsstreich? Wenn dieses gegenseitige Lebenlassen vorsieht, dass die Köpfe beider Organismen rollen, dass tote Äste, Gegner und die, die zu viel wissen und reden könnten oder nicht mehr nützlich sind, beseitigt werden, ist das in Ihren Augen kein Staatsstreich?«

»Zwei.«

Sie sieht mir in die Augen und verdrängt einen unaussprechlichen Gedanken.

»Genau. Zwei. Einer, um Totò Riina von der Spitze der Cosa Nostra zu entfernen. Und einer, um die politische Macht wiederzubeleben.«

»Mit einem klassischen Putsch hat das nichts zu tun.«

Clara nickt.

»Doch genau das ist passiert. Zuerst genügte die Einschüchterung. Angefangen bei der Piazza Fontana*. Es gab einen Grund. Die beiden Blöcke, die strategische Position Italiens, die Kommunisten. Doch '92 war's damit vorbei. Die rote Gefahr gab's nicht mehr. Gladio wurde aufgedeckt.«

»Und versteckt.«

»Natürlich, versteckt. Die Transformation ist in jedem Bereich unerlässlich, in der Wirtschaft, in der Finanzwelt, in meiner Branche.«

»Ihre Branche …«

»Was finden Sie daran so komisch? Dass das alte Märchen vom Geheimagenten-Playboy und der männermordenden Spionin, die dem Staatenlenker wichtige Informationen entlockt, nicht stimmt? Falls es Sie tröstet, das gibt es auch. Aber das ist nicht alles. Ich habe einen verantwortungsvollen Job, ich bin nicht Cameron Diaz und auch keine Hostess. Überdies sind nicht die Frauen schuld, wenn ein Mann nach ein paar Orgasmen Geheimnisse verrät, die er besser für sich behalten hätte.«

Ich muss lächeln. Ich stelle mir vor, wie sie mit meinem Vater spricht. Und dann, wie sie verschreckt das Lenkrad umklammert und auf die Rauchsäule starrt. Es kommt mir vor, als wäre es gestern geschehen.

»Als sie die Bombe in das Auto gepackt haben, war einer von uns dabei.«

Der Satz ist ein ferner Schmerz, der besser im Verborgenen bliebe.

»Welche Bombe?«

»Ja, welche … Ich rede von Dottor Borsellino.«

»Und wer wart ihr?«

»Was nützen Kürzel und Namen? Ich könnte es Ihnen sagen, aber was würde das ändern? Die Menschen kommen und gehen, sie sind bei den Abmachungen nicht ausschlaggebend. Allein der Nutzen zählt.«

»Ihr habt es gewusst und nichts unternommen.«

Clara sieht weg und verschränkt die Arme. Der Kondensstreifen eines Flugzeuges teilt den Himmel.

»Sie irren sich und haben recht zugleich.«

Ich fahre herum. Das Maß des Erträglichen ist plötzlich voll. Sie wird starr, die Muskeln ihrer Arme zeichnen sich unter dem Pulli ab.

Die Frage trifft sie wie eine Ohrfeige.

»Wer seid ihr, verdammt noch mal?«

Clara hält meinem Blick stand, versucht, die Spannung zu lösen, die Wut abzuleiten.

»Wir wollen es mal logisch angehen. Da ist ein hoher Beamter des Geheimdienstes, der in Echtzeit von Paolo Borsellinos Tod in Kenntnis gesetzt wird. Da ist ein inoffizielles Geheimdienstbüro im Castello Utveggio, von dem man den Ort des Attentats perfekt überblickt. Da ist ein Geheimdienstbeamter, der bei der Anfertigung der Autobombe zugegen ist. Da ist ein Colonnello, der – aus ermittlungstechnischen Gründen, wie er sagt – den Mann kontaktiert, der im Zentrum des Fadenkreuzes aus Politik und Cosa-Nostra-Geschäften steht, Don Antonio Prestileo.

Das würde schon reichen, ist aber noch nicht alles. Vincenzo Pellegrino, der Kopf der Gruppe, die die Ermittlungen zu den Anschlägen von Capaci und der Via d'Amelio führt, steht auf der Gehaltsliste des Geheimdienstes. Informationsquelle Talete, um genau zu sein. Und wie es der Zufall will, schnappt er Curatolo, gibt ihm Zeugenschutz und glaubt ihm. Curatolo sagt, er sei bedroht, manipuliert und geschlagen worden. Pellegrino jedoch ist seit ein paar Monaten tot und kann nichts mehr sagen. Vor ein paar Tagen ist auch Antonio Prestileo gestorben. Am Vortag ist ein SISDE-Beamter in eine Mauer gerast. Angeblich eine Herzattacke. Die Autopsie hat das bestätigt. Ich frage mich, wo er den Saphirring gelassen hat, den er immer trug. Den hätte ich zu gern in Verwahrung genommen.«

Sie seufzt.

»Pellegrino unterstand direkt dem Innenministerium«, fährt sie fort. »Und rein zufällig wird behauptet, ausgerechnet der Innenminister würde der Verhandlung Rückendeckung geben. Nach einem Treffen mit dem Minister ist Borsellino völlig außer sich, während der Minister behauptet, er könne sich an das Treffen nicht erinnern. Ende 1992 wird Pellegrino von besagtem Minister nach Rom berufen und von seinem Posten in Palermo abgezogen. Zur allgemeinen Begeisterung kehrt er gerade noch rechtzeitig zurück, um sich um Curatolo zu kümmern.«

Sie macht eine Pause, kramt eine Schachtel Zigaretten aus der Tasche, zündet sich eine an und hält mir das Päckchen hin. Ich nehme eine und rauche sie langsam, während Clara wieder anfängt zu reden.

»Das Problem sind nicht die umgeleiteten Geheimdienste.

Die gibt es nicht. Wir reden von hohen Geheimdienstbeamten, von der Polizei, von kleinen Agenten, von Politikern und Ministern. Wir reden von fast öffentlich gepflegten Kontakten. Von polizeilicher Beteiligung an der Durchführung eines oder mehrerer Attentate. Von einer Tradition der Irreführung, die bei der Piazza Fontana angefangen hat und bis hierher nach Palermo führt. Es gibt keine Umleitung, verstehen Sie? Die Spur ist klar und deutlich. Eine geheimdienstliche Anweisung.«

»Das gilt also auch für Sie.«

»Sagen wir, nicht alle in unserer Branche waren mit dem, was passierte, einverstanden. Nicht alle waren der Auffassung, Borsellinos Tod sei ein gutes Geschäft. Oder es gebe nicht andere Wege als den, der sich abzuzeichnen begann.«

»Was wusstet ihr von Cèrcasi?«

Sie drückt die Zigarette aus.

»Das war eine geniale Idee Ihrer Frau. Fragen Sie mich nicht, wie sie dahintergekommen ist, keine Ahnung. Aber dank ihr ist es uns aufgegangen. Ab da war alles ganz klar. Das ist das Unerträgliche an unserem Job. Alle haben begriffen, wie es läuft. Alle. Aber es passiert nichts. So zu tun, als würde man die alltägliche Lüge glauben, ist sehr viel schwieriger, als die Wahrheit aufzuzeigen.«

»Vor allem, wenn man keine Beweise hat.«

Clara nickt.

»Genau. Und, glauben Sie mir, niemand wird diese Geschichte je beweisen können. Das Haus, in dem man wohnt, reißt man nicht ein. Deshalb haben wir es mit Adriano probiert. Und als klar war, das er es nicht tun würde, mit Elena. Und jetzt mit Ihnen. Die einzige Möglichkeit, die Mauer zum Einsturz zu bringen, ist, die Geschichte publik zu machen. Sie in Umlauf zu bringen, auf eigene Füße zu stellen.«

»Für's Schweigen hatte ich noch nie was übrig.«

Sie lächelt.

»Sie sind verängstigt und dazu haben Sie jedes Recht. Sie brauchen mir keine Gelassenheit vorzuspielen.«

»Ich meinte es ernst. Allzu lange habe ich es vermieden, nach links und rechts zu schauen. Jetzt bleibt mir nur noch Trauer. Meine Frau, mein Vater.« Ich sehe sie an. »Ich habe Angst um Giulia.«

Sie schüttelt den Kopf.

»Das brauchen Sie nicht. Es ist vorbei. Für Sie und auch für uns. Wenn sich eine neue Gelegenheit ergibt, werden wir es wieder versuchen. Aber das betrifft Sie nicht mehr.«

Ich rauche schweigend zu Ende.

»Das ist nur ein Teil der Geschichte«, sage ich.

»Kennen Sie einen anderen?«

»Wenn Sie mir noch eine Zigarette geben, erzähle ich sie Ihnen.«

Wir zünden uns zwei an.

»Als Kind habe ich ein Spiel gespielt«, fange ich an. »Dazu brauchte man nur ein Foto und eine Schachtel mit einem Loch drin. Man legte die Schachtel auf das Foto und durfte sie drei- höchstens viermal verschieben. Durch das Loch war nur ein winziger Ausschnitt des Fotos zu sehen.«

Ich ziehe an meiner Zigarette und sehe sie an.

»Und haben Sie oft gewonnen?«

»Wenn man bei so einem Spiel gewinnen will, muss man den Unterschied zwischen Vermutung und Wahrheit kennen. Die Grenze finden. Wenn man eine Mähne, einen Huf, einen Schweif sieht. Wenn es scheint, als hätte das Tier kurzes Fell und vielleicht ein großes weißes Gebiss, was braucht man noch, um sagen zu können, es handelt sich um ein Pferd?«

Clara raucht.

»Erzählen Sie mir die Geschichte«, sagt sie.

Ich nehme einen Zug. Nur einen.

Dann hole ich Luft.

In meiner Geschichte ist von einem Mann die Rede, den alle kennen und von dem niemand weiß, wer er ist. Von einem Jungen, der den Namen und das Vermögen einer alten Familie retten will, die kurz vor dem Bankrott steht. Von einem Freund, der ihm einen Deal vorschlägt. Es gibt da jemanden, der Geld investieren will, wenn du eine gute Idee hast. Ich kann dir helfen. Du bist schlau, so ein Angebot schlägst du nicht aus. Und es ist egal, ob dein Investor Capobianco heißt. Vielleicht weißt du es noch nicht einmal. Es ist egal, woher das Geld stammt oder ob die Bank, die es dir leiht, nach Mafia riecht. Geld stinkt nicht, das wissen alle.

Und die Geschäfte laufen gut, der Familienname fängt wieder an zu glänzen, du rückst ins Blickfeld von Politik und Wirtschaft. Da ist nichts Seltsames dran. Denn in Politik und Wirtschaft gibt es Leute, die auf sehr viel höherer Ebene mit der Cosa Nostra kungeln. Sie würden deinen Erfolg gern unterstützen, denn die katholische Finanzwirtschaft steht in Italien nicht besonders gut da und bräuchte ein Aushängeschild. Und du bist katholisch. Und wie.

Also kommt deren Geld auch noch hinzu. Von den Longos, den Di Donnas. Sie zahlen aus eigener Tasche, und womöglich auf einen guten Tipp hin zieht die sizilianische Cosa Nostra nach. Die Nummer eins höchstpersönlich, Stefano Viola. Und so werden deine Taschen immer voller. Dank der alten Geldgeber, der kleinen Schweizer Rauschgifthändler. Und dank der neuen, der Banker, die sich in der Politik und in Sizilien starkmachen.

Und du, der kleine Junge, bist ein Renaissanceprinz, ein Genie, ein Superhirn, das niemals schläft, das niemals stillsteht. Du erfindest, erschaffst, suchst neue Wege. Du kannst nicht in großem Maßstab denken, bei dir ist alles gigantisch und revolutionär. Es ist deine Chance, dein Moment, du bist der würdige Nachfolger. So wie Di Donna Longo erst unterstützt und dann ersetzt hat.

Die Methoden sind die gleichen. Es ist egal, wen es zu unterstützen gilt oder welche Kompromisse man machen muss, das Drumherum interessiert nicht. Es ist egal, wenn ein Anteil dessen, was eigentlich dir gehört, in Wirklichkeit von jemand anders ist und auch, was der mit dem Geld macht, das er durch dich verdient. Es interessiert dich nicht, du würdest alles tun, um nach oben zu kommen. Du würdest dich blind stellen, um furchtlos zu wirken.

Das Mittel dient dem Zweck, Anstand ist ein Schmutzfleck, den du dir mit einer gehörigen Portion Schuhcreme von den Schuhen wischst.

Es ist alles ganz leicht.

Ich sehe es vor mir, wie der Junge das zu seinem Spiegelbild sagt.

Du bist Schauspieler, du bist Banker, du bist gut, du bist schön, die Frauen vergöttern dich. Du bist ein Zauberer, und die Welt ist dein Kaninchen.

Dann, eines Tages, fängt der Motor an zu mucken. Vielleicht war das Wachstum zu groß, vielleicht verbrennt der Schmierstoff, mit dem du das Getriebe ölst, zu viel Geld. Und auch deine Politikerfreunde, die für ihre Hilfe abkassiert haben, stehen auf ziemlich wackligem Posten und drohen sich nacheinander in die Tiefe zu reißen.

Das Dominospiel hat begonnen. Der Junge hört die fallenden Steine.

Klick. Klack. Klick. Klack.

Noch sind sie fern, aber sie kommen näher. Noch sind es wenige, aber sie sind nicht aufzuhalten. Dieses Geräusch hält ihn nachts wach, es begleitet seinen Atem, seinen Herzschlag.

Und seine Freunde, die ihr Geld reingesteckt haben und deren Namen im Unternehmen nicht auftauchen dürfen, fangen an, sich Sorgen um ihre Investitionen zu machen. Ihnen geht es auch nicht viel besser. Ihr habt dieselben Freunde. Euch schwindet der Boden unter den Füßen.

Klick. Klack. Das Loch wird größer.

Klick. Klack. Jemand, der genauso groß geworden ist wie du, hält es nicht mehr aus. Er hat sich eine Kugel in den Kopf gejagt, lieber wollte er nicht mehr mitspielen, als das Imperium zu verlieren.

Klick. Klack. Du bist drauf und dran, alles zu verlieren, aber du hast ein Rettungsboot. Du und deine nicht vorzeigbaren Partner brauchen es.

Dein alter Freund ist noch immer an deiner Seite. Er hat eine Idee. Du übernimmst sie, studierst sie gründlich, schließlich darf der Zylinder bei den besten Tricks nicht leer sein.

Ein Wahnsinn. Ein Sprung ins Leere. Ein Selbstmord. Du suchst nach einer Alternative, denkst nach, liegst ganze Nächte wach. Und die Freunde deines Freundes, die dir geholfen haben, als du fast am Ende warst, drängen.

Einmal.

Du willst nicht.

Zweimal.

Du hörst nicht hin.

Dreimal.

Dir fehlt der Mut.

Viermal.

Es führt kein Weg drumherum. Sie werden nicht aufhören.

Es braucht lediglich einen Assistenten.

Jemanden, der den Finger vor den nächsten Dominostein hält.

Jemanden, der etwas zu verlieren hat.

Einen wie dich.

Niemand wird herausfinden, wer ihr wirklich seid. Es gib immer einen Ausweg, und auch diesmal hast du ihn gefunden.

Manchmal muss man den Pakt mit dem Teufel erneuern, wenn man überleben will. Und es ist dir ziemlich egal, ob sich dadurch die Vertragsbedingungen verschlechtern.

»Schöne Geschichte.«

Clara drückt die vierte Zigarette aus. Ich tue es ihr gleich, ehe der Stummel mir die Finger verbrennt.

»Sagen Sie mir nicht, dass Sie sie nicht kannten.«

Sie überhört mich.

»Der Staat will nicht zusammenbrechen und erfindet sich

neu. Und jemand anders rettet sein Geld und sein Leben und sichert sich eine sorglose, freie Existenz ohne lästige Scherereien. Alle haben etwas davon. Und das Spiel geht auf.«

Sie macht eine Pause.

»Die Angst ist die beste Botschaft. Und die Bomben jener Jahre waren die deutlichste Message, die man schicken konnte. An den Gutgläubigen, der von nichts wusste, und an den, der die Macht hatte, sie zu stoppen, und sich nicht durchringen konnte. Zwei Fliegen mit einer Klappe.«

»Ich glaube nicht, dass Rossini alles wusste.«

Sie lächelt bitter.

»Rossini ist nur eine Marionette, ein Aufschneider. Sie haben es vorhin auf den Punkt gebracht. Ihm ist es egal, das ist die Moral von der Geschichte. Die Cosa Nostra ist ein Geschäftspartner wie jeder andere. Und er hatte zu viel Schiss, sich aus der Affäre zu ziehen, als sich die Dinge zum Schlechten zu wenden begannen. Im Grunde hatte er keine Wahl. Sie legten Bomben, machten Druck. Wahrscheinlich auch sein Freund Marsigli, der ihn jederzeit hätte fertigmachen können. Das Imperium bröckelte. Er hatte kaum eine Wahl, meinen Sie nicht?«

Ich sehe sie an und denke an Davide Mirri. Clara antwortet nicht.

»Im Grunde hat er allen einen Gefallen getan. Das Spiel war aus, die Welt brach zusammen. Er konnte nur noch auf das letzte Pferd im Stall setzen und einen Neuanfang wagen.«

Sie zündet sich eine neue Zigarette an.

»Wenn etwas von dieser Tragweite passiert«, fährt sie fort, »hat man zwei Effekte. Erstens den direkten. Das Ereignis an sich. Die Bombe am Bahnhof von Bologna zum Beispiel. Capaci. Via d'Amelio. Man schaltet einen Feind aus, und das TNT ist sehr viel langlebiger als eine Kugel. Oder man verbreitet Panik. Zweitens den indirekten, der nur dann eintritt, wenn man mit dem Sprengstoff ein radikales Ziel verfolgt. Für eine kleine Kurskorrektur lehnt man sich nicht so weit aus dem Fenster.«

Ich sehe sie an.

»Und der wäre?«

»Man schneidet die toten Äste ab. Alle. Ausnahmslos. Überlegen Sie mal, was geschehen ist. Andreotti ist raus, zuerst durch den Prozess wegen Mafiabegünstigung und dann durch die Verurteilung. Giordano fliegt auf die gleiche Weise. Riina wird verkauft. Dann seine Soldaten. Hilfe kommt von Tangentopoli, das alles vom Tisch fegt. Die Menschen lechzen nach etwas Neuem. Die Mafia sucht sich neue Partner und verschwindet. Die Flut steigt, das Meer beruhigt sich, das Geld beginnt wieder zu fließen. Für diese Leute war Paolo Borsellino der erste tote Ast.«

Nach zwei Zügen wirft sie die Zigarette weg. Als sie weiterredet, versucht sie ein Lächeln zu unterdrücken.

»Wissen Sie, was hier in Palermo los ist, wenn man versucht, Bernardo Provenzano zu schnappen? Sie machen einem unmissverständlich klar, dass das keine gute Idee ist. Und glauben Sie mir, man muss kein Genie sein, um drauf zu kommen, dass die Carabinieri ihn decken.«

»Abmachung ist Abmachung.«

Sie knöpft sich die Jacke zu.

»Nach dem Unfall hat Ihr Vater Ihnen das Leben gerettet.«

Ich weiche einen Schritt zurück. Der Satz ist wie eine unerwünschte Berührung. Ich lache auf, schüttele den Kopf, senke den Blick. Clara fährt fort. Clara und ihre Vergangenheit, die einfach nicht verschwinden will. Clara und der Irrglaube, dass alles vorbei ist, obwohl es niemals vorbei sein wird.

»Was zum Teufel soll das heißen …«, raune ich.

»Nach dem Unfall hat er sich mit einem Mann getroffen. Ich nehme an, Sie kennen ihn als den Mann mit der Zigarette oder so ähnlich. Sie haben ebenfalls einen Pakt geschlossen. Das Schweigen für Ihr Leben und das Ihrer Tochter. Dafür hat er aufhören müssen zu schreiben.«

Ich starre sie an. Die Luft ist plötzlich eiskalt. Das Meer ist dunkel, stürmisch, feindlich.

»Nein«, sage ich. »Nein. Nein …«

Clara verschränkt die Arme. Sie hat Gänsehaut auf den Unterarmen.

»Sie haben es vorhin selbst gesagt. Ich sehe die Hufe, die Mähne, die Zähne, das Fell. Denken Sie nach, und Sie werden sehen, dass Sie von allein auf die Antwort kommen.«

Ich schüttele noch immer den Kopf. Ich mache ein paar Schritte Richtung Pfad, kehre um.

»Und wusste er alles?«

»Nein. Er wusste, dass er es hätte wissen können. Es gab Elenas Unterlagen, er hätte sie nur lesen müssen.«

»Und wieso hat er sie mir gegeben?«

»Vielleicht, weil er begriffen hat, dass Sie keine Ruhe geben würden. Und das war die einzige Möglichkeit, Ihnen zu helfen. Den Rest haben Sie dann wohl gemeinsam herausgefunden.«

Ich gehe zur Halle. Lehne mich an die Mauer. Schließe die Augen. Denke an das Lächeln meines Vaters, an die Art, wie er mich ansah, wenn er sich unbeobachtet glaubte. An die Diskussion, die dem ersten Artikel vorausging.

An seine Stimme im Auto, kurz bevor die Welt aus den Angeln stürzt.

Ich öffne die Augen. Clara ist neben mir, einen Fuß gegen die Mauer gestützt.

»Manchmal besteht das eigentliche Problem darin, dass man nicht glauben will«, sagt sie. »Das, was man sieht, reicht nicht. Es braucht etwas, das es menschlich, das es denkbar macht. Enthüllungen, die das Leben verändern, schmecken niemandem. Vor allem, wenn man sich damit sehr dumm vorkommt. Wie oft haben Sie sich gefragt, ob Sie es nicht eher hätten durchschauen können? Wie oft haben Sie sich darüber den Kopf zerbrochen, wieso Sie all diese Zufälle fraglos hingenommen haben?«

»Reden Sie von meinem Vater, von Rossini oder von Cèrcasi?«

»Das können Sie sich aussuchen.«

»Oft.«

»Sehen Sie? Da sind Sie nicht der Einzige. Den meisten Menschen geht es so. Das Leben ist so schon schwer genug, wieso sich auch noch um den Rest der Welt kümmern? Wenn Sie wüssten, wie oft ich mich bei dem Gedanken erwische, ich hätte in jenem Sommer etwas tun können. Oder ich könnte heute etwas tun. Ein demonstrativer Akt, der die Wahrheit geraderückt, zumindest in meinen Augen.«

»Es würde nichts nützen.«

Clara nickt.

»Eben. Sie würden mich in Stücke reißen, sonst nichts. Diese Geschichte kommt ans Licht, wenn der richtige Moment da ist.«

»Glauben Sie?«

Sie stößt sich von der Mauer ab.

»Man kann sich nicht immer verstecken, nicht immer auf der Flucht sein. Der, der einem geholfen hat zu fliehen, wird trotzdem jemanden brauchen, der schnell rennen kann. Früher oder später packt man es nicht mehr, man wird ersetzt. Und wenn es soweit ist, wird einem klar, dass man nur eine Spielfigur war. Das ist schon vor Rossini vielen so gegangen. Und ihm wird es ebenso gehen.«

»Sie vergessen das Geld.«

Clara lächelt.

»Glauben Sie, einen anderen willigen Geschäftspartner zu finden ist schwer?«

Ich antworte nicht und lasse den Satz in der Stille verglühen. Es ist Zeit zu gehen.

»Es fehlt noch was«, sage ich.

Sie nickt.

»Ignazio Solara.«

Ohne Hast betritt sie die Halle und bleibt wenige Meter vor dem Auto stehen. Der Glatzkopf steht neben der Fahrertür.

»Haben Sie *Der unsichtbare Dritte* gesehen?«

»Den Hitchcock-Film?«

Clara nickt.

»Genau, der mit Cary Grant.«

»George Kaplan«, sage ich und muss lachen. Der Mann, den es nicht gibt und hinter dem alle her sind. Der Spion, der alle in die Irre leitet.

»Als wir beschlossen haben, in Aktion zu treten, brauchten wir ein Ablenkungsmanöver. In unserem Job ist die Tarnung genauso wichtig wie die Aktion selbst, vor allem, wenn man im eigenen Gewässer fischt. Also ist irgendjemand auf diesen Film gekommen, und wir haben uns Ignazio Solara ausgedacht. Wir haben ihn in diversen Hotels absteigen lassen, und jedes Mal, wenn jemand die Fühler ausstreckte, haben wir den Verdacht auf Solara gelenkt. Mit der Zeit ist er zu einer Legende geworden. Die Cosa Nostra fing an, ihn zu fürchten und sich zu fragen, wer das sei und ob es sich vielleicht um den Decknamen handelte, mit dem ihre Verbindungsleute ein doppeltes Spiel trieben. Und wir haben die Gerüchte natürlich befeuert. Das Mädchen, dass Sie im Gericht getroffen haben, Michela, ist nicht wegen Solara gestorben. Sie ist gestorben, weil sie durchschaut hatte, für wen er arbeitete.«

»Elena wusste es?«

Clara öffnet die Autotür.

»Ihre Frau war etwas Besonderes. Aber das muss ich Ihnen nicht sagen.« Sie hält mir die Hand hin. Ich drücke sie. Eine allzu kurze Berührung.

»Das ist dann wohl das Ende.«

Clara nickt.

»Man muss wissen, wann es Zeit ist aufzuhören.«

»Das klingt wie eine Kapitulation.«

Sie antwortet sofort.

»Ganz und gar nicht. Ich bin jung. Ich werde auch noch hier sein, wenn Rossinis Geschichte zu Ende geht. Wenn Sie wollen, gehen wir dann zusammen einen Kaffee trinken.«

*Wir müssen es tun. Du musst es tun.*

*Das habe ich ihm gesagt, und zum ersten Mal habe ich gemerkt, wie es ist, ein Menschenleben in der Hand zu haben. Er hing an meinem Blick, starrte mich an, bat um Gnade, versuchte vergeblich, sich zu befreien.*

*Das war ich, nicht er. Das war ich vor tausend Jahren, und er in diesem Moment.*

*Das war ich, als mein Leben sich änderte und er, der spürte, wie sein Leben ein anderes wurde.*

*Ich war Herr, nicht mehr Sklave. Beherrscher und nicht Beherrschter.*

*Ich habe ihm gesagt, was ich vorhatte. Ich habe ihm gesagt, wie die Bedingungen lauten. Ich habe ihm gesagt, was passieren würde, wenn er nicht einschlug. Ich habe ihm von den Toten erzählt. Ich habe ihm von den Bomben erzählt. Ich habe ihm aufgetragen, das Richtige zu tun, und gesagt, es gebe keine Wahl.*

*Ich habe ihm gesagt, ich würde ihn nicht im Stich lassen. Und noch während ich es sagte, wusste ich, dass es stimmte.*

*Sie haben mich nie im Stich gelassen. Sie werden mich nie im Stich lassen.*

*Ich habe gewonnen.*

*Ein winziger Augenblick, ein Wimpernschlag, und ich habe gewonnen.*

*Ich habe den Schmerz und den Untergang besiegt. Ich habe die Angst und den Mut besiegt.*

*Ich habe die besiegt, die mich tot, und die, die mich lebendig sehen wollten.*

*Ich habe mich selbst und die Vergangenheit besiegt. Es ist gleich, wie ich es bis hierher geschafft habe. Die Befreiung ist da.*

*Ich bin Herr über mein Schicksal. Herr über meine Herren.*

*Sie glauben, sie könnten mich benutzen, und merken nicht, dass ich sie auf ewig benutze.*

*Der richtige Mann im richtigen Moment. Was meine Vorgänger nicht geschafft haben, ist mir mehr als gründlich gelungen.*

*Ich werde wieder überleben. Wieder. Und wieder. Und ich werde auch dann aufrecht bleiben, wenn sie glauben, mich fallen zu sehen.*

*Allein und triumphierend. Ewiger Sieger all meiner Schlachten.*

Nach dem Treffen mit Clara bin ich nach Hause gefahren. Sofort, noch am selben Abend. Ich habe meine Sachen gepackt und bin in den Flieger gestiegen. Palermo ist in der Ferne verschwunden, dann Sizilien, und schließlich war da nur noch das Meer.

Zu Hause erwarteten mich die Kälte und die Erinnerungen. Das Gefühl, das ganze Leben lang gerannt zu sein, gejagt von einem wilden Tier, dem ich nicht entrinnen kann. Die dumpfe Befürchtung, meine Existenz und meine Familie zerstört zu haben, weil ich eine Straße einschlug, die von Anfang an nach Tod roch.

Und ein Brief im Briefkasten.

Derselbe, der die ganze Zeit neben mir lag, während ich diese Zeilen schrieb.

Er beginnt so:

D*iese Geschichte lässt sich nicht beweisen, und dennoch weiß ich, dass sie wahr ist.*

Ich habe ihn oft gelesen. Es ist der Brief eines einsamen, aber nicht geschlagenen Mannes. Der Brief eines Freundes, der den Staffelstab weitergibt.

Der Brief hat die Lücken im Puzzle geschlossen. Es ist der Brief eines Menschen, der sich nicht unterkriegen lässt, der mit Papier und Tinte hinausbrüllt, was er nicht auf der Straße, in den Zeitungen oder im Fernsehen hinausschreien kann. Oder in einem Gerichtsaal.

Die Wirklichkeit gibt sich nicht mit kryptischen Details

unter einer durchlöcherten Pappschachtel zufrieden. Oft sind ihr nicht einmal die Beweise genug.

Deshalb bin ich bis hierher gekommen. Das ist meine Geschichte. Ein Roman, von dem ich nicht glaubte, dass ich ihn schreiben würde.

Als ich aus Palermo zurück war, bin ich lange Zeit zu Hause geblieben. Ich habe eine neue Kindergeschichte veröffentlicht und mit der nächsten angefangen. Ich habe nachgedacht.

Ich habe so getan, als sei alles normal, als wären Daniele und Andrea nicht wieder in meinem Leben aufgetaucht, als wäre mein Vater am Herzinfarkt gestorben, als hätte das Auto, das Elena getötet hat, ein Nummernschild und einen betrunkenen oder übermüdeten Fahrer gehabt, der vergeblich versucht hat, uns zu helfen.

Dann, eines Morgens, habe ich beschlossen, dass das nicht genügte.

Ich bin zu einer Immobilienagentur gegangen und habe meine Wohnung zum Verkauf angeboten. Ich habe gesagt, ich würde ins Ausland ziehen und sie sollten sich um alles kümmern. Ich würde mich einmal in der Woche melden. Das war der erste Schritt gewesen.

Zehn Tage später habe ich diesen Ort gefunden. Es hatte genügt, eine Reise zu beenden, die ich einst auf der Hälfte abgebrochen hatte.

Ich bin ins Auto gestiegen, bin ganz gemächlich losgefahren, während mein Herz wie wild raste. Nach einer Stunde habe ich am Straßenrand angehalten und mich ganz dicht an den Abgrund gestellt.

Ich habe zu der Straße aufgeblickt, von der das Auto ohne Nummernschild gekommen war. Mein Atem hat jäh ausgesetzt, als dort plötzlich wieder ein Auto auftauchte. Diesmal ein schwarzes. Ein Kleinwagen.

Er kommt nicht meinetwegen.

Als er vorbeifuhr, habe ich einen Blick mit dem Fahrer gewechselt. Ein alter Mann mit seiner Frau.

Wenige Minuten später habe ich nach unten gesehen. Der Fluss hat noch immer dieselbe Farbe. Silbriges, rasch dahinströmendes Weiß. Flüchtiger Schaum, wo die Strömung stärker wird. Und Bäume ringsherum. Grüne, gelbe, orangefarbene, fast violette Blätter.

Die Stelle, an der mein Leben für immer gestorben ist, ist ein strahlendes Farbenmeer.

Ich weiß nicht, wie lange ich dort stand. Ich weiß noch, dass ich ohne Musik weitergefahren bin. Nur die Straße und der Himmel.

Elena an meiner Seite.

Die Gewissheit, sie diesmal gerettet zu haben. Vorausgesetzt, die Wahrheit ist irgendjemandem nütze. Wenn sie meine Gedanken hörte, würde sie lächeln, das weiß ich.

Eine Woche darauf bin ich hier oben hingezogen. Meiner Tochter habe ich es erst hinterher erzählt. Sie weiß nicht, wo ich wohne. Anfangs hat sie noch versucht, es aus mir herauszubekommen. Dann hat sie aufgegeben. Zu dem, was passiert ist, hat sie keine Fragen gestellt. Sie hat nur einen Satz gesagt, in ihrem Italienisch, das sich langsam mit Englisch färbt.

»Ich bin bei dir.«

Seitdem sprechen wir uns oft, immer über die Webcam. Ich habe keine Telefonnummer mehr, es genügt mir, ab und an ihr Gesicht zu sehen. Wir reden wie Eltern und Kinder, die weit auseinander leben, sie erzählt mir von ihrem Leben, fragt nach meinen Büchern, wir lassen uns sachlich oder scherzhaft über die Ereignisse aus, die in der Welt passieren.

Wir streiten nicht mehr. Das einzige Geschenk in diesem ganzen Tod ist, dass wir zu einem normalen Verhältnis gefunden haben.

Und auch für sie habe ich alles aufgeschrieben. Für sie, die ebensowenig Giulia heißt wie es einen Daniele oder einen Andrea gibt. Die Namen zählen nicht. Nicht einmal meiner. Einzig auf die Geschichten kommt es an. Auf das, was sie erzählen und das, was sie verbergen.

Dies ist das Land der vergessenen Geschichten.

Vergessen von denjenigen, die sie kennen und nicht erzählen. Die sie erlebt haben und so tun, als hätte es sie nicht gegeben. Die sie enthüllen könnten und zu viel Angst haben. Die sich nicht dafür interessieren und so tun, als hätten sie eine stillschweigende Abmachung getroffen, dass die Welt sich auch nicht für sie interessiert.

Ein kollektiver Gedächtnisschwund, der von Gerüchten und widersprüchlichen Details lebt. Von aberwitzig klingenden Verknüpfungen, die dennoch existieren, nur von einer feinen Staubschicht überzogen und bereit, entdeckt zu werden.

Die größte Waffe bleibt der Mut, ein Fragezeichen hinter einen Satz zu setzen und eine sinnvolle Antwort zu fordern.

Seit meine Frau tot ist, lebe ich von Fragen. Den jüngsten Abschnitt meines Lebens habe ich damit zugebracht, nach Antworten zu suchen, und heute, da ich alles niedergeschrieben habe, was ich weiß, wünschte ich mir, jemand anders würde weitermachen.

Morgen werde ich zum ersten Mal in ein Flugzeug steigen und das neue Leben meiner Tochter kennenlernen. Mit dieser Geschichte im Gepäck. Es ist die Geschichte ihrer Mutter, ihres Vaters, ihres Großvaters. Ihres Landes.

Sie wird sie gewiss lesen. Und wenn sie fertig ist, wird sie mich mit dieser Mischung aus Neugier und Befangenheit ansehen, die mich so sehr an die spröde Zartheit ihrer Mutter erinnert.

Dann ist alles getan, und ich kann nach Hause zurückkehren.

Meiner Tochter bleibt, was ich zusammen mit ihrer Mutter herausgefunden habe. Oder was sie mich, ohne es zu wissen, hat herausfinden lassen.

Ich hoffe, es kann ihr helfen. Helfen, zu erinnern. Die Schubfächer zu durchwühlen und im richtigen Moment einen einfachen Schritt zu tun: An diese Geschichte denken, aufstehen, fordern, dass sie gelesen wird, und ihre verdammten Fragen stellen.

Angefangen bei einer bestimmten, der ersten. Der vielleicht wichtigsten.

Stellt sie euch.

Und wenn alles wahr wäre?

## ANMERKUNGEN

*12. Dezember 1996* – siehe Piazza Fontana.

*Addaura* – Am 21. Juni 1989 wurde ein erstes Attentat auf Giovanni Falcone am Strand von Addaura vereitelt. Erst zwanzig Jahre später kam heraus, dass vermutlich zwei Taucher des Geheimdienstes den Sprengstoff entschärften. Die beiden Männer wurden wenige Monate nach dem Attentatsversuch getötet, die Schuldigen hierfür nie gefunden.

*Andreotti, Giulio* – (*1919) Einer der wichtigsten Vertreter der Democrazia Cristiana, der in insgesamt 33 Regierungen nach 1945 verschiedene Ministerposten bekleidete und siebenmal das Amt des italienischen Ministerpräsidenten innehatte. Er wurde der Zusammenarbeit mit der Mafia und der Beauftragung des Mordes an dem Journalisten Mino Pecorelli beschuldigt, aus Mangel an Beweisen jedoch freigesprochen.

*Amato, Giuliano* – (*1938), Italienischer Politiker, erst PSI, dann Ulivo, danach PD, war von Juni 1992 bis April 1993 italienischer Ministerpräsident einer sogenannten Technikerregierung.

*Artikel 41* – Erlaubt dem Justizminister in besonderen Fällen, z. B. von organisierter Kriminalität oder Terrorismus, die Isolation des Gefangenen von der Außenwelt und anderen Gefangenen (keine Telefonate, keine Aktivitäten, nur eingeschränkt Besuche).

*Bagarella, Leoluca* – (*1942) Mafioso, zeitweise, zusammen mit Provenzano, Clanchef der Corleonesi. Er löste den zweiten großen Mafiakrieg aus und wurde wegen zahlreicher Morde verurteilt, darunter dem an G. Falcone. Seit 1995 in Haft.

*Bahnhof von Bologna* – Am 2. August 1980 explodierte eine Bombe im Hauptbahnhof von Bologna. Bei dem bisher größten Terroranschlag in Italien wurden 85 Menschen getötet und über 200 verletzt. Nach einem langen und umstrittenen Verfahren befand das oberste Gericht im November 1995 zwei Mitglieder der neofaschistischen Nuclei Armati Rivoluzionari für schuldig. Dieses Urteil ist bis heute umstritten. Zwei Mitglieder der Loge Propaganda Due und zwei Geheimdienstbeamte wurden wegen Behinderung der Ermittlungen verurteilt.

*Bomben von 1993:*

*San Giorgio al Velabro/San Giovanni in Laterano:* In der Nacht vom 27. auf den 28. Juli 1993 explodierten in Rom Bomben vor den Kirchen San Giorgio al Velabro und San Giovanni in Laterano und verursachten schwere Schäden an den Baudenkmälern.

*Via dei Georgofili/Accademia dei Georgofili:* In der Nacht vom 26. auf den 27. Mai 1993 explodierte eine Autobombe vor den Uffizien in Florenz. Fünf Menschen starben, 48 wurden verletzt, die Uffizien sowie zahlreiche Häuser beschädigt.

*Via Palestro:* In der Nacht vom 27. auf den 28. Juli 1993 explodiert eine Autobombe vor dem Padiglione di Arte Contemporanea in der Via Palestro in Mailand. Fünf Menschen starben, das Museum für moderne Kunst wurde stark beschädigt.

*Borsellino, Paolo* – (1940–92) Sizilianischer Richter und Symbolfigur im Kampf gegen die Mafia. 1983 wurde er zusammen mit Giovanni Falcone Teil des Antimafia-Pools, der 1986–87 die Maxi-Prozesse leitete. Borsellino kam im Juli 1992 bei einem Attentat in der Via d'Amelio ums Leben.

*Brusca, Giovanni* – (*1957) Mafioso, verurteilt u. a. wegen der Morde an G. Falcone und P. Borsellino. Nach seiner Verhaftung 1996 versuchte er erst, die Ermittler auf falsche Spuren zu lenken, entschied sich dann aber für die Zusammenarbeit mit der Polizei.

*Buscetta, Tommaso* – (1928–2000) Mafioso aus der Familie von Porta Nuova, der 1981 kurz vor dem zweiten Mafiakrieg nach Brasilien auswanderte. Nach seiner Festnahme und Auslieferung an Italien sagte er in den Maxi-Prozessen u. a. gegen Ignazio Salvo, Totò Riina und den Bürgermeister von Palermo, Vito Ciancimino, aus und wurde somit zum ersten bedeutenden *pentito* der Cosa Nostra. Im Gegenzug wurde seine Strafe auf drei Jahre begrenzt, er erhielt eine Rente auf Lebenszeit und wurde ins Zeugenschutzprogramm aufgenommen. Die Mafia tötete aus Vergeltung für den Bruch der *omertà* 14 Verwandte Buscettas.

*Capaci* – Am 23. Mai 1992 explodierten in einem Drainagerohr unter der Autobahn Palermo-Trapani bei der Gemeinde Capaci 500 Kilogramm Sprengstoff und töteten den Richter Giovanni Falcone, seine Frau und drei seiner Leibwächter.

*CERISDI* – (Centro Ricerche e Studi Direzionali) Das Studienzentrum mit Sitz im Castello Utveggio auf dem Monte Pellegrino in Palermo wurde 1988 von der sizilianischen Regierung zur Fortbildung von Staatsbediensteten gegründet. Heute werden dort Kurse für Führungspersonal angeboten.

*Ciampi, Carlo Azeglio* – (*1920) Rechtswissenschaftler, ab 1979 Chef der italienischen Zentralbank. Anfang der neunziger Jahre berief der damalige Staatspräsident Scalfaro Ciampi zum Ministerpräsidenten (parteilos). Dieser trat jedoch ein Jahr später wieder zurück, nachdem Berlusconis Partei Forza Italia die vorgezogenen Neuwahlen gewonnen hatte.

*Compagnia delle Opere* – Hauptsächlich in Italien agierender Unternehmerverband, der heute über 34000 Unternehmen vertritt. Seine Gründer waren Anhänger der katholischen Bewegung Comunione e Liberazione.

*Comunione e Liberazione* – 1954 durch den Mailänder Priester Luigi Giussani gegründete Bewegung der römisch-katholischen Kirche. Sie setzt sich nicht aus Mitgliedern zusammen, sondern aus freiwilligen Teilnehmern in etwa 70 Ländern auf allen Kontinenten.

*Coppola* – Typische sizilianische Mütze mit kleinem Schirm, wurde zum Markenzeichen der Mafia.

*Corleonesi* – Nach der Kleinstadt Corleone in der Provinz Palermo benannter Mafiaclan, der erst unter Luciano Liggio die klassischen Betätigungsfelder der Mafia ausweitete (z.B auf den Bausektor) und dann unter den Bossen Totò Riina, Leoluca Bagarella und Bernardo Provenzano im zweiten großen Mafiakrieg (1981 bis 1983) die Vormachtstellung innerhalb der Cosa Nostra errang.

*Costanzo, Maurizio* – (*1938) Italienischer Journalist, Fernsehmoderator, Regisseur, Schauspieler und Drehbuchautor. Er war mit Giovanni Falcone befreundet und unterstützte aktiv den Kampf gegen die Mafia. Siehe auch *Via Fauro*.

*Democrazia Cristiana* – 1942 gegründete, wichtigste politische Partei Italiens zwischen 1945 und 1993, die fast alle Ministerpräsidenten in diesem Zeitraum stellte. Sie verstand sich als gemäßigte katholische Volkspartei der Mitte, ohne Partei der Kirche sein zu wollen. In der Folge des Tangentopoli-Skandals löste sich die DC 1994 auf.

*DIA* – (Direzione Investigativa Antimafia) Nationales italienisches Kriminalamt zur Bekämpfung der Mafia und anderer, ähnlicher Formen der organisierten Kriminalität. Die DIA entstand Anfang 1992 aus dem Hochkommissariat zur Mafiabekämpfung und untersteht dem italienischen Innenministerium in Rom.

*Di Pietro, Antonio* – (*1950) Italienischer Staatsanwalt und Mitbegründer des Mailänder Ermittlungs-Pools Mani Pulite, der im Tangentopoli-Skandal gegen Hunderte Politiker ermittelte.

*ENIMONT-Prozess* – Fand im Zuge der Mani Pulite 1993–2000 in Mailand statt. Die wichtigsten politischen Vertreter der Ersten Republik (1948–1992) wurden zusammen mit einigen Unternehmern beschuldigt, Schmiergelder in Höhe von 150 Milliarden Lire unterschlagen und damit auf illegale Weise Parteien finanziell unterstützt zu haben.

*Falange Armata* – Name, mit dem sich anonyme Anrufer seit 1990 zu zahlreichen Terrorattentaten und anderen Verbrechen bekannten. Bis heute ist ungeklärt, wer sich dahinter verbirgt und ob der Name möglicherweise nur von verschiedenen Trittbrettfahrern genutzt wurde. Viele Autoren sehen jedoch als gesichert an, dass die FA mit den Geheimdiensten, Gladio und der sogenannten Strategie der Spannung in Italien in engem Zusammenhang steht.

*Falcone, Giovanni* – (1939–92) Italienischer Staatsanwalt und Symbolfigur im Kampf gegen die Mafia. Er war gemeinsam mit Borsellino und anderen Mitglied des 1983 gegründeten Antimafia-Ermittlungspools und Ankläger in den Maxi-Prozessen. Am 23. Mai 1992 wurde er beim sogenannten Attentat von Capaci getötet.

*Fiat Uno* – Die Uno-Bianca-Bande beging in der Emilia-Romagna von 1987–94 103 Straftaten, bei denen 24 Menschen starben und 102 verletzt wurden. Die genaue Zusammensetzung der Bande ist umstritten. Als gesichert gilt, dass die Brüder Roberto, Fabio und Alberto Savi, alle Polizisten oder auf dem Weg dahin, den Kopf der Bande bildeten.

*G8-Gipfel in Genua* – (18.–22. Juli 2001) Wurde überschattet von schweren Auseinandersetzungen zwischen der italienischen Polizei und Globalisierungskritikern, bei denen der Student Carlo Giuliani von einem Polizisten erschossen und Hunderte Personen verletzt wurden. Die juristische Aufarbeitung dauert bis heute an.

*Gardini, Raul* – (1933–93) Genannt »der Korsar«, italienischer Unternehmer, der die Fusion des staatlichen Ölkonzerns ENI und des zum Ferruzzi-Imperium gehörenden Chemiekonzerns Montedison zu Enimont realisierte. Gardini wurde Vorstand von Montedison, kam aber 1990 zu Fall, als er wegen der hohen Schulden aus seinem Expansionskurs in Schwierigkeiten geriet. Montedison hatte Anfang der 1990er Jahre über 11 Milliarden Dollar Schulden und musste durch Eingreifen eines italienischen Bankenkonsortiums vor dem Bankrott gerettet werden.

*Gladio* – Paramilitärische Geheimorganisation der NATO, der CIA und des britischen MI6, die etwa von 1950 bis 1990 existierte und nach einer sowjetischen Invasion Westeuropas Guerillaoperationen und Sabotagen durchführen sollte. Die Organisation wird mit der sogenannten Strategie der Spannung in Verbindung gebracht, die in Italien im Anschlag auf den Bahnhof von Bologna ihren traurigen Höhepunkt fand.

*Greco, Michele* – (1924–2008) Boss der Cosa Nostra, vermittelte zwischen verschiedenen Mafiaclans in Italien und den USA. Im Zuge der Maxiprozesse wurde er zu lebenslanger Haft verurteilt.

*Lega Nord* – ging Anfang der neunziger Jahre aus der Autonomiebewegung Lega Lombarda hervor und entwickelte sich im Zuge des Zusammenbruchs des alten Parteiensystems rasch zur Massenpartei. Sie ist hauptsächlich im Norden, mittlerweile aber auch in anderen Gegenden Italiens aktiv, setzt sich für die Föderalisierung des Landes ein und forderte zeitweilig sogar die Abspaltung des wohlhabenderen Norditalien von Süditalien.

*Lima, Salvo* – (1928–92) Italienischer Politiker der Democrazia Cristiana und zeitweise Bürgermeister von Palermo. 1964 gab Lima zu, dass er Angelo La Barbera, einen der mächtigsten Mafiabosse damaliger Zeit, kannte. Laut Buscetta war Salvo Lima der Politiker, an den sich die Cosa Nostra am häufigsten wandte, wenn es darum ging, Probleme zu lösen, die nur in Rom lösbar waren. Im März 1992 wurde er auf dem Weg nach Palermo erschossen.

*Lire* – Vor der Euroumstellung entsprachen 1000 italienische Lire etwa einer D-Mark.

*Lupara* – Abgesägte Schrotflinte, die ursprünglich Hirten zur Abwehr von Wölfen diente, später jedoch als klassische Mordwaffe der Mafia zu trauriger Berühmtheit gelangte.

*Lupara Bianca* – Italienische Bezeichnung für einen perfekten Mord, bei dem der Leichnam spurlos beseitigt wird und somit als belastendes Indiz ausfällt.

*Mani Pulite* – 1992 wurde der Leiter eines Altenheims und Mitglied der Sozialistischen Partei mit Aussicht auf den Bürgermeisterposten Mario Chiesa in Mailand verhaftet. Der Besitzer einer Reinigungsfirma hatte gegen Chiesa Anklage erhoben, weil er für jeden Auftrag regelmäßig 10% Schmiergeld zahlen musste. Den Fall übernahm der Staatsanwalt Antonio di Pietro, die Ermittlung lief unter dem Namen mani pulite (dt.: saubere Hände) und weitete sich rasch aus zu einer beinahe die gesamte politische Kaste Italiens betreffenden juristischen Untersuchung gegen Korruption, Amtsmissbrauch und illegale Parteifinanzierung, die zum Ende der sogenannten 1. Republik und zum Zusammenbruch der wichtigsten politischen Parteien wie der Democrazia Cristiana oder des Partito Socialista Italiano führte.

*Mannino, Calogero Antonio* – (*1939) Italienischer Politiker (DC, später UDC), bekleidete in den achtziger und neunziger Jahren verschiedene Ministerposten. Ihm wurden Verbindungen zur Mafia vorgeworfen, nach Ableistung einer Haftstrafe wurde er 1997 jedoch wieder freigelassen.

*Maxi-Prozesse* – Eine Serie von großen Prozessen, in denen 1986 bis 87 gegen mehr als 400 Angehörige der sizilianischen Cosa Nostra ermittelt wurde. Verhandlungsort war ein eigens im Innern des Gefängnisses von Palermo errichtetes Bunkergebäude, das während des Prozesses von etwa 500 Sicherheitskräften und einem Panzer gesichert wurde, auch der Luftraum wurde überwacht. Durch seine Untersuchungen drang Falcone bis zum Kern der Mafia vor und bewies, dass selbst Politiker nicht mehr sicher vor einer Strafverfolgung waren.

*Pentito/Pentiti* – (Dt.: Reuiger) Mitglied der Mafia, das sich zur Zusammenarbeit mit der Polizei entschließt, also das Gebot der *omertà* (Verschwiegenheit) bricht und seine Mittäter sowie Details über Struktur und Mitglieder der Mafia verrät und im Gegenzug Strafmilderung oder bessere Haftbedingungen sowie Personenschutz erhält. Aus Sicht der Mafia sind Pentiti Verräter, die und deren Familien den Tod verdienen.

*Piazza Fontana* – Am 12. Dezember 1969 forderte ein Bombenattentat auf den Hauptsitz der Landwirtschaftsbank an der Mailänder Piazza Fontana 18 Menschenleben. 88 Personen wurden verletzt. Auch dieser Anschlag konnte nie ganz aufgeklärt werden. Angehörige des rechtsradikalen Ordine Nuovo wurden angeklagt, am Ende jedoch freigesprochen oder bekamen Straferlass.

*Pisciotta, Gaspare* – (1924–54) Italienischer Bandit, der in Haft gegen seine Komplizen aussagte. Er teilte seine Zelle nur mit seinem Vater und aß nur das von seiner Mutter mitgebrachte Essen. Durch ein Gift in einem Vitaminpräparat wurde er dennoch getötet.

*Pizzini* – Von sizilianisch *pizzinu* für »kleiner Notizzettel«. Die Mafia nutzt diese Zettelchen zur Weitergabe von Informationen, da andere Kommunikationsmittel abgehört werden können. Die Briefchen werden von Hand zu Hand weitergegeben, um eine Rückverfolgung zu erschweren.

*Portella della Ginestra* – Am 1. Mai 1947 versammelten sich auf einem offenen Geländestück in der Nähe von Piana degli Albanesi (Provinz Palermo) Mitglieder der neu gegründeten linken Volkspartei und der Kommunisten, um ihren Wahlerfolg und den Tag der Arbeit zu feiern. Unterbrochen wurden die Feierlichkeiten durch einen zehnminütigen Maschinengewehrbeschuss von Salvatore Giulianos Bande.

*Provenzano, Bernardo* – (*1933) Lange Zeit mit Bagarella und Riina Clanchef der Corleonesi, nach Riinas Festnahme 1993 oberster Boss der Cosa Nostra. Gesucht seit 1963 und in Abwesenheit zu mehrfach lebenslänglich verurteilt, wurde er 2006 in seinem Unterschlupf in der Nähe von Corleone gefasst.

*Riina, Salvatore (Totò)* – (*1930) Von 1982 bis zu seiner Verhaftung 1993 oberster Boss (*capo dei capi*) der Cosa Nostra. Er soll die Morde an Borsellino, Falcone und Lima in Auftrag gegeben haben und für über 100 weitere Morde verantwortlich sein. Seit 1969 lebte er im Untergrund, um sich einer Verhaftung zu entziehen.

*Salvo, Ignazio* – (1932–92) Italienischer Unternehmer, Vertreter der Democrazia Cristiana und Mitglied der Mafiafamilie von Salemi (Provinz Trapani). Er unterstützte Politiker wie Salvo Lima und Vito Ciancimino. 1992 wurde er von der Mafia im Auftrag von Totò Riina umgebracht.

*Servizi deviati* – Zu Deutsch in etwa »umgeleitete Geheimdienste«, die nach einer in Italien weit verbreiteten, weder be- noch widerlegbaren Meinung neben den offiziellen Informations- und Sicherheitsdiensten auf eigene Faust agieren.

*SISDE* – (Servizio per le Informazioni e la Sicurezza Democratica) Bis 2007 (dann ersetzt durch AISI) ziviler Informations- und Sicherheitsdienst, der vorwiegend im Inland operierte. Er unterstand dem Innenminister und über das CESIS (Comitato Esecutivo per i Servizi di Informazione e di Sicurezza) dem Ministerpräsidenten. Der SISDE entsprach in etwa dem deutschen Bundesamt für Verfassungsschutz.

*Tangentopoli* – (»Stadt der Schmiergeldzahlungen«) Bezeichnung der ital. Presse für die Stadt Mailand Anfang der neunziger Jahre, die dann zum Synonym für die kriminellen Verflechtungen in den Untersuchungen der Mani Pulite wurden.

*Via Fauro* – Am 14. Mai 1993 explodierte in Rom in der Via Fauro eine Bombe, als das Auto von Maurizio Costanzo und Maria De Filippi vorbeifuhr. Trotz der 100 Kilogramm TNT wurde kein Mensch getötet, einige jedoch verletzt. Mehrere Häuser wurden schwer beschädigt.

## QUELLENANGABEN

Die Motti zu Beginn der Kapitel sind entnommen aus:

Paul Auster: »Hinter verschlossenen Türen« aus: ders.: Die New-York-Trilogie, übers. von Joachim A. Frank, Rowohlt Verlag, Reinbeck bei Hamburg

Javier Cercas, »La velocidad de la luz«, Tusquets editores, Barcelona 2005

Javier Cercas, »Soldaten von Salamis«, übers. von Willi Zurbrüggen, Berlin Verlag, Berlin 2002

Don DeLillo, »Der Omega-Punkt«, übers. von Frank Heibert, Verlag Kiepenheuer&Witsch, Köln 2010

Jean-Claude Izzo, »Total Cheops« , übers. von Katarina Grän und Ronald Vouillie, Unionsverlag, Zürich 2001

Philip Roth, »Der menschliche Makel«, übers. von Dirk van Gunsteren, Hanser Verlag, München 2002

Andrew Sean Greer, »Geschichte einer Ehe«, übers. von Uda Strätling, S. Fischer Verlag, Frankfurt a. M. 2009

## NACHWORT
## Blutige Hände und weißer Kragen
## von Jürgen Roth

In Italien ist die Cosa Nostra (dt.: »unsere Sache«) eine kriminelle Macht – das ist selbst in Deutschland Allgemeinwissen. Dass sie dadurch eine politische und wirtschaftliche Macht geworden ist – wer möchte das wirklich wahrhaben? Während heute viel über die kalabrische Mafia, die ’Ndrangheta gesprochen wird, legt sich über die sizilianische Mafia, die Cosa Nostra, zeitgleich der Schleier des Vergessens und Verdrängens. Begründet wird das dadurch, dass die Cosa Nostra so sehr geschwächt sei, dass sie quasi nur noch am Rande existiere. Ihre Blütezeit sei vorbei, die Verhältnisse seien heute anders als in den siebziger und achtziger Jahren, als sie in der Öffentlichkeit omnipräsent war.

Aber sie ist keineswegs tot, wie die Autoren Patrick Fogli und Ferruccio Pinotti in »Bleiernes Schweigen« beispielhaft beschreiben. Sie enthüllen die vielen bislang unbekannten Facetten dieser kriminellen Organisation, insbesondere die noch immer ungeklärten Verbindungen zwischen der Cosa Nostra, dem italienischen Regierungsapparat und den Geheimdiensten. Denn nichts ist so, wie es nach außen gerne propagiert wird.

Diese heimlich-unheimliche Komplizenschaft transparent zu machen ist eigentlich nur in der Form eines Romans möglich, obwohl Foglis und Pinottis »Bleiernes Schweigen« ein genaues Bild der Realität widerspiegelt, nur konkreter und entsprechend bedrückender. Das zentrale Problem, das sich wie ein roter Faden durch das Buch zieht, findet in Sätzen wie diesen seine Kumulation: »Ab einem gewissen Punkt gibt es zwischen legaler und illegaler Macht keinen Unterschied mehr. Die beiden Welten sind derartig miteinander verfilzt, dass es schwer und oft unmöglich ist, die Grenzen auszumachen. Mein Vater hat Mafiageld über die Freimaurer gewaschen und zugleich besondere Beziehungen zur Politik und dem Vatikan gepflegt. Cosa Nostra hingegen besitzt ganze Aktienpakete von Börsenunternehmen. Geld, das vor allem aus dem Rauschgifthandel kommt, in den legalen Geldverkehr eingeschleust wird und blütenrein in die Wirtschaft dieses Landes fließt.« Das scheint dem Außenstehenden absurd, an den Haaren herbeigezogen, eine gelungene Verschwörungstheorie linker Spinner. Schön wäre es.

Die Cosa Nostra. Sie war und ist fest eingebunden in die gesellschaftliche und politische Kultur Siziliens und ganz Italiens. Nach dem Zweiten Weltkrieg existierte sie in Sizilien jahrzehntelang als eine Art Parallelgesellschaft mit eigenen Riten, Gesetzen, Sanktions- und Schutzmechanismen, die sie im Verborgenen praktizierte. Das änderte sich mit der internen Machtergreifung des sogenannten Corleonesi-Clans in den achtziger Jahren. Diese waren geprägt durch den zweiten großen Mafiakrieg, der bis 1983 andauerte. Allein auf Sizilien starben etwa 1000 Menschen. Als Sieger aus diesem Krieg gingen die Corleonesi mit dem Dreigespann Luciano Liggio, Salvatore Riina (1993 verhaftet) und Bernardo Provenzano (2006 verhaftet) hervor. Da Liggio seit 1974 im Gefängnis saß, wurde Salvatore (Totò) Riina die bestimmende Figur in der Cosa Nostra. Doch Mitte der achtziger Jahre erlebte die Cosa Nostra mit den Maxi-Prozessen, die auf Grund der Aussage von Insidern wie Tommaso Buscetta, Salvatore Contorno sowie Antonino Calderone möglich wurden, einen herben Rückschlag. Die Cosa Nostra reagierte auf den Prozess gegen ihre Mitglieder mit einer Kriegserklärung. Sie liquidierte zunehmend Angehörige der italienischen Exekutive, der Politik oder Personen des öffentlichen Lebens, auch »prominente Leichen« genannt, die es wagten, sich ihrem Machtanspruch in den Weg zu stellen. Im Gegensatz zur offenen Konfrontation mit dem Staat in den achtziger Jahren und Anfang der neunziger Jahre lautete danach die Devise, innerhalb der Cosa Nostra, unsichtbar zu werden, als nicht mehr gefährlich, weitgehend entkräftet und entmachtet zu erscheinen.

Tatsache ist: Bis heute besitzt die Cosa Nostra eine durchstrukturierte Autorität (= den »Gegenstaat«) und sie verfügt immer noch über einen eigenen Apparat von Verhaltensvorschriften (= die »Ordnung«). Trotz des hohen Fahndungsdrucks sind die Familien der Cosa Nostra deshalb noch weitgehend intakt und funktionsfähig beziehungsweise reorganisieren sich nach Verhaftungen sehr schnell oder bilden neue Strukturen.

In vielen Berichten und Analysen, sowohl der deutschen Sicherheitsbehörden als auch der Medien, wird ein wichtiger Bereich des Netzwerkes zwischen Cosa Nostra und staatlichen Entscheidungsträgern weitgehend ausgeblendet: die direkte politische Einflussnahme durch die »Massoneria deviata« (abweichende Freimaurerlogen), auf die auch die beiden Autoren eingehen. Tatsache ist, und die italienischen Staatsanwälte weisen beharrlich darauf hin, dass bestimmte Logen eng mit der Mafia kooperieren. Sie sind in Italien ein zentrales Bindeglied zwischen Mafia und bürgerlicher Gesellschaft.

Berühmt-berüchtigt ist die Loge Propaganda Due (P2), die in den siebziger Jahren und Anfang der achtziger Jahre ihre Blütezeit hatte. Ihr Ziel war vordergründig der Kampf gegen die PCI, die Kommunistische Partei Italiens. Unterstützt wurde sie dabei von westlichen Geheimdiensten, insbesondere dem amerikanischen CIA. In der Loge P2 (deren Aktivitäten bis heute nicht vollständig aufgeklärt sind) waren hohe Politiker, einflussreiche Banker, militante Rechtsextremisten, Angehörige von Geheimdiensten, Unternehmer und

Mitglieder der Cosa Nostra organisiert. Freien Zugriff hatten die Logenbrüder insbesondere auf die Archive der staatlichen Geheimdienste, die eng mit ihnen zusammenarbeiteten. Dadurch war es relativ einfach, Politiker zu korrumpieren und zu erpressen. 1982 wurde die P2 verboten.

Diese Doppelstrategie war und ist erfolgreich: einerseits die Infiltration des Staatsapparates von außen durch Finanzmittel und/oder Gewalt, andererseits der direkte Kontakt mit den Repräsentanten des politischen und administrativen Systems. Erst im September 1998 wurde in Cannes Licio Gelli, seit Anfang der siebziger Jahre eine Führungsperson innerhalb der P2, verhaftet und an die italienischen Behörden ausgeliefert. Er wurde beschuldigt, im Jahr 1990 zusammen mit Salvatore Riina einen Umsturzplan erstellt zu haben. Das Ziel war es, ein unabhängiges, von Italien abgespaltenes Sizilien zu erschaffen. An diesen Plänen waren offenbar auch Mitglieder des Geheimdienstes und der italienischen Rechtsextremisten beteiligt. Die Bombenanschläge von Mailand, Florenz und Rom im Jahr 1993 sollen ein Teil dieses Umsturzplanes gewesen sein. Oder der Fall des im März 1986 im Gefängnis vergifteten Michele Sindona. Er wusch Gelder der Cosa Nostra über die Vatikanbank. Erzbischof Paul Marcinkus von der Vatikanbank war dabei einer seiner Komplizen.

Da bis heute nicht alles über die Hintergründe der P2 aufgeklärt ist, gibt es noch viele Fragen. Informationen über diese bis heute andauernde Zusammenarbeit zwischen bestimmten Freimaurerlogen und der Cosa Nostra wie der 'Ndrangheta lieferte den italienischen Staatsanwälten Gaetano Costa, ein wichtiger *pentito*: »Viele Persönlichkeiten, Politiker, Unternehmer, Richter, Banker und Polizeibeamte waren in den Freimaurerlogen. Daher hatten wir ein großes Interesse, eine Beziehung zu ihnen aufzubauen.«[1]

1 Commissione parlamentare d'inchiesta sul fenomeno della criminalità organizzata mafiosa o similare, Rom, 20. Januar 2006, Seite 44.

Die Karten sind gemischt – Veränderungen, trotz des erzwungenen Rücktritts von Ministerpräsident Silvio Berlusconi, kaum zu erwarten. Deshalb, so das resignierende Fazit von Salvatore Borsellino, ist »heute kein Sprengstoff mehr nötig, um jemanden auszuschalten. Heute reicht es aus, den wenigen couragierten Richtern und Staatsanwälten die Ermittlungen wegzunehmen, wenn sie die Ebene der ›Unberührbaren‹ erreichen.«[2]

Salvatore Borsellino ist der Bruder des ermordeten sizilianischen Richters Paolo Borsellino, der am 19. Juli 1992 zusammen mit fünf seiner Leibwächter vor dem Haus seiner Mutter in Palermo von einer Autobombe getötet wurde. Bis heute sind Staatsanwälte in Italien davon überzeugt, dass die Cosa Nostra den blutigen Terroranschlag in höherem Auftrag durchgeführt hatte. Das bestätigte mir im Oktober 2009 auch Massimo Ciancimino, Sohn des ehemaligen Bürgermeisters von Palermo, Vito Ciancimino, und Kronzeuge der Staatsanwaltschaft in Palermo. »Sie wollen nicht zugeben, dass es einen Vertrag zwischen der Mafia und dem Staat gegeben hat. Die Wahrheit ist, dass es eine Vereinbarung zwischen der Regierung in Rom und der Cosa Nostra gegeben hat und Borsellino deshalb ermordet wurde. Es ist auch wahr, dass der Sprengstoff aus Deutschland kam, und zwar über Kalabrien nach Sizilien. Ich kann darüber nicht weiter sprechen, weil es sich um laufende Ermittlungen handelt.«[3]

Bis heute bestehen zwei Ebenen innerhalb der Cosa Nostra.

Die eine Ebene, die öffentliche, zeichnet sich dadurch aus, dass bis zum heutigen Tag über achtzig Prozent aller Geschäftsleute Schutzgeld an die Cosa Nostra zahlen. Die Spanne der vierteljährlich kassierten Summen reicht von 500 Euro (kleine Einzelhandelsgeschäfte) bis hin zu 5000 Euro und mehr, die von größeren Unternehmen eingefordert wer-

2 www.beppegrillo.it/eng/

3 Gespräch mit dem Autor.

den. Ganz dem modernen Geschäftsgebaren entsprechend sollen dabei auch Ratenzahlungen möglich sein. Italienische Behörden schätzen den jährlichen Ertrag allein für die Cosa Nostra auf sieben Milliarden Euro. Und es gibt mittlerweile nahezu überhaupt keine gesetzeswidrige Tätigkeit mehr – von der Förderung der Prostitution bis hin zur illegalen Einwanderung, vom Waffenhandel bis zur ungesetzlichen Abfallbeseitigung, von der Finanz- und Industriespionage bis zur Daten- und Computerpiraterie –, die nicht von der Cosa Nostra bedient wird.

Inzwischen ist die Cosa Nostra so zu einem Teil der legalen Wirtschaft Italiens geworden. Und der BND, wie häufig Jahre hinter der Wirklichkeit hinterherhinkend, meldete im Jahr 2006, dass »nach unbestätigten Informationen die Cosa Nostra auch Anstrengungen unternommen habe, um große und landesweit bzw. international ausgerichtete Unternehmen zu unterwandern«. Tatsache ist, dass seit der Globalisierung und dem Vormarsch der neoliberalen Marktideologie die Cosa Nostra international aktiv war und ein bedeutender Wirtschaftsfaktor in diversen Handels- und Industriebereichen sowie ein Global Player im internationalen Finanzmarkt geworden ist. Hinzu kommt, dass ihre legalen Geschäftsinteressen (nach dem Prozess der Geldwäsche) auch mit kriminellen Mitteln durchgesetzt werden. Konkurrenten werden aus dem Markt verdrängt, erschossen oder aufgekauft. Die italienische Mafia ist demnach ein international vernetzter Konzern, der zunehmend die legale Wirtschaft infiltriert.

Neben den Staaten Westeuropas ist gerade Osteuropa zu den bevorzugten Regionen ihrer Investitionen geworden. So war der Unternehmer Rocco A., Strohmann von Giuseppe Madonia, dem inhaftierten Boss von Gela (an der Südküste Siziliens), in Rumänien im Transportwesen, im Wohnungsbau und im Import/Export landwirtschaftlicher Maschinen aktiv. Als weiterer Geldwäscher der Cosa Nostra diente der sogenannte Kaufhauskönig Sebastiano S., verbunden mit der italienweit bekannten Kette Despar. Über seine Unternehmen hat er Drogen- und Erpressungsgelder der Cosa-Nostra-Familien Laudani und Sciuto-Ferone-Castorina gewaschen und Teile der Gelder ins Ausland transferiert.

Nicht weniger wichtig ist daher die zweite Ebene der Cosa Nostra, die Verbindungen zu Verwaltung, Politik und Justiz. Hier existiert seit den neunziger Jahren ein ausgeprägtes Beziehungsgeflecht. Es stellt sicher, dass lediglich die der Cosa Nostra zugehörigen oder mit ihr assoziierten Teilnehmer aus Verwaltung, Politik und Justiz davon profitieren. Seit 1945 wurden insgesamt 17 Minister und 22 Staatssekretäre sowie zahlreiche weitere Mitglieder höchster Kreise von Politik, Justiz und Polizei der Kooperation mit der Cosa Nostra bezichtigt. Diese »Maulwürfe« oder Helfershelfer sind für die Cosa Nostra von enormer Bedeutung. Denn das System der Unterwanderung der Wirtschaft funktioniert nur, wenn auch Teile der Exekutive involviert sind.

Wer in Italien als Polizeibeamter, Staatsanwalt oder Richter den politisch Mächtigen und der Mafia heutzutage zu nahe kommt und deshalb ihre ökonomischen und politischen Interessen gefährdet, der lebt auf jeden Fall gefährlich oder er wird, bürokratisch korrekt, auf ein totes Gleis gesetzt. Giulio De Magistris, ehemaliger Staatsanwalt und heutiger Bürgermeister Neapels, hat dazu folgendes gesagt: »Wer die Mafia besiegen will, muss diesen Knoten (das Geflecht aus korrupten Politikern, Beamten, Geschäftsleuten und Mafiosi) durchschlagen. Doch das ist kaum möglich. Wir sind viel zu wenige, zu wenige Staatsanwälte, zu wenige Polizisten. Und wir sind schlecht ausgestattet ... Wir Justizbeamten, die ihr Leben riskieren, werden täglich von der Politik attackiert. Und die Gesetze, die diese Regierung macht, erschweren uns die Arbeit.«[4] Er hat seine eigenen Erfahrungen mit diesem System gemacht. Giulio De Magistris ermittelte gegen höchste Repräsentanten der italienischen Mitte-Links-Regierung.

4 Stefan Ulrich: »Im Schattenreich der Krake«, Süddeutsche Zeitung, 4. März 2006.

Im Visier der Ermittler standen im Jahr 2006 auch Regierungschef Romano Prodi und Justizminister Clemente Mastella. Dem Justizminister wurde vorgeworfen, staatliche und europäische Mittel umgeleitet und sie unter anderem zur Parteienfinanzierung und zum Stimmenkauf eingesetzt zu haben. Die Ermittlungen liefen unter der Bezeichnung »Why not?«. Clemente Mastella, der im Jahr 2006 zum Minister der Mitte-Links-Regierung ernannt wurde, erklärte, niemals etwas Ungesetzliches getan zu haben. Seine kleine Splitterpartei »Europa-Demokraten« wurde in den Medien als Sammelbecken für Politiker bezeichnet, gegen die schon einmal wegen Zusammenarbeit mit der Mafia ermittelt wurde. Außerdem hatte De Magistris gegen Richter, Staatsanwälte, Unternehmer und Lokalpolitiker in Kalabrien ermittelt, die in Verbindung mit der 'Ndrangheta und versickerten EU-Fördergeldern stehen sollen. »Er hatte sich erkühnt, nicht nur gegen einige Freunde des Justizministers wegen Veruntreuung von EU-Geldern und der Verflechtung von Politik und 'Ndrangheta zu ermitteln, sondern auch gegen den Minister selbst und Ministerpräsident Romano Prodi.«[5]

Bereits im September 2007 beantragte Justizminister Clemente Mastella aufgrund der Ermittlungen des Staatsanwalts aus Catanzaro beim Obersten Richterrat die »dringende« Versetzung von De Magistris. Dies habe jedoch nichts mit De Magistris' Ermittlungen im Fall »Why not?« zu tun, betonte er. Trotzdem drohte er im November 2007 damit, die fragile Koalition in Rom aufzukündigen, sollten die Ermittlungen gegen ihn nicht eingestellt werden. In den Zeitungen wurde zwar sein Rücktritt gefordert. Aber der Minister konterte lapidar: »Wenn ich wegen dieser Ermittlungen zurücktreten sollte, dann müsste am nächsten Tag Ministerpräsident Romano Prodi zurücktreten. Denn gegen ihn laufen auch Ermittlungen.« Der italienische Richterrat vertagte die für An-

5 Petra Reski: »Die Linken sind nichts anderes als Berlusconianer ohne Vorstrafen«, stern.de, 30. November 2007.

fang Oktober 2007 geplante Entscheidung einer Versetzung des Staatsanwalts auf Dezember 2007. Unabhängig davon entzog ihm der Justizminister den Fall. Alle Dokumente seiner Ermittlungen wurden im LKW nach Rom geschafft. Anfang 2008 wurde er schließlich endgültig ausgeschaltet. Seinem Nachfolger wird nachgesagt, Verbindungen zur Mafia unterhalten zu haben. Er soll im Jahr 1989 während seiner Amtszeit als Richter in Syrakus Dokumente gefälscht und, nach Aussagen des Pentito Pandolfo, Verbindungen zur Cosa Nostra unterhalten haben.[6]

Wie tief die Mafia in die hohen Ebenen der Politik eingedrungen ist, verdeutlicht auch das folgende Beispiel: Im Jahr 2007 wurde in Brüssel ein in jeder Beziehung kundiger Jurist aus Sizilien zum Oberaufseher des Europäischen Parlaments für den »Schutz der finanziellen Interessen der EU« ernannt. Der knapp 60-jährige Politiker Francesco Musotto, langjähriges Mitglied des Europäischen Parlaments und einst Präsident der Provinz Palermo, ist eine markante Erscheinung: kurze graue Haare, eine dünnrandige Brille und ein grauer Schnauzbart, ein Signore wie aus dem Bilderbuch. Wenn er spricht, klingt es wie gedämpfter Singsang, eine Stimme, die zum Einschlafen einlädt. Das Europäische Parlament nahm am 19. Februar 2008 seinen Bericht über den Schutz der finanziellen Interessen der Gemeinschaft an. Und die Europäische Kommission begrüßte den Bericht als wichtigen Beitrag zur Bekämpfung von zu Lasten des Gemeinschaftshaushalts gehenden Betrugsdelikten.

1995 war der Silvio Berlusconis Forza Italia angehörende Anwalt und Politiker verhaftet worden, weil er und sein Bruder anscheinend einem der mächtigsten Mafiabosse der Cosa Nostra, dem brutalen Killer Leoluca Bagarella, Unterschlupf in ihrem Haus gewährt hatten. Aufgrund der Anklage war er gezwungen, seinen Posten als Präsident der Provinz Palermo aufzugeben. Doch nach seinem Freispruch im April 1998

6 www.beppegrillo.it/eng/2007/10/dolcino_acting_general_prosecu_1.html

wurde Francesco Musotto sofort wiedergewählt. Er hatte vor Gericht ausgesagt, dass er zwar Mafiosi unter den Klienten seiner Kanzlei, jedoch niemals Stimmen für die Cosa Nostra gesammelt habe und den gesuchten Mafiaboss, der in seiner Villa gewesen sein soll, überhaupt nicht kenne (»Io non conosco questo signore.«). Eigentlich sucht sich die Cosa Nostra ihre Anwälte nicht nach dem Zufallsprinzip aus. Rechtskräftig verurteilt wurde hingegen sein Bruder wegen Unterstützung der Cosa Nostra. »In keinem anderen Land hätte wohl eine politische Partei einen Mann, dessen Familie einen der Köpfe des organisierten Verbrechens vor der Polizei versteckt hatte, zum Vorsitzenden ihrer Parteiorganisation in der Hauptstadt gemacht.«[7] Im Europäischen Parlament hingegen wird er von der christdemokratischen Europäischen Volkspartei mit Samthandschuhen angefasst.

Oder ein anderes Beispiel. Es geht um Salvatore »Totò« Cuffaro, den im Jahr 2001 gewählten sizilianischen Regionalpräsidenten. Seit langem wurden ihm nicht nur in der italienischen Presse, sondern auch von Staatsanwälten in Palermo Kontakte zu den Ehrenwerten nachgesagt, und dass er seine Hände bei umstrittenen Vergaben von Bauaufträgen in traditionellen Hochburgen der Mafia im Spiel habe. Im November 2007 erhob die Staatsanwaltschaft Palermo gegen ihn Anklage wegen Begünstigung der Mafia. Zwei Monate später fällte das Gericht das Urteil: fünf Jahre Haft und ein fünfjähriger Ausschluss von allen öffentlichen Ämtern. Es sei erwiesen, stellte das Gericht in Palermo fest, dass er Komplizen der Mafia unterstützt hatte. Gegen den Richterspruch ist er in die Berufung gegangen. Das Urteil aus erster Instanz jedoch förderte seine Karriere. Er wurde Spitzenkandidat der sizilianischen Christdemokraten (UDC) bei den Parlaments- und Regionalwahlen Mitte April 2008 – und in den italienischen Senat gewählt. Am 22. Januar 2011 wurde das Urteil gegen ihn in der dritten Instanz bestätigt (während er meh-

7 Alexander Stille: *Citizen Berlusconi*, München 2006, S. 235.

rere Stunden betend in Roms Minervakirche auf höheren Beistand hoffte), und er musste wenig später seine Gefängnisstrafe antreten.

Nach dem zivilen Aufbegehren in den neunziger Jahren scheint sich die Bevölkerung Süditaliens derzeit mit dem bestehenden Status quo abzufinden bzw. verdrängt diesen aus ihrem Bewusstsein. Nach wie vor, so die Erkenntnisse der Ermittlungsbehörden, gelingt es nicht, den Kampf gegen die Cosa Nostra von einer juristischen Basis auf eine ideelle, breite Teile der Bevölkerung erfassende Ebene zu heben. Am Kampf für eine Kultur der Legalität beteiligten sich immer noch die wenigsten Sizilianer und Kalabresen. Gerade aus diesem Unvermögen schöpft die Cosa Nostra ihre Macht. Sie ist Teil der alltäglichen Kultur geworden und nur auf diesem Weg erfassbar.

Und wir in Deutschland? Wahrscheinlich herrscht völlige Ahnungslosigkeit. Da bietet die FDP-Bundesgeschäftsstelle den Parteifreunden eine Plattform »Liberale Wirte« an. Es soll ein Instrument sein, »um die FDP noch stärker zu einem Netzwerk mit Nutzwert auszubauen. Bei einem guten Essen und einem guten Gläschen Wein lassen sich auch zwischen dem liberalen Anliegen und den Bürgern Brücken schlagen«, ist auf der Webseite der Liberalen Wirte zu lesen.[8] Die Ehre, den »liberalen Wirten« im Saarland anzugehören und auf der FDP-Webseite präsent zu sein, hat eine Familie der Cosa Nostra. Sie lebt seit über zwanzig Jahren im Saarland. Bei dem geschätzten Restaurantbesitzer tafeln gerne FDP-Parteifreunde. In Stuttgart wiederum war, bis zur Regierungsablösung durch die Grünen/SPD, das Restaurant eines bekannten Mitglieds der kalabresischen 'Ndrangheta Anlaufstation für hohe Mitglieder der Staatskanzlei.

Trotz mehr oder weniger erfolgreicher Versuche der regionalen Einflussnahme auf deutsche Politiker durch einzelne

8 www.liberale-wirte.de/index.php

Mafiaclans – Deutschland ist sicher nicht Italien. Was wenig daran ändert, dass in Deutschland die Existenz der italienischen Mafia und ihre Versuche, sich in die deutsche und europäische Wirtschaft und Politik einzukaufen, sträflich vernachlässigt wird. Was wiederum grundlegend auf das Problem hinweist, wie man die Vermischung von Legalität und Illegalität, die in der Ökonomie üblich geworden ist, eigentlich noch wirksam bekämpfen kann. Hilft Aufklärung, hilft »Bleiernes Schweigen«? Hoffen wir alle, dass nicht das Letztere Realität werden kann.

Leseprobe aus

Patrick Fogli

# Langsam, bis du stirbst

Kriminalroman

503 Seiten

ISBN 978-3-7466-2376-4

# Zwei

*Bologna, 19. April. Irgendwo hinter dem Bahnhof*

Vielleicht kommt sogar noch die Sonne heraus.

Ungewöhnlich für diesen Frühling mit seinem Dauerregen. Könnte ein gutes Omen sein, denkt er. Ein Sonnentag, exakt eine Woche vor Ostern, ausgerechnet heute.

Eine ganze Woche lang hat es nur geregnet. Der Himmel so dunkel, dass man es nicht glauben kann, und dann die Sonne. Gerade, als er die Hoffnung schon aufgegeben hatte.

Das ähnelt seiner eigenen Geschichte. Auch ihm ist etwas passiert, auf das er nicht mehr gehofft hatte. Diese Sonne muss ein Zeichen sein. Und er ist bereit. Nur eins muss er noch erledigen. Eine kleine, winzig kleine Sache. So unbedeutend, dass es keiner bemerken wird.

Deswegen ist er dort.

Durch die Windschutzscheibe sieht er sie herankommen. Sie trägt eine schwarze Hose und eine schwarze Lederjacke. Aus den Augenwinkeln verfolgt er, wie sie die Straße überquert und das Gittertor erreicht. Wie jeden Morgen.

Er blickt auf die Uhr. Kurz nach neun. Jeden Morgen erscheint sie zur selben Zeit bei der Arbeit. Höchstens zehn Minuten verspätet, mehr nicht. Zum Glück gibt es noch Menschen mit festen Gewohnheiten. Man braucht sie nur still zu verfolgen, geduldig ihre Termine, Orte, Zeiten, Daten zu notieren, und alles läuft wie geschmiert.

Dann muss man nur noch tun, was zu tun ist.

Als die Frau mit der Lederjacke durch das Tor verschwunden ist, betritt er eine Kaffeebar und bestellt sich einen Cappuccino.

Er trinkt ihn, an den Kühlschrank mit dem Eis gelehnt und wirft einen Blick in die Zeitungen, ob er etwas über die Nachricht findet, die er gerade im Radio gehört hat. Aber es steht nichts drin. Wahrscheinlich hatten die Druckereien schon dichtgemacht. Oder es ist zu spät passiert. Wie man es nimmt.

Aber das ist nicht wichtig, nur eine Kuriosität am Rande. Sonst nichts.

Etwas, das man sofort vergessen kann, sobald man sich den weichen Cappuccinoschaum von den Lippen gewischt hat.

Etwas, das seinen Mund zu einem Grinsen verzieht angesichts dessen, was er gleich tun wird.

»Hast du den Bericht noch geschrieben?«, fragt mich Ippoliti. Ich würdige ihn keines Blickes. Ich denke nach, sonst nichts. Dabei weiß ich nicht einmal, worüber. Ich nehme es nur wie ein Hintergrundgeräusch wahr, das mich mit der Realität verbindet, mit dem, was ich tun muss. Wie das nächtliche Summen von Stromkästen oder das eigenartige Brummen von Kühlschränken.

Und ich weiß, dass ich Angst habe.

Für einen Polizisten vielleicht der Normalzustand. Die Angst, irgendein Geisteskranker könnte dir eine Kugel durch den Kopf jagen, aus einem, hundert oder keinem Grund. Die Angst, Fehler zu machen und einen Unschuldigen zu treffen. Doch das ist nicht die Angst, die ich habe. Die mir unter die Haut kriecht. Mein Virus ist ein anderer.

Er ist mehr wie etwas, das fehlt, innen drin, und bei dem du eines Tages realisierst, dass du all deine Sicherheiten darauf gebaut hast, aber erst, als du feststellst, dass es nicht mehr da ist.

»Hast du den Bericht noch geschrieben?«, fragt mich Ippoliti noch einmal, und ich sehe ihn erstaunt an. Dann begreife ich.

»Nein, habe ich nicht.«

»Dieses Mal wird der Polizeipräsident dich in der Luft zerreißen. Den ganzen Morgen nervt er schon. Er hat angefangen, da war es nicht einmal acht. Die Pressekonferenz ist um zwölf. Diesmal reißt er dir den Arsch auf.«

»Soll er doch. Ist mir wurst«, antworte ich mechanisch. Und meine es so. »Zwei Monate lang habe ich mich abgerackert, um diese Mistkerle zu kriegen. Die ganze Zeit lag er mir in den Ohren aus Angst, die vier könnten irgendeinen steinreichen Pinkel oben in San Mamolo ausrauben. Jeden Tag! Riccardi hier, Riccardi dort. Und dann schnappe ich sie: Ich habe getan, was ich tun sollte. Wie er zum Bürgermeister gewählt wird, darum soll er sich bitteschön selbst kümmern.«

Ippoliti setzt sich vor mich. Er hat das typische Gesicht eines müden Bolognesers, leicht geschwollen, von den so wenig frühlingshaften Temperaturen gerötet. Ich sehe dieses Gesicht seit ungefähr zehn Jahren jeden Morgen. Die dichten Augenbrauen und die lange, spitze Nase eines Sechsundvierzigjährigen, der zu mager ist, um älter auszusehen, als er ist. Einer, den die Leute auf Anhieb unsympathisch finden. Aber nur, weil sie Schweigen mit Arroganz verwechseln, und einen entschlossenen Gang mit Hochmut. Ich sehe ihm in die Augen, die für das Gesicht zu blau sind, und versuche mich zu erinnern, wie es war, als ich ihn kennengelernt habe. Aber ich weiß es nicht mehr.

»Wie lange hast du nicht mehr mit ihr gesprochen?«

Ein gepresstes Flüstern. Als steckte ihm ein Bratenrost quer in der Kehle und ließe die Stimme nicht durch. Ich lächele, weil er mich durchschaut. Bis ins Innerste.

»Eine Weile.«

»Wie lange?«

»Eine Weile«, wiederhole ich nur, aber lauter. Ich möchte ihm sagen, dass ihn das nichts angeht, auch wenn ich nicht genau weiß, ob ich seine Frage richtig verstanden habe. Ich kratze mir langsam den Kinnbart. Ich drehe mich um und sehe hinaus. In der Scheibe spiegelt sich mein Gesicht, und es sieht nicht traurig aus. Nur wütend. Als Kind hatte ich oft diesen Gesichtsausdruck, wenn die Dinge nicht liefen, wie ich wollte. Und ich habe ihn heute noch, als Erwachsener, wenn ich merke, dass mein Leben mir zu entgleiten droht, und nicht weiß, wie ich es aufhalten kann, wie ich es am Schwanz packen und stoppen kann. Wenn ich auf jemanden wütend bin und zugleich auch nicht. Und ich bin wütend, auf Alice, während der Regen fällt und sein Anblick zu viele Erinnerungen in mir weckt. An einen Traum, zum Beispiel, den sie mir einmal im Auto erzählt hat, um uns herum nichts als die dunkle Straße. Einen Traum, der von einem Gefängnis handelte und einem Meer voller Matratzen, in dem sie schwimmt, schwimmt und kein Ufer findet. Träume.

Aus einem Gefängnis zu fliehen, das in dir steckt, ist schwierig. Vor allem, wenn du dir das Gefängnis deines Herzens selbst gemauert hast. Und es vielleicht nicht einmal weißt.

Dann denke ich wieder, dass seit heute die Kerle mit ihren Villen nur noch eine Akte im Archiv sind, die mit den Jahren vergilben wird. Da werde ich noch wütender. Denn ich weiß nicht, wie ich mir die Zeit vertreiben soll, womit ich mich ablenken soll.

Ich wandere um meinen Schreibtisch herum und setze mich.

»Der Bericht kann mich mal. Und der Polizeipräsident auch.«

»Mach dir keine Gedanken über den Bericht.«

Ippoliti reicht mir ein Blatt Papier. Er hat ihn geschrieben. Schließlich war er dabei und hat alles gesehen. Und was er nicht gesehen hat, weiß er trotzdem. Ich sehe ihn an, und mir fällt nichts ein. Ich kann nur den Bogen ergreifen und eine Sekunde festhalten, bevor ich ihn auf den Tisch lege. Ich nehme einen Stift und unterschreibe.

»Nunia ist ausgebrochen«, sagt Ippoliti, und meine Finger erstarren kurz, während ich die beiden »c« meines Nachnamens schreibe. Normalerweise sind sie größer. Diesmal sehen sie wie eine kleine Welle aus.

»Wann?«

»Heute Nacht.«

»Aus Marino del Tronto?«, frage ich ungläubig.

Das Hochsicherheitsgefängnis von Marino del Tronto, wenige Kilometer von Ascoli entfernt, ist das neue Zuhause Totò Riinas, eine wahre Festung, wo die Gefangenen im Strafvollzug nach dem Härtefallartikel 41b untergebracht sind. Ein Gefängnis, das nach den Morden an den Richtern Falcone und Borsellino extra für die Mafia gebaut und dann auch für Terroristen und

Schwerstverbrecher geöffnet wurde. Aus so einem Gefängnis bricht man nicht aus. Da stirbt man eher.

»Aus Marino del Tronto. Es ging ihm schlecht. Sehr schlecht. Sie waren mit ihm im Krankenwagen unterwegs, und er hat die Wache k. o. geschlagen, sich vom Arzt die Handschellen abnehmen lassen und sich dann aus der hinteren Tür auf die Salaria gestürzt.«

»Krank …«, kommentiere ich mit einem ungläubigen Lächeln.

»Krank«, erwidert Ippoliti und zuckt kurz mit den Schultern. Das Äußerste an Ironie, das man von ihm erwarten kann.

»So ein Unsinn …«

»So ein Unsinn«, nickt Ippoliti und kratzt sich nachdenklich am Kinn. »Du erinnerst dich an Nunia«, sagt er dann.

Gaspare Nunia. Ein wahres Tier von über einem Meter neunzig. Privatbesitz der Familie Giulio. Ein ganz sensibles Kerlchen, das einmal die Schwester eines Bosses umbrachte, indem er sie an einem Fleischerhaken aufhing. Er war uns unverhofft in die Falle gegangen, nachdem wir einen Wink bekommen hatten. Wahrscheinlich von den Giulios selbst, die ihn nicht mehr brauchten. An einem Regentag wie heute. Vielleicht noch schlimmer.

Einen Tag, den ich nie vergessen werde.

Zuletzt habe ich ihn beim Prozess gesehen. Als ich ihn reden hörte, begriff ich, warum alle Angst vor ihm hatten. Selbst dort, angesichts einer haushohen Strafe, schien er kein bisschen erschüttert, und seine Stimme war fest wie immer.

»Keine Sorge, Dottore. Wenn eine Tür zugeht, bedeutet das nur, dass eine andere aufgeht«, hatte er zu mir gesagt, und damals hatte ich mich gefragt, ob es eine Drohung oder eine einfache Feststellung war.

Die Tür, die sich hinter ihm schloss, wog dreimal lebenslänglich.

Offensichtlich hatte er recht behalten.

»Natürlich erinnere ich mich an Nunia«, sage ich, und meine Stimme klingt leer, steril wie ein Operationskittel. Ich könne mir nicht vorstellen, dass er so dumm sei, mir einen Besuch abzustatten, sage ich zu Ippoliti, der nicht ganz meiner Meinung zu sein scheint.

»Pass auf dich auf«, sagt er.

Worauf soll ich aufpassen, möchte ich ihn fragen. Darauf, was ich tue, wie ich mich bewege, auf Schatten vor meiner Haustür oder auf das Auto, das zweimal hintereinander nicht anspringt? Soll ich auf die schaufelgroßen Hände von diesem Tier aufpassen, das wer weiß welche Krankheit vorgetäuscht hat, um aus einem Notarztwagen auf die Straße zu fallen wie ein Kind, das von seiner Mutter hinausgeworfen wird?

Einen winzigen Moment lang hoffe ich fast, dass er tatsächlich zu Hause auf mich wartet. Hinter der Tür. Um mich gebührend zu begrüßen.

Komm schon, Gaspare, ich habe bald Geburtstag. Mach mir ein Geschenk.

Schenk mir einen schönen Haken, den du mir in die Stirn treibst, in meine Gedanken, die leise ihr Leben aushauchen, sich auflösen, verflüchtigen.

Doch ich weiß, dass es nicht so sein wird. Denn ich habe keine Angst. Nicht vor Gaspare.

Ich weiß, dass mich heute Abend hinter meiner Wohnungstür kein ehemaliger Mafiakiller erwartet, sondern meine Erinnerung. Um in einem unbeobachteten Moment über mich herzufallen wie jetzt, als ich aufspringe und Ippoliti anstarre.

»Ich gehe zum Polizeipräsidenten.«

Die Andeutung eines Lächelns erscheint auf seinem Gesicht.

»Viel Glück.«

Ich lege ihm eine Hand auf die Schulter und schüttele sie leicht. Ohne den Blick von ihm zu wenden, gehe ich aus dem Zimmer. Ich fahre mit der Hand über das Mobiltelefon in meiner Jackentasche, als könnte ich es dadurch zum Vibrieren bringen.

Was natürlich nicht passiert.